한낙원
과학소설
선집

한낙원
과학소설
선집

김이구 엮음

현대문학

한낙원.

망우리 강소천 묘소에서(1964년 5월). 가운데가 한낙원, 뒷줄은 아동문학가 서석규(왼쪽), 오영민.

건물 옥상에서.

집무실에서(1970년 2월경).

등산 중인 작가.

산 정상에서.

사무실에서.

부인 이춘계 여사와.

딸 애경의 대학원 졸업식 때(1991년 8월).

독립기념관 광복절 기념식 때.

방정환문학상 시상식 때(1992년 5월). 오른쪽이 한낙원, 가운데는 아동문학가 이영호.

방정환문학상 시상식 때. 뒷줄 오른쪽부터 한낙원 부부, 딸 애경, 둘째 아들 권식.

작가 생일 무렵 가족사진(1999년 1월). 뒷줄 왼쪽부터 한낙원 부부, 둘째 아들 권식, 큰아들 권일.

『잃어버린 소년』, 《연합신문》 연재 첫회, 1959년 12월 20일.

『금성 탐험대』, 《학원》 연재 첫회, 1962년 12월.

자필 이력서(1983년).

과학 에세이.

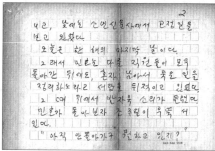

과학모험소설 『우주 항로』.

『잃어버린 소년』, 배영사 1963년.

『금성 탐험대』, 삼지사 1969년.

『길 잃은 애톰』, 삼성당 1980년.

『우주 도시』, 아리랑사 1972년.

『우주 항로』, 계몽사 1977년.

『해저 왕국』, 삼성당 1982년.

『세 글자의 비밀』, 아동문학사 1982년.

『비밀에 싸인 섬』, 교학사 1982년.

『마라 3호』, 예림당 1990년.

『할아버지 소년』, 예림당 1983년.

『별들 최후의 날』, 금성출판사
1984년.

『우주전함 갤럭시안』, 견지사
1988년.

『돌아온 지구 소년』, 가톨릭출판사
1988년. 한국어린이도서상 수상.

『사라진 행글라이더』, 삼익출판사
1990년.

『폐기별의 타임머신』, 고려원 미디어
1992년. 방정환문학상 수상.

『이상한 나라의 앨리스』(번역서),
계몽사 1968년.

『바다 밑 20만 리』(번역서),
계몽사 1975년.

『UFO 기지를 찾아라』(저서),
고려문화사 1992년.

한국현대문학은 지난 백여 년 동안 상당한 문학적 축적을 이루었다. 한국의 근대사는 새로운 문학의 씨가 싹을 틔워 성장하고 좋은 결실을 맺기에는 너무나 가혹한 난세였지만, 한국현대문학은 많은 꽃을 피웠고 괄목할 만한 결실을 축적했다. 뿐만 아니라 스스로의 힘으로 시대정신과 문화의 중심에 서서 한편으로 시대의 어둠에 항거했고 또 한편으로는 시대의 아픔을 위무해왔다.

이제 한국현대문학사는 한눈으로 대중할 수 없는 당당하고 커다란 흐름이 되었다. 백여 년의 세월은 그것을 뒤돌아보는 것조차 점점 어렵게 만들며, 엄청난 양적인 팽창은 보존과 기억의 영역 밖으로 넘쳐나고 있다. 그리하여 문학사의 주류를 형성하는 일부 시인·작가들의 작품을 제외한 나머지 많은 문학적 유산은 자칫 일실의 위험에 처해 있는 것처럼 보인다.

물론 문학사적 선택의 폭은 세월이 흐르면서 점점 좁아질 수밖에 없고, 보편적 의의를 지니지 못한 작품들은 망각의 뒤편으로 사라지는 것이 순리다. 그러나 아주 없어져서는 안 된다. 그것들은 그것들 나름대로 소중한 문학적 유물이다. 그것들은 미래의 새로운 문학의 씨앗을 품고 있을 수도 있고, 새로운 창조의 촉매 기능을 숨기고 있을 수도 있다. 단지 유의미한 과거라는 차원에서 그것들은 잘 정리되고 보존되어야 한다. 월북 작가들의 작품도 마찬가지다. 기존 문학사에서 상대적으로 소외된 작가들을 주목하다 보니 자연히 월북 작가들이 다수 포함되었다. 그러나 월북 작가들의 월북 후 작품들은 그것을 산출한 특수한 시대적 상황의 고려 위에서 분별 있게 이해되어야 할 것이다.

　이러한 당위적 인식이 2006년 한국문화예술위원회의 문학소위원회에서 정식으로 논의되었다. 그 결과 한국의 문화예술의 바탕을 공고히 하기 위한 공적 작업의 일환으로, 문학사의 변두리에 방치되어 있다시피 한 한국문학의 유산들을 체계적으로 정리, 보존하기로 결정되었다. 그리고 작업의 과정에서 새로운 의미나 새로운 자료가 재발견될 가능성도 예측되었다. 그러나 방대한 문학적 유산을 정리하고 보존하는 것은 시간과 경비와 품이 많이 드는 어려운 일이다. 최초로 이 선집을 구상하고 기획하고 실천에 옮겼던 한국문화예술위원회의 위원들과 담당자들, 그리고 문학적 안목과 학문적 성실성을 갖고 참여해준 연구자들, 또 문학출판의 권위와 경륜을 바탕으로 출판을 맡아준 현대문학사가 있었기에 이 어려운 일이 가능하게 되었다. 이런 사업을 해낼 수 있을 만큼 우리의 문화적 역량이 성장했다는 뿌듯함도 느낀다.

　〈한국문학의 재발견-작고문인선집〉은 한국현대문학의 내일을 위해서 한국현대문학의 어제를 잘 보관해둘 수 있는 공간으로서 마련된 것이다. 문인이나 문학연구자들뿐만 아니라 더 많은 사람들이 이 공간에서 시대를 달리하며 새로운 의미와 가치를 발견하기를 기대해본다.

2013년 4월
출판위원 김인환, 이숭원, 강진호, 김동식

한국문학사에서 과학소설의 역사는 1900년대 쥘 베른 작품의 번역, 번안에서 시작되었지만 창작 과학소설이 나오고 독자층이 형성되어 한국문학사에 어느 정도 과학소설의 영역이 자리를 잡게 된 시기는 1950~60년대 무렵부터가 아닌가 한다. 그 후 학생 잡지, 피시통신 등에 과학소설이 연재되고 마니아층이 형성되기도 했지만 과학소설은 여전히 한국문학의 변방에 자리해 있었다. 1990년대 이후 복거일, 듀나, 박성환, 배명훈 등의 과학소설이 문학계와 보통의 문학 독자들에게 과학소설의 재미와 의미를 확인시켰지만 여전히 과학소설은 독특한 장르로서 일부 애호가층에게나 적합한 문학처럼 인식되고 있는 상황이다. 변방이냐 주류냐를 의식하는 것이 기존 문학의 관념을 재생산한다는 점에서는 위험한 관점이지만, 묻혀 있는 과학소설의 문학 유산을 조명하기 위해서는 일단 이러한 사정에서 출발할 필요가 있다.

과학소설은 그 자체로 매력적인 문학이면서 동시에 다른 문학에 많은 영감을 나눠 주고 있다. 2000년대 이후에는 과학소설을 쓰는 작가 외에도 윤이형, 박민규 등 여러 작가의 작품에서 과학소설의 방법과 인식이 도입되고 있으며, 어린이청소년문학에서는 과학소설 창작이 더욱 활발하다. 이현의 『로봇의 별』(2010년), 배미주의 『싱커』(2010년) 등 탄탄한 장편 과학소설이 나왔고, 과학소설의 모티프를 활용하여 개성 있는 작품 세계를 구성한 작품들이 꾸준히 발표되고 있다. 그러나 1990년대 이전의 과학소설의 유산이나 전통과 연결하여 최근의 과학소설을 인식하거나 검토해 본 경험은 거의 없는 듯하다.

우리 문학사에 과학소설가로 일컬을 만한 작가는 많지 않다. 1960년대 이후 수많은 작가들이 다양한 성격의 과학소설을 발표했지만 한낙원韓樂源(1924~2007년)을 제외하고는 대부분 '과학소설가'로 부르기엔 미흡한 느낌이다. 한낙원은 1950년대부터 1990년대까지 반세기 가까운 기간 동안 과학소설과 과학 방송극을 창작하고 과학소설 번역과 과학 관련 저술 활동을 지속하였다. 평안남도 용강 출생으로, 한국전쟁기에 남으로 와서 몇몇 잡지사와 백중앙의료원 홍보실 등에 근무하면서도 활발하게 작품 활동을 펼쳤다. 《학원》, 《학생과학》, 《소년》, 《새벗》, 《소년동아일보》, 《소년한국일보》 등 신문과 잡지 지면에 그의 작품들은 인기리에 연재되었다. 그의 몇몇 작품은 계몽사, 삼성당, 웅진출판 등에서 나온 한국 어린이문학 대표작 선집 성격의 전집들에 꾸준히 수록되었고, 『잃어버린 소년』, 『금성 탐험대』, 『우주 항로』, 『해저 왕국』 같은 장편소설들은 여러 쇄를 발행하거나 여러 차례 재출간되기도 했다. 그럼에도 1990년대 이후 그의 존재는 어린이청소년문학에서조차 변방으로 밀려나거나 잊혀져 갔다.

　한낙원의 시대에 과학은 근대를 성취하는 길이자 도구이고 목표였으며, 2000년대 이후의 어린이청소년 과학소설에서는 그와 아울러 과학이 근대를 비판하는 도구이자 가치로서 이중적인 의미를 띠게 된다. 한낙원의 수많은 과학소설은 무엇보다도 과학을 소재로 한 흥미로운 읽을거리로서 독자에게 다가갔으며, 과학이 열어놓는 미래의 가능성과 문제들을 앞서서 보여주고자 하였다. 앞으로 그의 작품 세계에 대한 관심과 연구가 활발히 일어나 과학소설의 앞뒤 맥을 이어주기를 기대한다. 이번 작품 선집 간행이 계기가 되어 그의 과학소설은 물론 기존의 문학 관념과 정전 의식에서 소외돼온 수많은 문학 유산들이 그 시대에 존재했던 의의와 의미가 투명하게 조명될 수 있기를 바란다.

한낙원은 과학소설 분야 외에 작가 활동 초기부터 라디오 방송극에 관심을 가져 외국 방송극을 소개하였고, 과학 방송극 등 수많은 방송극을 직접 집필하였다. 그의 방송극 원고들은 상당수가 유품으로 남아 있는데, 앞으로 이 분야에 대한 연구에도 누군가가 나서주기를 바란다.

이 선집을 엮는 데에는 한낙원 작가의 따님이자 영문학자로서 한낙원 문학이 꾸준히 읽히고 제대로 연구되기를 희망하는 한애경 교수님에게서 크게 도움을 받았다. 작가의 소중한 유고와 스크랩 자료들, 사진 등 유품 자료를 제공하고 번거로운 질문과 요청에 일일이 협조해주신 데 깊이 감사드린다.

또한 『잃어버린 소년』의 삽화 수록을 승낙해주신 신동헌 화백님과, 지난 시대의 아동문학 문단 상황을 그때그때 알려주신 아동문학가 서석규 님, 오랜 작업 기간 동안 기다려주고 책을 탄탄하게 만들어주신 원미연, 김정미 님께도 깊이 감사드린다.

2013년 4월 10일

엮은이 씀

* 일러두기

1. 이 선집은 한낙원의 여러 중단편과 장편 작품들 가운데에서 그의 과학소설 세계를 잘 알아볼수 있는 작품들을 골라 엮었다.
2. 창작 과학소설의 선구적 작품인 『잃어버린 소년』은 《연합신문》 연재본을 찾아 싣고, 연재 때 매회 함께 실렸던 신동헌 화백의 삽화도 함께 실었다.
3. 수록 작품이 대본과 일치하도록 원문 대조와 교정에 힘썼으며, 수록 대본에 대해서는 '수록 작품 출처'에 자세하게 밝혔다.
4. 표기법은 현행 한글맞춤법과 외래어 표기법을 따르는 것을 원칙으로 했으며, 원문의 맛이나 작품 감상이 달라질 우려가 있는 경우에는 본래의 어휘나 표현을 살려두었다.
5. 엮은이가 붙인 어휘 풀이와 원문의 오류에 대한 설명 등은 각주로 달았다.
6. '작가 연보'와 '작품 연보'에는 작가가 작성한 이력서와 작가 유품(작품) 목록을 보충 수록하여 작가의 생애와 작품 전체를 살피는 데 도움이 되도록 하였다.

차례

별들 최후의 날

해설_ 한국 과학소설의 개척자 한낙원 •

제 1 부 　중단편

길 잃은 애톰

어떤 무더운 여름날이었어요.

나는 공중을 날아다니다가 바람결에 길을 잃고 그리스의 데모크리토스*란 학자의 콧구멍으로 기어 들어갔어요.

그분은 콧날이 우뚝 솟고 눈이 이상하게 빛나는 의젓한 분이었어요.

나는 그분이 좋아졌어요.

'여기서 좀 쉬었다 갈까?'

나는 생각하며, 그분의 허파 속에 들어갔다가, 그분의 핏줄을 타고 그분의 머릿속으로 들어가 버렸던 거예요.

그런데 가만 엿듣자니 그분은 무엇인가 곰곰이 생각하며 몹시 애타고 있지 않겠어요.

'이 세상은 무엇으로 만들어졌을까? 내 생각에는 사람과 나무와 불과 물과 돌, 그 밖의 모든 것이 어떤 꼭 같은 알맹이로 만들어졌을 것만 같은데……'

---

* Democritos. 고대 그리스의 철학자. 실재하는 것은 원자原子와 공간뿐이라고 하여, 원자설에 입각한 유물론을 제창하였다.

그분은 이런 생각을 하며 이마에 주름살을 몹고* 있는 거예요.

나는 그 찌푸린 얼굴을 보자 우스워서 견딜 수가 없었어요.

"해해해해……."

나는 깔깔 한바탕 웃어줬죠.

그랬더니, 그분은 고개를 갸웃거리며 어디서 누가 웃는 것인지 눈알을 두리번거리기 시작했어요.

"누구야? 개미 같은 목소리로 누가 나를 비웃고 있어, 응?"

그분은 잔뜩 성이 나버렸어요.

"나예요."

내가 말했어요. 그러나 그분은 잘 못 들었는지 또 눈알만 굴리며 방 안을 온통 찾기 시작했어요.

장 속이며 책상 서랍이며 심지어 책갈피까지 뒤지고 있잖아요.

"아저씨, 나 여기 있어요."

내가 고함을 질렀지요.

"어디냐?"

그분은 또 일어나서 방 안을 뱅뱅 돌며 나를 찾고 있어요.

"아저씨, 여기래두요."

내가 또 소리쳤지요.

그래도, 그분은 자기 호주머니만 뒤지고 있어요.

"아저씨, 왜 딴 데만 찾아요. 난 아저씨 몸 안에 들어왔어요."

"뭐라구? 내 몸 안에 네가 있다구?"

데모크리토스는 깜짝 놀라서 벌떡 일어나더니, 껑충껑충 뛰며 자기 몸을 훨훨 터는 거예요.

| * 모으고.

"암만 털면 누가 나간대요."

내가 놀려줬지요.

"도대체 넌 누군데 나를 놀려대는 거냐. 내가 지금 얼마나 중요한 문제를 생각하고 있는지 아느냐?"

"알죠. 아니까 우습지 뭐예요. 아저씨는 뭘 그렇게 힘든 얼굴을 하고 있어요. 아주 간단한 문제를 가지고……."

"내가 생각하는 일이 간단한 문제라구? 나는 이 세상을 만들고 있는 근본을 캐내려고 애쓰고 있는 거야. 이 우주를 만든 알맹이를 찾고 있어."

"그런 것을 찾는데 책갈피나 호주머니만 뒤진다고 나와요?"

"누가 그런 알맹이를 찾기 위해서 호주머니를 뒤졌다더냐. 나는 너를 찾기 위해서 호주머니를 뒤적인 것이야."

"헤헤…… 내가 바로 아저씨가 찾고 있는 우주의 근본인걸요."

내가 말했더니, 그분은 깜짝 놀라서 다시 나를 찾기 시작했어요.

"그게 정말이냐? 네가 어디 있어. 어서 좀 나와. 어서 나와서 내게 네 얼굴을 좀 보여달란 말이다."

데모크리토스 아저씨는 안타까운 듯이 나를 불렀어요.

나는 한참 동안 생각했어요. 나갈까 말까 하고요. 하지만 그분이 나를 찾아내기 위해서 그렇게 여러 해를 두고 고심한 것을 생각하면 그분이 불쌍해졌어요. 다른 누구보다도 나를 많이 생각해준 분이니까요. 나는 나가기로 결심했어요.

"아저씨, 그럼 내가 나갈게요."

"오냐, 어서 나와서 내 눈앞에 나타나거라."

"그러세요. 곧 나갈게요."

나는 데모크리토스 아저씨의 머릿속에서 다시 핏줄을 타고 허파로 나왔어요.

"아저씨, 아저씨!"

"응, 어디 있냐?"

"나 지금 아저씨 허파 속에 있어요."

"내 허파 속에?"

데모크리토스 아저씨는 또 놀라서 두 눈을 크게 떴어요.

"아저씨, 지금 나갈 테니, 어서 재채기를 한두 번 해주세요."

"재채기를? 재채기는 왜?"

"그래야 내가 나가죠. 바람을 타구 말예요."

데모크리토스 아저씨는 무슨 말인지 잘 못 알아들었지만, 하도 내 얼굴을 보고 싶었던지 내가 하라는 대로 이내 재채기를 하기 시작했어요.

"엣취, 엣취……."

그분이 재채기를 하는 틈을 타서 나는 그분의 콧구멍으로 쑥 나와버렸어요.

"자, 어디 앉아야 아저씨가 나를 잘 볼 수 있을까?"

나는 생각 끝에 데모크리토스 아저씨의 우뚝 솟은 콧날 위에 앉는 것이 제일 좋겠다고 생각했어요.

"아저씨, 아저씨!"

"응? 어디 있냐?"

"나 지금 아저씨 콧날 위에 앉았어요."

"내 콧날 위라구?"

아저씨는 두 눈을 내리뜨고 자기 콧날 위에서 나를 찾기에 바빴어요. 하지만 내가 안 보이는 모양이에요.

"내 콧날 위라니 어디 말이냐?"

아저씨는 물었어요.

"맨 끝이요. 제일 높은 콧날 위예요."

아저씨는 다시 콧날 위를 찾아보았지만 또 허탕이었어요.

"휴— 내게 안 보이는걸. 거짓말은 말고 어디 있는지 바른대로 말해라."

"틀림없이 콧날 위에 있대두요."

"요 깜찍한 놈 같으니. 내 눈이 장님인 줄 아냐. 내게는 안 보여!"

"아이참, 아저씨두. 틀림없이 난 콧날 위에 있는데두 못 보시네……. 하긴 내가 너무 작아서 못 보나?"

나는 비로소 사람의 눈으로는 나를 보기 힘들다는 것을 깨달았어요.

'이를 어쩌나, 어떡하면 나를 보이게 할 수 있을까?'

나는 곰곰이 생각해보았어요. 그러나 바늘구멍만 한 곳에도 내 동무가 수억만 명이나 모여서 춤을 출 수 있다는 것을 생각하면, 나를 사람의 눈으로 보이게 할 수는 없다고 생각하게 됐어요.

'할 수 없지. 방법이 없는걸.'

내가 거의 단념하려고 할 때, 내게 한 생각이 떠올랐어요.

'옳지, 좋은 생각이 났어. 나 혼자만의 힘으로는 어쩔 수 없지만 내 동무들을 많이 모으면 사람의 마음에 내가 있다는 것을 깨닫게 할 수 있을 거야.'

나는 기뻐서 데모크리토스 아저씨에게 말했어요.

"아저씨, 좋은 생각이 났어요."

"뭔데?"

아저씨는 신통치 않은 낯으로 물었어요.

"이제부터 우리 동무들을 모아가지고 아저씨 눈 속에서 춤추는 파티를 열겠어요."

"뭐라고? 내 눈 속에서?"

데모크리토스 아저씨는 놀라서 소리쳤어요.

"놀랄 건 없어요. 내 동무들을 7억만 명 모아가지고 신나는 무용 파티를 벌일 테야요."

"7억만 명이라구?"

데모크리토스 아저씨는 입을 딱 벌리고 말았어요.

"그래요. 왜 놀랐어요? 7억만 명쯤은 아주 작은 모임인걸요."

"이봐, 내 눈 속에 너 같은 놈이 7억만 명씩 모여들면 내 눈이 장님이 될 게 아니냐?"

"천만에요. 나는 아저씨가 하도 딱해서 눈을 더 밝게 만들어 우리를 볼 수 있게 해드리자는 거예요."

"난 못 믿겠어. 내가 몇 해를 두고 연구해도 볼 수 없던 우주의 근본 알맹이를 내 눈으로 볼 수 있게 하다니, 난 못 믿겠어."

데모크리토스 아저씨는 혼잣말처럼 푸념을 했어요.

나는 아저씨의 생각은 아랑곳없이 아저씨 눈 속으로 냉큼 뛰어 들어 갔죠. 그리고 내 동무들을 모으기 시작했어요.

"지……딱, 지지……따딱……지지지지……따따따딱……."

나는 이리저리 내 동무와 부딪치며 자꾸만 다른 동무에게 무도회에 빨리 모이라고 이르고 돌아갔죠.

이리하여 내 동무들은 눈 깜빡하기도 전에 7억만 명이 데모크리토스 아저씨의 눈 속으로 모여들었어요.

"또르르…… 또르르……."

꼬마 알맹이들이지만 7억만이나 모여드니 데모크리토스 아저씨의 눈은 화끈화끈 다는 것 같았나 봐요.

"여러분, 조용들 해주세요."

내가 동무들을 불렀어요.

"어서 말을 해요. 우린 갈 길이 바쁘니까."

딴 알맹이가 이야기를 독촉하는 거예요.

"알고 있어요. 그러니까 간단히 이야기하죠. 오늘 데모크리토스 아저씨의 눈 속에 여러분을 몹게* 된 데는 우리에게도 매우 중대한 이유가 있습니다. 에헴."

내가 의젓하게 기침을 하였어요. 그러나 딴 친구들도 연거푸 기침을 하기 시작하자 나는 당황하여 이야기를 계속할밖에요.

"조용들 합시다. 이렇게 떠들다가는 오늘의 모임은 실패할는지도 모르니까요. 에헴……."

"이것 봐요. 그 점잔을 빼는 기침은 빼고 속히 이야기를 해요."

다른 친구가 덩달아서 외쳤어요.

"옳소, 군기침은 빼고 할 말부터 하시오."

다른 친구들도 내 군기침을 나무랐어요. 그다음부터 나는 군기침을 빼고 이야기를 했어요.

"결론부터 말하면 우리는 이름을 갖자는 것입니다."

"우리 이름이라니, 우리는 우주의 근본이 아니오?"

한 친구가 말했어요.

"그래요. 한데 사람들은 그것을 모르고 있단 말요. 그리구 어떤 이는 우주의 근본은 불이라고도 하고, 또 어떤 사람은 우주의 근본이 물이라고 해요."

"그 말도 이유가 있군그래. 우리는 불도 만들고 물도 만들고 있으니까."

또 한 친구가 말했어요.

"옳소. 우리의 가치를 바른대로 인간에게 알립시다."

다른 친구가 앞서 친구의 말을 밀어주었어요.

| * 모으게.

나는 회의가 내 희망하는 대로 잘 되어가는 것을 보고 무척 기뻤어요.

"그렇습니다. 바로 우리가 이 자리에 모인 것은 그 때문입니다. 우리의 가치를 바른대로 인간에게 알려야겠습니다. 그러기 위해서는 우리를 찾으려고 누구보다도 애를 많이 쓰고 있는 데모크리토스 아저씨에게 우리를 깨닫게 하고, 우리 이름을 지어 온 세상에 알리는 것이 좋을 줄로 아는데 여러분의 의견은 어떻습니까?"

"그거 좋은 생각이오. 우리 이름을 만듭시다."

모두 박수로써 내 의견을 환영해주었어요.

"좋습니다. 그럼 이제부터 무도회를 열어야겠는데 그 목적은 아직 데모크리토스 아저씨가 우리와 같이 작은 알맹이가 이 세상에 있다는 것을 모르기 때문에, 우리가 다 같이 춤을 추어서 알리자는 것입니다. 그분이 우리를 깨달아야 우리 이름도 짓게 될 게 아녜요."

"반대할 필요는 없잖아……."

모두 찬성해줬어요.

"그럼, 곧 춤을 춥시다. 신나게 악대를 울리며 열나는 춤을 춰야 해요. 자, 하나, 둘, 셋, 시작!……"

호령이 내리기가 무섭게 우리 알맹이들의 춤은 시작됐어요.

딱 하고 한 놈이 한 놈을 받으면, 그놈이 둘로 갈라져서 또 다른 네 놈을 받는 거죠. 그러면 그 네 놈이 또 여덟 놈을 받고……. 이렇게 되면 신바람이 나서 열이 부쩍부쩍 오르는 것이에요. 마침내 데모크리토스 아저씨는 눈이 확확 다는 것을 느꼈나 보죠.

"아이구 뜨거, 이러다간 내 눈에 병이 날 것 같아."

"호호…… 데모크리토스 아저씨, 이제야 우리를 깨달았어요?"

"아니, 그럼 너희들이 춤을 추기 때문에 내 눈이 뜨거워진 것이냐?"

"그래요 아저씨!"

"그렇다면 제발 그 춤을 좀 멈춰다오. 눈이 뜨거워서 견딜 수 있냐?"

"그럼 이제는 내가 보이지는 않지만 분명히 있다는 것을 아셨죠?"

"알았어, 알았어. 정말 내 평생에 이렇게 기쁜 날은 없다. 나는 우주의 근본이 되는 너희들을 발견했으니 말이다. 정말 지금 내 눈은 햇빛처럼 환히 트인 것 같구나."

"잘됐어요. 아저씨, 우리도 사람에게 우리를 알리게 돼서 무척 기뻐요."

"고맙지 뭐냐. 한데 너희들을 뭐라고 불러야 좋지?"

"아저씨 맘대로 지어주세요."

나는 진심으로 그렇게 말했어요.

"음— 그렇다면 내가 하나 지어봐도 좋지만……. 너희들은 자꾸 돌고 도니까 돌돌이라면 어떨까?"

"글쎄요. 그건 사람 이름과 너무 같잖아요?"

"그럼, 얌전이면 어떻겠니?"

"해해…… 우린 그렇게 얌전하진 않을걸요."

"그럼, 차돌인 어떠냐?"

"글쎄요. 우린 돌처럼 차갑지 않은 때가 더 많은걸요."

"제길 몹시도 이름이 까다롭구나. 가만있자……."

이번에는 데모크리토스 아저씨도 한참 두 손으로 턱을 고이고 곰곰이 생각한 끝에야 입을 열었어요.

"이봐, 그럼 이런 이름은 어떠냐, 원자라구?"

"그게 무슨 뜻이죠?"

"사람의 힘으로 쪼갤 수 없도록 갈라진 알맹이지만 그게 우주의 모든 것을 만드는 근본이란 뜻이지."

"그 이름이 좋군요."

"그럼 그렇게 정하지. 원자란 그리스 말론 애톰이라고 하지."

"그것 좋아요."

이리하여 나는 친구들에게 달려가 그 이름을 발표했어요.

"우아아…… 근사한 이름이다. 새로운 이름, 만세!"

"만세!"

모두 기뻐해주는 것이 내게는 고마웠어요.

"새 축하 파티는 더 넓은 우주로 나가서 해야지. 온 우주의 원자들을 모아가지고 말야."

"좋소! 우주로 가자!"

7억만의 원자 알맹이들은 모두 신바람이 나서 데모크리토스 아저씨의 눈에서 나와 공중으로 날아갔어요. 그러나 나는 아직 데모크리토스 아저씨의 눈에 남았어요.

"모든 일이 잘됐군요."

"정말 잘됐어. 이렇게 기쁜 날은 내 평생에 없다."

데모크리토스 아저씨는 마음속으로 기뻐서 눈물짓는 것이었어요.

나는 아저씨가 너무 기뻐서 눈물짓는 것을 보자, 길을 잃고 데모크리토스 아저씨를 만나기를 잘했다고 생각하며 내 친구들의 뒤를 따라 아저씨의 눈을 나오는 것이었어요.

—『푸른 동산』(1964년도 아동문학 연간집), 배영사, 1964년.

애톰과 꿀벌

장난꾸러기 알갱이들

소나기 같은 비가 쏟아지는 봄날이었습니다. 그런데도 하늘에는 이따금 햇빛이 구름 사이로 반짝이는 야릇한 날씨였습니다.

"에헤헤……, 용용 죽겠지. 나 잡아봐라."

"요것이, 네가 도망치면 얼마나 더 갈 거야. 어서 이리 와!"

"흥, 누구 마음대로야. 난 이대로가 좋아."

"하지만, 너와 난 함께 뭉쳐야 물방울이 되잖니. 어서 이리 와!"

산소 알갱이와 수소 알갱이들이, 묘한 날씨 탓인지 이리 뛰고 저리 쫓으며 재롱이 한창이었습니다. 가벼운 수소 알갱이가 위로 솟자, 무거운 산소 알갱이가 밑으로 가자고 몰아붙입니다.

알다시피 수소나 산소는 모두 무척 가벼운 원자입니다. 아주 좋은 현미경으로나 겨우 볼 수 있는 원자, 즉 애톰들이지만, 몸이 가벼운 만큼 까불기도 잘합니다. 그러나, 수소 두 놈과 산소 한 놈이 얽히면 물이 됩니다. 그래서, 지금도 얽혀서 물이 되자는 애톰과 그냥 놀고 싶다는 애톰이 쫓고 쫓기고 있습니다.

그러나, 무거운 구름에 쫓기면서 두 놈의 수소는 산소에게 잡히고 말았습니다. 그와 함께 셋은 한 알의 물방울이 되고, 더 큰 물방울들이 덮치자 빗방울이 되어 밑으로 떨어지기 시작했습니다. 그러나, 장난꾸러기 애톰들은 그냥 있기 싫은 듯 서로 떠밀치며 야단들이었습니다.

"아냐, 아냐. 이쪽으로야, 이쪽!"

"그쪽은 빌딩 숲이잖니. 산 위가 낫지. 어머, 으악!"

알갱이들이 서로 옥신거리고 있는 동안 빗방울은 떨어지고 말았습니다. 이 빗방울이 떨어진 곳은 바로 아카시아 나무 꽃잎 위였습니다.

"야, 그 냄새 한번 근사하다!"

물방울은 꽃잎을 맞으며 흩어졌지만 알갱이들은 그 기막힌 꽃 내음에 흠뻑 취하고 말았습니다. 이 알갱이들은 얼마 뒤 윙윙거리는 소리를 듣고서야 정신을 차렸습니다.

자세히 보니 그들은 꿀벌들이었습니다. 꿀벌은 알갱이들을 알아차리지도 못하고, 꽃잎 속으로 혀를 박고 꿀 따기에 바빴습니다. 다리는 또 꽃술에서 꽃가루를 묻혀내고요. 그러나, 세 알갱이는 꿀벌이 자기들을 아는 척도 않는 데 시샘이 났습니다.

"야, 이 멍청이 꿀벌아. 우린 바로 네 코앞에 와 있다고. 에헴, 에헴!"

알갱이들은 꿀벌 콧등에 올라앉아 발을 구르며 큰소리치다가 그만 미끄러지고 말았습니다. 그와 함께 꼬마 알갱이들은 꿀벌의 혀 속으로 빨려들어 배 속으로 밀려갔습니다.

"아이, 답답해 도와줘."

산소 알갱이가 버둥거리며 수소 알갱이를 끌어당겼으나, 수소 알갱이는 오히려 산소 알갱이를 붙잡았습니다.

"기다려, 조금만."

"난 싫어. 나가고 싶다고."

"우린 못 나가. 여긴 창자 속이야. 꿀벌의 배 속."

"그럼 우린 어떡해. 이힝 잉잉잉."

산소 알갱이는 더욱 답답한 듯 울기 시작합니다.

"우리가 너무 까불었어. 생각 안 나? 우린 꿀벌 코 위에서 춤을 추며 장난이 심했단 말야. 꿀벌 혓바닥 위로 떨어지는 줄도 모르고."

"그럼 이제 우린 어떻게 되는 거야. 히, 앙앙……."

산소 알갱이가 또 요동을 치기 시작합니다.

"기다려보는 거야. 여기서 우리가 도망치기엔 길이 너무 험하다고."

수소 알갱이는 산소 알갱이를 위로하듯이 말했습니다.

언젠가 수소 알갱이는 큰 소의 허파에 들어간 일이 있습니다. 그때 수소 알갱이도 산소 알갱이처럼 답답해서 몸부림치다 지쳤지만, 소가 느 닷없이 재채기를 하는 바람에 신들린 듯 소의 허파에서 빠져나온 기억이 되살아난 것입니다.

하지만 꿀벌은 이런 바람은 아랑곳하지도 않은 채, 꿀물이 창자에 가 득 차자, 남산 밑의 자기 벌통을 향해 날아가 버렸습니다.

벌통 속에 뛰어든 들쥐

자기 벌통으로 날아온 꿀벌은 배 속에 담아 온 꿀물을 여섯 모 꼴의 벌집에 뱉어냈습니다. 다리에 묻혀 온 꽃가루는 또 다른 벌집에 털어 넣 고요.

세 원자 알갱이는 겨우 꿀벌의 배 속을 벗어났지만, 이번엔 진득거리 는 꿀단지 속에 빠져들었습니다.

"위로 솟자! 손을 꽉 잡아! 위로! 위로! 힘을 내!"

이번엔 수소 알갱이가 더 열심히 격려했습니다. 덕분에 그들은 겨우 벌집 가장자리에 달라붙었습니다.

세 원자 알갱이들은 숨을 돌리며 주위를 둘러보았습니다. 어두컴컴한 방이 눈에 익자, 수도 없이 많은 일벌들의 움직이는 모습이 보이기 시작했습니다.

한 무리의 벌들은 문 쪽으로 꼬리를 돌린 채 날개로 열심히 부채질을 하고 있습니다. 벌통 안의 습기를 뽑아내는 작업입니다. 어떤 벌들은 집 안을 청소하고, 어떤 벌들은 물기가 알맞게 없어진 꿀단지를 밀랍으로 막았습니다. 또 어떤 벌은 아기 벌이 밀랍을 젖히고 나오는 것을 도와주고요.

이들 가운데 유독 몸집이 크고 허리가 긴 벌이 청소한 벌집들을 누비며 꼬리를 구멍에 박았다 나오곤 하였습니다. 그놈이 바로 여왕벌입니다. 이 여왕벌은 쉴 새 없이 알을 낳아서 벌들의 가족을 지켜나가는 것입니다.

여왕벌이 알을 낳으면 일벌들은 꿀과 꽃가루 등을 섞은 젖을 그 속에 넣어주고 구멍을 밀랍으로 막았습니다. 알이 깨어나서 먹고 자랄 양식입니다.

"신기하잖니. 어쩌면 벌들이 이렇게 질서 있고 열심히 일하지!"

산소 알갱이가 감탄하였습니다.

"그런 줄도 모르고 우린 꿀벌을 상대로 장난을 쳤잖아."

"하지만 놀고먹는 놈도 있어. 저 밑을 봐."

다른 수소 알갱이가 손짓했습니다. 정말 벌통 아래쪽에는 일벌들보다 덩치 큰 놈들이 더러 보였습니다.

"저런 고얀 놈 봤나. 모두 열심히 일하는데 놀고먹다니?"

"너무 화내지 마. 그놈은 수벌이야. 수컷도 있어야 번식을 하지."

산소 알갱이가 말했습니다.

"그렇지만 저렇게 덩치도 큰 것이 공짜로 먹기만 하면, 꿀을 어떻게 당하지?"

"그런 걱정은 안 해도 돼. 수벌은 쓸모없게 되면 모두 없애버리니까."

"없애버려?"

"그래, 저것 좀 봐."

산소 알갱이는 비슬거리는 수벌 한 놈을 일벌들이 달라붙어 문밖으로 끌어내는 장면을 손짓했습니다.

이처럼 원자 알갱이들이 꿀벌들의 생활을 지켜보고 있을 때, 뜻하지 않은 사건이 벌어졌습니다.

글쎄, 웬 꼬마 들쥐 한 마리가 벌통 문을 헤집고 들어왔지 뭡니까!

쫓겨난 꼬마 들쥐

벌통 속으로 어떻게 들쥐가 들어갔느냐고요? 글쎄, 들어보셔요. 남산 밑에 벌통을 갖다 놓은 양봉가는, 비가 쏟아지자 벌통 위에 천막을 씌웠어요. 그런데, 알맞게 접힌 천막 갈피엔 물이 고였는데, 그 갈피가 구렁이 들기엔 썩 안성맞춤이었나 봅니다. 하여튼 갈피 속엔 구렁이 한 마리가 들어 있었지 뭡니까. 그런데 어쩌자고 그 앞에 들쥐 새끼 한 마리가 나타나 아른거린 거여요. 들쥐 새끼가 뭘 했냐고요? 내다 버린 죽은 꿀벌들을 주워 먹었던 거죠. 아무리 쉬려던 구렁이지만, 코앞에서 날름거리는 먹이를 보고서야 어떻게 참겠어요. 구렁이는 스르르 미끄러지듯 새끼 들쥐 쪽으로 다가왔죠. 꿀벌 맛에 혀만 날름거리던 새끼 들쥐는 구렁이와 눈이 딱 마주친 다음에야 너무 급해진 자신을 깨달았습니다. 도망갈 길이 없다고요. 앞에는 구렁이가 다가오고 옆에는 천막들이 덮인 벌통뿐이었으니까요.

"엄마, 살려줘, 엄마 —."

꼬마 들쥐는 외치며 달려갔는데 그게 바로 벌통 입구였어요. 꼬마 들쥐는 죽을힘을 다하여 머리를 처박고 발을 버둥거렸으나, 몸이 컬린 채 안 들어가지 뭡니까. 꼬마 들쥐는 거의 발악을 하였어요. 그제서야 좀 느슨해진 틈으로 몸이 들어갔다 이거여요.

"휴, 하마터면! 여기야 못 들어오겠지."

꼬마 들쥐는 어찌나 놀랐던지 숨도 제대로 못 쉬다가 겨우 숨을 돌려 쉬려 했으나, 웬일인지 다시금 비명을 질렀습니다.

"아야야…… 아이구, 나 좀 살려줘. 엄마!"

꼬마 들쥐는 벌통 안을 마구 쏘다녔습니다. 이 통에 벌집들이 부서지며 꿀들이 흘러내렸습니다. 갓 나온 아기 벌들은 밟혀 죽었고요. 그뿐이 아닙니다. 알을 낳던 여왕벌은 무척 당황하여 허둥거리다가 밑으로 떨어졌습니다. 들쥐가 미쳐 돌아가는 그 앞으로 말입니다. 이것을 본 일벌들이 몰려가 들쥐로부터 여왕벌을 지켰습니다. 나머지 일벌들은 더욱 세차게 꼬마 들쥐를 바늘로 공격했고요.

"아따따……."

꼬마 들쥐는 더 이상 견디지 못하고 쫓겨났습니다. 아직도 미련이 남은 구렁이가 기다리는 벌통 밖으로 말입니다.

되찾은 평화

벌통 안은 그야말로 전쟁터와 같았습니다. 죽은 벌들이 쌓였고 벌집도 엉망이 되었습니다. 그러나, 일벌들은 누가 명령을 내리는 것도 아닌데, 언제 그랬더냐 싶게 벌통 안을 말끔히 치웠습니다. 죽은 벌들을 내다 버리고, 벌집을 고치고 깨끗이 청소하였습니다. 습도와 온도도 본래대로 회복시켰습니다.

"정말 놀랍다! 벌써 모든 것이 제자리로 돌아왔어!"

수소 알갱이가 감탄하였습니다.

"누가 아니래. 저것 봐. 여왕벌도 다시 알을 낳고 있어! 일벌들은 꿀을 따 오고!"

"우리가 미안해. 우린 싸움 구경하는 기분으로 보고만 있었잖니."

산소 알갱이가 미안한 듯 도리질을 하였습니다.

"오늘은 정말 좋은 것을 보았어. 꿀벌들은 놀고먹는 놈이 한 놈도 없었어. 급할 땐 다투어 자기 목숨도 바쳤다고. 그게 함께 사는 삶이지. 안 그래?"

"암! 꿀벌은 꿀도 주지만 수술과 암술을 오가며 열매도 잘 맺게 해주거든."

"그런데, 우린 뭐야. 서로 도망치고 있었잖아. 제멋대로 말야."

세 알갱이들이 이렇게 감격에 젖어 있는 동안, 문틈으로 밝은 빛이 숨어들었습니다.

"야, 날씨가 이제 개었나 보다. 우리도 나가자!"

수소 알갱이가 말했습니다.

"그러자, 하나……."

"둘……."

"셋!"

이번엔 세 알갱이가 서로 달아나려는 대신 약속이라도 한 듯이 꼭 끌어안은 채 힘차게 벌통 밖으로 빠져나갔습니다.

바깥세상은 어느덧 비 온 뒤의 물기로 한결 싱그럽고 생명이 넘쳐 있었습니다. 그게 모두 원자 알갱이 수소와 산소의 힘이란 것을 뽐내기라도 하려는 듯이.

— 손동인 외, 『풀안경 외 23편』(한국아동문학대표작선집 12),
웅진출판주식회사, 1991년(1988년).

미애의 로봇 친구

공장이나 사무실은 대부분 자동화되어 로봇들이 사람을 대신해서 일했다. 사람이 하는 일이란 로봇을 관리하는 것이 고작이었다. 하지만 의사인 강효민 박사의 외동딸 미애의 경우는 달랐다. 미애는 아홉 살인데 여태껏 로봇하고만 놀기를 고집했다.

"소라야, 오늘은 뭐 하고 놀까?"

미애가 학교에서 돌아오면 곧잘 이렇게 물었다. 그러면 로봇인 소라는,

"글쎄, 오늘은 술래잡기가 어때?"

하고 되물었다. 이런 물음은 대개 미애의 기분을 로봇이 인공 지능으로 분석해서 말하는 것이므로 미애는 그대로 받아들이기 일쑤였다.

"그래그래. 참, 빛의 속도는 얼마지?"

하고 미애가 물으면,

"빛의 속도는 1초에 30만 킬로미터야."

하며 그의 앞가슴에 부착된 액정 TV 화면으로 빛이 지구를 일곱 바퀴 반도는 장면을 보여주었다. 소라는 성능이 그리 좋은 편은 아니나 미애와

놀고, 가르치기에는 입력된 지식으로도 충분하였다. 그래서 미애는 학교에서 돌아오면 늘 소라와 공부도 같이 하였다.

그러나 둘 사이가 너무 가깝다는 것이 문제가 되었다.

미애는 소라하고만 놀 뿐 다른 누구하고도 놀려고 하지 않았다. 다른 애들을 찾아가거나 심지어 애들이 집에 놀러 오는 것조차 반기지 않았다.

'정말 큰일 났군.'

어머니는 걱정하지 않을 수 없었다. 그래서 이 문제를 남편과 의논하였다.

"여보, 미애 말인데요. 그 애는 소라하고만 놀려 하고, 다른 애들은 거들떠보지도 않으니 이 일을 어쩌면 좋아요, 글쎄?"

아내의 말을 들은 아버지 역시 걱정이 되었다. 그래서 부모님은 의논한 끝에 미애를 소라와 아주 떼어놓기 위해 미애를 데리고 여행을 떠났다.

하지만 아버지를 따라 백두산에 간 미애는 천지를 도는 자기부상열차를 타거나 물 위에서 호버크라프트*를 탈 때에도 늘 소라 이야기만 하였다. 선물을 사줘도,

"이거 소라에게 주는 거지?"

하며 소라와 만날 날을 고대하였다.

그런데 여행에서 돌아와 보니 소라의 모습이 보이지 않았다.

"소라야, 어디 있니?"

미애가 울먹이며 소라를 찾았다. 그러나 떼어놓기로 작정하고 팔아 버린 소라가 나타날 리 없었다.

그런데도 미애는 매일같이 소라를 찾았다. 밥도 제대로 먹지 않았고,

---

* hovercraft. 공기부양선. 압축 공기를 분출해 몸체를 띄워서 땅이나 물 위를 날아다니게 만든 탈것. 압축 공기가 표면과의 마찰을 없애는 쿠션 구실을 한다.

나중엔 사람들하고 말조차 하려 들지 않았다.

"미애야, 그까짓 로봇이 뭔데 그래, 다른 친구를 사귀면 더 좋잖아."

어머니가 달랬으나 미애는 막무가내였다.

"싫어 싫어, 난 싫단 말야."

미애는 발버둥 쳤다. 마침내 부모는 미애를 데리고 제주도로 갔다. 제주도에는 색다른 구경거리가 많아서 미애의 기분을 바꿀 수 있을 것이라고 생각해서였다. 한라산에는 정말 구경거리가 많았다. 산정에는 우주 항공국이 있고, 산허리에는 유전공학 연구소가 있어서 이상한 동물들이 많이 눈에 띄었다. 그리고 바다에는 인공 섬을 만들어 각종 물고기 연구를 하고 있었고, 바닷속에서는 고래를 키우고 있었다.

이런 것들을 구경하노라면 미애의 마음이 풀릴 것으로 짐작했으나 그것 역시 빗나갔다.

더 이상 묘책이 없는 미애의 부모는 그냥 시간이나 보내려고 제주도 조선소로 갔다.

조선소에서는 많은 로봇들이 일을 하고 있었다. 자동화된 큰 기계 장치에서부터 사람처럼 운반이나 색칠을 하는 로봇과 잘못을 찾아내는 로봇까지 종류도 많았다.

그런데 뜻밖에도 이 공장에서 미애 아버지가 팔아버린 소라를 만날 줄이야! 소라는 높이 맨 부두 난간 위에서 선반에 색칠하는 것을 감시하고 있었다. 소라를 알아차린 미애는 난간 쪽으로 소라를 부르며 달려갔다.

"소라야! 소라야!"

미애가 마주 달려가며 얼싸안으려는 순간 그만 발을 헛딛고 말았다.

"아얏!"

미애의 몸이 붕 하고 허공에 떴다가 그대로 바닷속으로 곤두박질했다. 그 순간이었다. 로봇인 소라의 팔이 쭈욱 뻗더니 미애의 몸을 잽싸게 움켜잡고 울부짖지 않는가!

"미애야!"

"소라야!"

둘은 꼭 껴안은 채 서로 떨어질 줄을 몰랐다.

이 광경을 지켜본 미애의 부모들 볼 위에도 이슬처럼 눈물이 반짝이고 있었다.

"너희 둘을 다시 떼어놓을 수는 없겠구나. 자, 이제 집으로 돌아가자."

미애의 아버지는 소라를 다시 사서 집으로 데리고 왔다.

"야호! 소라야!"

"야호! 미애야!"

딱딱하고 차가운 플라스틱 손과 피가 통하는 따스한 어린이의 손이 언제까지나 꼭 잡은 채 떨어질 줄을 몰랐다. 그들 팔에는 서로의 피가 흐르는 것만 같았다.

그날은 2030년 어느 화창한 봄날이었다.

—김병태 외, 『외눈나래새』(한국아동문학대표작선집 4), 상서각, 1995년.

사라진 행글라이더

멋진 행글라이더

지석만은 한창 자라는 때라 그런지 열여섯 나이에 걸맞지 않게 몸엔 살이 붙지 않고 키만 홀쭉한 편이었습니다. 그 위에 긴 팔을 펴고 이따금 하늘을 나는 시늉을 하였으므로 친구들은 그에게 솔개란 별명을 지어주었습니다. 지석만은 자기 별명을 탐탁히 여기지는 않으나 그렇다고 아주 싫어하지도 않았습니다.

'이왕이면 수리라고 지어주지 솔개가 뭐야. 두고 봐. 조금만 있으면 독수리보다 더 멋지게 하늘을 날아 너희들을 깜짝 놀라게 해줄 테니까.'

석만은 솔개란 별명을 들을 때마다 속으로 그렇게 마음에 다짐하고 더욱더 행글라이더 연습에 열중하였습니다.

행글라이더! 그것은 타보지 못한 사람은 상상도 할 수 없는 멋진 날개입니다. 날개요! 네. 새와 같은 날개 말이에요. 그것은 사람을 새처럼 하늘 높이 끌어 올리고 새처럼 하늘을 날게 합니다.

이처럼 오랜 인간의 꿈을 이루어준 기구인데도 그것은 너무나 간단한 장치예요. 강하게 만든 알루미늄 막대로 틀을 만들고, 그 위에 천을 씌워 날개처럼 만든 것이죠.

물론 그 날개 밑에는 사람이 매달린 '하니스'란 멜빵 같은 옷이 붙어야 하고, 조종대가 있어야 하지만요.

헬멧을 쓴 사람은 '하니스'에 매달려 조종대를 잘만 움직이면 신나게 하늘을 나는 기분을 한껏 즐길 수 있습니다. 이런 멋진 장치가 어째서 우주선보다 늦게 개발되었는지 놀랄 수밖에 없어요.

이런 멋진 기구가 한국에도 많이 퍼져서 이젠 해마다 각종 경기 대회를 열고 있는데, 금년은 불국사가 있는 토함산에서 공군 참모배를 겨루는 선수권 대회가 열립니다.

지석만은 이 대회 고등 비행 종목에 출전합니다. 이 종목에 우승하면 세계 선수권 대회에 나갈 자격을 얻게 되므로 선수들은 어느 대회 때보다 더 열심히 연습을 하고 서로 신경을 곤두세웠습니다.

더욱이 지석만과 송기수는 서로가 경계하는 무서운 라이벌이었습니다. 하지만 기수는 석만보다 언제나 한 수 위여서 석만은 번번이 우승의 자리를 기수에게 빼앗기곤 하였습니다.

'하늘을 나는 데는 가벼울수록 좋은데 왜 내가 늘 기수에게 지기만 하지? 역시 처음에 뜨기 위해 달려 나갈 때 힘이 달리기 때문일 거야. 기수를 이기자면 몸부터 튼튼히 해야겠는데 어느 세월에 그 애 체력을 따라잡지? 경기는 내일로 다가왔는데 말야. 역시 머리를 써야 해. 머리를 써서 이길 수밖에 없다고.'

지석만은 이런 생각을 하며, 내일 열리는 선수권 대회를 걱정하고 있었습니다. 이런 기분을 알아차린 지도 교관 박선익 선생이 여관에 돌아가 푹 쉬라고 권했으나 석만은 마음이 들떠서 그럴 기분이 못 되었습니다.

지석만은 종이비행기를 만들어가지고 언덕에 올라갔습니다. 석만은 종이비행기를 되풀이해 띄워보며, 공기의 흐름과 날개의 움직임을 열심히 지켜보았습니다. 종이비행기는 석만에게 여러 가지 항공 지식을 새롭게 일깨워 주었습니다. 특히 석만이가 터득한 지식은 공기와 바람의 흐름을 잘 타야지 그것을 거역하거나 제 고집을 부려서는 안 된다는 것이었습니다.

석만이가 이렇게 흡족한 기분에 젖은 채 한 번 더 힘차게 종이비행기를 날려 보냈을 때였습니다.

느닷없이 돌개바람이 불더니 종이비행기를 하늘 높이 끌어 올려다 산마루의 소나무 숲 너머로 자취를 감추게 하고 말았습니다.

"야, 신난다! 정말 멋지게 날아갔어! 나도 내일 저렇게 날 수 있다면 얼마나 좋을까?"

지석만은 한참 동안 종이비행기가 사라진 하늘을 멍청히 바라보았습니다. 산과 들은 그야말로 온통 봄빛으로 수놓아졌습니다. 진달래, 벚꽃이 한창이고 연둣빛 나뭇잎들은 온 산을 싱그럽게 물들였습니다.

"봄이다!"

석만은 시를 읊듯이 읊조렸습니다. 석만의 입에서는 콧노래마저 흘러나왔습니다.

석만은 콧노래를 웅얼거리며 잔디 위에 벌렁 나뒹굴었습니다. 하늘엔 흰 구름이 나직이 떠서 한가로이 노닐고 있습니다.

"역시 내일도 맨 마지막 순서인 나와 기수의 경기에 관심이 쏠릴 거야."

석만은 구름을 따라 콧노래를 흘려보내며 내일의 경기에 골몰하다가 어느새 잠 귀신에 몰려가고 말았습니다.

앗 공룡이다!

역시 지석만과 송기수의 경기는 맨 나중 차례가 되었습니다. 지석만은 7번기, 송기수는 3번기입니다. 두 선수는 산봉우리를 등지고 나란히 섰습니다.

"화이팅!"

관중들이 벌써부터 흥분하며 응원하기 시작했습니다. 마침내 총소리가 울렸습니다. 석만의 행글라이더를 잡아주었던 강순옥이가 손을 놓자, 석만은 덩지 큰 날개 틀을 양손으로 움켜잡고, 죽을힘을 다하여 언덕 끝을 향해 내달렸습니다. 3번의 기수는 벌써 석만보다는 몇 발짝 앞서 달립니다.

"3번 잘한다!"

"7번 화이팅!"

뒤에서 관중과 친지들이 열심히 응원했으나, 석만의 귀에는 아무것도 들리지 않았습니다. 그러나 언덕이 내리막길로 접어들자 '하니스'가 몸을 낚아채는 것 같더니, 날개가 뜨기 시작하며 석만을 공중으로 끌어올렸습니다.

"잘한다. 이젠 조종대를 당겨라!"

멋대로들 아는 척하고 지껄이는 소리가 헬멧 속으로 들렸습니다. 기수는 벌써 저만치 앞섰습니다. 석만은 기수를 따라잡기 위해 조종대를 당겨 속력을 더 얻으려는데 오히려 날개가 심하게 파닥거리더니 벼랑에 날개를 건드리고 말았습니다.

"위험하다. 어서 빠져나가!"

교관인 듯한 목소리가 들렸습니다. 그러나 석만이가 손쓸 겨를도 없이 글라이더는 그냥 절벽 밑으로 곤두박질쳤습니다. 석만은 그 이상 더 떨어지면 끝장이라고 생각하자 조종대를 쑥 앞으로 내밀며 자기 몸의 중심을 왼쪽으로 옮겼습니다. 이런 조작으로 기체는 크게 원을 그리며 위로 솟기 시작했습니다.

180도 회전입니다.

"잘했다, 잘했어!"

강순옥의 격려하는 말이 헬멧 속으로 들렸습니다.

지석만은 겨우 한숨을 돌리고 좀 더 오래 떠서 멀리 날기 위해 바람결을 찾아보았습니다. 웬일인지 바람이 고르지 못합니다. 그동안 기수의 3번기는 벌써 한참 멀리 날아가서 상승 기류를 탔는지 신나게 선회를 되풀이하며 마음껏 기량을 발휘하고 있었습니다.

'에이, 또 참패야. 그렇게 벼르고 연습을 했는데 이게 무슨 꼴이야.'

석만은 눈물이 핑 도는 것을 참으며 바람의 흐름 같은 것을 느끼자, 그곳을 빠져나가려고 조종대를 앞으로 당겼습니다. 그랬더니 이번엔 그 바람을 타고 위로 솟기 시작했습니다.

"야, 나도 상승 기류를 탔나 보다! 자, 360도 회전이다. 또 한 번. 이번엔 잇따라 540도 회전을 하며 3번기를 따라잡는다!"

석만은 속으로 외치며 신나게 곡예를 부리기 시작했습니다. 그런데 이게 웬 운명의 장난입니까! 석만의 7번기는 공기가 없는 '에어 포켓'*에 빠져든 것처럼 대지를 향해 떨어져 갔습니다. 도무지 날지 않고 떨어지기만 합니다.

'이젠 끝이다.'

석만은 몇 차례 비슷한 경험을 한 일이 있으므로 다시 솟아오를 가망이 없다고 판단하고 조종대를 되도록 많이 앞으로 밀어 속력을 떨어뜨리

---

* air pocket. 비행기가 비행 중에 함정에 빠지듯이 하강하는 구역. 보통 공중의 기류 관계로 공기가 희박하기 때문에 일어나며, 비행기가 여기에 들어서면 속력을 잃고 불안정해진다.

게 한 다음 날개를 낙하산처럼 이용하여 땅에 내리려고 하였습니다. 그런데 이때 또 한 차례 예상 밖의 일이 일어났습니다.

무엇인지 7번기 위에서 끌어당기듯이 행글라이더는 위로 솟아오르고 있었습니다.

'이건 웬 행운이지? 상승 기류가 나타난 것 같지도 않은데?'

석만은 조종대를 앞으로 당겨 속력을 올리며 위로 솟아 올라갔습니다. 그러자 이번엔 정말 상승 기류를 만났습니다. 그 상승 기류는 생각보다 거셌습니다. 석만은 조종대를 제대로 조작하지도 못하는데 마치 누가 끌고 가듯이 끌려가고 있었습니다. 조종대 앞의 '바리오미터기'(상승 하강의 고도차를 알리는 미터기. 조종대에 부착하고 사용함)에서는 급격한 상승을 알리는 소리가 계속 울렸습니다.

'이게 웬일이지? 누구야? 누가 나를 끌고 가고 있어?'

석만이 이런 말을 중얼거리며 고도계를 보니 벌써 1050미터 상공입니다. 이때 석만은 바로 앞쪽에 거대한 독수리 한 마리가 날고 있는 것을 발견했습니다. 한데 그 독수리의 머리는 얼핏 보아 고양이를 닮았습니다. 석만은 하도 놀라서 '악' 소리를 지르며 이 괴조의 공격을 피하려고 조종대를 밀며 몸의 중심을 옮겼으나, 행글라이더는 회전은커녕 그냥 끌려가고 있었습니다. 마치 그 괴조가 노끈을 매고 끌고 가듯이 말입니다.

이티(ET)의 간청

"이것 봐, 너는 뭐냐? 새냐, 짐승이냐?"

지석만은 묻지 않을 수 없었습니다. 그러자 그 고양이 얼굴은 기묘한 목소리로 웃기 시작했습니다.

"까르르…… 새냐, 짐승이냐고? 까르르…… 나는 새도 짐승도 아니다."

"그럼 너는 무엇이냐?"

석만은 되풀이해서 물었습니다.

"나는 너와 마찬가지로 별나라 사람이다."

거대한 새 모습의 괴물이 입을 움직이자 석만의 귀에는 분명히 그렇게 들렸습니다.

"네 모습은 분명 큰 새를 닮았는데 당치도 않게 사람이라니, 넌 어디서 왔냐?"

석만은 어디론지 끌려가고 있다는 것도 잊고 따졌습니다.

"나는 아주 먼 별에서 왔다. 그런데……."

공룡 같은 괴조는 잠깐 말을 더듬었습니다.

"그런데 뭐지?"

"가서 말하는 것이 좋겠다."

괴조는 석만의 7번기 행글라이더를 이끌고 구름 속으로 들어갔습니다. 구름 속에는 놀랍게도 큰 비행접시가 그 모습을 드러냈습니다. 그 모습은 문이 여러 개 있고 위풍이 있었으나 번들거리지는 않았습니다. 석만이 그 위용에 넋을 팔고 있는 사이, 7번기는 어느새 비행접시 밑에 부착되었습니다. 그리고 석만은 벌써 비행접시 안에 끌려들어 갔습니다. 그런데 석만은 비행접시 안에서 요괴의 두목을 만난 뒤에야 그런 사실을 깨닫고 놀랐습니다.

"어서 와요, 지구 소년. 이름은?"

요괴의 두목이 물었습니다. 지금 앞에 보는 두목은 날개 달린 새 모습이 아니라 두 팔과 다리가 붙은 어엿한 인간이었습니다.

그의 모습은 고양이를 닮았는데도 어딘지 품위가 있어 보였습니다.

하지만 석만은 여기서부터 기가 꺾였다가는 큰일 나겠다고 마음에 다짐하고 일부러 큰 목소리로 되물었습니다.

"그런데 묻는 당신의 이름은 무엇이오?"

"까르르 참, 내 이름…… 나는 푸티 성에서 지구를 탐험하려고 온 탐험대장 킬리카 박사요. 잘 부탁하오. 소년의 이름은?"

그의 목소리는 어딘지 모르게 무게가 있어 보였습니다.

"잠깐만. 아까 나를 이곳까지 억지로 끌고 온 그 새 모습의 요물은 또 무엇이오?"

"아, 그 애는 내 딸 파피루요. 애야, 파피루, 나오너라."

대장의 말과 함께 한 소녀의 모습이 방 안에 나타났습니다. 그녀의 어깨에도 날개는 붙어 있지 않았습니다.

"날개는 어디 갔지?"

석만이 놀라서 물었습니다.

"그 날개는 지구에서 쓰기 위해 만들었던 것이야."

이티 소녀 파피루가 말하며 손목을 어루만지자 앞쪽 벽에 화면이 나타나면서 행글라이더처럼 접혀서 보관된 날개 차오의 모습이 비쳤습니다.

"야, 재미있다. 나도 저런 행글라이더가 있으면 좋겠다."

석만은 무심코 중얼거렸습니다.

"저거 너에게 줄 수 있다."

소녀 파피루가 서슴없이 말합니다. 석만은 그것을 갖고 싶은 마음이 굴뚝같이 솟아올랐습니다. 그러나 경기 도중에, 그것도 외계인 것을 탐낸다는 것이 아무래도 마음에 걸려 고개를 설레설레 흔들고 말았습니다.

"필요하면 언제든지 줄 수 있다. 그럼 내가 간절한 부탁을 하겠다. 꼭 좀 도와주기 바란다."

이번엔 킬리카 선장이 진심을 말하는 듯 그의 오른손을 그의 심장으로 가져가 없더니 말을 이었습니다.

그의 말은 천만뜻밖이었습니다. 지금 그의 우주선이 고장이 나서 돌아갈 수 없게 됐으니 플래티나를 꼭 좀 구해달라는 것이었습니다. 플래티나란 백금을 말합니다. 백금이라면 금방 어머니 반지 생각이 머리에 떠올랐습니다. 그러나 어머니 손에 낀 반지를 무슨 재간으로 가져올 수 있을지 난감한 표정을 짓자, 선장은 그 보상을 하겠다며 그의 손에 낀 보석 반지를 꺼내놓았습니다.

'정말 도움이 필요하군.'

선장의 진심을 알자 석만은 할 수 있는 데까지 돕겠다고 약속하고, 비행접시를 나와 토함산으로 향했습니다.

헛수고 수색 작전

"아니 저 애가 미쳤나, 어쩌자고 저런 짓을 한담, 쯧쯧……."

행글라이더 경기를 구경하려고 왔던 사람들은 저마다 혀를 차며 지석만의 엉뚱한 짓을 나무랐습니다. 물론 처음엔 운이 나빠서 바닷바람에 밀리고 당황한 나머지 어쩌다 곡예도 하고, 마구 위로 솟구쳐 올라가기도 한 것으로 알았습니다.

그러나 차차 일류 어른 선수 뺨칠 정도로 360도 회전을 하는가 했더니, 그것을 540도 회전으로 이으면서 진짜 비행기가 높은 하늘에서 재간을 부리듯이 온갖 쇼를 부리는 것을 본 관중과 심사위원들은 그저 침을 삼키며 7번기의 놀라운 비행술에 혀를 내둘렀습니다.

"도대체 저 애는 어떤 선수요?"

방송 기자 한 명이 물었습니다.

"고등학교 1학년에 행글라이더를 탈 만큼 체격도 제대로 다듬어지지 못한 것 같은데 정말 뜻밖입니다."

지석만을 잘 아는 듯한 사람이 중얼거렸습니다.

처음엔 3번기가 워낙 잘 날았기 때문에 아무도 7번기를 눈여겨보지 않았습니다. 7번기는 워낙 처지고 날개를 다치는 등 너무 뒤진 때문에 사람들의 눈을 끌었는데, 지금은 오히려 그것이 더 큰 감탄을 주게 한 것입니다.

이런 때 다시 3번기가 나타나 내릴 준비를 하였습니다. 그런데 7번기는 오히려 위로 치솟다가 완전히 구름 속으로 자취를 감추고 말았습니다.

이것을 본 관중들은 겁에 질리고 말았습니다.

"석만이, 이 녀석이 어디로 사라졌지?"

쌍안경으로 경기를 지켜보던 박선익 교관은 쌍안경으로도 7번기의 모습이 안 잡히자, 발을 구르며 고래고래 소리를 질렀습니다.

그도 그럴 것이 행글라이더가 나는 데에는 한계가 있습니다. 그런데 7번기는 벌써 그 한계를 넘어 비행기처럼 구름 속으로 자취를 감추고 만 것입니다.

"헬리콥터를 동원해서라도 찾아봐야겠어요."

박 교관이 호소하였습니다.

"하지만 우습지 않소. 고작해야 행글라이더인데 그게 쌍안경으로도 안 보일 정도로 멀리 사라졌단 말이오?"

어떤 심사위원이 이해할 수 없다는 듯이 말했습니다.

"그러니까 이상하다는 겁니다. 사람 생명에 관한 것이니 빨리 찾아 나서야 합니다."

이번 대회에 구조 책임자로 일하게 된 박선익 교관이 주장했습니다.

"그 점엔 나도 동감이오."

다른 의사 출신 위원 한 명이 박 선생 의견에 찬성하였습니다. 또 다른 몇몇 위원들도 찬성하여 결국 헬리콥터를 띄우게 되었습니다.

헬리콥터에는 박 선생도 같이 탔습니다.

헬리콥터는 행글라이더가 날아갈 만한 곳을 두루 찾아보았으나 아무 소득 없이 돌아오고 말았습니다.

"도대체 이 녀석이 어디로 사라졌담."

박 선생은 울상이 되어 멍청히 하늘을 바라볼 뿐이었습니다.

돌아온 7번기

"자 자……, 모두 조용히 해주시기 바랍니다. 이제부터 제56회 공군 참모총장배 행글라이더 선수권 대회 경기 성적을 발표하겠습니다."

심사위원장이 선언하자 대회장 안팎은 물을 끼얹은 듯 조용해졌습니다.

"고등 비행 종목 우승자는 누굽니까?"

어떤 기자가 가장 관심이 큰 종목에 대해 물었습니다. 그 종목 우승자는 세계 선수권 대회에 나갈 자격도 아울러 얻게 되어 있어서 그만큼 관심도 높았습니다.

"실은 약간의 문제가 생겼습니다. 3번과 5번기의 성적이 동점인 데다가 두 선수 모두 기량이 뛰어났기 때문에 우승자를 가리기가 어렵습니다."

심사위원장이 말했습니다.

"허, 걱정도 팔자요. 두 사람 다 뽑으면 되잖소?"

어떤 관중이 말했습니다.

"그랬으면 오죽이나 좋겠습니까만 상패와 세계 대회 참가 자격은 한 사람 것뿐이라서……."

심사위원장은 웃음으로 대답했습니다.

"허, 그거 참 즐거운 비명이군그래요."

이렇게 웃고 넘어갈 때였습니다. 대회장 안팎이 떠들썩하였습니다. 7번기가 나타나서 이쪽으로 날아오고 있다는 소리가 메아리쳐 들려온 것입니다.

"석만의 행글라이더가 돌아온다는 것이 사실입니까?"

제일 먼저 박 선생 곁으로 다가온 사람은 방금 전에 10미터 원 안에 내려앉아 우승을 자신하고 있는 송기수였습니다.

"틀림없어. 저 구름 밑을 보라고. 7번기에 틀림없어. 아, 오렌지 바탕에 파란 줄까지 선명히 보이잖소."

교관 박 선생이 말하는 동안 7번기는 정말 눈으로도 그 색깔을 구분할 수 있을 정도로 산 가까이 내려왔습니다.

"저 녀석 정말 대단하군. 보통내기가 아니야. 상승 기류를 제아무리 잘 타는 선수라도 저렇게 높게 먼 곳까지 날아갔다 돌아온 행글라이더는 아무리 기네스북을 뒤져봐도 없을 거야!"

어떤 심사위원이 감탄해 마지않았습니다. 이 말을 들은 3번기의 송기수 선수는 가슴이 '철렁'하고 주저앉는 느낌이었습니다.

'쳇, 난 벌써 완전히 우승한 줄 알았는데, 석만이가 돌아오면 그 애에게 우승을 뺏겨야 하잖아?'

송기수는 그런 생각을 하는 것만도 견디기 힘든 일이었습니다. 내리 3년을 우승할 참인데, 그 기록이 깨질 것을 생각만 해도 울화가 치밀었습니다.

'어떻게 해서라도 방해를 해야겠다. 또 사실이 그렇지. 경기는 이미 끝났어. 그동안 어디 갔다가 뒤늦게 돌아와서 제가 이겼다고 우길 순 없을 거다. 하지만 땅에 내렸다가 돌아온 것이 아니니 규칙 위반은 아니지.'

송기수는 몸 둘 바를 몰라 하며 석만의 행글라이더가 가까이 다가오는 것을 지켜봅니다.

바야흐로 펼쳐 보이는 지석만의 행글라이더 곡예술은 그저 탄성을 지를밖에, 할 말을 잊을 정도였습니다.

석만은 수많은 텔레비전 시청자들 앞에서 특별 쇼를 펼치듯이 멋지게 내려오더니, 바람을 맞받으며 조종대를 앞으로 밀어 속력을 최대로 줄이자 발을 먼저 저 땅에 내딛고 사뿐히 착지하였습니다. 그것도 아주 정확하게 정해진 직경 5미터의 원 속에 내려앉은 것입니다.

"7번기 근사하다! 정말 멋진 착지술이야!"

"7번기가 이겼다. 7번기 만세!"

하고 외치는 관중들의 환호 소리는 경기 대회장 안팎을 뒤덮었습니다.

수상해진 석만의 거동

"석만이가 무사히 돌아왔어. 그것도 저렇게 멋지게 말야!"

강순옥이 누구보다도 기뻐하였습니다. 송기수는 순옥이가 기뻐서 어쩔 줄 모르는 것을 보며 더욱 안절부절못하였습니다.

'난 어쩌면 좋지? 난 이제 뭐가 돼. 모두 다 나를 깔보고 석만이만 치켜세울 것 아냐. 난 그런 꼴은 볼 수 없어. 무슨 수를 써야 해. 어떻게 해서든지 석만의 우승만은 막아야 해.'

송기수가 이런 생각에 골몰하고 있을 때 강순옥이 불렀습니다.

"기수야, 어서 가. 나도 좀 태워줘."

순옥은 으레 갈 것처럼 생각하고 부탁했습니다.

"어, 응? 어……."

기수가 미처 못 알아듣고 머뭇거리자,

"왜 어디 아파? 그럼 나 민재 것 타고 갈게."

순옥은 아무런 생각 없이 말했습니다. 하지만 기수로선 그게 아무런 일일 수 없는 일입니다. 우승을 빼앗기고 순옥이까지 자기를 멀리한다면 그것은 더욱 견딜 수 없는 아픔이기 때문입니다.

"어서 타. 가서 데려와야지."

기수는 억지웃음을 지으며 오토바이 쪽으로 갔습니다. 순옥이가 오토바이 뒤에 타자, 기수는 산길을 따라 내닫기 시작했습니다. 다른 선수 몇몇도 오토바이를 몰고 기수 뒤를 따랐습니다.

오토바이 세 대가 앞서거니 뒤서거니 하며 석만이가 내려앉은 석굴암 앞의 착륙 지점으로 달려왔습니다.

"야, 너 착륙 한번 멋지게 했다. 언제부터 그렇게 기술이 늘었냐?"

작년, 기수에 이어 준우승을 한 최창식이 칭찬을 아끼지 않았습니다.

"착지뿐이냐, 어디. 모든 비행에서 최고였어. 540도 회전을 열 번은 더 돌았을 거다. 정말 독수리가 놀랄 비행술이었다고!"

뒤쫓아 온 텔레비전 방송국 기자가 비디오카메라를 석만에게 들이대며 맞장구를 쳤습니다.

"금년은 아무도 네게 진 것을 섭섭히 여기지는 않을 거다. 이건 진심이야. 네게 진 것이 조금도 부끄럽지 않다고."

최창식이 되풀이해서 칭찬했습니다.

"하지만 그동안 어디 갔다 왔는지는 밝혀져야 하잖아."

송기수가 더 이상 참지 못하고 말했습니다.

"그게 무슨 상관이야. 땅 위에 떨어졌다가 다시 날았다면 문제지만 하늘을 그냥 날았잖아."

순옥이가 변명해주었습니다.

"난 보았어. 석만이가 비록 낮은 구름이긴 했지만 구름 속에 들어갔다가 나왔다고. 그래서 잠깐 동안 안 보였던 거야, 그렇지 석만아?"

아직도 앞가슴에 쌍안경을 메고 있는 창식이가 말했습니다.

"미안해. 그리고 모두 고마워."

석만은 겨우 입을 열었습니다.

"이왕 나를 도우려고 왔으니 한 가지 부탁을 들어줘."

호기심에 찬 친구들이 다투어 물었습니다.

"누가 나를 오토바이로 시내까지 좀 데려다줘."

"야, 이제 곧 시상식이 열릴 텐데 시내는 왜?"

기수가 이상한 눈길로 흘기며 물었습니다.

"제발. 급한 일이 생겼어."

"급한 일? 너 설사라도 난 거야? 그렇다면 저쪽에 가서 볼일 봐. 우리가 눈감아 줄 테니까."

하는 민재의 말에 한바탕 웃음이 터졌습니다.

"정말 배가 아프다니까."

석만은 보통 방법으로는 그 자리를 빠져나갈 수 없다고 생각하자 배탈을 빙자할 수밖에 없다고 생각한 것입니다.

"배탈이라면 경기 본부에 가서 약을 타 먹지그래."

이번엔 창식이가 말했습니다.

"그런 것이 아니라 정말 볼일이 있다니까그래."

"넌 이제 곧 시상식에 나가야 해. 그리고 신문, 방송국 기자들과 인터뷰도 해야 하고."

작년에 우승해서 경험이 있는 송기수가 말했습니다.

"아이고 배야, 엄마! 아이고 배야……."

마침내 석만은 그만 울상을 지으며 본격적으로 엄살을 부리기 시작했습니다.

"자아식, 네 나이 몇인데 엄마를 찾고 있냐."

"그게 아니라, 집에 가야 내가 먹던 약이 있단 말야."

"정 그렇다면 할 수 없지. 하긴 워낙 높은 곳까지 오랜 동안 날았으니까 추위 때문에 배탈이 날 만도 하지. 어서 타. 데려다줄게."

마침내 송기수가 승낙하였습니다.

"그럼, 시상식에는 못 오는 거야?"

순옥이가 걱정스레 물었습니다.

"시상식이 문제냐, 지금 배탈이 나서 죽을 지경인데. 참, 순옥인 민재 오토바이 신세를 져라."

송기수는 자기 뒤에 태웠던 순옥에게 한마디 던지고는 쏜살같이 산길을 내달리기 시작했습니다.

어머니, 미안해요

지석만의 어머니는 아버지와 함께 아들의 뒷바라지를 위해 경주 시내까지 왔으나 산에는 올라가지 못했습니다. 심장이 약해서 산에 오르기가 힘들어서입니다.

석만은 기수를 기다리게 하고 어머니가 묵고 계신 여관으로 들어갔습니다.

"아니, 너 어떻게 벌써 돌아왔냐? 무슨 일이 있었냐?"

어머니가 놀라서 물었습니다.

"무슨 일은요. 그것보다도 어머니께 한 가지 여쭤볼 말씀이 있는데요."

석만은 전에 없이 망설이며 공손하게 말했습니다.

"내게 물어볼 일이라니, 새삼스럽게 그게 무슨 말이냐?"

어머니는 의아한 눈길로 아들의 표정을 살폈습니다.

"실은, 저— 저— 어머니가 끼고 계신 백금 반지 있잖아요. 그거 진짠가요?"

"그건 왜 묻냐?"

"좀 알고 싶어서요."

"그래? 잘 아는 가게서 맞춘 거니까, 진짜로 알고 있다만."

"하, 그거 잘됐군요. 어머니 좋은 일 하시게 됐네요."

석만은 능청맞은 소리를 하였습니다.

"너는 차츰 엉뚱한 말을 골라 하는 것 같구나. 내가 좋은 일을 하다니, 누구한테 말이냐?"

어머니는 또 한 번 눈이 휘둥그레지시더니 아들의 얼굴을 뚫어지게 들여다봅니다.

"실은요, 그 반지를 요긴히 쓸 데가 있어서요."

"얘야, 이것은 아버지께서 결혼 기념으로 내가 마흔 살 되던 해에 만들어주신 것이다. 그런데 이것을 어디다 쓰겠다는 것이냐? 설마 네게 애인이 생겨서 약혼 선물로 주려는 것은 아닐 테고."

어머니는 하도 어이가 없었던지 이런 말을 하며 웃었습니다.

"실은 그런 일보다 더 중요한 일에 쓸 일이 생겼어요."

"이것아, 어머니 기념 반지를 약혼할 여자에게 주는 것보다 더 중요한 일이 이 세상에 어디 있냐?"

"어머니께선 남이 어려운 일을 당했을 때 돕는 것이 가장 값진 일이라고 늘 그러셨죠? 그것도 위험에 처한 생명을 돕는 것은 이 세상의 무엇과도 바꿀 수 없는 값진 일이라고요."

"그랬었지. 그런데 그 얘긴 왜 지금 꺼내느냐? 요점부터 말해보렴. 너는 지금 무척 초조한 것처럼 보인다만. 내 말이 맞지?"

어머니께서 넌지시 떠보십니다.

"맞아요, 어머니. 그 반지를 외상으로 제게 파세요. 제가 곧 더 좋은 것을 만들어드릴게요."

"이것아, 이제 그만했으면 본심을 털어놓으려무나. 넌 네 잘못을 용서받기 위해 누군가에게 뇌물을 줄 일이 생겼지? 그렇지?"

"사용할 곳은 묻지 마세요. 나중에 알게 되실 테니까요. 어서 주세요. 시간이 급해요."

석만은 자리에서 일어나며 발을 굴렀습니다.

"언제까지 갚겠냐?"

어머니는 무엇인지 엄청난 일이 벌어지고 있는 것을 눈치챘으나 그 것을 끝까지 따지지 않았습니다.

석만이가 들어오기 조금 전에 들은 뉴스가 생각났기 때문입니다. 그 뉴스에서는 석만의 7번기가 행방불명이 되어 떠들썩했는데, 그가 무사히 돌아왔을뿐더러, 아주 월등한 비행을 하여 심사위원들을 감격시켰다는 것이었습니다.

"어쩌면 이번 대회에서 제가 우승할지도 몰라요. 그렇게 되면 아주 빠른 시일 안에 갚게 될 거예요."

"네가 우승을 하게 돼? 그게 정말이냐?"

어머니가 되물었습니다.

"그렇다니까요, 어머니."

"좋아. 그게 사실이라면야 나도 네게 상을 주는 셈 치고 이 반지를 내놓으마. 자, 받거라!"

어머니는 기꺼이 반지를 빼 주고 석만을 얼싸안아 주기까지 하였습니다.

"감사합니다, 어머니."

석만은 반지를 받아 들자, 단숨에 방을 뛰쳐나와 기수에게 달려왔습니다.

"어떻게 됐니, 약 먹었어?"

송기수가 걱정스레 물었습니다.

"응, 이제 많이 나았어. 빨리 돌아가자, 경기장으로!"

석만이가 오토바이 뒤에 올라타며 재촉했습니다.

"오케이, 꽉 잡아!"

기수는 외치며 시동을 걸자 신나게 엔진 소리를 울리며 내닫기 시작했습니다.

시상식장 안팎

석굴암에서 좀 떨어진 언덕에 마련된 경기 본부 안에서는 그동안 진행된 각급 경기에 대한 심사위원회가 열려 열띤 토론을 벌였습니다.

경기 채점 방법은 착륙을 얼마나 정확히 하느냐를 500점 만점으로 하고, 나머지는 모두 1000점씩 주게 하였습니다. 즉,

1. 정한 시간에 정한 구간을 무사히 통과했는가?

2. 정한 구간을 어떤 방법으로든지 얼마나 오래, 또는 빨리 비행했는가?

3. 정해진 두 지점 사이에서 얼마나 많은 선회를 했는가?

4. 짧은 시간에 얼마나 먼 거리를 비행했는가?

이처럼 4500점 만점제를 채택하여 각급 경기를 심사한 결과, 우승이 일곱, 그 수에 걸맞은 2등, 3등이 나왔습니다. 그러나 지석만의 경우는 너무나 뛰어난 비행을 하여, 4500점 만점에 1000점을 더 주었습니다.

"자, 모두 자리에 앉아주십시오. 이제 곧 경기 성적 발표와 함께 시상식이 있겠습니다. 선수 여러분도 빠짐없이 참석해주십시오."

드디어 본부석에서 시상식에 대한 안내 방송이 나왔습니다.

대회장 주변은 갑자기 활기를 띠기 시작했습니다. 관중과 선수들이 자리를 채우자, 이윽고 성적 발표와 아울러 시상식이 거행되었습니다. 박수와 사진을 찍는 플래시가 마구 터져 나왔습니다.

그사이 석만은 분명히 기수의 오토바이로 불국사 앞마당까지 왔습니다. 그러나 그는 시상식장으로 가는 대신 자기 행글라이더부터 찾았습니다.

"석만아, 정말 우승을 축하한다. 멋있었어. 벌써 시상식이 시작됐어. 어서 가자."

이민재가 말했습니다.

"가만있어. 그보다 내 행글라이더는 어디 있지?"

석만이가 두리번거리며 물었습니다.

"행글라이더는 왜?"

"글쎄."

"방해가 될까 싶어 저쪽으로 치웠지. 저 큰 소나무 뒤에."

"고마워."

석만은 큰 소나무로 달려갔습니다.

"석만아, 곧 네가 상 받을 차례야. 어서 돌아와, 응?"

강순옥이 부르며 뒤따랐습니다.

"정말 내게 상이 돌아오면 네가 대신 좀 받아줘. 부탁이야."

석만은 뒤도 돌아보지 않고 중얼거리며 큰 소나무를 향해 달려갔습니다.

"네 상을 내가 대신 받으라고? 그게 무슨 말이니? 넌 어딜 가려는데?"

"난 갈 데가 있단 말야. 어서 돌아가 줘. 남들이 이상히 여기지 않게. 어서!"

석만은 명령 투로 소리치고는 계속 소나무를 향해 달려갔습니다.

석만은 소나무에 이르자 그의 7번기를 찾아서 틀을 맞추고 날개를 편 다음 상한 곳이 없나 살폈습니다. 상한 곳은 없지만 모양이 많이 일그러졌습니다.

석만은 그것을 바삐 손질한 다음 언덕 끝으로 끌고 갔습니다. 그리고 하니스를 채우자 뒤돌아볼 겨를 없이 틀을 잡고 달려갔습니다. 이것을 뒤쫓아 오며 바라본 강순옥이가 야단쳤습니다.

"어서 돌아와, 이 멍청아. 네가 무슨 일을 저지르려고 그 짓이야. 어서 돌아오지 못해? 아유……."

강순옥이 안타까운 듯이 울부짖었으나 석만의 7번기는 아랑곳하지 않고 그냥 산 밑으로 미끄러져 내려갔습니다.

지켜진 약속

7번기는 위험을 무릅쓰고 언덕을 벗어나자, 되도록 해풍을 이용하여 상승 기류를 타려고 안간힘을 썼습니다. 하지만 그런 해풍은 불어오지 않았습니다.

'젠장, 이래가지고는 이티 선장을 만나기는커녕 추락하기 바쁘겠다.'

석만이 걱정하며 속도를 안 잃으려 안간힘을 쓰고 있을 때, 바로 밑에서 파도처럼 물결치는 바람이 올라왔습니다. 석만은 그 바람결 위에 올라탔습니다. 이게 바로 소링(행글라이더의 정상적인 활공 경로보다 고도가 올라가면서 비행하는 것)입니다.

이렇게 한참을 올라가자 전의 그 공룡 같은 큰 새의 모습이 나타났습니다.

"야, 파피루, 내가 돌아왔어."

석만은 반갑게 인사했습니다.

"고마워. 우리는 목이 빠지게 너를 기다렸어. 자, 어서 가."

외계인 선장의 딸은 석만을 반기며 7번기를 안내했습니다.

석만은 앞서와 같은 방법으로 외계인 선장의 방으로 안내되었습니다.

"오. 돌아와 줘서 반갑소. 부탁한 물건은 가져왔소?"

선장 킬리카 박사는 마음이 급한 듯 용건부터 물었습니다.

"가져왔어요, 킬리카 박사님."

석만은 선뜻 주머니에서 백금 반지를 꺼내 선장 앞에 내밀었습니다.

"오, 이건 정말 훌륭한 물건 같소. 당장 시험해봐야겠소."

킬리카 박사는 백금 반지를 가지고 우선 그들의 실험 기구 앞으로 가져가더니, 반지를 틀에 끼우고 몇 가지 실험을 해봅니다. 그럴 때마다 실험 기구에는 파란 불이 켜지곤 하였습니다.

그때마다 선장은 매우 만족스러운 얼굴에 기쁨을 감추지 않았습니다. 킬리카 박사는 그를 거들던 외계인에게 그 반지를 건네주었습니다. 그것을 받은 외계인은 기술자인 듯 그 반지를 가지고 실험 기구 쪽으로 가자 백금 반지를 레이저 광선 같은 열로 녹여서 그것을 원하는 굵기의 가는 막대로 만들었습니다. 그리고 조종간 옆의 뚜껑을 열고 그 백금 막대를 꽂았습니다. 그러자 정확히 끼워진 듯 대뜸 '웅' 하는 진동 소리와 함께 표시판 단추에 파란 불이 들어왔습니다.

"까르르…… 성공이오. 이제 됐소!"

외계인들은 기뻐서 어쩔 줄을 모르며 서로 얼싸안고 춤을 추었습니다. 이런 장면은 무척 감동적이었습니다. 석만은 가슴이 뭉클하도록 흐뭇한 생각이 들었습니다.

"고맙소, 정말 고맙소. 난 지구에 이런 물질이 없는 줄 알고 매우 걱정했소. 또 소년이 안 가져오면 어떻게 하나 하고 무척 걱정했소. 정말 고맙소. 소년 우리 은인이오. 이 은혜 갚고 싶소. 원하는 것을 말하시오. 내가 할 수 있는 일 다 하겠소."

선장 킬리카는 눈물이 글썽한 얼굴로 석만을 지켜보았습니다.

석만은 잠깐 망설였습니다. 어머니에게 갚아야 할 빚도 생각났습니다. 그러나 다음 순간, 지구를 찾아왔다가 어려움을 당한 외계인을 도와주었다고 무슨 대가를 바란다는 것은 아무래도 겸연쩍었습니다.

'우리도 다른 별을 찾아갔다 이런 일을 당할 수도 있잖아. 또 나 역시 아까 킬리카의 도움을 받았고. 안 돼, 안 돼!'

석만은 이런 생각을 하며 고개를 내저었습니다. 그러자 선장은 이해할 수 없는 듯 묘한 표정을 짓더니 석만을 데리고 선장실로 들어갔습니다.

주인 없는 시상식

"지석만 선수가 어디 있소? 어서 찾아봐 주시오."

공군 참모총장배 행글라이더 선수권 대회의 종목 중 가장 인기 있는 고등 비행 종목을 시상하려고 선수 이름을 불렀으나, 아무리 불러도 선수는 나오지 않았습니다.

본부석에서는 매우 못마땅한 듯 잇따라 방송을 내보냈으나 석만은 나타나지 않았습니다. 강순옥은 본부석으로 가서 그동안 있었던 이야기를 털어놓았습니다.

"무슨 소릴 하는 거야. 또 행글라이더를 타고 어딜 갔다고? 그게 무슨 헛소리야? 그 애가 미친 거 아냐?"

본부석에서는 하도 어이가 없어 어찌할 바를 몰랐습니다.

"한심한 애로군. 우승만 했다고 다 좋은 선수일 수는 없소. 대회는 아직 끝나지 않았어요. 시상식 시간 안에 들어오지 않으면 차점자에게 시상하겠소."

대회 위원장 한석우 박사는 매우 상기된 얼굴로 크게 꾸짖었습니다. 강순옥은, 상을 대신 자기더러 타주도록 부탁했다는 이야기를 하려고 했으나, 워낙 분위기가 험악하여 그런 말은 비쳐보지도 못했습니다.

지금까지 영문을 모르고 분위기만 살피던 지석만의 아버지가 마침내 입을 열었습니다.

"이것 보시오. 내 아들이 또 행방불명이 되었단 말씀입니까?"

석만의 아버지 지한용 선생이 본부석 간부에게 물었습니다.

"그것을 우리들이 어떻게 알아요. 워낙 댁의 아드님은 유별난 애라서요."

간부의 말투에는 무엇인지 못마땅한 감정이 서려 있었습니다.

"집 애가 유별나다뇨. 어떻게요? 불붙는 데 키질한다더니 그러지 마십시오. 우린 그 애 생사를 몰라서 걱정하고 있어요."

석만의 아버지가 이런 말을 내뱉을 때였습니다. 여관에서 방송을 듣고 아들에게 무슨 일이 생긴 것을 알게 된 석만의 어머니가 차를 타고 시상식장까지 올라왔습니다.

"아니, 우리 석만이가 또 없어졌다뇨? 그게 정말입니까?"

석만의 어머니가 차에서 내리자마자 졸도하는 바람에 대회장은 한바탕 큰 파란을 겪게 되었습니다.

"여보, 정신 차려요. 여관에 있으라는데 여긴 왜 올라왔소."

석만의 아버지가 나무라며 어머니를 데리고 내려갔습니다. 이런 북새통에 기자들이 안 낄 리가 없습니다. 기자들은 극성을 부리며 취재한 화제를 그들의 신문사나 방송국으로 알렸습니다.

하지만 이런 혼란 속에서도 석만의 행글라이더는 나타나지 않았습니다.

"아무래도 그 애는 보통 애는 아닌 것 같소. 어쩌면 우주에서 온 소년이 다시 우주로 돌아간 거 아니오?"

어떤 관객이 내뱉었습니다. 그런데 이때의 분위기는 그런 말이 그럴듯하게 들릴 만큼 석만을 이상한 아이로 여기게 되었습니다.

"그러고 보니 정말 그런가 본데."

마침내 이런 헛소문까지 방송국에 알리는 바람에 나라 안팎이 온통 지석만의 이야기로 들끓었습니다.

우정이 넘친 작별

푸티 성의 지구 탐험대를 이끌고 온 킬리카 박사의 방은 무척 환상적이었습니다. 연보랏빛이 온통 방 안을 감쌌고, 라일락 냄새 같은 향기도 풍겼습니다.

가구 종류는 눈에 뜨이지 않았으나 명령을 내릴 때 쓰는 것으로 여겨지는 마이크 같은 것만이 천장에서 내려와 있었습니다.

그러나 석만을 데리고 들어온 킬리카 박사는 방 안에 들어서자 자기 손목에 찬 시계 같은 것을 보며 뭐라고 중얼거렸습니다. 그와 함께 한쪽 벽이 열리며 금고 같은 것이 나타났습니다.

선장은 그 금고로 다가가더니 역시 몇 마디 암호 같은 말을 중얼거렸습니다. 이번엔 금고 문이 열리고, 선장은 그 안에서 보석을 한 움큼 쥐었습니다. 그리고 돌아서서 석만에게 그것을 내보이며 말했습니다.

"자, 이것은 우리 별에서 알아주는 보석들이오. 내가 기념으로 주고 싶으니 받아주기 바라오."

선장이 보석을 내밀며 말했습니다.

"고맙습니다만 그것을 받을 수 없습니다."

석만은 아까처럼 거절하였습니다.

"왜지? 이것은 내 고마운 마음을 전하려는 것뿐이라고. 그러니 받아줘요."

선장이 다시 권했습니다.

석만은 보기만 해도 눈이 부신 그 보석들을 가지고 싶은 마음은 굴뚝같았으나 꾹 참았습니다.

그것을 보고 놀라며 기뻐할 어머니의 얼굴도 눈에 선했습니다. 하지만 지구인으로서의 명예를 더 중하게 생각하고, 손을 내밀 수 없었던 것입니다.

"좋아요. 그럼 이거 다 말고 기념으로 세 개만 가지시오. 이것만은 거절하면 안 되오. 이것은 우리가 서로 우정을 간직하기 위한 것이니 제발 받아주기 바라오."

마침내 킬리카 박사는 반강제적으로 골라잡기를 권했습니다. 석만은 그것마저 거절하면 오히려 선장이 크게 실망할 것 같아, 그들 보석 가운데 빨강·노랑·파랑 세 가지 보석을 한 알씩 골랐습니다.

"잘 골랐소. 빨강은 사랑, 노랑은 우정, 파랑은 평화를 뜻하오. 아주 기쁘다. 가서 축하 파티를 엽시다."

킬리카 선장은 석만을 데리고 큰 홀로 갔습니다. 그는 선원들과 딸 파피루를 불러다 즐거운 잔치를 열어주었습니다. 색다른 음식에 색다른 춤을 추었고, 푸티 성을 소개하는 입체 영화도 구경시켜주었습니다.

이렇게 극진한 대접을 받다 보니 시간이 꽤 지났습니다.

"이제 전 돌아가야 합니다. 모두 저를 기다리고 있을 겁니다. 그럼 안녕히 계십시오."

지석만은 작별 인사를 하였습니다.

그러자 푸티 성 사람들이 모두 따라 나와 석만을 전송해주었습니다.

그들은 비록 얼굴이 고양이처럼 생겼고, 습관도 달랐으나, 그들 역시 사귈 만한 인간이란 것을 깨닫게 되었습니다.

"여러분 안녕, 잘들 가요. 가서 우리 지구에서 본 여러 가지를 전해줘요."

석만은 손을 흔들며 다시 행글라이더에 매달렸습니다.

"고맙소, 영원한 친구. 지구는 참 훌륭한 별이오. 안녕!"

지석만과 푸티 성 사람들은 이렇게 우정이 넘친 작별을 나누었습니다.

영원한 우정

"아니, 저기를 좀 봐요. 7번기가 나타났어요."

불국사 앞마당에서 아직도 미련이 남아 기다리고 있던 강순옥이 소리쳤습니다.

"설마?"

최창식은 자기 귀를 의심하며 순옥이가 손짓하는 하늘을 바라봅니다.

"정말이다! 정말 저건 7번기야. 석만의 행글라이더라고!"

기수는 자기와 경쟁하던 행글라이더를 확인하고 외쳤습니다. 그제서야 이민재와 박선익 교관도 서로 부둥켜안고 기뻐하였습니다.

지석만의 7번기는 더 이상 기량을 겨룰 필요가 없었으므로 곧바로 불국사 앞 대회장 마당에 내려앉았습니다.

친구들이 몰려와 석만을 얼싸안았습니다.

"야 임마, 넌 몇 차례나 우리를 골탕 먹여야 속이 후련하겠냐, 자아식."

송기수가 꾸짖듯이 석만의 어깨를 쳤습니다.

"기수 너는 잘됐지 뭘. 덕분에 네가 우승을 차지했잖아."

최창식이 가시 돋친 말을 하였습니다.

"아냐 아냐, 석만이가 돌아온 이상 우승은 석만의 것이야. 자, 이거 받아. 내가 대신 받았던 것이야."

송기수는 자기 목에 걸었던 우승 메달을 끌러 미련 없이 석만의 목에 걸어주었습니다. 또 상금으로 받은 봉투도 주머니에서 꺼내 석만의 주머니에 쑤셔 넣었습니다.

이런 광경을 지켜보던 박선익 교관의 눈시울엔 어느덧 굵은 이슬이 맺히고 있었습니다. 친구들은 또 일제히 손뼉을 치며 두 친구를 에워쌌습니다. 그리고 차례로 두 사람을 하늘 높이 헹가래질하였습니다.

"영원한 우리 우정 만세!"

"행글라이더의 무궁한 발전 만세!"

—『사라진 행글라이더』, 삼익출판사, 1990년.

어떤 기적

흘러가는 소년

검은 먹을 푼 것같이 캄캄한 하늘입니다. 공기도 물도 없는 하늘입니다.

소리도 무게도 없는 곳입니다. 위도 아래도 없는 곳입니다. 밑도 끝도 없이 퍼진 곳입니다. 이것이 우주입니다.

송찬은, 지금 그런 우주 속을 혼자서 끝없이 흘러가고 있습니다. 방향이 있을 리 없습니다. 그러니까 송찬은, 자기가 지금 어디로 흘러가고 있는지도 알지 못하고 있습니다.

송찬은 이렇게 흘러간 지 몇 시간이 지났는지조차 모릅니다. 시계를 들여다볼 필요조차 없었습니다. 이렇게 몇십만 킬로미터나 흘러갔을까요?

송찬은 무섭다거나 야단났다거나 하는 따위 생각은 벌써 잊었습니다. 송찬의 머릿속에는 오히려 혼자가 된 것이 너무나 외롭게 느껴질 뿐이었습니다.

이 우주 안에 자기만이 혼자 내버려진 외로움이 뼈에 사무쳤습니다.

외딴섬에 올라가서 혼자 살았다는 로빈슨 크루소 역시 곁에 사람은 없었습니다. 거기에는 그 대신 산도 있고, 냇물도 있고, 푸른 숲과 새들도 있었습니다.

그러나, 지금의 송찬에게는 그런 모든 것이 있을 리 없습니다. 있다면 깜박일 줄 모르는 둥근 태양과 별뿐, 그 밖의 세계는 캄캄한 어둠뿐입니다. 그런 어둠만이 송찬을 에워싼 모두였습니다.

송찬은 제멋대로 팔다리를 움직여보았습니다. 한쪽 팔을 조금 세게 휘저으면 한쪽으로 돌기 시작합니다. 그냥 두면 도는 것을 그칠 것 같지가 않았습니다.

그래서, 이번엔 다른 팔에 힘을 주어 자세를 바로잡아 봅니다. 그러자, 이번엔 몸이 다른 쪽으로 돌기 시작합니다.

송찬은 온몸에 무서운 생각이 파고드는 것을 느꼈습니다. 자기 혼자 내버려진 생각이 뼈에 사무쳤습니다. 이대로 어디까지 흘러가다 죽게 될지 모른다고 생각하니, 무서운 생각은 자꾸만 더해갔습니다.

'탱크 속의 산소는 멀지 않아 바닥이 나겠지. 그러면, 나는……'

송찬은 자기 앞가슴에 붙은 산소계를 들여다보았습니다. 벌써 5분의 4나 다 써버렸습니다. 그것을 보고 송찬은 한층 더 죽음이 눈앞에 다가온 것을 깨달았습니다.

"오오……, 누구 없소? ……우주선은 대답해줘요. 누구 없소?"

송찬은 있는 힘을 다하여 외쳐보았습니다. 그러나, 메아리조차 들려오지 않았습니다.

"오오, 사람 살려요. 사람 살려요……."

송찬은 다시 우주 헬멧에 달린 마이크 가까이에 입술을 내밀며 외치고 또 외쳤습니다.

그러나, 결과는 앞서와 매한가집니다.

송찬은 자기 팔목에 붙은 압력계와 온도계를 살폈습니다. 모두 이상이 없습니다.

자기가 입은 우주복은 상한 곳이 없어 보입니다.

그러나, 만일 그 우주복 어느 한 귀가 뚫리는 날이면, 큰일 난다는 것을 송찬은 너무나 잘 알고 있습니다.

공기가 없는 우주에서는 해가 쬐는 쪽은 너무나 뜨겁고, 그늘진 곳은 또 너무나 차갑습니다. 그 위에 우주복이 없으면 순식간에 살갗을 태우는 자외선이 내리쬡니다.

송찬은 오줌이 마려웠습니다. 그는 플라스틱 주머니에 오줌을 받아서 그것을 내던졌습니다. 그리고, 다시 소리쳐 보았습니다.

"오오, 누구 없소? ……사람 살려요."

송찬의 목소리는 앞서보다 힘이 빠진 것 같았습니다. 산소가 차차 줄어든 것입니다. 송찬은 그래도 외치지 않을 수 없었습니다.

"오오, 누구 없소? ……사람 살려요."

우주정거장으로

송찬은 올해 나이 열일곱입니다.

송찬은 우주 소년 기술학교를 나오자, 줄곧 용접공으로 일해왔습니다.

그러던 어느 날입니다. 송찬은 우주정거장 건설국장의 부름을 받았습니다.

송찬은 즉시 국장실로 달려갔습니다.

"오, 잘 왔네, 어서 앉게."

키가 후리후리한 강 국장은, 안경을 바로잡으며 자리를 권한 뒤, 벽으로 갔습니다.

"송 군도 알다시피 지금 우리는 중요한 목적을 위해서 우주정거장 건설을 서두르고 있잖나."

강 국장은 이렇게 말하며, 벽에 걸린 설계도 위의 시트를 벗겼습니다. 그러자, 벽에는 우주정거장 건설 계획의 그림표로 된 설계도가 펼쳐졌습니다.

"우리가 건설하는 우주정거장은 바로 여기야."

강 국장은 지구 위의 한 점을 가리키며 말했습니다. 그러고는 이내 설계도를 한 장 더 넘겼습니다. 그러자, 이번에는 우주정거장을 건설하는 그림이 나타났습니다.

검은 하늘을 등지고 지구를 굽어보며, 우주인들이 달걀 모양의 우주 트럭을 타고 짐을 나르고 있습니다. 어떤 이는 넓은 쇠판을 나르고, 어떤 이는 기다란 쇠막대를 나르고 있습니다. 어떤 우주인은 로프에 묶인 몸을 이리저리 끌고 다니며, 우주정거장에 쇠판을 붙이는 일을 하고 있었습니다.

송찬은 그런 그림을 늘 책이나 화면으로 보아오던 터라, 그리 신기하게 느껴지는 않았습니다.

"그런데 말일세, 방금 전에 그 우주정거장에서 연락이 왔지만, 손이 굉장히 모자란다지 뭔가. 정한 날짜까지 그 우주정거장을 완성해야 한다구. 그러자면, 지금 일하는 사람만으론 도저히 기일 안에 끝낼 수 없기 때문에, 사람을 더 보내달라는 거야. 특히, 용접 기술자가 더 있어야겠다지 뭔가."

"용접 기술자요?"

송찬은 가슴이 덜컹 내려앉는 것같이 느꼈습니다. 그러나, 다음 순간 또 가슴이 두근거리기도 했습니다.

"그래서, 송찬 군을 부른 것인데, 송 군 어떤가? 우주정거장에 가주지 않겠나?"

강 국장이 자리로 돌아와 앉으며 물었습니다.

"가겠습니다, 국장님!"

송찬은 성큼 대답해버리고 말았습니다. 깊이 생각해볼 겨를도 없었습니다.

우주 소년 기술학교에 다닌 것도 실은 우주에 가서 일하고 싶었기 때문입니다.

그런데, 그 기회가 온 것입니다.

지금까지 우주 과학이나 그 기술이 굉장히 발달은 했지만, 아직도 우주를 개척하기 위해서는 많은 위험이 따르기 마련입니다.

강 국장이 털어놓고 이야기는 하지 않았으나, 이번에 송찬을 우주정거장에 보내기로 한 것은, 먼저 가 일하던 사람이 어떤 사고로 죽었기 때문이었습니다.

송찬은 그것을 눈치챘습니다. 그래도, 송찬은 가야겠다고 마음에 다짐하였습니다. 자기가 우주 소년 기술학교에 다닌 것도, 우주에 나가 일하고 싶었기 때문이었으니까 말입니다.

"그럼, 떠날 준비를 해주게. 참! 차미옥 양도 같이 떠난다네."

"미옥이도요?"

송찬은 또 한 번 가슴이 설레었습니다. 자기와 가장 친하게 지내는 차미옥 우주 통신원이 자기와 같이 가게 됐다니, 정말 기뻐서 어쩔 줄을 몰라 했습니다.

강 국장은, 송찬의 마음속을 빤히 들여다보는 듯이 싱글벙글 웃는 낯으로, 송찬의 얼굴을 쳐다보며 입을 열었습니다.

"그럼, 어서 떠날 준비를 해주게."

강 국장은 일이 잘됐다는 듯이 명령을 내렸습니다.

"예, 곧 떠날 준비를 하겠습니다!"

송찬은 설레는 가슴을 안고, 단숨에 숙소로 달려갔습니다.

새로 만난 친구 보비

우주정거장은, 그림에서 보아온 것처럼 그렇게 아름답지는 않았습니다. 아직 만들고 있어서 칠도 제대로 안 하고, 없는 것이 있는 것보다도 더 많았습니다.

송찬은 지구에서 우주 훈련을 받았지만, 막상 우주에 와보니, 새로운 생활을 익히는 일만도 쉬운 일이 아니었습니다.

어떤 때는 지남철 구두를 신고도 발을 헛디뎌 공중에 떴습니다. 그러면, 몸이 제멋대로 떠다니며 천장을 떠받기도 하고, 벽에 부딪치기도 했습니다.

어떤 때는 튜브에 들어 있는 주스를 마시다가 골탕을 먹었습니다. 그 주스가 입으로 들어가지 않고, 물방울이 되어 방 안에 떠다니는 바람에 애를 먹었습니다.

이런 익숙지 못한 생활을 하면서도, 자기가 맡은 일은 계속해야 했습니다.

이처럼 고된 생활을 하고 있지만, 저녁 식사 시간은 무척 즐거웠습니다. 차미옥 양과 저녁을 먹으며, 그날 실수한 일들을 이야기하고, 웃고 나면 그날의 피곤도 다 씻겨진 것 같았습니다.

이날도 송찬은 저녁을 들려고 차미옥 양과 같이 식탁에 마주 앉았습니다.

이때, 난데없이 침팬지 한 마리가 달려와 캑캑거리며 송찬의 어깨 위로 올라왔습니다.

"아이구."

송찬은 깜짝 놀라, 어쩔 줄을 몰라, 손으로 뿌리치려 했으나, 침팬지는 송찬의 손을 잡고 몸을 감싸고 돌며 뭐라고 중얼댑니다.

"이 자식이 왜 나한테만 달라붙지?"

송찬이 등이 달아 꾸짖었습니다.

"자식이 아녀요. 어엿한 미스라구, 처녀?"

맞은편 식탁에 앉은 학자 같은 분이 이렇게 말하자, 모두들 크게 웃었습니다.

"아가씨가 젊은 총각을 만나니까, 좋아서 어쩔 줄을 모르는군그래."

학자는 웃지도 않고 이런 농담을 하여 여러 사람들을 웃겼습니다.

이 바람에 송찬은 얼굴이 빨개졌습니다.

정말 침팬지는 송찬을 그렇게 좋아하는 듯, 애교를 부리며 떠날 줄을 모릅니다.

송찬이 저녁을 끝내고 식당을 나오려 하자, 침팬지는 송찬의 몸에 휘감기며 떠나질 않습니다.

"좀 데려가 주셔요."

송찬은 학자분에게 말했습니다.

"애, 이제 그만 이리 오너라."

학자분이 손짓을 하며 불렀으나, 그래도 침팬지는 송찬을 떠나지 않았습니다.

"이 아가씨 정말 일 났군그래."

학자분이 침팬지를 송찬의 어깨에서 떼려 하자, 침팬지는 화를 내듯 이빨을 내밀고, 캑캑거리며 할퀼 듯이 대듭니다.

"이 가시내(계집애) 봐라, 네가 정말 좋은가 보다. 그럼, 총각을 따라 가려무나."

학자분이 태연스럽게 나가려 합니다.

"아저씨!"

송찬이 당황해서 불렀습니다.

"왜?"

학자분이 뒤돌아봅니다.

"어서 데려가셔요."

"안 오는 걸 어떡하냐. 어디 도망갈 데도 없는 곳이니 데려가거라."

학자분이 그냥 가버립니다.

"아, 아저씨!"

송찬은 급한 마음으로 다시 학자분을 불러 세웠습니다.

"그냥 가시기만 하면 어떡해요. 이년, 아니, 이 아가씨 이름은 뭐고, 습성은 어떻고……."

"오, 참. 이름은 보비고, 그 밖의 것은 몰라도 괜찮을 거요. 제가 다 알아서 먹고 자고 하니까. 게다가, 이 침팬지는 우주 작업을 하게끔 잘 훈련이 되어 있어요."

학자분은 이렇게 말하고 바삐 나가버렸습니다.

"쳇, 이건 또 웬 떡이야."

송찬은 잠깐 어안이 벙벙한 채 서 있는데, 침팬지는 혼자 좋아서 공중을 몇 바퀴씩 돌며 재롱을 부립니다.

"어디, 내게 와봐."

차미옥 양이 보비를 안으려 하자, 보비는 오히려 물려는 듯이 대듭니다.

"샘이 나는데."

미옥 양은 보비를 내려놓았습니다.

"정말 네가 나를 그렇게 좋아할 줄은 미처 몰랐다. 자, 가자, 보비야."

둘은 같이 웃으며 식당을 나왔습니다.

다음 날부터 송찬은, 보비 덕분에 시간 가는 줄 모르고 지냈습니다. 우주정거장에서도 송찬과 보비는 명물이 되었습니다.

송찬도 보비의 마음을 알게 되었고, 보비도 송찬의 명령을 제법 알아 듣게 되었습니다.

끊어진 로프

우주정거장 '배달호'는 송찬이 도착했을 때, 벌써 겉모양은 어지간히 다 되어 있었습니다.

그 모양은 아주 큰 자동차 바퀴 같았습니다. 그러나 자세히 보면, 그 밑에 방송국의 안테나 같은 것이 붙어 있습니다. 여객기의 약 다섯 배만 큼이나 큰 이 우주정거장은 언제나 빙글빙글 돌고 있습니다. 이렇게 돌려야 그 안에 무게가 생깁니다. 무게가 생겨야, 사람이 지구에서처럼 서서 다니며 살 수 있습니다.

또, 이 큰 차바퀴 모양의 정거장 위에는 우산을 거꾸로 편 것 같은 거울이 붙어 있습니다. 이 거울로 태양의 열을 받아 우주정거장에 필요한 전기를 만들어 씁니다.

송찬이 맡은 일은, 이렇게 완성되어가는 우주정거장을 마무리 짓는 일입니다. 그러기 위해선 쇠판을 붙이거나, 쇠막대기를 잇거나 구멍을 때우기도 합니다.

송찬은 우주정거장 안에서 일하기도 하지만, 우주 생활이 익숙해지자, 이따금 우주정거장 밖에 나가 일하기도 합니다. 다른 기술자들과 어울려, 우주 트럭을 타고 쇠판을 날라 오기도 하고, 때로는 로프에 몸을 묶고 우주정거장 밖에서 용접 일을 하기도 합니다.

문제가 생긴 날, 송찬은 밖에서 일을 하고 있었습니다. 그런데, 뜻하지 않은 일이 생기고 말았습니다.

송찬은 그때 쇠판이 빨리 오지 않자, 자신이 직접 우주선까지 우주 트럭을 몰고 가서, 쇠판을 가져다가 용접 일을 하고 있었습니다.

우주 트럭으로 쇠판을 가져오는 일은, 잘 훈련된 침팬지도 쉽게 할 수가 있어, 송찬은 가끔 시간이 없고, 손이 모자라면 이런 일을 침팬지에게도 시켰습니다.

송찬은 또 쇠판이 필요하여, 이번에는 침팬지에게 이 일을 시켰습니다. 그런데, 보비가 우주 트럭을 딴 곳으로 몰고 갔습니다. 이것을 본 송찬이 놀라서 소리쳤습니다.

"보비야! 보비야! 이쪽이야!"

바로 그 순간입니다. 커다란 운석이 날아왔습니다. 보비가 탄 우주 트럭이 운석에 얻어맞았습니다. 그 운석은 다시 송찬 곁을 지나 우주정거장을 들이받았습니다.

송찬은 그제야 보비가 자기를 위해서, 몸으로 그 운석을 막아준 것을 깨달았습니다.

"보비야! 보비야!"

송찬은 눈물이 글썽해서 불렀습니다.

손에 들었던 용접 연장을 내던지며, 보비가 탄 우주 트럭을 향해 몸을 던지고, 분사기를 틀었습니다. 그러자, 조금 뒤 송찬의 몸은 정말 우주 트럭으로 다가갔습니다.

"보비! 보비!"

송찬은 자기 로프가 끊긴 것도 모르고, 잇달아 우주를 헤엄치며, 지름길로 트럭을 쫓아갔습니다. 그러나, 우주 트럭은 잡을 수 없었습니다. 마침내, 보비가 탄 트럭은 저만큼 사라져버렸고, 보비에게서는 아무런 소식도 들려오지 않았습니다.

"보비가 나 때문에 죽게 되었구나."

송찬의 눈에는 다시 눈물이 핑 돌았습니다. 그러나 그 순간, 송찬 자신도 우주의 고아가 되어버린 것을 비로소 깨달았습니다. 자기가 용접하다 던진 불길에 의해, 자기를 붙잡아 매었던 로프가 끊긴 것을 그제서야 알게 된 것입니다. 그뿐 아닙니다. 자기가 쓰던 분사기의 가스마저 떨어지고 말았습니다.

이제는 우주정거장으로 돌아갈 수도, 지구로 돌아갈 수도 없게 된 것입니다.

송찬의 몸은 끝없이 흘러갔습니다. 지구 위의 검은 우주 공간을 자꾸만 흘러갔습니다.

기적을 낳은 운석

"오오, 누구 없소? 사람 살려요."

송찬은 이렇게 마이크에 대고 소리쳐 보다가, 그것마저 그만두고 말았습니다.

불러봐야 대답도 없는 데다가 기운도 없어졌기 때문입니다.

송찬의 머릿속은 어지러워지기 시작했습니다. 산소가 거의 다 떨어진 것입니다. 몸이 솜처럼 부풀어 오르는 것 같았습니다.

'나는 이렇게 쓸모없이 죽고 말게 됐구나……. 보비가 나를 위해 죽

었는데…….'

송찬의 머릿속엔 이런 생각 저런 생각이 오고 갔습니다.

'어머니는 나를 무척이나 귀여워해주셨지……. 내가 우주 소년 기술학교에 가겠다고 할 때도 어머님은 순순히 승낙해주셨어. 그리고 참! 이런 말씀을 하셨지…….'

송찬은 문득 자기가 우주로 떠나올 때 들려주시던 어머님의 말씀이 또렷이 생각났습니다.

'범에게 물려가도 정신만 바짝 차리면 살아날 길은 있느니라, 알았느냐?'

송찬은 이런 말과 함께 어머님의 얼굴이 검은 우주 속에 하나 가득히 떠오르는 것 같았습니다.

'그렇지, 내가 정신을 차려야지. 정신을…….'

송찬은 힘껏 눈을 떠보려고 기를 썼습니다. 그래도 눈은 떠지지 않고, 자꾸만 감깁니다. 이번엔 어머니를 불러보려고 입을 벌려보았습니다. 그러나, 입은 열리지 않고 말도 나오지 않았습니다.

'무엇이든 해봐야지, 무엇이든지……. 헤엄을 쳐서라도 나는 돌아가야 해…….'

송찬은 안간힘을 써서 손발을 버둥거려봅니다. 그러나, 점점 팔다리는 다시 축 늘어져갔습니다. 그는 그저 몸을 허공에 띄운 채 어디론지 흘러가고 있었습니다.

바로 그때였습니다. 무엇인지 세차게 송찬의 발부리를 때렸습니다.

그는 지남철 구두를 신고 있었는데도, 그의 발부리에 와 닿는 충격이 대단함을 느꼈습니다.

다음 순간입니다.

송찬의 몸은 총알처럼 돌진하기 시작했습니다.

이렇게 얼마나 달렸는지 모릅니다.

그의 몸은 '배달호' 우주정거장 가까이 와 있었습니다. 이것을 우주선에서 발견하였습니다.

"아니 저것은……."

마침 수색을 나왔던 차미옥 양이 우주 트럭을 몰고 와서 송찬을 구해 주었습니다.

송찬은 급히 우주정거장 병실로 옮겨졌습니다.

어느 이름 모를 운석이 침팬지 보비를 데려가고, 또 어느 이름 모를 운석은 송찬의 생명을 건져준 것입니다.

이런 일은 천에 하나, 만에 하나, 아니 천만에 하나 있을까 말까 한 기적이었습니다.

—『길 잃은 애톰』, 삼성당, 1980년(1968년).

제2부 | 장편

잃어버린 소년

괴상한 편지[*]
1[**]

"와아 와아 와아ㅡ."

운동장에서는 지금 눈싸움이 한창이다. 은빛으로 빛나는 눈덩이가 하늘을 난다.

여기는 바닷물 위에서 1950미터나 높이 솟은 제주도 한라산 꼭대기이다.

"나 기사님, 나 기사님ㅡ."

"공장장님, 공장장님ㅡ."

서로들 적진에 잡혀간 자기 대장을 부르며 골문을 향하여 달려갔다. 자기 대장을 먼저 데려오는 편이 이기는 것이다. 그러나 경기 도중에 눈 볼에 허리 윗도리를 맞은 사람은 경기를 못 하고 경기장 밖으로 나가야

---

[*] 연재 때에는 매회 소제목을 넣고 '괴상한 편지 ①', '괴상한 편지 ②'와 같이 일련번호를 붙였음.
[**] 숫자는 연재 횟수임.

한다. 그래서 모두들 허리를 굽히고 머리를 휘저으며 눈볼을 피하기에 바빴다.

적진에 들어간 돌격대는 골문을 지키는 수비대와 맹렬한 싸움을 시작했다. 서로 떠밀고 얼싸안고 넘어지며 뒹굴었다. 굴다* 일어나고 일어나서는 또 뒹굴었다.

"이번 우승기는 우리 거다!"

철이가 야무진 목소리로 고함쳤다.

"뭣이! 누가 빼앗긴대!"

용이가 덩달아서 어른 같은 목소리로 대들었다.

"자— 이래도야!"

철이가 용이에게 달려가 태클을 하여 넘어뜨렸다. 그러나 힘이 센 용이는 인차** 철이를 깔아버리고 말았다.

이것을 본 현옥이는 오빠에게 편들었다. 대뜸 달려가서 단단하게 빚은 눈볼로 용이 뺨을 보기 좋게 후려갈겼다.

"아이크크……."

용이가 얼김에 철이를 놓고 일어났다.

"작아두 고추알이 맵지!"

현옥이는 경기장 밖으로 나가는 용이를 보고 좋아란 듯이 깔깔대며 놀려주었다.

용이는 열여섯, 철이는 열다섯, 현옥이는 열셋, 모두 이 비밀 연구소

* '구르다'의 준말.
** 이내.

의 특별 훈련생들이었다. 현옥이는 나어린 소녀라고 패가름할 때는 언제나 반 개짜리 대접밖에 못 받았다. 철이가 가는 곳에 언제나 껴붙어 다녔던 것이다. 그래서 오늘은 용이에게 그 앙갚음을 해준 것이었다.

사실 용이는 열여섯 살이라지만 어른처럼 몸집이 좋았다. 용이에 비하면 철이는 키도 작고 몸집이 가냘픈 것이 어린애 같았다.

옥신각신 눈싸움은 계속되었다. 어떤 때는 나 기사 팀이 이기는 것 같고 어떤 때는 공장장 팀이 이기는 것 같았다. 게임은 바야흐로 고비에 올랐다. 바로 이때 스피커가 울려왔다.

"긴급 명령! 특별훈련생 세 소년, 소장님이 부릅니다. 특별훈련생 최용, 박철, 박현옥, 소장님이 부릅니다!"

세 소년은 깜짝 놀랐다.

"무슨 일이니? 원 박사님이 왜 불러?"

현옥이가 종알거렸다. 용이와 철이도 긴장한 듯이 서로 얼굴을 마주 보았다. 그리고 황급히 연구소 정문으로 달려갔다.

2

용이가 제일 앞장을 서고 그 뒤에 철이 그리고 꽁무니에 현옥이가 따라갔다.

"같이 가! 오빠!"

현옥이가 쌔근거리며 따라갔다.

운동장에서는 세 꼬마 친구들이 없어진 것도 모르고 신이 나서 경기를 계속하였다. 본래 이 게임은 소장인 원 박사가 고안해낸 것이었다. 운동장의 눈도 치우고 단련도 하고 친목도 겸하여 원 박사가 앞장을 서서 같이 이 게임을 즐기곤 했었다. 그런데 오늘은 웬일인지 원 박사가 보이

지 않았다. 뿐만 아니라 전에 없이 경기 도중에 세 훈련생을 갑자기 부르는 것이 암만해도 이상했다. 게다가 긴급 명령이라고까지 하지 않는가!

"무슨 일일까?"

세 훈련생은 제각기 멋대로 이런 생각을 하며 숨 가빠 우주과학연구소 정문 안으로 들어갔다.

그때 운동장에서는 와아 하고 환성이 일어났다. 아마 누가 드디어 골인한 모양이다.

골문까지 들어가서 자기 대장을 빼앗아 오는 데 성공한 모양이었다. 뒤이어 만세 소리가 들려왔다.

"누가 이겼니?"

"알 게 뭐야! 아마 우리 팀이겠지!"

"흥, 말 말어. 우리 팀이 이겼을 거야!"

용이와 철이가 서로 지지 않으련다.

"너희들 뭘 그러니, 조금 있으면 곧 알 걸……."

현옥이가 말참견을 들어서 두 소년도 그만 입을 다물고 말았다.

정문 안에 들어선 그들은 자동적으로 돌고 있는 자동복도 위에 올라섰다. 그러자 그 복도는 저절로 아파트 안으로 미끄러져 갔다. 이 연구소는 세 개의 큰 건물과 두 개의 작은 건물로 되어 있었다. 공장과 우주선을 넣어두는 격납고와 우주선이 뜨는 시설과 그 밖에 연구소의 아파트로 되어 있었다. 그리고 이 모든 건물은 금강산의 움집처럼 반은 땅속에 묻혀 있었다.

그 윗부분만이 한라산 위에 드러나서 근대식 미를 자랑하고 있었다.

세 훈련생은 마음이 급하기는 하지만 웃어른 앞에 가는데 땀을 흘리며 운동복으로 나설 수는 없다고 생각했다. 그래서 제각기 옷을 갈아입기 위하여 자기 방 앞에서 자동복도를 내렸다. 그 복도는 그대로 사방으로 흘러갔다.

용이는 자기 방문을 열고 들어갔다. 그리고 옷을 갈아입으려고 옷장을 열었다.

그런데 이게 웬일일까? 자기 옷 위에는 전에 본 것과 꼭 같은 노란 봉투가 한 장 놓여 있지 않은가?

"누가 이런 장난을 또 했어?"

용이는 투덜거리며 찢어버리려고 했다.

그러나 다시 생각해보고 그 봉투를 뜯어보았다. 역시 생각한 대로였다. 전과 같이 그 봉투 안에는 아무 글씨도 없는 회색 종이 한 장이 들어있을 뿐이었다.

3

"어떻게 내 방에 들어왔을까? 분명이 쇠를 잠갔었는데—."

용이는 아무 글씨도 안 보이는 회색 편지를 보며 이렇게 뇌까렸다. 그리고 그 편지를 전등불에 비추어보았다. 역시 아무 글씨도 안 보인다. 용이는 고개를 기웃거렸다. 모든 것이 꿈만 같았다. 문과 옷장은 어떻게 열고 또 글씨도 없

는 편지는 왜 놓고 갔을까? 그것은 풀 수 없는 수수께끼였다.

'장난치고는 지나친 짓이야⋯⋯. 혹시 무슨 중대한 비밀이 숨어 있는 것이나 아닐까?'

용이는 여기까지 생각하자 철이와 의논하는 것이 좋으리라고 생각했다. 로켓 조종이라면 철이에게 질 바 아니지만 수학이나 머리를 쓰는 데는 철이가 자기보다 낫다고 생각했기 때문이다. 사실 철이는 열한 살 때 벌써 원자물리학에 필요한 수학을 푸는 천재가 한국에 나왔다고 세계적으로 떠든 소년이었다.

그때 철이의 목소리가 들렸다.

"용이 빨리 나와. 엽대* 뭘 하는 거야!"

용이는 회색 편지를 노란 봉투에 다시 넣어서 재빨리 호주머니에 넣고 방을 나왔다.

"빨리 가, 소장님이 기다리신대!"

말쑥하게 유니폼으로 갈아입은 철이와 현옥이가 앞장을 섰다. 흙빛으로 된 스키복 같은 유니폼들이었다. 용이는 철이와 편지 의논을 할 사이도 없이 소장실에 들어섰다.

소장은 기다리고 있었다는 듯이 곧 보던 책을 덮고 의자 있는 쪽으로 왔다. 어떻게 보면 아인슈타인처럼 생긴 백발의 노학자이시다.

"잘들 왔다. 게 앉거라. 경기 도중에 불러서 미안하다."

원 박사는 이렇게 말하고 나서 곧 용건을 말하기 시작했다.

"너희들 우주정거장 코레아호에 좀 갔다 와야겠다."

"네? 우리끼리요?"

용이가 놀란 듯이 물었다. 그것은 그들의 교관이 지금 그 코레아호에

| * 여태.

가 있는 것을 알기 때문이다.

"그렇지, 너희들끼리 간다. 너희들은 인제 떳떳한 우주여행 면허장을 받아도 될 만한 실력을 가졌다고 본다. 그래서 이번만은 면허장이 없지만 특별히 여행을 허락하는 것이야."

원 박사는 웃으셨다. 그러나 그 웃음 속에도 무슨 중대한 용무가 있다는 것을 현옥이는 눈치챘다.

"소장님, 우리 용무가 무엇입니까?"

"너희들의 임무는 이 편지를 너희 교관 허진 교수에게 전달하는 것이다. 절대로 남에게 말하거나 보여서는 안 된다. 알겠냐?"

"왜 레이더나 텔레비 통신으로 연락을 안 하세요?"

철이가 모르겠다는 듯이 물었다.

"안 돼, 이것은 남이 알면, 안 될 비밀이야. 절대 비밀을 지켜야 해. 알겠지? 자— 그럼 곧 떠날 준비를 해라."

4

"넷, 떠날 준비 하겠습니다!"

용이와 철이, 그리고 현옥이는 차렷 자세를 하고 한입에서 나온 것처럼 복명을 하였다.

소장 방을 나온 용이와 철이는 "우아—" 소리 지르며 얼싸안고 춤이라도 출 듯이 날뛰었다.

"이봐, 철아, 인제 우리도 떳떳한 우주 비행사가 되었어!"

용이가 철의 어깨를 탁 치며 흥분을 못 참았다.

"떠벌이지 마, 누가 엿들으면 어떡허니, 이 월세계 녀석아!"

철이도 용이 궁둥이를 후려갈기며 지지 않았다.

그리고 이내 호주머니를 만져보았다. 아까 소장에게서 받은 소중한 편지가 들어 있는 것이었다.

"뭣이, 요 빼빼 같으니……. 나는 월세계에서 낳았지만 이렇게 튼튼하지 뭐야!"

하며 용이는 오른팔을 굽혀 보였다.

"너희들 뭐가 좋아서 야단들이니……. 난 속상해 죽겠는데……."

현옥이가 뇌까렸다.

"요 레이더 통신사 아씨는 뭐가 또 속상할까?"

철이가 누나＊ 턱을 한 손가락으로 쳐 받치며 골려주었다.

"넌 오늘이 무슨 날인지도 모르니?"

현옥이가 오빠를 바라보며 투덜거렸다.

"오늘?…… 오늘이 24일이지 뭐야, 12월……."

"그래 12월 24일 다음 날이 무슨 날이지?"

"오라, 넌 산타 할아버지 못 만날까 걱정이구나…… 하하……. 그렇지…… 뭐 산타 할아버지가 우주정거장엔 못 오는 줄 아니."

"자, 어서 부모님에게 인사 여쭈고 나와 크리스마스는 우주정거장에 가서 지내는 거야……."

여전히 용이가 서둘렀다.

용이는 정말 월세계에서 낳고 월세계에서 자란 소년이었다. 아버지

＊ 현옥이는 철이의 누이동생이나 간혹 누나로 혼동하여 서술하고 있음.

가 월세계 우주선 기지의 기사 일을 보았기 때문에 가족도 따라 이사를 갔던 것이었다. 그것은 1972년의 일이었다. 그러나 아버지는 용이가 열세 살 때 로켓 폭발 사고로 순직을 했었다. 그때 아버지는 수많은 목숨을 건지기 위하여 그 위험한 폭발 장소에 뛰어 들어갔던 것이었다.

"내가 크면 꼭 아버지 뒤를 이어 훌륭한 우주 비행사가 되고야 말 테야!"

용이는 그때 이렇게 마음에 다짐하였었다. 그리고 어머니에게 졸라서 아버지의 친구인 이 우주과학연구소 원 박사님을 찾아서 지구로 돌아왔던 것이다.

"빨리 가서 어머님을 기쁘게 해드려야지."

용이는 어머니 방으로 달려갔다.

"지휘탑에서 만나!"

"오케이."

철이와 현옥이도 아파트 건물 있는 쪽으로 달려갔다.

5

철이와 현옥이는 방 안에 들어서기가 바쁘게 아버지를 불렀다.

"아버지는 왜 찾냐?"

어머니가 종이 봉지에 무엇을 넣으시다 감추시며 물으셨다.

"글쎄요!"

"글쎄요라니, 아버지도 아까 너를 찾으시다 나가셨는데…… 무슨 일이 생겼냐?"

"아뇨."

"네가 들어오면 공장으로 전화 걸라시더라."

"네!"

철이는 텔레비 전화 앞으로 가서 번호를 돌렸다. 그러자 아버지 얼굴이 텔레비 스크린에 나타났다.

아버지는 바로 공장장 그 분이시다. 원 박사와는 사제 간이어서 이 연구소에 와서 일을 보게 된 것이었다.

"웬일이냐?"

아버지가 물으셨다. 철이가 지금까지의 이야기를 대강 하였다.

"뭣이?…… 아니 너희들끼리 우주정거장에 간다구?…… 그래 원 박사님이 그런 명령을 하셨다구?…… 음……."

아버지는 신음하듯이 한숨지었다. 이 말을 들은 어머니가 놀란 듯이 옆으로 다가왔다.

"아니 그게 정말이냐? 교관도 없이 너희들끼리 로켓선을 타겠단 말이냐?"

"어머니 걱정 마세요. 인제 우리도 떳떳한 로켓 비행사예요."

"아직 나는 마음이 안 놓이는구나!"

어머니는 텔레비 앞으로 와서 아버지를 부르셨다.

"여보! 당신은 어떻게 생각하우. 나는 아직 마음이 안 놓이는군요."

"글쎄 나도 모르겠소. 소장이 부르신다기에 무슨 다른 일인 줄 알았더니……."

"가서 말씀하세요."

"그럴 수는 없소. 소장에게도 생각이 있어 하는 일일 테니……. 또 철이는 모험을 좀 해보는 것도 좋을 것 같군요……. 밤낮 공부만 한다고 사람이 되는 것도 아니니까……."

이 말을 듣고 철이는 요행으로 생각했다. 하마터면 편지 이야기까지 끄집어내야 할 참이었다. 그러나 그 편지 이야기는 안 하는 것이 좋으리라고 생각하였다.

"아버지 고맙습니다. 그럼 다녀올게요. 어머니도 걱정 마세요."

철이는 텔레비 전화를 놓고 현옥이와 같이 밖으로 나왔다.

"어머니 다녀올게요!"

현옥이가 손을 저으며 뒤돌아보았다.

어머니는 여전히 창문에 서 계셨다.

두 남매가 지휘탑 앞까지 오자 용이가 먼저 와 있었다.

"오— 벌써 왔구나. 어머니 만났니?"

"응, 기뻐서 눈물이 난다구……. 나도 눈물이 나올 것 같아서 뛰쳐나왔지……."

용이는 쓸쓸하게 웃었다.

6

지휘탑은 한라산 남쪽 꼭대기에 자리 잡고 있었다. 10층이나 되는 지휘탑 위에는 지름이 25미터나 되는 전파망원경이며 레이더며 기타 각종 기상 관측 기계가 시설되어 있었다.

세 특별훈련생은 지휘탑 건물 안으로 들어갔다. 그리고 로켓의 발달을 한눈으로 볼 수 있도록 모형을 진열한 홀을 지나 훈련생 옷 갈아입는 방으로 들어갔다. 여기서 우주복을 갈아입는 것이다.

"허 교관님이 출장 가신 뒤 우주복 입는 거 처음이지—"

현옥이가 뇌까리며 먼저 우주복을 갈아입기 시작했다. 온통 옆으로 주름이 잡힌 아래위가 잇달린 옷이다. 그 위에 장갑과 장화를 신고 안테나가 달린 헬멧 모자를 썼다. 등 뒤에는 물론 비상용 산소 탱크가 메어져 있었다.

그때 원 박사와 철의 부모 그리고 용이 어머니의 말소리가 들렸다.

"아니, 벌써 옷들을 갈아입었구나."

원 박사가 먼저 들어오시며 말씀하셨다. 용이 어머니, 철의 부모가 뒤따라 들어왔다.

"이 애들이 우리의 소망이라니까요……."

원 박사가 뒤돌아보며 말씀하셨다.

"어느 애가 우리 용입니까, 원 박사님?"

용이 어머니가 세 우주복 입은 소년들을 보고 잠깐 망설였다.

"허허…… 그 제일 큰 초록색이요……. 파란색이 철이, 귤색이 현옥이죠."

원 박사가 통쾌하게 웃었다. 용이 어머니가 키 큰 초록색 우주복 앞으로 가까이 왔다.

"용아, 내가 잊은 게 있다. 이 편지 네 책상 위에 있더구나. 자, 옜다!"

어머니는 용이에게 노란 봉투의 편지를 내주었다. 그러나 그 편지를 받는 용이 얼굴은 우주 헬멧 안에서 파랗게 질렸다. 벌써 세 번째…… 노란 봉투에 아무 글씨도 없는 회색 편지…… 어떻게 잠근 쇠를 손톱 자리

하나 안 내고 들어갔는지……. 그 수수께끼의 편지가 지금 다시 용이 손에 쥐여진 것이다.

용이 손은 가늘게 떨렸다. 그러나 지금 막 우주선을 타려는 마당에 그 사정을 원 박사나 누구에게 이야기할 수는 없는 일이었다. 너무 바빠 서두르느라고 그 편지에 대해서 곰곰이 생각해볼 수도 없었고, 철이와 의논해볼 시간도 못 가졌던 것이다.

"용이 뭘 쭈물거리니, 빨리 떠나!"

철이가 용이 등을 치며 말했다. 그제서야 용이는 정신이 든 듯이 호령을 걸었다.

"차렷!"

세 훈련생이 일제히 차렷을 했다.

"소장님, 그리고 부모님 다녀오겠습니다!"

그들은 일제히 경례를 하였다.

"임무를 명심해라!"

원 박사님의 말씀이었다.

"부디 조심해라!"

어머님들의 당부였다. 세 훈련생은 발꿈치를 돌려 로켓 발사대로 달려갔다.

X·50호 출발
7

발사대에는 만반의 준비를 갖춘 X·50호가 대기하고 있었다. 그것은 상어처럼 날씬한 몸집을 하고 있었다. X·50호는 X·15호가 발달한 자그마한 로켓 비행기였다. 그래서 큰 우주선 몸집 안에 들어갈 수도 있게 마

련이었다.

세 훈련생은 이 애기에 올라탔다. 사다리가 떼어지고 문이 닫혔다.

용이가 제일 앞머리 조종사석에 앉고 철이는 그 옆의 부조종사석에 앉았다. 현옥이는 그 뒷자리 레이더 조종석에 앉았다.

"허 교관님이 안 계셔서 섭섭하구나."

현옥이가 뇌까렸다.

"한 시간 뒤면 만날 걸 뭘 그러니—."

용이가 말했다. 그러나 용이 자신도 이전 같으면 허 교관님이 앉을 자리에 앉은 것이 좀 불안한 것이었다. 그 약해지려는 마음을 이기기나 하려는 듯이

"자, 우리의 실력을 보여주자!"

하고 소리쳤다.

철이는 조용히 기계들을 보살피고 있었다. 정비사들이 완전하게 살핀 것이지만 그래도 다시 한 번 보살피는 것이 버릇이 되어 있었다. 만전을 기하기 위해서였다.

"조종판 오케이!"

용이가 소리쳤다.

"원자 동력 상태 오케이, 산소 공급, 기압 상태 양호!"

철이가 맞받았다.

지금 안전 신호등에는 모두 초록불이 켜 있는 것이다. 그것은 안전한

상태를 알려주는 불빛이었다. 그래서 세 훈련생도 어느새 이 초록 불빛을 좋아하게 되었다. 초록 불빛만 보면 마음이 놓이는 것이다.

"현옥인 어때?"

용이가 재촉했다. 그때 레이더 밴드와 안전 신호등을 보고 있던 현옥이가 혼잣말처럼 종알댔다.

"응? 왜 그럴까? 파란빛이 보이네……. 바늘이 좀 흔들리구?"

"그럴 리가 있어! 다시 살펴봐!"

철이가 소리쳤다.

현옥이는 다시 살펴보았다. 아무 곳도 이상한 곳은 없어 보인다. 조종 단추나 스위치나 자동조종장치나 모두 전과 다름이 없었다. 그러나 안전 신호등은 초록빛에서 파란빛, 때로는 빨간불까지 나타났다. 그러자 밴드의 바늘이 날카롭게 움직였다.

"이것 봐, 바늘이 뛰노는 것! 이상해!"

현옥이가 소리쳤다.

"저리 가, 내가 좀 볼게!"

철이가 현옥이 자리에 와서 레이더 장치를 살폈다. 그러나 이상하게도 그 신호등은 초록빛이 되어 움직이지 않았다.

"아무렇지도 않은데 뭘 그러니?"

현옥이는 다시 밴드를 보았다. 바늘이 까딱도 않지 않는가?

"이상한데?"

현옥이가 자기 눈을 의심하듯이 종알댔다.

8

세 훈련생은 대포알처럼 둥근 방에 빼곡 차 있는 복잡한 기계를 다시

한 번 살피기 시작하였다.

혹시 동력선이 끊어지지나 않았나? 산소 공급은 잘되나? 방 안의 기압은 높은가 낮은가? 속도 조종은 어떤가? 거리와 높이를 계산하는 기계는 말을 잘 듣나? 방 안의 온도는?…… 자동조종장치는?

…… 하고 조심스레 낱낱이 살폈다.

나중에는 먹는 것까지 살펴보았다. 모두 완전하였다. 보통 우리가 땅 위에 살 때보다 모든 것이 잘되어 있는 것 같았다.

"자 — 이만했으면 살필 것은 다 살폈지?"

용이가 물었다.

"내 기계는 모두 안전하다!"

철이가 말했다.

"내 레이더두 인젠 좋아졌어!"

현옥이가 말했다.

"언젠 나빴는데?"

철이가 놀려주었다.

"그럼 머 아까는 정말 빨강불이 켜졌어. 그리구 미터 밴드의 바늘이 이상하게 뛰놀았어—."

"말 말어, 내가 보았을 땐 아무렇지도 않았는데."

철이가 공박을 주었다.

"정말야……."

"그만해, 그까짓 거 지나간 일 가지구 뭣들 그래."

용이가 가로막았다.

"자, 그럼 엔진을 한번 걸어볼까?"

용이는 두 동무에게 주의를 주며 단추를 눌렀다.

그러자 X·50호는 몸집을 떨며 꽁무니에서 불과 연기를 뿜기 시작하였다. 방음 장치가 되어 있는 방이지만 기체가 세차게 내뿜는 소리가 들려왔다. 용이는 그 소리가 순조로운 것을 보고 이내 스위치를 껐다.

"이만했으면 엔진도 만점이야. 자— 그럼 떠날 준비다. 모두 누워서 안전혁대를 매야지."

용이의 말에 철이와 현옥이도 세웠던 의자를 반듯이 펴고 그 위에 누웠다. 그리고 안전혁대를 발과 몸에 동여매기 시작하였다. 눕는 것이 앉는 것보다 센 기압에 이기는 힘이 낫기 때문이었다.

용이도 누운 채 지휘탑에 출발 신호를 보냈다.

이 꼬마 우주선 콧머리와 꽁무니에 파란불이 세 번 켜졌다 꺼졌다.

"행운을 빈다!"

지휘탑에서 보내는 말이 방 안의 스피커를 통해서 들려왔다.

용이는 그때 '힘껏 임무를 다하겠다'고 말을 하려다가 문득 입을 다물었다. 원 박사가 이번 우주여행은 지휘탑에도 비밀로 하는 눈치였기 때문이었다. 지휘탑에서는 전과 같이 보통 훈련 비행이지 무슨 다른 의미가 있으리라고는 생각지 않는 것 같았기 때문이었다.

9

"목적지 우주정거장 코레아호! 출발 시간 1분 전!"

드디어 지휘탑에서 이 꼬마 우주선의 발사 시간이 알려졌다.

철이는 힐끗 시계를 쳐다보았다. 오후 3시 29분이다. 용이는 우주선

코레아호에 방향을 맞추도록 다이얼을 돌렸다. 그러자 바늘이 우주의 씨줄과 날줄의 한 점에 가 멎었다.

"30초 전!"

다시 지휘탑의 스피커 소리가 들렸다. 세 훈련생은 이상하게 가슴이 뭉클거리는 것을 참을 수 없었다. 인제 선생 없이 그들끼리 우주를 향하여 처녀비행을 하게 된 것이 통쾌하였다. 그러나 마음이 가라앉지 않았다.

"10초 전! 9초 전…… 8초 전…… 7초 전…….'

드디어 임박한 시간을 재기 시작하였다. 세 훈련생은 우주여행을 처음 떠나가는 사람처럼 긴장하였다.

"3초 전! 2초 전!"

용이는 단추를 눌렀다.

그러자 폭음과 함께 불과 연기가 한꺼번에 꼬마 우주선 X·50호 꽁무니에서 뿜기 시작하였다. 그와 동시에 또 하나의 호령이 들렸다.

"출발!"

용이는 거의 그 목소리와 같이 단추를 또 한 개 눌렀다. 그러자 X·50호는 눈 깜박할 사이에 하늘 높이 치솟기 시작하였다. 드디어 세 꼬마 훈련생들만의 우주여행은 시작된 것이었다.

꼬마 우주선 꼬리에서는 땅을 향하여 잇달아 세찬 불길과 자욱한 연기를 뿜어댔다. 그 연기와 불길을 뚫고 X·50호는 푸른 하늘 높이 세차게 치솟아 올라갔다.

1957년 말에 스푸트니크 인공위성이 지구 밖을 돌게 된 뒤 이 우주의 길은 처음으로 트이기 시작하였었다. 그 뒤 30여 년 동안에 우주의 길은 눈부시게 발달하였다.

수많은 개와 원숭이와 쥐 그리고 사람들이 희생되어 이 우주의 길은 거의 안전하리만치 개척되었던 것이다. 세계는 원자 무기가 너무 발달하여 그 이상 싸울 수 없게 되었다.

그래서 유엔은 발전하여 세계연방이 되었다. 각 나라 대표가 모여 세계연방 정부를 만들고 거기서 세계연방의 원수를 뽑았다. 그러나 각 민족은 자기 민족문화와 과학을 마음대로 발전시킬 수 있게 마련이었다. 이리하여 50년 전만 해도 일본의 식민지로 시달리던 한국은 미국이나 소련과도 경쟁할 수 있는 과학국이 되었던 것이다. 또 노벨상을 받은 원일 박사와 같은 전자물리학자는 세계의 자랑이었다.

제주도에 자리 잡은 그 원일 박사의 우주과학연구소에서는 지금 우주여행에 필요한 새로운 에네르기를 연구하고 있었던 것이다.

그리고 세 특별훈련생은 지금 그 원일 박사의 중대한 심부름 길을 떠난 것이었다.

10

지금까지의 이야기

월세계에서 낳아서 자란 용이, 열한살 때 고등 수학을 푼 천재 소년 철이와 그의 누나 현옥이는 한라산 우주과학연구소에서 특별 훈련을 받고 있었다. 소장 원 박사는 우주여행에 필요한 새로운 에네르기를 연구하는 세계적인 전자물리학자이시다.

어떤 날 원 박사는 세 소년에게 큰 비밀 편지를 가지고 우주정거장 코레아 호에 가 있는 허 교수에게 전하라는 긴급 명령을 내린다.

그때 용이는 급해서 꼭꼭 잠근 문 안으로 날아 들어온 노란 봉투의 괴상한 편지를 주머니에 넣은 채 꼬마 우주선에 탔다. 또 현옥이는 우주선 레이더에 빨간불이 켜진 것을 보았다. 위험하다는 신호다. 그러나 웬일인지 곧 제대로 되어 우주선 X·50호는 그대로 떠나고야 말았다.

세 훈련생은 무서운 속력으로 치솟고 있는 X·50호 안에서 자동의자 침대에 누운 채 지긋이 어려움을 참았다.

그래도 토할 것 같고 현기증이 일어났다. 이것이 우주 뱃멀미란 것이

다. 그들은 의사가 지시한 대로 배에다 힘을 주었다. 우주선은 자꾸만 하늘로 하늘로 치솟아 올라갔다. 믿을 수 없을 만한 속력으로 곧바로 하늘로 올라갔다. 한 시간에 10만 마일이나 되는 속력으로 솟아오르고 그 속도는 차차 더 빨라지는 것이다. 세 훈련생은 제각기 이상하게 몸을 비꼬기 시작했다. 맨 먼저 현옥이가 야단을 쳤다.

"윽, 윽, 윽…… 으아— 으흐흐흐……."
하며 숨이 찬 듯이 신음했다. 심장은 무섭게 곤두박질을 했다. 심장이 마구 가슴을 뚫고 나오려는 것만 같았다. 차차 정신이 희미해지고 무엇이 어떻게 되고 있는지 알 수 없었다. 누워 있는데도 천근만근이나 되는 무거운 돌로 자기를 억누르는 것만 같았다. 귓가에서는 윙윙 바람이 부는 것 같은 소리가 들린다.

철이는 철이대로 두 손을 버둥거리며 안타까워했다.

암만 버둥거려야 안전혁대에 매여 있는 몸이니 어떻게 될 것은 아니지만 참을성 있는 철이도 이렇게 떠나는 때가 제일 힘이 들었다. 철이는 이를 악물었다.

"처음 1천 마일이 제일 힘든다. 참아야 한다!"

누가 귓가에서 외치는 것 같았다. 지휘탑에서 하는 말인지 아버지가 하시는 말씀인지 분간할 수가 없었다.

'그렇다. 처음 1천 마일 아마 지금쯤 거의 왔을지도 몰라……'

철이는 이렇게 생각하며 고도계를 곁눈으로 보았다.

"앗! 고도계에 빨간불! 용이! 용이! 고도계가 엉망이다!"

철이는 힘껏 외쳤다. 그러나 용이는 발을 버둥거리며 간신히 속삭이듯이 이렇게 배앝는 것이 모두였다.

"음— 난…… 난…… 더 못 참겠어!"

보이지 않는 괴물

11

"용이! 속도계 좀 봐, 엉망이야! 한 시간에 5만 마일 이상이나 올라가고 있어!"

철이는 용이를 잇달아 불러보았다. 그러나 용이는 지금 죽어가는 사람처럼 신음하고 있을 뿐이었다.

"이러다간 우리 배는 공기에 타버리고 말겠어!"

철이는 안타까이 용이를 불렀으나 용이는 대답 대신 끙끙 앓는 듯한 소리를 낼 뿐이었다. 용감하다는 뜻을 가진 용勇이란 이름이 부끄러울 정도로 용이는 지금 맥을 못 추고 있었다.

"그렇지, 내가 조종을 하는 수밖에 없다!"

철이는 중얼대며 자동의자의 단추를 눌렀다. 그러자 침대로 되었던 의자가 펄떡 일어나며 앉는 의자로 되었다. 물론 안전혁대는 매어 있는 그대로였다.

철이는 속도를 가리키는 기계를 살펴보았다. 그런데 그 속도계는 때로는 4만 마일, 때로는 5만 마일, 아니 때로는 6만 마일까지 올라가는 것이 아닌가?

철이의 머리는 빙빙 돌기 시작했다.

'이럴 수가 있나? 한 시간에 3만 마일씩 올라가야 할 것이 이렇게 급작스럽게 올라가다니?……'

철이는 아찔아찔해지는 정신을 가다듬으려고 눈을 감았다. 그래도 고르지 못한 속도로 올라가는 바람에 더 억누르는 느낌을 받고 골이 빙빙 도는 것이었다. 그러나 철이는 참고 다시 기계들을 둘러보았다. 그러자 군데군데 빨간불이 켜진 것이 눈에 한 가닥 들어왔다.

'아 빨간불이다! 빨간불! 아까 배가 떠날 때 현옥이가 보았다는 빨간불이야! 도깨비불!'

철이는 다시 고개를 푹 수그렸다. 배는 그대로 미친 듯이 날뛰며 자꾸만 올라갔다.

'이러다가 도중에서 이 배가 떨어지면?…… 우리가 이 공중에서 죽는 것은 일없지만 원 박사님에게 면목이 없다……. 아, 우리를 믿고 시킨 심부름이 나무아미타불이야……. 아니 그보다도 무슨 중대한 일이 꼬일지도 몰라…….'

철이는 어지러운 머릿속에서도 이런 생각이 스쳐 지나갔다. 기분 나쁜 생각이었다. 그러나 그것은 너무나 자기가 해야 할 책임을 깨달은 마음이 불타오르고 있다는 증거이기도 했다.

철이는 다시 고개를 쳐들고 기계를 살펴보았다. 그러나 아무 데도 기계가 고장난 곳은 보이지 않았다.

'웬일일까?…… 기계가 고장이 안 났는데 빨간불이 켜진다…… 속도가 자꾸만 빨라진다……. 알 수 없어…… 그것은 정말 도깨비장난 같은 짓이야……. 그럼 이 로켓 배 안에 도깨비가 타고 있단 말인가?…… 천만에…… 그럴 수야 있나?'

하고 생각할 때였다.

무섭게 날카로운 종소리가 울려왔다.

12

"째르르릉——."

그 종소리는 그칠 새 없이 울렸다.

그 종소리는 로켓 배가 제일 위험할 때 울리는 마지막 경종이었다.

"째르르릉——."

철이는 다시 눈을 치뜨고 속도계를 보았다.

"앗! 7만 마일! 마지막이다! 용이! 얘, 현옥아!"

철이는 소리 질렀다. 그때에야 용이는 간신히 정신이 드는 모양이었다.

"허! 내가…… 엽대 잠을 잤나?…… 여기가 어디야?……"

하며 용이는 눈을 떴다.

그리고 버릇처럼 자동의자의 단추를 눌렀다.

그러자 용이도 일어나 앉았다.

"응? 철이 넌 왜 벌써 일어났니?"

용이는 이상하다는 듯이 철이를 바라보았다.

"왜가 뭐야! 지금 우리 배는 7만 마일 이상의 속력을 내고 있어! 우리 배가 타게 됐어!"

"뭣이? 7만 마일!"

용이는 그제야 왜 자기가 정신이 어리벙벙하게 되었는지, 깨달은 모양이었다.

그런데 지금은 몸을 움직일 수가 없다. 너무 압력이 세기 때문에 자기를 이 의자를 마구 떠밀고 있는 것이었다. 그러나 마침내 용이는 자기가 해야 할 무엇인가가 머리에 떠올랐다. 그것은 엔진을 끄는 것이었다. 그래서 용이는 자리에서 일어나려고 기를 써보았다. 그때 용이는 자기 손이 간신히 엔진을 끄는 단추에 가 닿은 것이라고 느꼈다. 용이는 그것을 힘껏 눌렀다. 그런데 그것은 다른 단추였다. 엔진을 끈다는 것이 방향을 바꾸는 단추를 눌러버리고 만 것이었다.

"아뿔싸! 큰일 났다!"

용이가 다시 엔진을 끄는 단추를 찾으려고 두 손으로 허공을 젓는 동안 배는 오른쪽으로 커브를 그리며 굽어지기 시작했다.

용이는 머리가 빙빙 돌았다. 고개를 쳐들 수가 없다. 철이도 넋을 잃은 듯이 의자에 고개를 기대고 있을 뿐이었다.

그런데 웬일일까요?

배의 속도가 차차 내리기 시작하는 것이 아닙니까? 마치 어떤 힘이 뒤에서 떠밀다가 그 밀던 물건이 다른 길로 기울어지기 때문에 그 힘이 작용을 못 하게 되는 것 같았다. 그래서 그 물건의 속도가 느려지듯이 지금 이 로켓 배의 속도가 느려지는 것 같았다.

'누가 밀었을까?'

아무도 그런 생각은 해보지 못했다.

속도는 차차 7만 마일에서 6만 마일…… 그리고 드디어는 3만 마일까지 내려가고야 말았다. 이제야 비로소 제 속도를 얻은 것이었다. 이 배는 한 시간에 3만 마일의 속도로 공기가 있는 대기권을 뚫고 나가게 되어 있다.

세 훈련생은 인제야 조금씩 정신이 들기 시작했다.

13

지금까지 쩔쩔매고 있던 현옥이가 비로소 자동의자를 일으켰다. 눈이 빠끔해서 아직도 얼떨떨한 모양이었다.

"난 죽었다 살아났어ㅡ."

현옥이가 종알댔다.

"난 천당에 갔다 왔는데, 뭘……."

철이가 웃었다.

"그런데 배가 왜 그렇게 빨리 갔어? 전에는 이런 일 없었는데……."

현옥이가 알 수 없다는 듯이 고개를 갸웃거리며 물었다.

"우린 알 게 뭐야."

철이도 따분한 듯이 한심한 대답을 하였다. 자기도 처음 겪는 일이니 알 수 없는 노릇이었다.

본래 로켓 배가 지구의 공기층을 뚫고 나가려면 한 시간에 2만 5천 마일의 속력을 내야 한다. 그런데 이 꼬마 우주선은 한 시간에 3만 마일 정도 달리게 만든 것이었다. 그래서 꼬마 우주선이 약 2만 2천 마일 높이서 돌고 있는 우주정거장 코레아호에 가려면 이럭저럭 한 시간 가까이 걸린다. 곧바로 가면 물론 더 빨리 갈 수 있지만 우주정거장에 내릴 때 속력을 느리고* 시간을 잡아먹어서 대략 한 시간 가까이 걸리는 것이었다.

그런데 웬일인지 X·50호는 한라산 발사대를 떠난 지 몇 분도 못 되어 5만 마일씩이나 속력을 내기 시작한 것이었다. 처음에는 세 훈련생도 그것을 깨닫지 못하였다.

그러나 차차 7만 마일까지 무서운 속력을 내자 세 훈련생은 거의 기절할 지경에 빠지고 만 것이었다.

"철이 현옥이에게 미안해!"

용이가 조종석에서 뒤돌아보며 사과를 했다.

"뭐가 미안해, 나도 다 죽었다 살아났는데……."

철이가 말했다.

"아냐, 난 철이가 그렇게 정신이 강한 줄은 몰랐어."

용이가 진심으로 감탄한 듯이 말했다. 그리고 다시 말을 이었다.

"정말 철이가 정신을 차려주지 않았으면 우리는 지금쯤 어떻게 되었을지 몰라……. 조종 책임은 내가 맡았는데…… 정말 안됐어……."

용이는 방향계를 보고 길을 바로잡으며 말했다.

| * 느리게 하고.

"그런 말 말어, 그게 우리 잘못이야, 기계 잘못이지……. 참, 기계는 아무렇지도 않지?"

철이가 이상하다는 듯이 물었다.

"응, 기계는 까딱도 없어…… 지금 우리 배는 다시 제 길에 올랐어."

용이가 말했다. 사실 꼬마 우주선은 갑자기 빨리 올라간 거리와 제 길에서 빗나가서 먼 길을 온 거리가 거의 맞먹었다. 그래서 쉽사리 자동 조종장치로 제 길에 올려놓을 수 있었던 것이었다.

"그렇지만 이상하지 않어?"

철이가 뇌까렸다.

14

"뭐가 이상해?"

용이가 물었다.

"글쎄 말야, 누가 떠밀어 주지도 않았는데 우리 배가 그렇게 빨리 갈 수 있어?"

철이가 말했다.

"이 넓은 하늘에서 누가 밀어줘?"

용이는 어이없다는 듯이 웃었다.

"그럼 이 일을 어떻게 설명할 수 있어……. 정말 땅 위에도 없는 도깨비가 하늘까지 쫓아왔단 말야?"

철이는 쓴웃음을 웃었다. 그때 용이의 머리에는 번개같이 노란 봉투의 편지가 떠올랐다. 도깨비라면 그 노란 봉투도 도깨비였다. 문을 잠근 방에 또 문을 잠근 옷장을 열고 어떻게 그런 편지를 넣을 수 있었는지 정말 도깨비장난 같았다. 용이는 그 편지와 우주선을 떠밀어 준(?) 괴상한 무엇과를 같이 생각해보았다. 그리고 혼자서 "설마?" 하고 중얼거렸다.

"철이는 정말 속도계가 7만 마일까지 올라간 것을 보았어?"

용이가 물었다.

"암먼 내 눈으로 똑똑히 보았지."

철이는 자신 있게 대답했다.

"머리가 어지러우면 속도계를 잘못 볼 수도 있을 거 아냐?"

용이가 다짐했다.

"그렇지만 난 틀림없어."

철이가 다시 자신 있게 말했다.

"그것을 누가 알어?"

용이가 캐물었다. 철이는 이 말에 성큼 대답할 말을 찾지 못하여 머뭇거리다가 입을 열었다.

"지금까지 용이가 겪은 것만으로도 알 수 있잖아?…… 우리가 전에 없이 뱃멀미를 하구…… 안전등에 빨간불이 켜지구…… 배가 빗나간 길을 바로잡구……."

"그렇게 생각하면 그렇지만 또 다르게도 생각할 수 있잖아……."

"어떻게?……"

철이가 물었다.

"우주선이 한 시간에 7만 마일씩이나 달렸다면 지금 우리 배의 힘으로는 당해내지 못했을 거야, 녹든지, 부서지든지……. 그런데 지금 우리 배는 아무렇지도 않거든……."

이 말에 철이는 말문이 막혔다. 정말 그렇게 빠른 속도로 달렸다면 배는 분명히 상했어야 할 것이었다. 그런데 아무렇지도 않은 것이 아닌가?

"그럼 속도계가 고장 났나?"

철이는 다시 속도계를 들여다보았다. 지금 그 속도계는 정확하게 한 시간에 3만 마일을 가리키고 있다.

알 수 없는 일이다. 암만 머리를 짜서 생각해보아야 알 수 없는 일뿐이다. 이치에 맞지 않는다.

요사이 며칠 동안은 상식으로 판단이 가지 않는 일들이 연거푸 일어난다.

'우주정거장에 가면 허 교관님과 노란 봉투 편지며 우주선 사건을 좀 더 자세히 의논해야겠다.'

용이는 생각했다.

그때였다.

15

"저것 봐! 레이더의 빔이 몹시 흔들려!"

현옥이가 외쳤다. 레이더(전파탐지기)의 빔은 전파를 내보내서 어떤 이상한 물체가 나타난 것을 찾아냈을 때 알려주게 된 장치였다. 미터 밴드의 바늘이 방향을 가리켰다. 그 물체는 왼쪽에서 이 꼬마 우주선을 향하여 오고 있는 것이었다.

"앗, 아주 가까이 온다! 무섭게 빠른 속도다!"

현옥이가 다시 외쳤다.

용이와 철이는 얼빠진 사람 모양 현옥이를 바라보았다. 그리고 그 왼

쪽을 내다보았다. 아무것도 안 보였다. 캄캄한 하늘이 검은 장막을 드리우고 있을 뿐이다.

바로 그들 밑으로 둥근 지구가 내려다보인다. 바다와 육지가 또렷이 보인다. 높은 산과 골짜기 같은 것까지 보이는 것이다. 길은 아직 절반도 채 못 왔었다. 그때 철이가 손짓을 했다.

"저게 뭐야, 저 불빛 같은 거?"

용이는 손짓하는 곳을 바라보았다. 파리으리한 빛이 우주선에 비친 것이었다. 우주선이 바로 그 파리으리한 빛에 감싸인 것 같았다.

"웬 빛일까? 이런 어두운 하늘에 빛이 있을 리 없지 않아?"

"글쎄 이상한데?"

철이가 맞장구를 칠 때였다. 꼬마 우주선은 갑자기 속력을 내기 시작한 것이었다. 다시 4만 마일, 5만 마일, 6만 마일로 올라갔다. 세 훈련생은 다시 정신을 잃었다. 모두 허둥지둥 단추를 누르고 의자를 눕히고 누울 수밖에 없었다.

그러나 이번에는 용이가 기를 썼다.

속도를 아주 느리는 단추를 눌러보았다. 그러나 공기가 차차 없어져 가는 하늘을 달리던 배가 갑자기 멎을 리는 없었다. 그대로 속력을 냈다. 그대로 5만 마일의 속력으로 달리고 있는 것이 속도계에 나타났다. 이제는 용이도 안 믿을 수가 없었다. 분명히 자기가 속도를 0으로 하는 단추를 눌렀는데 배는 그대로 5만 마일의 속도로 달리고 있지 않은가. 용이는 정신을 가다듬어 엔진을 아주 끄는 단추를 눌렀다. 그러나 속도가 느려지기는커녕 이번에는 6만 마일로 올라가는 것이었다.

'엔진을 껐는데도 우리 배를 끌고 가는 힘은 무엇인가?'

용이는 다시 무섭게 억누르는 압력에 자기도 더 참을 수 없는 것을 느꼈다.

'그 파란 불빛이 괴물이다! 보이지 않는 괴물……'

용이는 뿌예져가는 자기 정신 한구석에서 이런 생각을 하고 있었다.

그러나 꼬마 우주선 X·50호는 정신을 잃은 세 훈련생을 싣고 자꾸만 더 속력을 내서 어디로인지 솟아오르고 있었다.

나 기사의 죽음
16

이야기는 정신을 잃은 세 훈련생을 싣고 어디로인지 솟고 있는 꼬마 우주선 X·50호에서 다시 한라산으로 돌아온다.

눈싸움이 끝난 우주과학연구소 종업원들은 제각기 제멋대로 사방으로 흩어졌다. 어떤 이는 공장으로 어떤 이는 아파트로 어떤 이는 그냥 땀을 식히기 위하여 소풍을 하였다. 점심시간이 아직도 10여 분 남았기 때문이었다.

철이의 아버지 공장장은 집으로 갔다. 철이가 원 박사에게 불려 간 일이 궁금해서였다. 한편 나 기사는 몸이 좀 뚱뚱한 편이어서 아직 땀에 밴 얼굴로 소풍을 하는 패에 끼었다. 기계공 한 사람과 전기공 한 사람과 같이 바다가 바라다보이는 산기슭을 걷고 있었다. 시원한 바닷바람이 그들의 다는 몸과 땀을 식혀주었다. 그때 기계공이 바다를 한 손으로 가리키며 소리쳤다.

"저것 좀 보세요, 저 바다요!"

나 기사와 전기공이 바다를 바라보았다.

거기에는 파란 바닷물 위에 파도가 출렁거릴 뿐 별로 눈에 띄는 것은 보이지 않았다.

"뭘 말이오?"

나 기사가 물었다.

"지금 막 바닷물이 세차게 흩어지면서 무엇인지 바닷속으로 들어가는 것 같았어요."

"무엇이 들어가요?"

전기공이 물었다.

"글쎄 이상한데요. 공중에서 무엇인지 막 떨어져서 바닷물 속으로 들어가는 것 같던데요……."

기계공은 애매하게 말끝을 흐렸다. 무엇인가 들어가는 것 같은 물거품은 보았지만 아무것도 그 물체를 보지는 못했기 때문이었다.

"뭐가 들어가요. 설마 비행기가 떨어질 리도 없을 테고―?"

나 기사가 말했다. 그리고 세 사람은 그대로 연구소로 발걸음을 옮기고 있었다. 얼마쯤 걸었다. 연구소 문을 향하여 지름길로 접어들 때였다. 이번에는 전공이 소리쳤다.

"앗, 저것 보세요. 정말 이상한 물거품이 있는데요?"

하고 앞서 기계공이 가리킨 그 바다 쪽을 가리켰다.

"그것 봐요. 이상한 거품이지요?"

하고 기계공이 말하며 그 바다를 바라보았다. 나 기사도 바라보았다. 그

러나 앞서처럼 파란 물 위에 파도가 출렁거릴 뿐 나 기사의 눈에는 아무
것도 보이지 않았다.

　　그저 약간 더 새하얀 물거품이 한곳에 소용돌이치는 것이 보일 뿐이
었다.

　　"이 사람들이 사람을 놀리는가?"

　　나 기사는 좀 못마땅한 듯이 쓴웃음을 웃으며 두 사람을 바라보았다.

　　그러자 전기공은 정색을 하며 뇌까렸다.

　　"아니 저도 정말 보았습니다. 제가 본 것은 바닷속에서 무엇인가가
쑥 솟아오르는 것 같은 물거품이었어요."

17

　　"아니 그럼 아까 그 바닷속으로 들어갔다는 물건이 이번에는 나왔단
말인가?"

　　나 기사가 이마에 주름살을 잡으며 물었다.

　　"……?"

　　"……?"

기계공과 전기공 두 사람
은 이 물음에 대답을 못 하고
서로 얼굴을 쳐다보았다. 기계
공은 무엇인가가 들어가는 것
을 본 것 같았고 전기공은 무
엇인가가 나오는 것을 본 것

같았다. 그러나 그것이 무엇인지는 보지 못했던 것이었다. 그저 그 물방
울과 물거품 일어나는 모양이 하나는 무엇이 들어갈 때 생기는 것 같았

고 하나는 무엇이 나올 때 생기는 것 같았다고 생각했을 따름이었다.

"참 무슨 소리가 들리지 않았어요?"

기계공이 물었다.

"글쎄 들은 것 같기도 하군요?……"

전기공이 대답했다.

"무슨 소리를 듣고 우리가 바다를 바라본 것이 아네요?"

기계공이 이번에는 나 기사를 바라보았다. 나 기사는 운동으로 상쾌해졌던 기분이 상한 듯이 아무 말 없이 연구소를 향했다.

보지도 못한 것을 가지고 이러니저러니 한다는 것이 쑥스러웠기 때문이었다.

나 기사는 지금 중대한 일에 종사하는 몸이다. 원일 박사가 필생의 노력을 기울여서 연구하는 사업을 가장 가까운 곳에서 또 가장 중요한 한 사람으로 직접 도와주고 있는 것이었다. 원일 박사의 연구는 우주선의 새로운 에네르기와 우주선을 자동적으로 운전하고 움직이게 하는 오토메이션의 연구였다.

연구소에서는 요사이 원일 박사가 서두르는 표정으로 보아 일을 빨리 진행시켜야 할 이유가 생겼다고 짐작했다.

왜 원일 박사가 서두르는지 또 그것이 무엇 때문인지 딱히 아는 사람은 없었다.

다만 머지않아 세계를 놀라게 할 중대한 일이 일어나리라는 것을 짐작할 뿐이었다. 그리고 그것을 이웃나라 일본과 경쟁이 붙었기 때문에 더 서두르고 있는 것같이 생각되었다.

세계가 모여서 인제는 한 나라가 되어 살지만 좀체로 민족의 자존심이나, 자기 민족이 다른 민족보다 훌륭하기를 원하는 마음에는 변함이 없었다. 또 이 경쟁심 때문에 세계 각 민족은 더욱 빨리 자기 문화를 발전 향상시킬 수 있었던 것이었다.

나 기사는 연구소 안에 들어서자 두 기술공과 헤어져서 자기 방으로 들어갔다.

사방을 둘러보고 문을 잠갔다.

그리고 자기 책상 옆에 가서 스위치를 눌렀다.

그러자 큰 지도만이 보이던 담벽에 빠끔하게 자그마한 구멍이 뚫렸다. 바로 오스트라데아를 따낸 모양이었다. 이 구멍이 지하실로 가는 나기사의 비밀 문이었다.

18

나 기사는 빠끔하게 뚫린 구멍으로 들어갔다. 그러자 지도가 다시 제자리로 나와서 구멍을 메꾸어주었다. 양쪽에서 커튼이 밀려와서 지도를 가리었다.

나 기사는 지도 안에 달린 스위치를 눌렀다. 층계를 비추는 불이 켜졌다. 지하실로 내려가는 층계가 환히 내려다보인다. 나 기사의 비밀실은 이 층계를 내려가서 왼쪽으로 한참 더 가게 되어 있었다. 방이 원 박사 방의 바로 밑에 있기 때문이었다. 원 박사가 필요할 때는 언제나 내려와서 의논하도록 하기 위해서 비밀실을 원 박사 방 바로 밑에 두었던 것이었다. 늙은 원 박사를 위해서였다. 원 박사 방에는 단추만 누르면 앉은 그대로 나 기사 방으로 내려갈 수 있는 엘리베이터 장치가 되어 있었다.

나 기사는 자기 방 앞까지 내려와서 문손잡이를 잡았다. 그리고 주머니에서 열대*를 찾는데 그 문이 저절로 열리는 것을 느꼈다.

"응? 내가 열구 나갔었나?"

나 기사는 중얼거리며 방 안으로 들어섰다. 이 방에 드나들 수 있는 사람은 원 박사와 공장장, 허 교수 그리고 세 특별훈련생들뿐이었다. 그러나 원 박사 외에는 누구나 자기가 문을 열어주어야 들어올 수 있었다. 그러니까 문이 열린 것은 자기가 잊었던 것으로 생각할 수밖에 도리가 없었다. 나 기사는 무심코 자기 책상으로 가서 의자에 앉으려고 했다.

"응?"

나 기사는 놀란 듯이 의자에 앉으려다가 다시 일어났다. 나 기사의 눈은 오른쪽 벽의 서고 문을 바라보고 있었다. 그 서고에는 중요 서류와 비밀 설계도가 들어 있었다. 그래서 그 서고는 애당초 강철로 만든 담벽 안에 들어 있고 불에 안전하도록 석면이 온 담벽에 들어 있었다. 뿐만 아니라 웬만한 약품으로도 뚫을 수 없도록 특수 장치가 되어 있었다. 그리고 그 열대는 자기와 원 박사 두 사람만 가지고 있었다. 그런데 지금 그 서고 문이 열려 있는 것이었다.

"원 박사님이 들어왔었나?"

나 기사는 중얼거리며 엘리베이터 문이 달린 왼쪽 벽을 바라보았다.

그 문은 전과 다름없이 잠겨 있었다. 나 기사는 서고 앞으로 발걸음을 옮겼다. 그때 발길에 무엇인가가 탁 채는 것을 느꼈다.

"누구얏!"

나 기사는 몸을 도사리며 소리쳤다. 발부리가 꽤나 아팠다. 나 기사

| * 열쇠.

가 찬 것은 외쪽 바가지 같은 유리통이었다. 아니 유리통 같은 노르스름한 외쪽 바가지였다. 크기는 물통만 했다. 그 외쪽 유리 바가지가 괴상한 동물 등에 붙어 있다. 그리고 지금 그 외쪽 바가지에서 또 한쪽 바가지가 나오더니 그 괴상한 동물을 감싸주는 것이었다.

19

그 괴상한 동물을 뭐라고 설명했으면 좋을까? 얼핏 보면 문어와 비슷했다. 둥글고 큰 머리통과 맘대로 몸에 뒤말릴 수 있는 여러 개의 발이 흡사 문어 같았다. 다르다면 머리통이 좀 울퉁불퉁하고 색이 회색빛이어서 눈에 잘 띄지 않는 점이랄까? 그러나 그 눈이 몇 개며 어디에 붙어 있는지? 코와 입 그리고 귀는 있는지 없는지 알아볼 사이가 없었다.

나 기사가 발견했을 때 그 문어 같은 괴물은 벌써 유리 바가지 속에 거의 온몸을 감추고 있을 무렵이었다. 그리고 이상한 것은 그 유리 바가지 속에 괴물이 들어가자 눈코는커녕 그 문어 같은 몸집조차 보이지 않는 것이었다. 나 기사가 넋을 잃고 그 노르스름한 유리 바가지를 바라보는데 그 바가지통은 뜨기 시작하였다. 소리가 안 들리지만 팽이처럼 통 안 부분이 도는 것 같았다. 그러자 차차 노르스름한 색이 흰색으로 변한 것 같더니 바가지통조차 인제는 잘 보이지 않았다.

"앗, 비밀 설계도닷!"

나 기사는 소리 질렀다. 그 바가지통이라고 생각했던 괴물이 비밀 설계도가 든 파란 봉투로 바뀐 것이 아닌가! 그 파란 봉투는 지금 문을 향하여 날아가고 있다.

나 기사는 미친 듯이 그 봉투를 쫓아갔다. 그리고 문을 보기 좋게 떠받았다. 그동안에 그 괴물 아니 유령 아니 그 파란 봉투는 날아가 버렸다.

나 기사는 일어나서 층계를 따라 올라갔다. 지도가 붙은 자기 방으로 쫓아 들어갔다. 어떻게 지도가 붙은 벽의 구멍이 열렸는지 생각할 사이가 없었다. 문을 열고 밖으로 쫓아 나갔다. 그러나 인제는 파란 봉투조차 어디로 갔는지 보이지 않았다. 나 기사는 한참 우두커니 서서 하늘만 쳐다보았다. 두리번거려야 둥근 바가지도 파란 봉투도 보이지 않았다.

그때 하늘과 땅을 진동하는 우주선 떠나는 소리가 들려왔다. 그것은 용이들이 탄 X·50호가 떠나는 소리였다. 나 기사는 그 소리를 들으며 아까 기계공과 전기공들이 말하던 바다 이야기가 생각났다.

"그놈이다! 바다에서 물기둥을 일으켰다는 괴물이 바로 그놈일 게다!"

나 기사는 소리 지르며 육중한 몸을 우기적대며 격납고로 달려갔다. 정찰용 비행접시를 타기 위해서였다. 비행접시로 그 괴물을 추격해볼 심산이었다.

20

나 기사는 우주선 격납고 맞은쪽으로 달려갔다. 거기에 작은 비행접시가 보였기 때문이었다. 나 기사는 다짜고짜 비행접시를 집어타려고 했다. 그것을 본 조종사가 격납고 옆에서 달려왔다.

"나 기사님 웬일이십니까. 탑승표를 주셔야죠?"

조종사가 말했다.

"조종은 내가 하겠소."

나 기사가 숨 가쁜 목소리로 배앝았다.

"네? 어딜 가시기에요?"

조종사의 눈이 휘둥그레졌다.

"조종은 내가 한다니까 ―."

나 기사는 한마디 외치면서 다시 비행접시에 올라타려고 했다.

"그러나 탑승표는 주셔야죠, 규칙을 어기면 저는 어떡헙니까……."

조종사는 한 걸음 다가와서 나 기사의 옷자락을 잡았다. 나 기사는 그것을 뿌리쳤다.

"탑승표를 뗄 새가 어디 있어?"

나 기사는 이마에 땀방울을 씻으며 다시 비행접시 위에 올라탔다. 그리고 엔진을 걸었다. 그러자 꼬마 비행접시는 가볍게 그 자리에서 바람을 일으키며 땅 위에 떠올랐다.

이 비행접시는 공기의 힘을 이용해서 간단히 갈 수 있도록 만든 비행판이었다. 그러니까 정말 비행접시와 비교하면 장난감같이 작았다. 말하자면 정말 우주선에 비해서 X · 50호가 작듯이……. 그러나 이 꼬마 비행판도 순찰이나 작업을 하는 데는 여간 편리한 것이 아니었다. 헬리콥터처럼 맘대로 그 자리에서 뜨기도 하고 지붕 위나 문 위나 공중에도 맘대로 머물 수 있다. 또 방향을 바꾸거나 위아래 앞뒤로 자유롭게 움직일수도 있었다. 그리고도 소리의 속력 가까이 낼 수 있으니 깜찍하고 편리한 날틀이었다. 우주과학연구소에서는 여기에 레이더와 통신 장치 그리고 광파 무기(빛줄기를 쏠 수 있는 총)까지 달고 순찰기로 쓰게 만든 것이었다.

나 기사는 이 원반같이 생긴 꼬마 비행판 앞머리에 앉아서 쏜살같이 한라산 기슭을 타고 바다로 내려갔다. 그리고 레이더 전파를 사방으로 내보냈다. 혹시나 무엇이 걸려들까 싶어서였다. 그러나 레이더에는 X·50이 걸려들 뿐이었다.

나 기사는 잠시 바다 위에 떠서 망설였다. 그리고 앞서 물기둥이 섰다는 바다 한가운데를 향하여 날려고 할 때였다. 그때 산모통이를 나는 어떤 비행물이 레이더에 잡힌 것 같았다. 나 기사는 그 비행물을 딱히 알아보려고 레이더의 방향탐지기 앞에 허리를 굽히려고 했다.

"앗! 괴물이닷!"

나 기사는 소리쳤다. 방금 자기 비행판 밑으로 그 파란 봉투가 날아가고 있지 않은가! 그것은 물론 그 괴물임에 틀림없었다. 유리 바가지와 문어의…….

21

"이때닷!"

나 기사는 쏜살같이 그 봉투를 향하여 달려갔다. 그러나 그 괴물은 연같이 가볍게 나 기사의 비행판을 피하였다. 그리고 나 기사 위로 올라섰다. 나 기사는 두려운 듯이 자기가 그 괴물 위에 올라서려고 애썼다. 그러나 그 괴물은 나 기사보다도 빨리 자기 위에 떴다. 나 기사는 따라 올라갔다. 그러나 괴물의 봉투는 여전히 연같이 가볍게 나 기사가 쳐다봐야 할 자리에 떠 있었다. 나 기사의 등에서는 식은땀이 흘렀다. 만일

적이 자기를 쏘려면 그것은 언제나 이로운 자리에 있었기 때문이었다.

'만일 적에게 무기가 있다면?'

나 기사는 이런 생각을 하며 미친 듯이 다시 비행판을 위로 솟구었다. 태양을 등지는

것이 공중전에서는 가장 이롭다는 것을 나 기사는 알고 있었다. 그러나 그 원리를 적도 알고 있는 모양이었다.

좀체로 적은 자기의 이로운 자리를 빼앗기려 하지 않았다. 나 기사는 이번에는 다른 방법을 썼다. 적이 위로 뜰 때 자기는 외로 돌면서 내려갔다. 적이 내려올 때 그대로 윗자리를 차지해보려는 것이었다. 왼쪽으로 또는 오른쪽으로 돌면서 한사코 윗자리를 차지해보려고 나 기사는 애를 썼다. 그러나 괴물은 여전히 연처럼 가볍게 나 기사의 비행판 위에 올라섰다. 오히려 나 기사 자신이 혼란에 빠지고 말았다. 그러다가 우연인지 적이 지쳤는지 몰라도 나 기사는 괴물 위에 올라섰다.

"찬스닷……."

나 기사는 속으로 외치며 광파 무기의 단추를 누르려고 했다. 그때 바닷물이 갈라지며 무엇인가가 총알같이 비행판을 향하여 날아왔다.

"무엇이!"

나 기사는 간신히 그 방향을 바꾸어 그 비행물을 피했다. 그러나 이번에는 또 딴 놈이 날아왔다. 나 기사는 다시 피했다.

그러나 이번에는 그 두 비행체가 앞뒤에서 나 기사를 가로막았다. 나 기사는 그 통에 봉투의 괴물을 쏠 수 있는 좋은 기회를 놓치고 말았다.

나 기사는 자기 앞의 텔레비 스크린을 바라보았다. 그러나 괴물보다 햇빛이 더 세차게 눈에 들어오는 것을 느꼈다. 언제나 햇빛을 바라보는 자리에 있었기 때문이었다. 그때 흘러가던 구름이 한 점 해를 가리어주었다. 그러자 스크린에는 그 속에 비치는 유리 바가지의 괴물 같은 것이 어렴풋이 나타난 것이었다.

"음 한 놈이 아니었구나…… 앗 세 놈이 바다로!"

나 기사는 외치며 쫓아 내려갔다. 광파 무기의 단추를 눌렀다. 세찬 빛줄기가 뻗었다. 나 기사는 마구 쏘며 세 놈의 괴물 뒤를 쫓아 바다 위로 떨어져 갔다.

슬픔 속의 원 박사
22

그 세 놈의 괴물이 바닷속으로 들어가자 작은 물방울이 세 곳에서 흩어졌다. 나 기사는 간신히 파도 위에서 비행판을 멈추고 다시 떠오르려고 했다. 그러나 그때 나 기사의 비행판은 자기가 쏜 빛줄기를 다시 얻어맞고 바닷속으로 아주 구겨박혔다. 그러자 곧 그 바닷속에서 요란하게 물거품이 일더니 하늘을 찌를 듯한 무서운 물기둥이 치솟아 올랐다. 그

리고 나 기사의 비행판 같은 것이 다시 공중에 뜬 것 같더니 다시 바다 밑으로 떨어지고 말았다.

한편 원 박사 일행은 세 훈련생이 떠나는 것을 보고 곧 연구소 안으로 돌아오고 있었

다. 물론 그 일행은 원 박사, 철의 아버지, 박 공장장, 용이와 철의 어머니 들이었다. 그들은 세 훈련생의 처녀 우주비행의 성공과 행운을 빌며 돌아오는 길이었다.

일행이 작은 격납고 앞에 왔을 무렵이었다. 비행판 조종사 한 사람이 원 박사에게 달려왔다.

"원 박사님 큰일 났습니다!"

조종사는 씨근거리며 이렇게 말했다.

그리고 지금까지의 대강한 이야기를 원 박사에게 아뢰었다.

나 기사가 달려와서 탑승증도 없이 비행판을 타고 나간 일— 그이 자신이 조종하여 공중에 뜨자 쏜살같이 바다로 내려간 일— 바다 위에 가자 정말 미친 듯이 앞뒤 위아래로 오르내리고 날뛰며 야단을 치던 일— 그러나 거기에는 나 기사의 비행판뿐 다른 아무것도 보이지 않더라는 일— 너무 재간 부리다가 바다로 광파 무기를 쏘며 떨어지더라는 일— 그러나 바다에서 하늘을 찌를 듯한 불기둥이 솟아오르고 나 기사의 비행판 같은 것이 잠깐 불기둥에 싸여 공중에 떠올랐다가 다시 바다 밑으로 사라지더라는 일 등을 두 손으로 형용을 해가며 이야기했다.

원 박사는 무슨 소리를 하는지 모르겠다는 듯이 조종사의 얼굴만 바라보았다. 그리고 공장장을 돌아보았다. 마치 조종사가 미치지나 않았나고 의심하는 눈치였다.

"그럼 왜 탑승증도 안 보이는데 태웠소?"

공장장이 물었다.

"제 상관인 걸 어떡헙니까……. 또 저는 말렸지만 탑승증 뗄 새가 어디 있느냐고 마구 올라타는걸요……."

"지휘탑엔 연락했소?"

"아뇨."

"왜요?"

"그럴 새가 있어야죠. 하두 이상하기에 저는 그대로 산턱으로 달려가서 지금 말씀드린 대로 나 기사의 거동을 살핀 것입니다."

"그럼 미친 사람은 당신이 아니고 나 기사란 말이오?"

원 박사가 물었다.

23

"제가 미쳐요?"

조종사는 어이가 없다는 듯이 원 박사를 쳐다보았다.

"허허…… 그러니까 조종사의 정신은 똑똑하단 말이지요?"

원 박사는 아직도 못 미덥다는 듯이 조종사를 바라보았다.

"나 기사는 방금 전에 나하고 눈싸움을 했는데 그 사람이 그런 미친 짓을 할 수가 있겠소?"

공장장이 말했다.

"하하…… 그러니까 공장장님도 제가 미쳤다는 말씀이군요……."

조종사는 기가 막힌 듯이 입을 히죽이며 웃는지 우는지 모를 표정을 지었다.

그리고 다시 입을 열었다.

"어쨌든 나 기사가 미친 것은 틀림없어요. 그의 이마에서는 피가 흐르고 눈은 멀거니 풀려서 하늘만 쳐다보고 있었어요."

"하여튼 일이 심상치 않나 보우. 어서 나 기사를 찾는 대책을 세워주시오."

원 박사가 공장장에게 말했다.

"제 말이 옳은지 글렀는지 나 기사가 탔던 비행판을 찾아내면 아시게 될 겁니다."

조종사가 덧붙여 말했다.

"하여튼 들어가십시다."

공장장의 말에 모두들 연구소로 향했다. 용이와 철의 어머니는 아파트로 갔다.

연구소에 들어서자 원 박사는 세 대의 비행판을 동원하여 한라산과 바다 일대를 샅샅이 찾도록 공장장에게 분부했다. 그리고 한편으로는 아직도 조종사의 말이 못 미더웠는지 스피커로도 나 기사가 소장실에 들어오도록 전하라고 했다.

원 박사는 자기 방에 들어서자 문을 잠그고 엘리베이터를 타고 나 기사의 비밀실로 내려갔다. (여러분은 원 박사 방 바로 밑에 나 기사의 비밀실이 있고 원 박사 방에서 그대로 엘리베이터를 타고 그 비밀실로 내려갈 수 있다는 것을 기억하고 있으리라.)

원 박사가 나 기사 방에 들어서자 먼저 눈에 띈 것은 문이 모두 열려 있다는 것이었다. 그리고 놀란 것은 서고 문이 열린 것이었다.

"서고 문이 어떻게?"

원 박사는 중얼거리며 서고 앞으로 갔다.

"무엇이?"

원 박사는 또 한 번 놀란 듯이 한 걸음 뒤로 물러섰다. 서고 안에 있는 또 하나의 금고 문마저 열려 있는 것이었다.

"나와 나 기사만이 열 수 있던 문을 누가 이렇게 열어제쳤을까?"

원 박사의 숨결이 거칠어졌다. 심장이 두근거리기 시작하였다.

"아니, 비밀 설계도가?"

금고를 뒤지던 원 박사는 한마디 소리 지르고 그 자리에 펄쩍 주저앉고 말았다. 그의 손은 가늘게 떨기 시작하였다.

24

원 박사의 얼굴빛은 파래졌는지 흙빛이 되었는지 알 수 없었다. 그의 뺨이 실룩거렸다. 입이 이상하게 히물거리며 경련을 일으켰다. 부릅뜬 두 눈 위에서 눈썹이 호들갑을 떠는 것 같았다.

"도대체 누구냐, 내 설계도를 훔쳐 간 녀석이……?"

원 박사의 머릿속에는 여러 가지 생각이 스치고 지나갔다.

그 비밀 설계도는 원 박사가 일생을 두고 연구해온 총결산이었다. 지금 공장에서는 그 설계도대로 호화로운 우주선이 만들어지고 있다. 남은 것은 그 우주선에 설치할 엔진과 오토메이션 장치뿐이었다. 그리고 그 엔진의 설계도며 복잡한 오토메이션 배선 설계도가 이 금고 안에 들어 있었던 것이었다. 그런데 그 우주선의 알맹이 설계도가 없어진 것이었다.

원일 박사는 울어야 좋을는지 웃어야 좋을는지 몰랐다. 정말 그의 마음은 금시 미칠 것만 같았다. 그의 살 나이가 얼마 남지 않은 원 박사는 이 우주선을 타고 머나먼 별나라에 여행하고 우주 개척자답게 우주 한끝에 가서 죽고 싶었다. 그래서 이 우주선이 완성되면 원일 박사 자신이 탈 계획이었다. 달나라도 지나고 화성도 지나고 알지 못하는 또 하나의 별을 찾아 인류의 살 곳을 마련해주고 싶은 것이 그의 꿈이요 그것이 그의 삶의 모두였었다.

그런데 지금 그 꿈은 원일 박사의 눈앞에서 물거품처럼 산산이 깨지는 것 같았다.

'도대체 누구일까? 내 꿈을 깨뜨리는 자는……?'

원 박사는 생각해보았다. 그때 원 박사의 머리에는 일본 사람 야마다란 우주과학자가 머리에 떠올랐다. 자기와는 미국 프린스턴 대학 동창생이었다.

그와는 같은 전자물리학을 공부했기 때문에 학교에서도 늘 경쟁이었다. 그러나 원 박사는 언제나 일등을 내놓지 않았다. 야마다는 속으로 원박사를 질투하였다.

그런데 두 사람은 돌아와서 제각기 우주과학연구소를 차려놓았다. 원 박사는 한라산에, 야마다는 일본 후지 산에……. 그래서 또다시 우주 정복 경쟁이 붙은 것이었다.

'야마다에게만은 지고 싶지 않다.'

이것이 원 박사의 꾸밈없는 마음이었다. 물론 같은 세계연방 사람이지만 두 나라의 역사를 아는 하나의 반항심인지도 모른다.

한편 야마다는 그이대로 욕심이 있었다. 그때 세계연방에서는 가장 공로가 큰 우주과학자에게 해마다 우주 개척 최고상과 상금 1억 달러를 내주었었다. 그것이 탐난 모양이었다. 그래서 그의 연구를 서둘고 있다는 소식이 들려왔다.

'그럼 그 야마다의 스파인가?……'

이런 생각을 하고 있을 때였다. 스피커에서 원 박사를 찾는다는 소리가 들려왔다.

25

"원 박사님! 원 박사님!"

스피커에서 누가 심상치 않은 목소리로 원 박사를 불렀다.

원 박사는 아직도 얼빠진 사람인 양 마루 위에 주저앉았다가 낮잠에

서 깨어난 사람처럼 사방을 두리번거렸다. 그리고 펄떡 일어나서 엘리베이터를 탔다.

원 박사가 자기 방에 올라오자 누가 도어를 요란스레 두드리는 이가 있었다. 원 박사가 문을 열자 공장장이 창백한 얼굴로 넘어질 듯이 굴러 들어

왔다. 아직도 우들우들 떨고 있는 원 박사와 종잇장처럼 창백해진 공장장은 서로 얼굴을 마주 보았다.

"……"

"……"

두 사람은 잠시 동안 서로 입을 열지 못했다. 원 박사는 원 박사대로 다른 생각을 하고 있었고 공장장은 공장장대로 다른 생각을 하고 있었던 것이었다. 드디어 두 사람은 거의 동시에 입을 열었다.

"비밀 설계도가……"

"세 특별훈련생이……"

이 말들은 서로 덧겹쳐서 서로 무슨 말인지 못 알아듣고 말았다.

"비밀 설계도가 없어졌소!"

원 박사가 말했다.

"X·50호가 큰일 났어요!"

공장장이 말했다. 서로 마주 입을 바라보며 나중에 말한다는 것이 다시 덧겹치고 말았다.

"뭐요?"

원 박사가 물었다.

"네?"

공장장이 물었다. 이래서 이야기는 다시 얼버무려지고 말았다. 그때에야 두 사람은 서로 다른 생각을 하고 있다는 것을 알았다.

"가만, 내 말부터 들어주시오. 공장장, ······우리 비밀 설계도가 없어졌단 말요!"

"네?"

공장장은 깜짝 놀랐다.

공장장은 세 훈련생이 탄 X·50호 걱정만 하고 있었던 것이었다. 그런데 이것은 웬 벼락이 떨어졌냐는 듯이 눈이 휘둥그레졌다.

그러나 공장장은 두 아들딸과 용이가 다시 걱정인 듯이 원 박사가 하려는 말을 가로질렀다.

"원 박사님, X·50호가 탈선했어요. 제 궤도에서 벗어나서 딴 길로 달리고 있어요!"

"무엇이?"

이번에는 원 박사가 놀랐다.

"X·50호는 시속 7만 마일이나 되는 속력으로 딴 곳으로 올라가고 있어요."

"그럴 수가 있나, 시속 3만 마일밖에 못 내는 배인데······."

원 박사가 말했다.

두 사람은 간신히 서로 마음을 가라앉히고 이야기하기 시작하였다. 원 박사는 비밀 설계도 이야기를…… 공장장은 지휘탑에서 알려온 X· 50호 이야기를…….

26

원 박사와 공장장은 서로 이야기가 끝난 뒤에도 뭐가 어찌 되었는지 알 수 없었다.

비밀 설계도와 나 기사가 금시에 없어졌다는 원 박사의 이야기도  X·50호가 7만 마일의 속력을 내며 엉뚱한 곳으로 달리고 있다는 이야기도 도무지 상식적으로 판단이 가지 않았다. 그런 일은 지구상에서는 있을 수 없는 일이었다.

"그렇지만 비밀 설계도와 나 기사가 없어진 것만은 틀림없는 사실이 아니오."

원 박사가 말했다.

"X·50호가 7만 마일로 달리고 있다는 것도 사실입니다. 레이더가 꼬마 우주선을 줄곧 쫓고 있으니까요."

공장장이 말했다.

"꼬마 우주선과 왜 통신 연락을 안 했소?"

원 박사가 물었다.

"안 된답니다. 통신이……."

원 박사는 한숨을 지었다.

"공장장을 볼 낯이 없게 됐소……. 실은 공장장도 짐작하겠지만 일본 사람 야마다 때문에 내가 일을 너무 서둘렀나 보우……."

"너무 걱정 마세요. 아직 그 애들이 죽었다고 단념할 필요는 없으니까요."

공장장이 오히려 위로했다.

"나는 그 애들에게 이 사업을 맡기고 싶었어요. 우주 개척이란 언제 사고가 날지 모르니 말이오……."

원 박사는 세 훈련생을 아주 잃었다고 생각하는 듯이 서글픈 목소리로 말했다.

"너무 상심 마세요. 아직 X·50호가 부서졌다는 징조는 아무것도 안 보이니까요. 그저 궤도에서 빗나가고 속도만 빠르다 뿐이지……."

"그러니까 더욱 이상하지 않소……. 무슨 놀라운 힘이 우리를 둘러싸고 있어요. 그러나 그것이 무엇인지 그 괴상한 힘이 어떤 것인지 또 왜 그러는지 알 수 없지 않소……."

원 박사가 말했다. 이때 나 기사의 행방을 찾으려고 나갔던 사람들이 들어오기 시작하였다. 산을 중심으로 찾던 조종사 한 명이 들어왔다.

"오— 어떻게 되었소. 나 기사는?……"

원 박사가 성급히 그 조종사에게 물었다.

그 조종사는 고개를 설레설레 저었다.

"아무것도 안 보입니다. 저는 한라산 일대를 찾아보았지만 아무것도 못 보았습니다."

원 박사는 이 말을 듣고 "후—" 한숨을 내쉬었다. 그 뒤에 한라산 아랫동리를 탐색하러 나갔던 조종사가 들어왔다.

"어찌 됐나?"

원 박사가 다시 조급히 물었다.

"아무 소득도 없습니다. 그런데 이상한 소문이 동리에 퍼졌더군
요……."

그 조종사는 아무 표정도 없이 말했다.

27

"무슨 소문인데?"

원 박사가 물었다.

"뭐 무서운 이야기지요. 며칠 전 재밤중에 이상한 불덩이가 바다로
떨어졌다고요."

"무엇이?"

원 박사는 놀란 듯이 물었
다.

"그 불덩이가 어떤 것인지
자세히 좀 말하오."

원 박사가 재촉했다.

"자세한 것은 저도 모릅니
다. 그 마을 사람 말을 들으면
불덩이는 기구처럼 둥글고 큰데 빛은 파르스름하더라나요……. 또 어떤
사람 말을 들으면 그 모양이 달걀처럼 생겼다고도 하고 색이 노르스름하
다고도 하니 누가 알아요. 어느 말이 옳은지……. 또 워낙 엉터리 얘긴걸
요."

"엉터리래도 좋으니 들은 대로 죄다 말해주시오……."

원 박사가 독촉했다.

"저도 그 이상은 모릅니다⋯⋯. 아참 또 한 가지는 어떤 어부 한 사람이 우리 비행판이 바다 위에서 요술을 부리다 바다로 떨어지는 것을 보았다는군요."

"음—."

원 박사는 신음하듯이 배앓았다. 그리고 비장한 얼굴로 공장장을 바라보았다.

"이 사실을 세계연방정부에 보고해주시오. 우리 연구소는 지금 다른 세계에서 온 괴물의 기습을 받고 있다고⋯⋯. 언제 그 적은 우리 지구에 총공격을 해올는지 알 수 없다고⋯⋯. 그리고 텔레비 전화로 우주정거장 허 교수를 좀 불러주시오."

공장장이 소장 옆방 통신실로 들어갔다. 두 조종사는 경례를 하고 나갔다.

원 박사는 의자에 맥없이 주저앉아서 가슴에 얼굴을 파묻었다. 그때 다시 노크 소리가 났다⋯⋯. 노크 소리가 다시 들렸다⋯⋯ 그리고 또다시⋯⋯. 그제야 원 박사는 간신히 고개를 들고 들어오라고 했다.

들어온 사람은 바다 쪽으로 나갔던 조종사였다. 맨 처음에 만났던 사람이었다.

"오— 어떻게 됐소?"

원 박사는 다시 눈에 광채를 띄우며 물었다.

"비행판을 찾았습니다. 바로 제가 말한 앞바다에서요."

그 조종사는 내기에 이긴 사람처럼 신이 났다.

"나 기사는?"

원 박사가 다그쳐 물었다.

"나 기사는 이미 죽었어요⋯⋯. 그런데 이런 수첩이 그 옆에 떨어졌더군요."

조종사는 조종복 바지 앞주머니에서 물에 젖은 수첩을 꺼내 주었다. 원 박사는 그 수첩을 받아 뒤적이었다. 그리고 그 한가운데 가서 눈이 얼어붙은 것 같았다.

"보이지 않는 괴물, 유리 바가지 같은 문어, 설계도, 나는 추격……
괴물이 하늘……."

그 글씨는 차차 이그러지고* 알아보기 어려웠다. 원 박사의 눈은 차차 커졌다.

떠다니는 사람들**
28

한편 우주 공간에서는 끝없이 솟고 있는 듯한 X·50호는 차차 속력을 떨구기 시작하였다.

본래 우주선은 처음에 지구를 떠날 때 속력을 차차 더 내야 한다. 그래야 지구가 끌어당기는 인력에 이기고 우주 밖으로 빠져나갈 수 있다. 그리고 일정한 곳까지 가면 차차 속력을 떨궈야 한다. 왜냐하면 지구에서 끌어당기는 힘이 차차 약해지기 때문이다. 그리고 조금 더 가면 엔진을 아주 꺼버려도 배는 줄곧 달릴 수 있다.

그런데 X·50호의 경우는 세 훈련생이 이와 같은 속도를 빨리 하거나 느리게 하는 조종을 할 사이가 없었다. 꼬마 우주선이 발사되자 무엇인가가 마치 X·50호 자신이 속도를 빠르게 하는 것처럼 속도를 올리며 치

---

* 일그러지고.
** 소제목이 '슬픔 속의 원 박사 ⑦'로 되어 있으나, 29회분에 소제목이 '떠다니는 사람들 ②'로 되어 있으므로 바로잡음.

솟아 오르게 했던 것이었다. 그것도 X·50호의 2배 이상이나 되는 속력으로……. 또 궤도에서 한번은 오른쪽으로 돌리며 올라갔었다.

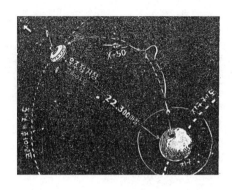

그러나 X·50호는 지금 누가 조종을 한 것도 아닌데 점차로 속력을 떨구기 시작하였다. 그리고 시속 약 5만 마일의 일정한 속력으로 달리고 있었다.

세 훈련생은 점차로 속력이 빨라지는 가속도가 없어지자 정신이 들기 시작하였다. 용이가 먼저 일어났다.

용이는 먼저 조종판을 들여다보았다. 그리고 철이와 현옥이를 돌아보았다. 두 남매도 부시시 꿈에서 깨어나는 사람처럼 일어났다.

"어떻게 됐니?"

철이가 눈을 꿈벅거리며 물었다.

"시속 5만 마일이야, 이제는 가속도는 없어졌어……."

"아이 그럼 살아났어."

현옥이가 레이더 판을 들여다보며 종알댔다.

"아니? 이것 봐. 방향이 또 틀리지 않어?"

현옥이가 용이를 보며 말했다.

세 소년의 눈은 모두 방향기에 쏠렸다.

"응?"

세 소년은 눈을 둥그렇게 떴다. 그것은 우주정거장으로 가는 길이 아니었다.

로켓이 지구에서 우주정거장에 가려면 지구에서 외로 도는 방향으로 떠나야 한다. 그것은 지구가 우리 시곗바늘과는 반대쪽으로 돌고 있기 때문에 지구가 도는 속도를 이용하는 것이 이롭기 때문이다.

X·50호는 처음에 왼쪽으로 도는 방향으로 곧바로 올라갔다가 차차 커브(포물선)를 그리며 우주정거장을 향하는 것이 제 코스였다. 그런데 X·50호는 그 길에서 한 번은 오른쪽으로 벗어나고 이번에는 왼쪽으로 벗어난 것이었다.

"이리 가면 어디야?"

용이는 덩달아서 오른쪽으로 도는 단추를 눌렀다. 그러나 조금 있자 배는 다시 왼쪽으로 돌기 시작하였다.

29

"자 — 이래도야!"

용이는 좀 더 기껏 단추를 눌렀다. 배는 잠시 궤도에 오르는 것 같더니 다시 휘 — 외로 틀리기 시작했다.

"제기랄 —"

용이는 화가 난 듯이 펄떡 일어나면서 몸의 힘으로 단추를 누르려고 했다.

그러자 용이 몸은 헛둥하게 흐느적거렸다. 몸의 무게를 느낄 수가 없었던 것이었다. 용이는 앞머리를 조종판에 구겨박았다.

"왜 그래?"

철이가 같이 일어서려다 철이도 흐느적거리며 의자에 주저앉았다.

"호호……."

현옥이가 그것을 보고 좋아란 듯이 깔깔대며 웃었다.

"넌 뭐가 우습니, 남 넘어지는데—."

철이가 덩달아서 소리쳤다.

"호호…… 그럼 우습지 않구. 머…… 우리 몸무게가 없어진 것도 모르고 일어서려니까 넘어지지."

현옥이는 그냥 깔깔댔다. 두 소년은 이런 일을 잘 겪는다. 지구에 있을 때의 버릇이 좀체로 가시지 않아서 그대로 움직이려다가는 몸이 허위적거리며 또는 기분이 나면 어느 쪽으론가 몸이 기울어진다. 그리고 기울었던 몸을 바로잡는 것이 여간 힘드는 일이 아니었다. 세 훈련생은 세찬 훈련을 받았지만 그래도 아직 때때로 실수를 되풀이했다.

"아니 이 배가 왜 내 말을 안 들어."

용이가 제자리에 앉으며 투덜거렸다.

"그러다 달나라에 가면 어떡허니?"

현옥이가 눈을 깜박이며 종알댔다.

"용이, 우리 이러다가 원 박사님 편지를 못 전하면 어떡해?"

철이가 걱정스레 말했다.

"난 더 안타까워……. 지금쯤 원 박사님이 걱정하실 걸 생각하면……."

용이가 말했다.

"지금쯤 지휘탑에서는 야단이 났을 거야. 레이더로 우리 배를 쫓고 있을 게 아냐?"

현옥이가 말했다.

"지금이라도 사고 연락이나 해둬야지."

현옥이가 물었다.

"무슨 사고?"

"그럼 사고지 머."

"글쎄 무슨 사고라고 할 테야……. 기계도 그대로고 사람도 까딱없는데……."

현옥이는 할 말이 없었다. 불과 30분 동안에 일어난 일이니 사람이 죽지 않고 기계 고장이 아닌 바에야 뭐라고 보고할 말도 없었다.

"참 아까 우리가 본 괴상한 빛 어디 갔니?"

현옥이는 말문을 돌렸다. 두 소년은 뒤를 돌아보았다.

"무슨 빛?"

철이가 물었다.

"그 파르스름한 빛 있잖았니?"

"아, 그 빛 참 어디 갔어?"

용이도 생각난 듯이 창밖을 내다보았다.

30

창밖에는 무수한 별들이 반짝인다. 둥근 달이 지구에서보다 더 또렷이 허공에 떠 있다. 별똥이 때때로 그들을 스치고 지나간다. 그러나 용이가 본 것 같은 파르스름한 빛은 보이지 않았다.

"아마 잘못 본 모양이지……."

용이가 말했다.

"무엇을?"

철이가 물었다.

"인공위성에서 비친 불 아냐?"

"설마, 그럼 왜 그렇게 뿌연 빛을 써?"

철이가 말했다. 그러나 철이는 그것은 있을 수 있는 일이라고 생각했다. 이까지 오는 동안에는 작은 우주정거장을 한두 개 지나왔을 것이다. 그 정거장에서 일을 하거나 무슨 필요가 있어서 불을 비춘다는 것은 있음직한 일이었다.

철이는 안전혁대를 풀었다. 뒤에 있는 전망창에 가서 다시 알아보기 위해서였다. 철이는 아무 생각 없이 턱석 일어섰다. 그러자 철이의 몸은 둥둥 허공에 떴다. 떠서 천정으로 올라갔다.

천정을 받고 다시 밑으로 내려와 의자에 부딪혔다.

"호호…… 또야?"

현옥이가 깔깔대며 놀려댔다.

철이는 웃지도 않고 어이없다는 듯이 의자 고리에 밧줄을 걸었다. 그리고 가볍게 의자를 손으로 떠밀었다. 그러자 몸은 가볍게 공기 위에 떠서 뒤로 흘러갔다. 그렇게 움직이는 것을 어떻게 말해야 좋을는지 아직 지구의 말로는 적당한 말이 없다. 하여튼 떠서 날면서 뒤로 흘러갔다. 그러나 좀 지나치게 민 탓으로 이번에는 왼쪽 벽을 받았다. 그러자 다시 오른쪽으로 움직였다. 이러기를 몇 번 만에 철이는 겨우 뒤쪽 창문까지 갔다.

"무엇이 보이니?"

용이가 물었다.

"아니……."

아무것도 안 보였다. 보이는 것은 한참 멀어진 지구뿐…….

"그런데 저게 뭐야?"

철이가 눈을 두리번거렸다,

"뭘 말야?"

용이가 물었다.

"저것 봐, 우리 우주선 꼬리에 이상한 혹들이 붙었어!"

철이가 줄곧 창문에 얼굴을 맞댄 채 뇌까렸다.

"혹이 무슨 혹이야, 이런 곳에……"

용이가 철이처럼 뒤로 떠서 날아오며 말했다.

"아냐 저것 봐, 바가지 비슷하구나, 응? 세 군데나 붙어 있는데?"

철이는 줄곧 이마를 창구에 댄 채 중얼거렸다.

"네가 돌았니, 저리 비켜, 내가 좀 볼게!"

용이는 철이를 한옆으로 떠밀며 자기가 대신 들어서서 그 창구를 내다보았다.

31

정말 그것은 괴상한 혹이었다. 둥근 뿔 같은 혹이 어떻게 꼬마 우주선에 붙어 있는지 모를 일이었다. 그러나 분명히 그 혹은 X·50호의 세 꼬리에 한 개씩 붙어 있었다.

"아니 저게 뭐야?"

용이가 소리쳤다.

"봤지! 그런 것이 붙어 다니면 우리 배가 더 무거워질 게 아냐?"

철이가 말했다.

"저게 폭탄 아냐? 누가 우리 배를 터치려구 달아놓은 게 아냐?"

용이는 겁이 덥석 났다. 언젠가 본 영화 생각이 난 것이었다. 그 영화는 X·15호가 원자 폭탄을 실험하는 이야기였다. 실험을 하려고 X·15호가 우주에 폭탄을 싣고 올라갔는데 그 폭탄이 배에 달라붙어서 떨어지지 않았다. 우주에는 공기도 아무것도 없어서 작은 물체도 서로 끌어당긴다는 것을 그들은 몰랐던 것이었다. 그 바람에 하마터면 X·15호의 사람들은 모두 폭발하여 죽게 되었었다.

그때 폭탄을 만든 교수 자신과 기사 한 사람이 그들의 몸무게로 그 폭탄을 배에서 떼어냈다. 그동안에 X·15호는 지구로 돌아왔다. 그리고 잠시 뒤에 그 이온 폭탄은 무서운 힘으로 우주에서 폭발한 것이었다. 물론 그 두 사람과 함께…….

"철아, 저것이 떨어지지 않으면 어떡해?"

용이는 이런 영화의 장면을 생생하게 머리에 그리며 소리쳤다.

그러나 용이를 더욱 놀라게 한 것은 그 괴상한 혹이 저절로 떨어져 나갔을 때였다. 용이가 보고 있는데 그 혹같이 붙어 있는 괴물 한 놈이 고리에서 떨어져 나갔다.

그리고 꼬마 우주선보다도 빠른 속력으로 앞으로 날아오는 것이었다.

"혹이 떨어졌다! 혹이 앞으로, 우리 앞으로 날아온다!"

용이는 얼김에 발로 바닥을 차며 소리쳤다. 그러자 용이 몸은 다시 허공에 떴다가 천정을 받고 떨어졌다.

"제기랄……."

용이는 일어나서 다시 창구멍으로 달라붙으며 투덜거렸다. 그때 또 한 놈이 움직였다. 그 두 놈의 바가지 꼴을 한 괴물은 X·50호 오른쪽으로 날아갔다. 용이 눈은 그 뒤를 쫓았다.

"응? 저게 뭐야?"

용이는 X·50호의 오른쪽 위편을 바라보다가 소리쳤다.

"저게 우리를 끌고 온 괴물이 아냐?"

용이가 울부짖었다.

"뭘 말이야?"

철이가 용이를 물리치고 창구멍에 다가붙었다. 그리고 무엇을 보았는지 놀라서 두 손에 힘을 주다가 창문을 떠밀고 뜨기 시작하였다.

마치 고속도 카메라로 찍은 영화처럼 철이의 몸은 공기 위에 느리게 느리게 뜨고 있었다.

32

용이와 철이가 본 것은 기구보다 큰 괴물이었다. 태평양을 건너는 원자력 여객선보다도 호화롭고 커 보였다. 그런 괴물이 지금 꼬마 우주선 머리 위에 떠 있는 것이었다. 은빛으로 빛나는 둥근 몸집의 괴물은 수많은 둥근 창문을 가지고 있었다. 그 창들이 수만 개의 형광등을 켜놓은 것처럼 지지 밝았다.

지금 그 창문 한 개가 열리더니 그 속으로 바가지 꼴을 한 괴물 두 놈이 빨려 들어갔다.

"저것 봐, 저 속으로 혹이 들어갔어!"

용이가 외쳤다.

"저게 우리를 끌고 온 괴물 같아……."

철이가 말했다.

그러고 보면 그 괴물의 한 쪽 끝에서 파르스름한 형광등과 같은 빛줄기가 나와서 X· 50호를 감싸주고 있는 것 같았다. 그러나 그 빛은 자세히 보면 또 잘 보이지 않았다.

"그런데 저렇게 큰 배가 왜 여태 우리 눈에 안 띄었을까?"

용이가 말했다.

"글쎄 말야, 아까 그 바가지 꼴의 꼬마 괴물도 처음에는 잘 보이다가 날아갈 때는 잘 안 보이지 않았어……."

철이가 말했다.

"그러니까 움직일 땐 안 보이구 멎었을 때만 보이는 모양이지……"

용이가 말했다.

"그런데 또 한 놈은 어디 갔어……. 그 꼬마 혹 말야?"

용이가 생각난 듯이 물었다.

"글쎄? 난 세 놈이 다 떨어지는 것을 보았는데……."

"아냐, 두 놈밖에 안 날아갔어."

용이가 말했다. 용이는 분명히 두 놈만이 그 괴물의 구멍으로 빨려 들어가는 것을 보았었다.

"그럼 한 놈은 어디 갔어?"

철이가 중얼댈 때였다. X· 50호의 기압이 갑자기 낮아지는 것을 느꼈다.

"으악!"

현옥이가 미칠 듯이 소리쳤다.

두 소년이 현옥이를 바라보았을 때 그들은 현옥이 옆으로 구멍이 뚫린 것을 보았다. 그것은 비상문이었다.

지금 그 문이 열리고 그 구멍으로 바로 그 혹 같은 괴물이 얼굴을 쑥 들이민 것이었다.

두 소년도 온몸이 오싹해지는 것을 느끼며 뒤로 물러났다. 그 바가지 같다던 둥근 테는 유리 같은 물질로 되어 있었다. 그 속으로 정말 괴상한 동물이 이 속을 들여다보고 있는 것이다. (그 모습을 독자 여러분은 어렴풋이 기억하고 있으리라.)

문어 같은 그 얼굴, 울퉁불퉁한 그 머리, 눈이 앞면에 두 개 머리에 한 개 붙어 있었다. 그리고 그 몸뚱이는 별로 보이지 않고 문어발 같은 것이 그 둥근 틀 안을 버티고 있는 것 같았다.

세 소년은 비슬비슬 한쪽으로 몰려들었다.

33

그 문어 꼴을 한 괴물은 잠시 둥근 유리통 같은 것으로 구멍을 막은 채 움직이지 않았다. 그러자 내려가던 방 안의 압력이 다시 오르기 시작하였다.

"저게 뭐야, 그 속이 비치는 통 안에……?"

용이가 소리쳤다.

"문어같이 생겼군……. 우주의 다른 별에서 온 동물 아냐?"

철이가 말했다. 현옥이는 아직도 마음이 콩알만 해져서 두 소년 뒤에 숨어 있었다.

"쏠까?"

용이가 재빨리 비상함에서 총을 꺼내 들며 소곤댔다.

"쏘면 안 돼. 그가 누구인지 알아야지—."

철이가 마음을 가라앉히며 말했다.

"누구라니? 우리의 적이지……. 우리 가는 길을 방해하는 놈이 우리 적이 아니고 뭐야?"

"그렇지만 우리는 적을 알아야 해. 멋모르고 총질을 하는 것은 우리를 죽이는 일이야."

"왜?"

"그들이 적이라면 그 뒤에는 더 많은 적이 있잖어……. 한 놈을 죽였다가 수만 마리가 큰 배에서 나오면 어떡해?"

철이가 말했다.

"그럼 싸워도 보지 않고 죽을 테야?"

용이는 그럴 수는 없다는 듯이 그 괴물에게 달려들려고 했다.

"참아! 우리의 임무를 생각해! 우리는 죽기 전에 먼저 원 박사님의 편지를 허 교관님에게 전해야 해!"

"그 뒤에? 우리가 죽은 다음에? 우리가 살려면 적을 죽여야 해!"

용이는 다시 괴물에게 덤벼들려고 했다.

"아니라니까!"

철이가 용이를 붙들었다.

"비겁한 자식! 넌 적이 무서운 거지?"

용이가 철의 뺨을 후려갈겼다. 물론 헬멧 모자 위지만…….

"난 저런 동물과 싸워도 못 보고 개죽음을 할 수는 없어……. 나는 우주 개척자답게 떳떳이 죽고 싶어……. 내 이름을 더럽히고 싶지는 않어……. 나는 적과 용감하게 싸우다 죽었다고 우주 역사에—."

용이는 총을 들고 다시 문간으로 달려갈 기세를 보였다. 철이가 그것을 붙잡았다.

"그것은 누가 알리냔 말야……. 우리가 다 죽고 나면!"

"그래도 좋아, 난 쏠 테야!"

"쏘면 안 돼!"

"쏠 테야!"

"안 된다니까!"

두 소년은 옥신각신 총을 뺏으려거니 뺏기지 않으려거니 마치 힘내기를 하는 것 같았다.

"너희들 뭘 그러니, 적이 보는 앞에서……"

현옥이가 야무지게 쏘아붙였다. 두 소년이 엉거주춤하였다. 그 틈을 타서 현옥이가 말을 이었다.

34

"내가 코레아호에 구원을 해달라고 레이더로 연락해볼게……. 조금만 기다려!"

현옥이가 말했다.

"코레아호를 부르면 뭘 해. 허 교관이 배가 있어야지!"

용이는 덩달아서 소리 지르며 철이를 물리치고 문을 향하여 그 괴물에게 덤벼들었다. 그러자 그 괴물은 대항하지 않고 몸을 비꼈다. 괴물이 몸을 비끼자 구멍이 뻐끔하게 열리고 방 안의 압력이 갑자기 낮아지기 시작하였다. 그리고 웬일인지 용이 몸이 자꾸만 구멍으로 끌려가더니 마

침내 문밖으로 내동댕이치는
것이었다. 그 밖은 끝없는 넓
은 우주가 펴져 있다. 천 길도
만 길도 더 깊은 우주가 아가
리를 벌리고 있다. 용이는 그
우주 밖으로 떨어진 것이었다.

"으앗!"

용이는 소리쳤다. 용이는
지구로 마구 떨어져 가는 것으로 알았다. 지구로 떨어져 가는 동안에 자
기 몸은 다 닳아서 가루처럼 부수어지고 말 것이라고 생각했다.

또 지구까지 떨어진대도 살아남으리라고는 생각지 못했다. 그런데
웬일인지 용이 몸은 밑으로 떨어지는 것이 아니라 앞으로 끌려가는 것이
었다.

용이 앞에는 크고 둥근 괴물의 배가 문을 열고 기다리고 있지 않은
가…….

"무엇이! 내가 끌려 들어갈 줄 알구!"

용이는 기를 써서 몸을 뒤로 틀었다. 다시 X · 50호로 돌아가 보려는
것이었다.

그런데 뜻밖에도 용이 몸은 생각대로 쉽사리 뒤로 돌았다.

'옹? 그럼 내가 괴물에게 끌려가는 것이 아니었나?'

용이는 생각했다. 그리고 X · 50호를 바라보자 용이 눈에는 지금 철이
현옥이도 그 비상문 구멍 밖으로 빠져나오는 것이 보였다. 떨어지지도
않고 자기와 같이 자기 있는 쪽으로 오고 있었다.

세 소년 소녀는 서로들 몸을 움직이고 우주복의 움직이는 장치를 써
가며 한곳으로 모였다.

"우리는 어떻게 하면 좋아……. 결국 저 괴물 배 안으로 끌려 들어갈 게 아냐?"

두 남매가 용이 가까이 오자 용이가 외쳤다.

"갈 대로 가는 거야……. 여기서 버둥거려봐야 뭐가 생겨……. X·50 호로 돌아가든지 차라리 괴물의 배 안으로 들어가야 살지……."

철이가 뇌까렸다.

"난 우리 배로 돌아가! 죽어도 적의 포로가 되기는 싫어!"

용이가 X·50호로 가도록 우주복의 장치를 움직이며 말했다.

"우리가 할 수 있는 일은 다 해보았어. 그러나 괴물은 우리보다 더 센 힘을 가지고 있어!"

철이는 힘없이 배알았다. 그때였다.

35

지금까지의 이야기

서기 1995년 크리스마스 전날이었다. 한라산 우주과학연구소에서는 큰 변이 일어났다.

소장 원일 박사의 긴급 명령으로 우주선 코레아호로 떠난 X·50호는 웬일인지 미칠 듯한 속력으로 길을 헛가고 있었다. 이 꼬마 우주선에는 용이와 철이 그리고 철이의 누이 현옥이가 타고 있었다.

한편 눈싸움을 끝내고 지하실 자기 비밀실로 들어간 나 기사는 보이지 않는 괴물들이 비밀 설계도를 훔쳐 가는 것을 발견했다. 그는 비행판을 타고 바다로 쫓아갔다. 그러나 그는 바다에 떨어져 죽었다. 이런 사실을 알게 된 원 박사는 한없이 슬퍼했다.

그러나 세 훈련생은 아직도 괴물에게 끌려 헛길을 가고 있었다. 그런데 그들 앞에 그 괴물은 차차 얼굴을 나타내기 시작했다.

철이 눈에는 괴물의 둥근 배와 반대쪽에 우주정거장 코레아호가 떠 있는 것이 보였다.

"저것 봐, 용이!"

철이가 소리쳤다.

"저게 웬일이야? 우리는 코레아호 위로 돌아야 하지 않았어?"

용이가 말했다.

"위로 돈다는 것이 괴물 때문에 밑으로 도는 모양이 지……."

철이가 말했다.

"됐어, 그럼 어떻게 해서라도 X·50호까지 다시 가보자……. 위로 돌아 내리나 밑으로 돌아 내리나 마찬가지 아냐!"

용이가 기운이 나는 듯이 말했다. 그리고 앞장을 서서 X·50호로 헤엄쳐 갔다.

"거꾸로 우주정거장에 내릴 수는 없어. 우주정거장은 외로 돌면서 또 지구를 스물네 시간에 한 번씩 돌고 있으니까!"

철이는 한숨을 지었다.

"그렇지만 해봐!"

용이가 서둘렀다. 철이는 언제나 씩씩한 용이가 부러웠다. 그러나 철이는 반대하지 않고 용이 뒤를 따랐다. 하여튼 다시 우주선을 타면 코레아호에 통신 연락이라도 할 수 있을까 생각했기 때문이었다.

그들은 마침내 X·50호 가까이 왔다. 용이가 먼저 X·50호 문으로 들어가려고 할 때 세 훈련생은 무엇인가 강한 힘이 뒤에서 끌어당기는 것을 느꼈다.

세 훈련생은 동시에 뒤를 돌아보았다. 그리고 그들의 몸이 지금 괴물 배에서 뻗은 파란 빛줄기 속에 감싸여 있는 것을 보았다.

"끌려가선 안 된다!"

용이가 소리치며 X·50호 문에 한 발을 걸치려고 할 때였다. 아직도 그 문 밑에 숨어 붙어 있던 유리 바가지의 괴물이 문을 막아버린 것이었다.

"또얏!"

용이는 화가 나서 참을 수 없다는 듯이 총을 꺼내 들었다.

36

용이는 유리 바가지의 괴물을 향하여 방아쇠를 당겼다. 뻘건 불줄기가 총구멍에서 뻗어 나왔다. X·50호의 비상문을 막아선 괴물은 불속에 휩싸이고 말았다. 그러나 그 괴물은 여전히 문을 막아선 채 까딱도 않았다. 까딱도 않을뿐더러 용이가 쏜 빛줄기를 도로 용이에게 튕겨 보내는 것이었다.

"무엇이?"

용이는 자기 몸이 뜨거운 불길에 싸이는 것을 느끼며 깜짝 놀라서 한쪽으로 몸을 피하였다. 용이는 다시 방아쇠를 당겼다.

그러나 총구멍에서 나온 빛줄기는 그마만치 빠르고 세차게 용이에게 되돌아오는 것이었다.

"앗! 반사경이다. 쏘지 마!"

철이가 외쳤다. 철이는 그 괴물의 몸이 모두 거울로 바뀐 것을 보았다. 거울 속의 햇빛을 바라볼 수 없듯이 지금 그 괴물은 눈이 셔서 바라볼 수조차 없는 것이었다. 거울을 향해 빛을 쏜다는 것은 어리석은 일이었다. 그러나 철이가 주의를 주었을 때는 이미 늦었었다.

용이는 방아쇠를 당기던 손을 축 늘어뜨렸다. 총은 허리에 매달린 채 흐느적거렸다. 용이는 인제는 몸의 중심을 잃고 제멋대로 재주넘이를 하듯이 돌고 있었다.

"용이! 용이!"

철이가 날카로운 목소리로 용이를 불렀다. 그러나 용이는 대답이 없다.

"용이!"

철이는 용이 가까이 가서 몸을 흔들어보았다. 그러나 용이는 축 늘어진 채 대답이 없다.

"죽었어! 용이가⋯⋯."

철이는 힘없이 배알았다.

"뭐?"

현옥이가 무서운 듯이 오빠에게 와서 매달렸다. 철이는 용이의 허리에서 총을 빼 들었다.

"오빠! 안 돼!"

현옥이가 무서운 듯이 오빠의 총대를 잡았다.

"복수를 해야지! 용이 복수를 해야지!"

철이는 어린애처럼 흐느껴 울면서 현옥이 손목을 뿌리쳤다.

"안 돼! 쏘면 안 돼! 쏘면 오빠도 죽어!"

현옥이가 벌벌 떨며 오빠의 총구멍을 막아섰다.

"저리 못 비켜! 용이가 죽었는데 나만 살면 뭘 해! 저리 못 비킬 테야! 안 비키면 너도 쏜다!"

철이는 총대로 누나의 몸을 떠밀었다.

"안 돼, 안 돼, 아버지가 뭐랬어! 어려운 일을 당할 땐 더 침착하라구 그랬지!"

현옥이는 당돌하게 총대를 잡은 채 비키려고 하지 않았다.

지구야 잘 있거라
37

두 남매가 총대를 쥐고 옥신각신 다투고 있는데 또다시 무슨 힘이 그들을 끌어당기는 것을 느꼈다. 보다 짙은 파란빛이 그들을 감싸는 것이었다. 그 빛줄기 안에서 두 남매와 용이의 몸은 괴물의 큰 배 있는 쪽으로 끌려가는 것이었다.

두 남매는 그 빛 속에서 벗어나려고 버둥거려보았다. 그러나 버둥거리면 거릴수록 그 파란빛은 짙어지고 그들을 끌어당기는 힘은 더 세지는 것을 느꼈다. 인제는 세 소년의 몸이 무슨 노끈에 묶인 것처럼 움직이지도 못하고 자꾸만 괴물의 배 있는 곳으로 끌려갔다.

철이 눈에는 X · 50호가 차차 멀어갔다. X · 50호의 비상문을 가로막았던 바가지 꼴의 괴물은 차차 빛을 잃고 X·50호만이 까물거렸다. 그 위쪽에는 그들이 애당초 가려고 했던 우주정거장 코레아호가 보였다.

"아—."

철이는 한숨을 지었다.

"이까지 다 와서 죽다니……."

생각하면 기가 막혔다. 죽는 것보다 원 박사의 심부름을 제대로 못하고 죽게 된 것이 부끄러웠다.

'도대체 나를 끌어가는 힘은 무엇일까?'

철이는 생각해보았다. 그리고 차차 기억이 멍해지는 것을 느꼈다. 지나간 일들이 한 폭의 그림처럼 얼른거리며 철이 머리를 스치고 지나갔다.

우주 개척자가 되려고 나날이 한라산과 X·50호 안에서 허 교관에게 세찬 훈련을 받던 일— 나 기사에게 비밀실에 들어가 도면을 그리는 법을 배우던 일— 원 박사에게 전자와 에네르기에 대해서 배우던 일— 아버지가 우주선을 만드는 장면을 일일이 설명해주시던 일 등이 물 위에 뜬 그림처럼 흘러갔다.

'지금 그분들이 내 꼴을 보면 뭐라고 할까……. 이렇게 힘없이 괴물에게 끌려가고 있는 내 꼴을 아버지와 원 박사님이 보시면 뭐라고 할까?'

이까지 생각하자 철이는 눈물이 펑펑 쏟아질 듯이 나오려는 것을 참을 수 없었다. 그리고 더 참을 수 없다는 듯이 버둥거리며 손에 들었던 총의 방아쇠를 마구 당기고 또 당겼다. 빛줄기가 목표도 없이 아무 곳으로나 뻗어갔다.

"바보! 바보! 나는 바보야! 뭣 때문에 나는 그렇게 애써서 공부를 했어! 이런 곳에서 하나도 써먹을 수 없는 공부를 뭣 때문에 했어!"

철이는 왕왕 울며 다시 버둥거렸다. 그러나 그러면 그럴수록 철이 몸은 더 졸려매이는 것 같았다. 차차 정신이 꺼져가는 등잔불처럼 가물거렸다. 그리고 마침내 아주 정신을 잃고 말았다……. 그 빛줄기는 차차 더 세지며 세 훈련생을 자꾸만 그 큰 배로 끌고 갔다.

38

세 훈련생은 어떻게 끌려갔는지 어느새 그 둥근 괴물의 배 안에 들어가 있었다.

철이와 현옥이가 그것을 안 것은 얼마쯤 뒤였다.

"아니 우리 우주복이 어디 갔어요?"

현옥이가 오빠를 바라보며 말했다.

"응?"

철이도 스키복 같은 자기 속옷을 보며 중얼거렸다. 방 안을 둘러보았으나 자기들의 우주복 같은 것은 하나도 보이지 않았다. 그 대신 모두 이상한 것들이 눈앞에 나타났다. 지금 두 남매는 괴상한 침대 위에 일어나 앉은 것이었다. 스프링도 없는데 무엇으로 만들었는지 여간 포근하지 않았다. 두 남매는 다시 방 안을 두리번거렸다. 둥근 천정, 둥근 마루, 둥근 벽, 둥근 문, 둥근 방, 둥근 테이블, 둥근 의자 무엇이고 둥글었다. 그리고 그 둥근 테이블 옆에는 둥근 판 위에 우주선의 조종판처럼 단추가 가득 붙어 있었다. 그 색들은 대개 회색이었고 전등이 안 보이는데 어디서 비추는지 방이 밝았다. 둥근 방 전체가 무슨 칠로 빛나고 있는 모양이었다.

두 남매는 자기들이 어떻게 될는지 그런 생각은 깡그리 잊고 정신이 얼떨떨하여 방 안만 둘러보았다. 무엇이나 모두 처음 보는 것이고 새롭고 신기했다.

"무엇이나 우리 지구의 것보다 훌륭하지?"

마침내 현옥이가 침묵을 깨뜨렸다.

"응, 괴물은 우리 머리보다 앞선 모양이야!"

철이가 감탄하였다.

"그런데 용이는 어디 갔어?"

현옥이가 물었다.

"글쎄 말야……."

철이도 생각난 듯이 중얼댔다. 그제야 비로소 철이 머리에는 조금 전에 우주에서 일어났던 일들이 생각난 모양이었다.

"참 용이는 죽었지 않니……?"

"죽었어도 우리 옆에 있어야 할 게 아냐?"

"그럼 어디 갔어? 우리와 같이 이 배에 끌려왔을 텐데……."

"글쎄 말야, 내가 정신을 잃을 때까지도 내 옆에 있는 것을 보았는데."

현옥이가 종알댔다.

"이 단추를 눌러볼까?"

철이가 둥근 판의 단추를 보며 말했다.

"그게 뭣에 쓰는 건지 알아야지?"

"아무렴 어때—. 한번 눌러봐!"

철이는 좀 떨리는 손으로 그 앞줄의 단추를 한 개 눌러보았다. 무엇이 어떻게 될는지— 범이냐 사자냐 속이 두근거리기 시작하였다.

그러나 뜻밖에도 둥근 문이 소리도 없이 열리고 그 문에 얼굴을 내민 것은 그 문어 꼴의 괴물이었다.

39

"아니……?"

철이는 한 걸음 뒤로 물러앉았다. 그러나 그 문어 모양의 괴물은 네 다리로 덥석덥석 방 안에 들어왔다. 그 괴물은 유리 바가지 같은 것을 벗어버렸었다. 그 울퉁불퉁하고 맨숭맨숭한 머리에 세 눈방울이 디굴디굴

굴었다. 일어선 키는 철이보다도 좀 큰 편이고 발은 모두 여덟 개였다. 네 개의 발로 걷고 네 개의 발(손?)로 둥근 그릇 같은 것을 들고 왔다.

"저게 뭐야……?"

현옥이가 소곤댔다.

"……?"

철이도 긴장한 눈으로 괴물을 바라보았다. 괴물은 둥근 그릇을 테이블 위에 갖다 놓고 그 옆에 달린 꼭지를 눌렀다. 그러자 그 둥근 그릇은 덮개가 열리며 밑으로 돌아서 깔렸다. 그것을 보자 괴물은 말없이 나가버렸다.

"아, 이게 딸기 아냐?"

현옥이가 먹음직한 그릇에 손을 덥석 내밀었다.

"바보, 먹으면 안 돼, 독이 있으면 어떡해……."

철이가 말렸다.

"독이 아냐. 이건 우리 먹으라구 갖다 놓은 거야……. 우리가 단추를 눌러서 먹을 것을 가져온 거야."

현옥이는 자기 말이 옳다는 듯이 종알거렸다. 그리고 그 빨강 열매 같은 것을 한 개 집어 들었다.

"넌 먹는 것밖에 모르냐……. 용이가 어디 있는지 알아봐야지……."

"아이 배고파……. 난 먹구 죽을 테야."

현옥이가 그 빨강 것을 냉큼 입안으로 집어넣었다.

"아이 맛있어……. 오빠! 오빠도 먹어봐, 이건 정말 이상한 맛이야……. 입에 넣자마자 녹아버리고 마는데……?"

현옥이는 또 한 개를 집어삼켰다.

"요것이, 넌 겁도 없어……."

철이는 먹을 것에는 손도 대지 않고 문을 살며시 열고 밖으로 나섰다.

"??? !!!"

철이 눈앞에는 또 하나의 놀라운 광경이 나타났다.

그 넓은 배 안은 기구처럼 둥글게 되어 있었다. 둥근 방이 두 줄로 서로 엇갈려서 맞붙은 채 나사못처럼 차례로 위로 돌면서 올라갔다. 두 줄의 방들을 따라 두 줄의 층계가 나사못처럼 빙빙 돌면서 위로 올라갔다가 또 한편으로 내려오고 있었다. 그 방들에서 괴물들이 들락날락하는 것이 보였다. 아마 엔진실은 맨 밑의 큰 방에 있는지 모른다. 그 모양은 어떻게 보면 벌집과 같았다. 수많은 방들이 가지런히 줄을 지어 있고 수벌 집처럼 큰 방들이 군데군데 보였다. 또 왕봉 집처럼 아주 큰 방이 맨 위에 있었다. 그 방에 이 배의 함장이 탔는지도 모른다.

40

철이는 한참 동안 넋을 잃은 듯이 배 안을 둘러보다가 마침내 제정신이 들기 시작하였다. 그리고 철이 머리에는 지금까지 생각해오던 것과는 다른 생각이 떠오르기 시작하였다. 그것은 이왕이면 보람 있게 죽자는 것이었다. 인제는 막다른 골목까지 왔으니 이 이상 더 가면 죽는 길밖에 없다고 생각하자 죽음이라는 것은 하나도 무섭지 않았다. 어떻게 보람 있게 죽나……. 어떻게 우주과학연구소에 조금이라도 도움이 되는 일을 하고 죽을 수 있을까? 그런 것을 생각하게 되었다.

'그렇지, 먼저 용이가 죽었는지 살았는지 알아볼 것, 그다음에는 내 우주복을 다시 찾을 것, 그다음에 이 배가 어떻게 만들어졌는지 조사하고 도면을 그려둘 것, 할 수만 있다면 이 배를 빼앗아가지고 지구로 돌아갈 것.'

이까지 생각하자 철이는 마치 자기가 읽던 과학모험소설의 주인공이 된 것같이 신바람이 나기 시작하였다.

'그렇지, 그렇게만 되면 나는 지구 사람들에게 좋은 일을 하고 죽을 수 있다.'

철이는 인제는 괴물이 무섭지 않았다. 철이는 그 빙빙 도는 복도에 올라섰다. 그러자 철이는 그냥 나사못처럼 빙빙 돌면서 그 배 안을 올라갔다가 내려왔다. 그동안에 벌써 배 안의 대강한 모양은 짐작이 갔다.

'너무 서둘 필요는 없어.'

철이는 이렇게 생각하며 일단 방으로 돌아왔다.

현옥이는 혼자서 그 빨강 딸기 같은 것을 다 먹고 침대에 뒹굴고 있었다.

"오빠, 어디 갔었니?"

"넌 그것을 다 먹었냐? 배 안 아퍼?"

철이는 갑자기 자기도 배가 고픈 생각이 나는 것을 참으며 물었다.

"배가 왜 아퍼……. 정말 맛있어……. 오빠도 좀 먹어봐—."

"어디 있어야지?"

"가져오라지 또—."

"어떻게?"

"단추를 누르면 가져오잖어."

"넌, 벌써 네 집처럼 여기는구나."

철이는 웃으며 앞서와 다른 단추를 눌러보았다.

그러자 이번에는 다른 괴물이 노랑 포도알 같은 것을 담아가지고 들어왔다.

"……? 이게 뭐야? 먹어도 괜찮을까?"

철이가 괴물이 나가는 것을 보고 중얼거렸다.

"괜찮아 — 내가 먼저 먹을까?"

현옥이는 종알대며 노랑 알을 연거푸 두 알이나 입에 집어넣었다.

"아이 맛이 있어!"

현옥이는 또다시 몇 알을 집어 삼켰다. 그것을 보고 철이도 두어 알 입에 넣었다. 정말 그 맛은 별난 것이었다.

41

그 노란 포도알은 입에 들어가자 혓바닥에서 녹아버렸다. 인단*처럼 시원하면서도 꿀처럼 달고 향기로웠다.

철이가 그것을 서너 알 먹었는데 벌써 기운이 나는 것 같았다.

"꿀벌이 꿀만 먹으면 이내 에네르기(일하는 힘)가 생긴다 더니 이것은 그러고 보면 꿀 같은 음식인가 보다."

철이는 감탄했다.

"오빠, 우리 여기서 살아 두 좋겠지?"

"계집애두, 넌 정말 철없 는 소리만 하는구나……."

철이는 우주가 내다보이는 창 가까이 가면서 중얼거렸다. 그러나 철이 자신도 이런 곳에 사람이 먹을 음식들이 있다는 것은 여간 반가운 일이 아니었다. 더욱이 이 배 안에는 우주복을 입지 않고도 견딜 수 있는 산소와 압력이 있다는 데 저으기 안심이 되었다.

'그러나 우주복을 찾아두어야지.'

철이는 생각하며 창밖을 내다보았다.

벌써 코레아호는 보이지 않았다. X·50호도 어디로 흘러갔는지 보이지 않는다. 다만 둥근 지구가 커다랗게 초록빛으로 빛나고 있었다.

그렇게 초록빛으로 빛나는 지구를 바라보자 문득 우주과학연구소가

---

* 仁丹. 은단銀丹, 즉 향기로운 맛과 시원한 느낌이 나는 작은 알약.

생각났다. 어머니 아버지도 저 안에 계시려니 생각하면 가슴이 미어질 듯이 그리웠다.

'어떻게 되면 나는 영영 지구로는 돌아갈 수 없을지 몰라.'

이런 생각은 철이로 하여금 더욱 향수의 마음을 자아내게 하였다.

"지구야 잘 있거라!"

철이는 손을 흔들며 시를 읊조리듯이 외어보았다. 그러나 그 가락은 슬픈 시보다도 더 서글픈 노래가 되어 철이의 가슴을 답답하게 하였다.

'아냐, 나는 지구와 작별 인사를 할 수는 없어. 어떻게 해서라도 지구로 돌아갈 방법을 생각해야 돼.'

철이는 생각하며 지구와 반대쪽을 바라보았다. 둥근 달이 보름달의 두 배 이상이나 크게 떠 있다. 지구가 달의 네 배의 크기인데 지금 보이는 달은 그 지구의 절반쯤 되어 보였다. 그것으로 미루어보아 지금 철이가 탄 괴물의 배는 지구와 달과의 절반쯤 되는 곳에 와 있는 것이라고 생각하였다.

"벌써 이렇게 왔나?"

철이는 괴물의 배가 빠른 데 놀랐다.

"오빠, 도대체 우리는 어디까지 가는 거야?"

현옥이가 뒤에 와 서 있었다.

"내가 그걸 어떻게 알어……. 넌 지구로 돌아가고 싶지 않니?"

철이가 뒤돌아섰다. 그리고 현옥이 뒤에 어느새 괴물 한 놈이 들어와 서 있는 것을 보고 깜짝 놀랐다.

그 괴물은 커다란 봉투를 들고 서 있었다. 그 파란 봉투를 보고 철이는 더욱 놀라서 소리쳤다.

42

"앗! 비밀 설계도닷!"

철이의 머리에는 번갯불처럼 나 기사의 얼굴이 떠올랐다. 그 비밀 연구실의 금고가 떠올랐다.

"나 기사의 봉투닷!"

철이는 달려가서 괴물에게서 그 봉투를 뺏으려고 하였다. 그러자 그 괴물은 네 손으로 그 봉투를 덮어버렸다. 덮었다기보다 감싸 쥐고 문 있

는 쪽으로 나갔다. 철이도 따라갔다.

그 괴물은 아무 일 없었던 것처럼 앞장을 서서 위로 위로 올라갔다. 그 나선형(나사못처럼 돌게 된) 길을 타고 올라갔다. 그 괴물은 마침내 철이가 함장의 방이라고 생각하던 큰 방에 와 멎었다. 그 괴물은 철이를 한번 획 돌아보고 방 안으로 들어갔다. 그대로 문이 열려 있다. 철이도 쫓아 들어갔다.

"아니?!"

철이는 그 방 안에 한 걸음을 들여놓은 채 얼어붙은 듯이 서고 말았다.

"철이!"

"용이!"

두 소년은 서로 달려가서 얼싸안고 흐느껴 울었다.

"용이! 용이가 살았어?"

철이는 아직도 용이가 산 것을 못 믿겠다는 듯이 어깨에 뺨을 부비며

감격의 눈물을 뿌렸다. 그것은 마치 길 잃은 어린애가 아버지를 만난 그런 기분이었다.

"현옥이는……?"

한참 뒤에 용이는 서로 껴안았던 손을 풀며 물었다.

"저 아래 방에 있어."

"살았군!"

"그럼, 넌 어떻게 살았니?"

용이는 자기가 어떻게 살아났는지 설명해주었다.

"여기에 아주 좋은 기계가 있어……. 내가 깨어보니 나는 둥근 기계 위에 누워서 무슨 빛을 쪼이고 있잖아……."

"그럼, 그 빛이 죽었던 사람을 살렸단 말야?"

"그런가 봐……. 나는 내가 쏜 광선을 도로 맞고 기절했던 모양이지……."

"그런데 이들은 왜 우리를 아주 죽이지 않어?"

철이는 그것이 이상하다고 생각했다.

"나도 몰라. 이들은 우리 연구소를 오래전부터 노리고 있었던 모양이야……."

"왜?"

"모르지, 어쩌면 우리 지구를 정복할 목적인지도 모르지……."

"참, 우리 비밀 설계도 봤어?"

"응, 어떻게 그것을 훔쳐냈는지 몰라."

"그게 틀림없이 우리 거야?"

"그럼, 내가 봤는데……. 나더러 그것을 설명하라겠지……."

"그래서?"

"난 모른다고 했지."

"그래서 나를 끌고 온 모양이군?"

철이가 중얼거렸다.

43

두 소년이 끌어안았다가 떨어지는 것을 보고 이 방의 주인이라고 생각되는 늙은 괴물은 철이를 심문하기 시작하였다.

그 괴물은 철이를 바라보며 책상 위에 펴놓은 설계도를 가리켰다. 그

리고 또 한 손으로 철의 입을 가리켰다.

철이는 자기에게 말을 시키려는 것을 짐작하고 고개를 저었다. 괴물은 다시 입을 가리켰다. 철이는 다시 고개를 저었다. 그는 다시 입을 가리키며 뭐라고 꽥 소리를 질렀

다. 처음으로 듣는 괴물의 목소리였다.

"난 몰라요."

철이가 말했다. 그러자 그 괴물은 담벽에 가서 회색 종잇장이 끼여 있는 둥근 함의 단추를 눌렀다. 그 통에 불이 켜졌다. 괴물은 다이얼을 돌렸다. 그러자 그 통 안에서 사람의 말소리가 흘러나왔다. 그것도 나 기사가 세 특별훈련생에게 설계도의 설명을 해주는 이야기가 아닌가!

"아니 저게 어찌 된 일이야?"

철이가 놀라서 중얼거렸다.

"저것이닷!"

용이가 옆에서 소리쳤다.

"뭣 말야?"

철이가 물었다. 용이는 재빨리 아무 글씨도 없는 괴상한 편지 이야기를 하였다.

"그러니까 저 종이가 녹음테이프란 말이지?"

철이가 물었다.

"응 그런가 봐……. 그런데 언제 나 기사의 비밀실까지 들어갔어?"

용이가 놀란 듯이 혀를 찼다.

괴물은 지금 화가 난 듯이 눈을 부릅뜨고 자기 일을 방해하는 용이를 바라본다. 철이를 데리고 온 괴물에게 용이를 데리고 나가게 하였다.

그 뒤에 괴물은 다시 철이에게 설계도 이야기를 시키려고 애썼다.

"나는 당신 말을 모른다."

고 철이는 말했다. 괴물은 한참 철이 입을 바라보다가 카드함 같은 것을 뒤적이더니 그 카드를 녹음틀에 걸었다. 그러자 이런 말이 나왔다.

"배운다…… 너는…… 우리 말……."

"흥 내가 뭣 때문에—."

철이가 중얼댔다. 그러나 철이는 괴물들이 뭣 때문에 자기들을 죽이지 않는지 짐작이 갔다.

'설계도 때문이다. 설계도의 비밀이 알려지면 괴물은 지구를 침략할지 모른다. 달아나야 해! 설계도를 뺏아가지고 달아나야 해!'

철이는 생각하였다.

철이는 끝내 설계도에 대해서는 한 마디도 입을 열지 않았다. 괴물도 할 수 없다는 듯이 철이를 일단 현옥이가 있는 방으로 돌려보냈다. 세 훈련생은 처음으로 한자리에 모일 수 있었다. 괴물의 배는 자꾸만 지구에서 멀어져가며 우주 한끝으로 달리고 있었다.

공포에 떠는 세계[*]

44

우주정거장 코레아호에 가 있던 허진 교수는 30을 갓 넘은 젊은 천문학자였다. 학교 시절에 성층권 글라이더 선수권을 가지고 있던 그는 학자라기보다 운동선수 같은 인상을 주었다. 천문학을 하게 된 동기는 그의 두 눈이 모두 1.5여서 망원경을 끼지 않고 새로운 떠돌이별을 한 개 발견한 데 흥미를 느꼈기 때문이었다. 그는 물론 박사가 되었지만 그런 명예는 반기지 않았다. 너무나 크고 넓은 우주 안에서 모래알만도 못한 별을 한 개 발견한 것이 큰 자랑거리는 못 된다고 생각하였다. 우주 앞에서 인간이 안다는 것은 너무나 보잘것없다는 것을 그는 잘 알고 있다.

그래서인지 허진 교수는 깊은 지식을 가지고도 겸손한 원 박사를 존경하고 있다. 처음에 전자공학을 공부하던 허 교수는 원 박사에게 배웠다. 이것이 인연이 되어 세 특별훈련생의 교관이 되었다.

그러나 짬이 있는 대로 우주정거장 코레아호에 가서 별들을 연구하고 우주선이 다니는 데 방해가 되는 운석이며 방사능 구름 같은 것을 연구하였다.

| * 소제목이 바뀌지 않았으나, 45회 소제목이 '공포에 떠는 세계 ②'로 되어 있으므로 바로잡음.

허 교수는 우주정거장뿐만 아니라 달나라에 가서도 천문 연구를 계속하였다. 공기가 없는 달이나 우주정거장에 마련된 천문대는 천체 연구에 여간 편리하지 않았다. 허 교수는 오랜 관찰과 연구 끝에 우리의 태양이 아닌 또 하나의 태양을 도는 별 가운데 지구와 비슷한 별이 있다는 것을 원 박사에게 보고하였다.

원 박사는 그 보고서를 세밀히 살피고 권위 있는 천문학자와도 의논한 끝에 그 보고서는 믿을 수 있다는 것을 알게 되었다.

원 박사는 자기 자신이 그 별에 먼저 가보고 싶었다. 원 박사가 연구하는 새로운 에네르기만 해결되면 그곳까지 갔다 오는 것은 그리 힘들지 않을 것이라고 생각하였다.

그래서 허 교수에게는 그 별은 더 자세히 연구시키고 나 기사와 공장장에게는 우주선의 완성을 독촉하였다. 그런데 이번 사건이 벌어진 것이었다.

허 교수는 원 박사의 전화를 받을 때 망원경으로 이상한 광경을 쫓고 있었다. 분명히 X·50호 같은 꼬마 우주선이 우주정거장을 밑으로 지나서 딴 길로 달리다가 차차 지구의 인력에 끌려 커브를 그으며 지구를 도는 인공위성이 되려는 것을 쫓고 있었던 것이다.

허 교수는 여비서가 아주 급한 용무라고 서둘러서 비로소 망원대에서 내려와서 텔레비 전화 앞으로 왔다. 원 박사는 초조한 듯이 창백한 얼굴로 말을 하였다.

"네, 네?…… 아니 그게 정말입니까? 세 훈련생이 탄 X·50호가요? 방금 X·50호 같은 배를 보았는데요……. 네? 나 기사도요? 네? 비밀 설계도가요? 네, 네, 곧 가겠습니다."

허 교수는 너무나 큰 충격에 기분이 얼떨떨하였다. 허 교수는 보내온 우주선을 타고 불이야불이야 한라산 기지로 돌아왔다.

45

허진 교수가 우주정거장에서 돌아오자 세계는 뒤끓고 있었다.

"보이지 않는 우주의 괴물 내습!"

"잃어버린 세 특별 훈련생!"

"알 수 없는 나 기사의 죽음!"

"가까워오는 지구 최후의 날!"

"아 ─ 지구는 이길 것인가?"

이런 식으로 세계의 각 신문은 제멋대로 떠들어댔다. 통신사와 신문사에서는 잇달아 한라산에 특파원을 보내서 샅샅이 자료를 수집하여 어떤 것은 비밀에 속하는 것까지 특종 기사로 보도했다.

드디어는 인가에 내려가서 떠도는 이야기까지 주워 모아 보도했다.

이러한 기사가 전 세계에 퍼지자 사람들은 불안에 떨기 시작하였다. 특히 바닷가나 섬에 사는 사람들은 야단이 났다. 약빠른 사람들은 산에 올라가서 굴을 파기 시작하였다. 종교인은 지구와 인류를 구해달라고 밤을 새워 기도를 올렸다. 그러나 불안은 자꾸만 커갔다.

그다음 날은 태평양 하와이 앞바다에도 불덩이가 떨어졌다는 기사가 신문에 나왔다.

여기에 대해서 세계연방정부는 어떻게 해야 좋을는지 몰랐다. 평화로운 시대라 원자탄 생산도 안 하고 잠수함은 여객선과 상선으로 바꾸었다. 군대는 해산된 지 오래였다. 다만 과학 시설만이 고도로 발달했었다. 그러나 이와 같은 지구의 과학이 그 괴물을 당해낼는지?

세계정부는 긴급회의를 소집하였다. 각 민족의 과학자 대표가 뉴욕 세계정부로 모였다. 그들은 원일 박사의 보고를 듣고 검토한 끝에 지구 방위위원회를 만들었다.

원일 박사가 그 위원장으로 뽑혔다. 그 밑에 육, 해, 공의 3부를 두었다. 그리고 다음과 같이 지구를 지키기 위한 방안이 채택되었다.

1. 천문대와 기타 전파 장치 및 과학 시설을 최대한으로 동원하여 적의 내습을 감시하고 격퇴시킨다.

2. 세계정부가 가지고 있는 모든 우주선을 동원하여 적을 격퇴시킬 준비를 한다.

3. 달나라의 우주선과 인공위성을 제1선에 두고 지구의 우주정거장과 기타 인공위성을 제2선으로 한다.

그리고 제3선을 지구에 두고 최후의 싸움을 맞이한다.

4. 한라산 우주과학연구소를 적극적으로 후원하기 위하여 하루바삐 원일 박사의 연구를 완성시킨다.

이리하여 허진 교수가 한라산에 왔을 때는 벌써 세계의 저명한 과학자들이 로켓기 편으로 모여들고 있었다. 물론 일본의 야마다도 그 틈에 끼어 있었다.

원일 박사는 허 교수를 만나자 친자식처럼 반겨주었다. 그리고 지금까지 일어난 일들을 좀 더 자세히 이야기해주었다. 그리고 설계도 한 장을 내놓으며 이렇게 말했다.

46

그 설계도란 작은 필름이었다.

"이것을 허 교수에게 맡기오."

"이게 뭡니까?"

허 교수는 원 박사에게서 필름을 받으며 물었다.

"여기에 끼고 들여다보세요."

원 박사는 환등(사진을 비추어보는 틀)을 가리키며 말했다. 허 교수가 필름을 틀에 끼고 들여다보자 깜짝 놀랐다.

"아니, 이것은 비밀 설계도가 아닙니까?"

"그렇소."

"그럼, 잃어버리지는 않았던가요?"

"나 기사의 것은 잃었지요. 이것은 만일의 경우를 생각해서 내가 이 작은 필름 안에 복사해두었던 것이오."

"정말 요행이군요."

허 교수는 한숨을 내쉬었다.

"요행이구말구요. 그러나 이 설계도를 완성시킬 사람이 없구려, 허 교수밖에⋯⋯."

"네?"

"어떻소, 이 설계도를 완성하는 일을 좀 도와주지 않겠소?"

"제가요?"

"세계에서 여러 과학자들이 왔지만 그들에게 맡기고 싶지는 않아요……. 맡겨도 그들은 모릅니다. 도움을 얻기보다 오히려 그들을 가르쳐야 할 테니 말이오."

두 사람이 원 박사 방에서 이런 말을 하고 있는 동안 밖에서는 라디오를 둘러싸고 야단이 벌어졌다. 라디오는 로서아*의 큰 우주선 한 척이 태평양 위에서 괴상한 불덩이를 쫓다가 자취를 감추었다고 하였다. 또 모험하기를 좋아하는 미국의 어떤 비행사는 괴물의 사진을 찍는다고 하늘 높이 올라갔다가 그대로 떨어져서 죽었다고 하였다.

한라산에 모인 과학자들은 이 문제를 가지고 말다툼을 하기 시작하였다.

"아무리 괴물이라도 이 세상에 보이지 않는 물질이 있을 수는 없소!"

로서아의 물리학자가 말했다.

"그렇지만 세 훈련생이 탄 X·50호가 없어진 것은 사실이 아닙니까?"

믿음성 있는 정말**의 과학자가 말했다.

"그러나 증거가 없는 것을 믿는다는 것도 이상한 일이오."

따지기를 좋아하는 독일의 과학자가 말했다.

"그럼, 나 기사의 죽음은 어떻게 설명하겠소?"

영국의 전자학자가 점잖은 목소리로 물었다.

"제 생각에는 이것은 원 박사가 인기를 얻기 위해서 꾸며낸 연극인 줄 압니다."

남을 시기하는 일본 사람 야마다가 말했다.

"그럴는지도 모르지요."

로서아의 물리학자가 맞장구를 쳤다.

---

* 露西亞. 러시아.
** 丁抹. 덴마크.

47

"한 사람이 인기를 차지하기 위해서 전 세계가 불안과 두려움 속에 빠져야 한단 말요?"

야마다가 분개한 듯이 얼굴이 빨개서 소리쳤다.

"그것은 그냥 둘 수 없는 일이오!"

로서아 과학자가 맞장구를 쳤다.

"그럼, 어떡허잔 말요?"

폴란드 학자가 물었다.

"이것은 긴급 조사단을 만들어 조사한 뒤에 어떤 벌을 주도록 하는 것이 마땅한 줄 압니다."

야마다가 얼굴을 못 쳐들고 말했다.

"옳소."

로서아 사람이 맞장구를 쳤다.

"왜들 이러시오, 지구가 위험하게 되었는데 적은 일로 싸우는 것은 삼가야 할 줄 압니다."

중국 사람이 의젓하게 화의를 붙이려고 하였다.

"뭐가 위험해요…… 저도 마땅히 이 문제는 조사해서 벌을 주도록 하는 것이 옳다고 생각합니다."

체코 사람이 말했다.

"옳소!"

"옳소!"

몇 사람이 떠들었다.

아까 원 박사를 나쁜 편으로 몰아세우던 사람들이었다. 그래서 다른 사람도 이 문제는 철저히 조사해서 대책을 세우는 것이 좋으리라는 데 찬성하게 되었다.

이즈음에 원 박사가 허진 교수와 사무실을 나왔다.

"오— 다들 모였군요. 웬일들이오?"

원 박사는 아무것도 모르고 담담한 목소리로 물었다.

"원 박사는 괴물이 지구에 내습했다는 증거가 있소?"

야마다가 얼굴이 빨개서 물었다.

"네?"

원 박사는 무슨 말인지 몰라서 야마다의 얼굴을 바라보았다.

"원 박사는 왜 조사도 안 해보고 괴물의 소문을 퍼뜨려서 세계를 공포와 불안 속에 몰아넣었냔 말요……. 당신은 그 책임을 질 수 있소?"

"내가 세계를 공포 속에 빠뜨렸다구요?"

원 박사는 어이없다는 듯이 얼굴을 붉혔다.

"그럼, 괴물의 증거를 보여주시오?"

로서아 물리학자가 말했다.

"괴물의 증거요?"

"그렇소, 증거를 보여주시오!"

야마다가 아직도 얼굴이 빨개서 소리쳤다.

"보이지 않는 괴물의 증거를 무엇으로 대랍니까?"

원 박사는 쓸쓸하게 웃었다.

48

"그럼 왜 그런 거짓말을 했소?"

불란서 과학자가 물었다.

"거짓말요? 내가요?"

원 박사는 심상치 않은 얼굴을 하고 있는 여러 사람을 둘러보며 말했다.

"그것이 정말 거짓말이라면 마땅히 세계정부 재판소에 넘겨야 할 줄 아오."

누가 외쳤다.

"그럼 여러분은 지구 밖에서 비행접시가 날아온다는 이야기도 안 믿소?"

원 박사가 물었다.

"누가 그런 것을 믿어요. 그것은 책을 팔아먹으려고 꾸며낸 헛수작이오."

독일의 우주여행 협회장이 말했다.

"그렇소. 어떤 방향에서 비행기에 햇빛을 비추면 구름 위에 비행접시 같은 물체가 나타나는 법이오."

"그럼 어제 태평양 위에서 우리 로켓 우주선이 떨어진 것도 못 믿겠단 말요?"

"로켓이 떨어진 것은 사실이지만 그것이 괴물 때문에 떨어졌다고 어떻게 믿을 수 있소?……. 볼 수도 없고 증거도 없는 것을 믿는다는 것은 과학자가 아니오."

로서아 과학자가 말했다.

"휴―."

원 박사는 한숨을 지었다. 할 말이 없었다.

"결국 거짓말이 드러났구려!"

야마다가 안경 속에서 눈을 깜빡거리며 종알댔다.

"좋도록 해주시오. 할 말이 없소."

원 박사는 고개를 떨어뜨렸다.

원 박사는 마침내 세계정부의 재판소에 가서 재판을 받게 되었다. 보이지 않는 괴물이 지구를 쳐들어왔다고 거짓말을 하여 세계를 놀라게 하였다는 죄로 고발된 것이었다.

그러나 세계는 그대로 뒤끓고 있었다. 신문과 라디오에서 원 박사가 재판을 받는다는 이야기를 듣자 세계 사람들은 괴물이 있다는 편과 없다는 두 편으로 의견이 갈렸다.

한편 한라산에서는 원 박사가 재판을 받는다는 뉴스를 듣고 놀랐지만 원 박사의 높은 인격을 존경하는 그들은 원 박사가 그런 거짓말을 하리라고는 꿈에도 생각지 않았다.

오히려 허 교수와 공장장이 한 몸이 되어 새로운 우주선을 완성하기에 있는 힘을 다 기울였다. 그리고 다시 괴물이 한라산에 쳐들어오는 것을 막기 위하여 한라산 위에 광파 레이더로 경계망을 쳤다. 이 광파 레이더는 전파 레이더보다 더 또렷이 먼 곳의 물체를 잡아서 비추어준다. 이 새로운 장치는 우주여행을 할 때 방해가 되는 방사능 구름이나 운석을 피하기 위해서 원 박사가 고심하여 만들어낸 새로운 장치였다.

49

한라산에서는 괴물을 경계하는 한편 원 박사의 재판에 필요한 증거품을 모으기 시작하였다. 나 기사가 탔던 비행판, 조종복, 수첩, 지휘탑에서 레이더로 잡은 X·50호의 속력을 나타낸 그림표를 모았다. 증인으로는 나 기사를 만난 조종사와 마을 사람 두 사람이 나갔다.

그리고 또 한 가지 중대한 증거는 나 기사의 시체였다. 이 시체는 의사, 과학자, 재판소, 검사가 같이 보는 가운데 해부하였다.

"별로 이상한 점은 없군요. 나 기사가 쏜 광선에 자기가 맞았나 봅니다."

의사가 말했다.

"그러면 다음 증거품!"

하고 검사가 말했다.

"잠깐만—."

공장장이 말했다.

"무엇이오?"

검사가 물었다.

"한 가지 의문이 있습니다. 아까 의사는 자기가 쏜 광선에 나 기사가 맞아 죽었다고 했는데 그런 일이 있을 수 있을까요? 어떻게 자기가 쏜 광선이 아무 곳에도 부딪치지 않고 돌아올 수 있을까요?"

이 말은 의사와 그 밖의 사람들을 어리둥절하게 하였다.

"그럼, 무엇이 있었단 말요?"

검사가 물었다.

"그러니까 제 생각에는 나 기사가 쏜 광선은 무엇인가에 맞고 돌아왔다고 생각합니다."

"그것이 뭐냔 말요?"

"그것은 저도 모릅니다. 어쩌면 그것이 괴물이었을는지도 모르지요."

여러 사람들은 이 문제를 의논한 끝에 나 기사의 시체는 좀 더 자세히 검사하기로 하였다. 이리하여 나 기사의 시체는 모든 과학 장치를 써서 빈틈없이 조사하였다. 피를 분석하고 심장과 폐와 뼈까지 검사하였다.

그 결과 지금까지 몰랐던 새로운 사실이 발견되었다. 그것은 지금까지 과학자들이 지구에서는 보지 못하던 새로운 물질이 나타난 것이었다. 물질이라지만 그것은 원자보다 더 작고 전자보다 더 작은 알맹이였다.

이 물질에서는 이상한 선이 나오고 있었다. 엑스 광선보다 세고 자외선이나 우주선보다도 센 것이었다. 또 원자가 깨질 때 나오는 방사선보다도 센 힘을 가지고 있다는 것이 발견되었다.

검사는 이 사실을 알자 재판소에 보고를 하였다.

원 박사의 재판은 이 때문에 갑자기 이롭게 되었다. 지금까지 증거가 없고 보이지 않는 괴물은 믿을 수 없다던 과학자들도 입을 다물어버리고 말았다.

원 박사는 무죄가 되어 한라산으로 돌아왔다. 그러나 이 때문에 세계는 더욱 공포에 싸이게 되었다.

50

"그러면 그 이상한 물질은 도대체 어디서 나왔어?"

과학자들 사이에는 이것이 다시 풀 수 없는 수수께끼로 남았다.

"화성에서 온 물질이야?"

"아니다."

"금성에서 나왔나?"

"아니야."

"그럼 수성? 토성? 목성?"

"아니래두."

"그럼 해왕성? 천왕성? 명왕성?"

"아니라니까……."

"그럼 어디야, 이것도 저것도 아니구……."

세계의 과학자들은 이 풀 수 없는 수수께끼를 둘러싸고 밤을 새워 토론을 하고 있었다.

"남은 것은 태양뿐인데 설마 태양에서 그런 괴물이 왔다고는 생각할 수 없지 않아요?"

"그야 원자폭탄이 밤낮 터지고 있는 듯한 불덩어리에서 뭐가 살겠어요."

그때 한 천문학자가 벌떡 일어났다.

"여러분은 너무 좁은 범위에서만 생각하는가 봅니다……."

여러 과학자들은 그를 쳐다보았다. 그는 윌슨 천문대의 대장이었다.

"……여러분은 지금까지 그 이상한 물질이 태양을 도는 별에는 없다고 했습니다. 그것도 그럴 것이 태양계의 물질은 대개 태양이 가지고 있는 원소로 만들어졌으니까요."

"그럼 그 괴상한 물질이 어디서 왔단 말요?"

성미 급한 어떤 사람이 소리쳤다.

"글쎄요, 어디서 왔는지 지금의 나로서는 알 수 없습니다. 그러나 우리는 이 우주가 수많은 태양으로 만들어졌다는 것을 알아야겠습니다."

"그럼, 당신은 그 괴물이 다른 태양을 도는 별에서 왔단 말요?"

"글쎄요, 그런 것도 생각해볼 수 있을 줄 압니다."

여러 과학자들은 차차 떠들썩하였다. 저마다 뭐라고 지껄이기 시작하였다.

"그렇게 먼 별에서 어떻게 지구까지 온단 말요?"

"아니, 뭣 때문에 허구많은 별 중에서 우리 지구를 침략해……."

그들의 토론은 그칠 줄을 몰랐다. 그러나 결국 현재 이 순간에도 그 괴물이 다시 나타나면 어떡해야겠는가에 토론은 집중되었다.

그 결과 먼젓번에 지구방위위원회에서 결정한 네 가지를 실천하기로 하는 한편 한 가지를 더 덧붙였다. 즉 다섯 번째에는 지구가 가지고 있는 원자탄과 수소탄을 달 밖으로 가져다가 터뜨리자는 것이었다. 그러면 지구에 둘 곳도 없는 원자탄을 처분하게 되고 괴물을 못 들어오게 막을 수도 있다고 생각하였다.

"돌 한 개로 두 마리의 새를 잡는 계획이오."

하고 그들은 좋아하였다.

이 계획은 곧 다음 날 실천하기로 하였다.

달아나는 소년들*

51

"쉬, 현옥아, 이리 와!"

용이가 방금 한쪽 벽에 몸을 기대며 속삭였다. 그의 손에는 네모진 통이 한 개 쥐여 있었다. 방금 우주복에서 뜯어낸 통신함이었다.

| * 소제목이 바뀌지 않았으나, 53회에서 '달아나는 소년들 ③'으로 바뀌므로 바로잡음.

"들키지 않았어?"

현옥이가 용이 뒤로 다가와 숨으며 속삭였다.

"글쎄……?"

용이는 한 걸음 더 둥근 벽의 오목 들어간 곳에 들어서며 중얼댔다. 그때 괴물 한 놈이 둥근 그릇을 들고 바쁜 걸음으로 그들의 앞을 지나갔다. 함장에게 아마도 밥을 나르는 모양이었다. 이 괴물들은 밥 먹는 시간 외에는 쉬는 시간이 없었다. 잠을 자는 시간도 없었다. 언제나 그 딸기알이나 포도알 같은 음식물을 먹으면 힘이 생겨서 꿀벌처럼 부지런히 일을 했다. 그러니까 좀체로 괴물의 눈을 피해서 무슨 일을 몰래 저지른다는 것은 여간 힘든 일이 아니었다.

그래서 세 훈련생은 괴물들이 밥 먹는 시간을 이용해서 이 배에서 도망칠 준비를 하고 있는 것이었다. 용이와 현옥이는 괴물이 지나가는 것을 보고 재빨리 스프링처럼 돌고 있는 길 위에 올라탔다. 그리고 자기 방으로 내려오고 있는데 또 한 마리의 괴물 같은 그림자가 나타났다. 용이와 철이는 다시 오목 들어간 벽에 가 숨으려고 달리다가 다른 모퉁이에서 나오는 무엇에 부딪쳤다.

"앗……."

용이는 소리 지르며 자기와 부딪친 것을 바라보았다.

"용이!"

"오— 난 또 누구라구……."

용이는 그제야 한숨을 내쉬며 철이의 얼굴을 바로 보았다.

"어떻게 됐니?"

철이가 물었다.

"통신기는 뜯어냈어, 너는?"

"난 못 했어. 이 배의 설계도만 떼내다가 괴물에게 들켰어."

"뭘? 그럼 함장이 곧 우리를 잡으러 올 게 아냐?"

"응 빨리 달아나야 해."

"그렇지만 지금은 시간이 안 맞지 않어?"

"그래도 달아나야지, 어떡해."

"여기서 지구까지 떨어진다는 것은 죽는 일밖에 더 돼?"

"그 고비는 지났어. 우리는 지금 지구와 달이 서로 끌어당기는 곳에 와 있어 우리가 뛰어내릴 때는 벌써 달의 끄는 힘으로 달로 떨어질 거야."

세 훈련생은 황급히 자기 방으로 돌아왔다. 그 방에는 유리 바가지 세 개가 마련되어 있었다. 이것은 우주를 달릴 수 있는 아주 편리한 기계였다.

52

세 훈련생은 제각기 유리 바가지 통에 통신기와 먹을 것과 낙하산을 잡아넣었다. 이 유리 바가지 통은 발을 맘대로 뒤말* 수 있는 괴물이 타게 만든 것이었다. 그래서 세 훈련생에게는 여간 비좁지 않았다. 왜냐하면 발 둘 곳이 없어서 다리를 쪼그리고 허리를 좀 굽히고 타야 했기 때문이었다. 이 유리 바가지를 처음에 탔을 때는 뿅 빠질 뻔하였다.

그러나 세 훈련생은 좋건 싫건 이 유리 바가지를 하루에 몇 번은 타야 했다. 이 유리 바가지를 타고 우주 밖에 나가서 변을 보아야 했기 때

| * 뒤말다. 함부로 마구 말다.

문이었다. 문어 꼴을 한 괴물은 꿀벌처럼 자기 집에서 변을 보는 일이 없었다.

반드시 밖에 나가서 보았다. 그리고 그 변의 분량도 매우 적었다. 먹는 음식물이 그대로 영양이 되는 모양이었다. 그러니까 한 주일에 한 번 나갈까 말까 하였다.

그러나 사람은 그럴 수가 없었다. 세 훈련생은 자주 변이 마렵고 그러면 우주 밖으로 유리 바가지 통을 타고 나가야 했다.

그것이 세 훈련생에게는 고통거리였다. 그렇다고 나가지 않으면 배가 아파서 견딜 수가 없었다.

괴물 함장은 설계도에 대해 교대로 세 훈련생에게 물었다. 그러나 세 훈련생은 아무도 입을 열지 않았다. 그러자 함장은 다른 방법을 쓰기 시작하였다.

어떤 때는 원 박사와 나 기사가 이야기하는 것을 녹음기로 들려주었다.

그리고 다 알고 있으니 대라는 듯이 독촉하였다. 어떤 때는 세 훈련생에게 괴물의 말을 가르치려고 하였다. 그러나 세 훈련생은 혀가 돌지 않는 척하였다. 어떤 때는 하도 답답하니까 이상한 기계에 걸어서 머릿속을 뒤흔들어놓았다. 어떤 때는 배 밖으로 내보냈다가 먼젓번처럼 괴상한 빛으로 끌어당겼다.

또 그래도 말을 안 들으면 이번에는 변을 못 보게 하였다. 그래도 세 훈련생은 끝내 입을 열지 않았다.

'우리가 말하지 않으면 괴물도 그 설계도의 비밀은 못 읽을 거야.'

세 훈련생은 이렇게 생각하였다. 그러나 그동안에 세 훈련생은 유리 바가지를 운전하는 방법을 열심히 배웠다. 앞으로 달리는 단추, 멎는 단추, 커브를 도는 다이얼, 그 밖에 두세 개의 알지 못할 단추가 있었으나 그것은 지금 당장은 몰라도 상관없었다.

하여튼 이 기특하고 놀라운 기계가 어디다 땔감을 넣었는지 알 수 없는데 사람을 태우고 날 수 있다는 것은 정말 놀라운 일이었다. 그 위에 괴물의 큰 배와 마찬가지로 약간의 산소와 중력이 그 통 안에 있었다.

"자, 준비 다 됐어, 빨리 해!"

용이가 속삭였다.

"참 물 대신 딸기를 가져가야지."

철이가 먹다 남은 딸기를 나누어 주었다. 세 훈련생은 저마다 유리 바가지에 들어갔다.

53*

세 훈련생이 유리 바가지 통에 들어가자 괴물의 우주선은 갑자기 소란해졌다.

번갯불 같은 것이 난데없이 번득였다. 무슨 소리인지 "리, 리, 리, 리" 하는 소리가 사방에서 들려왔다. 이곳저곳에서 문이 여닫히는 소리가 "쾅쾅" 분주하였다. 그러자 벌 떼처럼 문어 꼴을 한 괴물들이 방방에서 나와서 복도에 줄을 지어 올라탔다. 괴물들은 한참 어디로 가야 하는지 망설이다가 모두 선장실로 올라갔다. 이것을 바라보고 있던 철이가 소곤 댔다.

* 지면에 연재 횟수가 52로 표시된 것을 바로잡음. 이후에도 연재 횟수 숫자가 정확하게 이어지지 못하다가 74회 숫자를 건너뛰어서 88회까지 나간 다음에 '끝' 회로 연재가 마무리됨. 따라서 총 88회 연재되었음.

"비상소집인가 부다!"

"자 내가 먼저 나간다. 곧 따라 나와!"

먼저 유리 바가지에 들어가서 바가지 양쪽을 아물게 한 용이가 뇌까렸다. 용이는 단추를 눌렀다. 용이가 탄 바가지는 "붕" 하고 무슨 스프링에서 튀는 듯한 소리를 내며 우주 밖으로 날아갔다.

"자! 이번엔 네 차례다."

철이가 속삭였다.

"왜 오빠는 안 나가?"

현옥이가 물었다.

"네가 먼저 나가."

"왜?"

"글쎄⋯⋯."

"글쎄가 뭐야? 지금 곧 괴물이 잡으러 나올 텐데⋯⋯."

"그러니까 네가 먼저 나가! 그리구 참 이거 가지고 가."

철이는 유리 바가지에서 나와서 현옥이에게 비닐 같은 종이 한 장을 내주었다.

"이거 뭐야?"

"이것이 이 괴물 우주선의 설계도야. 잘 건사했다가 살아나면 원 박사에게 꼭 전해!"

"오빠 어떡해?"

현옥이가 설계도를 받으며 울먹거리는 목소리로 물었다.

"난 여기 남아서 우리 설계도 찾아가지고 나갈 테야."

"안 돼, 그러다가 죽을라구……."

"내 걱정 말구 그거나 잘 전해. 지금까지 산 것만두 기적이지 뭐야, 그럼 잘 가."

"오빠!"

"빨리 떠나!"

"같이 가……."

"안 된다니까. 난 네 오빠로서 명령한다! 셋까지 세는 동안에 너는 떠나야 해……. 하나! 둘!"

현옥이는 그 셋 소리가 듣기 무서운 듯이 눈물 어린 얼굴로 철이를 바라보며 단추를 눌렀다. 그러자 현옥이도 우주 밖 사람이 되었다.

용이는 벌써 저만치 앞서서 달을 향하고 있었다. 현옥이는 그 뒤를 따랐다. 그러자 괴물 우주선에서 괴물들이 탄 유리 바가지가 연거푸 날아 나왔다. 잠시 동안에 하늘에는 벌 떼처럼 유리 바가지의 꽃이 피었다. 괴물의 유리 바가지는 두 소년을 쫓았다. "제발 행운을……." 하고 철이는 눈을 감았다.

54

철이는 눈을 떴다. 그리고 괴물 우주선 안을 둘러보았다. 텅 빈 것 같았다. 철이는 괴물이 나타날까 기겁을 하며 보이지 않는 곳을 골라서 선장실로 올라갔다.

'선장실 문이 열려 있으면…….'

철이는 생각하며 선장실 문 앞에 다다랐다. 정말 철이 생각대로 선장실 문이 열려 있다.

철이는 날쌔게 선장실로 뛰어 들어갔다. 그리고 문을 살며시 닫고 설계

도가 든 둥근 벽장 앞으로 갔다.

그 벽은 금고의 쇠처럼 빙빙 도는 문이 달려 있었다. 철이는 그 문 여는 법을 알고 있었다. 선장이 여는 것을 눈 익혀 외워두었던 것이었다. 철이는 다이얼을 돌리고 그 벽장에서 설계도를 꺼냈다. 그것을 움켜서 가슴 속에다 집어넣었다. 가슴이 곤두방망이를 치고 있는 것이 머리끝까지 들렸다. 철이는 방을 뛰쳐나오려고 문틈을 살며시 내다보았다.

그때 선장이 돌아오는 목소리가 들려왔다. 몹시 기분 나쁜 듯이 꽥꽥 소리 지르며 이쪽으로 오고 있었다.

철이는 숨을 죽이고 문간에 기대어 섰다. 선장은 줄곧 투덜거리며 부하를 부르는 듯한 목소리로 외치며 문 안으로 들어서려고 했다.

철이는 한숨을 내쉬고 두 주먹을 불끈 쥐었다. 선장이 들어오는 것을 보고 비호(나는 범)같이 덤벼들었다. 있는 힘을 다하여 두 주먹으로 괴물의 눈퉁*을 쳤다. 발로 괴물의 아랫도리를 마구 찼다. 그러자 괴물은 쓰러지며 그 문어발 같은 것으로 철이의 허리를 감았다.

철이는 얼굴이 파랗게 질려서 그 문어의 발을 떼려고 애썼다. 그러나 좀체로 떨어지지 않았다. 철이는 안타까운 듯이 문어의 발을 탁 치고 달아나려고 했다. 그 바람에 문어의 발은 떨어져서 철이의 허리를 감은 채 따라왔다. 철이는 문어의 발이 허리에 감긴 채 문을 박차고 밖으로 뛰쳐나왔다. 문을 쾅 닫고 걸음아 날 살려라고 구르듯이 복도를 타고 내려왔

| * 눈퉁이.

다. 선장이 울부짖는 소리가 뒤에서 들렸다.

철이는 뒹굴며 거꾸러지며 달렸다. 도중에서 또 한 마리의 괴물과 부딪쳤다. 씨름을 하여 넘어뜨리고 달려왔다. 철이가 유리 바가지 있는 데까지 와서 바가지에 탔을 때는 온몸이 비에 젖은 것처럼 땀이 배어 있었다.

철이는 가까스로 바가지를 아물게 하였다. 철이가 막 단추를 누르는데 선실에서는 또다시 번갯불 같은 것이 번쩍거렸다.

철이는 그 틈에 벌써 우주 밖으로 뛰어나왔다. 그러나 철이는 아직도 얼떨떨하였다. 철이 앞으로 벌 떼같이 괴물의 유리 바가지들이 두 소년을 쫓는 것이 보였다. 그제야 철이는 괴물의 우주선에서 나왔다는 것을 깨달았다.

55

철이가 잃어버린 설계도를 찾을 용기를 얻은 것은 괴물들이 떠들썩할 때였다.

'괴물들은 어쩌면 모두 우리를 쫓아 나오는지 모른다. 선장도 덩달아서 자기 방을 비우고 들락날락 할는지 모른다. 그러면 비밀 설계도를 훔쳐낼 틈이 생길는지 모른다.'

고 철이는 생각한 것이었다.

철이는 요행히 비밀 설계도를 손에 넣었다. 그러나 철이 앞에는 벌 떼같이 많은 괴물들이 있고 뒤에서는 성난 괴물 우주선의 선장이 무슨 짓을 할는지 몰랐다.

지금 달은 철의 눈 밑에 모양은 솥을 엎어놓은 것처럼 둥근 모습을 드러내고 있다.

그 옛날 화산이 터졌다는 수많은 구멍이며 삐죽삐죽 높이 솟은 산봉우리며 수백 년 전의 천문학자들이 잘못 보고 바다라고 이름을 붙인 평지들이 또렷이 내려다보였다.

괴물의 우주선은 X·50호 때문에 시간을 잡아먹은 탓인지 아직도 달을 지나가지 못했던 것이었다. 지구에서 달까지의 거리는 약 23만 9천 마일이다. 그리고 지금 그들은 22만 마일쯤 온 것이었다. 그러니까 지구에서 달까지의 거리의 10분지 9쯤 지나온 것이었다. 이 10분의 9의 지대는 지구와 달이 서로 끌어당기는 힘이 맞먹는 중간이다.

이 속에 빠지면 영원히 지구로 돌아갈 수도 없고 달로 갈 수도 없게 된다.

지금 용이네 소년들과 괴물들은 이 10분의 9를 좀 넘어선 것이었다. 그러니까 무엇이나 속도를 내지 않아도 하늘에서 별똥이 떨어지듯이 자꾸만 달을 향하여 떨어지게 마련이었다. 그래서 용이와 현옥이는 달에 충돌해서 가루가 되지 않도록 되도록 속도를 죽이노라고 애를 쓰고 있었다. 그 틈을 타서 철이는 쉽사리 두 소년을 따라갈 수 있었다.

그러나 세 훈련생이 낯선 기계를 운전하기에 정신을 팔고 있는 동안에 유리 바가지의 괴물들은 차차 세 소년을 포위하기 시작하였다.

"오빠! 나 잡힐 것 같아!"

현옥이가 자기 꽁무니를 잡을 듯이 다가오는 괴물을 보며 마이크를 통해서 소리쳤다. 오빠가 다시 빠져나온 것을 반가워하기보다 지금 꼬리가 잡힐 듯이 된 자기가 더 급했던 것이었다.

철이는 그것을 보고 현옥이와 괴물의 사이로 커브를 돌려서 옆으로 꿰뚫고 지나갔다. 그 바람에 괴물의 유리 바가지는 현옥이와 사이가 멀어지고 딴 길로 미끄러지고 말았다. 이러는 동안에 차차 어느 쪽이 괴물인지 어느 쪽이 소년들인지 분간을 못 하게 되고 말았다.

세 소년은 수많은 유리 바가지에 감싸여서 어느 틈에 끼었는지 모르게 되었다.

이것을 보고 화를 낸 것은 선장이었다.

발 하나를 잃고 부하들이 자기들끼리 뒤범벅이 되어 돌아가는 것을 보고 화가 머리끝까지 치밀었다.

56

괴물의 우주선에서 그 파란빛이 여러 줄기 나왔다. 그러나 그 빛이 모든 괴물을 끌어들일 수는 없다고 생각했는지 파란빛이 꺼져버렸다. 그 대신 우주선 자체가 괴물들 쪽으로 방향을 돌려서 다가오고 있었다.

그러나 괴물의 유리 바가지들은 서로 맞부딪칠 지경에 이르고 있었다. 철이가 옆으로 질러나가는 통에 괴물의 질서는 깨지고 저마다 옆으로 갑자기 길을 비끼다가 마침내 갈피를 못 잡게 된 것이었다. 세 훈련생을 둘러쌌던 테두리는 무너지고 어떤 것은 서로 충돌하여 떨어지기까지 하였다.

이런 광경을 세 훈련생은 볼 수 있었지만 아직 달나라에서는 보지 못

하고 있는 것 같았다. 충돌한 괴물들은 쏜살같이 달로 떨어져 갔다. 이것을 보고 세 훈련생은 서로 부르기 시작하였다.

"용이!"

"철이!"

"현옥이!"

철이가 용이를 부르고 용이가 철이를 불렀다. 그리고 철이는 현옥이를 불렀다.

"난 괜찮아!"

"나도 일없어!"

"……."

용이와 철이는 서로 말을 주고받았지만 현옥이의 대답이 없다.

"현옥아?"

철이가 다시 불러보았다.

"……."

"현옥아?"

철이가 우주복에 달렸던 꼬마 마이크를 더욱 입에 가까이 갖다 대고 소리쳤다. 그러나 대답이 없었다. 그때

"으아— 오빠! 오빠!"

아주 아래쪽에서 소리가 들렸다.

"앗, 현옥이가?"

철이는 부리나케 쫓아가려고 하였으나 그 이상 쫓아가는 것은 위험한 것을 깨달았다. 그래서 멀리 둥글게 돌아서 현옥이 밑으로 지나가며 소리쳤다.

"유리 바가지를 내려선 안 돼! 넌 우주복이 없어! 낙하산을 내밀어. 낙하산!"

철이가 소리쳤다. 그러나 현옥이는 그대로 떨어져 갔다. 철이는 등이 달아서 다시 현옥이를 한 바퀴 돌며 소리쳤다.

"낙하산을 내보내! 달로 천천히 떨어지는 거다!"

철이는 외쳤다. 그리고 통신기로 달을 불렀다.

"달, 달, 달의 통신대 나와주시오! 사람 살려요! 낙하산으로 떨어지는 사람을 받아주세요! 달! 달! 달의 통신대! 사람을 살려요!"

철이는 미친 듯이 소리쳤다. 마이크가 찢어질 듯이 소리쳤다.

그러나 현옥이는 자꾸만 떨어져 갔다. 달의 높은 봉우리가 가까워질 때까지 떨어졌다.

57

현옥이의 낙하산은 아슬아슬하게 펴졌다. 막 달의 제일 높은 산봉우리에 떨어지려는 찰나에 펴지기 시작한 것이었다. 그때 현옥이의 유리 바가지는 이상한 안개 같은 연기를 뿜고 있었다. 그리고 차차 유리 바가지는 녹아서 사라지는 것이었다.

"앗, 유리 바가지가 없어진다!"

철이가 몸이 달아서 외쳤다. 유리 바가지가 녹으면 죽을 수밖에 없다. 통 안에서 만들어내던 산소와 중력이 없어지기 때문이다. 그러면 현옥

이는 달에 떨어지기 전에 죽고 마는 것이다.

"통신대! 통신대! 빨리 구호반을 보내주시오! 필코 산 동쪽에 지금

사람이 떨어집니다!"

철이가 이렇게 목이 마르게 소리칠 때 달나라에서는 이 진기한 광경을 전연 모르고 있었다. 우주선이 달 밖을 순찰하고 천문대가 공간을 지키고 있었으나 이 괴물들은 보지 못한 것이었다.

독자 여러분은 아시지만 유리 바가지는 공기가 없는 진공 속을 달릴 때는 사람의 눈에 잘 뜨이지 않는다. 그래서 달에서는 먼 별에서 괴물이 나타날까고 우주선이나 천문대는 먼 곳만 바라보고 있었던 것이었다. 지금 눈앞에 괴물이 나타난 것을 본 이는 아무도 없었다. 유리 바가지의 괴물이 몇 마리 달로 떨어지기는 하였으나 달 위에 떨어졌을 때는 괴물은 유리 바가지와 함께 녹아버렸다. 그들이 본래 만들어졌던 원자로 다시 분해되어 없어졌기 때문이었다.

다만 통신대에서는 철이가 외치는 소리를 분명히 잡았다.

"누굴까? 이런 통신을 보내는 이는? 아직 소년 목소리 같은데……?"

그러나 사람이 죽는다니 그대로 있을 수는 없었다. 그래서 필코 산 동쪽으로 구호반을 불러서 보냈던 것이었다. 뒤늦게나마 약과 우주복과 산소호흡기를 실은 트럭터가 필코 산으로 향하고 있었다. 이 사이에 괴물의 우주선은 벌 떼처럼 흩어진 괴물의 유리 바가지를 싣기 시작하였다. 용이도 하마터면 다시 끌려 들어갈 뻔하였다. 하도 물밀 듯이 몰려 들어가는 틈을 혼자서 간신히 빠져나오는 데 성공하였다. 역시 그 점은 조종에 자신이 있는 솜씨 덕분이었다.

철이는 벌써 밑에서 낙하산을 펴고 빙빙 돌면서 달로 떨어지고 있었다. 용이도 낙하산을 펴고 그 뒤를 따랐다. 그리고 달을 향하여 돌면서 내려갔다. 착륙 신호를 보내면서…….

두 소년이 필코 산 밑으로 내린 것은 달이 낮이 밤으로 바뀌려는 때였다.

달의 낮과 밤은 모두 두 주일씩 계속된다. 그리고 낮은 밤과 순식간에 바뀌고 만다. 그러면 내려쬐던 햇볕은 간 데도 없고, 추운 밤이 다가온다. 그 어두워지려는 밤을 이번에는 보름달보다 몇 배나 밝은 지구가 비추어준다.

58

트럭터가 필코 산 밑으로 가자 현옥이는 벌써 죽은 듯이 팔다리가 축늘어져서 허위적거리며 떨어지고 있었다.

트럭터 안에서 우주복을 입은 구호반 두 사람이 재빨리 문을 열고 나와서 현옥이의 몸을 트럭터 안

으로 안아 들였다. 그와 동시에 또 두 개의 시꺼먼 그림자가 하늘에서 떨어졌다. 철이와 용이였다. 그런데 웬일인지 두 소년이 탔던 유리 바가지는 보이지 않고 두 소년은 알몸으로 낙하산을 타고 떨어지는 것이었다.

"아니, 저런 알몸뚱이로……."

하며 구호반은 재빨리 달려가서 두 소년도 트럭터 안으로 끌어들였다.

세 훈련생은 트럭터 안에서 응급 치료를 받으며 한 시간에 3백 마일씩 달리는 속도로 땅 밑에 지은 기지로 달려왔다. 그러나 병원에 입원된 뒤에도 세 훈련생은 좀체로 정신을 차리지 못하였다.

"아니, 얘들은 괴물에게 끌려가서 죽었다던 한라산 특별 훈련생들이

아니오?"

하고 기지 사람들은 깜짝 놀랐다.

"그런데 이 애들은 살았소, 죽었소?"

하고 달나라 기지 책임자가 물었다.

"글쎄요⋯⋯."

병원 원장이 말을 못 맺고 어물거렸다.

"글쎄요라뇨, 살았소 죽었소?"

"글쎄요⋯⋯."

"아니 이 양반두⋯⋯. 그런 대답이 어디 있소⋯⋯."

"확실한 대답을 못 올리겠습니다⋯⋯. 워낙 오랜 동안 산소와 압력이 부족한 곳에 있었고⋯⋯. 또 여러 가지로 몸에 무리가 많았으니까요⋯⋯."

"그러니까 살겠냐 어떠냐 말요?"

기지 책임자가 안타까운 듯이 물었다. 그때였다.

"원 박사님⋯⋯ 이 설계도⋯⋯ 설계도⋯⋯."

하고 철이가 잠꼬대처럼 외쳤다.

"오, 살아났군요⋯⋯."

그 자리에 모였던 여러 사람의 얼굴에 밝은 빛이 떠올랐다.

"빨리빨리⋯⋯ 이 설계도 받아요⋯⋯. 앗 괴물이."

하고 철이는 후다닥 몸을 일으키려고 하였다. 의사가 놀라서 철이의 몸을 다시 침대 위에 눕혔다. 그때 용이도 "휴—" 하고 숨을 내쉬었다.

"오— 용이도 살아났군."

누가 반가운 듯이 중얼댔다.

"기적입니다. 이렇게 오랜 동안 우주를 헤매다가 살아 돌아왔다는 것은 믿을 수 없는 기적입니다."

의사가 고개를 기웃거렸다. 그러나 아직 현옥이는 죽은 듯이 침대 위에 누워서 산소마스크를 쓰고 있었다. 몸이 얼었던 탓으로 보랏빛으로 멍이 든 것 같았다.

"현옥아! 현옥아!"

철이가 다시 몸을 일으키며 외쳤다.

폭발하는 월세계*
59

철이는 헛소리를 몹시 하다가 차차 제정신이 들기 시작하였다. 몸이 아직 좋아진 것은 아니지만 누워서 지나간 일들을 이야기할 수 있게 되었다. 철이는 간호원을 불렀다.

"왜 그러냐?"

연한 초록빛 유니폼을 입은 간호원이 침대 옆으로 가까이 왔다. 철이 옆에는 용이와 현옥이가 잠들고 있다. 용이는 숨결이 골라졌지만 현옥이는 아직 생사의 사이를 오락가락하고 있었다.

"내 옷 좀 갖다 주세요."

"옷을 왜?"

간호원이 이상하다는 듯이 물었다.

"그 옷 속에 종잇장이 있을 거예요."

<hr>

| * 소제목이 바뀌지 않았으나, 61회에서 '폭발하는 월세계 ③'으로 바뀌므로 바로잡음.

"아, 그 꼬깃꼬깃 접은 거 말이냐?"

"네―."

간호원은 옷장에 가서 종이 한 장과 수첩을 들고 돌아왔다.

"이것 말이냐?"

"네, 또 한 장은요?"

철이는 종이와 수첩을 받으며 물었다.

"또 한 장이라니?"

간호원이 되물었다.

"또 한 장 있을 거예요."

간호원은 다시 옷장에 갔다가 빈손으로 돌아왔다.

철이는 그동안에 비닐 같은 종잇장을 펴보았다. 그런데 그 종이는 불에 닿은 비닐처럼 군데군데 녹아서 오므라들고 있었다.

"아니 이러다가는 이것마저 없어지겠다."

철이는 지도를 들고 일어나려고 하였다.

"안 돼, 아직 일어나면 못써요."

간호원이 말렸다.

"저를 통신소에 좀 데려다주세요."

철이가 소리쳤다.

"통신소는 왜?"

"지구와 연락할 일이 있어요."

"아직 움직이면 안 된다니까."

"중대한 일이에요. 어서요. 어서!"

철이가 재촉하였다. 철이는 오므라드는 비닐 같은 종이를 간호원에게 보였다.

"그게 뭔데?"

간호원이 물었다.

"이것은 우리 지구에 중대한 관계가 있는 서류예요……. 이것이 차차 없어지고 있어요."

간호원은 그 괴상한 종이를 보았다. 그리고 심상치 않다는 것을 짐작했는지 의사에게 묻지 않고 철이를 부축하여 복도로 나가서 통신소로 데리고 갔다.

"고맙습니다. 그럼, 나가주세요."

"왜 나가야 해?"

"나가주세요. 비밀이니까요."

"그래? 벌써 소년에게 그런 비밀이 있었나?"

간호원은 좀 어이없다는 듯이 쓴웃음을 지으며 철이를 힐끗 훑어보고 밖으로 나갔다. 간호원이 나가는 것을 보고 철이는 텔레비에 가까이 갔다. 한라산 우주과학연구소를 불렀다. 그리고 통신원이 나오자 원 박사를 불렀다.

60

원 박사는 잠시 뒤에 텔레비 스크린에 그전보다 여위고 늙은 듯한 얼굴을 내밀었다. 철이는 원 박사를 보자 가슴이 뭉클하고 눈물이 핑 돌았다.

"원 박사님!"

철이는 목메인 듯한 소리로 간신히 불렀다. 그러나 머리가 꽉 차서 무슨 말부터 먼저 해야 좋을는지 생각이 안 났다. 그래서 멍하고 원 박사의 얼굴만 바라보았다.

원 박사는 처음에 철이를 못 알아보았다. 원 박사 편의 텔레비에 나

타난 철이를 우두커니 바라만 보고 있었다. 그러다가 갑자기 괴상한 소리를 질렀다.

"아, 아, 너, 너는 정말 철이야?"

원 박사는 무슨 유령이라도 만난 것처럼 무서운 얼굴을 하였다.

"저예요, 철이예요!"

"철이가 정말 살았다구? 이것이 꿈이냐 생시냐?"

"원 박사님 걱정을 끼쳐서 미안해요."

"아니 네가 지금 어디 있냐?"

"여기는 달이에요, 지금 기지 병원에 있어요."

"병원이라니?"

"그것은 뒤에 말할게요. 이야기가 기니까요."

"아니 그럼, 너만 살아 있냐?"

"다 살았어요. 용이도 현옥이도…… 죽지 않은 것만은 사실이에요……. 그보다도 원 박사님, 중대한 일이 있어요."

"어서 말해라. 답답하다."

철이는 재빨리 비닐 같은 종이를 펴 보이며 원 박사 쪽에서 사진을 찍어달라고 부탁했다.

"그게 뭐냐?"

"이것은 괴물 우주선의 설계도예요. 원 박사님이 우주선을 만드는 데 도움이 될 것이 많은가 봐요."

"네가 어디서 그런 것을……?"

원 박사는 철이가 하는 말이 모두 이상한 것들뿐이어서 미처 말귀를 알아듣기에 바빴다. 그러나 철이가 먼저 사진부터 찍어달라고 해서 시키는 대로 사진을 찍었다. 설계도는 네 쪽으로 나누어 찍고 수첩을 한 페이지씩 찍었다.

"보시면 아실 거예요, 대개는 수첩에 적었으니까요……. 모르실 것은 제가 지구로 돌아가서 말씀드릴게요……. 그런데 우리 비밀 설계도는 이까지 빼앗어 왔는데 그만……."

철이는 괴로운 듯이 말하다가 그 자리에 쓰러지고 말았다. 긴장했던 마음이 일을 끝내고 풀린 탓인지 모른다.

"철아! 철아!"

원 박사가 불렀다. 그러나 철이 얼굴은 스크린에 보이지 않았다.

밖에서 기다리고 있던 간호원이 무슨 소리를 듣고 들어왔다가 철이가 쓰러진 것을 발견하였다.

"아니, 훈련생! 훈련생!"

간호원은 철이를 떠메고 병원으로 돌아왔다.

그 병실에는 의사가 사나운 얼굴을 하고 서 있었다.

61

지금까지의 줄거리

용이와 철이란 두 소년, 철의 누이 현옥이는 한라산 우주과학연구소에서 특별 훈련을 받고 있었다.

이 세 훈련생은 어떤 날 소장 원 박사의 긴급 명령으로 꼬마 우주선 X 50 호를 타고 우주정거장으로 떠난다.

그런데 세 훈련생은 소름이 끼치는 괴상한 일만 겪는다. 알고 보니 그것은 문어 모양을 한 보이지 않는 괴물의 장난이었다.

한편 한라산에서도 이 괴물에게 비밀 설계도를 잃고 괴물을 쫓다가 나 기사가 죽었다. 소년들을 잃고 나 기사를 잃은 세계는 괴물이 지구를 습격한다고 야단이 났다.

그런데 세 훈련생은 바로 그 괴물의 우주선에 잡혀간 것이었다. 소년들은 갖은 모험 끝에 비밀 설계도와 괴물 우주선의 설계도까지 뺏어가지고 달나라에 떨어진 것이었다.

"아니 간호원은? 어디 나가 다니는 거요? 이렇게 급한 때—."
의사가 눈을 흘겼다.
"미안합니다."

간호원은 철이를 말없이 데리고 나갔다고 꾸중을 듣는 줄 알았다. 그래서 철이를 재빨리 침대 위에 눕히고 의사의 눈치만 살폈다. 그러나 의사는 그런 것은 아랑곳없다는 듯이 서둘렀다.

"세계정부에서 비상 명령이오. 우리 달나라 지상에서 일하던 사람을 모두 지하실로 피난시킬 것, 지하실에서는 앞으로 하루 동안 지상에 나오지 말 준비를 해둘 것, 환자는 되도록 조용한 곳으로 옮길 것, 비상 명령이오, 알겠소!"

"무슨 일이 생겼습니까?"
"지금 라디오를 못 들었소? 우리 머리 위에서 원자탄이 터진다오."
"네? 그런 법이—."

"여기가 괴물을 막는 제일선 싸움터가 되는 모양이오……."

간호원은 아닌 밤중에 홍두깨 격으로 한 대 얻어맞은 사람처럼 서서만 있었다.

"왜 서고만 있소. 밖에 나간 환자가 없는가 알아보고 중환자를 옮겨 주시오."

"네, 네 네—."

그제야 간호원은 정신을 차리고 서성대기 시작하였다. 무엇부터 해야 좋을는지 몰랐다. 철이도 돌보아야 하고 의사의 말도 들어야 했다. 그래서 공기와 압력을 조절하는 문 쪽으로 발걸음을 옮길 때였다. 음악이 흘러나오던 라디오가 끊기고 갑자기 아나운서의 목소리가 나왔다.

"라디오를 끄지 마십시오. 중대 뉴스를 말씀드리겠습니다……."

간호원의 발은 얼어붙은 것처럼 그 자리에 서고 말았다. 의사도 라디오 앞으로 다가섰다. 그때 아나운서의 목소리가 다시 흘러나왔다.

62

"지구 방송국에서 임시 뉴스를 말씀드립니다. 세계정부는 앞으로 1분 안에 달나라 상공에서 원자탄을 터뜨립니다. 그것은 지구상에 나타나서 우리를 괴롭히는 괴물에게 우리의 힘을 보여주고 멀리 우주 밖으로 괴물을 쫓거나 없애버리기 위한 것입니다. 지금 허진 교수가 지휘하는 원자탄을 실은 우주선 30척이 달나라 상공에 도착하고

있습니다……. 원자탄이 터지는 모양은 달나라 아나운서가 보내드릴 예정입니다……."

"뭐? 원자탄을 터뜨려?"

용이가 벌떡 일어나 앉았다. 몸이 회복된 모양이었다.

"허진 교수가 우리 위에 날아온다구?"

철이도 침대에서 일어났다. 이것을 보고 간호원이 다가왔다.

"일어나면 안 돼요, 훈련생."

"인제 괜찮아요."

철이가 말했다.

"저두요."

용이가 말했다.

"허허…… 좋다 좋아, 그러나 아직 좀 더 몸을 가눠야지."

의사가 반가운 듯이 말했다.

"괜찮아요. 저것 보세요. 우리 현옥이도 깨나지 않았어요……."

철이가 말했다. 정말 현옥이도 긴 잠에서 깨어난 듯이 "응—" 소리를 지르며 옆으로 돌아누웠다. 얼굴이 진달래 꽃잎처럼 불그레 피어났다.

"정말 놀라운 일이야……. 낙하산을 타고 진공인 달나라에 내려오는 것도 이상하지만 살아난다니 귀신도 못 믿을 일이야……."

의사가 혀를 찼다. 그때 다시 라디오에서 아나운서 목소리가 들려왔다. 목소리가 달랐다. 아마 달나라의 아나운서인 모양이었다.

"……우주선단 30척은 목적하는 곳까지 와 닿았습니다. 지금 각 우주선은 허진 교수 명령이 내리자 로켓이 달린 원자탄을 발사할 준비를 하고 있습니다……."

아나운서가 떨리는 목소리로 말했다. 그러나 아나운서보다도 두 소년이 더 떨었다.

"원자탄을 터뜨리면 안 돼!"

철이가 외쳤다.

"괴물의 힘을 몰라서 그래……."

용이도 외치며 아주 일어났다. 그리고 둘이서 문간으로 달려가려고
하였다.

"어디를 가려는 거냐?"

의사가 붙들었다.

"놓으세요. 허 교수에게 알려야 해요. 원자탄을 터뜨리면 안 돼요."

"넌 무슨 말을 하는 거냐?"

"아녜요. 의사님은 몰라요. 괴물은 원자보다 센 힘을 가지고 있어
요……. 공기를 만드는 낙하산, 빛을 튀기는 유리 바가지를 몰라서 그러
세요……. 그 밖에도…… 그 밖에도……."

하며 철이는 의사의 손을 뿌리쳤다.

63

철이가 낭하로 뛰쳐나와서 엘리베이터 있는 쪽으로 달려갔다. 용이
가 뒤따랐다. 엘리베이터는 산을 뚫고 이 기지 위에 있는 방송국까지 올
라가게 되어 있었다. 두 소년은 방송국에 와서 허 교수와 연락을 할 생각
이었다.

그러나 두 소년이 방송국에 들어서자 이상한 광경이 눈에 띄었다. 사
람들이 확성기 앞에 모여서 떠들썩하고 있는 것이었다. 어떤 사람은 방송
국 옆에 있는 천문대로 달려가고 있었다. '웬일들일까?' 두 소년은 생각하
며 확성기 앞으로 갔다. 그때 확성기에서 말이 나왔다.

"1호선! 1호선! 코스를 바꿔! 빨리!……."

　　　그 목소리는 아나운서가 아
니라 허진 교수였다.
　　　"응? 허 교수 아냐?"
　　　철이와 용이는 서로 마주
보았다.
　　　"1호선! 코스를 돌려! 원자
탄을 싣고 어디로 가는 거야!
그쪽은 달이얏!"

　　허 교수는 낭랑한 목소리로 외쳤다.
　　"이상합니다. 왜 배가 제 코스로 안 가는지 모르겠습니다. 우리는 달
로 떨어지고 있습니다."
　　그것은 1호 우주선에서 나오는 목소리였다. 그 목소리는 두려움에 떨
고 있었다.
　　"그런 법이 어디 있어……. 배가 말을 안 들으면 원자탄을 떼버렷!"
　　"안 떨어집니다. 으앗!"
　　1호선에서는 무엇을 보았는지 마침내 비명 같은 소리를 질렀다.
　　"괴물이닷! 괴물이 우주선을 끌고 가는 것이닷!"
　　용이가 외치며 천문대 있는 쪽으로 달려갔다.
　　"여러분! 달이 위험합니다. 달에 원자탄이 떨어집니다."
　　철이도 소리 지르며 용이 뒤를 따랐다.
　　"꼬마들이 돌았나?"
　　"원자탄이 떨어지다니?"
　　확성기 앞에 모였던 사람들은 두 소년이 달려가는 것을 보고 웅성댔
다. 정말 환자 옷을 입은 채 두 소년은 미친 아이처럼 달려갔다.
　　용이는 천문대에 가자 기사를 물리치고 망원경을 들여다보았다. 그

러자 용이는 "으앗!" 외마디 소리를 지르고 물러나고 말았다. 태양을 마주 보는 듯한 세찬 빛에 부딪친 것이었다. 또 철이는 플라스틱으로 된 창문으로 밖을 내다보다가 눈이 셔서 두 눈을 부벼댔다.

번쩍 번쩍—.

번개 같은 빛이 달나라의 밤을 환히 비추었다. 지구보다 높은 산 넓은 들에 화산이 터진 구멍이 빛났다. 태양발전소의 큰 거울, 땅속에 묻힌 집들의 지붕, 일하던 트럭터며 작은 돌알까지 또렷이 보였다.

"우루루—타탕—."

우뢰* 같은 소리가 뒤따랐다. 그것은 달에서도 소리를 듣게 만든 특수 장치로 들려왔다.

64

용이와 철이는 천지가 뒤집히는 듯한 번개 속에서 숨을 죽이고 있었다.

구름이란 것을 볼 수 없는 달의 하늘 위에 때 아닌 구름이 뭉게뭉게 솟아올랐다. 그 구름이 때때로 지구의 저녁노을처럼 빨갛게 타올랐다.

달에는 무게가 지구의 6분의 1밖에 없다. 그러니까 사람은 45도나 되는 가파른 산을 쉽게 오르내릴 수도 있고, 지구에서 1미터 건너뛰던 사람도 달에서는 6미터나 뛸 수 있다.

그러나 어떤 물체도 1초에 1.5마일 이상의 속도로 달을 뛰쳐나오면 다시 달로 돌아올 수 없다. 이런 달에서 원자탄이 터지고 있으니 큰일이 아닐 수 없다. 공기가 없어서 세찬 폭발은 안 일어나지만 그와 반대로 방사능은 더 멀리 퍼져서 지구 위보다 수십 배나 사람을 죽이는 힘이 세진다.

| * 천둥. 현재의 표준어는 '우레'임.

"철아, 우리도 달아나야지. 여기 있다 죽으면 어떡해?"

"어디로 달아나?"

"지구로 가야지!"

"지금?"

"그럼 우주선 기지로 나가, 빨리!"

용이가 서둘렀다.

"가만있어……. 원자탄이 떨어진 곳이 달 뒤쪽 아냐……. 저 그림자 봐!"

"달 뒤쪽이고 안쪽이고 방사능을 생각해야지……. 빨리 기지로 나가—."

용이가 망원경 틀에서 내려와서 철이를 끌어당겼다.

"가만있어……. 우리만 어떻게 살겠다는 거야……. 현옥인 어떡허구……. 또 다른 사람들은—."

"그럼 이렇게……. 너는 방송을 하구 나는 현옥이를 데리고 기지로 갈게—."

"그래 그럼—."

용이와 철이는 제각기 달려갔다. 용이는 병원으로 철이는 방송국으로……

용이가 먼저 현옥이를 데리고 로켓 우주선들이 서 있는 기지로 달려왔다. 의사와 간호원들도 쫓아왔다. 다른 사람들도 철이 방송을 듣고 뛰쳐나왔다. 어머니들은 우주복을 입힌 애기를 업기도 하고 소년들의 손목이 빠질 듯이 끌고 달려왔다. 기지까지 오는데 트럭터를 탈 시간이 없었던 것이었다. 그래서 모두들 껑충껑충 타조의 걸음으로 날듯이 달려왔다.

달려오는 대로 다섯 대의 우주선에 올라탔다. 우주선이 차례로 만원이 되었다. 만원이 된 우주선이 차례로 먼저 떠나기 시작하였다. 세찬 불을 뿜고 요란한 소리를 내며 땅을 차고 순식간에 하늘 높이 솟아올랐다. 그러나 용이네가 탄 맨 나중 우주선은 떠나지 못하고 있었다.

"이 이상 기다릴 순 없다. 우리도 떠난다!"

조종사가 엔진을 걸고 소리쳤다.

"조금만, 조금만 더 기다려주세요—."

용이가 조종사의 손을 잡으며 소리쳤다. 그때에야 철이가 서투른 걸음으로 허둥지둥 거꾸러지며 저만치 달려오고 있었다.

65

멀리 달의 지평선 위에 떠오르던 불기둥은 차차 기지 쪽으로 가까워지는 것 같았다.

"빨리, 빨리!"

용이가 철이를 내다보며 몸이 달아 외쳤다.

"한 애 때문에 우리가 죽을 순 없다. 출발 준비!"

조종사는 사다리를 올리고 바깥문을 닫았다.

"다 왔어요!"

용이가 조종사의 손목을 잡았다. 그러나 조종사는 용이 손을 뿌리치고 출발 단추

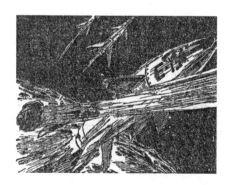

를 누르려고 했다.

"미안!"

용이는 외치며 조종사의 아랫배에 날쌔게 펀치를 한 대 들이박았다. 조종사는 "악" 소리도 못 지르고 배를 움켜잡았다. 그 틈에 재빨리 조종사와 자리바꿈을 하였다. 용이는 바깥문을 열고 사다리를 내려놓았다.

철이가 숨이 하늘에 닿아서 배 안에 들어서자 용이는 비로소 문을 닫고 출발 단추를 눌렀다.

마지막 우주선이 떠오르자 마치 기다리기나 한 것처럼 이쪽 기지에 원자탄이 떨어졌다. 불길이 치솟고 먼지 구름이 뭉게 피어올랐다. 그 구름이 우주선의 꼬리를 잡듯이 쫓아오는 것 같았다.

"아—."

철이는 기지에서 일어나는 불기둥을 창밖으로 내려다보며 숨을 내쉬었다. 먼저 떠난 우주선들은 곧장 지구를 향하고 있었다. 용이네 우주선도 그 뒤를 쫓았다.

한편 허진 교수가 지휘하는 지구 우주선단은 원자탄을 터뜨리기 위해서 달을 지나고 있었다. 그것이 어찌 된 일인지 앞 배부터 자꾸만 달로 곤두박질을 하듯이 떨어지고 있었다. 아무리 방향을 돌리려고 해도 돌지 않았다.

"원자탄을 떼고 돌아섯……."

허 교수는 맨 뒤에서 미친 사람처럼 외쳤으나 배들은 자꾸만 달로 떨어졌다.

'웬일일까? 그것이 괴물일까?'

허 교수는 간신히 돌아선 열 척의 배를 거느리고 지구로 돌아오면서 생각했다.

그러나 돌아오는 우주선 사람들은 괴물을 보지 못했다. 괴물을 본 우주선은 떨어지거나 우주 저쪽으로 끌려갔다.

허 교수가 남은 배를 정리하고 비로소 좀 마음을 놓으려고 할 때였다. 쌩—쌩— 무서운 속력으로 운석(별이 부서진 돌덩이)이 앞을 지나갔다.

"앗 운석이닷……. 커브…… 왼쪽으로 커브닷."

허 교수는 명령을 내리며 자기도 재빨리 커브를 꺾었다. 그러나 벌써 늦었었다. 운석 덩이가 우주선 꼬리를 후려갈겼다. 꼬리의 날개 한쪽이 떨어져 나갔다. 허진 교수의 로켓은 제대로 방향을 잡지 못하고 크게 맴을 돌기 시작하였다.

66

우주선의 꼬리는 대기를 날 때만 필요하다. 공기가 없는 우주에서는 날개가 소용없다. 그러나 로켓 꼬리에서 내뿜는 불을 날개 끝으로 막으면 방향을 바꾸는 구실을 시킬 수 있다. 지금 허 교수의 우주선은 그 날개 꼬리를 잃은 것이었다.

허 교수는 불줄기의 한끝을 꺼서 잃어버린 꼬리와 균형을 잡으려고 애썼다. 그럴수록 배는 뒤틀거렸다.

왼쪽 오른쪽으로 비틀거리며 사람들을 마구 흔들어주었다. 이러는 동안에 우주선은 간신히 운석이 날아오는 속을 빠져나왔다. 그러나 그동안에 배는 차차 힘을 잃고 달과 지구가 끌어당기는 중간(무게가 전연 없는 곳)에 오자 영 움직이지 못했다.

"사람 살려요! 사람 살려요!"

허 교수는 사방으로 전파를 내보내서 구원을 불렀다. 암만 불러도 아무런 소식이 없었다.

이때에 뒤떨어진 용이네 배가 이곳을 지나가다가 그 전파를 잡은 것이었다.

"그 배의 선장이 누구요?"

철이가 물었다.

"한국인 허진입니다. 한라산 우주과학연구소 소속ㅡ."

"아니 허 교수님이라구요?"

용이가 소리 지르며 배를 그쪽으로 몰았다.

"선생님 저예요. 용이예요!"

용이는 배가 멎기가 바쁘게 문을 열고 노끈을 몸에 매고 로켓 배 위에 올라섰다. 철이는 배 밑으로 나와서 머리를 밑으로 거꾸로 섰다. 우주에서는 위아래가 없기 때문이었다.

허 교수도 배 위에 나왔다.

용이와 철이는 줄을 잡고 우주복의 분사기를 조금씩 쏘아서 허 교수에게 갔다. 허 교수도 이쪽으로 다가왔다.

"선생님!"

용이와 철이는 허 교수의 몸을 양쪽에서 얼싸안고 목메인 소리로 불렀다.

"너희들이 아직 살았었구나!"

허 교수의 목소리도 울먹거리는 것 같았다. 아ㅡ 이런 곳에서 이렇게 만날 줄이야! 세 사람은 서로 떨어질 줄을 몰랐다.

"얘들아, 여기는 자외선이 세어서 위험하다. 빨리 배 안에 들어가자!"

허 교수가 정신을 차린 듯이 말했다. 세 사람은 그제야 비로소 배를 향하여 움직이기 시작하였다.

"어떠냐, 너희들 배에 빈자리가 있겠니?"

허 교수가 물었다.

"모두 몇 분이세요?"

"우리는 다섯 명이야―."

"자리가 셋밖에 안 남았는데요……."

"그럼 두 사람은 어떡해……?"

허 교수의 얼굴빛이 어두워졌다. 그때 세 사람의 얼굴을 세찬 광선이 내려쪼였다. 세 사람은 얼굴을 쳐들었다. 거기에는 작은 태양과 같은 빛덩이가 떠 있지 않은가…….

태양의 소년
67

세계는 아직도 떠들썩했지만 한라산은 뜻하지 않은 기쁨이 찾아왔다.

원 박사는 공장장과 같이 완성되어 가는 우주선을 보살피고 있었다.

"이런 설계도를 애들이 어떻게 구했는지 모르겠어요."

공장장이 철이가 텔레비로 보내준 설계도를 펴보며 말했다.

"글쎄 말요. 그 설계도 안에 내가 풀지 못해 애쓰던 해답이 죄다 들어 있구려……."

원 박사는 세슘이란 원소에 대해서 이야기하였다. 이런 원소가 지구에서 발견되어 텔레비전이나 원자시계를 만드는

데 쓰였지만 그 힘은 이온이란 원소와 같이 로켓의 땔감으로 쓸 수 있다는 것을 원 박사는 생각했다. 만일 이 방법만 완성되면 사람은 원자력보다 더 세고 좋은 힘을 얻게 된다. 파란빛을 내는 세슘과 이온의 힘만 있으면 태양의 별들을 지나 그 밖의 우주로도 나갈 수 있다. 원 박사가 이런 생각으로 연구에 골몰하고 있을 때 나 기사가 죽고 나 기사의 몸에서 그 세슘과 비슷한 물질이 나온 것을 알게 된 것이었다.

"괴물도 세슘과 비슷한 물질을 땔감으로 쓰고 있다. 그러나 그 힘은 우리 것보다 몇 배나 더 세다."

원 박사는 남몰래 연구에 연구를 거듭하여 마침내 세슘에서 힘을 뽑아내는 데 성공하였다. 그러나 정말 어떻게 우주선에 장치하는지 모르고 있었다.

그 해답이 철이가 보내준 괴물의 설계도에 분명히 나와 있는 것이었다. 원 박사가 기뻐한 것은 말할 필요도 없다.

"이 우주선을 완성하기 위해서도 빨리 애들을 데려와야겠소."

원 박사가 말했다.

"글쎄요. 저도 빨리 만나보고 싶군요."

철이의 아버지 공장장도 참을 수 없다는 듯이 솔직히 말하였다.

"그런데 원자탄은 뭣 때문에 터뜨린담—."

원 박사는 불만인 듯이 말했다. 지난번에 재판을 받고는 지구방위위원장 자리를 야마다에게 넘겨주었었다. 그래서 원 박사는 원자탄 폭발 계획에는 반대했지만 야마다가 우겨서 그렇게 결정했었다.

"지금이 원자탄 터지는 시간입니다."

공장장이 말하며 우주선에 달린 라디오 스위치를 돌렸다.

지구 방송국의 아나운서 말이 나오다가 달나라 아나운서가 받아서 중계를 시작하였다. 그러나 1분도 못 가서 그 아우성이 일어난 것이었다.

"앗, 우주선이 달나라로 떨어집니다……."

아나운서의 말은 여기서 끊어지고 말았다.

"무엇이? 우주선이 달나라로 떨어지다니……?"

공장장은 놀라서 우주선을 나와 지휘탑 통신소로 달려갔다.

68

공장장이 지휘탑으로 달려갔을 때 지휘탑에서도 어수선하였다. 그들도 달 위에서 원자탄이 터지는 뉴스를 듣고 있었던 것이었다.

"텔레비 통신원, 달 기지에 연락을 좀 해주시오."

공장장이 부탁했다. 텔레비 통신원은 여러 차례 달의 기지를 불렀으나 나오지 않았다.

"안 나오는데요?"

"그냥 좀 더 불러봐 주시오."

공장장은 다시 레이더 통신원에게 갔다.

"어디 레이더로 좀 연락해봐 주시오."

레이더 통신원이 여러 차례 달의 기지를 불렀다. 그러나 역시 마찬가지였다.

"안 되는데요."

레이더 통신원이 고개를 기웃거렸다. 공장장은 차차 불안한 마음을 감추지 못하였다.

"그럼 어떡허지? 내가 우주선을 타고 가볼까?"

공장장은 지휘탑을 나오려고 하였다. 그때 그 옆의 광파 레이더 통신원이 공장장을 불렀다.

"공장장님 이게 뭡니까?"

광파 레이더 통신원은 레이더 스크린을 가리켰다. 공장장이 스크린을 들여다보았다. 거기에는 새까만 판에 우주의 위치를 알리는 줄이 가로세로 그어 있고 그 위에 지금 흰점이 모래알처럼 수많이 나타난 것이었다.

"그게 뭐요?"

공장장이 되물었다.

"저도 모르겠습니다."

"아니 레이더 전문가가 모르다니?"

"글쎄 지금까지는 이런 것을 본 일이 없습니다."

"우리 우주선이 잡힌 게 아뇨?"

"우주선은 이보다 크게 보입니다."

"그래요?"

공장장은 고개를 기웃거렸다. 공장장은 그 알 수 없는 흰점을 알기 위하여 맨 위층의 전파 망원경실에 갔다.

"전파 망원경에도 이상한 점이 보입니까?"

공장장이 망원경으로 역시 달을 바라보는 기사에게 물었다.

"이상한 점이라뇨?"

기사가 망원경에서 얼굴을 돌리고 물었다.

"아니 광파 레이더에는 이상한 흰점이 수없이 보이던데……"

"그런 것은 모르겠는데요?"

"그래요?"

공장장은 다시 고개를 저으며 무거운 머리를 쳐들 수가 없었다.

"애들이 다시 위험해졌어! 이 일을 어떡허지."

공장장은 통신실로 내려왔다. 그때 통신실에서는 다시 뒤끓고 있었다.

69

지휘탑 통신원들은 방금 세계 각처에서 들어오는 방송을 듣고 놀라고 있었다. 원 박사는 그 옆에서 광파 레이더 스크린을 들여다보고 있었다.

"모스코에 우주선 한 척이 떨어졌답니다."

텔레비 통신원이 말했다.

"아프리카에도 우리 인공위성이 한 개 떨어졌답니다!"

레이더 통신원이 말했다.

"뉴욕에서는 공중을 경계하던 로켓 비행기가 세 대나 행방불명이랍니다!"

다른 무전 통신원이 말했다.

"괴물 내습!"

"괴물 내습!"

통신원들은 떠들어댔다.

"달의 우주선들은 뭘 하는 거야?"

"우주정거장도 전멸이야?"

"우리 광파 무기는 뭘 하는 거야?"

"괴물이 지금 우리 머리 위에 떠 있는지도 몰라!"

통신원들은 이래서 소란하게 떠드는 것이었다.

"이 일을 어떡허지요?"

공장장이 원 박사를 돌아보고 물었다. 그러나 원 박사는 얼어붙은 듯이 광파 레이더 스크린만 들여다보고 있었다.

"원 박사님……."

공장장이 다시 불렀다. 그제야 원 박사는 얼굴을 쳐들며 한숨을 내쉬었다.

"큰일 났소! 저것을 보시오."

원 박사가 스크린의 한가운데를 가리켰다.

거기에는 아까보다 몇십 배가 큰 흰점이 자꾸만 커지며 움직이고 있는 것이었다.

"세계정부를 좀 불러주시오."

원 박사가 통신원에게 말했다. 그러나 뉴욕의 통신은 벌써 끊어진 뒤였다.

아니 뉴욕에서는 수라장이 벌어졌다. 괴물을 찾으러 올라갔던 지구의 날틀들은 모두 소식이 끊어졌다. 바다를 헤매던 잠수함에서도 연락이 끊어졌다. 세계정부 안에 모인 과학자들은 대책을 의논해보았지만 별로 신통한 궁리가 떠오르지 않았다. 그러는 동안에 날틀이 자꾸만 지상으로 떨어진 것이었다. 무서운 폭발이 일어났다.

거리마다 사람들이 쏟아져 나왔다가 고층 건물이 쓰러지는 바람에 무참하게 깔렸다. 사람들은 서로 달리다가 부딪치고 차에 깔렸다. 차는 차끼리 부딪쳤다. 울부짖음과 죽음의 골짜기를 불바다가 덮었다. 그야말로 생지옥이었다. 간신히 빠져나온 사람은 차를 몰고 비행기를 타고 서쪽으로 달렸다. 워싱턴이 삽시간에 피난민으로 찼다. 사람들은 다시 산속으로 몰려갔다.

원 박사는 이런 일은 알 바 없으나 무슨 생각을 했는지 다시 우주선 쪽으로 가고 있었다.

70

원 박사가 우주선에 들어서자 공장장이 뒤따라 들어왔다.

원 박사는 조종석에 앉아서 불을 켜고 자동 장치를 살폈다. 그리고 광파 레이더에 불을 켰다.

"뭘 하시게요?"

공장장이 물었다.

"내가 세계의 중요 도시와 연락을 좀 해보려구요."

"지금 연락이 될까요?"

원 박사는 우주정거장에 레이더 전파를 보내는 단추를 눌렀다. 그러나 우주선 코레아호가 어디 갔는지 전파가 돌아오지 않았다.

"코레아호도 없어졌군."

원 박사가 중얼거렸다. 원 박사는 다시 달에 전파를 보냈다. 그러나 달도 웬일인지 전파를 고르게 반사해주지 않았다.

"달도 중계소로 못 쓰겠구려."

원 박사가 뇌까렸다.

"달에는 정말 원자탄이 터지고 있는 모양이죠."

공장장이 말했다.

"이 일을 어떡허지…… 중계점을 잃었으니 지구 뒷면과는 전연 연락할 길이 끊어졌구려."

원 박사가 돌리던 다이얼에서 손을 떼려고 하였다. 그때 이상하게도 전파가 반사되어 오는 불빛이 레이더 판에 켜졌다.

"응? 이게 웬일이야…… 뭣에 부딪쳤을까?"

원 박사는 중얼거리며 재빨리 다이얼을 파리로 돌렸다. 그러자 파리가 훤하게 비치는 모양이 스크린 위에 나타났다.

"아니, 파리도 타고 있구려."

원 박사는 지도 위에 파리만이 반짝반짝 환히 비치어진 것을 보고 소리쳤다.

"네? 파리도요?"

공장장이 물었다.

"수천 년 동안 이루어놓은 인류의 문명이 송두리째 타서 재가 되고 있소!"

원 박사는 슬픈 목소리로 울부짖었다. 원 박사는 눈을 감았다. 아마도 파리의 그림폭 같은 거리를 생각하고 있는지 모른다. 둥근 네거리의 개선문이며 센 강의 아름다운 다리며 미술관의 가지가지 그림과 조각들을 그려보고 있는지 모른다.

'오— 하나님. 지구와 인류를 이 멸망에서 건져주소서—.'

원 박사는 맘속으로 빌었다. 그때 원 박사의 머리에는 번개처럼 이상한 생각이 떠올랐다.

"아까 파리와 중계를 시켜준 물체는 도대체 무엇이었을까?……. 그런 곳에 전파가 반사될 물체가 없었을 텐데……."

하고 공장장을 바라보았다.

71

"그게 광파 레이더 스크린에 보이던 괴상한 빛이 아닐까요?"

공장장이 말했다.

"글쎄 나도 지금 그런 생각을 하고 있던 참이오……."

"그럼 아직 세계의 다른 도시와 레이더 통신이 되지 않을까요?"

"어디 해봅시다."

원 박사는 다시 다이얼을 돌려서 그 반사하는 물체를 찾기 시작하였다.

"아. 있다! 있다!"

원 박사가 소리쳤다. 그 물체는 벌써 우주정거장 가까이 와 있었다. 원 박사는 재빨리 세계의 각 도시에 다이얼을 돌렸다. 뉴욕, 모스코, 런던, 카이로, 시드니 등으로 미터 밴드의 바늘이 돌았다. 그러나 중요한 곳은 대개 반짝반짝 빛나고, 필요 없는 곳만이 아무 일 없었다.

"대개가 타고 있군."

원 박사가 한탄하고 있을 때 통신원이 스피커로 원 박사를 불렀다.

"원 박사님, 일본에서 긴급 전화입니다."

통신원이 후지 산에서 온 전화를 원 박사에게 대주었다.

원 박사가 텔레비 전화를 들자 스크린에 야마다의 파랗게 질린 얼굴이 나타났다.

"원 박사님 용서해주시오……. 모두 내 잘못이오……."

야마다가 떨리는 목소리로 간청하였다.

"잘못이 무슨 잘못이오……. 우리 지구가 당하는 재앙인걸……."

"용서해주……. 나는 원 박사를 시기했소……. 원자탄을 터뜨리는 것도 원 박사의 말을 꺾기 위해서였소……. 용서해주……."

야마다는 그까지 말하고 쓰러졌다.

"아니? 야마다! 야마다!"

원 박사가 불렀다.

"……."

"야마다!"

원 박사가 다시 불렀다. 그때 야마다의 얼굴이 다시 나타났다. 초로 만든 인형처럼 흰 얼굴이었다.

"우리 일본은 지금 괴물의 습격을 받고 있어요……. 수많은 괴물이 벌 떼처럼 날아와서…… 이상한 빛을……."

"아니 그게 정말이오?"

원 박사가 등 달아서 외쳤다.

"……노란빛과 파란빛을 쏘지만…… 괴물은 보이지 않고……."

야마다의 말끝은 차차 흐려져서 알아듣기 어려워졌다.

"야마다, 정신은 차리오, 이렇게 어려운 때 야마다가 있어야겠 소……."

"……늦었어요……. 나를 용서해주……. 지구를 건져주시오……. 그럼 안녕…… 안녕히……."

야마다는 텔레비에 몸을 기댄 채 이까지 말하고 스크린에서 자취를 감추고 말았다.

72

원 박사는 용서를 구하려고 야마다가 죽어가면서 전화를 건 것을 알았다.

전화도 그 뒤에 끊어지고 말았다. 다시는 연락이 되지 않았다. 원 박사는 할 수만 있다면 야마다에게 가보고 싶었다. 그러나 지금 그런 시간은 없었다. 일본에 괴물이 나타났으면 어느 순간에 한국에도 괴물이 나타날는지 모른다.

원 박사는 우주선을 뛰쳐
나와서 지휘탑으로 달려갔다.
엘리베이터로 지휘탑 맨 위층
에 올라갔다. 지금 막 망원경
을 들여다보려는데 앞바다에
불덩이가 하나 떨어졌다. 다시
또 한 개의 불덩이가 하늘을

가로지르고 바다로 떨어졌다. 그러자 수없이 불덩이가 바다로 떨어졌다.

'괴물이닷!'

원 박사는 생각하며 망원경을 눈에 가져갔다. 그런데 그 떨어지는 불
덩이를 자세히 살펴보고 이상한 사실을 발견하였다. 그 불덩이는 하늘
을 날 때에는 총알이 타는 것처럼 빨갛게 탔지만 바다로 떨어지자 꺼져
버렸다.

"괴물이 아니라 무슨 금속 종류 같은데?"

원 박사가 누가 있나 뒤돌아보았다.

"아, 저기 큰 불덩이가 또 한 개 떨어집니다."

뒤에 섰던 기사 한 사람이 말했다. 그 불덩이는 반은 타고 한쪽 귀는
덜 타고 있었다.

"응, 저것은 우리 지구의 우주선 아냐? 달에 갔던……."

원 박사는 우주선의 몸집 같은 그 불덩이를 보고 소리쳤다. 그러자
반만 타면서 몸집이 더러 보이는 그런 우주선이 자꾸만 떨어졌다.

"허 교수도 죽었군……. 허 교수도 저 속에서 타버렸을 테지……."

원 박사의 뺨에 두 줄기 눈물이 흘렀다. 허 교수는 가고 싶지 않다는
것을 원 박사가 권해서 보냈었다. 원 박사는 원자탄을 터뜨리는 일에 반

대했지만 세계정부가 결정한 일이라면 따라야 했기 때문이었다. 그 허교수가 죽어서 떨어지는 것이라고 생각한 것이었다.

이렇게 우주선이 부서진 불덩이가 떨어지다 말고 이번에는 그 뒤를 수없이 노랗고 파란 빛줄기가 나타나기 시작하였다.

마치 어떤 기념일에 하늘에 불꽃을 터뜨린 것처럼 가로세로 그 빛줄기들이 날았다.

"저것이 정말 괴물이닷!"

원 박사가 외쳤다. 야마다가 알려준 그 빛을 뿜는 괴물이었다. 한라산에서는 그 빛을 맞받아 제트기며 로켓기들이 올라갔다. 잠시 동안 비행기들은 괴물을 찾느라고 하늘을 가로세로 지르며 날았으나 목표물을 잡지 못해 허덕였다. 그들은 함부로 총을 쏘기 시작하였다. 총을 쏘고 광파 무기를 쏘았다. 그리고 자기 빛줄기를 자기 기가 맞고 제멋대로 떨어지는 것이었다.

73

"아니 저런 저런……. 저게 우리 비행기냐 괴물이냐?"

원 박사는 미친 사람처럼 울부짖으며 지금 한라산 기슭으로 떨어지고 있는 비행기들을 가리켰다.

"우리 겁니다."

공장장이 말했다. 그때 갑자기 원 박사는 너털웃음을 웃기 시작하였다.

"으하하…… 으흐흐…… 으하하……."

원 박사는 이상하게 하늘 한끝만 바라보며 웃기를 그치지 않았다.

"원 박사님! 원 박사님!"

공장장이 원 박사에게 달려가서 부축하였다. 원 박사는 공장장의 손

을 뿌리쳤다. 그리고 공장장의
빰을 후려갈겼다. 다시 그 너
털웃음을 터뜨리는 것이었다.

"으하하…… 이놈 내 훈련
생을 내놔! 내 제자를 내놔!
으하하…… 이놈아! 네가 괴
물이냐?"

원 박사는 엉뚱한 소리를 지껄이며 희멀건 눈으로 공장장을 바라보
았다.

공장장은 소름이 끼치는 것을 참으며 원 박사를 흔들었다.

"원 박사님, 웬일이십니까, 갑자기?"

공장장이 근심스러운 얼굴로 원 박사를 바라보자 원 박사는 아주 점
잖게 두 볼만 실룩거리다가 공장장을 마주 보았다. 그리고 한참 뒤에야
입을 열었다.

"뒷일을 부탁하오!"

하며 공장장의 손목을 꽉 잡았다. 그리고 다시 그 너털웃음을 웃으며 엘
리베이터 쪽으로 달려갔다. 원 박사는 엘리베이터 안에 들어서자 문을
닫고 자신이 운전하여 아래층으로 내려갔다.

원 박사는 비행판 있는 쪽으로 달려갔다. 그리고 조종복도 안 갈아입
고 원 박사의 전용 비행판에 올라탔다.

공장장이 한 걸음 뒤늦어서 원 박사에게 달려오자 원 박사는 벌써 엔
진을 걸고 떠나려던 참이었다.

"원 박사님! 원 박사님!"

공장장이 비행판 앞으로 가서 외쳤다. 원 박사는 공장장은 바라도 보
지 않고 수직으로 하늘에 떠올랐다.

공장장은 재빨리 다른 비행판 한 대를 집어타고 원 박사 뒤를 쫓았다. 그러나 원 박사는 꼬마 비행판이 낼 수 있는 최고 속도를 다 놓고 자꾸만 하늘로 솟아올라 갔다.

"원 박사님! 원 박사님!"

공장장이 마이크가 터져라고 불렀으나 공장장의 귀에는 원 박사의 너털웃음만이 들려왔다.

"으하하…… 히히…… 이놈 내 훈련생을 내놓아라! 내 제자를 내놔! 이놈 괴물이 어디 있냐 나오너라! 히히 으하하…… 내가 너희들을 죽였구나 으하하……."

원 박사는 웃고 울부짖으며 비행판을 무작정하고 몰았다. 그때 파란 빛이 한 줄기 원 박사를 향해 날아왔다.

74

"오옷! 요놈이구나! 요 깜찍한 놈 같으니!"

원 박사는 그 빛줄기를 보고 위로 피하면서 소리쳤다. 빛줄기가 재빨리 위로 쫓아왔다. 원 박사는 급해서 그대로 밑으로 내려박혔다. 그러나 그 밑에서는 또 하나의 노란 빛줄기가 솟아오르고 있었다.

"뭣이?"

원 박사는 옆으로 돌면서 올라갔다. 그런데 그 옆에서도 기다리기나 한 것처럼 빛줄기가 쫓아오고 있지 않은가!

원 박사는 다시 외로 돌며 떨어졌다. 그러나 그 왼쪽에도 또 다른 빛줄기가 다가오는 것이다.

"아니, 이놈들이 나를 사로잡겠다구?"

원 박사는 식은땀을 흘리며 위아래로 오르내리고, 앞뒤 양옆으로 빠져나갔다.

이렇게도 저렇게도 안 되면 아무렇게나 돌면서 뒹굴었다. 그것은 고등 비행사의 재주님이 보다도 아슬아슬해서 보고 있던 공장장의 손에는 진땀이 흠뻑 고였다.

공장장은 마른침을 삼키며 원 박사를 불렀다. 그러나 원 박사의 귀에 그런 소리가 들릴 리 없다. 괴물의 수는 차차 늘어만 가고 그 빛줄기들은 원 박사를 한곳으로 몰았다. 원 박사는 괴물의 빛줄기에 포위된 것이다. 그 빛줄기들은 원 박사를 감싼 채 비행판을 위쪽으로 몰고 갔다.

공장장은 원 박사를 놓칠까 봐 급한 마음에 자기도 그 빛줄기 속으로 뚫고 들어가려고 했다. 그러자 또 한 떼의 빛줄기들이 공장장의 비행판을 둘러쌌다. 그래도 공장장은 서슴지 않고 원 박사 뒤를 쫓았다.

"원 박사님! 돌아서요! 돌아서요!"

공장장은 자기도 돌아설 수 없다는 것도 잊고 원 박사를 불렀다. 그러나 그 미친 사람 같은 웃음소리가 들려올 뿐이었다.

"옳지, 네놈들이 나를 두목에게 끌고 가는구나…… 흐하하…… 좋다. 두목이 있거든 나오너라……. 내가 맞서주지……. 히하하 어서 못 나올까!"

원 박사는 비행판 안에서 몸부림치며 마구 조종간을 흔들어댔다. 비행판이 세차게 흔들렸다. 조종복도 안 입은 원 박사는 앞뒤 위아래를 마구 떠받았다. 코피가 쏟아지고 이마에서도 붉은 피가 흘렀다. 그러나 원 박사와 공장장은 자꾸만 공기가 적은 위로 끌려갔다. 그때 공장장이 소리쳤다.

"아니, 저게 뭐야?"

공장장은 자기를 머리 위에 둥근 불덩이, 아니 작은 태양이 떠 있는 것을 발견하였다. 눈이 부셔서 그 작은 태양을 바라볼 수가 없었다.

그러나 공장장도 원 박사도 그 작은 태양 안에 그토록 찾던 아들딸과 용이 그리고 허 교수까지 타고 있으리라고는 꿈에도 생각지 못했다.

쏘지 말라!
75

공장장이 발견한 작은 태양은 용이와 철이, 그리고 허 교수가 발견한 바로 그 불덩이였다.

따라서 이야기는 허 교수가 조난을 당한 무게 없는 공간으로 돌아

간다.

그때 세 사람은 세찬 빛이 내려쪼이는 것을 느끼고 재빨리 용이가 타고 온 우주선 안으로 들어가려고 하였다. 그러자 그 불덩이 속에서 또 한 줄기의 파란빛이 쏟아져 나온 것이었다.

"앗, 괴물이닷!"

철이가 외쳤다. 용이도 그 빛줄기를 보고 괴물인 것을 알았다. 그러나 허 교수는 두 소년이 무엇 때문에 덤비는지 알지 못했다.

"왜들 야단이냐?"

허 교수가 물었다.

"허 교수님, 빨리 배 안으로 들어와요!"

용이가 먼저 배 안에 들어가서 허 교수를 불렀다. 그러나 그때 벌써 파란 빛줄기는 허 교수와 철이를 감싸고 있었다.

"철이! 빨리 그 줄을 잡고 들어와!"

용이는 외치며 노끈 한 개를 허 교수에게도 던졌다.

"허 교수님, 노끈을 잡으세요!"

용이가 소리쳤다. 허 교수는 그 던져준 끈을 잡으려고 허덕였다. 철이는 자기 노끈을 잡고 배로 오려고 기를 썼다. 용이가 그 줄을 당겨주었다. 그러나 두 사람의 힘보다도 그 빛이 당기는 힘은 더 센 모양이었다. 철의 몸은 오히려 조금씩 끌려갔다. 노끈이 팽팽 당겼다. 마침내 노끈은 끊어지고 말았다.

"으아아!"

철이가 외쳤다. 철이는 자꾸만 끌려갔다.

"아니, 저런, 저런!"

용이가 발을 구르며 안타까워하였다. 그런 철이와 노끈을 못 잡은 허 교수는 자꾸만 끌려갔다.

"이 일을 어쩌나!"

용이는 어떻게 해야 좋을는지 몰랐다. 그런데 철이가 그 불덩이 가까이 가자 웬일인지 그 태양처럼 빛나던 불빛이 꺼져버리고 말았다.

그제야 세 소년들이 잡혀갔던 괴물 우주선의 몸집이 드러난 것이었다.

"응, 저것이 바로 우리가 탔던 배로구나."

용이가 몸을 떨었다. 그리고 재빨리 현옥이에게 가서 자기 몸에 맨 노끈을 현옥에게 매주었다. 그리고 문간으로 데리고 나왔다.

"현옥아! 나를 꼭 잡아야 해!"

용이는 다짐을 하고 아직도 내 앞에 와 닿은 파란 빛줄기 속으로 뛰어들었다. 그러자 용이와 현옥이도 그 빛 속에 감싸여 괴물 배 문으로 끌려갔다.

마침내 네 사람은 다시 괴물의 포로가 된 것이었다.

76

철이와 허 교수가 먼저 괴물의 배 안에 들어왔다.

용이가 현옥이를 이끌고 뒤따라 들어왔다. 입구에 여러 놈의 괴물이 지키고 있다가 네 사람을 둘러쌌다. 그리고 한 사람에 두 놈씩 붙어서 네

사람을 선장실로 데리고 올라갔다.

"카카카카……."

그들이 자동복도를 타고 올라오는 것을 보고 선장이 괴상한 웃음을 터뜨렸다.

네 사람이 선장실에 들어서자 선장은 다른 괴물들을 내보내고 두 놈만 남게 하였다. 선장이 뭐라고 꽥 소리를 지르자 한 놈의 괴물이 문을 잠갔다.

선장은 그제야 괴상한 웃음을 지으며 자기 옆의 담벽으로 갔다. 그 벽에는 수많은 단추며 스크린이며 구멍들이 보였다. 선장이 스크린 옆의 단추를 누르자 스크린 위에 괴물이 한 놈 나타났다.

아마 기관실의 괴물인 모양이었다. 선장이 스크린 앞의 구멍에 입을 가까이 하고 뭐라고 지껄이자 괴물은 말을 되받았다. 그러자 괴물 우주 선은 무서운 속력으로 지구를 향하여 달리기 시작한 것이었다.

"출발 명령이로군—."

용이가 철이를 보며 속삭였다. 그러나 철이는 지금 선장의 다리만 뚫어질 듯이 바라보고 있었다.

"뭘 보고 있어?"

용이가 물었다.

"저것 봐, 발이 또 나왔어."

"발이 또 나오다니?"

"내가 선장의 발을 한 개 떼어버렸는데 또 나왔단 말야……. 도마뱀 꼬리처럼 괴물의 살은 자꾸 솟아나나 부지……."

하고 철이가 뇌까릴 때였다.

괴물이 획 돌아섰다. 그 얼굴은 언제 웃었더냔 듯이 세 눈을 부릅뜨고 네 사람을 노려보았다. 그리고 벽에 있는 녹음테이프를 걸었다.

"설계도! 설계도!"

녹음기에서 소리가 나왔다. 괴물 선장은 녹음기를 한 발로 가리키고 한 발은 철이를 칠 듯이 쳐들었다. 입이 몹시 히물거렸다.

"설계도 없다!"

철이가 대답했다.

"엇다?"

괴물은 없다는 말을 이렇게 흉내 내며 철이 뺨을 그 문어 같은 발로 후려갈겼다.

"앗!"

철이가 비명을 울렸다. 용이가 날쌔게 괴물에게 달려들었다. 그러자 다른 두 마리의 괴물이 네 발로 용이 몸을 휘감았다.

"카카카카……."

선장은 기분 나쁘게 웃으며 벽에 달린 또 한 개의 단추를 눌렀다.

그러자 철이와 용이가 서 있는 뒤의 둥근 담벽이 쩍 버그러지며 또 하나의 방이 나타났다.

77

그 방 가운데는 수술대 같은 침대가 몇 개 놓여 있고, 그 위에서는 노오란 광선이 내리쪼이고 있었다.

"엇다! 엇다?"

괴물 선장은 골이 잔뜩 나서 외치며 문어발로 철의 목을 감았다. 숨이 답답했다. 철이는 침대 있는 방으로 끌려가고 있었다.

"안 돼, 안 돼! 그 방에 들어가면 안 돼!"

용이가 그것을 보고 소리쳤다. 선장에게 달려들려고 하였으나 꼼짝을 할 수가 없었다. 두 마리의 괴물이 팔, 다리를 잡은 것이었다.

허 교수는 이런 꼴을 보고만 있었다.

너무나 갑작스럽고 놀라운 일들이어서 어찌할 바를 몰랐다. 그러나 차차 허 교수도 싸워야겠다는 것을 깨달았다. 이겨야 한다고 생각했다. 그래서 철이 목을 감은 괴물 선장에게 달려들었다.

"아뇨, 단추요, 단추가 급해요……."

용이가 외쳤다. 허 교수는 용이를 바라보며 물었다.

"어느 단추 말이냐?"

"저 왼쪽 거요……. 그 단추를 빼주세요!"

허 교수는 단추 있는 벽으로 달려갔다. 이것을 본 괴물 선장이 뭐라고 소리를 질렀다. 이 소리에 놀란 듯이 용이를 감았던 괴물 한 놈이 용이를 놓고 허 교수에게 달려들었다. 허 교수가 다가오는 괴물의 머리통을 치자 괴물은 주저앉으며 허 교수의 다리를 휘감았다. 허 교수는 징그러운 듯이 그 발을 풀려고 기를 썼다. 괴물은 풀리지 않으려고 씨근거렸다. 그 틈에 용이도 자기를 감은 다른 한 놈과 싸우기 시작하였다. 얽히고 뭉개며 그들은 단추를 앞에 놓고 옥신댔다. 마침내 힘센 허 교수가 괴물의 발을 떼고 담벽으로 달려들었다. 그러자 괴물이 허 교수의 팔을 감고 매달렸다. 허 교수가 그대로 단추에 손을 뻗쳤다. 이것을 본 선장의 얼굴빛이 빨개졌다. 한 발을 철의 목에 감은 채 다른 한 발을 책상까지 뻗쳐서 책상 옆의 단추를 눌렀다. 그러자,

"리리리……."

하고 전에 들었던 그 비상종이 배 안을 울렸다. 그와 동시에 괴물들이 저마다 방에서 문을 열고 뛰쳐나오는 소리가 들렸다. 괴물은 떠들썩하며 선장실로 몰려오고 있었다.

"괴물…… 오면…… 야단…… 단추…… 단추……."

철이가 목쉰 소리로 간신히 외쳤다 그러나 모두 괴물과 맞붙어서 손, 발이 움직이지 않았다.

그때 책상 모퉁이에서 현옥이가 뇌까렸다.

"오빠, 어느 거?"

"빨—간— 거! 오른—쪽!"

철이는 선장이 더 목을 졸라서 간신히 이렇게 뱉었다. 현옥이가 오른쪽 벽에 다가갔다.

용이를 감은 괴물이 이것을 보고 현옥이 다리를 걸었다. 현옥이는 이 바람에 빨간 단추를 뺀다는 것이 노란 단추를 빼고 말았다.

78

현옥이가 잘못 뺀 노란 단추는 옆방으로 트인 벽이 닫히는 스위치였다. 그 벌어졌던 둥근 벽이 마침내 아물고 말았다. 그러나 괴물은 아직도 자꾸만 선장실로 몰려왔다.

"빨—간 거—."

철이가 목에 걸린 소리로 외쳤다. 선장의 발이 현옥의 손을 감았다.

허 교수가 선장의 눈퉁을 내리쳤다. 다시 엎치락뒤치락 서로들 맞붙어서 뒹굴었다. 그러는 동안에 현옥이가 흰

단추를 눌렀다. 그러자 이번에는,

"라라라……."

하는 쇠소리가 배 안을 울렸다. 이 소리를 들은 괴물들은 오던 길을 돌아서서 자기 방으로 달려갔다. 모두들 유리 바가지를 타고 우주선 밖으로 날아갔다. 마치 습격을 받은 벌통에서 일벌들이 몰려나오듯이……

아닌 게 아니라 그때 우주선 밖에는 달에서 도망쳐 오는 우주선들이 지구로 달리고 있었다. 괴물의 우주선은 사람들이 탄 우주선을 쫓고 있는 것이었다. 또 배 안에서는 뜻하지 않은 싸움이 벌어지고……. 그런데 선장이 누를 흰 단추를 현옥이가 누르자 유리 바가지를 탄 괴물들은 선장의 공격 명령인 줄 알고 우주선 밖으로 달려 나갔다. 나가서 보이고 닥치는 대로 우주선과 비행기를 노란 광선으로 떨어뜨렸다. 유리 바가지는 거의 빛과 같은 속력으로 지구를 둘러싸고 하늘과 물속을 드나들며 총공

격을 시작했다.

이것을 보고 놀란 것은 용이네들이었다. 그러나 선장은 선장대로 화를 냈다. 왜냐하면 괴물들이 올라와야 자기가 살겠는데, 자기를 버리고 우주 밖으로 날아갔기 때문이었다. 꿀벌의 사회처럼 째어 있는 괴물의 세계에서는, 기계를 움직이는 괴물이 딴 일을 하지는 않는 것이었다. 또 괴물 한 놈은 허 교수에게 눌려 있고 한 놈은 아직 용이와 맞붙었고 선장 자신은 철이와 현옥이를 말아야 했다. 단추를 누를 발도 없고 가당지도 않았다.

선장은 소리를 버럭버럭 지르며 철이와 현옥이를 밀었다. 둘이는 밀리지 않으려고 힘을 쓰는데 괴물이 탁 놓았다. 그 바람에 두 남매는 앞으로 거꾸러졌다. 그 틈을 타서 선장은 파란 단추를 누르는 데 성공하였다. 그러자

"오르르르……."

하고 이상한 소리가 났다. 유리 바가지에게 돌아오라는 전파를 보내는 소리였다. 이 신호를 받은 유리 바가지들은 배로 돌아오기 시작하였다. 그러나 이때에는 철이가 다른 단추를 눌렀을 때였다. 그것은 적과 싸울 때 우주선의 바깥을 거울처럼 반사시키는 금빛 단추였다.

유리 바가지들은 햇빛처럼 빛나는 우주선을 보고 오도 가도 못 하고 엉거주춤하였다.

79

"오르르르……."

이 소리는 분명히 선장이 괴물들에게 돌아오라는 신호였다.

지구를 공격하던 유리 바가지들이 이 소리를 듣고 차차 모선(괴물 우

주선)으로 돌아오기 시작하였다. 그런데 모선은 태양처럼 빛을 발하기 시작한 것이었다. 빛을 내는 동안은 싸워야 한다. 싸우지 않더라도 배 안에 들어갈 수는 없다. 그러나 "오르르르……" 하는 신호는 싸우지 말고 돌아오라는 소리다.

괴물 유리 바가지들은 어찌할 바를 모르고 덧없이 지구 둘레를 돌기 시작하였다. 물론 공격은 중지할밖에 없었다.

그때 원 박사의 비행판이 올라온 것이었다. 괴물들은 미친 듯이 덤벼드는 원 박사를 처음에는 공격하려다가 차차 감싸기 시작하였다. 한편 선장에게 통신을 해보았으나 연락이 되지 않았다. 그래서 비행판을 끌고 모선으로 돌아오는 것이었다.

괴물의 선장은 단추 하나면 모든 일이 끝나던 옛 생각만 믿다가 그 단추 싸움이 벌어지자 모든 질서가 엉망이 되고 말았다. 유리 바가지의 연락도 받을 수 없고 기관사가 부르는 소리도 못 들었다. 듣기는 들었으나 허 교수에게 깔려서 어찌할 도리가 없었다.

기관사는 뭐라고 지껄이다가 선장의 대답이 들리지 않는 것을 알자 벽의 스크린 위에 그 얼굴을 내밀었다. 그리고 뭐라고 지껄였다. 그래도 선장이 보이지 않자 이번에는 그 스크린위에 우주 바깥을 비추어 보였다.

"아니. 저것은 원 박사님의 전용 비행판 아냐?"

그 스크린을 보고 놀란 것은 철이였다. 허 교수가 선장을 깔아버리는 바람에 간신히 선장에게서 빠져나온 것이었다.

"앗, 원 박사가 미쳤나, 왜 저래?"

현옥이가 뇌까렸다. 원 박사는 자꾸만 그 위험한 재주넘기를 하고 있는 것이 아닌가…….

"원 박사님! 앗, 위험하닷!"

용이가 역시 스크린을 보며 외쳤다. 원 박사는 자꾸만 총을 쏘기 시작한 것이었다. 세찬 빛줄기가 그때마다 뻗어 나왔다. 그러나 요행히도 유리 바가지들은 그 반사 장치를 켜지 않았다. 만일 유리 바가지에 반사 장치를 켜는 날이면 원 박사는 자기가 쏜 빛줄기에 자기가 맞고 떨어지고 말 것이다.

"원 박사님! 원 박사님!"

용이가 발을 굴렀다. 그러나 원 박사는 줄곧 빛줄기를 쏘며 모선으로 끌려오고 있었다. 모선의 바깥은 지금 그 빛줄기가 와 닿으면 몇 곱으로 튕겨버릴 듯이 번득이고 있었다.

"쏘지 마세요! 쏘면 안 돼요! 앗! 원 박사님!"

철이가 급해서 소리쳤다. 그때 괴물의 배 밑에서 이상한 소리가 들려왔다.

80

"지지이이…… 쉬아아……, 딱, 파탕—."

그 소리는 무슨 쇳물이 녹아내리는 소리 같기도 하고 큰 고무풍선이 터지는 소리 같기도 하였다. 이런 소리가 배 아래쪽에서 들려왔다. 방방이 막히고 방음 장치가 잘된 우주선 안이지만 이런 소리가 엔진실과 기관실이 있는 아래쪽에서 들려온다는 것은 심상치 않았다.

"저게 무슨 소리야?"

용이가 철이를 보며 붙었다.

"……?"

철이는 허 교수를 바라보
았다. 허 교수는 괴물 선장을
때려눕히고 겨우 숨을 돌리고
있던 참이었다.

그런데 그 선장이 쓰러진
자리에서 몇 걸음 움직여서 둥
근 책상 밑에 있는 줄을 빼 들고 있었다. 아니 발 다리가 거의 떨어져 나
간 괴물은 입으로 그 줄을 물고 있었다. 입으로 죽을 기를 써서 그 줄을
당기고 있었다.

"아니, 이 녀석이 무슨 짓을 하는 거야?"

허 교수가 뇌까렸다. 그때 담벽의 스크린이 갑자기 밝아졌다. 그 스
크린 위에 괴물 한 마리가 갈기갈기 찢겨서 날아가는 것 같았다. 그리고
스크린은 이내 연기와 안개 같은 것으로 뿌옇게 덮이고 말았다.

"웃후, 웃후, 흐흐흐……."

이상한 소리가 그와 앞뒤하여 들리다가 그 소리마저 끊어지고 말았다.

"기관실이닷! 기관실이 폭발한닷!"

용이가 외치며 괴물 선장의 입에서 꼭지를 뺐었다. 그러나 쇳물이 녹
고 풍선이 터지는 듯한 소리는 자꾸만 가까이 들리기 시작하였다.

"큰일 났다! 달아나야 해!"

용이가 외쳤다. 용이는 손에 쥔 꼭지줄이 자동 폭발 장치의 도화선인
것을 알았다. 바닥에 깔린 괴물의 시체들은 자꾸만 줄어들어 콩알처럼
작아지고 있었다. 용이는 그런 것을 살필 겨를이 없었다.

"빨리! 빨리! 유리 바가지를 하나씩 탓!"

용이는 선장의 유리 바가지를 떼서 허 교수에게 맡겼다. 용이는 철이

와 현옥이를 이끌고 문밖에로 나갔다. 방을 두루 살펴서 죽은 두 놈의 괴물의 유리 바가지를 찾아냈다.

"자, 철이, 현옥이가 먼저 타!"

용이가 말했다.

"용인 어떡허구?"

"난 걱정 마!"

"안 돼, 네가 타!"

둘이는 서로 밀봉질을 하다가 마침내 이렇게 타협하였다. 선장의 큰 유리 바가지를 둘이서 같이 타보자는 것이었다.

"그래 그럼 빨리 해! 저 소리 안 들려, 바로 옆방이 터져!"

81

현옥이가 먼저 작은 유리 바가지를 탔다. 허 교수가 선장의 유리 바가지를 탔다. 용이와 철이는 맨 나중에 작은 유리 바가지를 타려고 하였다. 그러나 용이가 먼저 들어서자 철이가 탈 자리가 없어지고 말았다. 둘이는 생각 끝에 철이가 현옥이와 같이 허 교수의 유리 바가지를 바꿔 타기로 하였다.

잠시 뒤에 세 대의 유리 바가지가 불꽃처럼 괴물의 우주선을 튀어나왔다. 세 유리 바가지는 한라산으로 방향을 잡고 전속력으로 달렸다.

그들이 괴물 우주선에서 한참 멀어지자 연거푸 일어나던 폭발하는 빛이 한층 더 빛났다. 선장실이 폭발하는 빛이었다.

괴물의 유리 바가지들은 모선이 폭발해 없어지자 그 가까이 가서 서 글피 돌다가 타버리기도 하고 떨어지기도 하였다. 또 어떤 것은 모선을 찾아 멀리멀리 우주를 헤매기 시작하였다.

원 박사와 공장장을 감쌌던 유리 바가지들도 흩어지기 시작하였다. 싸울 생각보다 집 잃은 벌 떼처럼 들어가야 할 모선을 찾기에 바빴다. 그들은 원 박사를 떠나서 덧없이 우주를 헤매었다.

용이와 철이가 원 박사를 발견하였을 때 원 박사는 갑자기 자취를 감춘 유리 바가지를 찾고 있었다.

"원 박사님!"

용이가 불렀다.

"원 박사님!"

철이가 불렀다.

"누가 나를 불렀지?"

"저예요, 용이예요!"

"저두요, 철이예요!"

"아니 그게 정말이냐?"

원 박사는 비행판을 몰고 두 소년의 유리 바가지를 향해 달려왔다. 그러나 이쪽에서는 원 박사를 볼 수 있지만 원 박사는 유리 바가지를 볼 수 없었다.

"아니 너희들이 어디 있냐?…… 응? 어디 있어!"

원 박사는 소리 지르며 올라왔다.

"원 박사님 돌아서요, 우리는 지구로 내려가요, 한라산으로요."

용이가 소리치며 원 박사 옆으로 내려갔다.

"원 박사님, 저예요. 허진이에요."

허 교수가 옆으로 지나갔다. 모두 빨리 달리던 그들은 공기 속에서 멎기가 힘들었던 것이었다.

"흐, 내가 정말 미쳤군…… 이 녀석들의 유령이 나타나서 나를 괴롭히나 보군……. 흐……."

원 박사는 눈물이 핑 돌아서 앞이 보이지 않았다. 원 박사는 한 손으로 눈시울을 부볐다. 붉은 피가 손등에 묻어났다. 원 박사는 차차 정신이 까물거리기 시작하였다. 원 박사는 정말 도깨비에 홀린 사람처럼 소리 나는 뒤로 쫓아갔다. 공장장이 그 뒤를 따랐다.

82

"아버지!"

철이는 원 박사 뒤에 있는 아버지를 비로소 깨달았다. 그러나 아버지를 불렀을 때는 벌써 아버지를 멀리 앞서 가고 있었다. 공장장은 오랜만에 공중에서 아들의 목소리를 들었으나 눈에는 아무것도 보이지 않았다.

그래서 여전히 원 박사 뒤를 따라 소리 나는 쪽으로 쫓아 가고 있었다. 용이는 차차 지구로 내려가며 내릴 곳을 생각하고 있었다. 용이가 내려다보는 지구는 흰 구름으로 덮여 있었다. 산줄기가 보이고 벌판이 보이고 강물 흐르는 것이 보이고 넓은 바다가 보였다.

그 위를 흰 구름이 군데군데 눈이 덮인 것처럼 수놓았다. 그런데 바다와 강과 땅이 잇닿은 곳— 이런 곳에는 대개 큰 도시가 있는 법인데—
이런 곳에 이상한 불빛이 깜물거렸다.

"저게 뭐니?"

용이가 철이를 돌아보며 물었다. 그러나 철이는 용이 눈에 띄지 않
았다.

"철아, 지구가 불타는 거 아냐?"

용이가 다시 불렀다. 그러나 철이는 대답이 없었다.

"철아! 철아?"

용이가 이상한 듯이 불렀다. 그때 갑자기 철이의 목소리가 들려왔다.

"용이! 내 배가 왜 이래? 자꾸만 속도가 빨라져—."

철이는 투덜거리며 세차게 내려가는 배 안에서 무서운 듯이 방향 다
이얼을 잡고 있었다. 그 다이얼도 말을 안 듣는다. 원래 한 대에 두 사람
이 타는 것이 잘못이었다. 몸이 작아서 같이 탈 수는 있었지만 공기 속으
로 들어오자 갑자기 무게가 더 생기고 보다 세차게 지구로 끌려가는 것
이었다. 그러나 속도를 멈출 단추가 말을 잘 듣지 않는다. 철이는 눈앞이
아찔해졌다. 어느새 용이를 앞서고 자꾸만 지구로 떨어져 갔다.

"철이! 어디로 가? 철이!"

용이가 자기 앞을 스치고 육지로 떨어져가는 철이를 보고 외쳤다.

"철이! 바다로 내려!"

용이가 생각난 듯이 소리쳤다. 용이 머릿속에는 문득 육지보다는 바
다가 내리는 데 안전하다고 생각한 것이었다.

그러나 철이는 자꾸만 육지로 떨어지고 있었다. 유리 바가지가 몹시
뒤틀거리며 너무 빨리 떨어지기 때문에 철이는 정신을 못 차리는 것이
었다.

"철이! 바다는 왼쪽이다! 몸을 외로! 몸을 외로 기울엿!"

용이가 자꾸만 뒤에서 소리쳤다. 그제야 철이는 억지로 몸을 외로 틀었다. 현옥이 몸무게에 덧얹혔다. 그러자 철이 유리 바가지는 조금씩 바다로 고개를 돌리기 시작하였다. 용이와 허 교수가 그 뒤를 따랐다. 원 박사와 공장장도 그 뒤를 따랐다.

우주의 열쇠
83

한라산 지휘탑에서는 기사 한 사람이 여전히 망원경을 들여다보고 있었다.

원 박사와 공장장이 비행판을 타고 올라가는 것이 하도 이상해서 망원경으로 그 뒤를 쫓고 있던 것이었다.

원 박사는 자꾸만 공중으로 재주넘이를 하며 올라가다가 이번에는 웬일인지 바다로 떨어지고 있었다. 공장장은 원 박사 뒤를 따라왔다. 이것을 보고 기사는 일이 심상치 않다고 생각하고 구호반에 전화를

걸었다. 그러나 구호반은 조난자를 구하기 위하여 대부분이 나가버리고 헬리콥터 조종사 두 사람만이 남아 있었다.

"네? 원 박사가요? 공장장도요?…… 제주도 남쪽 바다에요? 네, 그럼 곧 가보죠."

헬리콥터는 급기야 남쪽 바다로 날아갔다. 헬리콥터는 과히 힘들이

지 않고 두 대의 비행판을 발견하였다. 조종사의 보조원이 도와서 비행판에서 원 박사를 헬리콥터로 옮겨 태웠다. 원 박사는 지금 누군지 알아볼 수 없도록 이마와 얼굴이 온통 피투성이였다. 공장장은 뺨을 좀 스치기는 하였으나 아직 정신을 잃지 않은 채 헬리콥터로 옮아 탔다.

"우리 애들은 어디 있소?"

공장장은 조종사를 보고 물었다.

"애라뇨?"

"우리 애 말요……. 우주선을 탄 세 훈련생 말요…….."

"그 애들이 돌아왔단 말입니까?"

조종사가 못 믿겠다는 듯이 물었다.

"아니 그럼 아직 애들을 못 찾았단 말요? 우리보다 빨리 내려왔는데……."

"빨리요?"

"빨리 해요……. 애들이 죽겠소……. 빨리요!"

공장장이 초조한 듯이 소리 질렀다. 그러나 조종사는 무엇을 빨리 하라는 말인지 아직 모르겠다는 듯이 공장장을 돌아보았다.

그때 원 박사가 갑자기 의자에서 벌떡 일어나며 외쳤다.

"얘들아. 너희들이 어디 있냐? 응, 어디 있어. 빨리 말을 해라?"

"저것 봐요. 원 박사도 애들을 부르고 있소. 우리는 분명히 애들의 목소리를 듣고 쫓아왔소. 그 애들은 지구 어디엔가 내렸을 것이오!"

조종사는 믿기 어려웠지만 우선 전 세계에 무전을 치기로 하였다.

"바다에 있는 배나 공중의 비행기는 조난당한 우주선 조종사를 찾아주십시오. 긴급 에스·오·에스(사람 살리라는 신호) 지역은 한국 근방."

이 무전이 세계에 퍼진 지 20분쯤 뒤에 동해의 독도 근방에서 고기잡이하던 어선 한 척에서 연락이 왔다.

"고기잡이하던 그물에 소년 한 명과 소녀 한 명이 걸려 나왔음……. 그들은 지금 인공호흡을 하고 물을 빼고 응급 치료를 하고 있으나 생사 불명……."

그 무전은 이런 내용이었다.

84

철이와 현옥이는 비행기 편으로 한라산 병원에 돌아왔다. 용이와 허 교수도 제주도 남쪽에서 발견되었다. 그러나 용이도 허 교수도 타고 온 유리 바가지를 찾지 못했다.

물속에 떨어지자 두 사람은 급해서 유리 바가지가 열리는 단추를 눌러버렸다. 그래서 두 사람은 모두 유리 바가지를 빠져나오기는 했으나 유리 바가지는 물에 가라앉고 말았다. 허 교수는 입었던 바지를 찢어서 깃발처럼 흔들었다. 이것을 헬리콥터가 발견하여 병원으로 데려온 것이었다.

병원에는 공장장과 철이며 용이 어머니가 달려왔다. 어머니들이 밤을 새워 간호하였다. 철이와 현옥이는 오히려 건강이 빨리 회복되었다. 허 교수는 별로 다친 데가 없어서 곧 퇴원하였다. 그러나 원 박사의 병은 자꾸만 나빠지는 것 같았다.

원 박사의 병은 늙은 몸이어서 밖의 상처도 빨리 회복되지 않았지만 마음에 입은 상처가 너무나 커서 정신병자처럼 자꾸만 헛소리를 하였다.

"이놈 내 훈련생을 내놔! 내 제자를 내놔! 으하하…… 이놈아! 네가
괴물이냐?……"

이러기도 하고

"이놈 괴물이 어디 있냐, 나오너라! 히히 으하하……. 내가 너희들을
죽였구나 으하하……."

이러기도 하고

"아니 달이 폭발했다구? 으하하…… 그래 그래 지구도 폭발해라! 으
하하……."

그러기도 하였다.

원 박사는 자기가 보낸 애들과 허 교수가 돌아오지 않아서 누구에게
말도 못 하고 속으로 병이 난 것이었다. 그 위에 달이 터지고 지구가 터
지고 또 괴물과 싸우기에 마음과 몸이 지칠 대로 지친 것이었다.

그동안에도 괴물의 습격이 사라진 세계는 차차 통신망이 복구되어
갔다.

신문과 라디오와 텔레비전이 우선 복구되었다. 산으로 도망갔던 시
민들이 돌아왔다. 그리고 어느새 괴물이 전멸했다는 이야기가 퍼져나갔
다. 사람들은 만나는 사람마다 축하를 하였다.

"아이유, 살아났으니 요행이지 뭡니까."

어떤 아낙네가 이렇게 말하면

"그게 다 한국의 세 소년 덕분이라우……."

하였다.

어떤 신문사에서는 성급히 세 훈련생에게 면회를 청했으나 의사가
거절하였다.

그러자 먼저 신청했으니 병이 나으면 맨 먼저 면회를 시켜주어야 한
다고 시간의 권리까지 주장하였다. 어떤 기자는 밤에 몰래 병원 뜰 안에

들어와서 세 소년이 누워 있는 입원실 창문으로 플래시를 터뜨리고 사진을 찍다가 수위에게 잡히는 일까지 생겼다.

어쨌든 세 소년은 하루아침에 세계의 영웅이 된 것이다.

85

세계는 괴물의 습격을 받은 뒤부터는 보다 집안 식구 같은 기분이 났다. 인류는 이제야 정말 지구가 우주 앞에서 너무나도 작고 인간의 지식이 너무나 보잘것없다는 것을 알게 되었다.

그래서 세계 우주과학자들은 힘을 합하여 원 박사의 우주선을 완성하기에 온갖 힘을 아끼지 않았다. 일본의 후지산 연구소는 야마다의 유언에 따라 모든 비밀 연구 결과를 원 박사에게 보내왔다. 미, 영, 불, 독은 물론 로서아, 중국,

체코, 인도 등도 다투어 원 박사에게 연구 서류를 보내왔다.

세 훈련생은 허 교수와 같이 원 박사의 우주선을 완성하는 총책임자가 되었다. 과학자들은 연구를 하다가 확실치 않은 점이 있으면 세 훈련생에게 물었다. 세 훈련생만이 처음부터 끝까지 괴물과 부딪치고 끌려가고 싸우고 전멸시키고 괴물 우주선의 구조며 성능을 알고 있기 때문이었다.

세슘과 이온 원료를 땔감으로 해서 괴물 우주선보다 더 성능을 내는 연구가 착착 진행되었다.

자동 단추로 우주선이 움직일 수 있는 연구가 그 뒤를 따랐다.

세 훈련생은 아침 일을 끝내고 점심시간에 잔디밭으로 나왔다. 따스한 봄볕이 버들개를 피워주고 세 훈련생의 뺨을 다사롭이 녹여주었다.

"좋지?"

철이가 살랑거리는 금빛 물결을 내려다보며 종알거렸다.

"응!"

용이도 한마디 배알고는 그저 앞바다만 굽어보았다. 그 앞바다는 언제 괴물이 드나들고 지구를 공포 속에 몰아넣었냐 싶게 고요하고 평화로웠다.

"정말 원 박사님이 빨리 나으면 얼마나 좋니……. 봄이 오고 온갖 것이 다 소생하는데……."

현옥이가 포옥 한숨을 내쉬었다. 그래서 셋은 기분이 또 우울해졌다.

그때 허 교수가 씨근벌떡거리며 한 손에 신문 한 장을 들고 달려왔다.

"애들아, 신문 봤니?…… 너희들 기사가 또 나왔다……."

"아이구 귀찮아, 하두 떠들어서……."

철이가 중얼대며 신문을 받아서 폈다. 그러자 세 소년의 눈은 차차 휘둥그레져서 신문 한곳으로 끌려갔다.

"뭐라구? 우리에게 우주 개척 공로상을 준다구?"

용이가 말했다. 신문 제1면에는 어느 대통령보다도 큼직하게 세 소년의 사진이 나오고 그 밑에 큼직한 활자로 기사 줄거리가 실렸다. 용이는 그 줄거리부터 읽기 시작하였다.

"세계정부는 오는 4월 10일 지구의 평화와 자유를 되찾은 기쁨을 축하하는 날로 결정하였다. 이날의 주인공은 한국의 모험적인 천재 과학 소년들 세 명이 될 것이다. 그리고 그날 세 소년 최용, 박철, 박현옥은 우주 개척 최고 공로 표창장과 상품 1억 달러를 받게 될 것이다……."

86

"철이는 어떻게 생각해? 우리가 이런 상을 탈 수 있어?"

용이는 신문을 읽다 말고 고개를 철이에게 돌리며 물었다.

"우리가 무엇을 잘했다구 그런 상을 타니?"

철이가 말했다.

"왜 너희들은 상을 탈 만하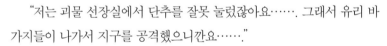
지 뭘 그러냐……. 지구를 건
져냈는데 너희들을 내놓고 상
을 탈 사람이 어디 있냐……."

"아녜요, 나는 오히려 지
구에 죄를 졌어요……."

현옥이가 말했다.

"죄를 지었다니?"

"저는 괴물 선장실에서 단추를 잘못 눌렀잖아요……. 그래서 유리 바
가지들이 나가서 지구를 공격했으니깐요……."

"그것이 실수지 어디 죄냐……."

허 교수가 웃으며 위로해주었다.

"나도 죄를 졌어요……. 내가 괴물이 내 방에 놓고 간 괴상한 편지 이
야기를 미리 했다면 이런 변은 당하지 않았을는지도 몰라요."

용이가 말했다.

"그것을 누가 장담하겠니……. 괴물이 어떻게 네 방에 들어갔었는지
아직도 모르면서……. 너는 잘못과 죄를 같은 것으로 생각하는구
나……. 지금은 법률에서도 죄를 지은 사람이 왜 그런 죄를 짓게 되었는
지 그 동기를 살펴서 벌을 주지 않는 수도 있단다……. 하물며 너희들은

실수한 것이지 죄를 지은 것은 아니란 말야⋯⋯."

허 교수는 말에 투를 붙여가면서 세 소년을 변호해주었다.

"말씀은 고마워요⋯⋯. 그렇지만 그런 변명이 돌아가신 나 기사님이나 죽은 사람과 그분들의 가족에게도 통할까요?"

철이가 야무진 목소리로 말하며 허 교수의 대답을 기다리는 듯이 허교수의 입술을 쳐다보았다.

"음―."

허 교수가 입만 히물거리며 뭐라고 말을 못 하고 있는데 오후의 사이렌이 울려왔다. 세 소년은 일어났다. 허 교수도 세 소년과 발걸음을 맞추어 공장으로 향했다.

"그럼 어떡할 테냐? 벌써 세계정부에서는 결정하고 발표까지 했는데⋯⋯. 종시 상은 안 받을 참이냐?"

허 교수가 먼저 입을 열었다.

"안 받는 게 아니구 못 받아요⋯⋯."

용이가 말했다.

"그럼 빨리 세계정부에 연락을 해야지."

그들은 그 길로 통신소에 들렀다. 그리고 장거리 텔레비 전화로 뉴욕의 세계정부를 부르고 우주 개척 공로상 심사위원장을 불렀다.

위원장이 나오자 용이가 호의는 고맙지만 상은 받을 수 없다고 말했다.

87

용이와 심사위원장은 텔레비 전화로 옥신각신 말다툼을 계속하였다. 용이는 우주개척상을 탈 수 없다고 하고 위원장은 제발 상을 타달라고 졸랐다. 세 소년이 상을 타지 않는다면 평화 회복의 날은 아무 의미도 없

다는 것이었다. 그래도 용이
는 끝내 거절했다. 위원장은
전화를 끊고 로켓 비행기를
타고 한라산으로 날아왔다.

　아인슈타인이 있던 프린
스턴 대학의 물리학부장인
위원장은 몹시 초조한 듯이
짧게 깎은 턱수염을 어루만
지며 완성되어가는 우주선 안으로 안내되었다. 그는 세슘 원자 동력실과
자동조종장치를 둘러보며 다시 세 소년에게 상을 타야 할 이유를 설명하
였다.

　"세 소년은 상 타기를 사양하지만 이 우주선은 도대체 누구의 덕으로
완성되어가냔 말야. 괴물 우주선의 동력 장치와 자동 장치를 모르고는
이 우주선은 완성될 수 없었을 거란 말야……."

　"아닙니다. 이 우주선은 원 박사님이 이루어놓은 업적입니다. 우리는
아무것도 한 일이 없습니다……. 만일 상을 탈 사람이 있다면 그것은 원
박사님일 겁니다."

　철이가 말했다.

　"하― 이건 정말 난처하군……. 우리가 바라는 것은 세 소년을 칭찬
하기 위해서가 아니라니까 그래……. 공포와 절망 속에 떨고 있던 세계
사람들에게 희망과 기쁨을 주자는 것이 목적이야……. 잃어버린 세 소년
이 돌아오고 우리에게 세 소년만 있다면 우리는 협동하여 다시 괴물을 전
멸시킬 수 있다는 희망을 주자는 데 목적이 있단 말야……. 알아듣겠어?"

　위원장은 주먹을 불끈 쥐고 흔들며 열심히 설명하였다.

　세 소년은 잠시 다른 자리에 모여서 그 상을 타고 안 타는 문제를 의

논하였다. 그 결과 상을 타되 원 박사와 허 교수를 같이 타게 해주고 죽은 나 기사와 야마다도 같이 넣어주면 좋겠다고 위원장에게 제안하였다.

위원장은 그 제안을 받아들였다. 위원장은 감격하여 원 박사의 병실을 찾았다. 그는 잠시 원 박사를 위문하고 돌아갔다. 원 박사는 바깥 상처는 말끔히 나았지만 정신이 아직 흐리멍덩하여 때때로 헛소리를 하고 있었다.

위원장은 그길로 뉴욕으로 돌아가서 평화 회복의 날 기념식 준비에 바삐 돌아갔다.

그 옛날 세계 평화를 지키기 위하여 각 나라가 대표가 모이던 국제연합 빌딩의 대강당이 식장으로 결정되었다.

라디오와 텔레비는 각 나라 말로 세계와 달나라와 화성에 방송하도록 준비되었다.

병중에 있는 원 박사를 위해서는 한국 민족 대표가 상장을 전달하기로 하고 그 광경을 텔레비로 중계하기로 하였다. 애들도 이날이 오기를 손꼽아 기다렸다.

끝

감격의 날, 세계 방방곡곡에는 꽃 글씨와 네온이 반짝이는 아치문들이 장식되었다. 공중에는 전날 밤부터 갖가지 불꽃이 터졌다. 기구로 괴물 우주선보다 훌륭한 새 우주선의 모형을 만들어 띄우고, 괴물을 격멸하는 세 소년의 용감한 모습을 만들어 띄웠다. 세계의 거리마다 경쾌하게 입은 수천만의 시민들이 나와서 행렬을 하였다. 달나라와 화성에 간 개척단에서도 축하의 메시지가 날아왔다. 세계의 시민들의 눈과 귀는 텔레비로 국제연합 빌딩 대강당을 지켰다. 단 위에는 오른쪽에 세 훈련생,

허 교수, 야마다와 나 기사의 유가족이 앉고 그 왼쪽에는 세계정부 대통령과 사회를 맡은 심사위원장이 앉았다.

평화와 행복과 우주 개척 공로상 시상식은 죽은 사람들을 생각하는 묵념으로 시작되었다. 대통령이 단 앞으로 나왔다.

"독재하던 괴물의 과학 문명은 우리 지구의 젊은 세 소년을 당하지 못하고 망해버렸습니다. 왕봉이 죽으면 수만 마리의 일벌이 죽듯이 괴물 선장과 더불어 괴물들은 죽고 말았습니다……. 세 소년은 괴물을 전멸시켜 우리 지구의 평화와 자유를 찾아주었을 뿐만 아니라 서로 존중하고 협동하는 제도가 독재보다는 훌륭하다는 것을 증명해준 것입니다……. 우리는 이들 세 소년과 우주 개척에 이바지한 분들에게 공로상을 드리게 된 것을 행복하게 생각합니다……."

이 말을 듣자 청중들은 우뢰 같은 박수를 보내왔다.

식은 원 박사의 시상식을 위하여 한라산 병원으로 옮겨졌다. 텔레비를 보는 사람들은 장면이 바뀌지만 국제연합 강당에서는 벽의 큰 스크린을 지켜야 했다. 이 스크린에 한라산의 시상식 광경이 비취는 것이다.

원 박사는 한국 민족 대표에게서 상장과 상금을 받았다. 그리고 성한 사람처럼 침대에서 일어나서 마이크를 잡았다.

"우리는 아직도 괴물에 대해서 모르는 일이 많습니다. 그보다 우리는 우주 개척의 문 앞에 서 있습니다. 그러나 우리에게 세 소년과 같은 용감한 젊은이들이 자라는 한 인류는 우주 안에서 끝없이 번영할 것을 나는 믿습니다……. 나는 늙어서 이 일의 전 책임을 질 수 없게 되었습니다……. 나는 내 우주과학연구소를 내가 사랑하고 믿는 세 젊은 우주과학자, 최용 군과 박철 군, 그리고 박현옥 세 소년에게 맡겨야겠습니다……."

원 박사는 갑에서 금빛 열쇠를 한 개 꺼내 들었다.

"이 열쇠로 우주의 비밀을 열어주십시오!…… 이것은 내 서류 금고의 열쇠입니다……."

하고 원 박사는 열쇠를 쳐들었다. 세 훈련생이 국제연합 강당에서 답례를 하였다.

이것이 텔레비로 번갈아 방송되었다. 천지를 진동하는 박수와 만세 소리가 세계를 뒤흔들었다.

"우리 소년 영웅 만세! 우리 희망 만세!"

이 소리는 특별 훈련생의 노래와 함께 전파를 타고 우주의 한끝으로 퍼져나갔다.

— 《연합신문》, 1959년 12월 20일~1960년 4월 7일.

금성 탐험대

1. 뜻밖의 사건들

태평양 한복판의 거센 파도가 흰 거품을 일으키며 하와이 해안의 고운 모래를 깨물고 있었다.

야자와 종려 잎들이 해풍에 설레었다.

바나나와 사탕수수 잎들이 뙤약볕을 가려주었다. 열대의 짙은 빛깔의 꽃들이 활짝 피어 지나는 손을 반겼다.

소풍을 나온 젊은 남녀들은 손에 손을 잡고 야자수 우거진 해변 길을 거닐었다.

여기 낭만이 가득한 하와이에 세계적인 로켓 우주공항이 생기고, 또한 우주항공학교가 선 것은 동남아의 젊은이들에게는 요행이 아닐 수 없었다.

누구나 치열한 경쟁에 이기기만 하면, 중학을 나오자 이곳 우주항공학교에 입학할 수 있는 것이다.

고진이란 부산중학 출신과 최미옥이란 서울 출신의 두 젊은 한국의 남녀가 호놀룰루 우주항공학교에 와서 공부한 지도 벌써 4년이 지났다.

'쏴아악……'

폭포가 쏟아지는 소리에, 멀리서 들리는 천둥소리가 겹친 듯한 로켓의 발사 소리는 젊은 후보생들의 고막을 통쾌하게 울려주었다.

그러자 뭉게뭉게 가스의 흰 구름이 땅을 덮고, 육중한 은빛 우주선이 하늘 높이 치솟는 것이다.

달을 향하여 떠나는 하와이호였다.

"언제 봐도 그만이야!"

고진 후보생은 오랜만에 최미옥 양과 같이 와이키키 해변을 드라이브하고 있었다. 졸업을 며칠 앞두고, 그동안의 고된 훈련에서 풀려나온 것이다.

"우리도 곧 타게 될 텐데요, 뭐."

외출용 투피스로 말쑥하게 단장한 미옥 양이 방긋이 웃으며 고진을 바라본다.

"같은 우주선에 타야겠는데―."

고진 후보생은 다소 불안한 듯이 미옥 양의 맑은 눈동자를 마주 보았다.

"그렇게 안 될라구요. 여태 같은 짝으로 훈련을 받아왔는데요."

"다른 나라 친구들도 모두 미스 최와 같이 타겠다는걸."

"호호…… 고맙지 뭐예요. 그렇지만 난 고진 씨 우주선을 탈 테니 걱정 말아요."

"정말이지 우주 공간에서 파일럿도 중하지만, 통신사의 역할이 더 중하거든."

"그러니까 고진 씨가 타는 로켓의 통신은 내가 맡아요. 그럼 됐죠?"

두 젊은이는 유쾌하게 웃었다.

하늘색 유니폼을 입은 두 사람은, 서로 정답게 속삭이며 차를 몰았다.

미옥 양은 점심을 먹으려고 어느 야외 식당에 차를 멈췄다. 그러자 마치 그들의 뒤를 미행이라도 한 듯이 1980년형의 세단 차 한 대가 와 멎었다.

파란 그 빛깔로 보아 그 차는 학교 차임을 이내 알 수 있었다. 그 차는 뜻밖에도 그들의 담임 교관인 윌리엄 교수가 몰고 온 것이다.

"아니 교관님, 웬일이세요?"

최미옥 양이 놀란 듯이 윌리엄 교관을 지켜본다.

"오, 즐거운 시간을 방해해서 미안해요. 저 고 군!"

윌리엄 교관이 눈짓을 하였다.

고진 후보생이 세단 차 앞으로 갔다.

"일요일에 모처럼 나왔는데 안됐지만 곧 좀 돌아가 주게."

"무슨 일이 생겼습니까?"

고진 후보생은 다소 불쾌한 표정을 감추지 못한다.

"우주공항 사령관의 직접 호출이라니 곧 가봐야겠어."

"공항 사령관이요? 웬일일까요?"

고진 후보생은 뜻밖이란 듯이 눈이 둥그레졌다.

"나도 모르지. 어서 가봐주게, 무슨 중대한 용건 같아."

윌리엄 교관이 떠났다.

두 사람은 점심을 먹는 둥 마는 둥 예정을 중단하고, 그 길로 우주공항 사령부로 차를 몰았다.

"제10기 우주 파일럿 고진 후보생 대령하였습니다."

"오 잘 왔네. 거기 좀 앉게."

고진 후보생이 사령관 홉킨스 소장의 방 안에 들어서자, 홉킨스 소장은 일어나서 고진의 손을 잡으며 자리를 권했다.

"고 군, 요새 며칠 동안에 참 이상한 사건이 생겼어."

"이상한 사건이라뇨?"

"우주선 살인 사건이야."

"네?"

"그동안 우리 공항에서 달로 떠난 우주선은 3척이었는데, 그 3척의 조종사가 모조리 죽었다네."

"그게 정말입니까?"

고진 후보생은 자리에서 벌떡 일어났다.

"내가 뭣 때문에 거짓말을 하겠나, 아무리 생각해도 모를 일이야. 꼭 우수한 파일럿만이 죽거든. 만일 우주 갱단의 짓이라면, 금품이나 우주선을 뺏을 텐데 그렇진 않거든…… 더욱이 수상한 것은 어떻게 죽었는지 알 수 없다는 것이야."

"그렇다면 더욱 그 원인을 캐내야지 그대로 내버려둘 순 없잖아요? 그렇지 않으면 다음 우주선도 또 희생이 될 게 아닙니까?"

"문제는 그 점이야. 진상을 규명하지 못하면 달에 가는 항로가 끊어질 것이고…… 더군다나 금성을 탐험할 우주선의 발사 계획은 어렵게 될 것 같아!"

고진 후보생도 문제가 심상치 않음을 깨닫고, 차차 심각한 얼굴을 하기 시작하였다.

홉킨스 소장도 담배에 불을 붙여 물고, 길게 들이빨았다가 내뱉었다.

"제가 알기에는 우주선의 출항 시간은 사령관님만이 알고 있는 줄 알았는데요?"

"물론이지, 우주선의 발사 시간은 출발 직전까지 비밀이야. 그런데 어떻게 아는지 마치 어디서 지켜 있던 것처럼 무엇인가가 나타나서 우수한 파일럿만을 죽인단 말야."

"스파이 장난인가요, 그럼?"

"그렇다면 다른 승무원들도 보았을 게 아닌가?"

"그럼 아직 범인을 보지도 못했습니까?"

"못 봤지, 글쎄 죽은 사람은 상처 하나 나지 않았다니까."

"그럴 수 있을까요?"

"그래서 실은 고 군을 부른 거야. 고 군은 전자공학에 뛰어난 성적을 나타냈고, 또 우수한 파일럿이기도 하니, 군의 힘을 좀 빌리려고 하는데 어떤가?"

"제가 할 수 있는 일이라면 무엇이든지 하겠습니다."

"고마워. 그럼 내일모레 아침 금성탐험호를 탈 준비를 해주게."

"금성탐험호요?"

고진 후보생이 깜짝 놀라서 물었다.

"놀랐는가? 이것은 우리 공항에서 정부의 특별 명령을 받고 진행해 오던 계획이야."

"금성호가 어디 있습니까?"

"지하 공장에 있지. 상세한 것은 스미스 중령이 설명해줄 걸세."

"스미스 중령이요?"

"응, 그분이 기장이 돼."

"그렇지만 저는 달에는 가봤지만 금성엔 못 가본걸요."

"누군 가봤나. 모두 처음이지."

홉킨스 소장은 지금까지 진행해온 금성 탐험을 위한 유인 우주선 발사 계획을 대충 설명하였다.

그의 말에 의하면 이 계획은 1962년부터 시작된 것이다.

그동안에 5, 60회에 걸쳐 무인 우주선을 발사하여 금성에 관한 자료를 수집했고, 드디어는 유인 우주선을 발사하게 된 것이었다.

그러나 금성에 관한 자료가 충분해짐에 따라, 미소 간에는 달을 정복할 때와 같이 날카로운 경쟁이 붙었다.

더욱이 금성에는 원자 에네르기를 위한 물질이 풍부한 것을 알게 된 두 나라는, 치열한 경쟁을 일으키게 되었다.

홉킨스 소장은 이미 알려진 이야기를 간단히 추려서 말하고 나서, 이번 금성탐험호의 발사 계획을 다음과 같이 들려주었다.

즉 그는 금성호를 발사하기 직전에 달로켓을 먼저 쏘아 올리고, 그보다 약 4분 뒤에 금성호를 제2기지에서 쏘아 올리겠다는 것이다.

이렇게 하면 설사 스파이가 공작을 하더라도 달로 향한 로켓을 추격하느라고, 금성으로 떠나는 로켓에는, 미처 손을 쓰지 못할 것이라는 것이다.

"그러니 고진 후보생은 죽은 부조종사 대신 금성호를 타고 가서 만일의 경우엔 한 팔 거들어야겠어."

홉킨스 소장은 일어나서 고진 군의 손을 잡으며 말을 맺었다.

"잘 알았습니다. 그 전에 한 가지 청이 있는데요?"

"뭔가 말해보지."

"저―, 저―."

"왜 내게 하기 어려울 건 아무것도 없는데…… 나는 고 군을 믿는 터이니까."

"저, 제가 금성호를 타면 통신원으로는 최미옥 양을 태우고 싶습니다만……."

고진 후보생은 얼굴을 붉히며 간신히 입을 열었다.

"하하…… 난 또 뭐가 그렇게 힘든 얘긴가 했더니, 그 점은 내가 미리 생각하고 있었지…… 실은 모레 최 양을 살짝 태워서 고 군을 놀라게 해줄 셈이었는데…… 그 점은 걱정 말게. 서로 단짝에다 손이 맞는 사람이 필요할 테니까."

"고맙습니다."

고진 후보생은 가슴이 뿌듯해짐을 느끼며 사령관실을 나왔다.

'먼저 미옥 양을 만나고, 달에 갔던 우주선의 승무원들을 만나야지.'

고진 후보생은 명랑한 기분으로 에스컬레이터를 타고 빌딩을 나왔다.

고 군은 길을 거닐면서도 여전히 기분이 좋았다. 바로 휘파람을 불며 차도를 횡단하려고 할 때다.

난데없이 차가 한 대 굴러 와서 하마터면 고진 군과 충돌할 뻔하였다.

"하나님 맙소사."

고진 후보생은 간신히 차를 피했지만 간장이 서늘해짐을 느꼈다.

"차를 보구 건너야지!"

차 안의 사나이가 꾸짖었다.

"미안합니다."

고진은 자기가 딴생각을 하다 차를 못 본 줄 알고 사과를 하였다.

"자, 타시죠!"

"괜찮아요. 전 항공학교 여인숙소촌까지 가니까요."

"우리도 그쪽으로 가는 중이니 어서 타오. 또 차에 치이지 말구."

이렇게 되자 고진 후보생은 그 차에 오를 수밖에 없었다.

고진이 차에 오르자 차는 질주하기 시작했다. 그 차 안에는 운전수 외에, 안에서만 보이는 유리창에 가렸던 또 한 사나이가 타고 있었다.

파나마모자를 내려쓰고 짙은 색안경을 낀 사나이는, 입에 시가렛을 물고 싱글싱글 웃는 것 같다.

고진은 왜 그런지 그 사나이가 마음에 꺼렸다.

"후보생은 아마 고진이라지요?"

색안경의 사나이가 빈정거리듯이 물었다.

고진은 자기 이름을 아는 그 사나이가 한층 더 무서워졌다.

'누굴까, 누군데 내 이름을 알까? 저 입 모양은 어디서 본 사람 같은데? 안경을 벗어야 알지……. 수염이 머리색하고 틀리는 것 같은데?'

고진이 이런 생각을 할 때, 그 사나이는 다시 입을 열었다. 그는 일부러 쉰 목소리를 냈다.

"후보생을 두 시간이나 기다렸지."

"네? 저를요? 뭣 때문에요?"

"하하…… 필요가 있으니까, 군이 항공학교에 수석으로 입학했다는 것까지 알고 있는걸. 동양 소년으로선 그것이 처음이지…… 뿐만 아니라 군은 4년간을 수석으로 공부하고 있다는 것도 알고 있고 또 금성호 우주선을 타게 된다는 것도 알고 있지."

"네? 당신은 누구요? 나 내리겠어요! 내려줘요!"

고진 후보생은 소리치며 차에서 뛰어내리려고 했다. 그러나 벌써 문은 잠겨 있고, 그의 손에는 권총이 쥐여 있다.

"하하…… 지금 와서 내려줄 순 없어. 군은 이제 내 사람이야."

"차를 멈!"

고진 후보생은 발로 문을 박차며 앞으로 몸을 던지고 운전수의 핸들을 뺏으려 했다. 운전수는 고진 군의 손을 치며 브레이크를 밟고 갑자기 커브를 외로 꺾었다. 고진 군의 몸이 그대로 색안경의 사나이에게 쏠리고 말았다.

"하하…… 가만있는 편이 이롭대두, 쓸데없는 반항을 하면 이 녀석이 입을 벌린다니까."

사나이는 권총의 총구를 고진 군의 옆구리에 들이댔다.

차는 어느덧 숙소촌을 지나 파인애플밭으로 돌더니, 야자나무밭을 뚫고, 해변가로 나왔다.

차는 숲 속에서 잠시 바다 쪽을 향하여 헤드라이트로 신호를 하였다.

잠시 후에 자그마한 배 한 척이 해안선까지 다가왔다.

운전수와 색안경의 사나이는 고진 군을 내린 다음, 양옆에서 경비하며 배에서 온 사람에게 인계한다. 이젠 색안경의 사나이와 고진 후보생만이 배를 타고, 운전수는 차로 돌아갔다.

색안경의 사나이와 뱃사람이 고진 군을 선창 밑으로 데리고 들어가자 배는 해안을 떠났다. 그러자 구명보트 꼴밖에 안 될 이 배는 헤드라이트로 무슨 신호를 연거푸 보내며, 바다를 향하여 달려갔다.

고진 후보생이 탄 보트는 마침내 해상에 불쑥 떠오른 잠수함에 이르렀다.

고진 군은 잠수함 장교에게 인계되고 색안경의 사나이는 잠수함장실로 사라졌다.

고진 후보생은 어떤 장교실로 안내되었다.

장교실에 들어오자 고진은 완전히 자유로운 몸이 되었다. 지금까지 감시하던 눈은 풀렸다. 도망가려야 사면이 바다이니 감시를 할 필요조차 없었다.

장교는 차를 내놓고 과일도 주었다.

"도대체 나를 뭣 때문에 이런 곳에 끌고 왔어?"

고진은 과일도 차도 마시지 않고 초조한 듯이 마루 위를 오고 가며 뇌까렸다.

"나는 몰라요. 후보생은 매우 중요한 사람인 모양이지?"

"중요하거나 말거나 당신들과 무슨 상관이오? 그 색안경을 낀 사나이는 어디 갔소?"

"함장실에 있을 거요."

"나를 좀 만나게 해줘요. 나는 빨리 돌아가야 해. 안 그러면 큰일 나요."

"나는 모르오."

"모르면 누가 알어?"

고진 군은 소리 지르며 문 쪽으로 달려갔다.

"오, 그 문에 손을 대지 말아요!"

"무엇이 어째?"

고진 후보생은 전신의 힘으로 문을 떠밀었다.

"앗!"

고진 군은 소리 지르며 그 자리에 쓰러지고 말았다.

그 문에는 전기가 통해 있던 것이다. 그 방은 장교실이 아니라 장교 영창인 모양이었다.

장교가 이내 고진 군을 침대 위에 눕혔다.

얼마가 지났는지 모른다.

고진 군이 몽롱한 의식 속에서 누가 온 것을 느낀 것은 다음 날 아침 이었다. 누군지 자기 앞에 와 서 있는 것을 느끼고 고진은 눈을 떴다.

"앗! 다, 당신은?"

고진은 침대에서 벌떡 일어났다.

"하하…… 고진 군, 왜 그렇게 놀라지. 날세, 하와이 우주공항의 교 관, 미 해군 중령 스미스야."

"다, 당신은 금성호를 타지 않고, 어떻게 이런 곳에 와서……."

"이런 소련 원자력 잠수함에 탔느냐 이 말이지?"

스미스 중령은 통쾌하다는 듯이 껄껄 웃었다.

"그럼 당신이 나를 납치해 온 색안경의 사나이였군요?"

"하하…… 이제야 알았나. 수염과 색안경의 덕을 보았지."

그러고 보면 그는 색안경도 콧수염도 없는 틀림없는 스미스 중령이 었다. 고진 후보생은 있는 힘을 다해서 스미스 중령의 턱을 후려갈겼다.

스미스 중령은 비틀거리며 쓰러지다가 다시 일어나서 능글맞게 웃으며 고진 군 앞으로 다가섰다.

2. 쌍둥이 우주선

한편 하와이 우주공항 지하 공장에서는 금성호 우주선의 마지막 점검을 하고 있었다.

홉킨스 소장이 직접 참여한 가운데 점검이 시작되었다.

우주선 모양은 얼핏 보면 신형 로켓비행기와 비슷하지만, 우주 공간에 나가서는 그 모양이 달라지도록 설계되었다.

태양 에네르기를 받아들일 부챗살 같은 거울이 양옆으로 퍼지게 마련이고, 송수신용 안테나와 레이더 통신에 쓰일 둥근 회전 안테나도 밖으로 내밀게 되어 있다.

그러나 연료 탱크만은 옛날에 비하면 비길 데 없이 그 부피가 작아졌다.

지난해까지만도 무인 우주선을 발사하는 데는 여러 개의 둥근 보조 탱크를 우주정거장에서 달아주어야 했는데, 이번에는 그럴 필요가 없게 되었다.

그것은 이온 원자가 동력으로 사용되었기 때문이다.

전 같으면 과산화수소나 붕화수소*나 액체 산소 같은 것이 주요한 땔감이었지만 지금은 로켓의 추진력이 모조리 원자력으로 바뀌었다.

수십만 가지의 부속품으로 된 우주선은 차례로 점검되어갔다.

| * 수소와 붕소硼素의 화합물.

정비공들이 설계가인 애치슨 박사의 지시에 따라, 하나하나 빈틈없이 살펴나갔다.

"고도계?"

"이상 없습니다."

테스터에 걸어 완전히 작용한다는 뜻의 초록불이 켜진 것을 보고 정비공이 대답한다. 정비공들은 조종판과 천정에 붙은 계기까지 살피며 점검을 계속한다.

"거리계?"

"이상 없음."

"방향계?"

"이상 없음."

"산소 저장량?"

"이상 없음."

"식량 저장량?"

"5인 2년분입니다."

"통신 장치? 통신 장치는 철저히 조사하오."

애치슨 박사가 다짐하였다.

통신 장치에는 브라운관만도 수만 개를 헤아렸다. 송수신용과 텔레비전용과 레이더용과 자동카메라용과 이들 모든 기계들이 자동적으로 움직이게 한 전자계산기에 이르기까지, 그 복잡한 배선과 브라운관이, 모두 일일이 점검되었다.

이와 같은 통신 장치의 점검은 사람의 손으로는 몇 달이 걸려도 못다할 일들이었다. 그것을 공장에 가설된 전자뇌 장치로 순식간에 진행시켰다.

"모두 이상 없나?"

홉킨스 소장이 다짐하였다.

"이상 없…… 응? 한 개가 빨간불이 켜지는데요?"

조종석의 자동조종장치에 딸린 브라운관을 조사하던 정비공이 고개를 갸웃거렸다.

그러나 조금 뒤에 그 빨간 위험 신호는 초록빛 안전 신호로 바뀌었다.

"괜찮습니다."

"잘 봐요. 이번에 실패하면 우리가 뒤떨어질지도 모르니……."

점검은 정밀히 끝났다.

점검이 끝나자 우주선은 특별 엘리베이터에 의하여 지상으로 운반되었다.

철근콘크리트 고층 건물 안에 있는 통제탑에는, 우주선 추격 카메라와, 전파망원경들이 즐비하게 장치되었다. 거기서 한눈에 보이는 제2발사대엔 금성 탐험용 우주선이 그 웅장한 모습을 나타냈다.

어떻게 알았는지 벌써 신문 기자와 구경꾼들이 옥신거리고 있었다.

저마다 발사대 가까이 와서 취재하려고 손에 손에 녹음기와 카메라를 든 기자들이 울타리를 넘으려다 경비대와 싸우는 광경이 보였다.

그때 스피커가 울렸다.

"앞으로 30분이면 금성탐험호가 출발합니다. 발사 30분 전입니다."

스피커 소리에 사람들은 벌써 망원경과 카메라를 꺼내 들고, 더 좋은 자리를 잡으려고 옥신댔다.

그때 다시 스피커가 울려왔다.

"금성호 발사는 사정에 의해서 잠시 중단합니다. 월세계 우주선이 먼저 출발하겠습니다."

예정이 바뀐다는 얘기가 나오자 금성호를 보려던 관중들은 동요하기 시작하였다.

월세계 우주선이 떠나는 모습은, 늘 보아오던 터이므로, 별로 흥미가 없다는 듯이 흩어지기 시작하였다.

이것을 본 홉킨스 소장은 만족한 듯이 웃으며 초인벨을 눌렀다. 부관이 들어왔다.

"어서 금성 탐험 우주선을 출발시키도록 하오."

"넷."

부관은 통제탑과 탑승원 대기실에 전화를 걸었다.

"어때 모두 금성호에 탔나?"

"사령관님, 아직 나오지 않은 분이 있습니다."

부관은 성급한 사령관에게 꾸지람이 나올까 봐 겁이 나는 듯이 아뢰었다.

"아직 안 나오다니, 지금이 몇 신가, 출발 시간이 다 됐는데. 누가 안 나왔어?"

"스미스 중령과 고진 후보생입니다."

"스미스 중령과 고진 후보생?"

홉킨스 소장은 얼굴빛이 붉게 물들며 마치 앵무새처럼 되물었다.

"네, 모두 찾아보았지만 헛수고였답니다."

"이것 봐요, 그들이 제일 중요한 승무원이야. 기장과 부조종사가 없으면 어떡허지?"

사령관은 마치 없어진 사람 앞에서 꾸짖듯이 부관을 무서운 눈초리로 노려본다.

"허지만 행방을 알 길이 없답니다."

홉킨스 소장은 시계를 보았다. 출발 시간은 앞으로 20분밖에 남지 않았다.

이런 때는 사령관의 결단력이 필요했다.

사령관은 잠깐 동안 눈을 감고 생각에 잠겼다. 한참 후에야 무거운 입을 열었다.

"좋아, 그럼 만일의 경우를 위해서 윌리엄 교관을 금성탐험호의 기장 후보로 임명한다. 그리구 부조종사는 박철 후보생, 급히 연락하여 출발 준비를 시키도록."

"예정대로 출발합니까?"

"암, 다시 이렇게 좋은 시간을 얻기는 힘들어. 날씨도 좋고 금성이 지구에 제일 가까워지는 때야. 빨리."

"네."

부관이 나갔다.

홉킨스 소장은 부관이 나가자 초조한 듯이 담배를 한 대 꺼내 피우고 자리에서 일어났다. 담배를 몇 모금 빨고 마루를 구르며 왔다 갔다 하다가, 다시 책상 앞으로 와서 단추를 눌렀다. 그것은 금성호 안에 연락할 수 있는 단추였다.

"금성호 통신원 최미옥입니다."

"오, 최 양, 나 홉킨스 사령관인데 아직 스미스 중령과 고진 후보생이 안 탔소?"

"아직 안 탔습니다."

"고 군은 최 양에게도 아무 연락이 없었소?"

"없었습니다."

"다른 승무원은 다 탔소?"

"네. 아담스 박사와 모리스 교수는 벌써 타고 계십니다. ……그런데 사령관님, 저희들은 어떡합니까?"

"뭘 어떡해?"

"결국 출발 연기가 되는 게 아닙니까?"

"천만에, 이 시간을 놓치면 지금까지 애쓴 보람이 나무아미타불이야. 그렇게 되면 우리는 소련에 뒤질지도 모르고 모처럼 순조롭게 일이 진행되던 터인데—."

"그렇지만 기장이 없이는 어떻게……?"

미옥 양이 말끝을 못 맺었다.

"기장을 새로 임명했소. 시간까지는 어느 기장이건 타게 될 거요. 탑승원에게 동요하지 말고 성공하고 돌아오도록 부탁한다고 전해주오."

"호호! 벌써 다 듣고 계십니다."

최 양은 금성탐험호 내의 스피커의 스위치를 넣었던 것이다.

"그래?"

홉킨스 소장도 껄껄 웃었다. 그러면서도 사령관의 마음속은 초침이 돌아가듯이 초조해지고 있었다.

"시간까지라도 제발 돌아와 주었으면 좋으련만—."

그러나 고진과 스미스 중령은 좀체로 돌아오지 않았다.

그 때문에 하와이 우주공항에는 비상 명령이 내렸다. 스미스 중령과 고진 후보생의 행방을 찾으라는 것이다. 모든 확성기와 통신망이 총동원되었다. 뿐만 아니라 하와이 섬 전체에 비상령이 걸렸다. 모든 경찰력이 동원되었다. 그렇지만 헛수고였다.

홉킨스 사령관은 초조한 듯이 연신 시계를 바라보며 방을 오고 갔다. 행여 두 사람이 나타났다는 연락이 올까고 전화통을 바라보다가는 멋없이 수화기를 쥐었다 놓기도 했다.

스미스 중령은 고진 후보생과 마찬가지로 그가 믿는 사람이었다. 할 수만 있다면 스미스 중령을 보내는 것이 실수를 줄이는 것이라고 믿었다.

우주선 조종에 있어서 윌리엄 중령이 스미스 중령에게 떨어지지는 않지만 자기가 믿는 민첩한 스미스 중령이 어려운 일을 처리할 수 있다고 생각한 것이었다.

시간은 앞으로 10분밖에 남지 않았다.

아직도 두 사람이 나타났다고 알려주는 전화는 없다. 그때 문을 두드리는 노크 소리가 들렸다.

"들어오시오."

사령관은 설레는 마음으로 문을 바라보았다. 그러나 그것은 스미스 중령과 고진 후보생이 아니라 윌리엄 중령과 박철 후보생이었다.

"오, 어서 들어오시오."

사령관은 인사를 하면서도 실망한 빛을 감추지 못했다.

"사령관님, 어찌 된 일입니까?"

윌리엄 중령이 물었다.

"어찌 되긴, 스미스 중령과 고진 후보생이 갑자기 행방불명이오."

"어데 갔을까요?"

"그걸 누가 아오. 이런 일은 알다가도 모를 일이오. 대낮에 홍두깨라더니 이걸 두고 하는 말 같소."

홉킨스 소장은 담배꽁초를 재떨이에 담지 않고 방바닥에 던져서 발로 부비고는, 시계를 다시 들여다본다.

"시간이 다 됐어, 인젠 타야 할 시간인데……."

사령관은 안타까운 듯이 손을 부볐다.

그때 전화가 울렸다.

사령관이 급히 수화기를 들었다.

"나요, 오, 부관인가? ……뭐라구? ……아니 그게 정말인가? ……해변으로 차를 타고 가는 것을 보았다구? 그럴 리가 있나……. 계속 수사를 해주도록 부탁하네."

사령관은 한숨을 내쉬며 수화기를 놓았다.

"일은 심상치 않게 되나 보군……. 무엇 때문에 해변으로 차를 몰고 갔을까. 차에서 싸우는 것 같더라니 혹시……?"

홉킨스 소장의 얼굴엔 불안한 빛이 감돌았다.

"혹시 누구에게 납치된 게 아닙니까?"

"글쎄 말요. 나도 그 점을 생각하고 있었소."

다시 전화가 울렸다. 사령관이 전화를 들었다.

"네? 해군 항만사령부요? ……아니 조금 전에 정체불명의 잠수함이 나타났었다구요? 그렇지만 그게 우리와 무슨 상관이 있을라구요? 하여 튼 고맙습니다."

사령관은 수화기를 놓고 윌리엄 중령을 바라보았다.

"바쁜 시간에 별 전화가 다 오는군……. 하여간 사고가 난 것만은 틀림없는 것 같아. 그러니 윌리엄 중령과 박철 후보생이 곧 떠나주오. 모든 것은 우리가 이미 훈련해온 대로니까 별일 없을 게요."

"조금만 더 기다려보는 것이──."

"아니, 차라리 하나님께서 그렇게 인도하시는 것이라면 잘되는 일인 지도 모르지요. 윌리엄 중령이 스미스 중령보다는 일에 침착하니까. 박철 군도 윌리엄 중령을 잘 돕도록, 곧 떠나주오."

사령관은 손을 내밀었다.

"그럼 임무를 완수하겠습니다."

"가겠습니다."

두 사람은 사령관의 손을 굳게 잡았다.

그러나 두 사람이 모두 돌아온다는 이야기는 하지 않았다.

사령관의 방을 나온 윌리엄 중령과 박철 후보생은, 훈련 때나 다름없 이 재빨리 우주복으로 갈아입고, 금성탐험호로 달려갔다.

두 사람이 우주선에 오르자 로켓의 문이 굳게 닫혔다.

창문에서 내다보니 지금은 구경하는 사람도 별로 눈에 뜨이지 않는다.

다만 우주선 안의 확성기를 통하여 통제탑에서 출발 시간을 셈하는 소리만이 탄 사람들의 마음을 조이게 하였다.

"20초 전…… 15초 전…… 10초 전…… 6초 전…… 3초 전, 2초 전, 1초 전, 제로, 발사!"

마지막 신호와 함께 스위치가 눌러졌다. 그러자 거대한 로켓의 은빛 몸집이 햇빛에 번득이며 폭음 같은 소리를 내는 가운데 발사대를 떠나기 시작하였다.

처음에는 느리게, 다음엔 속도가 빨라지며, 우주선 금성호는 하늘로 그 우렁찬 몸집을 띄우는 것이었다. 땅을 뒤덮은 연기와 불길이 로켓을 따라 하늘로 올라갔다.

×　　×

스미스 중령은 고진 후보생에게 보기 좋게 턱을 얻어맞고도, 조금도 성을 내지 않았다. 능글맞게 웃으며 다가오는 것을 보자 고진 후보생은 다시 한 대를 들이박았다.

"고 군, 고 군, 이러면 안 돼. 누가 자기 교관을 치나?"

"당신이 내 교관이오?"

고진 후보생은 연거푸 주먹을 휘둘렀다. 스미스 중령은 그것을 피하기에 바빴다. 그러나 스미스 중령은 고진 후보생과 싸우려 하지 않았다. 오히려 그의 손목을 잡고 타일렀다.

"고 군, 이러지 말고 내 말을 좀 듣게. 이제는 암만 버둥거려봐야 소용없잖나. 이 배는 벌써 블라디보스톡에 와 있어."

"뭐요? 그게 정말이오?"

고진 후보생은 잡혔던 손을 뿌리치며 스미스 중령을 마주 보았다.

"으하하하…… 왜 놀랐나?"

스미스 중령은 한바탕 너털웃음을 터뜨렸다.

"블라디보스톡엔 뭣 때문에 왔어요? 제발 나를 하와이로 돌려보내 주세요! 스미스 교관, 스미스 씨!"

고진 후보생이 애걸하듯이 부탁했다.

"고진 군, 나는 고 군을 사랑해. 그러니까 내가 고 군을 데려온 거야. 고 군의 그 성격도 고 군의 그 실력도 모두 사랑해. 우리 소련에는 고 군과 같은 젊은이가 없거든. 그러니까 나와 같이 일하기 위해서 고 군을 데려온 거야."

스미스 중령은 진심인 듯이 말했다.

"나를 돌려보내 줄 테요, 안 보내줄 테요?"

고진 후보생은 울부짖었다.

"고 군, 인젠 돌아가야 소용없네. 고 군도 홉킨스 소장의 성격을 알지 않나. 그이는 벌써 금성탐성호의 발사 계획을 중단했거나 그렇지 않으면 다른 기장을 임명했을 거야……. 기장이 될 내가 없어지구 부조종사가 될 자네가 없어졌는데 그대로야 있을라구, 어떤가 자네 생각은?"

"하여튼 나는 돌아가야 해요."

"자, 그러지 말구 어서 내릴 준비나 하세. 만일에 아직도 버둥거리면 하는 수 없이 다른 방법으로 자네를 육지까지 운반할밖에 없지……. 그렇지만 그게 별로 좋은 방법은 아니거든……. 마약을 쓰든지 전기를 써야 할 테니까."

고진 후보생은 하는 수 없다고 생각했다.

정말 그의 말대로 버둥거리면 거릴수록 자기에게 손해만이 돌아온다는 것을 잘 알고 있었다.

여기는 사면이 바다이니 뛰어내릴 수도 없을 것이다. 또 뛰어내려 본 댔자 소용없는 노릇이다. 여기는 바다에도 시베리아의 찬 바람이 불 것이다. 또 어쩌면 한류가 흘러서 헤엄을 치기조차 어려울지 모른다.

어쩌다가 우리 쪽 배를 만나서 구원을 받을지도 모르지만 그보다는 상어 떼에게 잡혀먹히는 편이 더 많을 것이다.

고진 후보생은 이런 생각을 하던 끝에 하는 수 없이 일단 그의 말에 순종하기로 마음을 고쳐먹었다.

잠수함이 고래 같은 몸집을 해상에 내밀었다. 스미스 중령의 말대로 벌써 블라디보스토크의 부두에 와 닿은 것이었다. 잠수함은 스미스 중령과 고진 후보생과 그 밖의 몇 명을 내려놓고 또 어디로인지 떠나가 버렸다.

조금 뒤 고진 후보생은 마치 대통령처럼 몇 대의 경비차에 호위되어 동떨어진 해변가의 벌판을 달리고 있었다.

멀리는 눈이 덮인 산이 바라보였다. 바닷바람도 육지의 바람도 몸에 차가웠다.

하와이의 낙원에 비하면 너무나도 스산한 곳이라고 느꼈다.

마침내 고진 후보생은 철근콘크리트 집들이 서 있고 철탑들이 서 있는 곳에 와 닿았다. 그곳은 로켓 발사 기지였다. 마치 하와이 우주공항을 방불케 하는 곳이 아닌가.

"아니, 나를 왜 이런 곳에 데려오지요?"

고진 후보생이 차에서 내리자 스미스 중령에게 물었다.

"이제 곧 알게 될 거야. 자, 어서 들어가지."

스미스 중령은 공항 기지 안으로 들어갔다. 들어서자 고진 후보생은 또 한 번 놀랐다. 고진 후보생은 자기 눈을 두 손으로 부비고 앞에 보이는 것을 바라보았다.

머리를 흔들고 또 바라보았다. 그러나 지금 그의 눈앞에 보이는 것은 틀림없는 금성 탐험우주선이다.

그 크기도, 그 모양도, 그 빛깔도, 어쩌면 그렇게도 하와이 우주공항의 것과 꼭 같은지 모를 일이었다.

'이 녀석들이 훔쳐 왔나?'

처음에는 그렇게도 생각해보았다. 그러나 설마 저렇게 큰 우주선을 훔칠 수는 없을 것이다. 자기들이 만들거나 설계도를 훔쳐다가 모방했을 것이라고 생각했다.

그런데 한 가지 틀리는 것이 눈에 띄었다.

그 육중한 몸집에 쓰인 글자다.

에쎄쎄르(CCCP)*

라고 큼직하게 쓰여 있지 않은가.

이것이 무슨 뜻인지 처음에는 몰랐지만 나중에 알고 보니, 그것은 소련의 약칭이었다.

만일에 미국 것이라면,

'V. P. NO. 77'이라고 쓰여 있을 것이다.

V. P.란 금성 개척이란 뜻의 약자인 것이다.

스미스 중령은 고진 후보생이 무슨 생각을 하고 있는가 짐작을 했던지 말문을 열었다.

"저 우주선은 내가 타게 되었던 하와이 것과 꼭 같다네. 심지어 조종간의 모양까지 같지."

"역시 원자력 추진식입니까?"

---

* 러시아어 Союз Советских Социалистических Республик의 약자. 소비에트사회주의공화국 연방Union of Soviet Socialist Republics(USSR)을 뜻함. '에쎄쎄르'는 'CCCP(에스에스에스에르)'를 읽은 것임.

"암, 이온 원자를 이용했지. 어쨌든 애치슨 박사의 설계와 비슷해. 다른 점이 있다면 사람을 한 사람 더 태우게 만든 것뿐이야. 내가 우겼지. 오락실을 없애구 자네를 태우기 위해서 한 사람 더 타도록 한 것이야."

스미스 중령은 연신 기분이 좋은 듯이 웃으며 말했다. 그러나 고진 후보생은 입을 딱 벌리고 스미스 중령을 마주 보았다.

"저 우주선에 나를 태운다구요?"

"왜 싫은가? 금성에 가기야 매일반이지. 더욱이 자네와 나와는 같이 타게 되었었지 않나. 여기서도 같이 타지. 그나 그뿐인가. 우리 에쎄쎄르 호에도 이쁜 아가씨가 통신사로 타게 돼 있다네. 역시 한국 처녀지만 소련에서 낳은 제2세야."

"흥, 누가 탄대요. 난 죽어도 안 탈 테야."

"두고 보게나. 고 군은 나와 같이 가는 것이 요행이었다고 생각하게 될 테니."

스미스 중령은 이렇게 뜻 모를 소리를 지껄이며 우주공항 사령관실로 데리고 들어갔다.

"오, 자네가 고진 후보생인가?"

얼굴이 붉은 앙상하게 마른 소련 우주공항 사령관이 손을 내밀었다.

"싫소."

고진 후보생은 사령관과 악수하기를 거절하였다.

"핫핫…… 기세가 대단하군……. 하여튼 좋아. 어쨌든 니꼴라이 중령을 잘 도와주면 되니까."

사령관이 스미스 중령을 마주 보았다.

"니꼴라이 중령?"

고진 후보생이 물었다.

"오, 참 스미스 중령이래야 알지."

소련 사령관은 또 한 번 입을 얼굴 한가득 벌리고 웃었다. 그리고 다시 말을 이었다.

"나는 세바스끼 소장이오. 금성에 갔다 공을 세우고 돌아오면 고진 후보생은 우리 소련의 영웅 훈장을 탈 것이야. 그것은 내가 장담해도 좋아."

"쳇, 누가 당신 나라의 우주선을 탔댔어요?"

세바스끼 소장은 잠시 얼굴을 찌푸렸다.

"사령관님, 미안합니다. 워낙 성격이 대단해놔서. 그러나 우주에 올라가면 별일 없을 것입니다."

스미스 중령이 미안한 듯이 사령관에게 대신 사과한다.

"이리 좀 오시오. 니꼴라이 중령."

세바스끼 소장이 스미스 중령을 불렀다.

스미스 중령이 세바스끼 소장 곁으로 가까이 가 서자, 사령관은 뭐라고 수군거렸다.

사령관은 때때로 고개를 저으며 심각한 얼굴을 하였다. 그리고는 간간이 고진 후보생을 바라보았다.

고진 후보생은 그것이 자기를 두고 하는 소린 줄 짐작했다.

세바스끼 소장이 고개를 좌우로 저으면 스미스 중령은 웃으면서 똑같이 고개를 좌우로 저었다. 그것은 무엇인지 사령관이 안 된다는 것을 스미스 중령은 상관없다고 하는 것같이 느껴졌다.

그때 전화벨이 울렸다. 사령관이 수화기를 들었다.

"……뭐라구요? 벌써 떠났다구요? 저쪽 금성호가?"

사령관은 몹시 놀란 빛을 보였다.

사령관은 수화기를 놓고 다시 스미스 중령을 자기 곁으로 불렀다.

그리고 귓속말로 뭐라고 수군거렸다.

아마도 하와이 우주공항에서 금성호가 떠났다는 말 같다.

때때로 큰 소리를 지르면서 명령을 내리는 듯한 말귀가 나올 때마다 스미스 중령은 차렷 자세를 취했다.

사령관이 뭐라고 꽥 소리를 지르자 스미스 중령도 같이 꽥 소리를 지르면서 손을 들어 경례를 하고는, 고진 후보생을 이끌고 사령관의 방을 나왔다. 그들은 차에 올라탔다. 차가 움직인다.

차 안에서 스미스 중령은 몹시 불쾌한 듯이 혼자서 투덜거렸다.

"자네 때문에 사령관에게 욕만 얻어먹었네."

스미스 중령은 고진 후보생에게까지 화풀이를 하였다.

"나 때문에요? 왜 나 때문예요?"

"고 군이 사령관 앞에서 하도 불순하게 구니까 고 군을 우주선에 태우지 말라는 거야."

"허, 거 잘됐군요."

고진 군은 정말 잘됐다고 생각했다.

"그렇지만 염려 마, 내가 고 군이 필요하다구 우겼으니까. 고 군도 알지만 원자력 우주선은 자동 조종을 하는 구식 우주선과는 달라서 사람이 계속 조종을 해야 하니까 교대가 필요하잖나."

"그렇지만 누가 소련 우주선을 탔댔어요."

고진 후보생이 버티었다.

그러는 동안에 두 사람이 탄 차는 다시 그 금성 탐험 우주선이 있는 발사대까지 다다랐다.

"자, 어서 우주복으로 갈아입세. 시간이 없어."

스미스 중령이 우주복을 갈아입는 방으로 고진 후보생을 끌고 들어갔다.

"난 안 입어요!"

입으라거니 안 입는다거니 마침내 여기서 또 다시 고진 후보생은 스미스 중령과 격투를 벌였다.

소련 우주 병사들이 달려왔다. 그들은 고진 후보생의 손발을 붙들고 꼼짝을 못 하게 한 뒤 강제로 수면제를 먹였다. 그리고 그를 우주선에 태웠다.

잠시 뒤 에쎄쎄르 우주선 금성호는 고진을 태운 채 하늘 높이 솟아오르고 있었다.

3. 우주로 올라간 사건

주조종사이며 미국 금성탐험호의 선장이 된 윌리엄 중령은 맨 앞자리에 앉았다.

통신원 최미옥 양은 그 옆에 앉았다.

부조종사인 하와이 출신 박철 후보생은 윌리엄 중령 뒤에 앉았다.

박철 후보생의 뒤에는, 의사이며 생물학 교수인 아담스 박사가 앉고, 그 옆에는 지질학 박사인 모리스 교수가 앉았다.

우주복에 중무장한 다섯 명의 탐험대원이 탄 금성탐험호는 하와이 우주공항을 떠나자, 일로 금성을 향하여 대기권을 뚫기 위하여 가속도를 내고 있었다.

대원들은 저마다 눈을 지그시 감고 입을 꽉 다물고, 무거운 중력을 용케들 견디어냈다.

우주선을 타던 사람은, 그리 힘들어하지 않았지만, 지상 훈련만 받고, 우주선을 처음 타보는 아담스 박사와 모리스 교수는, 아직 50 미만의 그리 늙지 않은 사람들인데도 중력을 견디기가 워낙 벅찬 것 같았다.

그들은 때때로 얼굴을 찌푸리고, 이를 악물어야 했다. 천근만근이나 되는 돌이 자기 온몸을 짓누르는 것 같았다.

매초 200미터의 가속도를 내며, 대기권을 뚫고 올라가는 동안은 지구 위보다 몇 배나 몸이 무거워지는 것이다.

눈알은 납덩이같고, 몸은 쇠처럼 느껴졌다.

그러나 약 2분이 지나자, 이번에는 몸이 허공에 뜨는 것 같았다. 납과 쇳덩이로 만든 몸이 이번에는 부풀어 오른 솜처럼 가벼워지는 것 같다.

지금까지 의자를 짓누르던 몸이, 어느덧 의자에서 떠 있는 것 같다.

대원들의 기분도 이제는 회복되었다.

"휴— 이제야 산 것 같군……."

턱 밑에 수염을 짧게 기른 아담스 박사가 우주모 속으로, 옆에 앉은 모리스 교수를 바라보며 손을 내밀었다.

"난 내 수염이 지구까지 빠져나가는 줄 알았지 뭐야."

모리스 교수가 웃으며 한 손으로 아담스 박사의 손을 잡아 흔들었다. 그리고 한 손으로 소중한 듯이 짧게 깎은 히틀러식 콧수염을 만지려다가, 플라스틱으로 만든 둥근 우주모의 투명한 테에 부딪쳤다.

"쳇, 또 우주모를 쓴 것을 잊었었군."

모리스 교수가 싱겁게 웃었다.

그러나 윌리엄 대장과 박철 후보생과 미옥 양은, 아무 일 없었던 것처럼, 익숙한 솜씨로 자기 앞의 계기판을 지켜보며 조종하였다. 그들의 주위에는 미터가 달린 기계 장치들이 가득 차 있다.

"대기권 탈출!"

박철 후보생이 고도계를 지켜보다가 소리쳤다. 지구를 떠난 지 30분이 지난 뒤였다.

"우주모를 이제는 벗어도 좋습니다."

윌리엄 대장이 자기도 우주모를 벗어 벽에 걸며, 새로 탄 탐험대원을 위하여 일러주었다.

아담스 박사가 먼저 우주모를 벗다가, 그만 헬멧을 놓치고 말았다.
헬멧이 공중에 떠서 날아가는 것이다.

"엇!"

아담스 박사가 두 손을 내저으며, 모자를 잡으려고 일어서다가 자기
몸을 묶은 가죽띠에 잡히어, 다시 주저앉았다. 헬멧도 아주 날아가 버리
는 줄 알았더니, 헬멧에 딸린 노끈에 잡혀, 공중에 멎었다.

"아직 이렇게 서툴다니까."

아담스 박사는 수염을 실룩이며, 노끈으로 우주모를 당겨서 벽에 걸
고, 멋쩍게 웃었다.

"창문을 열까요?"

박철 후보생이 대장에게 물었다.

"좋겠지."

대장의 대답에 박철은 단추를 눌렀다. 우주선 앞의 금속판이 양옆으
로 미끄러지며, 특수 플라스틱 창문이 열리자, 캄캄한 하늘이 한꺼번에
비치었다. 별들은 지구에서 볼 때처럼 깜박일 줄을 모르고, 검은 비단에
깔린 보석처럼 조용히 빛난다.

지구가 바로 눈 아래 둥근 몸집을 드러냈다. 아담스 박사와 모리스
교수로선 처음 보는 둥근 지구였다. 구름이 지구를 덮어서 마치 눈이 온
것같이 군데군데 지도를 그렸고, 그 사이로 바다와 대륙들이 엿보였다.
그때 미옥 양이 외쳤다.

"하와이 통제본부에서 연락입니다."

최미옥 통신원이 까만 눈동자를 빛내며 스피커의 스위치를 넣었다.

"여기는 하와이 통제본부, 지금 금성탐험호의 항행 상태는 양호하다.
로져."

윌리엄 대장이 마이크를 들었다.

"금성탐험호의 기능은 정상적으로 움직인다. 전원 무사. 방금 중력권 탈출. 로져."

지구와의 연락이 끝나자, 탐험대원들은 훨씬 홀가분한 기분이 되어, 아담스 박사는 콧노래까지 불렀다.

"엔진을 끌까요?"

박철 후보생이 고도계가 500킬로미터 위로 오르는 것을 확인하자 대장에게 물었다.

"좋겠지."

윌리엄 중령이 앞에 붙은 고도계를 보며 대답한다.

박철 후보생이 원자력 엔진을 멈추는 스위치를 눌렀다. 아직도 세차게 분사를 계속하던 요란한 엔진 소리가 멎었다. 그러나 우주선에 쓸 동력만은, 그대로 켜져서 모든 장치를 움직이고 실내의 전등을 밝혀주었다.

이제부터 우주선은 엔진 없이도 관성慣性의 힘만으로 줄곧 달리는 것이다. 캄캄한 우주 공간만이 눈앞을 가리고, 세찬 햇빛만이 우주선의 한쪽을 내려쪼였다. 우주선은 쇠판이 달아서 우주선의 표면을 재는 온도계가 안전선이 넘은 것을 알려주었다.

"우주선을 돌립시다."

박철 후보생이 제의했다.

"좋겠지."

윌리엄 대장이 동의했다.

박철 후보생은 우주선의 위치를 거꾸로 돌리는, 작은 로켓 분사기의 단추를 눌렀다. 유도탄처럼 생긴 몸집에 태양 에네르기를 저축하는 거울과 둥근 레이더 안테나를 내민 우주선은 햇빛이 아주 반대쪽에 쪼이도록 한 바퀴 돌았다. 그래도 우주선은 앞서와 같은 속력으로 달리는 것이다.

이렇게 정기적으로 우주선의 위치를 바꾸며 항행을 계속하자, 탐험 대원들은 차차 지루해지기 시작했다.

"라디오라도 좀 틀어주시지……."

모리스 교수가 노트를 뒤적이며 말했다.

라디오의 스위치를 넣자, 경음악이 흘러나왔다. 〈켄터키의 옛집〉이란 노래와, 〈즐거운 나의 집〉이 나왔다. 그것은 탐험대원들에게는 좋지 않았다.

두 과학자와 윌리엄 중령은 두고 온 가족을 생각하였다. 박철 후보생은 어머니를 생각하였다. 그러나 최미옥 양은 고진 후보생을 생각하였다.

미옥 양은 와이키키 해변에서 헤어진 뒤, 한 번도 고진 후보생을 만나보지 못하고 우주선을 탄 것이다.

'고진은 어떻게 됐을까?'

미옥 양은 마음이 괴로웠다. 이렇게 외로운 길을 떠나고 보니, 더 보고 싶어졌다. 박철 후보생도 자기와 동기생이기는 하지만 하와이 출신의 중국인 어머니를 가진 한국인 제2세였다. 그러나 고진 후보생은, 처음부터 한국에서 같이 가서 한 학교에 입학한 사이고 보니, 자연 박철보다는 더 가깝게 지낼밖에 없다.

미옥 양이 이렇게 와이키키 해변을 그리워하고 있는데, 뒤에서 갑자기 누가 소리를 질렀다.

"앗, 운석이닷!"

텔레비전 스크린을 들여다보던 박철 후보생이다.

윌리엄 중령이 창밖을 내다보았다. 지금 막 우주선보다 더 큰 돌덩이가, 우주선을 향하여 돌진해 오고 있지 않은가.

하나, 둘, 셋…… 그 운석은 세일 수조차 없이 많았다.

윌리엄 중령은, 급히 로켓 분사기를 써서 방향을 이리저리 바꾸었다.

방향 조종 분사통에서 가스가 쏟아져 나오며, 우주선을 이리저리 세차게 흔들었다.

그러자 소리도 없이 작은 운석들이 우주선 몸집을 후려갈기며 지나갔다. 금성탐험호는 간신히 큰 운석을 피해 빠져나온 것이다.

"휴—."

윌리엄 대장은 숨을 몰아쉬었다.

미옥 양은 눈알이 동그래졌고, 학자님들은 얼굴이 파랗게 질렸다.

"난 여기서 천당으로 곧장 가는 줄 알았지 뭐유."

모리스 교수가 콧수염을 어루만졌다. 마음이 조급한 때가 지나면 으레 하는 버릇이었다.

그때 미옥 양 앞의 초단파 통신기의 불이 켜졌다. 미옥 양이 스위치를 넣었다.

"여기는 하와이 통제본부. 긴급 소식. 또 한 척의 우주선이 항행 중. 감시하라! 자세한 것은 아는 대로 전하겠다. 로져."

이 소식을 들은 탐험대원들의 얼굴엔 이상한 긴장이 감돌았다.

"여기는 금성탐험호. 하와이 통제본부를 부른다. 통제본부 나와주시오."

윌리엄 중령이 마이크를 잡고 소리쳤다. 하와이 통제본부가 나왔다.

"하와이 본부요? 지금 얘기를 좀 더 자세히 들려주시오. 그게 무슨 말이죠?"

윌리엄 대장이 외쳤다.

"아는 것은 앞서 알린 것뿐이오. 우리 전파 추적기에, 또 한 척의 우주선이 잡혔는데 그 우주선은 아마도 금성으로 향하는 듯싶은 코스를 달리고 있소. 새 뉴스가 생기는 대로 알리겠소. 로져."

스피커가 끊어졌다.

"도대체 무슨 소리야? 우리와 같이 금성으로 가는 우주선이 또 있단 말야?"

윌리엄 대장이 마이크를 잡은 채 고개를 저었다. 그가 알기에는 금성으로 떠난 우주선은 미국 것뿐이라고 믿고 있었다.

"미옥 양, 레이더 전파를 사방으로 내보내주오!"

윌리엄 중령이 성급히 소리쳤다.

미옥 양이 스위치를 눌렀다. 그러자 레이더 스크린에는 우주 공간을 나르는 운석들이 비치었다.

"무엇이 안 보이나?"

"운석뿐인데요……."

"더 자세히 살펴봐요!"

대장이 초조한 목소리로 외쳤다.

우주선 금성탐험호가 지축을 흔들며 떠나는 것을 사령관실 창밖으로 내다보던 홉킨스 소장은, 길게 한숨을 내쉬었다. 그는 담배를 빨지 않고, 질근질근 깨물며 방을 오고 갔다.

그의 얼굴에는 분명히 불안한 빛이 떠돌았다. 도대체 뭐가 어찌 되었는지 알 수 없다고 생각했다.

방금 전에 자기 방을 나간 고진 후보생이 없어지고, 금성호를 타야할 스미스 중령이 간곳없이 사라지고 아무 소식도 없으니 수수께끼는 더욱 복잡해질밖에 없다.

그 위에 그가 받은 전화들은 더욱 그의 불안한 마음에 불을 질러놓았다.

고진 후보생이 해변으로 차를 타고 가더라는 부관의 전화와 정체불명의 원자력 잠수함이 나타났다는 해군 항만사령부의 보고를 어떻게 연결시켜야 좋을지 몰랐다.

　그러나 이와 같은 사건은 미국을 극단하게 긴장시키고 말았다. 전국의 비밀정보기관이 총동원되어, 고진 후보생과 스미스 중령을 찾기에 전력을 기울였다.

　미국으로서도 금성탐험호의 발사 계획은 국가 기밀에 속하는 중대한 일이니, 탐험대원이 자취를 감춘 것은 그대로 내버려둘 수 없는 큰 사건이었다.

　미국 연방수사본부에까지 두 사람의 행방을 찾아줄 것을 의뢰하게 되자 수사본부에서는 고진 후보생과 스미스 중령의 사진과 지문을 전송해줄 것을 요청해왔다.

　사진과 지문을 즉시 전송했다.

　그러자 며칠 뒤에 또 무전이 날아왔다.

　스미스 중령의 지문은 엄지손이 아니라, 둘째손가락 뒷등으로 찍은 것 같다는 것이다. 그러니 현지 수사기관에 부탁하여 스미스 중령이 쓰던 일용품에서, 다시 지문을 떠서 보내달라고 부탁하였다.

　즉시 스미스 중령이 쓰던 책과 책상 서랍에서 지문을 여러 개 떠서 전송했다. 그러자 다음 날 무선 전화가 걸려왔다.

　"스미스 중령의 정체를 알았습니다."

　수사본부장이, 직접 마이크에 나타나 홉킨스 소장에게 말했다.

　"정체를 알다뇨? 그가 무슨 잘못이라도?"

　홉킨스 소장이 물었다.

　"그는 소련인이며 과거에 공산당에 가입한 일이 있는 사람입니다."

　"설마 그가?"

　홉킨스 소장은 얼굴색이 변했다. 그는 수사본부장의 말을 그대로 믿기 어려웠다. 그가 가장 믿던 사람이 공산당원이라니, 그것은 청천에 벽력이 아닐 수 없었다.

"나는 못 믿겠소. 하여튼 그를 찾아주시오. 내가 본인에게 직접 물어 야겠소. 1만 불의 현상금을 걸어주시오!"

홉킨스 소장은 떨리는 목소리로 외쳤다.

×　　×

브이피(V. P.)호는 초속 30킬로의 쾌속으로 줄곧 금성을 향하여 달리 고 있다.

V. P.호의 대원들도 이젠 무중력 상태에 익숙해지기 시작했다.

처음에는 좀처럼 거꾸로 천정 위를 걷기를 꺼려하던 모리스 교수도, 이제는 제법 물고기처럼 공기 속을 헤엄치며 망원경으로 지구와 달과 별 들을 관측하기도 하고 사진을 찍기도 했다.

"아직 안 보여?"

윌리엄 대장이 최미옥 통신원 곁에 와서 묻는다. 자세히 보니 그의 발도 바닥에 붙은 게 아니라 공중에 떠 있다.

"아무것도 안 보이는데요."

미옥 통신원은 여러 시간 레이더 스크린만 지켜보기에 지친 듯이 기 지개를 켜며 의자에서 일어났다. 그리고 운동을 할 양으로 공중 헤엄을 치며, 둥근 방 안을 몇 차례 돌고 돌아와 앉는다.

"이제 레이더 지키는 거 그만하지요."

박철 부조종사가 미옥 양을 보기가 딱했던지 거꾸로 선 채 윌리엄 중 령에게 말했다.

"좀 더 지켜봐야지."

윌리엄 중령은 지구에서 그렇게도 온화하던 성격이 어디 갔는지 딴 사람이 된 것 같다.

아담스 박사는 이런 광경을 웃는 낯으로 바라보다가, 자기가 하던 계산을 다시 시작하였다. 박사는 둥근 벽에 달린 책상 위에 노트를 펴놓고, 한 손으로 노트를 잡은 채 대원들을 위한 식사 칼로리 계산을 하고 있었다. 자세히 보니 박사의 뒤에는 의자가 없다. 의자 없이 공기 중에 태연히 앉아서 일을 하고 있는 것이다.

"박사님, 식사 준비할까요?"

박철 후보생이 물었다. 역시 젊은 사람이 제일 배가 고픈 모양이었다.

"오오케이, 메뉴가 다 됐네."

아담스 박사의 말에 박철 후보생은 맨 먼저 자기 의자 곁에 달린 단추를 눌렀다. 그러자 의자가 돌며 조그마한 플라스틱판이 의자 옆에서 가운데로 나와 상처럼 펴졌다.

다른 대원들도 모두 단추를 누르자 다섯 개의 의자에서 내민 플라스틱판이 합하여 둥근 식탁이 되었다.

아담스 박사도 자리에 와 앉으며 식단표를 소개했다.

"오늘은 박철 후보생의 생일이니 특별히 성찬을 베풀기로 했지. 닭고기에 딸기 파이가 나오구, 슈크림에 오렌지 주스가 있어요."

"우아아—."

대원들은 즐거운 비명을 질렀다.

아담스 박사가 단추를 누르자 천정에서 운반용 파이프가 식탁 위로 내려오더니 공기 압력으로 통조림이 차례로 식탁 위에 떨어졌다.

대원들은 그것을 받아서 차례로 자기 앞에 갖다 놓기도 하고, 익숙해진 사람은 공중에 띄워놓은 채 먹기 시작한다.

물론 그 통조림에는 주둥이가 달려 있고 그 주둥이를 입에 넣고 누르면 통 안의 압력 때문에, 입속으로 잘 들어가게 마련이다.

대원들은 닭고기 맛에 입맛을 다셨지만, 그 닭고기도 거의 완전히 소화되도록 특수 처리한 것들이고, 물 대신 마시는 주스에도 여러 가지 약품이 들어 있다. 양으로는 불과 얼마 안 되지만 우주인들의 건강을 유지할 칼로리는 충분한 음식들이다.

그러나 먹고 나면 포장지라든가 여러 가지 버려야 할 물건이 생기는데, 이런 것은 모조리 통 안에 넣어서 전기 처리실로 보내면, 여기서 태워 재를 우주선 밖으로 내보낸다. 그 재는 얼마 되지는 않지만, 우주선이 다른 별에 가 닿을 때까지는 줄곧 우주선 꽁무니에 붙어 다닌다.

대원들은 식사를 끝내자 제멋대로 우주선 안에서 할 수 있는 공중 헤엄치기 운동을 하다가 제자리로 돌아왔다. 최미옥 통신원도 레이더 앞으로 돌아와 앉았다.

또 따분한 일을 시작한다고 생각하며 스크린을 들여다보던 미옥 양의 눈은, 얼어붙은 듯이 스크린에 빨려 들어갔다.

"이게 뭘까?"

미옥 양은 흰점을 지켜보았다.

"뭐가 보여?"

윌리엄 중령이 다가왔다.

"스크린에 흰점이 나타났어요."

"속도와 거리를 계산해봐요."

"초속 30킬로에 거리는 8만 킬로 떨어졌군요."

미옥 양이 잠시 뒤에 계산한 숫자를 알려주었다.

"우리 배의 속도와 같군."

"그럼 그게 우주선인가요?"

"그런가 봐."

"불러볼까요?"

"어서 불러봐요."

미옥 양은 리시버를 끼고 초단파 통신기의 스위치를 넣었다. 그때였다. 이쪽에서 송신하기 전에 수신기의 불이 먼저 켜졌다.

"V. P.호를 부릅니다. V. P.호 나와주시오."

"아니, 고진 후보생 목소리 같아요."

미옥 양의 얼굴이 빨개지며 윌리엄 중령을 쳐다본다.

"어서 이쪽 콜사인을 불러요."

"여기는 V. P.호, V. P.호 나왔어요. 누구시죠. 로져."

"나는 고진이오. 당신은?"

그 목소리는 도중에서 끊어지고 말았다.

"고진 씨? 저 미옥이예요. 고진 씨? 고진 씨?? ……여보세요."

미옥 양은 옆에 윌리엄 중령이 서 있는 것도 잊고 외쳤으나 통신은 거기서 끊어지고 말았다.

4. 쫓겨난 고진

고진 후보생은 긴 잠에서 깨어났다.

고진 후보생은 눈을 부비려고 눈으로 손을 가져가다가, 자기가 어느새 우주모를 쓴 것을 깨달았다. 뿐만 아니라 그가 입던 은빛 우주복이 아니고, 붉은빛이 도는 우주복을 입고 있는 것을 보자, 깜짝 놀랐다.

고진 후보생은 사방을 두리번거렸다.

그는 비로소 자기가 우주선을 타고 있다는 것을 깨달았다. 고진 후보생은 자기 앞에서, 우주선을 조종하고 있는 니꼴라이 중령을 보았다. 그리고 중령의 옆에 앉은 여자 통신원을 보자, 모든 기억이 되살아났다.

'저 여자가 니꼴라이 중령이 말하던 한국계 소련 처녀로구나.'

고진 후보생은 블라디보스토크 우주공항에서, 니꼴라이 중령이 하던 말이 생각났다.

처녀가 방긋이 웃으며 고진 후보생을 돌아보았다. 그때에야 니꼴라이 중령도 고진 후보생을 돌아다보았다.

"오, 고진 군. 이제야 깼나."

니꼴라이 중령이 아무 일 없었던 것처럼 태연스레 말했다.

"종시 나를 태웠군요."

고진 후보생이 뇌까렸다.

"왜, 나와 같이 가는 것이 싫은가?"

"지금 어디까지 왔죠?"

고진 후보생이 옆의 고도계를 보며 물었다.

"방금 대기권을 벗어났어. 이제야 좀 마음이 놓이는걸."

니꼴라이 중령이 긴 한숨을 내쉬었다.

"마음은 못 놓을걸요."

고진 후보생이 경고하듯이 말했다.

"왜, 자네가 우리 우주선이라도 폭파할 셈인가? 그럼 자네 목숨도 없어지네. 그리구―."

"그리구 또 뭡니까?"

고진이 다그쳐 물었다.

"그 결과는 우주전쟁이 될지도 모르지."

"하하…… 우주전쟁이오."

고진 후보생이 어이없어서 한바탕 웃었다.

"왜 웃나? 지금 금성이 우주 경쟁에 있어서 얼마나 중요한지 아나? 소련은 기어이 미국보다 먼저 금성의 좋은 기지를 점령하고야 말걸세.

우리가 이 우주선을 만들기 위하여 얼마나 많은 돈과 희생을 치렀는지 아나? 소련은 금성의 원자력 자원이 필요해. 그것을 미국에 넘겨줄 수는 없어."

니꼴라이 중령이 열을 올렸다.

"그렇지만 미국은 당신들이 금성을 차지하라고 가만있어요?"

"허, 별수 없지. 그 금성탐험호는 머지않아 폭파되고 말걸세."

"무엇이오? 금성호가 폭파되다니 그게 정말이오?"

"여기를 봐. 우리는 그 금성탐험호를 추격하고 있어."

니꼴라이 중령은 레이더 스크린에 비친 한 점을 가리켰다.

"그게 바루?"

"이게 바루 미국의 금성탐험호야……. 우리보다 세 시간 앞섰지. 그 세 시간을 못 쫓아갈 줄 아나. 우리 우주선에는 그들이 못 가진 장치가 있어. 무엇인지 아나?"

니꼴라이 중령은 통쾌하게 웃었다.

고진 후보생은 무엇인가 중대한 일이 눈앞에 다가오는 것을 직감으로 느꼈다.

만일 금성탐험호에 무슨 일이 생기면 어쩌나 걱정이 들었다. 한편으로는 그 우주선에 미옥 양이 탔는지 궁금하기도 했다. 어서 그 우주선으로 바꿔 탔으면 하는 생각도 간절했다.

그러자면 그 우주선에 접근해야 한다. 그러나 접근할 때까지, 이 소련 우주선을 내버려두면 미국 우주선이 위험할 것이다. 고진 후보생은 두 가지 길에서 망설였다.

'내가 죽고 이 우주선을 폭파해버리느냐? 안 그러면 이 우주선의 비밀을 알아서 좋은 방법을 생각하느냐?'

고진 후보생이 망설이고 있는데, 여자 통신원이 니꼴라이 중령을 불렀다.

"블라디보스톡 통제본부에서 연락이 왔습니다."

나따샤 통신원이 대장에게 자리를 내어준다.

"나요. 세바스끼 소장이야. 아직 미국 우주선을 못 쫓았군. 웬일이지? 당의 명령에 충실해야 할 게 아닌가?"

"네, 네, 지금 추격 중에 있습니다."

"그게 언제지? 이번 일에 실패하면 니꼴라이 중령이 책임을 져야 해."

"네, 네. 최선을 다하고 있습니다."

"좋아. 로져."

"로져."

세바스끼 소장의 이야기가 끊어지자, 니꼴라이 중령은 길게 한숨을 내쉬었다.

"고진 군, 들었지. 만일 실패하면 책임은 내가 져야 해. 고진 군, 그래서 자네를 데려온 것이야. 그러니 나를 좀 도와주게. 나는 자네를 사랑해왔지 않나."

니꼴라이 중령은 달래고 간청했다.

"무엇을 도와달라는 것입니까?"

고진 후보생이 물었다.

"우선 나와 좀 교대를 해줘야겠어. 나는 지쳤어. 자네는 여태까지 잤지만, 나는 어제 아침부터 계속 근무야."

"좋아요. 바꿔드리죠."

고진 후보생이 무슨 생각을 했는지 시원스레 대답했다.

"고마워, 그럼 자리를 바꾸세. 그리구 말해두지만 세바스끼 소장은 아무것도 모르고 호령만 하는 녀석이야. 만일 연락이 오거든 나따샤에게 맡겨두고, 자네 할 일만 하면 그만이야. 우리가 가는 코스는 미국 우주선보다 지름길을 가고 있어. 그러니 얼마 안 가서 우리가 앞설 수 있을 거야. 속도를 더 내기 위해서 무리를 할 필요는 없단 말야. 알았나? 그럼 부탁하네."

니꼴라이 중령은 기술상의 얘기만 하고, 고진 후보생과 자리를 바꾸었다.

고진 후보생이 주조종석에 앉았다.

나따샤 양이 고진 후보생을 존경하는 눈치로 지켜보는 것을, 고진 후보생은 그녀의 눈에서 느꼈다.

"나 나따샤예요."

나따샤가 유창한 영어로 자기소개를 하였다.

"그런데 언제 영어를 배웠죠?"

"호호…… 우린 국민학교 때부터 영어를 배우는걸요. 그리구 저는 또 특별 훈련을 받을 때 좀 더 배웠죠."

고진 후보생은 천만다행이라고 생각했다. 뒤에 앉은 두 늙은 학자는 말을 안 해서 무슨 생각을 하고 있는지, 전연 알 길이 없었다.

과학자인지 두 사람을 감시하는 사람인지조차 알 수가 없었다.

'하여튼 내가 조급히 서둘지 않길 잘했다.'

고진 후보생은 생각하며, 자기가 훈련받을 때와 꼭 같은 소련의 우주선 조종간을 잡았다.

'이제 이 우주선의 생사는 내 손에 달렸다.'

고진 후보생의 조종으로 에쎄쎄르(C. C. C. P.) 우주선은 쾌속으로 금성을 향하여 달린다.

니꼴라이 중령은 아직도 곤히 잠이 들었다.

그는 몹시 피곤해서 처음에는 고진 후보생의 의자에 기댄 채 그대로 쓰러졌는데, 어느새 지금은 벽에 걸린 그물 속에 들어가 코를 골며 자고 있다.

그의 두드러진 광대뼈와 우묵 팬 눈자위를 보자, 고진 후보생은 발길로 차주고 싶은 충동을 느꼈다.

미워하는 사람끼리 한 배에 타는 것처럼 괴로운 일이 없으나, 배가 목적지에 가 닿기까지는 참을 수밖에 없다.

C. C. C. P. 호에 탄 학자들도 제멋대로 공중을 떠다니며 잠이 들었다. 밤과 낮이 없는 우주에서는, 자는 시간이 밤이요, 깬 시간이 낮이다. 처음에는 규칙 생활도 하지만, 차차 마음이 풀리자, 식사 시간 외에는 자유로이 행동할 수밖에 없었다.

때때로 태양의 뜨거운 열을 피하기 위하여, 우주선의 몸집을 반대쪽으로 돌리는데, 이런 때면 우주선 안에는 약간의 인력이 생겨서 공중에 떠서 자던 사람들은, 제멋대로 굴러다니며 이리 부딪히고 저리 닿아 몸이 마구 떠다니는 것이다.

이렇게 모두 잠이 들고 보니 고진 후보생과 나따샤 양이, 당번 근무가 된 셈이다.

고진 후보생과 나따샤는 공중에 떠다니며 잠이 든 사람들을 둘러보다가, 서로 빙그레 웃고 말았다.

웃음이란 묘한 약이어서 일단 웃고 나면, 마음에 도사리고 있던 어떤 장벽도 쉬 무너지게 마련이다.

고진 후보생과 나따샤는 서로 고향 이야기를 하고 자라난 환경 이야기도 하다가 문득 상대방의 실력을 떠보고 싶은 생각이 났다.

"우리 한번 궤도 계산을 해보면 어때요? 내가 정한 궤도에 잘못이 있으면 사고니까……."

고진 후보생이 제안했다.

"호호…… 좋아요."

나따샤가 쾌히 승낙했다.

두 사람은 지금 달리는 우주선을, 태양과 별에 겨누어, 그 궤도를 종이 위에 계산해서 맞춰보았다.

그러자 그 답은 신통하게 들어맞았다. 두 사람은 또 한 번 같이 웃었다.

"이 배도 금성에 갈 수 있을 것 같군요."

"요행히 우주의 한끝으로 흘러가지 않아도 되겠나 보죠."

"그렇지만 그동안에도 세 번이나 엔진을 걸어서 궤도를 고쳤답니다."

"알고 있어요."

고진 후보생은 나따샤의 입에서 이런 말을 듣자 이들 대원도 당번 근무를 할 정도로 훈련을 받은 것을 깨달았다. 고진 후보생은 비로소 니꼴라이 중령이 모든 기계 장치를 맡기고 태연히 잘 수 있는 것을 알았다.

그러나 감시의 눈이 나따샤뿐이 되자, 고진의 마음은 설레기 시작했다. 고진은 그 설레는 마음을 참으며 오히려 조용히 나따샤를 불렀다.

"나따샤 양, 조종석 좀 봐줘요."

"왜요?"

"나 좀 갔다 오겠어요."

"어디에요? ……아, 네……."

나따샤는 고진의 눈을 보자 이내 눈치를 채고 웃으며 고개를 끄떡여보였다.

고진 후보생은 화장실을 다녀왔다.

"나따샤 양은 안 가겠어요?"

"호호…… 저두 좀 갔다 와야겠어요."

나따샤 양이 마침내 자리에서 일어났다.

옆 사람이 하품을 하면 자기도 따라 하고 싶어지는 심리와 같은 것이다. 고진 후보생은 그것을 알고 있었다.

나따샤가 자리를 뜨자 고진 후보생은 다시없는 이 기회를 놓칠세라 초단파 통신기의 스위치를 넣었다. 다른 사람이 못 듣도록 마이크를 두 손으로 감싸고 속삭였다.

"V. P.호를 부릅니다. V. P.호 나와주시오."

그러자 V. P.호에서 여자의 목소리가 들려왔다.

"여기는 V. P.호, V. P.호 나왔어요. 누구시죠?"

고진은 가슴이 뛰는 것을 꾹 참으며 속삭였다.

"나는 고진이오. 당신은?"

그때 어느새 돌아왔는지 나따샤가 옆에서 스위치를 꺼버리고 말았다. 그리고 소리개처럼 독기 찬 눈으로 고진 후보생을 노려본다.

"지금 뭘 했죠?"

칼날 같은 목소리다.

"아무것도 아뇨. 기계를 살펴보았지……."

고진이 태연스럽게 대답했다.

"흥, 기계를 살펴요? 지금 뭐라고 말했냔 말예요? 어디에다 통신 연락을 했어요?"

"아니래두요, 여기서 어디에 연락합니까."

고진은 일부러 얼빠진 목소리를 냈다.

그러나 사실은 드러나고야 말았다.

"고진 씨! 고진 씨! 저 미옥이예요. 고진 씨, 고진 씨! 대답해주세요. 여기는 V. P.호…… 여기는 V. P.호, 대답해주세요. 로져."

이런 낯선 목소리가 리시버를 낀 나따샤의 귀에 들리자 나따샤는 얼굴이 귀밑까지 빨개지며 뇌까렸다.

"미옥이가 누구죠? 젊은 여자 목소린데?"

"오, 그럼 역시……."

하다가 고진 후보생은 말끝을 입안에서 삼켰다.

"역시 뭐예요?"

나따샤가 따졌다.

"아니, 아무것도 아뇨."

"아무것도 아니라구요? 그럼 니꼴라이 중령을 깨워도 좋아요?"

"이것 봐요. 나따샤 양, 입장을 좀 바꿔 생각해봐요. 만일 나따샤 양이 나같이 된 경우라면 어떡하겠어요. 자기가 어디에 있는지쯤 알리고 싶지 않겠어요?"

"당신이 어디 있다는 것을 알리면, 우리가 어디 있는 것을 알리는 거나 다름이 없잖아요. 그건 안 돼요."

"하하…… 저쪽에선 당신들의 우주선이 어디에 있는지 모를 것 같소? 그리구 나는 이 우주선의 위치를 알리지도 못했어요. 그때 나따샤 양이 들어오지 않았어요!"

"그걸 누가 믿어요."

"왜 못 믿어요. 지금도 저쪽 통신을 듣지 않았소. 미옥 양은 이쪽이 누군지 몰라서 자꾸 부르고 있지 않아요."

나따샤는 한참 고진의 얼굴을 바라보다가 기분을 좀 풀었다.

"그럼 이번만은 참겠어요. 그렇지만 이것만은 알아두세요. 통신기를 가지고 어떤 잘못을 저지르면 그 책임은 내가 져야 한다는 것을요."

얼마 뒤 니꼴라이 중령이 깨어난 뒤에도 나따샤와 고진 후보생은 서로 무뚝뚝한 표정으로 앉아 있었다.

"왜 무슨 일이 있었나?"

니꼴라이 중령이 두 사람을 번갈아 보았다.

"아뇨."

나따샤가 말했다.

"무슨 일이 있었군……. 그렇지 않고야 그런 표정을 하고 있을 리 있나. 무슨 일이지?"

"별일 없었어요."

"나따샤는 고진 군을 감싸주는군……. 정말 끝까지 책임을 지겠나?"

니꼴라이 중령이 따지자 나따샤의 손이 가늘게 떨렸다.

"우주선을 파괴하려구 했나?"

"아뇨."

"도망가려구 했나? 설마 우주에서 달아날 수야 없을 테고……."

"아녜요."

"그럼 누구와 연락을 했군?"

이 말에는 나따샤도 대답을 못했다.

"나도 그 점을 염려했다. 설마 우리 우주선을 파괴하진 못하겠지만, 저쪽에 비밀 연락을 할 순 있다고 생각했어……. 그러나 나따샤가 있어서 안심하고 있었는데……. 자리를 비웠군?"

"저는 화장실에 갔댔어요."

마침내 여자의 약한 마음이 사실을 털어놓고야 말았다.

"그래서 저쪽에서두 이쪽 위치를 알고 있나? 고진 군이 여기 탄 것두?"

니꼴라이 중령은 움푹 팬 눈을 무섭게 굴리며 두 사람을 노려보았다.

"……"

나따샤는 대답을 못 했다.

"알지 못합니다."

고진 후보생이 말했다.

"알지 못해? 우리가 아는데 그들이 몰라? 허나 이젠 잘됐다. 이왕 알려진 바엔 정면 공격이다."

"정말 모르고 있습니다."

"닥쳐!"

니꼴라이 중령은 원자력 엔진을 걸었다. 엔진이 걸리자 분사 장치에서 세차게 가스를 내뿜으며 우주선은 속도를 더하기 시작했다.

"초속 35킬로……"

"초속 40킬로……"

"위험합니다."

고진 군이 외쳤다.

"허허…… 위험해? 우주 경쟁은 처음부터 위험한 짓이다. 이기느냐, 죽느냐 두 길밖에 없어……. 스포츠는 아니야."

니꼴라이 중령은 다시 초속 50킬로까지 올렸다. 자던 사람들이 가속도로 생긴 인력 때문에 벽들을 떠받고 모두 깨어났다.

"웬일이오?"

학자들이 놀라서 물었다.

"아무것도 아니오. V. P.호를 따라가 잡으려는 것뿐이야."

C. C. C. P.호는 한도량을 넘는 속력으로 V. P.호를 추격하기 시작하였다.

지금 C. C. C. P.호는 V. P.호를 육안으로 볼 수 있는 거리까지 육박했다. 그동안에 대원들의 반대에도 불구하고 니꼴라이 중령은 기어이 V. P.호를 쫓아오고야 말았다.

"자, 이제야 보이나? 저게 바로 우리가 쫓아오려던 V. P.호야……. 그러나 우주선도 조종사가 없는 한 마지막이야……. 이게 뭔지 아나, 고진 군. 훗훗……."

니꼴라이 중령은 자기 주머니에서 열쇠 한 개를 꺼내 들었다.

"그게 뭐죠?"

고진이 불길한 예감이 들어 그 열쇠를 지켜보며 물었다.

"이게 바루 자네들이 알고 싶어 하는 비밀 무기야……. 자, 이젠 알아도 상관없어, 목적은 금성에 가는 것이니까."

니꼴라이 중령은 재빨리 자기 의자 밑에 엎드려 작은 함에 열쇠를 맞추어 열었다. 그 속에서 단파 송신기 같은 것이 나타났다.

니꼴라이 중령이 그 앞에 엎드려 다이얼을 맞추고 스위치를 넣었다. 그러자 상당히 센 전류가 흐르는 모양으로 우주선 전체가 몹시 흔들리기 시작했다.

고진 후보생은 그것을 보자 본능적으로 그것이 공격용 전파라고 느꼈다.

고진은 재빨리 니꼴라이 중령의 목덜미를 뒤로 잡아 제치며 스위치를 끄려고 손을 뻗었다. 이것을 본 니꼴라이 중령이 고진의 손을 내리치며 발로 고진의 가슴을 쳤다. 고진이 다시 니꼴라이 중령의 손을 뿌리치며 스위치를 끄려다가 다이얼만 돌리고 스위치엔 손이 미치지 못했다.

니꼴라이 중령은 다이얼을 다시 맞추려고 했으나 고진이 뒤로 덮치는 바람에 손에 쥐었던 열쇠만 떨어뜨리고 말았다.

두 사람은 물속에서 얼싸안고 격투를 하듯이 좁은 우주선 안의 벽을 이리 받고 저리 부딪치며 옥신각신하던 끝에 고진 군이 열쇠를 쥔 채 격투는 끝났다.

"그건 안 돼, 고진 군…… 그 열쇠를 이리 주게."

니꼴라이 중령이 씨근거리며 외쳤다.

"그럼 나와 약속해주시겠어요?"

"약속하지. 무엇이든지 약속을 할 테니 그것을 이리 주게."

"그럼 우선 그 스위치를 꺼주세요."

니꼴라이 중령은 비밀 장치의 스위치를 껐다.

"좋아요. 그럼 이 열쇠는 금성에 가서 돌려드리겠어요."

"그건 안 돼, 지금 내주게."

"당신은 믿을 수가 없으니 제가 맡아두겠어요."

고진 후보생이 끝내 열쇠를 돌려주지 않는 것을 보자, 니꼴라이 중령은 화가 나서 뺄합에서 재빨리 권총을 꺼내 들었다.

"어서 내놔, 안 내면 사정없다."

니꼴라이 중령이 고진 앞으로 다가왔다.

고진 후보생은 방구석까지 몰려 완충실 문까지 쫓겨 갔다.

그때 고진 후보생은 벽에 걸린 우주모를 보고 벽에서 그것을 벗겨 들었다.

"뭘 하려는 거야?"

니꼴라이 중령이 등이 달아 외쳤다.

"열쇠를 안전한 곳에 맡겨야겠습니다."

고진 후보생은 우주선 바깥문의 손잡이를 잡았다.

"뭣이 어째, 그 열쇠를 이리 못 내놔?"

니꼴라이 중령은 날쌔게 고진의 손목을 잡아당겼다. 그 순간 고진은 다른 손으로 문을 열고, 열쇠를 우주선 밖으로 내어던졌다.

"아니 네가 미쳤냐?"

니꼴라이 중령은 어쩔 줄을 몰라, 그 열쇠를 던진 문으로 달려간다.

"하하…… 하하……."

고진이 통쾌하다는 듯이 웃었다.

"왜 웃어?"

니꼴라이 중령이 씨근거리며 고진을 노려보았다.

"열쇠는 안전합니다."

"열쇠가 안전하다구?"

니꼴라이 중령이 어리벙벙한 낯으로 고진을 바라보았다.

"무중력 상태의 이 우주에서는 우주선이 이끄는 인력 때문에 열쇠가 어디엔가 달라붙을 게 아닙니까?"

"응? 오오라, 하기야 그럴 수도 있겠지. 하지만 그건 안 돼."

"뭐가 안 돼요. 금성에 내리기 전에 찾으시구려."

"열쇠는 지금 있어야 해."

니꼴라이 중령은 우주모를 쓰고 우주선 밖으로 나갔다. 고진 후보생도 그 뒤를 쫓아 나갔다. 캄캄한 우주의 하늘은 먹칠을 한 것처럼 펼쳐져 있다. 그러나 우주선의 한쪽을 쪼이는 강렬한 햇빛은 뜨거운 열을 사정없이 우주선 한쪽에 퍼붓고 있다.

니꼴라이 중령은 그 뜨거운 우주선을 더듬으며 열쇠를 찾아다녔다.

"열쇠가 어디 갔어? 우주선의 인력으로 열쇠가 우주선에 붙은 것은 틀림없을 텐데."

니꼴라이 중령은 푸념을 하듯이 중얼거리며 우주선 위를 기어 다녔다. 그러나 작은 배만큼이나 큰 몸집을 한 우주선 위에서, 새끼손가락보다도 작은 열쇠를 찾기란 그리 쉬운 일이 아니었다. 니꼴라이 중령은 우주 밖으로 떨어질까 봐 처음에는 벌벌 기어 다니다가, 이제는 일어나서 우주선 위를 위로 거꾸로 편리한 대로 걸어 다니며 열쇠를 찾았다.

"이봐, 열쇠를 어디쯤 던졌지?"

니꼴라이 중령은 열쇠가 눈에 안 뜨이자 짜증이 난 듯이 고진에게 물었다.

"우주선 뒤쪽이 될 겁니다. 열쇠가 다시 배에 다가붙을 때는 배가 앞으로 달리고 있었으니까요."

"왜 그따위 짓을 했지?"

니꼴라이 중령은 아직도 분한 듯이 투덜거리며 우주선의 끝머리로 갔다.

그동안에 고진은 방금 니꼴라이 중령이 찾던 근처에서, 지남석을 꺼내서 열쇠를 찾자 주머니에 넣었다. 그리고 시치미를 떼고 니꼴라이 중령 쪽으로 갔다. 그런 줄도 모르고 니꼴라이 중령은 가스를 분사하는 끝까지 가서, 몇 바퀴나 우주선을 돌았으나 열쇠는 못 찾았다.

"없는걸."

니꼴라이 중령이 빈손으로 돌아오며 투덜거렸다.

"있을 텐데요, 우주선의 중력이라면 열쇠 하나쯤은 틀림없이 끌어당겨 붙였을 겁니다."

"그렇지만 없단 말야."

"다시 찾아봅시다."

"그만해, 난 못 찾겠어."

니꼴라이 중령은 고진을 한참 동안 노려보다가 다시 입을 열었다.

"이렇게 하는 수밖에 없다. 자네가 그 열쇠를 찾아내야 해……. 만일 못 찾으면 우주선 안에는 들여놓지 않을 테니까, 알았지? 자기가 한 일에 대해선 책임을 져야 해."

니꼴라이 중령은 분풀이를 하듯이 우주선 안으로 들어가 문을 잠가 버리고 말았다.

5. 불시착륙

하와이 우주공항 통제본부는 높은 고층 빌딩에 마련되었다.

전파망원경이며, 레이더며 추적용 카메라며 초단파 송수신기들이 장치되고 실내에는 수많은 전자뇌 계산기들이 가득 차 있다.

홉킨스 우주공항 사령관은 오늘도 통제본부에 나와서 우주선의 진행

상태를 살피고 있었다. 지금까지는 수사 기관에서 니꼴라이 중령을 체포해줄 줄 알았으나 의외에도 니꼴라이 중령이 우주선을 탔다는 이야기를 듣자, 홉킨스 사령관은 몹시 흥분하였다.

그가 믿던 사람에게 배신을 당했으니 흥분하지 않을 수 없다. 뿐만 아니라 그 우주선 안에는 어쩌면 고진 후보생이 탔을지도 모른다는 수사 기관의 조사 보고를 듣자 사령관은 거의 울 지경이 되었다.

그가 가장 믿던 사람에게 배신당하고, 그가 가장 사랑하는 제자를 잃고 보니 밥맛이 없었다.

그래서 매일같이 통제탑에 나와서 허공을 바라보고 무슨 뉴스가 들리기를 기다렸다.

그런데 저녁 시간이 되어 집으로 돌아가려고 준비를 하는데 통신원이 사령관에게 와서 아뢰었다.

"우주선 V. P.호에서 연락이 왔습니다."

"뭐라구?"

"미옥 양이 고진 후보생 비슷한 사람과 통신 연락을 했답니다."

"그게 정말인가? 그래서 어찌 됐나?"

"이야기는 도중에 끊어져서 확인을 할 수가 없었답니다."

"왜, 다시 연락을 안 해?"

홉킨스 소장이 성가신 듯이 송신기 앞으로 왔다.

"나 좀 얘기하게 해줘요."

통신원이 V. P.호를 불렀다.

"나요, 홉킨스야, 미옥 양? 그런데 고진 군이 어디 있다구? 로져."

사령관은 초조하게 대답을 기다렸다.

"모릅니다. 확실한 것은 아무것도 모릅니다."

미옥 통신원의 목소리가 들려왔다.

"모르다니……. 그럼 지금까지 고진 군과 이야기했다는 것은 무슨 소리야?"

"목소리만 듣고 어디 있는지 확인하지 못했습니다."

"왜, 못 해, 그것이 중요하지……."

홉킨스 소장은 눈썹을 치켜올리며 짜증 난 소리를 냈다.

"그 뒤에도 계속 불러보았으나 워낙 태양 전파의 방해가 심해서 통신이 안 됐습니다."

"다시 알아보도록 해……. 그리구 계속해서……."

"앗, 저게 뭐예요? …… 저것……."

미옥 양의 목소리가 웬일인지 도중에서 사령관의 말을 막으며 끊어졌다.

"미옥 양, 웬일이야? 무슨 일이 났어? 미옥 양!"

사령관이 덩달아서 외쳤으나 미옥 통신원의 목소리는 다시 들리지 않았다.

최미옥 양은 하와이 통제부와 통신을 하다가, 텔레비전의 스크린을 보고 놀라서 소리친 것이었다.

V.P.호와 쌍둥이 같은 우주선의 몸집이 또렷이 텔레비전의 화면에 나타난 것이다. 그와 동시에 우주선 안에는 요란한 경종이 울렸다. 사람들의 시선이 하와이 통제부의 말이 들리던 스피커에서, 일제히 계기판 쪽으로 쏠렸다. 우주선 조종사의 계기판 가운데 있는 두 개의 안전등에 빨간불이 켜져 있다. 이것을 본 윌리엄 중령이 당황하여 조종석으로 돌아왔다.

"어디가 고장이야?"

그런데 윌리엄 중령이 계기판을 들여다보자 빨간불은 꺼지고 말았다.

"또 좋아졌나?"

윌리엄 중령은 알 수 없다는 듯이 푸념을 하며 기계실로 들어갔다.

빨간불이 켜졌던 곳은 자기 조종석에 잇달린 조종간과 산소 공급 장치에 연결되어 있다.

"이거 큰일 날 뻔했군."

윌리엄 중령은 등골에서 소름이 끼치는 것을 느꼈다. 만일 산소 공급이 중단되면 자기는 그대로 죽는 수밖에 없으니 말이다. 그러나 지금 산소 공급 장치에는 이상이 없다. 다음에는 조종간에 연결된 배선을 차례로 더듬었다. 복잡한 배선을 일일이 손으로 살필 수는 없으므로 설계도를 보고 조종간에 연결된 진공관만 조사했다.

'진공관 번호, V. X. 1303.'

그 진공관이 빨갛게 달아 있다.

"이 녀석은 또 왜 이렇게 달아 있담."

중령은 진공관을 빼보았다.

"아 따따……."

윌리엄 중령은 그 진공관을 내동댕이쳤다. 몹시 뜨겁기 때문이다.

"헤, 요놈이 말썽을 부렸군."

윌리엄 중령은 장갑을 끼고 다시 진공관을 잡아서 살펴보았다.

"응? 이건 또 뭐야? 이런 것이 있었나?"

윌리엄 중령은 진공관 발부리에 달린 작은 혹을 보고 중얼거렸다. 그혹은 역시 정밀하게 작용하는 진공관의 일종이 아닌가 싶었다.

"식혀서 꽂아보는 수밖에……."

윌리엄 중령이 진공관이 식기를 기다리고 있는데, 최미옥 양이 부르는 소리가 들렸다.

"왜 그러지?"

윌리엄 중령이 미옥 양 곁으로 왔다.

"이것 보세요."

미옥 양이 텔레비전의 스크린을 가리켰다. 거기에는 검은 하늘을 등지고 우주선의 모습이 또렷이 보이고, 그 우주선 위로 두 사람의 그림자가 움직이는 것이 어렴풋이 보인다.

"우주선 위로 걷고 있는 것은 사람이 아니오?"

윌리엄 중령이 물었다.

"사람 같아요."

미옥 양이 대답했다.

"웬일일까, 그 배도 무슨 기계 고장인가?"

"기계 고장이면 안에서 고치지 왜 밖으로 나옵니까?"

"그럼 무슨 일이야, 조난을 당했으면 우리가 가서 도와줘야지."

"조난당한 배가 어떻게 조난당한 배를 도와요. 이것 보세요. 지금 우리 배는 방향을 잘 못 잡고 있습니다."

박철 후보생이 방향계를 가리켰다.

"응? 15도나 어긋나다니 웬일이야? 우리 배는 자동조종장치로 가고 있었지 않나?"

"자동조종장치가 고장이 났나 봅니다."

"그럼 어떡하지?"

윌리엄 중령의 얼굴빛이 흙빛으로 바뀔 때였다.

몇 개의 운석이 우주선에 부딪쳤다.

"이런 곳에 운석이 있다니 이상한걸? 여기가 어디야, 도대체?"

모두들 긴장한 낯으로 창밖을 내다보았다. 그런데 그 창밖에는 마치 지구의 달과 같은 작은 천체가 빛나고 있지 않은가. 그것도 몹시 가까운 거리에 다가온 것이다.

"이런 곳에 저런 천체가 있을 수 있습니까. 모리스 교수님?"

윌리엄 중령이 뜻밖이란 듯이 천문학에 조예가 깊은 모리스 교수를 돌아보았다.

"윌리엄 중령님, 천체가 우리 곁을 지나는 것이 아니라 우리 우주선이 그 천체로 떨어지고 있습니다!"

박철 후보생은 고도계를 보다가 얼굴빛이 파랗게 질려서 외쳤다.

"뭐라고?"

윌리엄 중령이 고도계를 들여다보았다. 운석들이 차차 더 많이 우주선 옆으로 몰려오는 것이 보인다.

"모를 일이야, 이런 곳에 천체가 있다니. 아직 금성까지는 3분의 1이나 남았으니 설마 금성의 달일 수도 없고……."

모리스 교수가 다가오는 천체를 지켜보며 외쳤다.

"이러고 있을 때가 아니오. 우주선을 돌려 불시착륙을 해야 한다."

윌리엄 중령이 고장 난 핸들을 이리저리 잡아당겨 본다.

"불시착륙?"

"불시착륙요. 저 떠돌이별에요?"

대원들의 얼굴은 굳어졌다.

"빨리 선체를 돌리고 착륙 준비를 하라니까."

윌리엄 중령이 박철 후보생에게 소리 질렀다. 박철 후보생이 우주선을 거꾸로 돌리고 분사 장치를 눌렀다. 우주선 끝에서 세찬 가스가 흘러나왔다. 그러자 우주선은 천천히 그 미지의 천체로 내려가기 시작했다.

"생각보다 인력이 없군요."

박철 후보생이 중얼댄다.

"응, 생각보다 작은 천체야."

윌리엄 중령이 착륙할 자리를 찾으며 말했다.

"호수나 평지가 있으면 좋겠는데요."

박철 후보생이 산들이 삐죽삐죽 봉우리를 내민 천체를 불안한 눈으로 굽어보며 웃었다.

"호수나 평지가?"

모리스 교수가 있을 수 없다는 듯이 어깨를 으시대며 두 손을 편다.

"이 별이 아직 인간에게 알려지지 않은 별일까요?"

박철이 물었다.

"내 생각에는 아직 알려지지 않은 별 같아요. 태양계 안에는 우리가 아는 아홉 개의 떠돌이별 외에도 약 2천 개가량이나 작은 별들이 흩어져 있는 것으로 짐작되고 있으니까."

"그럼 우리가 새로운 별을 발견한 셈이 아닙니까?"

미옥 양의 말에 모두들 한바탕 웃었다.

"뜻하지 않은 곳에서 뜻하지 않은 공훈을 세우게 됐군그래."

아담스 박사도 웃었다. 이젠 대원들의 기분도 어느 정도 홀가분해졌다. 모리스 교수는 기회를 놓칠세라 분주히 카메라의 셔터를 누르고 있었다.

"이건 왼통 곰보 아냐. 마치 달의 표면 같군요."

박철이 외쳤다.

"달보다 더 거칠잖아, 운석이 더 많은 모양이야."

아담스 박사가 분화구를 굽어보며 동의를 구하듯이 모리스 교수를 마주 본다. 아닌 게 아니라 그 작은 천체의 표면은 굴곡이 지고 매우 거칠다. 그 사이에 다소 반반한 평지가 나타났다.

"내릴 곳은 저곳뿐이다!"

윌리엄 중령은 고장 난 조종간 대신 분사 장치를 교묘하게 구사하여, 세찬 가스를 내뿜으며 이 미지의 천체에 착륙을 감행하기 시작하였다.

"이제부터 할 일이 뭡니까?"

V. P.호 우주선이 낯선 별에 착륙하자, 박철 후보생이 물었다.

"이왕 이런 새 천체를 발견했으니 나가서 탐험해보는 것이 어떻겠습니까?"

콧수염의 모리스 교수가 의견이라기보다 청하듯이 말했다. 모리스 교수는 지구와는 색달리 돌덩이 같은 바깥 풍경을 보고 지질학자다운 호기심이 끓어오른 것이다. 그러나 윌리엄 중령은 굳은 표정을 지었다.

"우리는 본분을 잊어서는 안 됩니다. 우리의 목적은 금성을 탐험하는 것이지 이런 작은 별에 머물러 있을 수는 없습니다."

"그렇지만 이런 기회를 다시 얻을 수 있을까요?"

"그렇지만이 아닙니다. 지금 우리 뒤에는 소련 우주선이 달려오고 있지 않소. 그들이 우리를 앞질러 금성으로 먼저 가면 무슨 창피요."

"하지만 그 대신 우리는 새로운 별의 발견자가 되고 개척자가 되는 것이 아닙니까?"

모리스 교수도 지지 않았다. 학자다운 고집과 새로운 별에 대한 호기심이 그를 앞서의 성격과는 딴 사람같이 만들었다.

"하지만이 아니래두요. 우리는 우주선을 고치는 대로 떠나야 하오. 우리는 정부의 우주 개발 계획을 고쳐서까지 탐험을 할 필요는 없어요. 우리의 목적은 어디까지나 금성 탐험입니다."

"우주 개발의 목적이 무엇입니까? 만일 우주 개발 계획이 우주의 신비를 벗겨서 인류 생활에 보탬을 주는 것이라면 금성보다 가까이 있는 별을 작다고 저버릴 수는 없지 않소?"

"모리스 교수는 대장인 내 의견을 무시할 참이오?"

윌리엄 중령이 얼굴을 붉히며, 못마땅한 듯이 모리스 교수를 노려본다.

"자, 자, 이럴 필요는 없지 않소, 모두 일리 있는 이야기들인데."

아담스 박사가 듣다못해 말참견을 하였다.

"……이렇게 하면 어떻겠소. 어차피 이 우주선은 고쳐야 할 테니까 그동안만 우주선 밖에 나가서 자료를 수집해 오도록."

아담스 박사가 절충안을 내놓았다.

"그럼 누가 나갑니까?"

박철 후보생이 자기가 어느 쪽인지 알고 싶다는 듯이 말 틈에 끼어들었다.

"그야 물론 박 군은 우주선에 남아야지. 대장을 도와서 기계를 고쳐야 할 테니까. 우리는 있어봐야 기계는 모르니까 소용없겠고……."

"그럼 모리스 교수님과 아담스 박사님이 나가시겠군요. 전 어떡하죠?"

최미옥 양이 물었다.

"허허…… 미옥 양도 남아야 할걸……. 통신 책임을 졌으니까……."

미옥은 이 말을 듣자 시무룩해지고 말았다. 이상한 창밖의 풍경은 미옥의 마음을 끌었다. 그러나 바깥에 못 나가게 된 박철은 미옥 양이 남는다니 슬그머니 기뻐했다. 윌리엄 중령도 이치에 닿는 아담스 박사의 절충안에는 반대하지 않았다.

"그럼 좋아요. 하지만 두 시간 안에 돌아와야 합니다. 우리는 속히 궤도로 돌아가야 할 테니까."

"이왕이면 시간을 세 시간만 주시죠?"

아담스 박사가 턱수염을 실룩이며 윌리엄 중령의 기분을 엿보았다.

"그건 안 됩니다. 정확히 두 시간 안에 돌아와야 합니다. 만일 그 이상 시간이 지체되면 우리만이라도 떠나야 합니다. 아시다시피 덧없이 궤도에서 벗어난 코스를 달릴 순 없지 않소? 우리 원자력에도 한도가 있고요."

윌리엄 중령이 은근히 협박하였다.

"알았습니다. 그럼 두 시간 안으로 꼭 돌아오리다."

아담스 박사와 모리스 교수는 약속하고 탐험 기구가 든 망태를 손에 들었다.

"만일의 경우엔 급히 무전 연락을 하시오."

"알았습니다."

두 학자는 벌써 금성에나 와 닿은 것처럼 흥분을 가라앉히지 못한 채 우주선의 문을 열고 사다리를 내려놓았다.

"자, 먼저 내리시오."

아담스 박사가 모리스 교수에게 말했다.

"아담스 박사가 먼저 내리시죠."

"아니 모리스 교수가 먼저 내리시오."

두 사람은 서로 미지의 새 별에 첫발을 내디디는 영광을 사양하였다.

"그럼 이렇게 합시다. 우리 꼭 같이 한 발씩 내디뎌요."

"허허…… 그거 좋은 생각이오."

두 사람은 웃으며 한 발씩을 보랏빛 도는 별 땅에 내디뎠다.

한편 우주선 밖으로 쫓겨난 고진 후보생은 어떻게 할 것인지 한참 동안 생각에 잠기고 있었다.

'열쇠를 내주자니 V. P.호가 결딴날 것 같고, 열쇠를 안 내주면 자기는 우주선 밖에서 죽고 말 것이다.'

고진 후보생은 내리쬐는 햇빛을 받았다. 그 햇빛 속에는 지구보다 몇 갑절이나 센 자외선과 적외선이 들어 있는 것이다. 또 해가 쬐이지 않는 자기 몸의 다른 쪽은 그와 반대로 말할 수 없이 온도가 내려간다. 공기가 없는 우주에서는 추위와 더위를 가릴 아무것도 없는 것이다. 햇빛이 쬐이는 곳은 아주 뜨겁고, 햇빛이 안 쬐이는 곳은 아주 차갑다. 뿐만 아니라 그가 멘 산소통의 양도 한도가 있으니 어차피 몇 시간은 견딜 수가 없는 것이다.

"항복이냐, 죽음이냐?"

고진 후보생은 진퇴양난의 갈래길에서 망설였다. 그는 빛나는 별들을 바라보다가, 혹시 V. P.호가 안 보이나 살피고 있는데, 갑자기 수많은 돌덩이들이 날아오는 것을 보고 그것을 피하여 우주선 뒤로 숨었다.

그러자 또 한 떼의 운석들이 몰려와서 우주선을 마구 후려갈겼다.

"운석이다!"

고진이 외쳤을 때는 이미 늦었다. 우주선에는 두 군데나 구멍이 뻐끔하게 뚫렸다. 우주선 안에서 아우성치는 소리가 들렸다. 누가 우주선을 뚫고 들어간 돌에 맞고 쓰러진 모양이었다. 우주선 안의 산소가 구멍으로 새어 나왔다.

고진 후보생은 재빨리 자기 몸으로 구멍을 막고 외쳤다.

"용접 기구를 내주오. 철판과 레이저 용접기를 빨리!"

고진이 소리 지르자 나따샤가 용접 기구를 내주었다.

"우주선을 태양 쪽으로 돌려!"

고진이 다시 외치자 나따샤가 우주선을 회전시켰다. 고진은 서둘러 구멍에 철판을 대고 땜질을 시작하였다.

고진은 차례로 두 구멍을 때자, 우주선 안으로 들어갔다. 그때 우주선 안에서는 이상한 광경이 벌어지고 있었다. 모두 죽은 사람처럼 쓰러져 있는 것이 아닌가.

"어찌 된 일인가?"

고진도 영문을 몰라 한참 두리번거렸다. 그러나 잠시 뒤에는 암모니아 냄새가 코를 찔러 머리가 핑 도는 것을 깨달았다. 금성에 가서 필요한 냉각용 암모니아 탱크가 터진 것이다. 뿐만 아니라 뚫린 구멍으로는 방 안의 산소가 빠져나가서 대원들은 정신을 잃은 것이다. 고진 후보생은 재빨리 산소 탱크에서 산소가 최대한으로 나오도록 미터를 올려놓고 암모니아 탱크에 땜질을 시작했다.

고진이 암모니아 탱크를 때고 나자, 자기 자신도 쓰러졌다. 고약한 암모니아 냄새를 맡은 위에 긴장마저 풀린 탓이리라. 그리고 얼마가 지났는지 모른다. 누가 고진을 자꾸만 흔들어서 깨웠다.

"고진 군, 고진 군, 큰일 났다."

니꼴라이의 중령이었다. 고진이 눈을 뜨자 니꼴라이 중령은 긴장한 얼굴로 고진을 지켜본다.

"고진 군! 고맙네, 감사는 나중에 하고 우선 착륙을 도와줘야겠어."

"착륙이라뇨?"

고진은 말귀를 못 알아들었다.

"지금 우리 우주선은 미지의 천체로 떨어지고 있어."

"미지의 천체라뇨?"

"저기를 봐."

니꼴라이 중령이 앞을 가리켰다.

"아니 여기가 어딥니까?"

고진이 자기 앞으로 다가오는 천체를 보고 소리 질렀다.

"모를 일이야. 우리 배는 궤도를 빗나갔어. 뿐만 아니라 추락하고 있어. 어서 착륙을 도와주게."

고진은 그제야 심상치 않은 일이 벌어지고 있는 것을 깨달았다. 고진 후보생은 머리를 흔들고 정신을 가다듬었다. 니꼴라이 중령이 하는 짓은 밉지만 우선 우주선을 구해야겠다고 생각하고 급히 우주선을 거꾸로 돌리고 가스를 분사시켰다. 그러자 C. C. C. P. 우주선도 그 미지의 별을 향하여 천천히 떨어져갔다.

"앗! 사, 산! 산을 받겠어요."

나따샤 양은 C. C. C. P. 우주선이 산허리를 들이받는 줄 알고 소리쳤다. 다른 늙은 과학자들도 어찌나 급했던지 저마다 의자며 계기판의 손잡이를 쥐고 매달렸다. 그러나 우주선은 너무 세차게 흔들리므로, 늙은 과학자들은 그대로 지탱할 수가 없었다. 어떤 이는 천정을 떠받고, 어떤 이는 바닥에 뒹굴었다. 고진 후보생은 벽을 들이받고, 다시 나따샤 양과 정면으로 이마를 맞부딪쳤다. 이런 동안에도 용케 견뎌 배긴 사람은 니꼴라이 중령이었다. 그는 핸들을 잡고 운전을 하고 있었기 때문에 우주선과 몸이 거의 같이 흔들렸다.

C. C. C. P. 우주선은 간신히 산과 충돌하는 것은 면했으나, 선체를 바로잡지 못하고 옆으로 기울어진 채, 산허리에 불시착을 하고 말았다.

"휴―."

니꼴라이 중령도 몹시 당황했던지 붉은 얼굴에 땀방울을 흘리며 한숨을 몰아쉬었다.

다른 사람들은 아직도 우주선이 착륙할 때의 흥분이 가라앉지 않았던지, 아무도 입을 여는 사람이 없다.

우주선이 발사될 때와는 또 달리, 기분이 몹시 얼떨떨하였다. 우주선이 발사될 때는 창자가 발끝 밑으로 까마득히 처지는 것 같았는데, 이번에는 그와 반대로 가슴이 하늘로 둥둥 떠 올라가는 기분이었다. 그것은 빨리 내려가는 엘리베이터를 탄 것보다도 몇 갑절이나 가슴이 울렁거리고 구역질이 나는 기분이었다. 이런 괴로움을 참던 뒤고 보니, 아무도 발을 뗄 생각도 입을 열 기분도 나지 않았다. 마침내 나따샤 양이 먼저 말문을 열었다.

"인제 지옥 길은 면했나 부죠?"

나따샤 양은 고진 후보생과 부딪친 이마를 비비며 뇌까렸다. 늙은 과학자들도 그제야 몸을 일으키며 니꼴라이 중령을 마주 보았다.

"이런 곳에 이런 천체가 있는 덕분에 살아났소. 그런데 세바스끼 박사, 이 천체가 어떤 종류죠?"

니꼴라이 중령이 늙은 천문학자를 보고 물었다.

"나도 모르겠소이다. 이런 곳에 이런 별이 있다는 것은 깡그리 몰랐으니까요."

세바스끼란 백발의 노학자는 정말 얄궂다는 듯이 우주선 너머로 창밖의 진기한 풍경을 바라보았다.

"이것도 역시 일종의 떠돌이별임엔 틀림없죠?"

고진 후보생도 호기심에 찬 눈으로 질문을 던졌다.

"물론 떠돌이별이겠죠. 글쎄 위성은 아닐 테고 어쩌면 아주 큰 운석일는지도 모르지만 작은 떠돌이별이라고 보는 것이 좋을 성싶소. 하지만 우주선 밖에 나가서 관측해보기 전에는 뭐라고 말할 수 없소."

세바스끼 박사는 어디까지나 과학자다운 대답을 하였다.

"이러나저러나 이처럼 기울어진 우주선을 어떻게 바로잡지요?"

니꼴라이 중령이 기울어진 우주선의 꼬리 끝 쪽에서, 착륙할 때 내뿜은 가스로 먼지를 자욱하게 일으킨 것을 내다보며 푸념을 하였다.

"우리가 도와서 우주선부터 바로 일으켜놓읍시다."

다른 한 명의 늙은 과학자가 말했다.

"흥, 찌올꼬브 교수가 어떻게 도와주겠소, 어서 늙은 학자님들은 나가서 별 구경이나 하다 오시오. 두 분이 우주선을 탄 목적도 그게 아니오."

니꼴라이 중령이 말하자 두 늙은 과학자는 얼굴을 붉히며 기분이 상한 듯이 대들었다.

"그게 무슨 말이오? 우리가 도울 수 있는 데까지 도와보겠다는데 뭐가 잘못됐소?"

세바스끼 박사가 찌올꼬브를 대신하여 말했다.

"하, 늙은 양반들도 마음은 살아 있었군. 하지만 당신들이 기울어진 우주선을 어떻게 바로잡는단 말요. 어서 나가서 별 구경이나 하다 돌아오시오."

"그게 본심이오?"

세바스끼 박사가 그를 의심하듯이 니꼴라이 중령을 마주 보았다.

"명령이오. 우주선을 바로 세우는 동안 이 천체를 조사하고 돌아오시오. 만일의 경우엔 이 별의 탐험이 우리 공로가 될 것이오."

"그럼 진심이구려. 왜 같은 말을 그런 식으로 명령하오. 실은 나도 천체를 조사하고 싶었소."

"어서 다녀오시오. 시간은 얼마나 필요하오?"

"최소한도 다섯 시간은 있어야지."

"허허…… 다섯 시간이면 이 우주선은 이곳을 떠난 뒤요. 한 시간 안에 돌아와요."

"한 시간 안에요?"

세바스끼 박사는 한참 생각한 끝에 그대로 수락하고 찌올꼬브 교수와 같이 우주선 밖으로 나왔다.

두 늙은 과학자는 우주선 밖에 나오자, 한참 동안 무엇이나 지구 것과는 다른 광경에 넋을 팔다가, 한 시간 동안에 행동할 방법을 의논하였다.

"한 시간이라면 저 고지에 올라가서 이 천체를 굽어살피는 길밖엔 별도리가 없지 않아요?"

찌올꼬브 교수의 제안에 따라 두 학자는 결국 고지에 오르기로 하였다.

두 명의 소련 과학자는 산마루턱을 향하여 전진하기 시작하였다.

—『금성 탐험대』, 학원사, 1967년 7월 10일.

(전체 21장 중 5장까지 수록함)

별들 최후의 날

제1부

굴러가는 항아리

　고정남은 산속에 있는 아버지 별장에서 좋아하는 과학 실험을 하고 있었다.

　계산한 대로 약물을 시험관에 풀어 넣고, 두 개의 시험 호스가 꽂힌 마개를 덮었다. 그리고 그 시험 호스를, 흰 페인트칠을 한 통 양옆에 꽂았다.

　이런 준비를 끝내자 정남은 시험기를 가스 불 위에 올려놓았다.

　"됐다. 이제 시간을 보고서 흰 통 밑의 구멍을 열고 불을 지피면 된다."

　정남은 혼자 중얼거리며 시계를 지켜보았다.

　1분 전.

　30초 전.

　20초 전.

　10초.

　정남은 이때 라이터를 켜서 불을 지필 준비를 하다가 '펑' 소리와 함께 바닥에 쓰러지고 말았다.

"정남아! 정남아?"

외조카인 강순옥이가 폭음을 듣고 옆방에서 달려왔다.

"웬일이니, 정남아?"

순옥은 한참 동안 정남을 마구 흔들었다. 그런 지 얼마 뒤에야 정남은 겨우 눈을 비비며 깨어났다. 정남은 눈을 뜬 뒤에도 한참 동안을 멀거니 한쪽 벽만 바라보다가 눈길을 책상으로 돌렸다.

"아니? 어디 갔지?"

그제야 정남은 책상 위에 있던 실험 기구들이 송두리째 없어진 것을 깨달았다.

정남은 벌떡 일어나자 방 안을 둘러보았다. 그리고 한쪽 벽에 구멍이 뻐끔히 뚫린 걸 발견하고 그곳으로 달려갔다.

"이런 곳에 구멍이 뚫려 있었니?"

정남은 혼잣말처럼 순옥에게 물었다.

"난 못 봤는데?"

순옥이 곁에 오며 말했다.

"그럼? 이런 벽돌 담벽을 무엇이 뚫고 나갔어? 내가 실험하던 그 통이 설마?"

정남은 이까지 말하자 대문을 박차고 밖으로 달려 나갔다.

"어디 가? 나도 같이 가!"

순옥이 뒤쫓아 오며 소리쳤다.

정남은 순옥이가 외치는 소리를 들은 척도 않고, 구멍이 뚫린 방향으로 언덕을 굴러떨어지며 골짜기로 내리달렸다.

"정남아……"

순옥이가 씨근거리며 쫓아온다.

"넌 돌아가. 난 고개를 넘을 거야."

"뭣 땜에?"

"난 그 흰 깡통을 찾을 거야. 얼마나 멀리 갔는지 그걸 알아봐야지."

"이제 곧 어두워질걸."

"그러니까 넌 돌아가."

"싫어, 나두 같이 갈 테야."

순옥이가 그냥 뒤따라왔다.

두 어린이는 흰 깡통을 찾아 헤매며 고갯마루까지 오고야 말았다.

"설마, 그 깡통이 이런 곳까지야 왔을라구?"

정남은 뇌까리며 멀리 하늘을 바라보고 있는데, 바로 자기 머리 위에서 번갯불이 번쩍 빛났다. 그와 동시에 우지끈 탕 하는 소리가 나더니 벼락이 떨어졌다.

"아이쿠!"

"엄마!"

정남과 순옥은 그 자리에 쓰러지고 말았다.

죽은 줄 알았던 두 어린이는 한참 뒤에야 눈을 떴다.

"죽지 않았구나."

"나두야, 아니 저것 좀 봐."

순옥은 정남을 보며 같이 웃으려다가 고개 밑에 불길이 타오르는 것을 발견했다.

둘은 그쪽으로 쫓아갔다. 불길은 동그랗게 원형을 그리며 타오르고 있다. 정남은 웃저고리를 벗어서 재빨리 불길을 끄기 시작했다.

"순옥아, 그 나뭇가지들을 끄집어내서 꺼버려."

"알았어."

순옥은 부러진 가지들을 꺼냈다. 정남이는 저고리를 휘두르고, 발끝으로는 흙을 파서 타는 풀숲 위를 덮었다.

이렇게 한참 애쓴 보람이 있어서 불길은 겨우 가라앉았다.

"하마터면 산불이 날 뻔했지 뭐니."

정남이가 비지땀을 손등으로 문지르며 중얼거렸다.

"하지만 이상한데?"

"뭐가?"

"저 하늘 좀 봐, 구름 한 조각 없잖아."

순옥이가 저녁놀에 얼굴이 붉게 물들며 말했다.

"오, 참?"

정남은 그제야 방금 전에 보고 들은 것은 번개도 천둥도 아니란 것을 깨달았다.

"그럼 그 불길은 어떻게 생겼지?"

정남은 이런 말을 하며 불이 타던 자리를 눈여겨보았다. 그러자 그의 눈앞에는 또 하나의 놀라운 사실이 나타났다.

그가 지켜보는 땅속에서 이상한 광채가 어두워오는 둘레를 비춰주고 있는 것이다.

정남이와 순옥은 헐레벌떡 그 흙을 파헤치기 시작했다.

해가 건너 봉우리로 지고 있다.

산속은 이내 어둠의 그림자가 깔리기 시작했다.

그래도 두 어린이는 그냥 흙을 파 내려갔다. 막대기와 넓은 돌을 괭이와 삽 대신 쓰다가, 나중에는 근처에서 깡통을 주워 밟아서 썼다. 이렇게 1미터쯤 파 내려갔다. 그래도 그 빛을 내뿜는 정체는 드러나지 않았다.

땀이 비 오듯 온몸을 적셨다. 기운도 빠지기 시작했다.

"이놈의 금덩이가 어서 나오지, 왜 이리 깊이 묻혔어?"

정남이가 기운을 돋운다.

"금덩이?"

순옥이가 웃는다.

"그래, 금덩인지 알어? 그럼 우린 그것으로 뭘 할까?"

"웃기지 마, 금덩이에서 빛이 나와?"

"그럼 다이아몬드? 더 좋지 뭐야. 다이아몬드는 빛을 잘 반사하거든."

"또 웃기네, 빛을 반사하려면 빛이 있어야잖아. 그런데 여긴 벌써 어둠이 깔렸어."

"그럼 뭐야, 이 빛은? 땅속에서 도깨비불이 비치나?"

정남이와 순옥은 말다툼을 하며 계속 땅을 팠다.

이렇게 다시 50센티미터쯤 파 내려갔을 때다. 무엇인가 딱딱한 것이 깡통 쇠붙이에 부딪히는 소리가 들렸다.

"있다! 뭔가 걸렸어!"

정남은 엎드려서 넓적한 깡통 판으로 숨 가삐 흙을 걷어올렸다. 마침내 둥근 덩어리가 그 윤곽을 드러내기 시작했다.

"이게 뭐야? 골동품 항아리 아냐?"

정남은 찬란한 황금 덩이나 보석이 나타나지 않은 데 자못 실망한 빛을 감추지 못했다.

"골동품 항아리가 아니고 지뢰라면 어떡하니."

"지뢰?"

순옥의 말에 정남은 성급히 뒷걸음질 쳤다.

"헛수고야. 그만 가. 잘못 건드렸다가 터지는 날이면 끝장이야."

순옥은 정남의 손목을 끌어당겼다.

"하지만 보물이 한가득 담긴 항아린지 모르잖아."

정남은 미련이 가시지 않은 듯, 차마 그 자리를 떠나지 못한다.

"어서 가자니까."

순옥이가 또 정남일 끌어당겼다.

"가만있어 봐, 좋은 수가 없나 생각해봐야지."

정남이 말하며 흙더미 위에 주저앉을 때다. 그 둥근 덩어리 속에서 윙윙 기계 도는 듯한 소리가 들려왔다.

"지뢰가 터진닷!"

정남은 순옥의 손을 잡고 내닫기 시작했다.

"아이고 숨차! 좀 쉬었다 가."

순옥은 쫓아오다가 멈추며 소리쳤다.

"언덕까지만 가!"

두 어린이는 겨우 언덕까지 와서 멈추었다.

"왜 안 터지지?"

순옥은 그들이 파놓은 구덩이를 돌아보며 중얼거렸다.

"소리가 났으니까 터질 텐데?"

정남이가 고개를 갸웃거린다.

"그럼 그거 진짜 보석 항아리 아냐?"

"그래, 그걸 누가 가져가면 어떡해. 우리가 애써서 파낸 건데."

이런 말을 주고받자, 두 어린이는 그 항아리에 또 마음이 끌리지 않을 수 없었다.

"다시 가보자. 죽으면 한 번 죽지 두 번 죽나?"

정남은 배짱이 생겨난 듯, 항아리 있는 쪽을 향해 내닫기 시작했다. 순옥이도 정남이 뒤를 따랐다.

두 어린이는 마침내 항아리가 묻힌 구덩이를 들여다보다가 눈이 휘둥그레졌다.

"이건 또 뭐야? 빛깔이 바뀌었잖아!"

누런빛이 새어 나오던 그 항아리에서, 지금은 파란 빛줄기가 뻗쳐 나오는 것이다. 두 어린이를 놀라서 달아나게 했던 그 소리도 멈추었다.

"암만해도 괴상한 물건이야. 꺼내서 가져가자, 도와줘!"

정남이 말하며 구덩이 속으로 들어갔다.

"조심해!"

순옥은 따라 들어서며 소리쳤다.

정남은 머리칼이 쭈뼛하고 하늘로 치솟는 것을 느끼며, 항아리에 손을 대보았으나 전과 다름없이 느껴졌다.

"순옥아, 도와줘. 끌어내게."

정남이와 순옥은 서로 맞잡고 항아리를 번쩍 들어 올렸다. 생각했던 것보다 무겁지 않다. 그들은 항아리를 두렁 뒤에 올려놓았다.

"이걸 어떡하려구?"

"가져가야지."

"어디로?"

"집으로."

"집으로?"

"어서 굴려."

"굴려?"

"그래야지. 이걸 들고 갈 순 없잖아."

"그러다 터지면 어떡해?"

"끝장이지."

"난 싫어."

"바보, 그럼 내가 먼저 굴려볼게."

정남은 용기를 내서 항아리를 한 바퀴쯤 굴려보았다. 별일 없다. 이번에는 두 바퀴를 굴렸지만 괜찮다.

세 바퀴……

네 바퀴…….

다섯 바퀴…….

그래도 아무 일 없다.

"자, 이제 됐지. 같이 굴려!"

순옥이도 이젠 정남이를 도와 항아리를 굴리기 시작했다.

둘은 마침내 항아리를 고갯마루 위까지 올려놓았다.

"휴―. 우리가 찾던 깡통은 어디 꺼지구, 이따위가 우리에게 이 고생을 시키는 거야."

정남은 땀으로 몸에 달라붙은 저고리를 흔들어 바람을 넣으며, 번듯이 풀밭 위에 누워버렸다. 하늘에는 벌써 별들이 총총히 빛나고, 초승달이 산마루 위에 걸려, 산 그림자를 드리워주고 있다.

"어서 가!"

순옥은 재촉한다.

"이제부턴 내림길이니까 괜찮아."

정남은 일어나지 않는다.

"빨리 가!"

순옥은 역시 불안한 목소리로 재촉한다.

"이제 봤더니, 넌 겁쟁이구나. 좋아, 그럼 가보자."

정남이가 일어나며 옆에 놓인 항아리를 눈여겨보다가

"아니?"

하고, 가늘게 떨리는 소리를 질렀다.

"왜 그래?"

"이것 좀 봐, 칠면조같이 사람의 눈을 홀리는 거 아냐. 이번엔 초록빛으로 바뀌었잖아."

"그래?"

순옥이가 항아리를 보자 정말 초록빛으로 바뀐 것 같았다.

"달빛 때문일 거야. 어서 굴려."

순옥이가 또 재촉한다.

정남은 등이 달아 항아리에 손을 대려고 하는데, 그 항아리가 혼자서 꿈틀거리며 흔들리는 것 같았다.

"이건 또 뭐야. 이젠 혼자서 움직이기까지 하는 거야?"

정남이가 눈을 크게 뜨고 지켜보는데, 항아리는 별안간 밑으로 굴러 내려가기 시작했다.

"잡아랏!"

정남과 순옥은 당황하여 항아리 뒤를 쫓기 시작했다. 그러나 항아리는 두 어린이보다 차츰 더 빨리 저 혼자서 굴러 내려갔다.

"멈춰라! 멈춰! 멈추라니까!"

정남은 굴러 내려가는 항아리 앞에 큰 바위가 솟아 있는 것을 보고 소리쳤다.

수수께끼 소년

항아리는 여전히 구르기를 멈추려 하지 않더니 기어이 바위를 들이받고야 말았다. 그와 동시에

"쿵!"

하는 소리가 골짜기에 메아리쳤다.

"폭발이닷!"

정남은 외치며 쫓아 내려갔다.

그런데 솟아 있는 그 바위 가까이 달려간 정남은 입을 딱 벌리고 서

버렸다.

방금 굴러 내려와 바위에 부딪힌 항아리는 두 조각으로 갈라지고, 그 안에서 이상한 벌레 같은 것이 꿈틀거리며 움직이고 있지 않은가!

"번데기닷!"

뒤쫓아 온 순옥이가 빛을 내뿜는 괴상한 벌레를 보고 두 손으로 눈을 가리며 뒤로 나동그라졌다.

정말이지 그 항아리 속에서 나온 놈은 누에고치 안에 든 번데기를 영락없이 닮았다. 그런 놈이 차츰 기지개를 켜듯 늘어나더니 머리와 몸뚱이와 손발 같은 것을 내밀었다.

"도, 도깨비닷!"

정남이도 벌렁 나동그라지며 그대로 뻗어버리고 말았다.

정남은 어쩐지 몸이 으스스 떨리는 것 같아서 눈을 떴다.

밤이다. 산속이다. 달이 떠 있다. 순옥은 아직도 자기 곁에 있다.

"순옥아! 순옥아?"

정남은 흔들어주었다. 그제야 순옥은 깨어났다.

"순옥아, 괜찮아?"

"아이, 추워."

순옥은 몸을 움츠리며 부르르 떤다.

"나도 추워, 어서 가자."

정남은 순옥을 일으켜 세우다가 주춤했다. 웬 소년이 자기 앞에 서 있는 것이다.

"너, 넌 누구냐?"

"……"

"넌 어디서 나타났어?"

그래도 소년은 대답이 없다. 소년의 얼굴 위엔 나뭇가지가 달빛에 비쳐 얼룩졌다. 정남은 소년을 물끄러미 지켜보며 이상한 생각을 하였다.

"순옥아."

"응?"

"아까 우리 앞에 있던 그 벌레 같은 것이 어디 갔지?"

"글쎄……."

"우리는 그 벌레를 보고 쓰러졌잖아?"

정남과 순옥은 갑자기 이상한 눈으로 소년을 훑어보기 시작했다. 그 소년은 아무 이상이 없다. 이상한 점을 굳이 찾자면 소년이 입은 옷이다. 소년은 몸에 달라붙은 우주복 같은 것을 입고 있다.

하지만 그런 옷이라면 다른 소년들도 입고 있던 터이므로 그리 이상하달 수도 없다. 그래도 정남의 마음에는 무엇인가 수상쩍게 느껴졌다.

'그 벌레는 어디 가고 소년은 어디서 나타났을까?'

이런 생각이 문득 고개를 쳐들었지만 다시 생각을 고쳐먹었다.

'아냐, 아냐. 그 벌레하고 이 소년하고 무슨 상관이야. 그 벌레는 숲속으로 사라지고 이 소년은 어디선가 왔겠지. 우리처럼…….'

정남은 중얼거리며 풀숲을 두리번거렸으나 벌레 같은 것은 눈에 띄지 않았다.

"아이 추워. 어서 가."

순옥이가 정남의 옷자락을 잡아당겼다.

"그래, 가자."

정남도 발길을 돌렸으나 아직 소년에게 미련이 남았던지 다시 뒤돌아보았다.

"참, 네 이름이 뭐지? 난 정남이야, 고정남."

"……."

역시 대답이 없다.

"넌 어디로 갈래? 우리하고 같은 쪽 아냐?"

"……."

"너 벙어리니?"

"……."

"아이 답답해. 말하기 싫으면 그만두래, 어서 가."

순옥은 토라진 소리를 질렀다.

"그럼 잘 가. 우린 간다."

정남은 순옥과 걷기 시작했다.

"이상한 아이 다 봤지, 왜 말을 안 할까? 우리가 못마땅한가?"

순옥이가 투덜거렸다.

"그럴지도 모르지."

정남이가 말한다.

"왜? 뭣 때문에?"

"우리가 항아리를 발견했잖아. 그것을 그 애도 지켜봤는지 몰라."

"항아리가 어쨌다는 거야. 고작 벌레가 나와 우리를 골탕 먹였는데……."

"그런데 그 벌레는 어디로 갔지?"

"아이, 그만해, 벌레가 금덩이로 바뀔 리도 없잖아."

"아냐, 그 애는 탐정인지 몰라. 그 항아리에 무슨 수수께끼가 숨어 있을지 몰라."

"그럼 또 갈 테야?"

"아니, 오늘은 지쳤어."

두 어린이는 이런 이야기를 주고받으며 한참을 걸었다. 그런데 문득 뒤에서 무슨 소리가 들렸다. 둘이 멈추었다. 그러자 그 소리도 멎었다. 걸었다. 또 들린다.

멎었다. 소리도 끊겼다.

이러기를 몇 차례나 되풀이하며 그들은 언덕 위에 와 닿았다. 숨이 차다. 그들은 숨을 돌리려고 멈추어서 뒤를 돌아다봤다.

그리고 그 소년을 발견했다.

"넌 어느새 쫓아왔니?"

정남이가 놀라서 외쳤다.

"……."

"숨이 안 차??"

"……."

"물어야 소용없어. 벙어리야, 벙어리."

순옥은 앞장서서 걸었다. 정남도 뒤따랐다.

마침내 두 어린이는 별장까지 왔다. 그리고 조금 있자 또 그 소년을 발견했다.

"아하, 이제 봤더니 너 잘 곳이 없나 보구나. 좋아, 잘 방은 넉넉하니까 들어가자."

정남이가 앞장서서 집 안에 들어갔다.

소년이 따라 들어왔다. 방에서 보니 소년은 굼벵이 얼굴과 메뚜기 모습을 닮은 것 같다.

"목욕 안 해?"

"목욕이 다 뭐야, 난 뻗어버려야겠어. 잘 자."

정남은 순옥에게 인사를 하자, 소년을 데리고 자기 방으로 돌아왔다.

"너두 어서 자, 네 자리는 그쪽 침대야. 아이고 피곤해. 난 자야 살겠어. 잘 자!"

정남은 잠옷을 갈아입지도 않은 채 침대에 몸을 던졌다.

다음 날 아침. 아침이라기보다 대낮이 돼서야 정남은 깨어났다. 깨어

보니 소년이 안 보인다.

"이 녀석이 또 어디로 꺼졌지?"

정남은 투덜거리며 뜰로 나왔다. 없다. 뒤뜰로 갔다. 거기도 없다.

"괴상한 애다. 순옥아! 순옥아!"

정남은 순옥일 불렀다. 순옥도 그제야 깨어났다.

"그 애 못 봤니"

순옥이가 고개를 젓는다.

"그럼 어디 갔어? 내 방에도 뜰에도 없다면? 또 산으로 갔나?"

정남은 뇌까리며 산길을 바라볼 때다. 정남이가 실험을 하던 방에서 소리가 났다.

정남은 실험실로 달려가 문을 열어젖혔다. 그러자 묘한 광경이 눈앞에 벌어져 있다. 방 안의 실험 기구와 약품들이 온통 널려 있고, 소년은 눈에서 이상한 불빛을 내뿜으며 약품통 한 개를 껴안고 있다.

"역시, 너는 사람이 아니었구나!"

정남은 외치며 소년에게 달려들었다.

가죽 같은 우주복을 입은 소년은 재빨리 정남의 손아귀를 벗어나려고 몸부림쳤다.

"그것을 내봐! 어서!"

정남은 소년의 손에서 약품통을 뺏으려 하자, 소년은 한사코 놓지 않는다. 따귀를 한 대 갈겼다. 사람처럼 온기가 없어 보인다.

"너는 뭐얏? 어디서 온 누구얏?"

정남이가 소년의 멱살을 잡아 흔들자, 소년은 뜻밖에도 굉장한 힘으로 정남을 밀어젖히고 달아나기 시작했다. 손에는 그 약품통을 안은 채다.

"멈춰! 멈춰라!"

정남은 외치며 소년의 뒤를 쫓기 시작했다.

"이봐, 멈추지 않으면 돌을 던지겠다!"

정남은 뒤쫓으며 주먹만 한 돌덩이를 주워 들었다.

"어서 멈춰! 어서!"

정남은 눈물이 글썽해서 소리쳤다. 그래도 괴소년은 달리기만 했다.

"다섯을 세겠다. 그래도 멈추지 않으면 돌을 던진다."

정남은 이렇게 말하고서 정말 띄엄띄엄 셈을 시작했다. 셋까지 세보았다. 괴소년은 멎지 않는다. 넷을 세보았다. 그래도 달린다.

"정말 안 서겠느냐? 다섯……."

정남은 마침내 화난 목소리로 말끝을 끌어보았으나 괴소년은 여전히 달렸다.

"할 수 없다. 자— 얏!"

정남은 괴소년을 겨냥하고 손에 들었던 돌을 던졌다.

딱 소리가 나는 것도 같았으나 괴소년은 서지 않았다. 정남은 잇달아 돌을 주워 던지기 시작했다. 돌 한두 개가 또 소년에게 맞는 것 같았으나 소년은 아랑곳하지 않는다.

이렇게 얼마 동안 돌팔매질을 하며 먼저 왔던 언덕에 이르렀을 때, 괴소년이 푹 앞으로 쓰러졌다.

"맞았다!"

정남은 급히 소년에게 달려갔다.

"얘야! 얘?"

정남은 겁에 질린 듯 괴소년의 몸을 흔들었다. 소년은 부르르 떨기 시작했다.

"어디 맞았니, 응?"

정남은 소년에게 다가가서 몸을 살피려 하자, 소년은 별안간 정남을 부둥켜안았다. 굉장한 힘이다.

"놓아! 이 손 놓아!"

정남은 외치며 빠져나오려 하나 몸을 빼낼 수 없다. 하는 수 없이 서로 부둥켜안고 뒹굴기 시작했다. 정남은 몸을 빼려고 발버둥 쳤다. 갑자기

"끼이—."

소리와 함께, 괴소년은 손을 풀고 그 자리에 뻗어버렸다.

"아이고……."

정남은 겨우 일어났다.

"정남아, 웬일이야?"

순옥이가 달려왔다.

"웬일이 다 뭐야, 혼났어 정말……."

정남은 아직 가쁜 숨을 몰아쉬며 괴소년을 굽어보다가 눈을 크게 떴다. 지금 정남이가 보는 그 소년은 아까와는 아주 다른 요물이다. 눈은 빛을 잃고, 얼굴은 거무죽죽 시들고, 한 손을 내밀어 허공을 젓고 있다.

"왜 그러지? 무엇을 찾는 거야?"

순옥이가 묻는다. 소년은 그냥 손을 내저었다. 떨어진 약통 쪽으로 손을 내밀고 있다.

"이 약통?"

순옥이가 약품통을 갖다 주었다. 그러자 괴소년은 떨리는 손으로 약통을 열고 입을 대자 허겁지겁 약 가루를 삼키기 시작했다.

"네가 미쳤냐? 그것을 먹으면 죽어. 화약 가루란 말야, 어서 뱉어!"

정남은 정색을 하며 급히 달려들어 약통을 뺏고, 소년의 등을 쳐서 삼킨 약을 토하게 하려 했다. 그러자 소년은 대들었다. 또 정남과 소년이 맞잡고 뒹굴었다. 정남은 한사코 소년의 뒤통수를 쳐서 약을 토하게 했다. 소년은 기운을 차리는 듯했으나 다시 눈과 얼굴은 빛을 잃으며 아까처럼 팔다리를 후들후들 떨기 시작했다.

"암만해도 사람 같지 않아, 저것 봐. 저 눈과 얼굴…… 저 손은 또 왜 저러지?"

순옥은 죽어가는 송장이라도 보는 느낌으로 몸을 으스스 떨었다. 아닌 게 아니라, 소년은 지금 반듯이 하늘을 보고 누워서 하늘을 향해 묘한 소리를 지르며 손을 내저었다.

정남과 순옥은 괴소년의 손을 따라 하늘을 쳐다보다가 그대로 파랗게 질려버리고 말았다.

그들이 쳐다보는 하늘에는 소리도 없이 묘한 비행체가 달려오고 있다. 그것은 얼핏 보면 솥뚜껑을 마주 덮은 것 같았다. 그것이 그렇게 빠른 속도로 날아오더니만, 바로 그들 머리 위에 와 멎었다.

"도망가자! 빨리!"

정남은 기겁을 하며 순옥의 손을 끌고, 왔던 길을 도로 내닫기 시작했다.

비행접시 안으로

정남과 순옥의 머리 위까지 날아온 비행접시는 재빨리 두 어린이 위로 파란색 빛줄기를 내뿜었다.

두 어린이는 그 빛줄기를 피하려고 굵은 나무를 감싸고 돌았다. 비행접시는 또 나무 그늘 쪽으로 돌며 빛줄기를 뿜었다. 이런 숨바꼭질을 하다가 정남과 순옥은 정신을 잃고 숲 위에 쓰러지고 말았다.

그 뒤 얼마나 지났을까?

정남은 묘한 침대 위에서 눈을 떴다.

굉장히 오랫동안 잠이 든 것 같은 느낌이다.

정남은 머리를 흔들며 방 안을 두리번거렸다. 진공 위에 떠 있는 듯한 포근한 침대, 전등 없이 방을 밝혀주는 벽, 둥근 모양의 천장, 그 천장 위에서 자기가 누워 있는 침대 위로 뻗고 있는 오렌지 빛깔의 부드러운 느낌, 그 모두가 지구의 것 같지 않았다.

'병원인가?'

정남은 그런 생각을 하며 옆에 누워 있는 순옥을 돌아보았다. 순옥이 역시 눈을 빠끔히 뜨고 야릇한 방 안을 둘러보고 있다.

"순옥아!"

"응?"

"여기가 어디지?"

"글쎄 말야."

"우리는 분명히 비행접시에 쫓기고 있었잖아?"

"큰 나무를 돌고 있었어."

"그러다가 어떻게 됐지?"

"몰라, 그 뒷일은……."

"우린 그럼 같이 정신을 잃었었구나."

"그런가 보지."

"그럼 우린 지금 어디 와 있는 거야?" :

"그걸 어떻게 알……. 아니 저것 좀 봐!"

둘이서 이런 말을 주고받다가 순옥은 갑자기 벽을 향해 손짓했다.

그 벽에 스크린이 나타나고 그 위에 언젠가 본 괴상한 번데기 같은 동물이 비쳤다.

"저것은 우리가 그 항아리 속에서 본 것과 닮았잖아."

"그러게 말이야, 여기가 어디지?"

"도대체 누가 우리를 이런 곳에 데려왔어?"

순옥이가 소리쳤다.

"너희를 데려온 건 우리다."

스크린 속에서 지구의 말소리가 들려왔다. 분명히 그 번데기 같은 동물이 지껄이고 있다.

"다, 당신은 누구요? 어디서 온 누구얏?"

정남이가 떨리는 목소리로 고함쳤다.

"끼르르르……. 차차 알게 될 거다."

그 번데기 같은 놈이 이번엔 웃는 소리인지 번데기의 울음소린지 알 수 없는 목소리를 굴리며 역시 지구 말로 주절거렸다. 그와 동시에 번데기 같은 모습은 텔레비전 화면에서 자취를 감추고 말았다. 그리고 조금 있자 방문이 열리고 그 번데기 소년이 먹을 것을 놓고 나갔다.

먹음직한 색색의 젤리 과자 같은 것이 담겨 있다.

"먹으라는 거 아냐?"

순옥이가 한 개를 집어 든다.

"먹지 마, 독이 들었는지 알아?"

정남이가 말렸다.

"이왕 죽을 바엔 먹고나 죽자. 아이 배고파."

순옥은 그냥 과자를 씹어 삼켰다. 그리고는 입맛을 다시며 또 한 개를 집어서 입에 넣는다.

"맛이 그만이야. 너도 먹어봐."

정남이는 순옥이가 너무 맛있게 먹는 것을 보고 군침을 삼키다가 참을 수 없다는 듯이 자기도 한 개를 집어서 입에 넣었다. 정말 맛이 좋다. 입안에서 그대로 녹아 없어지는 것 같은데 별난 맛이다.

먹자마자 기운이 솟아오르는 것 같다. 둘은 그릇 안의 젤리 과자를 몽땅 먹어치웠다.

"자, 이제 어떡하지?"

힘이 생기자 정남은 다음 일을 걱정했다.

"여기가 비행접시 안 아냐?"

"그러니까 빠져나갈 궁리를 해야 해."

"여기를 어떻게 빠져나가지?"

"생각해봐야지. 안 그러면 우리를 어디로 데려갈지 모르잖아."

"하지만 어떻게 빠져나갈 수 있냔 말야?"

순옥은 걱정스레 묻는다. 이 말에 정남은 잠깐 시무룩해졌으나 별안 간 순옥의 손목을 끌어당겼다.

"왜 그래?"

"여기를 나가봐. 우선 이 안을 살펴보고 나서……."

둘은 복도로 나왔다. 복도를 따라 가운데 큰 홀로 나왔다. 이따금 번 데기 소년이 오갔지만 그들에겐 아랑곳하지 않고 자기들 일에 바빴다. 여기에 자신이 생긴 두 어린이는 여기저기를 쏘다녀 봤다. 그 결과 대충 비행접시 안을 짐작할 수 있었다.

비행접시 안은 물질을 만드는 분자가 서로 얽힌 것처럼 둥근 방들이 질서 있게 얽혀 있다. 또 방들 사이에는 복도가 알맞게 뚫려 있어 서로 통행에 불편 없이 되어 있다. 그러나 어느 방에 어떤 것이 있고 어떤 방 에 누가 있는지는 알 길이 없다.

그런데 맨 위쪽 홀에 올라가자 비행접시의 안내판이 걸려 있어 한눈 에 방의 배치를 알 수 있었다. 이상한 부호와 그림으로 된 안내판이다.

"저기부터 가보자."

정남은 번데기 새끼가 여러 마리 그려 있는 방을 손짓했다. 둘은 애 써 같은 부호의 방을 찾아 들어갔다. 방 안에 들어선 두 어린이는 눈앞에 나타난 이상한 광경에 눈을 두리번거렸다. 그들 앞에는 속이 비치는 둥근 갑이 즐비하게 놓여 있고, 그 갑 안에는 애기 번데기 같은 것들이 탐스럽게 자라고 있다.

"이것들이 커서 소년이 되는 거야?"

순옥이가 중얼거리며 통 가까이 다가설 때다. 뒤에서 별안간 끼르르…… 하며 웃는 소리가 들렸다. 겁에 질린 두 어린이는 돌아서기가 바쁘게 달아나려고 했다.

순간, 괴인은 두 어린이를 양손으로 움켜잡았다.

"놔줘요. 우린 나쁜 일 안 했어요."

정남이가 떨리는 목소리로 말했다.

"끼르르……. 겁낼 것 없다. 난 너희를 찾아왔으니까."

괴인은 부드러운 목소리로 말했다.

그러나 정남과 순옥은 가슴이 뛰었다.

"놀라지 않아도 된다. 나는 너희가 구해준 RA(아르 에이)-3호의 주인이다."

"RA-3호요?"

"그래, 너희가 항아리 속에서 구해준 로봇 말이다."

"로봇요?"

"그래, 로봇. 그 애는 내가 쓰려고 만든 로봇이다."

너무나 뜻밖의 말을 듣는 두 어린이는 어리둥절했으나 괴인과 이야기하는 동안에 차차 여러 가지 새로운 사실을 알게 되었다.

괴인 말을 들으면 RA-3호와 같은 로봇은 그들이 배양기에 씨앗을 심어서 둥근 통 안에서 키우는데, 일정하게 큰 놈은 누구나 수술을 받게 된다는 것이다.

그 수술이란 뇌에다 그들이 원하는 기억 장치를 심어주는 것인데, 주인의 필요에 따라 각기 다른 기억 장치를 심어준다는 것이다.

그러니까 어떤 로봇은 눈으로 보는 쪽이 발달하고, 어떤 놈은 냄새를 더 잘 맡고, 거기에 따라 이름도 제각기 달라진다.

RA라든지 RH(아르 에이치)라든지, 이런 식으로 말이다.

그런데 대개의 경우 로봇들은 말을 할 줄 모르며 듣기만 한다는 것이다.

"아…… 그래서 그랬구나."

정남과 순옥은 비로소 번데기 소년이 말을 안 하던 이유를 깨달았다. 하지만 멀쩡한 소년이 로봇이라니 믿어지지 않았다.

로봇이라면 대개 플라스틱이나 강철로 만들어지고, 몸 안에는 복잡한 전깃줄이 거미줄처럼 얽혀 있음직한데, 진짜 생명이 통하는 놈을 로봇으로 만들어 쓴다고 하니 놀랄 수밖에 없다.

"그래도 이상하잖아. 항아리 속에 들었던 것이 어떻게 번데기 소년이 됐지?"

순옥이가 말했다. 그 말을 듣자 괴인이 일러주었다.

"RA-3호는 뇌에 수술을 받자 특수 항아리에 넣어져서 지구 위로 떨어뜨렸지."

"어떻게 죽지 않았죠?"

"죽을 뻔도 했지. 두 사람이 땅을 파 꺼내주지 않았더라면 죽었을지도 몰라요. 두 어린이가 RA-3호를 살려낸 거야. RA-3호를 만나고 싶지?"

"그래요, 만나고 싶어요!"

순옥이가 소리쳤다.

"조금만 기다리면 될 거야. 그 애는 지금 수술을 받고 있으니까."

"수술이라구요?"

"응, 그 애는 지구에 떨어뜨리려고 두 가지 특별한 수술을 받았지만 말을 못해요. 그래서 여러분과 이야기를 할 수 있도록 수술을 받는 거야."

"그게 정말입니까?"

"그럼 우리와 이야기를 할 수 있어요?"

정남과 순옥은 동시에 껑충껑충 뛰며 좋아서 어쩔 줄을 몰라 했다.

정말, 일들이 뜻하지 않는 쪽으로 풀려나가는 것 같다. 잡혀서 죽는 줄로만 알았는데, 괴인이 오히려 두 어린이를 친절하게 맞이하는 것 같았다.

"자, 그럼 RA-3호를 만나러 가자."

괴인이 앞장서서 배양기가 즐비한 방을 나섰다.

정남과 순옥은 서로 얼굴을 마주 보며 그의 뒤를 따랐다.

괴인은 정남과 순옥을 어떤 병실로 데려갔다.

이 방에는 여러 명의 로봇 소년들이 수술을 받고 누워 있었는데, 그 중의 한 명이 별안간

"야…… 친구!"

소리를 지르며 자리에서 벌떡 일어나려다가 도로 눕는다.

"RA-3이야."

괴인이 일러준다.

정남과 순옥은 반가워 어쩔 줄을 몰라 하며 침대 곁으로 달려가 그의 손을 잡았다.

"반갑다. 정말!"

"반갑다!"

셋은 서로 부둥켜안았다.

이것을 본 괴인과 가운을 입은 다른 한 명의 괴인이 서로 손을 마주 엎으며 중얼거렸다.

"성공이오!"

"고맙소."

아마도 괴인들은 그런 인사를 나누는 것 같았다. RA-3이 분명히 지구인의 말로 지구 소년과 이야기를 주고받는 것을 보자 수술의 성공을 기뻐하는 성싶었다.

RA-3에게 지구인의 말을 기억한 뇌의 일부를 옮겨 넣는 수술에 만족한 괴인은 계속해서 지구 소년과 그들이 말하는 로봇과의 이야기를 듣고 있었다.

"네가 우리 지구 말을 하게 될 줄은 정말 몰랐다."

정남은 진심으로 기뻐했다.

"너는 내 생명의 은인이다."

RA-3이 말한다.

"내가 왜?"

"네가 나를 구덩이에서 꺼내주었으니까."

"아, 그거, 그런데 아직 모를 일이 있어."

"무엇을?"

"네가 어떻게 그 항아리 속에 들어 있었지? 그렇게 작은 항아리에 말야."

순옥이가 물었다.

"그건 나도 몰라. 나는 아주 작게 졸아들었다가 일정한 시간이 지나면 부풀어 오르나 봐. 그래야, 내가 번데기 속에 들어 있다가 껍질을 벗고 밖으로 나올 테니까."

"음—."

정남은 고개를 끄덕였다. 지구에서도 사람을 얼게 했다가 여러 해 뒤에 다시 살려내는 과학 기술을 개발하고 있지만, RA-3을 눈앞에 보는 정남에게는 그런 사람이 정말 되살아난 것만 같았다.

"하지만 아직도 모를 일이 있어."

정남은 다시 RA-3을 지켜보았다.

"무엇을 또 몰라?"

"너는 어째서 눈에 전깃불이 오듯이 밝아졌다 어두워졌다 했지?"

"내게서 힘이 빠지면 눈에도 빛이 없어진다."

둘이 이런 말을 주고받는 것을 본 괴인 두 명은 다시 한 번 만족스러운 듯이 고개를 끄덕이며 방을 나가버렸다.

정남은 괴인들이 나가자 정색을 하고 급히 RA-3의 손을 잡았다.

"RA-3!"

"응?"

"너는 아까 내가 네 생명의 은인이라고 했지?"

"응."

"그럼 내가 묻는 말에 바른대로 대답해줘야 해."

"그래."

"좋아. 그럼 묻겠는데, 네 주인은 무엇 때문에 우리 지구에 찾아왔지?"

"……."

"왜 대답을 안 하니?"

"난 몰라."

"왜 몰라?"

"난 시키는 일만 하면 돼."

"하지만……."

"우린 로봇이야. 주인이 원하는 것밖에 할 수 없어. 주인 마음 다 몰라."

"쳇."

정남은 기대에 찬 눈으로 RA-3의 입을 지켜보다가 실망한 듯 한숨을 내쉬었다. 그것을 보자 순옥이가 대신 RA-3에게 물었다.

"RA-3!"

"응?"

"너의 주인이 시키는 일만 한다고 그랬지?"

"응."

"그럼, 넌 이제부터 무슨 일을 할지 알고 있겠지?"

"몰라. 주인이 명령해야 나는 행동해."

"쳇."

순옥의 재치 있는 물음도 별로 도움이 되지 못했다. 그것을 본 정남은 순옥의 손목을 끌어당겼다.

"왜?"

"나가자, 나가서 알아봐야겠어."

"어디로 나가?"

"우린 이러고 있을 때가 아냐. 이들은 무엇을 하고 있는지, 무엇을 하려고 하는지 알아봐야겠어. 아무래도 수상해. 지구를 위해 좋은 일만 하려고 왔다고 믿을 순 없잖아."

정남은 순옥을 이끌고 복도를 누비며 닥치는 대로 이 방 저 방 열고 괴인들이 무엇을 하고 있는지 살피기 시작했다. 그래도 괴인들은 별로 아랑곳하지 않고 자기들 하던 일을 계속하고 있다.

'놈들이 왜 왔을까?'

'우리를 무엇 때문에 납치해 왔을까?'

'왜 우리에게 잘 대해줄까?'

'정말 이들은 우리 적이 아닐까?'

정남은 이런 생각이 자꾸만 머릿속을 어지럽게 맴돌자, 다시 이층으로 올라가 방들을 열어보았다.

그가 네 번째의 방에 들어서자, 그 방은 통제실인 듯 많은 단추들이 즐비한 기계 장치가 가득 차 있었다. 그 앞에 그럴듯한 괴인이 앉아서 단추를 누르고 있다. 그와 동시에 단추 위에 파란불이 켜지고 묘한 진동 소리가 들려왔다.

"뭘 하는 거지?"

"쉿, 가스를 더 세차게 내뿜고 있어, 저것 봐."

정남은 순옥에게 손짓했다. 정말 그 스크린에는 우주선 꼬리에서 파란빛을 더 세차게 내뿜는 모습이 비쳐졌다.

"이들이 지구를 떠나려는 거 아냐?"

순옥이가 뇌까렸다.

'그래서는 안 되지. 우린 영영 지구로 돌아올 수 없게 될 거다.'

정남은 이런 생각을 하자 괴인에게 달려들며 소리쳤다.

"어서 멈춰! 기계를 멈춰요!"

정남은 물렁거리는 괴인의 배를 주먹으로 후려치고 머리로는 가슴을 떠받았다.

"왜 이래?"

벌레를 닮은 괴인은 비틀거리며 순옥이가 서 있는 쪽으로 밀려왔다.

"어서 멈춰요. 우리를 내려놔! 어서!"

순옥이도 괴인을 떼밀었다.

정남이가 다시 받아서 괴인의 몸을 후려쳤다.

"아요—. 아요—."

괴인이 묘한 소리를 지르며 신음한다.

"녀석이 어느 것을 눌러 가스를 내뿜게 했지?"

정남은 괴인이 엉거주춤한 사이에, 단추들이 즐비한 조종판 위를 훑어보며 중얼거렸다. 단추들 모양이 다르고 빛깔도 달라서 어느 것을 눌렀는지 알 길이 없다.

"녀석이 이쪽 판때기 위의 단추를 눌러서 가스를 뿜게 했으니 우린 저쪽 판때기 단추를 눌러보자."

정남은 뾰족한 수도 없고 하여 다른 쪽 판에 손을 뻗어 단추 몇 개를 눌러보았다. 그러자 묘한 일이 일어났다. 지금까지 파란불이 켜졌던 단추 몇 개가 빨간빛으로 바뀌었다. 그와 함께 경보를 울리는 듯 지— 지— 하는 소리가 방 안에 메아리쳤다.

"뭘 하는 거얏!"

그제서야 당황한 괴인인 정남을 떠밀고 단추 몇 개를 재빨리 누르고 빼고 한다. 정남은 한사코 괴인이 단추에 손을 못 대도록 막았다. 마침내 정남과 괴인은 부둥켜안고 뒹굴었다. 그러는 사이 가스가 멎었다. 그런데도 버저는 여전히 울리고 있다.

"이야리 이리까리……."

괴인은 마침내 조종판에서 마이크를 빼 들자 고래고래 소리 질렀다.

"오오라, 그게 마이크였구나!"

정남은 재빨리 괴인 손에서 마이크를 뺏어 들고 소리쳤다.

"에스 오 에스, 에스 오 에스. 지구 공군은 들으시오. 여기는 지구에 나타난 외계인의 비행접시 안입니다. 우리는 여기……."

정남이가 여기까지 말할 때 괴인이 정남의 손에서 마이크를 도로 뺏었다. 정남은 마이크를 뺏는 그의 손에 매달리며 그냥 이야기를 계속하였다.

"우리는 여기 납치된 지구 소년입니다. 지구 공군은 들으시오. 어서 우리를 공격해줘요. 이들이 달아나기 전에 우리를 공격해줘요. 여기는 아시아 상공……."

정남은 괴인과 엎치락뒤치락거리면서도 여기까지 지껄였으나 괴인은 마이크를 쓰지 못하도록 스위치를 끄고 말았다.

이때 어디서 나타났는지 네 놈의 로봇이 달려와서 정남을 포위하였다. 순옥이가 로봇과 맞붙어 보았으나 로봇을 당할 수 없었다. 정남과 순옥은 하는 수 없이 괴인이 시키는 대로 어떤 방에 끌려가고 말았다.

"끼리까, 까꾸리."

괴인은 화가 머리끝까지 치민 듯 로봇에게 소리 지르고 나가버렸다.

네 놈의 로봇은 마치 사람처럼 익숙한 솜씨로 정남과 순옥을 의자에다 묶어버렸다. 로봇의 몸에는 전기가 통하여 대들 수조차 없었다.

"이제 우린 여기서 전기의자에 앉은 채 죽고 말겠구나."

순옥이가 눈물이 글썽해서 중얼거렸다.

"천만에, 이제 곧 우리 공군이 공격해올 거야."

정남은 큰 소리로 자신 있게 말했다.

"그래도 결과는 매한가지지 뭐야."

"어째서?"

"우리는 우리 공군이 와도 죽고, 이들에게 처형돼도 죽고 하니까, 이판사판이지 뭘."

"그게 어디 같은 거니. 우리 공군이 오면 우린 죽을지 몰라도 그 대신 이놈들을 몰살시킬 수 있잖아."

두 어린이가 이런 이야기를 하며 지구 공군이 나타나기를 기다렸으나, 공군은 좀처럼 나타나주지 않았다. 이러한 동안에도 비행접시는 어디론지 달리고 있다.

"공군이 왜 안 오지?"

순옥이가 답답한 듯이 몸을 일으키며 뇌까리다가 오른손에 전기가 통한 듯 온몸을 꿈질거리며 움츠렸다. 그리고 다른 쪽에도 전기가 통하는 바람에 하는 수 없이 아까처럼 등만 의자에 기대고 얌전히 앉아 있을 수밖에 없었다.

이럴 즈음에 비행접시 안이 갑자기 소란해지고, 경보 울리는 소리가 또 한 차례 울려 퍼졌다.

"웬일이지?"

순옥이가 묻자

"글쎄 말야."

정남이도 귀를 곤두세웠다. 바로 그때 비행접시 안이 흔들리고 방 안에 있는 물건들이 떨어져 뒹굴었다.

"우리 공군이 왔닷!"

정남이가 기뻐서 소리쳤다.

"우리 공군이 이길까?"

"싸워봐야 알지."

"우리 공군이 이긴다는 것은 우리가 죽는다는 뜻 아냐?"

"그렇다고 우리 공군이 지기를 바랄 순 없잖아."

"그야 물론, 난 지구 공군에게 공격을 받고 죽을 거야."

"장하다, 순옥아. 그런 정신이라면 우리 겁낼 것이 하나도 없어. 죽든지 살든지 지구를 위해서 일을 할 수 있어—."

정남은 순옥의 손을 잡으려다가 또 전기가 통하는 바람에 손을 움츠리고 말았다. 이러는 사이 비행접시 안이 다시 조용해졌다.

"어떻게 된 거야, 우리 공군이 당했나 보지?"

순옥이가 이런 말을 할 때, 정말 스크린 위에 지구 공군기가 불덩이가 되어 떨어지는 모습이 비쳐졌다.

"우리 때문에 마음 놓고 공격을 못 한 것 아냐, 에잇!"

정남은 분김에 벌떡 의자에서 일어나려다 쓰러졌다. 전기가 통한 것이다.

"정남아! 정남아!"

순옥이는 정남이가 쓰러지자 이쪽으로 오려다가 역시 전기가 통하는 바람에 다시 쓰러졌다.

이렇게 두 어린이가 쓰러진 뒤에 이상한 일이 생겼다. 로봇이 와서 두 어린이 머리 위에 헬멧을 씌워주고 거기서 나온 줄을 의자 옆에 붙은 소켓 구멍 같은 곳에 꽂았다. 그리고는 헬멧에 붙은 단추를 눌러준다. 그러자 두 어린이는 엉뚱한 세계 속을 여행하기 시작했다.

처음에 두 어린이는 다른 별나라로 가서 무서운 동물에게 쫓기며 동굴로 달아나고 있었다. 그 별에 사는 사람들은 불을 만들어 동물을 쫓고, 들로 나가 동물을 잡아다 기르고, 집을 지어 모여 살게 되었다.

집들이 많아져서 마을이 되고, ──이런 세계 속을 두 어린이는 바삐 쏘다니고 있는데, 로봇이 두 어린이의 헬멧에 붙은 다이얼을 한 계단 더 올려주었다.

두 어린이는 보다 엉뚱한 세계로 뛰어넘어 들어갔다.

정남과 순옥은 지상의 도시에 두루 돌아다니다가 별안간 바다 밑으로 들어가 버린 것이다.

"여기가 어디야!"

정남과 순옥은 너무나 달라진 세계에 휩싸인 것을 보고 놀라지 않을 수 없었다.

두 어린이는 지금 바다 밑에 도사리고 있는 도시 안에서 그저 혀를 내두를 따름이었다. 그 안에는 온갖 교통 기관이 있었다. 바퀴 없는 차가 달리고 진공통 속을 달리는 열차도 보였고, 움직이는 길도 있었다. 도시는 밝고 공기는 상쾌했다. 그 도시에서는 괴인들도 무척 활발히 움직였다.

이런 해중 도시에 감탄하던 두 어린이는 또 한 차례 다른 세계로 뛰어넘어 갔다. 로봇이 다이얼을 또 한 계단 올려준 것이다.

두 어린이는 마침내 우주 세계로 올라와 버린 것이다.

로봇 RA-3

"여기는 중력이 없는 우주 아냐?"

정남이가 중얼거렸을 때, 그의 몸은 정말 두둥실 떠 있는 것같이 느껴졌다.

순옥이도 매한가지였다. 마음으로 감탄하고 있을 때, 그의 몸도 허공에 뜬 것같이 느꼈다.

'우리가 지상에서 바다 속으로 어떻게 들어가고 바다에서 어떻게 우주로 솟아올랐지?'

두 어린이가 이런 생각을 할 겨를도 없이 우주 도시가 펼쳐졌다.

우주 도시는 지상의 도시와는 너무나 달랐다. 해중 도시와도 달랐다. 그것은 거대한 섬 같은데, 위도, 옆도, 아래도 없는 여러 가지 모양의 덩어리들이 허공에 떠 있다. 어떤 것은 둥글고, 어떤 것은 길고, 어떤 것은 둥글납작하고, 어떤 것은 모가 져 있다.

그런 것에는 하나같이 그 덩어리에 어울리는 창들이 달려 있는데, 이런 것들이 어느 쪽으론가 돌고 있다.

이런 섬들 둘레에는 크고 작은 우주선들이 왕래하고 있었고, 어떤 것은 그 섬 안으로 들어가는 것같이 보였고, 어떤 것은 그 섬에 대는 것 같았다.

다음엔 도시 안이 나타났다.

도시 안은 해중 도시보다 새롭고 신기한 시설들이 많이 눈에 띄었는데, 특히 기이한 것은 비행접시 안에서 본 것 같은 로봇들이 이 도시를 움직이고 있는 모습이었다.

갑자기 이런 우주 도시 하나가 폭발하기 시작했다. 그러자 또 다른 도시도 폭발을 일으켰다.

이렇게 잇달아 우주 도시가 폭발하자, 다른 우주 도시에서는 저마다 다른 별을 찾아 떠날 준비를 서둘렀다.

'오오라, 그래서 이들이 우리 지구까지 왔었구나.'

정남이가 이런 생각을 하고 있을 때다. 지금까지 눈앞에 펼쳐졌던 우주 도시가 한꺼번에 꺼져버리고, 눈앞이 캄캄해졌다.

"웬일일까?"

순옥은 속으로 중얼거렸다. 정남 역시 같은 생각이었다.

정남과 순옥은 꿈에서 깨어난 사람처럼 눈을 두리번거리며 서로 마주 보았다.

두 어린이는 아직도 전기의자에 묶여 있는 그대로였다. 다른 것은 헬멧을 쓰고 있다는 것뿐이다.

'우리는 헬멧 속의 장치로 여러 세계를 여행했었구나!'

이런 생각을 하며 감탄하고 있는데, 주위가 갑자기 왁자지껄 떠들썩했다. 방 안이 온통 빨간빛으로 감싸였다가는 흰빛으로 바뀌었고, 이따금 괴인들이 묘한 말로 떠들었다.

"무슨 일이 생겼나 보군?"

정남이가 걱정스레 말한다.

"우리가 묶여 있는데 어떡하지?"

"풀려날 방법이 없잖아."

"생각해봐. 단추를 누르거나 줄을 찾아서 끊어보거나 무언가 해봐야지."

"전기가 통하는 걸 어떻게 움직이니."

"그러니까 몸을 움직이지 않고 손만 가지고 해봐."

순옥이 하도 조르니까 정남은 안 해볼 수도 없었다. 정남은 순옥의 말처럼 몸을 바로 세운 채 손만으로 의자 옆에 붙은 단추를 더듬었다. 하지만 그가 더듬는 순간 온몸에 전기가 흘러들었다.

"으아앗……."

정남은 비명을 질렀다. 순옥이도 따라서 비명을 질렀다. 비행접시가 갑자기 크게 흔들려서 두 어린이가 모두 전기에 감전이 되고 만 것이었다. 두 어린이는 전기가 통할 때마다 비명을 지르며 몸을 바로잡으려 했으나 그럴 때마다 비행접시가 흔들려서 어쩔 도리가 없었다. 이때 비행접시는 지구 항공대의 공격을 받고 있는 것이었다. 지구 항공대와 비행접시 사이에 본격적인 싸움이 벌어졌다.

지구 로켓기 세 대가 앞과 위아래쪽에 달라붙어 비행접시의 가는 길을 방해했다. 그러나 비행접시는 헬리콥터처럼 정지하고, 어떤 때는 탱크처럼 한쪽으로 급커브를 꺾어 용케 지구 공군의 포위망을 빠져나갔다.

또 어떤 때는 도저히 지구 공군이 따라잡을 수 없는 속력으로 쉽사리 길을 열고 나갔다. 이런 때면 지구 공군은 지름길로 가서 따라잡아야 했다.

마침내 세 대의 로켓기가 앞서처럼 삼면에서 비행접시를 감쌌다.

편대장은 때를 놓치지 않고 공격을 명령했다. 항공기에서는 날카로운 레이저 광선이 뻗었다. 쇠를 뚫고 녹이는 무서운 빛줄기다. 그런데도 비행접시는 끄떡도 하지 않았다.

"이상한데?"

편대장은 거리가 먼 탓이라 생각한 듯 지름길로 비행접시에 달라붙자 명령을 내리며 자기도 단추를 눌렀다.

"쏘앗!"

편대장의 호령과 함께 세 대의 항공기에서도 일제히 빛줄기를 내뿜었다. 그러나 비행접시는 다소 기우뚱했을 뿐 별로 효과가 없다.

"한곳을 집중적으로 공격하라! 앞머리 쪽을 공격하자!"

편대장의 명령에 이번엔 세 대의 로켓기들이 비행접시 앞머리에 빛줄기를 퍼부었다. 비행접시가 아까보다 크게 흔들렸다. 여기에 자신이 생긴 편대장이 또 한 번 소리쳤다.

"계속 같은 곳을 공격하랏!"

지구 항공기 세 대는 있는 힘을 다하여 비행접시의 앞머리만을 공격했다.

그런데 어찌 된 일인지 공격하던 맨 앞의 로켓기가 폭발을 일으켰다.

"이게 웬일이야?"

위를 날던 편대장은 그것이 비행접시와 충돌한 때문인지 비행접시가 이상한 반사경을 써서 빛줄기를 되돌려 보낸 탓인지 분간을 할 수가 없었다. 하지만 여기서 후퇴할 수도 없는 일이다.

편대장은 얼굴이 벌겋게 달아올라 호통을 쳤다.

"공격을 멈추지 마라!"

두 대의 항공기와 뒤쫓아 온 응원기가 이 공격에 참가했다. 그럴 때마다 비행접시도 크게 흔들리긴 했지만 항공기는 또 두 대를 잃고 말았다.

이러는 사이에 정남이와 순옥은 더욱 비명을 질러야만 했다.

비행접시가 크게 흔들릴 때면 더욱 전기가 계속 몸에 통하여 미칠 듯이 날뛰었다.

"누구 없소? 사람 살려요!"

정남이가 소리쳤다. 그래도 아무도 와주는 이가 없다.

"아…… 아야……!"

순옥이도 비명을 지르다가 정신을 잃었다.

"순옥아!"

정남이가 순옥일 부르다가 자기도 또 한 번 전기 고문을 겪어야 했다. 하지만 묶여 있는 그들로서는 어찌할 도리가 없다.

이때 정남은 문득 RA-3을 생각했다.

"옳지, 그 녀석이다. 그 녀석은 역시 로봇이니까 될지도 몰라."

정남은 혼자 중얼거리다가 순옥을 불렀다.

"순옥아, 순옥아? 좋은 생각이 있어."

"……"

대답이 없다.

"순옥아, 이것 봐, 좋은 생각이 있다니까."

그래도 대답이 없다.

"얘가 정말 죽었나?"

정남이 걱정을 할 때, 순옥이가 눈을 빠끔히 뜨고 두리번거리다가 또 전기가 통한 듯이 비명을 질렀다.

"휴…… 살아 있었구나. 난 또 네가 죽은 줄 알고 얼마나 혼났는지 몰라. 순옥아, 내가 좋은 생각을 해냈어."

"뭔데?"

"순옥이도 로봇에게는 지켜야 할 규칙이 있다는 것을 알고 있지?"

"세 가지 원칙인가 그것 말야?"

"맞아, 그거야. 말해봐. 그 세 가지."

"첫째는 로봇은 인간을 위험한 곳에 빠지게 해서는 안 된다. 둘째, 로봇은 인간의 명령에 복종해야 한다. 셋째, 로봇은 자기 몸을 지켜야 한다. 그런 것 말야?"

"맞았어, 너도 잘 알고 있었구나. 지금이 우리가 로봇 신세를 져야 할 때지 뭐야."

정남이가 말하다가 또 전기에 부딪혔다.

"하지만 여기 로봇은 우리 인간을 위해 만들어진 것이 아니잖아."

순옥이가 다른 생각을 말하자

"RA-3은 좀 다를지도 모른다고."

정남이가 우겼다.

"그럴까?"

"하여간 RA-3을 불러볼 수밖에."

정남은 일부러 자기 몸을 전기가 통하는 쪽으로 부딪히게 하였다. 그와 동시에

"아아앗……."

하며, 새파랗게 질려서 몸을 떨며 죽을상이 되었다. 당황한 것은 오히려 순옥이었다. 정남이가 진짜로 어떻게 된 것만 같이 느껴졌다.

"사, 사람 살려요!"

순옥이가 기운찬 목소리로 불렀다. 이렇게 몇 번을 되풀이 외치자, 우주인의 로봇 한 녀석이 달려왔다. 가슴에 붙인 기호를 보니 그가 바로 RA-3이다.

그는 방 안에 들어오자 두리번거리다가 정남과 순옥이가 묶여 있는 것을 보고 놀란 듯이 그들의 의자 쪽으로 다가왔다. 다가오자 그는 주춤하고 서서 자기가 어떤 행동을 해야 할지 생각하는 듯 고개를 양옆으로 한두 번 흔들며 그대로 나가버리고 말았다.

"싱거운 녀석 같으니……."

순옥이가 화난 듯 소리쳤다.

"에스 오 에스, 에스 오 에스……."

순옥의 목소리를 듣고 RA-2라고 하는 로봇이 들어왔다. 하지만 그도 역시 RA-3이나 매한가지로 두 어린이를 풀어주지 않고 나가버렸다.

"이럴 수가 있나, 사람이 죽어가는데, 로봇의 임무가 뭐야? 사람이 위험에 처해 있을 땐 구해주는 것이 너희 로봇 책임 아니니?"

순옥은 밖으로 나가는 로봇을 향해 외쳐봤으나 소용없었다. 그는 그대로 나가버리고 말았다. 순옥은 이제 다시 소리쳐 볼 기력도 없었다. 소리칠 때마다 의자 사방에서 나온 혹 같은 것에 몸이 닿아서 전기가 통하는 바람에 오히려 기운이 더 빠져버렸다.

"에스 오 에스…… RA-3, 우리를 도와줘, 제발……."

정남의 입에서 그런 말이 흘러나왔다. 순옥이는 정신이 번쩍 들었다.

"정남아, 정신 차려! 자면 안 돼, 정신을 차려!"

순옥은 옆으로 가서 고개를 치켜올리고 따귀라도 갈겨주고 싶은 마음이었지만, 자기도 묶인 몸이니 그럴 수도 없었다. 웬일인지 이런 때 배도 고픈 것 같다.

순옥은 문득 무슨 생각을 했는지 큰 소리로 외쳤다.

"밥, 밥을 가져와! 아이고 배가 고파 죽겠다."

이렇게 몇 번을 되뇌고 가만히 있었다.

그런 지 얼마 안 되어 문이 열렸다. 로봇 한 녀석이 먹을 것을 담은 쟁반을 들고 들어오는 것이다. RA-3이다.

"RA-3!"

순옥은 너무 반가워서 울먹이는 목소리로 불렀다.

"미안하다. 먹을 것 가져왔다. 어서 먹어."

로봇 RA-3은 쟁반을 내밀었다.

"바보, 우리 꼴을 보고 말해. 이렇게 묶여 있는데 어떻게 먹어."

순옥은 묶인 몸을 흔들어 보이다가 전기가 통하여 비명을 질렀다. 이것을 본 RA-3은 고개를 갸웃거리더니 좋은 생각이라도 발견한 듯이 손으로 젤리 과자 같은 것을 한 개 들어 순옥의 입에 넣어주며 중얼거렸다.

"내가 이렇게 먹여준다. 어서 먹어."

"바보! 그런 소리 말고 우릴 빨리 풀어줘! 어서!"

"그거 내가 할 일 아니다. 나 못 한다."

RA-3은 과자를 다시 쟁반에 놓으며 고개를 저었다.

"그럼, 이것은 누가 풀어줘?"

"주인."

"주인? 사람이 당장 죽게 됐는데 주인을 불러와야 해?"

정남이가 덩달아 소리쳤다.

"하지만 난 할 수 없다."

"이봐, RA-3!"

"왜?"

"너는 로봇이지?"

"그렇다."

"그럼 너는 주인의 명령에 복종해야잖아."

"그렇다."

"네 주인은 네가 내게 시중들라고 했지?"

"그렇다."

"좋아, 네게 시중들도록 명령한다. 어서 나를 풀라!"

정남이가 명령 투로 소리쳤다.

"하지만 너는 내 진짜 주인 아니다."

RA-3은 움직이지 않았다.

"진짜 주인?"

"그렇다. 진짜 주인이나 명령한다."

"이봐, 그따위 소리 집어치고 당장 죽어가는 사람을 살려놔야잖아. 우린 이렇게 묶여서 죽게 됐다구. 그래도 못 풀어주겠어? 아야……."

정남은 화가 나서 벌떡 일어나려다가 다시 주저앉으며 비명을 질렀다. 그제야 RA-3은 정남을 뚫어질 듯이 꼬나본다. 정남은 정말 지쳐 있었다. 할 말을 다 하고 난 정남은 아주 곤드레가 되어서 축 늘어져 있다.

RA-3은 그런 모습의 정남을 보는 것이 무척 괴로운 듯이 고개를 이리 비틀 저리 비틀거렸다. 역시 쇠나 플라스틱으로 만든 로봇과는 달라 보였다.

RA-3은 혼자서 어느 만큼은 생각을 할 수 있었다. 그러나 정남을 돕기 위해 행동을 하자니 로봇에게 주어진 한계를 넘는 것이고, 그렇다고 가만있자니 정남이가 괴로워하는 것이 안쓰럽고…….

RA-3은 외계인이 지구 소년과 이야기를 할 수 있으리만큼 뇌에다 지구인 소년 정도의 지식과 감정을 넣어주었던 터라 다른 로봇과는 달리 지구인이 괴로워하는 감정을 이해할 수가 있었다. 때문에 그로서는 죽어가는 사람을 구해주고 싶은데, 주인의 명령 없이 그렇게 할 수도 없고 하여 RA-3은 계속 괴로운 듯이 방 안을 헤매었다.

이러는 동안에도 지구 우주 항공대는 증원군을 불러 끈질기게 외부로부터의 침입자인 비행접시에 달라붙으며 공격을 퍼부었다. 이럴 때마다 정남과 순옥은 어쩔 수 없이 더욱더 고통을 겪어야 했고 로봇 RA-3은 이러지도 저러지도 못하고 괴로워했다.

이런 가운데 비행접시나 로켓기는 어느덧 우주권에 들어서기 시작했다. 갑자기 모든 상태가 지금과는 달라졌다. 대기권에 있을 때와는 달리 몸이 허공에 뜨는 것 같고 묶인 것도 느슨해진 것 같았다. 이처럼 공기의 부담이 줄어들자 지구 로켓기와 비행접시는 더 치열하게 공방전을 벌였다. 미사일이 수없이 날아가 비행접시를 명중시키는 것 같은데, 어떻게 된 영문인지 비행접시는 폭발하지 않고 여전히 견딜 만한 속도로 달리는 것 같았다.

"아무래도 수상하다. 마치 우리를 이 우주 위까지 끌어들인 것 같다."

지구군 편대장이 뇌까렸다.

"그것보다도 우리 미사일이 그렇게 정확하게 날아가서 맞히는데 왜 폭발을 안 하죠?"

다른 조종사가 투덜거렸다.

"비행접시에서 강력한 자석이 나오고 있는지도 모르겠다. 미사일을 그냥 퉁겨내는 것 같아. 보라구, 대개가 정확하게 목표물까지는 날아가지만 다른 곳으로 미끄러지듯이 빗나가버려요."

편대장이 뇌까렸다.

"그것은 오히려 우리 쪽 로켓기만 맞히고 터지잖아요."

"그러니까 미사일이 날아간 쪽 좌우엔 붙지 말아야겠소."

지구 우주 항공대는 이런 이야기를 나누며 비행접시를 포위하고 공격을 멈추지 않았으나, 오히려 이쪽 로켓기만 계속 터지고 이젠 겨우 세 대만이 비행접시를 쫓게 되었다.

"편대장님, 우리가 너무 우주 깊숙이 쫓아온 것 아닙니까. 연료도 떨어질 것 같고, 또 저놈들의 거동이 아무래도 이상합니다."

"무엇이?"

편대장이 물었다.

"놈들은 얼마든지 빠른 속력으로 우리를 빠져나갈 수 있을 텐데 일부러 천천히 달리며 우리를 끌어들인 것 같아요."

"알고 있소."

"그럼 돌아갑시다."

"벌써 늦었소. 이젠 돌아갈 수 없다구!"

편대장이 화난 목소리로 외쳤다.

"그럼 어떻게 하죠?"

"하는 데까지 해봐야지. 남은 미사일을 있는 대로 쏘아요. 그래도 안되면 우리가 탄 로켓기를 놈들에게 갖다 부딪혀서 자폭하자구. 지구인답게!"

편대장이 비장한 말을 하며 자신이 그 본이라도 보여주겠다는 듯이 자신의 로켓기를 비행접시로 향하게 하더니 전속력을 내어 비행접시 쪽으로 날아갔다. 이것을 본 나머지 두 대도 역시 편대장의 뒤를 따랐다.

그런데 이게 어찌 된 일인가. 편대장기를 뺀 나머지 두 대는 자기들끼리 충돌하여 터지고, 편대장의 로켓기는 미사일처럼 비행접시 가까이에서 비행접시를 비껴 나갔다.

이것을 본 비행접시의 사령관이 소리쳤다.

"저놈을 쫓아라!"

그의 호령과 함께 지금까지와는 달리 비행접시는 굉장한 속력으로 흘러가는 편대장의 로켓기를 쫓아왔다.

"엔진을 멈추게 하라."

비행접시의 사령관이 다시 호령을 쳤다. 그러자 비행접시에서는 강력한 방해 전파 같은 것이 발사되는 성싶었는데, 지구 로켓기는 조금 있자 꼬리에서 내뿜던 분사의 흐름이 줄기 시작하더니 마침내 아주 멈춰버렸다.

"안에 탄 지구인을 데려오라!"

비행접시의 사령관이 거듭 명령을 내렸다. 이런 말과 함께 RA-3을 부르는 소리가 들렸다. 정남과 순옥 곁에서 어찌할 바를 몰라 하던 RA-3은 자기를 부르는 소리가 스피커에서 들려오자 신들린 것처럼 어디론가 달려갔다.

"이봐, 우릴 풀어주고 가. 어딜 가는 거야?"

순옥이가 소리쳐 봐도 소용없었다.

외계인 사령관은 외계인 몇 명과 로봇 두 명을 태운 스쿠터를 발사시켰다. 그러자 스쿠터는 곧바로 지구 우주 항공기로 날아갔다. 스쿠터는 기동력을 잃은 지구 로켓기로 다가가 달라붙자, 로봇 두 명을 로켓기 안으로 들여보냈다. 그런 지 얼마 안 되어 로봇 두 명은 두 명의 지구인을 이쪽 스쿠터로 옮겨 태웠다. 스쿠터가 돌아오자 비행접시에서는 축제 기분으로 들떴다.

"야, 지구인이 잡혀 왔다."

외계인들은 지구인 두 명이 붙잡혀온 것을 보고 그렇게 좋아하였다.

"결국 우리가 이겼다!"

사령관 역시 기뻐했다. 줄기차게 쫓아와 포위하고 공격한 지구 우주 항공대를 쉽사리 쳐부수고 마침내 마지막 항공기에 탔던 승무원을 포로로 했으니 그들이 기뻐할 만도 했다.

로봇 RA-3은 임무를 마치자, 다시 정남이가 묶인 방으로 돌아왔다.

"어디 갔었니?"

순옥이가 화난 목소리로 물었다.

"나 일 갔다 왔다."

RA-3이 대답한다.

"일?"

"나 지구인 데려왔다."

"그게 무슨 소리야?"

"이제 만난다."

RA-3은 순옥이가 풀어달라는 말도 하지 않는데, 단추를 눌러 정남과 순옥의 묶인 몸을 풀어주었다.

"빨리 내려와."

RA-3이 오히려 재촉했다. 정남과 순옥은 또다시 묶일까 겁이 나서 재빨리 의자에서 내려오긴 했으나 이내 바닥에 뻗어버리고 말았다. 이것을 본 RA-3은 당황한 듯이 어디론가 나갔다가 전지 같은 것을 들고 들어왔다. 그는 그것을 정남과 순옥의 코 가까이에 가져오더니 전지를 켜듯이 단추를 밀었다. 거기에서 상쾌한 냄새가 흘러나왔다. 정남과 순옥은 차츰 정신이 맑아오는 것을 느꼈다. 한잠 푹 자고 난 사람처럼 기분이 개운해졌다.

"이제 괜찮아?"

RA-3이 반가운 듯이 묻는다.

"아주 기분이 좋아졌어. 고맙다."

정남이가 인사를 했다.

"됐다. 그럼 여기서 나간다."

"어디로?"

정남이가 물었다.

"지구인 있는 데로 간다."

"지구인 있는 데?"

정남과 순옥은 어리둥절한 기분으로 RA-3을 따라나섰다. 그들이 들어선 방은 매우 분위기가 화사하고 아늑한 느낌을 주었다. 정남과 순옥은 그런 방 안 분위기보다도 방 안에 있는 지구인들을 보고 깜짝 놀랐다.

"아저씨!"

두 어린이는 저마다 지구인을 향해 달려가자 끌어안았다.

"너희가 어찌 된 일이냐?"

지구인 두 사람도 지구 어린이를 비행접시 안에서 발견할 줄은 미처 몰랐다는 듯이 힘주어 두 어린이를 얼싸안았다.

"그럼 나 나간다. 잘 있어."

RA-3은 지구인 어른과 아이가 서로 얼싸안고 반가워하는 것을 보자 꽤나 신기한 듯이 고개를 갸웃거리며 바라보다가 나가버렸다. 이렇게 되자 지구인들만 네 사람이 남았다. 로켓기 조종사 두 명은 비로소 웃음을 터뜨렸다.

"야, 이건 정말 뜻밖인데……. 잡혀 올 때 당장 무서운 고문을 받다가 죽을 줄 알았는데, 이런 꼬마들까지 같이 있게 되니 집에 돌아온 것 같지 않아!"

조종사 아저씨 한 명이 말하자

"누가 아니래요. 그런데 너희 이름이 뭐냐? 우린 이 아저씨가 한국 우주 항공군 박용 소령이고, 나는 주일만 중위이다."

젊은 아저씨가 말한다.

"저는 고정남이고요, 얘는 강순옥이에요."

정남이 대답했다.

"나이는?"

"제가 열넷이고요, 얘는 열둘이에요."

"그런데 어떻게 이런 곳에까지 끌려오게 됐냐?"

박용 소령이 물었다.

정남은 그동안 자기들이 겪은 일을 간추려 일러주었다.

"그거 대단한 경험을 했구나. 그러니까 너희가 지구 공군을 불렀단 말이지?"

주일만 중위가 묻는다.

"미안해요. 정말 미안하게 됐어요."

정남의 눈에는 금세 눈물이 글썽해졌다. 공연히 지구 공군을 불러들여 많은 로켓기와 조종사를 죽였다고 생각한 것이었다.

"그건 너희 잘못은 아니야. 우리 쪽 힘이 부족한 탓이지. 알려준 것은 썩 잘한 일이야."

박용 소령이 위로해준다.

"그런데 소령님, 이 비행접시는 도대체 어디로 가는 겁니까? 속력을 도무지 느낄 수 없지만, 별들이 뒤로 밀려나는 것을 보면 굉장히 빨리 달리는 것 같은데요."

주일만 중위가 주위를 환기시키듯 말하자

"맞았어. 빛의 속력 가까이 달리는 것 같군⋯⋯."

박용 소령도 그제야 불안해진 눈길을 창밖으로 돌렸다.

태양계를 넘어서

정말이지 별들이 자꾸 뒤로 흐르는 것을 보면 비행접시가 빙빙 돌고 있거나 아니면 굉장히 빨리 달리고 있는 것이 틀림없다. 지구가 어느새 까마득히 물러나고 지구의 달이 금세 나타났다가 밀려났다.

이번엔 화성이 가까이 왔다가 물러나고 거대한 목성이 태양의 달처럼 우람한 덩지를 드러내서 한참 빛을 뿜었으나, 그것 역시 뒤로 밀려났다.

이번엔 가락지를 두른 토성의 모습이 선명하게 드러났다.

"저것 봐요, 굉장히 아름다운데요."

정남이가 열심히 창밖의 별들을 지켜보다가 중얼거렸다.

"그 띠를 타고 토성 구경이나 했으면 싶은데요."

순옥이가 엉뚱한 생각을 중얼거렸다.

"어림없는 소리 하지도 마. 저것은 작은 얼음덩이나 가스 종류야."

정남은 그따위 엉터리 생각을 집어치라는 듯이 꼬집었다.

다시 그 토성도 지나고 비행접시는 계속 속력을 내고 있는 듯 별들을 자꾸만 뒤로 따돌렸다.

"놀라운 속력인데!"

박용 소령도 감탄해 마지않는다.

"이러다간 정말 빛의 속력까지 낼 수 있을 것 같은데요."

주일만 중위도 탄복하는 듯 눈을 크게 뜨고 어깨를 치켜올린다.

"그런데도 우린 아무 일 없잖아요."

"그것이 이상해. 이렇게 조용할 순 없을 텐데."

순옥의 말에 정남은 자기가 아는 과학 상식으로는 도저히 이해할 수 없다는 듯이 중얼거렸다. 만일 속도가 앞으로 빨라지면 사람들은 눈알이 뒤로 빠져가는 것처럼 느낄 것이고, 위로 솟구쳐 올라가는 경우라면 창자가 발밑으로 빠져나가는 것처럼 느낄 것이다. 그런데 달리고 있는 비행접시 안에서는 그런 압박감을 전혀 느낄 수 없다.

"인력을 조작하는 장치가 되어 있나 본데요."

주일만 중위가 자리에서 일어나 방 안을 거닐며 말한다.

"이 비행접시의 비밀만 알아도 우린 위대한 발명가가 되겠는데요."

정남이가 정색을 하고 말한다.

"암, 그야 그렇지. 알아낼 수 있고 지구로 돌아갈 수 있다면 말이지."

순옥이가 핀잔을 주듯이 말하여 네 사람은 모두 멋쩍게 웃었다. 지구로 돌아가다니, 그것은 지금의 그들로서는 상상조차 할 수 없는 일이다. 지구로 돌아가기는커녕 엉뚱한 방향으로 우주 속을 달리고 있다.

"도대체 우릴 어디까지 데려가려는 거죠? 우리가 나가서 좀 알아봐야겠어요."

두 어린이가 방을 나와 아래층으로 내려가는 엘리베이터에 오르려는 순간 거기서 올라오는 로봇 한 명과 마주쳤다. RA-3이다.

"오, RA-3!"

"정남 친구 잘 있었어?"

"응, 너도 잘 있었겠지. 그런데 왜 우리에게 안 왔지?"

정남이가 섭섭하다는 듯이 물었다.

"나 일 있었다."

"나는 갑갑해서 이렇게 나들이 나왔어. 안내해줄 테야?"

"어디? 이 비행접시 안?"

"그래, 안내해주겠어?"

"그보다 먼저 할 일 있다."

RA-3은 두 어린이와 같이 정남이네가 있던 방으로 가서 두 조종사도 따라오게 하였다.

"어딜 가려는 거야?"

정남이가 물었다.

"가보면 안다."

"어디로 가?"

"주인이 부른다."

"주인이?"

"그렇다."

RA-3은 지구인들을 데리고 위로 올라가 3층에 있는 어떤 방으로 들어갔다.

그 방은 약 냄새가 났다. 중환자실이라도 들어서는 것 같아 기분이 이상해졌다.

그 위에 털에 덮인 뿔이 없는 염소 얼굴의 우주인 몇 명이 이쪽을 바라보는 바람에 섬뜩 소름까지 솟는 것 같았다.

"저들이 비행접시 주인인가 보지?"

순옥이가 정남에게 묻는다.

"우리를 어쩌자는 거야? 우리 머리도 수술해서 자기네 종을 만들려는 거 아냐?"

정남이가 언짢은 표정을 지으며 투덜거렸다.

RA-3은 우주인에게서 무슨 지시를 받은 듯, 지구인들을 차례로 타원형으로 된 통으로 데려갔다. 그 타원형의 통은 방 안에 나란히 놓여 있고, 그 통에는 속이 비치는 투명한 뚜껑이 붙어 있었다. 이 속에 지구인들을 한 명씩 넣으려는 것을 보자, 정남이가 먼저 대들었다.

"우릴 어쩌자는 거야. 통에 넣고 무얼 검사하려는 거야?"

"아, 아니다. 이거 잠자는 기계다."

RA-3이 극구 변명했다.

"영원히 잠자는 기계?"

정남이가 또 야단쳤다.

"아니다, 이거……. 나 그 이상 설명 못 한다."

마침내 RA-3은 자기 머리에 간직한 지식의 한계점에 이른 듯 말을 더듬을 뿐이다. 이것을 본 우주인 한 명이 입을 열었다.

"이것은 우주여행 하는 동안 잠자게 하는 기계 장치다."

"우주여행을 하는 동안만요?"

순옥이가 물었다.

"그렇다."

"우리 지구인만요?"

정남이가 다시 묻는다.

"우리도 같이 쉰다."

"쉬어요? 숨도 못 쉬고?"

이번엔 주일만 중위가 물었다.

"숨 안 쉬어도 살 수 있다."

"그게 무슨 말이오. 우릴 죽이려거든 그냥 죽여요. 오래 고통을 주지 말고."

박용 소령도 한마디 했다.

우주인은 지구인들이 모두 화를 내고 있는 것을 깨닫자, 방침을 바꾸는 것 같았다. 먼저 자기들 중의 한 명을 그 통 안에 들어가게 한 뒤 단추를 눌렀다. 그러자 모든 것이 자동으로 진행되는 듯 파란불, 흰 불빛이 몇 번 깜박거리더니 스르르 뚜껑이 닫혀버렸다.

"저렇게 아주 닫히면 죽잖아요?"

정남이가 소리쳤다.

"이 안에서 모든 장치가 움직이게 된다."

우주인이 더 이상 설명할 수 없는 것을 안타까워하는 듯이 입만 우물거렸다.

"나는 우리 지구에서도 하는 동면을 시키는 장치인가 했더니 이건 아주 밀폐된 관 속에 사람을 넣는 거지 뭐예요. 안 그래요?"

정남이가 더욱 흥분해서 소리쳤다.

"무슨 장치가 되어 있긴 한 모양인데 우리가 알 수 없으니 답답할밖에."

박용 소령도 기가 찬 듯이 중얼거렸다. 지구인들이 우주인을 가지고 시범을 보여도 알아채지 못하자, 우주인은 마침내 강제로라도 지구인을 통 안에 넣으려는 듯 지구인들에게 손에 쥐었던 전지 비슷한 것을 비쳤다. 지구인 네 명은 하나같이 온몸이 마비된 듯 그 자리에 쓰러졌다.

이것을 보자 다른 우주인 두 명이 지구인을 한 명씩 통 안에 넣어버렸다. 그리고는 앞서와 같이 통 앞의 단추를 눌렀다. 그와 동시에 네 명이 들어간 통의 뚜껑이 하나같이 닫혀버리고 말았다.

모든 것은 이것으로 끝났다. 통 안에서는 다시 파란불, 흰 불 등이 몇 번 깜박거리고 다음에 조용해졌다. 자세히 보면 그 안에는 이상한 빛 같기도 하고 가스 같은 것이 차 있으나 지구인 눈으로는 그것이 무언지 알 수도 볼 수도 없었다.

이리하여 지구인 네 명은 느낄 수도 볼 수도 없이, 아니 죽었는지 살았는지조차 알 수 없는 가운데 끝없는 우주 공간을 달려갔다.

비행접시는 어느새 태양계를 벗어나고, 어느 또 다른 별무리를 향해 빛과 같이 달려가는 것이다.

제2부

파라오 성 불시착

비행접시가 얼마 동안이나 우주를 날아 어디까지 왔는지 지구인들은 알 길이 없었다. 마치 죽은 사람이나 다름없이 깊은 잠에 빠진 채 날아온 때문이다.

그런데 정남과 순옥과 우주 항공사 박용 소령과 주일만 중위는 별안간 몸이 으스스 떨리는 것 같더니 갑자기 몸 안에 따스한 물줄기가 콸콸 몰려들고, 몸이 화끈 다는 것 같다고 느꼈다.

그런 지 얼마 안 되어 머리가 어지러워지고 귓전이 윙윙거리며 무슨 잡음이 들려오는가 했는데, 느닷없이 자명종 소리가 요란스레 들려왔다.

그 자명종 소리는 손목에 찬 시계에서 귀뚜라미 소리처럼 울리는 것이었으나 이것이 뇌신경에 직접 흘러들게 되었기 때문에 그렇게 크게 들린 것이었다.

지구인 네 명 가운데 순옥이만 먼저 이 소리를 듣고 눈을 떴다. 곧 순옥이는 두리번거리며 머리를 저어보았으나 보이는 것은 뿌연 천장뿐, 아무것도 들어오지 않았다. 순옥은 몸을 뒤틀어 보고, 손발도 마디마디 움직여 보았다.

별 이상이 없다.

'정남은 어디 있지?'

순옥은 문득 정남을 생각하자 그를 불러보았다.

"정남아! 정남아?"

순옥이가 몇 차례 불러보았으나 대답이 없다. 순옥은 몸을 꿈틀거리다 윗몸을 반쯤 일으켜보았다.

그제야 순옥은 자신의 몸이 어떤 관 같은 속에 갇혀 있다는 것을 깨달았다.

"오오라, 내가 동면통에 들어가 있었구나."

순옥은 그제서야 자기와 다른 지구인들이 비행접시 안에서 우주인들에 의해 강제로 동면통에 들어가던 일이 머리에 떠올랐다.

이런 과정은 다른 세 명의 지구인들에게도 비슷하게 일어났다. 정남이도 박 소령도 주 중위도 또 우주인이나 그들의 로봇들에게도……

이때 비행접시는 속도를 크게 떨어뜨리며 어떤 별에 내릴 준비를 하는 중이었다. 그래서 그런지 속력이 줄어들고 사람들의 머리도 제정신으로 돌아온 성싶었다. 마침내 정남이도 눈을 떴다.

"순옥! 순옥아?"

정남이도 깨어나자 순옥을 먼저 찾았다.

"정남아, 너도 깨어났구나!"

순옥은 동면통을 열고 통 밖으로 나왔다.

정남 역시 통 밖으로 나오자 순옥에게로 달려왔다. 두 어린이는 마치 죽었던 저승에서 되살아난 기분이 되어 서로 부둥켜안았다.

"정남아! 여기가 어디지?"

"글쎄, 우린 무척 먼 우주를 날아온 것 같아."

"우린 지구에서 얼마나 먼 곳에 왔지?"

"모르지, 우리가 살아 있다는 것이 꿈만 같아."

두 어린이는 정말 그렇게 생각하며 자기가 살아 있다는 것을 확인이라도 하려는 듯이 두 팔다리를 한껏 펴보고 마디마디를 움직여 보고 크게 숨을 들이마셔 보았다. 별 이상이 없다.

"죽지 않았어, 역시."

"물론이지."

"하하하……."

"아하하……."

두 어린이는 왜 그런지 웃음이 터져 나왔다. 살아 있다는 것은 역시 즐거운 일인 것 같다.

이때 박 소령과 주 중위도 통 밖으로 나오자, 두 어린이와 합세하였다.

"너희들이 살아 있었구나?"

주 중위가 먼저 입을 열었다.

"두 분도 무사하니 다행입니다."

순옥이가 말했다.

"여기가 어디냐?"

"우리도 그것을 몰라 묻고 있던 참이에요."

네 지구인은 이런 말을 주고받으며 창가로 갔다. 비행접시는 방금 어떤 비행장 같은 곳에 내리고 있는 중이었다.

이 비행장은 단번에 지구의 것이 아니란 것을 알았다.

아스팔트나 콘크리트가 깔린 것도 아니고, 잔디가 깔린 것도 아니다. 그렇다고 푸른 바다나 흰 눈 위도 아니다. 넓은 연보랏빛 대지 위에 둥근 돔 같은 것이 여러 개 질서 있게 널려 있는데, 비행접시는 속력을 늦추자 회전만 계속하며 마치 헬리콥터처럼 그 돔 하나 위에 날아와 멎어버렸다. 그와 동시에 돔은 양쪽이 뻐끔히 갈라지더니 비행접시를 그대로 삼켜버리고 말았다. 이것을 본 정남은 얼굴을 두 손으로 가렸다.

다음엔 어떤 일이 생길지 겁부터 났다.

하지만 그가 느낀 것은 비행접시가 도킹을 하는 것 같은 충격뿐, 아무 일도 일어나지 않았다. 오히려 지금까지 들어보지도 못한 묘한 음악 소리가 들려와서 정남은 두 손을 얼굴에서 떼고 다시 창밖으로 눈길을 돌렸다.

그런데 이게 어찌 된 일인가! 전혀 상상도 못 했던 일들이 벌어지기 시작했다.

비행접시 밖에는 이상하게 생긴 사람들이 비행접시를 둘러싸고 있다. 그들의 손에는 이상한 갑 같은 것이 보였다.

"저들이 왜 우리를 포위하고 있죠. 우리가 죄진 사람 같잖아요."

순옥이가 투덜거렸다.

비행접시 안의 우주인이 지구인들에게 다가왔다.

"당신도 살아났군요."

정남이가 인사를 건넸다.

"축하한다. 모두 깨어나서."

염소 얼굴의 우주인도 얼굴에 묘한 웃음을 띠며 정남의 손을 잡았다.

"저들은 누구길래 우리를 포위하고 있죠?"

정남은 묻지 않을 수 없었다.

"저들은 우리를 강제로 나오도록 하고 있다. 자, 모두 내린다."

우주인이 앞장서며 따라오도록 손짓한다.

"어떡하죠?"

정남은 박 소령을 보며 물었다. 정남의 눈에는 무엇인가 개운치 않은 기분이 들었다. 비행접시를 포위한 사람들이 지구인을 납치한 우주인이나 그들의 괴상한 로봇과도 닮지 않았을 뿐만 아니라 손에 광선 무기 같은 것을 가진 것도 수상했다.

"기분이 좀 이상한데요."

"마치 우리가 아프리카 토인들 틈에 들어가는 것 같군."

박 소령의 말이다.

"맞아요. 저도 그런 기분이 들거든요. 저들은 몸 전체가 같은 빛깔에 덮여 있군요. 우주복을 입은 것처럼요."

정남은, 얼굴이 흡사 너구리를 닮았고, 옷인지 피부인지 알 수 없는 짙은 잿빛 인간들을 보며 중얼거렸다.

그러나 지구인 일행은 우주인을 따라 비행접시를 내리는 수밖에 없었다. 비행접시 안에 있던 우주인이나 로봇까지 모두 내리기 때문이다.

RA-3도 정남 곁으로 찾아왔다.

"야, RA-3! 너도 살아 있었나!"

정남은 반가워서 그의 손을 잡았다.

"정남, 또 만나 반갑다!"

RA-3은 감정이 있는 사람처럼 따스한 목소리로 말했다.

"나두야. 난 동면통에 들어갈 때 너를 또 만나지 못할 줄 알았어."

"정말 그럴 뻔했다."

RA-3이 다시 정색을 하고 말한다.

"그게 무슨 말이니?"

"정말 못 만나게 될 뻔했다."

"어째서?"

"우린 약속된 날짜보다 빨리 깨어났다."

"동면통에서 말야?"

정남이가 놀라서 묻는다.

"그렇다. 우리 모두 죽을 뻔했다."

"그건 왜?"

"우리 별나라 가다 도중에서 내리게 됐다."

"도중에서? 그럼 여기는 너희 별나라가 아냐?"

"그렇다."

"그런데 왜 내려? 이것 봐, 여기가 정말 너희 별나라가 아니란 말야?"

정남은 매우 당황한 목소리로 묻지 않을 수 없었다.

RA-3은 그제야 그동안에, 그러니까 지구인들이 동면통 안에서 거의 죽은 거나 다름없는 상태에 있을 때, 어떤 일이 일어났는지 설명하였다.

RA-3의 말을 들으면 그들의 비행접시는 자기들의 고장인 별나라로 가는 중이었고, 지구 시간으로 1개월쯤 더 가면 목적지에 가닿는 곳까지 왔다. 그때 지나가려던 이웃 별에서 강제 착륙 명령을 받았다.

'우리는 시그마 성으로 간다.'고 회신을 보냈으나 소용이 없었다. 이유인즉 그들의 별나라와 이쪽 별나라가 전쟁을 시작했다는 것이었다.

"그럼 너희도 포로가 되는 거야?"

정남은 놀라서 물었다.

"그렇게 됐다."

RA-3은 묘하게 젖은 목소리로 말한다.

"그러면 우린 뭐야. 이중으로 포로가 됐군그래. 너희한테 잡혀 왔는데 너희도 포로가 됐으니까."

정남은 입맛이 쓴 것을 참는데, RA-3은 까르르 하고 묘한 목소리로 웃었다.

"왜 웃어?"

정남이가 기분이 언짢아 따졌다.

"저들 지구인 환영한다."

"저 너구리 얼굴의 사람들이 우리를?"

"저들 사람 아니다."

"그건 또 무슨 소리야?"

"저들 나 같은 로봇이다."

"저 많은 사람들이 모두 로봇이라고?"

"그렇다."

"놀랄 일이군. 로봇이 우릴 잘못 다루면 어떡하지?"

정남은 걱정스러운 듯이 주 중위를 보며 중얼거렸다.

일행은 어느덧 비행접시의 우주인을 따라 비행접시 밖으로 나가고 있었다. 그 입구는 승강구와 연결되어 복도로 내려가게 되어 있고, 복도로 나오자 자동보도로 중앙 통로를 따라 어디론지 끌려갔다.

이런 동안에 너구리 모양의 그 로봇이라는 무리들은 비행접시에서 내린 우주인과 로봇들을 호위하고 따라왔다.

이렇게 얼마쯤 자동보도를 타고 몇 개의 커브를 돌아 어떤 방에 안내되자, 지구인 네 명을 다시 다른 곳으로 데려갔다.

정남은 RA-3을 같이 가게 해달라고 졸랐으나, 너구리 모양의 로봇은 지구인들만 따로 데려갔다.

"우릴 왜 따로 떼어놓죠?"

"당신들 우리 귀한 손님."

너구리 얼굴의 로봇이라는 자가 이렇게 말한다.

"아니, 너는 로봇이라면서 지구 말을 알어?"

정남이가 놀라서 물었다.

"우리 가운데 몇 명 할 수 있다."

"그거 천만다행이로군. 이름이 뭔데?"

정남은 그때 비로소 너구리 같은 자의 몸집이 일종의 폴리에스테르와 비슷한 물질로 덮여 있는 것을 깨달았다.

"내 이름 없다. 대신 이거."

그는 조그만 피리 같은 것을 내민다.

"그게 뭔데?"

"불어본다."

정남은 하라는 대로 작은 빨대 같은 것을 받아들자 입에 대고 불어보았다. 그러자 거기서 또렷하게 소리가 몇 군데 끊어지며 들려왔다. 그 소리는 무전기의 모스 부호처럼 어떤 것은 길고 어떤 것은 짧았다.

그런데 이런 소리가 흘러나오자, 그 너구리 같은 가슴에 불이 반짝반짝 켜지더니 맞장구를 치듯이 소리가 나며 큰 불이 켜졌다.

"됐다. 나 찾고 싶으면 그 피리 분다."

너구리 같은 로봇은 피리를 맡긴 채 방을 나가버렸다.

정남과 세 지구인은 방 안에 놓인 안락의자가 있는 것도 모르는 듯 잠시 동안 멍청히 서 있었다. 너무나 뜻밖의 일들을 연거푸 겪었기 때문에 아직 제정신을 차리지 못한 것 같았다.

"이제 우린 어떻게 되는 거죠?"

순옥이가 맥이 빠진 듯이 소파 같은 쿠션에 몸을 내던지며 중얼거렸다.

잠시 후 나갔던 너구리 모양의 로봇이 다시 나타났다.

"나 따라온다."

그는 지구인들을 향해 자기 쪽으로 오도록 손짓을 한다.

"어디 가는 거야?"

하고 정남이가 따졌다.

"따라온다."

그가 말하며 문밖으로 나가자, 순옥이가 겁도 없이 따라나섰다.

"넌 겁도 없구나."

정남이가 대담해진 순옥의 뒤를 따라나서자, 박용 소령과 주일만 중위도 두 어린이를 뒤따랐다.

달라붙은 우주복 같은 몸집의 로봇은 한 층 밑으로 내려가 네 지구인을 이상한 방으로 들어가게 하였다.

그 방은 넓지도 않고 집기 같은 것은 보이지도 않는데, 이상한 약 냄새가 나서 별로 기분이 내키지 않았다. 벽과 천장에는 군데군데 구멍이 뚫려 있다.

"여기는 어쩐지 가스실 같은데요?"

정남은 여전히 개운치 않은 생각이 나서 만일의 경우 빠져나갈 길을 찾았다. 그래서 문 쪽을 돌아보았으나 벌써 문은 닫힌 뒤였다.

"놈들이 우리를 가스실에 넣어서 죽일 줄은 몰랐다."

정남이가 뇌까리자

"설마?"

순옥의 얼굴도 파랗게 질렸다. 이런 불길한 생각을 할 겨를도 없이 그 방 안의 구멍들에서는 뭉게뭉게 흰 연기 같은 것이 쏟아져 나왔다. 지구인 네 명은 코를 막고 기침을 하며 야단들이 났으나, 얼마 못 가서 모두들 그 자리에 뻗어버리고 말았다.

이런 일이 있은 지 얼마나 지났을까? 지구인 네 명은 거의 동시에 눈을 뜨고 자기 몸을 위아래로 훑어보고, 다시 방 안을 두리번거렸다. 그들의 몸에는 어느새 황금빛 옷들이 입혀 있었고, 방은 온통 진주 빛깔에 덮인 듯 아롱진 무지갯빛을 내뿜고 있었다.

"여기가 어디야? 우리가 용궁에 온 것은 아니겠지?"

정남이가 중얼거렸다. 그 방은 그처럼 부드럽고 화사했으며, 가운데 놓인 식탁에는 낯선 음식들이 색색의 진줏빛 그릇에 담겨 있다.

이런 분위기에 압도된 네 지구인을 향해 20명쯤 되는 너구리들은 일제히 일어나 소리 지르며 손을 들었다 내리더니 다시 자리에 앉는다.

"네 지구인을 우리 파라오 왕국에서 열렬히 환영한다는 뜻입니다."

누군가가 지구의 언어로 통역을 하는 듯, 그런 뜻이 지구인들 귀에 들려왔다.

네 지구인은 자기들 앞에 놓인 진기한 음식과 그들 앞에 앉은 파라오 성인星人들을 번갈아 보았다. 그들은 배가 고파서 쓸데없는 환영 인사는 그만했으면 싶었으나 환영의 말은 계속되었다.

"우리 파라오 왕국은 여러분의 협력이 절대로 필요하오. 우리는 지금 시그마 성인들과 전쟁 중에 있소. 이 싸움을 승리로 이끌기 위해서는 여러 지구인들의 협력이 절대로 필요하다는 말이오."

이런 말이 전해지자 정남은 생각했다.

'왜 저희 별나라끼리 싸우면서 우리의 도움이 필요하다는 거지?'

"왜냐하면 우리 파라오 성에서는 보다 우수한 로봇이 필요하기 때문이오. 그런데 놈들은 우리가 만든 로봇을 훔쳐내어 우리 것과 같은 로봇을 만들어 우리를 괴롭히고 있소. 또 우리가 지구까지 가서 지구인을 닮은 로봇을 만들려 하자, 우리 원정선을 가로막고 놈들이 먼저 지구에 가서 여러분을 데려온 것이오."

파라오 성인은 마치 정남의 물음에 대답하듯이 말했다. 이런 말을 듣자 정남은 또 다른 의문이 생겼다.

'그럼, 자기들은 우리가 시그마 성인에게 잡혀 오는 것을 가로챘다는 뜻 아냐?'

"그러니까 우리가 놈들에게서 지구인을 빼돌린 것은 너무나 당연하단 말이오. 그러니 여러 지구인은 우리 은하계의 평화를 위해서도 우리 파라오 성에 협력해주기를 바라오."

잔치가 끝나자 지구인들은 방으로 돌려보내졌다.

"알 수 없어요. 왜 우리를 환영하고, 우리가 무엇을 어떻게 협력하라는 거지요?"

정남이가 정말 모르겠다는 듯이 말했다.

"놈들이 시그마 성인에게서 우리를 뺏구선, 우리더러 협력하라니 그런 뻔뻔스런 얘기가 어디 있어요?"

순옥이도 한마디 한다.

"그들은 로봇을 만드는 비밀 때문에 싸우게 됐다는데, 나로선 무슨 말인지 알 수 없거든."

주일만 중위도 파라오 성인들이 무슨 꿍꿍이속인지 알 수 없다는 말투다.

"다들 그만하고 자두는 것이 좋을 것 같다. 모든 일은 차차 알려질 테니까 말야. 어서들 자자구. 내일은 또 어떤 변을 당할지 모르니까 말야."

박용 소령이 자리에 들어가며 말한다.

"하지만 전 잠을 잘 수가 없을 것 같은데요. RA-3은 어떻게 되고, 그 시그마 성인들은 어떻게 될 것인지 걱정이 되거든요."

"그만 자자니까. 그들은 이쪽에서 보면 적이니까 포로 신세겠지, 뭘."

"하지만 RA-3은 로봇인걸요."

"로봇은 주인의 소유물 아니냐. 그러니까 압수되거나 아니면……."

"아니면 뭐예요. 그는 로봇이라지만 지구인과 같은 생물이라구요. 쇳덩이가 아니라니까요."

"그만 자자구. 그 문제는 내일 생각해!"

박 소령이 소리를 지르는 바람에 정남은 그 이상 따질 수가 없었다.

그러나 자리에 들어가 자려고 해도 RA-3의 모습이 자꾸만 머리에 떠올라 잠을 이룰 수가 없다.

다음 날 아침, 정남은 잠에서 깨어나자 너무나 뜻밖의 환경에 놀랐다. 간밤에는 지구에서 친구들과 웃고 뛰놀았는데, 갑자기 엉뚱한 세계에서 잠을 깼으니 말이다. 순옥은 더 놀란 것 같았다.

깨어나서 방 안을 둘러보고는 금세 울상이 되었다.

"우리가 어쩌다 이런 곳에 끌려왔지?"

"난 신나는걸."

정남은 순옥의 기분을 알아차리고 일부러 허풍을 떨었다.

"신이 난다구?"

"그래, 생각해 봐. 누가 돈이 억만 원 있으면 이런 관광 할 수 있겠어?"

"관광? 정말 너 돌았구나. 여기가 어딘데."

"여기가 어딘데, 바로 태양계를 벗어난 은하계의 어떤 별이겠지. 안 그래?"

"그런데도 관광 온 기분이야?"

순옥은 마침내 울음을 터뜨리며 두 손에 얼굴을 묻었다.

"그러니까 더 멋진 관광이지 뭘, 안 그래?"

"이것 봐, 우린 이 별 땅속에 있어. 밖에 나가면 우리 지구인이 살 수 없는 곳일지도 몰라."

"살 수 있는 곳인지도 모르지. 아니 살 수 있을 거야. 봤잖아, 어제."

"어제?"

"어제 우리를 마중한 녀석들 못 봤어?"

"그것들은 로봇이랬잖아."

"로봇이 있으면 그것을 부리는 주인이 있지 뭘. 그 주인들 봤잖아."

"언제?"

"어제, 환영식 할 때."

"난 그것들도 로봇 같던걸."

순옥은 느낀 대로 말했다.

"설마?"

"그들은 우리를 마중한 녀석들과 너무나 닮았었잖아."

"그럼 그놈을 데려다 알아보자."

"어떻게 데려오지?"

"내게 피리가 있잖아."

정남은 주머니에서 피리를 꺼내서 불기 시작했다.

처음엔 소리가 잘 나지 않는다. 다시 한두 번 호흡을 가다듬어 불어 보자 모스 부호 같은 소리가 났다. 그런 지 얼마 안 돼서다.

느닷없이 방 한쪽 벽이 밝아지더니 그들을 안내했던 파라 로봇이 불쑥 나타난 것이다. 그쪽 벽에 문이 있는 것도 아니고 텔레비전과 같은 화면이 있는 것도 아닌데, 벽에서 배우가 무대 위로 뛰어오르듯이 별안간 파라 로봇이 방 안에 나타난 것이다.

"저 녀석이 어떻게 소리도 없이 이 방 안에 들어왔지?"

순옥 역시 눈을 크게 뜨고 로봇을 지켜보며 소리쳤다.

"왜 불렀지?"

그가 묻는다.

"너를 보고 싶어서. 또 알아보고 싶은 것도 많거든."

정남이가 말하자

"보고 싶어?"

그는 무슨 뜻인지 몰라서 묘한 얼굴로 묻는다.

"그래."

정남은 말없이 너구리 얼굴의 로봇을 요리조리 뜯어보기 시작했다.

파라 로봇은 참기 어려운 듯이 방 안을 서성거리다가 별안간 그 자리에서 증발해버리고 말았다.

"이 녀석이 도대체 어디 갔어?"

"땅으로 잦았나? 하늘로 솟았나?"

"천장도 바닥도 그대로야. 문도 닫힌 채로고."

주 중위도 놀라서 소리쳤다.

"다시 한 번 불러봐라."

지금까지 말이 없던 박 소령도 놀라고 있다.

정남은 손에 쥐었던 피리를 다시 불었다.

모스 부호 같은 소리가 들리기가 바쁘게 그 녀석은 다시 방 안에 불쑥 나타났다.

"왜 또 불렀어?"

"오, 잘 왔어. 방금 어디 갔었니?"

"왜 불렀어?"

"보고 싶댔잖아. 묻고 싶은 말도 많고."

정남과 순옥은 또다시 파라 로봇을 신기한 얼굴로 훑어보기 시작했다. 그러자 파라 로봇은 다시 답답한 듯이 말했다.

"빨리 묻는다."

정남은 무엇부터 물어야 할지 몰라 주춤거렸다.

그 녀석은 다시 방 한가운데서 감쪽같이 증발해버리고 말았다.

"이놈이 또 없어졌어? 어디 갔지?"

이번엔 정남과 순옥이가 문을 열고 복도를 내다보았다. 그래도 파라 로봇의 모습은 보이지 않았다.

"도깨비 같군!"

두 어린이는 정말 도깨비에 홀린 사람처럼 혼 빠진 목소리로 중얼거렸다.

RA-3의 운명

정남은 어떻게 로봇이 문도 열리지 않았는데, 방 안에 불쑥 나타났다 꺼졌다 하는지 혼자서는 풀기 어려웠다.

"그럼 녀석이 담벽을 뚫고 들어왔을까요?"

정남이가 묻자

"그럼 나갈 때도 담벽을 뚫고 나갔게?"

순옥이가 말한다.

"담벽엔 구멍이 나지 않았어요. 문도 닫힌 채로고."

주일만 중위는 자신도 알 수 없다는 듯이 중얼거렸다.

"그럼 뭐예요. 어떻게 그 녀석이 도깨비처럼 이 방을 마음대로 드나들 수 있죠?"

정남이가 따졌다.

"아마 여기서는 벌써 4차원의 방송이 가능한 모양이다."

박용 소령이 자신도 감격한 말투로 말했다.

"4차원의 방송이오?"

정남은 그런 말도 처음 들으므로 되물을 수밖에 없었다.

"4차원의 방송이란 우리 지구에서 내보내는 컬러텔레비전과는 비교가 안 될 정도로 발달한 방법이지."

"무슨 말씀인지 못 알아듣겠는데요."

정남은 솔직히 더 설명해줄 것을 부탁했다.

박용 소령은 자신이 알고 있는 4차원 방송이란 것을 다음과 같이 설명해주었다.

"즉, 4차원의 방송이란 우리 지구에서의 컬러텔레비전이나 입체 영화보다는 몇 단계 앞선 방법이라고 한다. 화면이 필요 없고, 원하는 위치에, 원하는 물체를 그대로 나타내는 방법이란다."

"그럼 뭐 그 사람이 방 안에 직접 들어온 거나 같게요?"

순옥이가 물었다.

"그렇지, 조금 전에 보았잖아. 로봇이 우리 앞에 직접 나타났지만, 진짜 그 로봇은 스튜디오 안에 있거나 여기저기에 설치된 카메라 앞에 있었을 것이다."

박용 소령이 좀 더 설명해주었다.

"정말 굉장한 과학이군요. 어디 한 번 더 불러볼까요?"

"인제 그만해라. 로봇을 불러봤자 무슨 도움이 될 일도 아닌 것 같다. 이곳 지배자가 누군지 그 사람을 직접 만나서 따져봐야겠다."

박용 소령이 그동안 생각하던 것을 말하였다.

"무엇을 따져요?"

정남이가 묻자

"여러 가지. 가령 우리를 앞으로 어떻게 할 것인지? 언제 지구로 돌려보낼 것인지, 그런 것을 따져봐야지."

"그들은 우리를 귀한 손님처럼 환영해주었잖아요."

"그것만으로는 곤란하다구. 따져본 다음에 우리도 무슨 방법을 생각해봐야지."

박용 소령은 만일 파라오 성인이 지구인을 돌려줄 생각이 없다고 판단이 되면, 무슨 수를 써서라도 탈출해야겠다고 말했다.

"여기가 어딘데요. 지구에서 10광년 이상 떨어진 은하계일 텐데요."

정남은 절망적인 말투로 쓸쓸히 말했다.

"물론 우리는 머나먼 별까지 와 있어요. 하지만 우리가 온 이상 돌아갈 수 있는 방법이 없으란 법도 없잖은가."

박용 소령은 제일 나이 많은 지구인으로서 어떻게 해서든지 나머지 세 지구인을 지구로 돌아가게 해야겠다는 결심을 한 것 같았다.

네 지구인은 여기서 여러 가지 방법을 의논해보았다. 시원한 방법이 떠오르지 않았으나 한 가지 가능한 방법은 그들이 타고 온 시그마 성인의 우주선을 빼앗아가지고 달아나는 일인데, 그것도 쉬운 일 같지 않았다.

"차라리 잡혀 있는 시그마 성인들과 협력해서 달아나 보면 어때요?"

하고, 정남이가 RA-3을 생각하며 제의를 하였다.

"그거 좋은 생각 같다. 그들 역시 여기서 달아나야 할 사람들이니까."

박 소령이 찬성하였다. 네 지구인은 누가 어떤 일부터 시작해야 좋을지 의논하였다.

"제가 나가보겠습니다."

주일만 중위가 먼저 나섰다.

"어디로 나가요?"

"우리에게 자유를 준다면 어디든지 나가볼 수 있잖아요."

"하지만 목표가 있어야지. 무턱대고 쏘다니는 것은 좋지 않을 것 같소."

박 소령이 말한다.

"그럼 우리가 어떤 길로 나가서 시그마 성인들과 만날 수 있는지부터 알아보기로 하죠."

정남이가 제의한다.

"그것도 괜찮은 생각이야."

"그들과 접촉하게 되면 그들에게서 우선 필요한 정보를 얻어야겠어요. 우리가 타고 온 우주선은 어디 있는지? 어떻게 이 지하에서 벗어날 수 있는지? 또 어디서 언제 만날지 약속도 해둬야죠."

"그것도 좋지만 우리 눈으로 직접 확인해둬야 해. 만일을 위해서 말야. 특히 우리는 지상의 조건에 대해서는 아무것도 아는 것이 없잖나. 그래서 나는 지상에 나가 정탐을 좀 해볼까 하는데요."

주일만 중위가 제의했다.

"주 중위는 눈에 띄어서 좋지 않을 것 같은데."

"왜요?"

"어른이니까."

박 소령의 말이다.

"제가 나가보는 것이 좋을 것 같아요. 저는 어린 여자니까요."

순옥이가 나섰다.

"좋은 생각이다만, 역시 여자니까……."

"맞아요. 가장 적합한 사람은 저예요. 제가 나가겠어요."

정남이가 나섰다.

"내 생각에도 정남이가 제일 좋을 것 같아. 어른처럼 행동할 수 있는 어린이니까."

박 소령이 정남을 추켜세워 주며 찬성하였다.

정남은 자기가 지하로 들어올 때의 기억을 더듬어 몇 개의 복도를 지나 엘리베이터까지 갔다.

엘리베이터 역시 자동으로 움직이고 있었으므로 별일 없이 올라타고 우선 맨 위까지 오르는 단추를 눌렀다.

엘리베이터가 멎자 정남은 밖으로 나왔다. 거기는 넓은 홀 같은 곳이었다. 여러 곳으로 길이 갈라져 있어서 어디로 가야 할지조차 알 길이 없었다.

'이제 어디로 가보지? RA-3이 있는 곳은 어딜까?'

정남은 곰곰이 생각해보았으나 짐작조차 가지 않았다. 지하 어디엔가 숨겨두었을 것 같은데 막연할밖에 없었다. 그때 한 생각이 떠올랐다.

'차라리 우리가 내렸던 바깥 세계에 나가 거기서부터 차례로 길을 더 듬어봐야지. 바깥 세계가 어떤 곳인지도 알아둬야 할 테니까.'

정남은 이렇게 생각하고 다시 다른 엘리베이터를 탔다.

그 엘리베이터에서 내리자 정말 바깥 세계다. 정남은 처음으로 푸른 하늘을 보고 여러 종류의 나무들이 서 있는 것을 보았다. 공기가 상쾌한 것 같았다.

'이렇게 좋은 바깥 세계를 두고 괜히 걱정을 했었군. 나무들이 저렇게 자라는 걸 보면 맑은 물이 충분한가 보다.'

정남은 자신이 생겨서 좀 쏘다녀 볼 생각이 났다. 정남은 탈것을 찾았다. 정남의 눈에는 두 가지가 보였다. 하나는 택시 같은 것이요, 다른 하나는 작은 호버크라프트처럼 하늘을 나는 종류였다. 그런 두 종류의 탈것이 광장 양쪽에 서 있는 것을 보고, 정남은 어느 것을 타야 할까 망설이다가 택시 같은 스쿠터를 타기로 마음먹고 그쪽으로 갔다.

정남은 차 위에 오르자 앞에 붙은 지시판을 보고 몇 개의 단추와 핸들을 가지고 이리저리 운전해보았다. 차는 아주 손쉽게 몰 수 있었다.

'나오길 잘했다. 순서가 바뀔지 몰라도 우리가 타고 온 우주선이 어디 있는지 그것만 알아도 큰 수확이야.'

정남은 우주선이 내렸던 곳으로 짐작되는 방향으로 차를 몰았다. 그러나 조금 있자 정남은 머리가 어지러워지고 메스꺼운 기분이 나기 시작했다.

정남은 마침내 차 안에서 쓰러지고 말았다. 차는 아무렇게나 달리다 저절로 멈춰버렸다.

그와 함께 어디선지 너구리 얼굴의 로봇 한 명이 나타나 정남을 안더니 어디론지 달려갔다.

정남은 병원 같은 곳에서 눈을 떴다.

"왜 혼자서 밖에 나갔어. 나를 부르지 않고."

어느새 정남의 곁에는 지구인을 시중들던 파라 로봇이 서 있다.

"내가 어떻게 이런 데 와 있지?"

정남은 놀라서 물었다.

"바깥에 나가 빛 쬐고 공기를 마셔서 쓰러졌다."

로봇이 일러준다.

"그럼 여기 바깥 공기와 햇빛은 우리 지구인에게 해로운가 보지?"

"처음에는 모두 그렇다. 익숙해지면 차차 좋아진다."

"그것도 모르고 나는 기분이 좋아서 차를 몰았지 뭐야."

"어디 가려고 그랬어?"

파라 로봇이 묻는다.

"RA-3에게 가보려고."

"RA-3?"

파라 로봇은 무슨 뜻인지 못 알아듣고 되물었다.

"RA-3은 나와 같이 온 시그마 성의 로봇이야. 그 로봇은 내 시중을 들었거든. 그 로봇은 다른 로봇과는 달라서 지구의 말도 할 수 있고 내게 아주 친절했어. 한번 만나보고 싶었다구."

"아, 그 로봇."

정남이가 말을 끝내자 파라 로봇은 이내 어떤 로봇인지 알아들은 듯이 말했다.

"지금 어디 있는지 알고 있어?"

"알고 있다. 그 로봇 우리 연구소에 들어가 있다."

"연구소? 거기는 왜?"

정남이가 놀라서 묻는다.

"그 로봇 지구 갔다 왔으니까."

"지구 갔다 온 것이 뭐 잘못됐어?"

정남은 다시 알 수 없다는 듯이 물었다.

"지구 가기 위해 특별히 만든 로봇이다. 보통 로봇과 다르다."

"그래서 그 로봇을 연구하자는 거로군."

정남은 로봇 경쟁이 얼마나 치열한가를 짐작할 수 있을 것 같았다. 그러나 기분이 언짢아졌다. RA-3은 여기서 연구를 한다고 분해하여 속을 다 뜯어 헤쳐버릴지도 모른다고 생각된 것이다. 정남은 파라 로봇에게 부탁했다.

"나를 어서 그 연구소로 좀 데려다줘. 빨리!"

"거긴 왜?"

파라 로봇이 이상하다는 듯이 물었다.

"가서 만나야겠어. 몽땅 뜯어 헤쳐놓기 전에 RA-3을 만나봐야겠어."

정남이 파라 로봇을 붙잡고 조르자

"그거 내가 할 일 아니다. 우리 주인 뜻 물어야 한다."

하고, 파라 로봇은 선뜻 도와주려 하지 않는다.

"좋아, 그럼 그 앞까지만 데려다줘. 내가 네 주인에게 물을게, 그럼 되지?"

정남은 로봇의 생리를 알고 있었으므로 이렇게 부탁했다. 파라 로봇은 그 말을 거절할 수 없었으므로 정남을 연구소 앞까지 데려다주었다.

파라 로봇은 연구소 현관에 오자 자기 가슴에 붙은 단추 몇 개를 누르고 회답을 기다리는 시늉을 한다. 그런 지 얼마 안 되어 현관문이 열리고 로봇 한 명이 나타났다.

역시 4차원 방송으로 보이게 된 로봇 같았다.

정남은 방으로 들어갔다.

"오, 지구 소년, 잘 왔소. 기다리고 있었소."

하며, 나이가 좀 들어 보이는 파라오 성인 연구소장이 반겨주었다.

"나를 기다렸다구요?"

"기다렸지. RA-3 다음엔 그와 가까웠던 지구 소년을 연구해야 할 차례였으니까."

연구소장은 이상한 표정으로 싱글벙글 웃으며 정남을 옆방으로 안내했다.

그 방에 들어서자 정남은 깜짝 놀랐다. RA-3은 벌써 머리와 몸뚱이, 팔, 다리가 따로따로 분리된 채 틀 위에 누워 있는 것이다.

파라오 성 탈출

"RA-3! RA-3!"

고정남은 방금 눈앞에 나타난 RA-3이 너무나 처참한 모습으로 실험대 위에 누워 있는 것을 보고 실험대 쪽으로 달려갔다.

"RA-3! 이게 어떻게 된 거야, 말 좀 해봐!"

정남은 RA-3에게 달려들어 그의 몸을 마구 흔들어대려고 했다. 이것을 본 연구소장이 귀찮은 듯이 정남을 막아섰다. 그의 손에는 광선 발사기가 쥐여져 있었다.

정남은 더 가까이 못 가고 서버리고 말았다.

"어서 말 좀 해봐요. RA-3을 왜 이 꼴로 만들었죠? 그에게 무슨 죄가 있냐구요?"

"우린 조사하고 있다."

"조사를 하는데 팔다리는 왜 떼어냈죠? 어서 도로 붙여줘요."

"팔다리 붙어 있다."

"팔다리가 붙어 있다구요?"

정남은 더 화가 나서 파라오인 연구소장에게 대들었다. 연구소장은 딱하다는 듯이 정남을 잠깐 굽어보다가 손에 든 갑 같은 것을 조작하기 시작했다. 그러자 실험대 위에 누워 있던 RA-3이 감쪽같이 사라지고 말았다.

"RA-3이 어디로 갔죠?"

정남은 당황하여 방 안을 두리번거렸다.

"암만 둘러봐야 없다."

"RA-3이 어디 갔죠?"

"처음부터 여기는 없었다."

"그럼요?"

"다른 방에 있다. 여기 나타난 것은 조사하기 위해 그의 몸을 따로따로 비치게 한 것이다."

"그렇다면 방금 전에 본 것도 4차원의 방송으로 비친 것이었군요?"

"그렇다."

"그럼, 진짜 RA-3이 있는 방으로 나를 데려다줘요."

"그것은 곤란하다."

"왜요?"

"지금 RA-3을 연구하고 있다."

"연구는 끝났잖아요. 다 비쳐보고 사진도 찍고 속을 몽땅 헤쳐봤잖아요."

"아직 그의 몸에서 비밀 장치 빼내지 못했다."

"제발 그 이상 RA-3을 못살게 굴지 말고 돌려줘요."

정남이 애원하였다.

"정남 우리 연구 도와주면 그렇게 하겠다."

"내가요?"

"그렇다."

"어떻게 돕죠?"

"그건 간단해. 실험대 위에 누우면 된다."

"RA-3처럼 내 몸속을 속속들이 비쳐볼 셈이군요?"

"그렇다. 하나도 아프지 않다."

"하지만 그것은 싫소!"

"왜?"

"이유는 없어요. 그저 싫다구요."

"싫어도 해야 한다. 우리 연구는 하루 빨리 완성해야 해. 자, 그럼—"

얼굴이 긴 파라오인 연구소장은 파라 로봇에게 뭐라고 지시를 내렸다. 그와 함께 파라 로봇은 정남을 데리고 옆방으로 갔다.

"나를 어쩌자는 거야?"

정남은 겁에 질려 뒷걸음질 치다가 벽에 부딪혔다. 순간 파라 로봇은 손에 든 갑을 조작하여 정남에게 전파를 발사했다. 정남의 몸이 갑자기 마비되어 꼼짝할 수 없게 되었다.

'이거 큰일 났군. 어떡하지?'

정남이가 걱정할 때였다. 연구소 안에 있던 신호등들이 깜박이며 묘한 경적 소리가 울려 퍼졌다.

"이건 또 웬 경적이야? 무슨 일이 생겼어?"

파라오인 연구소장도 뜻하지 않았던 경적에 놀란 듯 연구실 밖으로 달려 나갔다. 파라 로봇 역시 그의 뒤를 따라 방을 나갔다.

'하마터면 내가 큰일 날 뻔했어. 하여간 일은 잘됐다.'

하고 정남은 손과 팔다리를 움직여보며 연구실을 나왔다.

정남은 먼저 RA-3이 있는 방을 찾았다. RA-3은 방송실 한가운데 누워 있다.

"RA-3! 빨리 여기를 벗어나자! 어서 일어나!"

정남은 RA-3을 일으켜 세우고 부축하였다. RA-3은 아직 정신이 덜 든 듯 정남에게 기댄 채 자기 힘으로는 걷지 못한다.

"RA-3! 정신 차려! 지금 이 기회를 놓치면 달아나지 못해!"

정남이 RA-3의 뺨을 두들겨주며 연구실을 나와서야 그는 정신이 든 것 같았다.

"아, 정남, 고맙다. 또 은혜 입었다."

"또 그런 소리. 정신이 들어서 다행이다. 놈들에게 무슨 일이 생겼나 봐. 모두 광선총을 들고 밖으로 나갔어."

"싸움이 벌어졌다."

RA-3이 말한다.

"싸움? 누구와?"

"우리 시그마 성인과."

"그럼 시그마 성인들이 달아났나 보군?"

"나도 빨리 가서 싸워야 한다."

RA-3은 감정을 가진 사람처럼 흥분하며 밖으로 달려 나가려 한다. 그것을 정남이가 붙잡았다.

"조금만 기다려! 먼저 할 일이 있어."

"먼저?"

"그래, 우리 지구인들이 어떻게 됐나 알아봐야지."

"아, 지구인."

RA-3도 그제야 정남 말고도 지구인이 있다는 것을 생각하는 것 같

400

왔다.

정남은 RA-3을 데리고 지구인이 있던 방으로 가보았다.

지구인들이 보이지 않는다.

"어디 갔지?"

정남은 혹시 방 안에 적어놓은 쪽지라도 있나 하고 뒤져보았으나 그런 것은 눈에 띄지 않았다.

"어디로 끌려갔나 보군."

정남은 난처한 기분으로 어찌할 바를 몰라 한다.

"우리 시그마 성인하고 같이 있을지도 모른다."

"시그마 성인과?"

"같이 달아날 궁리 할 수 있다."

"나를 남겨두고, 너는 또 어떡하고?"

"그럴 겨를 없었을지 모른다. 밖으로 나가보자."

정남과 RA-3은 그제야 지하에서 지상으로 나왔다.

지상으로 나오자 더욱더 일이 벌어진 것을 한눈에 알 수 있었다. 파라오 성인과 그 로봇들이 한곳으로 돌진해 가는 것이 보였다.

"어디로들 가고 있지?"

정남이가 묻자

"우리 시그마 성 우주선 있는 곳으로 가고 있다."

"왜?"

"시그마 성인 달아나려는가 보다."

"너와 나를 남겨두고?"

정남은 매우 못마땅한 듯이 뇌까리며 위험을 무릅쓰고 우주선으로 달려갔다.

"왜 안 돌아오지?"

순옥은 기다리다 지친 듯이 방 안을 오갔다.

"잘못이 생긴 것이 아닐까요?"

주일만 중위도 박용 소령에게 말한다.

정남이 나간 지 벌써 세 시간이 다 돼가는데 돌아오지 않으니 걱정이 안 될 수 없었다.

"제가 나가볼게요."

순옥이가 나섰다.

"순옥인 안 된다고 했잖아. 내가 나갈게."

주일만 중위가 순옥의 앞을 막아섰다.

"서로 그럴 필요 없어. 죽으면 다 같이 죽고 살아도 같이 살아야지. 조금 더 기다려봐서 돌아오지 않으면 같이 나가서 찾아보세."

박 소령의 말에 두 사람은 일단 제자리에로 돌아와 기다렸으나 아무리 기다려도 정남은 돌아오지 않았다.

"어떡하죠? 세 시간 반이 지났어요?"

순옥이가 다시 일어났다.

"그럼 나가서 찾아보도록 하자. 아무래도 혼자 나가 다니는 것이 썩 좋은 방법이 못 되는 것 같아. 정찰은 역시 두 사람 이상이라야지."

박 소령은 처음에 둘을 내보낼 것을 잘못했다고 후회한다.

"그럼 우리 어떻게 하죠. 지하에 있는 방들을 살펴보고 나서 지상으로 나가볼까요?"

주일만 중위가 묻는다.

"정남은 지상으로 나가서 우주선 있는 곳을 알아보기로 했잖은가?"

"하지만 도중에 차질이 생길 수도 있잖아요. 가령 시그마 성인에게 발견됐다거나 위험해서 순서를 바꿨다거나?"

"그럴 수도 있겠지. 그럼 우린 놈들에게 눈에 띄지 않는 곳부터 알아보며 지상으로 올라가기로 하지."

세 지구인은 코스를 정하지 않은 채 행동하기로 하고 방을 나왔다. 그러나 그 계획은 처음부터 빗나가고 말았다. 세 지구인이 몇 개의 복도를 지나고 방들을 기웃거리고 지나려는데, 느닷없이 파라 로봇 두 녀석에게 들키고 말았다.

세 지구인은 멋쩍게 웃어 보였으나 소용없었다. 파라 로봇 두 명은 손에 총을 꺼내 들고 위협을 하며, 세 지구인을 어디론지 데리고 갔다.

"정남이도 이놈이 잡아갔나 보군요."

순옥이가 분한 얼굴을 감추지 못하고 뇌까렸다.

"어디로 데려가는 거지?"

주일만 중위가 궁금해하자

"보나마나 자기 상관에게 넘겨주겠지."

박 소령도 기분이 상한 듯이 투덜거렸다.

그러나 파라 로봇은 너무나 뜻밖의 장소로 세 지구인을 데려다주고는 어디론지 가버리고 말았다. 파라 로봇이 데려다준 곳은 바로 시그마 성인이 갇힌 방이다. 그것도 방을 열어준 뒤에 문도 잠그지 않고 가버린 것이다.

"야— 반갑다!"

소리를 크게 지르지는 않았지만 시그마 성인과 세 지구인은 마치 가까운 동지라도 만난 것처럼 서로 얼싸안고 다시 만난 것을 반가워했다.

"이러나저러나 우리를 데려다준 파라 로봇이 이상한데요. 왜 자기 상관에게 데려다주지 않고 이리로 데려왔죠?"

"지금 그런 것을 따질 겨를이 없어요. 어서 나갑시다."

박용 소령이 재촉했다.

"어디로요?"

순옥이가 묻자

"어디든지 문이 열려 있을 때 달아나야지."

"맞다. 우리 우주선 있는 곳으로 간다."

시그마 성인 대장이 동료들을 독촉하여 감금되었던 방을 나왔다.

"어서 달린다."

시그마 성인들은 파라오 성의 지리를 잘 아는 것처럼 앞장서서 달렸다. 세 지구인은 숨이 가쁘게 뒤쫓았다.

이렇게 달려서 그들이 엘리베이터에 올랐을 때였다. 이상한 경적이 지하에 울려 퍼지는 소리가 들렸다.

"드디어 우리가 탈출한 것을 알았나 보군요."

순옥이가 걱정이 되는 듯이 중얼거렸다.

"이젠 하는 데까지 해보는 게다. 우주선으로 달려라! 그리고 조종사는 우주선의 엔진을 걸고 사수는 광선 무기를 써서 그들을 접근 못 하게 하라!"

시그마 성인 대장이 명령하였다. 마침내 시그마 성인 다섯 명과 세 지구인은 경비원 두 명을 쓰러뜨리고 시그마 성인의 우주선에 올랐다. 그와 거의 동시에 파라 로봇들이 구름처럼 우주선을 포위하기 시작했다.

"빨리 엔진을 걸고 뜨는 거야, 어서!"

시그마 성인 대장이 소리쳤다. 파라 로봇들은 광선총을 쏘며 우주선 바로 앞까지 몰려왔다.

"빨리 뜨라구! 어서!"

대장이 외칠 때였다. 바로 파라 로봇의 대열 뒤로 누군가 달려오는 것이 보였다. 고정남과 RA-3이었다.

파라오 성의 하늘은 지구처럼 푸르지 않고 연보랏빛이었다. 태양은 자수정 빛으로 빛났다. 땅 위에 자라는 초목은 초록빛 대신 오렌지 빛에 덮여 있다. 그래서 그런지 파라오 성의 들은 마치 추수 때가 된 가을 같았다.

그러나 공기에 해로운 성분이 섞였는지 파라오 성인들은 지하에 도시를 지어 살고, 밖에서 하는 일은 대부분이 로봇이 대신 하는 것 같았다. 지금 시그마 성인의 비행접시를 포위하고 있는 것도 대부분은 이들 로봇들이었다.

이런 포위 속에서 시그마 성인은 비행접시의 엔진을 걸었다. 엔진 소리가 공기를 뒤흔들자 기다렸다는 듯이 파라 로봇들은 비행접시를 향해 광선총을 쏘며 돌진해 들어갔다.

"어떡하죠, 아주 일이 나기 전에 이쪽에서 해치울까요?"

시그마 성인 한 명이 대장에게 물었다.

"기다려요. 우리는 저들과 싸울 필요가 없어요. 어서 조용히 이곳을 떠나면 그만이오. 어서 이륙합시다."

시그마 성인 대장이 조종사에게 명령한다. 조종사는 이륙을 위해 엔진 소리를 높였다. 그와 함께 파라 로봇들이 또 한 차례 거센 공격을 퍼붓는다.

광선이 비행접시에 맞으면 어떤 것은 퉁겨지고 어떤 것은 명중하여 강한 껍데기를 녹여 구멍을 냈다. 그러면 재빨리 다른 껍데기가 나와 구멍을 메운다. 이것을 보고 대장이 소리쳤다.

"왜 안 뜨오? 어서 뜨라잖소!"

"지금 뜨고 있습니다. 하지만 저기 우리 로봇이 오고 있습니다."

시그마 성인 조종사는 파라 로봇 포위망 쪽을 가리켰다.

"우리 로봇?"

"네, RA-3 같습니다."

"아, 맞아요. RA-3이에요."

"정남이도 오고 있어요! 어서 비행접시를 내려줘요!"

순옥이가 울상이 되어 소리쳤다.

"맞소. 정남이요! 어서 기다려줘요. 저 애만 여기 남겨둘 순 없어요."

박용 소령이 외쳤다. 시그마 성인 대장은 잠시 난처한 듯 파라 로봇의 포위망을 뚫고 달려오는 지구 소년과 RA-3을 눈여겨보고 있다. 그러는 사이에도 비행접시는 차츰 더 빨리 연보랏빛 하늘로 솟고 있었다.

"어서 못 내려요?"

이번에는 주일만 중위가 소리쳤다.

"벌써 늦었소."

대장이 무겁게 중얼거렸다.

"늦다뇨?"

"우린 이제 내릴 수 없소."

"그럼 저들은 어떻게 되죠?"

"내려도 탈 수 없을 거요. 파라 로봇들이 다시 끌어 내릴 테니까. 오히려 우리까지 못 뜨게 되죠."

"하지만 정남을 두고 갈 순 없어요. 정남아, 빨리 와!"

순옥이가 눈물이 글썽해서 소리쳤다.

"RA-3은요? 당신들 로봇 말이오."

"별수 없다니까, 모두."

"하지만 RA-3은 지구의 비밀을 몸에 지닌 유별난 로봇이잖아요."

"우리가 돌아가는 것이 더 중요하오."

시그마 성인 대장은 끝내 생각을 굽히지 않았다. 적과 맞서 싸우려 하지 않고 한시바삐 이곳을 빠져나가려 했다.

비행접시는 그동안 300미터쯤 높이에 있었다. 정남과 RA-3의 모습이 차차 작게 보였다. 정남은 결사적으로 파라 로봇의 대열을 뚫고 비행접시를 타려고 안간힘을 쓰다가 비행접시가 뜨기 시작하자 원망스러운 듯이 손짓을 했다. 제발 내려와 자기들을 태워달라는 듯이 손을 허우적거리다가 다시 땅에 주저앉았다.

"정남아……."

순옥은 목이 메어 울부짖었다.

"안됐군."

박용 소령도 눈을 감았다.

"너무해요. 이까지 와서 우리를 갈라놓다니."

주일만 중위도 눈물을 닦을 줄 모르고 멀어져가는 파라오 성의 대지를 굽어보고 있다.

이제 광선총은 쓸모없게 되었다. 비행접시는 차츰 속력을 더 내며 달리기 시작했다.

4차원의 재판

정남은 넋을 잃은 사람처럼 주저앉은 채 일어날 줄을 몰랐다. 그러고 있는 동안에 지구인에게 좋지 않은 파라오 성의 공기가 정남의 가슴을 답답하게 만든다. 그동안 용케 버텨왔으나 일이 빗나가자 몸과 마음이 한꺼번에 지쳐버렸다. 정남은 그 자리에 쓰러지고 말았다.

이것을 본 RA-3이 급히 정남을 업고 차 있는 곳으로 달려갔다.

"정남아, 정신 차려. 병원으로 곧 갈 거야."

RA-3은 자기가 주인을 구하기 위하여 준비하고 있던 작은 산소병 마개를 열어 정남의 코에 대주며 정남을 차에 태웠다.

너구리 모습의 파란 로봇이 정남과 RA-3이 탄 스쿠터를 몰았다.

"병원으로 데려다줘요. 이 지구 소년이 앓고 있으니까."

RA-3이 파란 로봇에게 부탁했다.

"알고 있어."

파란 로봇은 무뚝뚝하게 한마디 하고는 달걀 모양의 스쿠터를 몰기 시작했다.

이렇게 얼마쯤 달리고 있는데, 파란 로봇은 누구의 지시를 받는 것처럼 눈을 깜박이더니 급히 스쿠터를 돌려세워 다른 방향으로 달리기 시작했다.

"어디로 가는 거야? 병원은 저기 보이잖아."

RA-3은 지상에 반쯤 솟아 나온 돔을 손짓했다.

그 돔은 다른 돔과 달리 노란 빛깔이어서 이내 병원임을 알 수 있었다.

"너희는! 환자가 아니다."

파란 로봇이 느닷없이 말했다.

"그거 무슨 뜻?"

"너희는 우리의 포로다. 탈출하려다 잡혀가는 범인이다."

"이것 봐, 포로건 범인이건 다 좋지만, 이 지구 소년은 앓고 있다니까. 먼저 병부터 고쳐줘야 해."

RA-3이 아직도 정남의 코에 작은 산소병을 댄 채 부탁했다. 파란 로봇은 들으려고 하지 않았다. 상부의 명령인 듯 그냥 차를 몰고 간 곳은 너무나 뜻밖인 곳이었다.

그곳은 동물원이었다. 여러 마리의 낯선 동물들이 넓은 울 안에서 놀고 있었다. 어떤 놈은 도마뱀 같고 어떤 놈은 큰 지네 같고 어떤 놈은 나는 작은 공룡 같았다. 이런 놈들이 저희끼리 물어뜯고 달아나고 쫓고 쫓기며 놀고 있는 모습은 별로 기분이 좋지 않았다.

그 뒤에 특이한 것은 땅을 기어야 할 도마뱀이나 지네 같은 놈도 웬일인지 마음만 내키면 하늘을 날아다니며 서로 공격하고 물어뜯는 시늉을 하고 있는데, 그런 장난을 치는 꼴이 별로 기분 좋아 보이지 않았다.

기분 좋지 않은 일은 그것으로 끝난 것은 아니었다. 그 도마뱀같이 생긴 놈이 별안간 정남에게 달려와 정남의 손을 물고 흔들더니 말을 걸어온 것이다.

"어이, 염치없는 지구 소년, 여기가 어딘 줄 알고 달아나려고 해."

하더니, 또 한 번 정남의 손을 물어뜯는 것이다. 이것을 본 RA-3이 화가 난 듯이 그 도마뱀 같은 놈에게 대들었다. RA-3은 도마뱀의 주둥이를 세차게 내리치며 소리쳤다.

"저리 비켜! 물러나지 않으면 네놈의 배터리를 죄다 빼버리겠다."

RA-3은 그 도마뱀이 로봇이란 것을 벌써부터 알고 있는 모양이었다. 그래서 로봇들이 가장 싫어하는 말을 내뱉은 것이었다.

"휴— 그놈이 로봇이었어?"

산소병 덕분에 기운을 차린 정남은 깊게 숨을 몰아쉬며 뇌까렸다.

"로봇이야. 여기 있는 것 모두가 로봇들이야. 하지만 마음을 놔서는 안 돼. 이상한 행동을 해서 골탕을 먹이는 놈들이니까."

"왜, 동물까지 로봇을 만들었지?"

정남은 알 수 없다는 듯이 물었다.

"여기는 수용소야. 이놈들은 감시원이고, 우리들이 달아나려고 하면 재빨리 쫓아와서 우리를 끌고 갈 거야."

RA-3이 일러준다. RA-3의 말은 맞았다. 정남과 RA-3을 태워가지고 이곳까지 스쿠터를 몰고 온 파라 로봇이 또다시 지시를 받은 듯이 어디론가 떠나려 하자, 이들 괴상한 동물들이 한꺼번에 몰려와 스쿠터를 포위해버렸다. 그뿐 아니라 장난치는 것 같던 그 동물들의 눈에는 불이

나고, 입에서는 광선을 퍼붓는 것이다. 말하자면 이 동물들은 자동차보다 빨리 달릴 수 있고, 비행기처럼 날며, 필요할 때 입에서 빛을 뿜어대는 경비병 겸 전투원이었다. 정남은 잠시 기가 질려 어찌할 바를 모르고 있었다.

이것을 보고 파라 로봇이 말했다.

"물러들 가! 주인님이 불러서 가는 길이야. 어서 비켯!"

이렇게 말하자, 그 괴상한 동물들은 지금까지의 그 험상궂은 태도와는 달리 모두 고개를 숙이고 그 자리에서 물러섰다. 파라 로봇은 태연히 스쿠터를 몰고 어떤 돔 안으로 들어갔다.

이 돔에서 정남과 RA-3은 지하의 방으로 안내되었다.

그들이 방 안에 들어서자 처음엔 방이 어두컴컴해서 어떤 곳에 와 있는지 짐작이 가지 않았으나 잠시 뒤 형광등이 켜질 때처럼 불이 번뜩이자 뜻밖의 장면이 벌어진 것을 알았다. 그 방은 순식간에 재판정으로 둔갑한 것이었다.

네 명의 염소 얼굴을 한 파라오 성인들이 양쪽에 앉고, 가운데 재판관 같은 성인이 앉아 있다. 그리고 그 앞에는 의자 두 개가 놓여 있다.

"4차원의 방송이로군!"

정남은 중얼거렸다. 어디선지 정남에게 자리에 앉도록 명령하는 소리가 들려왔다. 정남은 시키는 대로 의자에 앉았다. 가운데 앉은 재판관처럼 보이는 성인이 탁자를 치는 것 같더니 무겁게 입을 열었다.

"그러면 지금부터 지구 소년을 심문하겠다. 짐작이 가겠지만 우리는 오늘 시그마 성인을 탈출시킨 스파이를 찾고 있다. 그러니 지구 소년은 아는 대로 대답하라……!"

"……."

"왜, 대답을 안 하지, 지구 소년!"

정남의 입에서 아무런 대답도 들리지 않자, 가운데 앉은 파라오 성인이 소리친다.

"무슨 뜻인지 모르는가 보군요."

파라오 성인 심문관 옆에 앉았던 다른 파라오 성인이 말한다. 그러자 이번엔 심문관 옆에 앉은 다른 쪽 파라오 성인이 설명 투로 말한다.

"우리가 묻는 것은 지구 소년이 직접 경험한 것을 아는 대로 대답해 달라는 것이야."

"……."

정남은 그래도 무슨 말을 해야 좋을지 몰라 말없이 앉아 있었다.

"그럼 RA-3은 어떤가?"

심문관은 굼벵이와 메뚜기의 얼굴을 닮은 RA-3을 향해 소리쳤다. RA-3 역시 아무런 반응도 보이지 않았다.

"이 녀석들이 갑자기 벙어리가 됐나. 정 그렇게 입을 다물고 있으면 우리는 다른 방법을 쓸 테다!"

가운데 앉은 심문관이 손에 든 갑을 정남에게 겨냥하고 호통을 쳤다.

"이것 봐, 지구 소년과 시그마 성의 로봇 군, 여기는 파라오 성이란 것을 잊어선 안 돼! 어떻게 시그마 성인이 지구인들과 같이 이곳을 빠져나갔는지 이야기해야 해!"

심문관의 오른쪽에 앉은 파라오 성인이 달래듯이 말한다.

"그런 일이라면 저는 아무것도 아는 것이 없습니다. 차라리 어떻게 시그마 성인들이 비행접시까지 빠져나갈 수 있었는지, 오히려 제가 당신들에게 묻고 싶습니다."

정남은 정말 그렇게 생각하였다. 그러나 그런 말이 통할 리 없다.

"이것 봐, 우리 파라오 성의 지하 도시는 지하에서 지상으로 나가려면 누구나 컴퓨터의 조사를 받게 되어 있다. 시진이 찍히고 소리가 녹음되게 되어 있다구."

"그런데요?"

"그런데 세 지구인과 다섯 명의 시그마 성인은 컴퓨터 체크 포인트에 아무런 흔적도 남기지 않았어요."

"그럴 수도 있잖아요?"

"그럴 수 없게 되었다니까."

파라오 성인 한 명이 말하자, 심사관이 그제야 생각난 듯이 소리쳤다.

"바로 그거요. 누군가가 컴퓨터 장치를 꺼서 사진이 찍히지 않게 했소. 시그마 성인들이 지상으로 나간 것이 사실이니 그렇게밖에 생각할 수 없잖소."

"그럼 나와 RA-3은 어떻게 됐어요. 우린 찍혔나요?"

정남이 물었다.

"안 찍혔어, 너희도."

"그럼 이상하잖아요. 우리가 나갈 땐 아무도 우리를 도와준 사람이 없었는데요."

"도와주었을 게다. 누군가가."

"그게 누구죠?"

"그놈을 찾고 있어! 그러니 아는 대로 말하라는 거다!"

염소 얼굴의 심문관이 흥분한 목소리로 소리쳤다.

정남 자신도 이제는 누가 자기편을 들었는지 알고 싶어졌다. 정남은 앞서 자신이 지하에서 지상을 탐지하려고 나갔을 때도 사진이 찍혔을까 궁금해졌다. 정남은 두 가지로 생각을 미루어보았다.

앞서 나갔을 때 사진이 찍혔는데, 이번에 안 찍혔다면 분명히 누군가가 탈출을 도우려고 한 것이라 생각할 수 있다. 그렇지 않은 경우엔 그때 기계 장치에 고장이 나서 안 찍혔다고 생각할 수 있다. 어느 쪽인지 알고 싶어졌다. 정남이가 물었다.

"앞서 내가 지상에 나갔을 때도 사진이 찍혔나요?"

"그야 물론이지. 그래서 우리 로봇이 뒤쫓아 가 지구 소년을 병원으로 데려간 거야."

파라오 성인 심문관이 말한다.

정남은 비로소 자기가 재빨리 구출될 수 있었던 까닭을 알게 되었다. 그때 서둘러 병원에 옮겨지지 않았으면 자기는 해로운 햇빛과 공기 때문에 죽었을지도 모를 일이었다.

'그러면 이번엔 누군지 우리 쪽을 도와준 것 같은데 그게 누굴까?'

정남은 도무지 실마리를 풀 수 없었다.

'파라오 성인이 도망가는 사람을 도와줄 리는 정말 만무할 테고……'

정남은 여기서 생각이 막히고 말았다.

"RA-3."

정남은 슬며시 불렀다.

"왜 그래?"

메뚜기와 굼벵이를 닮은 RA-3이 대답한다.

"너는 내가 무엇을 생각하고 있는지 알고 있겠지?"

"몰라."

"거짓말, 알고 있을 거야. 나는 지금 우리를 누군가가 도와준 것 같은데 그게 누군지 생각 중이라구."

"그것 나 모른다."

RA-3이 잡아뗀다.

"여기 일이라면 나보다 더 잘 알 줄 알았는데?"

정남은 실망한 듯이 중얼거렸다.

염소 얼굴을 한 파라오 성인의 심문은 계속되었다.

그러나 정남과 RA-3은 아무것도 파라오 성인에게 도움이 될 대답을 들려주지 못했다. 파라오 성인 심문관은 화가 났다.

"정말 그렇게 버티면 거짓말 탐지기로 조사하겠다."

파라오 성인 신문관은 마침내 고정남의 머리와 가슴에 밴드를 두르게 한 뒤, 그들의 테이블 위에 놓인 기계의 단추를 눌렀다. 정남의 머리와 가슴이 이상하게 죄어드는 것 같고 뜨거워지는 것같이 느껴졌다.

이런 식으로 거짓말 탐지기를 써서 심문을 했으나 파라오 성인은 새로운 것을 얻지 못했다.

"좋아, 올라가도 좋다."

마침내 파라오 성인의 심문은 끝을 맺고 말았다.

고정남은 방에 오자 벽에서 침대를 뽑아내어 벌렁 누워버렸다. 피곤이 한꺼번에 몰려와서 그냥 한참을 내리 잤다.

정남이 깨어났을 때는 서너 시간이 지난 뒤였다. 그런데 방에 있어야 할 RA-3이 보이지 않는다.

"RA-3!"

정남은 RA-3을 불렀다. 대답이 없다.

'어디 갔을까? 녀석들이 또 끌고 갔나?'

정남은 슬그머니 걱정이 되어 방을 나섰다.

"RA-3!"

정남은 가는 목소리로 부르며 복도를 누비고 다녔다. 무슨 일이 생겼는지 복도에는 파라 로봇의 모습도 별로 눈에 띄지 않는다.

"모두 어디 갔지?"

정남이 실망하며 커브를 돌아섰을 때였다. 어디서 나타났는지 RA-3이 한 명의 파라 로봇과 같이 정남의 앞을 막아섰다.

"너 어디 갔었니?"

정남은 반가워서 부르다가 이내 근심스런 얼굴이 되어 파라 로봇을 힐끗 보며 물었다.

"어떻게 된 거야? 잡혀가는 중이야?"

"쉬!"

RA-3은 이내 자기 손을 정남의 입에 갖다 대고 한 손으로는 정남의 팔을 끌었다.

"네가 왜 이래?"

정남이 좀 크게 소리치자 RA-3은 당황한 듯이 정남의 입을 막고 자기 가던 쪽으로 끌고 간다.

"왜 이래? 너도 파라오 성인 편이 됐어?"

정남이 화가 나서 손을 뿌리치며 달아나려 하자, RA-3은 겨우 작은 목소리로 입을 열었다.

"빨리 간다."

"가긴 어딜 가? 잡혀가는 곳에 나를 끌고 가려는 거야?"

RA-3은 정남을 끌고 가기만 하려 한다.

"네가 정말 미쳤냐. 시그마 성인들과 헤어져서 돌았나 보군. 어서 방으로 가자구!"

정남이 RA-3의 손을 잡고 끌어당겼다. 그러자 이번엔 잿빛 너구리 얼굴의 파라 로봇이 정남의 손을 당겼다.

"놔, 이 더러운 손!"

정남은 힘껏 그 손을 뿌리쳤다. 그래도 파라 로봇은 화를 내지 않고 속삭이듯이 말한다.

"간다. 시그마 성."

"뭐라구? 지금 뭐랬지?"

정남은 자기 귀를 의심하였다.

"시그마 성 간다."

파라 로봇의 입에서 같은 말이 나왔다. 정남은 그래도 곧이들리지 않아서 어리둥절한 눈으로 파라 로봇을 지켜보자, 이번엔 RA-3이 정남의 손을 다시 끌었다. 정남은 영문을 모르고 따라갈 수밖에 없었다.

파라 로봇이 안내하는 길은 너무나 뜻밖이었다. 보통 누구나가 쓰는 통로였다. 사방으로 뚫린 크고 좁은 길에는 지금 수많은 파라 로봇들이 어느 쪽으론가 몰려가고 있었다.

"어디로들 가지?"

"검사실로."

"무슨 검사실?"

"로봇 검사실."

"무엇 때문에?"

"검사를 받으려고."

"모두 다?"

"그렇다."

"왜지?"

"스파이를 잡으려고."

"스파이?"

"그렇다."

"무슨 스파이?"

"파라오 성인을 배반한 스파이."

"자기들 로봇 안에서?"

"그렇다. 우리 속에서 찾는다."

"그럼 너도 그쪽으로 가야잖아?"

"가야 한다."

"그런데 왜 안 가?"

"교대로 간다. 자, 빨리 간다."

정남은 당황하고 놀라며 다음 질문을 하려 했으나 파라 로봇은 그럴 시간을 주지 않고 재촉했다.

"자, 간다. 빨리!"

정남과 RA-3은 이런 식으로 급히 회전 도로 위를 몇 차례 바꿔 타고 어떤 엘리베이터까지 왔다.

"어디 가려구?"

정남은 또 한 번 겁에 질린 듯이 물었다.

"지상으로 나간다."

"그럼 사진이 찍히잖아?"

파라 로봇은 그 말에는 대답하지 않고 둘이 엘리베이터 안에 들어서 자 단추를 눌렀다.

"엘리베이터 문이 열리면 분명히 사진이 찍힐 텐데, 우리 목소리도 녹음되고?"

"……"

파라 로봇은 말없이 올라가는 엘리베이터의 문만을 꼬나보고 있다. 정남은 딱한 표정으로 RA-3을 향했다.

"넌 어떻게 생각하니? 이 녀석을 쫓아가도 괜찮겠니? 나는 어쩐지 무섭다."

"쫓아가야 해."

RA-3이 뜻밖의 대답을 한다.

"무얼 믿고?"

"믿을 수 있다."

"이 로봇을? 우리를 꾀어서 어디다 감금하거나 죽이려는 거 아냐, 상부의 지령을 받고서?"

"그렇지 않다."

"네가 그것을 어떻게 알아. 정말 미치겠군. 무엇을 믿고 이 녀석을 쫓아가, 글쎄?"

정남은 안타까워 죽을 지경인데 엘리베이터는 조용히 문을 열기 시작했다. 그와 함께 파라 로봇은 손을 뻗어 묘한 광선을 비치게 하더니 소리쳤다.

"빨리 뛰어랏!"

정남과 RA-3은 이 날카로운 명령대로 내닫기 시작했다.

분해되는 로봇

고정남은 영문을 모르고 달렸다. 너구리 모양의 파라 로봇이 안내하고, 얼굴이 동글납작한 RA-3이 따라가는 쪽으로 달렸다. 가는 도중 몇 군데 걸릴 법도 했으나 그때마다 다른 길로 빠져서 어떤 스쿠터 차고에 와 닿았다.

"어서 탄다!"

파라 로봇이 명령 투로 말한다.

"같이 타자!"

RA-3이 정남에게 말하며 자기가 조종석에 앉는다.

"네가 운전하려구?"

"고마워. 안녕!"

RA-3은 정남의 말에는 대답하지 않고, 파라 로봇에게 눈을 끔벅거려

몇 차례 빛을 내며 인사를 하자, 스쿠터의 엔진을 걸었다.

"잘 가."

파라 로봇 역시 RA-3이 스쿠터를 몰기 시작하자, 감정을 가진 사람처럼 잠깐 지켜보다가, 재빨리 왔던 길을 달려갔다.

"어떻게 되는 거야? 저 친구는 같이 안 가?"

"그는 돌아가야 한다."

"위험하잖아?"

"빨리 가야 덜 위험하다."

"하긴 그렇지. 그런데 말야, 나는 뭐가 뭔지 모르겠어. 왜 저 친구가 우리를 탈출시켜줬지?"

"그건 나도 몰라. 다만 나와 그는 서로 말이 잘 통한다."

"그야 나도 통하잖니."

"그렇게 통하는 것이 아니고 직접 서로 말이 통해."

"그래?"

그건 또 처음 듣는 이야기다. 정남이가 알아듣는 것은 특수한 감응 장치를 통해야 하는데, 직접 말할 수 있다면 로봇 안에 같은 장치가 들어 있어야 할 것이다.

어떻게 그럴 수 있을까? 서로 다른 별에서 만든 로봇일 텐데 말이다.

정남이가 혼자서 이런 생각에 잠겨 있을 때, 스쿠터가 멎었다.

RA-3은 마치 파라 로봇이 모는 것처럼 스쿠터 속에 얼굴을 묻고 두 개의 검문소를 지나 바닷가에 있는 작은 우주공항에 온 것이다. 이곳은 우주선에서 조난 신호가 오면 떠나도록 되어 있는 구조용 우주선이 한두 대 보일 뿐 비교적 조용해 보였다.

"저것을 타야 한다."

RA-3이 스쿠터에서 내리며 역시 타원형 우주선 한 척을 손짓했다.

"경비원이 있을 텐데?"

"경비원은 없다. 대신 전파로 감시한다."

"결국 매한가지 아냐."

"그럼 정남, 순옥이 있는 데 가는 거 싫어?"

RA-3이 엉뚱한 말을 해 정남을 어리둥절하게 만들었다.

"너는 사람처럼 감정이 있는가 보구나. 나는 가고 싶지만 걱정이 돼서 그래."

"해보는 거야. 나는 주인에게 돌아갈 의무가 있다."

RA-3은 비스듬히 발사대에 누워 있는 우주선 쪽으로 다가갔다. RA-3은 가슴의 단추를 눌러 전파 감시가 되어 있는지를 살펴보더니 좋아라고 소리쳤다.

"없다, 없어. 전파 감시 없다. 어서 탄다!"

RA-3은 승강기를 타고 우주선 이중문까지 오자 미리 몇 가지 단추를 눌러 문을 열었다.

"어서 타자!"

정남은 겁에 질린 듯 조심스레 문 안에 들어섰다.

"겁낼 것 없다. 떠나면 된다."

RA-3이 조종석에 앉았다.

"연료가 있나, 기계들을 제대로 움직이나 먼저 조사해봐야잖아?"

정남은 여전히 걱정이 되어서 말했다.

"이것은 구조용 우주선이니까 언제나 떠날 수 있을 거다."

RA-3은 자신 있다는 듯이 자동으로 조사하는 단추를 눌렀다. 차례로 게시판 위에 붙은 보랏빛 불들이 들어왔다.

"봐, 이상 없다. 여기서는 보랏빛이 안전을 나타내는 빛이다. 그럼 뜬다."

RA-3이 출발 준비를 위해 엔진에 시동을 걸려는 순간이었다.

"잠깐만!"

어디선지 이런 말이 들려 RA-3의 손을 멈추게 했다. 정남은 놀라서 RA-3을 바라본다. RA-3도 놀란 듯이 눈에서 빛을 몇 차례 유난히 내뿜었다.

둘 다 어디서 그런 소리가 들렸는지 몰라 방 안을 두리번거렸다. 그와 함께 방 안에는 파라 로봇 아닌 염소 얼굴의 파라오 성인 모습이 나타났다.

"아니, 당신은?"

놀라서 벌떡 일어났다. 그 파라오 성인은 로봇 연구소장이었다.

놀라운 일은 또 있었다. 그 로봇 연구소장 옆에 또 한 명의 파라오 성인이 서 있는데, 그는 위풍이 있어 보였다.

"왜 그렇게 놀라냐? 이런 데까지 온 용감한 소년이."

위풍이 있어 보이는 파라오 성인이 입가에 이상한 웃음을 띤 채 말한다.

"다, 당신은 누구요?"

정남이 소리쳤다.

"나? 나는 이 파라오 성의 내무장관 뻬르마다."

"내무장관 뻬르마!"

정남은 얼어붙은 입을 가까스로 놀렸다.

"그러니 안됐지만 여기서 내려줘야겠어."

이런 말과 함께 두 파라오 성인의 모습은 자취를 감추고 말았다.

"조종실 안에도 감시 장치가 되어 있을 줄은 미처 몰랐다."

RA-3이 중얼거렸다.

"이제 어떡하지?"

"어떡하긴 떠야지. 어서 앉아!"

RA-3은 말하며 다시 엔진의 시동 단추를 누르려고 한다. 그와 동시에 다시 불같은 호통 소리가 울렸다.

"뭘 하는 거야! 어서 못 내려오겠냐?"

정남과 RA-3은 그래도 미련이 남은 듯이 자리에서 일어나지 못했다. 이것을 본 파라오 성인은 낄낄 웃기까지 했다. 그런 지 얼마 안 되어 정남은 자지러지게 놀라 자리에서 일어났다. 의자에 전기가 통한 것이다. 동물성 체질의 RA-3도 놀란 듯이 자리에 일어나더니 중얼거렸다.

"실패했다."

정남과 RA-3은 우주선에서 내려왔다.

정남과 RA-3은 거미줄에 걸린 벌레처럼 꼼짝도 못 하고 지하의 세계로 돌아왔다. 어쩌다가 이쯤에서 달아나볼까고 생각할 때면, 어디선지 불쑥불쑥 파라 로봇이 나타나 길을 막아서는 것이다.

"이럴 바엔 차라리 달아나지 않는 건데."

정남은 후회스러운 듯이 중얼거렸다. 지하에 들어서고 보니, 그런 생각은 더했다. 파라오 성인들은 지구 소년과 시그마 성의 로봇이 달아날 것을 지상에 나왔을 때부터 알고 있었던 모양이다.

지구 소년과 시그마 성의 로봇 RA-3은 뻬르마 내무장관 앞으로 끌려갔다.

뻬르마 장관은 매우 화난 얼굴로 정남과 RA-3을 꼬나보더니, 오히려 재미있다는 듯이 웃어 보이며 입을 열었다.

"끼리리…… 달아나지 못하게 해서 미안하군그래. 그런데 시그마 성의 로봇은 몰라도 지구 소년은 왜 같이 달아나려고 했지?"

장관은 그것을 알 수 없다는 표정으로 따졌다.

"……."

정남은 대답하지 않았다.

"대답을 해봐, 뭣 때문에 달아나려고 했지? 여기보다 시그마 성 가면 더 좋을 것 같아서?"

"……."

"어서 대답을 하라니까. 지구인들을 만나고 싶어서? 그들은 다시 이쪽으로 돌아오게 될 거다. 그러니까 지구인을 만나려면 차라리 여기 있는 편이 나을 텐데."

삐르마 장관은 알 수 없는 말을 하였다.

'무슨 소릴까? 지구인이 어떻게 여기 다시 돌아와. 이들이 그 별에 가서 납치해 오겠다는 건가?'

정남은 그런 생각을 했으나 말은 하지 않았다.

"끝내 입을 열지 않으면 이렇게 해줄 테다."

삐르마 장관은 두 로봇에게 뭐라고 명령을 내렸다. 두 로봇이 정남에게 다가오더니 한 녀석은 정남의 왼손을 잡고 다른 녀석은 정남의 오른손을 잡았다. 순간 정남의 몸에는 강한 전기가 흘러 입술이 파랗게 질려 비명을 지르기 시작했다.

"맛이 어떠냐? 맛을 보았으면 말을 하겠지. 자, 누가 너를 안내해서 우주공항까지 데려갔냐?"

"……."

정남은 계속 입을 다물었다.

정남은 말하려 해도 사실 그 파라 로봇이 몇 번인지조차 알지 못한다. 또 아는 대로 파라 로봇이라고 하면, 자기를 도와준 그가 잡힐지도 모른다. 그러니까 그런 말도 할 수 없어서 입을 다물었다.

"이봐요, 지구 소년. 누가 너를 데려다 줬는지 그것만 대면 되는 거야. 누구와 같이 갔지?"

다시 전신에 전기가 통한다. 정남은 그래도 참았다.

"지구인이 이렇게 독한가? 아니면 바보일까?"

삐르마 장관은 그들의 상식으로는 이해할 수 없다는 표정으로 고개를 저었다. 그러더니 정남 대신 RA-3을 향했다.

"지구 소년이 저러니까 네가 대답해봐라. 너는 누가 데려갔어? 누군가의 도움이 없이는 그곳까지 갈 수 없어. 누가 도와줬냐구, 어서 말해!"

"……"

"이상들 하군, 나는 너희들 벌주려는 것이 아니야. 내가 알려는 건 우리 쪽 배반자야. 그러니 이야기할 수 있다구."

"나는 로봇이오. 그런 대답 할 자격이 없소."

"그렇다면 너 같은 로봇은 분해 공장으로 보내든지, 네 몸속에서 동력을 빼버리고 말 테다."

삐르마 장관이 호통쳤다.

"내게는 배터리 같은 동력 없소."

"그럼 바다에 던져주지, 그래도 좋으냐?"

RA-3은 잠깐 사이를 두더니 입을 열었다.

"정남, 내가 데려갔소."

"너 혼자서? 우주선에도 혼자 태웠어?"

"그렇소."

"거짓말, 너 혼자서는 절대로 안 돼. 누구야, 누가 너를 데려갔어?"

"내가 데려갔소."

"거짓말, 너 혼자서는 경비망을 못 빠져나가. 누군가 우리 편에서 너희를 도와줬을 것이다. 어서 대지 못할까?"

장관은 자신이 직접 RA-3 곁으로 다가오더니 주머니에서 네모진 갑을 꺼내 들었다.

"이것이 뭔지 아냐. 이것은 너를 녹이고도 남을 광선 발사기다. 어때, 이래도 말 안 할 테냐?"

"……."

"나는 우리 로봇을 모두 조사해봤지만 우리 로봇 같지는 않거든. 우리 배신자가 누구냐구?"

삐르마 장관이 다시 언성을 높였다. 정남은 장관의 말에 마음을 놓았다. 자기를 데려다준 로봇이 재빨리 돌아가 조사를 받고 무사한 것을 안 때문이다. RA-3도 같은 로봇끼리 자기 주인이 아닌 다른 주인으로부터 협박을 받을 때는 그 로봇을 보호해주는 것이 원칙이다. 반면 삐르마 장관은 크게 화를 내서 호통쳤다.

"이놈들을 바다 밑의 감방에 데려다 가둬라!"

바다 밑의 감방은 꽤 깊은 곳에 있는 것 같았다. 그것을 뒷받침이라도 하려는 듯이 방은 칠흑처럼 어두웠다. 소리도 들리지 않았다. 고정남은 아무 생각도 할 수가 없었다.

'이대로 갇혀서 죽고 마는가 보다.'

정남의 머리는 그런 생각을 하는 것이 고작이었다. 하지만 물에 빠진 사람이 검부러기라도 잡으려는 심정으로, 무슨 소리라도 들려오지 않나 귀를 기울였으나 그것도 허사였다.

그럭저럭 지구 시간으로 한 시간쯤 지나간 것 같다. 그런 시간이 며칠이나 걸린 것처럼 지루하게 느껴졌다. 그래도 이 감방만은 영원히 버려진 채로 남은 것 같았다. 정남은 겨우 그동안 겪은 일들을 생각하게 되었다. 그는 이 머나먼 별나라까지 와서 같이 있던 지구인들과도 갈라지게 된 일에 생각이 미치자 자기도 모르는 사이 눈물이 흘러내리는 것을 막을 수 없었다. RA-3도 이런 땐 별로 도움이 되지 못했다. 그는 아무리 우수한 로봇이긴 해도 역시 기계였다. 눈물을 흘리는 인간의 감정을 이해할 리 만무했다.

정남은 쓸쓸한 기분으로 쪼그리고 있다가 그대로 잠이 들고 말았다. 그 순간이었다. 방 안이 태양이 떠오르는 것처럼 밝아졌다. 그것은 빛이라기보다 사방에서 정남을 향해 빛줄기를 퍼붓는 것과 같았다.

"나를 어쩌자는 거얏?"

정남은 발악하듯이 소리쳤다. 마치 채찍으로 살을 저미듯이 치는 것 같아 자기도 모르는 사이에 떠들었으나 아무런 반응도 없었다. 빛줄기는 여전히 정남을 향해 뻗어오고, 정신은 흰 종잇장처럼 생각을 잃었다. 눈은 부시다기보다 오히려 아팠다. 그래서 바보처럼 눈을 감고 있는데 이번엔 방 안이 캄캄해지고 바깥이 밝아졌다.

바깥은 물이다. 어둡던 물속이 밝아진 것이다. 검고 큰 고기 떼가 낯선 인간을 보고 몰려왔다. 그 생김새가 흉악스러웠다. 눈알이 악어처럼 솟아나고 몸집은 갈치처럼 길고 번들거렸으나 이빨이 상어처럼 날이 서 있다. 그런 놈들이 사방에서 정남을 둘러싸고 공격하는 것이다.

정남은 꿈속을 헤매는 기분이었다. 아무리 그곳을 빠져나가고 싶어도 손과 발이 말을 듣지 않는다. 아니 생각조차도 말을 듣지 않았다. 그래서 또 소리를 질렀다. 이쯤 되자 밖이 어두워지고 방 안도 캄캄해졌다. 정남은 으스스 몸을 떨며 잠에 빠졌다. 그러자 또 아까처럼 방 안이 섬광에 둘러싸이고…… 고기 떼의 공격을 받고…… 다시 어두워졌다.

이런 일이 몇 차례 반복되자 정남의 머리가 정말 이상해졌다. 바보처럼 혼자 웃고 껑충거리며 방 안을 맴돌았다.

"히, 으헤헤…… 히히…… 여기가 어디야? 잠수구를 타고 나는 깊은 바다 구경을 하는가베. 히, 그러니 너희는 나를 못 잡아먹어."

정남은 자기에게 달려드는 고기 떼를 보고도 이제는 태연해졌다. 이쯤해서야 겨우 방 안에 말이 들려왔다.

426

"잘 웃는군. 하지만 그 문은 열릴 수도 있으니 조심해."

"무, 문이 열린다구요? 아, 아냐. 그건 안 돼!"

정남은 겁에 질린 목소리로 외쳤다.

"그것은 네게 달려 있어. 자, 말해보라구. 누가 너를 우주선 격납고로 데려갔지? 그게 누구였어?"

"그게 무슨 말이야?"

"너와 RA-3과 또 누가 같이 갔어?"

"누가? 나와 RA-3과 로봇과 그뿐이야."

"로봇? 우리 로봇?"

방 안에 들리는 목소리가 별안간 높아졌다.

"여기 로봇 말고 또 어디 있어. 그것도 몰라서 물어?"

정남은 마침내 자기가 아는 것을 자기도 모르는 사이에 뱉어놓고 말았다. 방 안에 들리는 소리는 상기된 듯 '고맙다.'는 말과 함께 꺼져버렸다.

방은 다시 어둠으로 되돌아갔다.

정남은 비로소 깊은 잠에 빠지고 말았다. 얼마나 잤는지조차 기억할 수가 없다. 그저 몹시 배가 고픈 것을 보니, 하루 이틀 그냥 자버린 것 같았다. 그런데도 깨어난 기분은 상쾌하였다. 방 안의 공기는 싱그럽고 조명도 아늑하다. 그 위에 식탁까지 마련되어 있고, 먹음직한 음식들이 놓여 있다.

정남은 미친 듯이 그것들을 먹어치웠다. 이렇게 상을 다 비웠을 무렵에야 파라 로봇 한 녀석이 방에 들어와 정남과 함께 RA-3을 데리고 나갔다.

"이제 어디로 가지?"

"따라온다."

파라 로봇은 매우 기계적이다.

"이 친구는 우리를 탈출시켜준 로봇 아냐?"

정남이가 묻자, RA-3이 정남을 막았다.

"쉿! 또 무슨 소리 해."

"또?"

"그래 또."

"뭐가 또야?"

"기억 안 나?"

"무슨 기억?"

"말한 거."

"무슨 말?"

"그저께."

"내가?"

"그래. 정남 나쁘다. 다 말했다."

"무엇을?"

"지금 우리 파라오 성인에게 끌려간다."

"그럼 어떡하지? 우리를 도와준 로봇이 위험하잖아?"

"그렇다."

"어떻게 도와줘야잖아."

"늦었다."

"왜?"

"구해도 소용없다."

"어째서?"

"그 로봇 여기서 일생 끝난다."

"일생?"

RA-3은 정남으로선 알 수 없는 말을 한다. 정남이와 RA-3이 이런 말을 주고받는 사이 삐르마 내무 장관실로 안내되었다.

"어서 오시오. 기다리고 있었다."

삐르마 장관은 단추를 눌렀다. 그와 함께 낯익은 두 명의 로봇이 들어왔다. 한 명은 격납고로 안내해준 로봇이요, 또 한 명은 방금 전에 그들을 이곳까지 데려온 로봇이다.

"잘 봐요. 이 녀석들이 맞지. 격납고에 같이 가고, 또 시그마 성 놈들에게 길을 안내했던 놈들이 틀림없지?"

삐르마 장관은 능글맞게 입을 히죽이며 정남에게 따졌다.

"……."

"왼쪽 놈은 OX(오 엑스)-0373, 오른쪽은 OX-0737이다. 모두 틀림없이 우리 로봇 공장에서 만든 놈들이다. 그런데 우리를 배반했다."

"그럴 수가?"

정남은 정말 믿어지지 않았다. 로봇이 자기 주인을 배반할 수는 없는 법이다.

"그럴 수가 없지. 로봇이 자기 주인을 배반할 수는 없는 법이야. 그러니까 우리는 어째서 그런 짓을 했는지 분해를 해봐야겠어. 이봐라!"

장관은 다시 호통을 쳤다. 로봇 아닌 파라오 성인이 들어왔다.

"이 두 놈을 즉시 로봇 분해소로 보내라. 나도 곧바로 가겠다."

파라오 성인이 두 로봇을 데리고 나갔다. 삐르마 장관은 매우 만족스러운 듯이 정남과 RA-3을 견주어보며 넋두리처럼 중얼거렸다.

"결국 내 손에 잡히고 말았거든. 이제 남은 일은 어떤 비밀 장치를 해놓았는지 내 눈으로 보고 나서 대책을 세우는 일이라구…… 에헤헤……."

장관은 혼자서 자기 생각을 즐기는 듯이 몇 차례 헛소리같이 중얼거린 뒤에야 정남과 RA-3을 데리고 로봇 분해소로 왔다.

로봇 분해소는 바로 로봇 연구소 안이었다. 정남은 이곳에 다시 오게 된 것만도 기분이 좋지 않았다. 여기서 자신이 분해될 뻔했던 일들이 생각났기 때문이다. 그것은 RA-3의 경우도 매한가지였다.

하지만 그때는 투시기를 가지고 부분적으로 분해하듯 투시해보았기 때문에 문제될 것은 없었으나 이번의 경우는 사정이 다르다.

로봇 OX-0373과 OX-0737은 무자비하리만큼 철저하게 분해되기 시작하였다. 먼저 사람의 몸처럼 유연하게 움직일 수 있는 물질인 폴리에스테르 같은 껍질을 벗겼다. 그러고 나서 머리와 몸과 다리를 분리시키고 머리는 머리 분해기로, 몸통은 몸의 분해기로, 다리는 다리를 전문적으로 분해하는 기계로 옮겨졌다.

머리에는 사람처럼 전자두뇌 구실을 하는 장치가 들어 있으나 그것은 총사령부 격이요, 대부분의 장치는 몸집에 들어 있었다.

사람의 경우라면 허파나 위장이나 간장 등 장기가 자리를 차지해야 하나, 로봇의 경우는 그런 것이 필요 없으니 그 공간에 여러 가지 장치가 들어가 있는 것이다. 그 몸통 안에도 빈자리는 많았다. 지구에서 쓰는 따위 전선을 가지고 회로를 만들거나 납을 땜질해서 연결하는 일 따위가 필요 없고, 거미줄 같은 것을 가는 통 안에 배선하여 나뭇가지처럼 몸 안에 폈기 때문에, 몸집 크기에 비해서 속이 비어 있는 편이었다. 이런 배선이 어떻게 되고 어디에 잘못이 있는지 등을 알아내기 위해서는 특수한 검사기를 쓰고 있었다. 지구에서라면 컴퓨터 같은 기계 같았다.

불이 깜박거리면서 체크를 해나가다 잘못된 것이 있으면 쉬 발견하여 그곳을 즉석에서 때거나 고쳐주기까지 하는 장치다. 그러나 여기서는 고쳐주는 것이 아니라 그 로봇을 만들 때와는 반대의 과정으로 분해하고 헤쳐나가는 것이다. 이렇게 까다로운 작업을 지켜보던 로봇 연구소장이 몸집과 다리가 연결되는 동력부의 점검을 시작할 때 고개를 갸웃거렸다.

"왜요? 조금이라도 이상한 곳이 있으면 하나도 빼지 말고 살펴주시오."

삐르마 장관이 부탁하였다.

"물론입니다, 장관님. 모두 전자 기록 장치에 수록해놓았습니다."

"그런데 도대체 놈들이 어떻게 우리 로봇에 자기들이 필요한 장치를 끼워놓았죠?"

"미안합니다. 제 감독 불찰 같습니다."

연구소장이 책임을 느낀다는 듯이 고개를 숙였다.

"지나간 일을 탓하자는 것이 아니오. 사실을 밝혀내서 대책을 세우자는 거요."

"동감입니다."

"내가 이해할 수 없는 것은 어떻게 놈들의 손이 이 연구소 안에서 로봇 제조 공장에까지 뻗쳤느냔 말이오."

"그러기에 말씀입니다."

"아니면 적이 우리 것과 겉모양을 꼭 같이 만들어가지고 속에는 자기들이 원하는 장치를 해놓았단 말인가요?"

"그렇다면 우리 로봇 두 놈이 없어졌을 게 아닙니까. 그런데 그런 흔적은 없었거든요."

"그럼 우리 것에 비밀 장치를 했단 말이구려. 그게 사실이라면 문제는 더 커져요. 이 연구소나 로봇 공장에 스파이가 있었다는 이야기니 말이오."

삐르마 장관은 흥분한 눈으로 로봇 연구소장을 쏘아보았다.

"설마 저를 의심하지는……."

연구소장은 염소 같은 얼굴에 매우 당황한 표정을 감추지 못한다.

"그러니까 분해를 철저히 해서 어떻게 이런 일이 가능했는지 밝혀내란 말요."

"아, 알았습니다."

연구소장이 머리를 조아릴 때였다. 분해를 지휘하던 기사 한 명이 소리쳤다.

"소장님, 여기 동력 장치에 다른 선이 이어져 있습니다."

"어디 보세."

연구소장이 그 기사 곁으로 다가갔다. 정말 동력함에는 다른 줄이 하나 더 연결되어 있다. 그 줄을 따라가 보니 배선 파이프 벽 쪽에 숨겨진 선이 나타났다.

그리고 그 줄을 더듬자, 시그마 성인과의 통화용 수신 장치가 나타났다.

"그럼 송신 장치도 있을 게 아뇨."

삐르마 장관이 치를 떨었다.

"조사해보겠습니다."

"그럴 것 없소. 저기 RA-3을 분해시켜 비교하는 편이 빠르겠소."

장관은 RA-3을 손짓했다.

"그거 참 좋은 생각입니다."

삐르마 장관의 말에 기사가 RA-3 곁으로 다가왔다. 그때다. 눈에 빛을 잃고 졸고 있는 것 같던 RA-3은 눈에서 굉장한 빛을 내뿜으면서 이상하게 높은 소리를 지르더니 정남을 자기 몸으로 덮쳤다. 이상한 빛과 굉음이 방 안을 채웠다. 분해되던 두 로봇이 동시에 폭발하기 시작한 것이었다.

제3부

시그마 성으로 가는 길

"휴―."

강순옥이네가 탄 시그마 성의 비행접시는 정말 아슬아슬하게 파라오 성을 떠날 수 있었다. 강순옥이네가 탄 시그마 성 우주선은 지상에서 파라오 성의 로봇들에게 쫓기며 아찔한 기분으로 대지를 박차고 떠올랐으나, 순옥은 눈물이 쉴 새 없이 두 뺨으로 흐르는 것을 금할 길이 없었다. 대기권을 벗어날 때의 괴로움과 고정남을 남기고 떠나게 된 슬픔은 그 누구도 헤아릴 수 없는 일이다.

"내려줘! 나도 같이 남을 테야!"

순옥은 연방 소리를 지르다가 속도가 더 빨라지고 그 이상 소리도 지를 수 없게 돼서야 축 늘어진 채 조용해졌다. 중력이 없는 진공의 세계로 들어선 것이었다.

"어떠냐? 이젠 괜찮냐?"

우주 비행사 주일만 중위가 웃으며 물었다.

"정남은 어떻게 됐어요?"

순옥은 아직 잠에서 덜 깬 목소리로 물었다.

"또 정남이냐, 정남은 이제 잊어라."

주 중위가 화난 듯이 소리쳤다.

"잊어요? 나는 그럼 어떡해요. 나 혼자 이 아득한 우주에서 어떻게 살아요?"

"그럼 어떡하냐, 둘이 갈라진 것도 운명이지. 내가 너희 둘을 갈라놓기라도 했다는 거냐?"

"아이 난 몰라, 으흐흐……."

순옥은 울기 시작했다. 그때다. 비행접시를 몰던 시그마 성인이 긴장된 목소리로 외쳤다.

"조용해! 적이 쫓아왔다!"

조종사는 열심히 그의 앞에 보이는 스크린을 지켜보며 흥분한 듯이 대장을 향해 스크린의 한쪽을 손짓하고 있다. 그제서야 지구인들도 파라오 성의 타원형 우주선 세 대가 쫓아 올라와 시그마 성의 둥근 비행접시를 삼면에서 포위한 것을 깨달았다. 순옥은 울던 눈을 비비며 달려드는 우주선을 보기 위해 창가로 갔다.

시그마 성 비행접시의 몸체가 크게 흔들렸다. 파라오성의 우주선에서 쏜 광선이 명중하기 시작한 것이다.

"싸워선 안 돼! 우리는 이 지구인들을 데리고 무사히 돌아가야 해!"

대장이 흥분한 시그마 성인들을 달래고 있다.

"이렇게 빛줄기가 명중하고 있는데 당하기만 합니까. 우린 싸울 수밖에 없습니다!"

부대장인 시그마 성인이 소리쳤다. 대장은 흥분을 가라앉히려고 애쓰나, 그러는 동안에도 빛줄기는 잇달아 비행접시에 명중하고 기체를 마구 흔들어댔다.

"어떡하겠소. 싸우며 뚫고 나가봅시다!"

부대장이 다시 조르듯이 말한다.

"좋소! 싸웁시다! 이봐 RA-1, 너는 광선포를 발사하여라!"

"이—써—."

"그리고 RA-2, 너는 인력포를 쏴라!"

"이—써—."

그리하여 서로 이웃한 두 별의 우주선끼리 일대 접전이 벌어졌다. 세

대의 파라오 성 우주선은 비행접시의 삼면을 가로막고 공격을 퍼붓고 있다. 이쪽은 한 대인지라 삼면에서 불을 뿜어보나 아무래도 세 대를 당하기가 어려워졌다.

이쪽에서도 광선포 대신 인력포를 쏘아 상대방 우주선을 함정에 빠뜨려 보려 했으나 워낙 덩지가 큰 우주선이어서 그것이 뜻대로 되지 않았다. 그래서 날아오는 미사일을 딴 길로 따돌리는 것이 고작이었으나 잇달아 명중하는 광선 때문에 마침내 비행접시의 기계들마저 이상을 알리는 빨간불이 켜지기 시작했다.

"원정 대장님, 방향 장치에 고장이 생겼습니다."

시그마 성 조종사가 당황한 목소리로 외친다.

"광선포도 발사되지 않습니다."

로봇 RA-1이 보고한다.

"기체 바깥에 구멍이 났습니다."

이번엔 인력포를 조작하던 RA-2가 보고한다.

"아주 폭발하기 전에 투항하는 편이……."

부대장 침통하게 말하자

"싸울 수 있는 데까지 싸워라! 항복은 않겠다!"

원정 대장이 외친다. 그러나 부대장이 또 소리 지른다.

"저쪽에서 미사일이 날아오고 있습니닷! 어서 격파햇!"

부대장이 소리 질러 RA-1은 잇달아 단추를 누르고 있으나 광선포는 쏘아지질 않았다. 미사일은 이쪽을 향해 달려오고 있다. 그것에 맞는 날이면 끝장이 날 판이었다. 이런 위험한 순간이었다. 어디서 누가 쏘았는지 미사일이 이쪽 비행접시에 맞기 전에 허공에서 폭발하고 말았다. 눈이 부신 섬광이 사방으로 퍼졌다.

"우요옷, 광선포가 고쳐졌나 보닷!"

부대장이 좋아서 어쩔 줄을 모른다.

"그게 아니오, 저길 봐!"

원정 대장이 바깥쪽을 손짓했다. 거기에는 다섯 대쯤 되어 보이는 비행접시가 파라오 성의 우주선과 싸움을 벌이고 있는 광경이 눈에 들어왔다.

"우오— 지원군이 왔다! 우리 편이닷!"

시그마 성 비행접시 안은 삽시간에 기쁨으로 가득 찼다.

시그마 성의 지원군은 정말 기분 좋게 파라오 성의 우주선들을 쳐부수고 있다. 왼쪽 우주선 한 대가 굉장한 빛줄기를 내뿜으며 폭발해버렸다.

"자, 이 틈에 우린 빠져나가자!"

대장이 조종사에게 명령한다. 조종사는 고장 난 방향 장치를 간신히 조작하며 그들의 별 있는 쪽으로 달려갔다.

시그마 성은 파라오 성과 이웃한 별이므로 얼마 안 걸려 그 윤곽이 눈에 들어왔다.

"저것이 시그마 성인가 보다!"

순옥은 다가오는 별을 보며 창가로 달려갔다. 시그마 성은 지금까지 순옥이가 보아온 어떤 별과도 그 빛깔이 달라 보였다. 순옥이가 태어난 지구는 떨어져서 바라보면 파랗거나 초록 빛깔을 띠고 있었는데 그렇지 않다. 달은 흰빛으로 반사되고 있었는데 그렇지도 않다. 화성은 또 오렌지 빛깔이었는데 그렇지도 않다. 지금 바라보는 시그마 성은 잿빛으로 싸여 있다.

"잿빛 별인데요, 어쩐지 기분이 침침한데요."

순옥은 열심히 가까워오는 별을 보며 중얼거리고 있다.

비행접시는 마침내 속력을 떨구고 잿빛 별을 향해 내려가기 시작했다.

"우린 이제 또 저 별에 내려가 어떤 변을 당해야죠."

순옥은 여전히 불안한 마음을 가누지 못하고 있다.

"걱정은 됐다 하고 부딪히는 대로 살아가자."

박용 소령이 위로하듯이 말한다.

마침내 비행접시는 낯선 시그마 성의 우주공항에 힘겹게 내려앉았다.

그들이 내린 우주공항 둘레는 너무나 지금까지 보아온 모든 것과 달랐다. 앞서 내렸던 파라오 성과도 사뭇 다르다.

그 하늘은 보랏빛이요, 그 땅은 검푸르고 그 나무들 역시 파랗거나 갈색이 많아 보였다. 그뿐이 아니다. 하늘에서 내려다보는 냇물은 김이 솟고 있어 온천 같기도 했다.

하여튼 지구인 세 명을 태운 비행접시는 파라오 성과도 다른 낯선 별에 내려앉았다. 그러나 지구인들을 놀라게 하는 일들이 벌어지기 시작했다. 여기서는 파라오 성에 내릴 때와는 달리 로봇 아닌 시그마 성인들이 몰려와 환성을 지르며 파라오 성을 탈출해 온 비행접시를 둘러쌌다.

굼벵이 얼굴의 시그마 성인들은 손에 손에 이상한 공 같은 것을 들고 방금 내려앉은 비행접시를 향해 손을 흔들며 고함들을 지르고 있는데, 그럴 때마다 그들이 손에 든 공 같은 것에서 반짝반짝 색색의 불꽃이 뻗었다.

"왜들 저러지?"

순옥은 겁에 질리기도 하고 흥미도 느꼈다.

"저들은 흥분한 것 같은데 적대 행동은 아닌 것 같다."

박 소령이 말한다.

"그럼, 왜 저렇게 야단법석이죠?"

"아마 그들의 비행접시가 무사히 돌아온 것을 환영하는가 보다."

"환영치고는 너무 요란한데요."

주일만 중위도 한마디 한다. 시그마 성인의 환영은 차차 열을 더해갔다. 비행접시에서 일행이 내려 로봇차에 오르자 일행은 곧장 에가페 광장으로 직행하였다. 원반 모양의 로봇차는 땅속에 묻힌 선을 따라 움직이는 듯 조금도 동요 없이 광장 쪽으로 달려오더니 입구에서 멎었다. 일행은 회전 보도 위에 올라 광장 한가운데로 갔다. 환영장은 지구의 것과는 달랐다. 광장이라야 아주 큰 것은 아닌 데다가, 그 안에는 방송국이 들어 있었다.

이윽고 환영식이 거행되었다. 환영식은 환영사와 답사 그리고 노래와 춤으로 이어졌다. 이런 환영식은 역시 4차원의 방송으로 시그마 성인의 집과 직장으로 방영이 되고, 그러면 각자 있는 곳에서 마치 환영식에 나온 것처럼 열나게 소리도 지르고 춤도 춘다. 이런 가운데 시그마 성인들은 세 지구인에게 더욱 흥미를 가졌다. 또 다른 태양계에서 온 지구인을 그들은 흥미 있게 보고 그들의 원정대가 지구인까지 데려온 것을 무척 자랑스럽게 여기는 것 같았다.

얼떨떨한 환영 행사에서 벗어난 세 지구인은 겨우 시그마 성인 성벽 안에 있는 건물로 안내되었다.

"도무지 정신을 못 차리겠군그래."

박용 소령까지 그렇게 생각했다. 세 지구인은 방 안을 두리번거리면서 잠을 좀 잤으면 하고 침대 같은 것을 찾았다. 아무리 찾아봐도 침대 같은 것은 눈에 띄지 않았다. 벽을 더듬고 바닥을 살피고 해도 벽에서 나오거나 젖혀지도록 된 그런 식의 침대는 보이지 않았다.

"이것 봐요. 여기 누구 없소?"

주일만 중위가 마침내 소리쳐 보았다. 그러자마자 파라오 성에서와 같이 벽을 뚫고 불쑥 굼벵이 얼굴의 그 묘한 로봇 한 명이 나타났다.

"오, 이것 봐. 우리 피곤해서 좀 자고 싶다구. 침대 같은 것이 어디 있어. 이 방에 그런 것이 없어 보이는데, 우릴 좀 잘 수 있는 방으로 데려다줘요."

이 말에 로봇은 문제없다는 듯이 자기 가슴에 붙은 단추 한두 개를 누르며 뭐라고 중얼거렸다. 그와 함께 천장이 양쪽으로 벌어지더니 그물이 세 개 늘어졌다.

"하하— 이건 그물 침대로군그래. 상관없지, 이런 때는 아무 데서나 자면 그만이지."

박용 소령이 먼저 그물 위로 몸을 던졌다. 주일만 중위와 순옥이도 잇달아 그물 위로 몸을 던졌다.

한잠을 늘어지게 자고 나자 지구인 세 명은 한결 기분들이 개운해졌다. 배가 고팠다.

"어떻게 해야지. 또 불러볼까요?"

주일만 중위가 말하며 박용 소령을 쳐다본다.

"불러볼 수밖에."

박 소령이 승낙하여 주 중위는 큰 소리로 외쳤다.

"이것 봐. 누구 좀 와줄 테야?"

주 중위가 한두 차례 중얼거리자, 마치 신호를 기다리기라도 했다는 듯이 예의 로봇이 방 안에 나타났다.

"배가 고파 죽겠는데, 뭐 좀 갖다 줄 테야?"

주 중위가 말하자 로봇은 알았다는 듯이 가슴의 단추 한두 개를 누르고 뭐라고 중얼거렸다. 이번에도 놀라운 일이 벌어졌다. 이번엔 천장이 아니라 바닥에서 실린더 같은 것이 솟아오르더니 적당한 높이에서 멎고 뚜껑이 젖혀졌다. 그와 동시에 먹음직한 음식들이 지구인의 시선을 끌었다. 바나나같이 기다란 열매가 있는가 하면, 앵두같이 작은 것도 있고, 청포도 같은 것도 있어서 지구인들은 거침없이 그것들을 먹기 시작했다.

로봇 경쟁

지구인 세 명, 강순옥과 박용 소령과 주일만 중위는 식사를 맛있게 끝냈다. 이젠 살 것 같다. 잠도 푹 잤고 식사도 끝냈으니 지구 같으면 학교엘 가거나 일터로 나갈 때다. 그런데도 여기서는 할 일이 없다. 이곳은 시그마 성이다. 지구가 속한 태양계를 벗어나, 또 다른 태양계에 와 있으니 아직 살아 있는 것 자체가 기적일밖에 없다.

이때 시그마 성의 로봇 한 명이 방 안에 들어섰다.

"RA-3!"

강순옥은 메뚜기와 굼벵이 얼굴의 로봇을 보자 너무 반가워서 그에게 달려가며 큰 소리로 불렀다.

"나 RA-3 아니다."

로봇이 뒷걸음질 치며 말한다.

"그럼?"

"나 RH-7."

"그래? 그러고 보니 네 옷 빛깔이 다르군그래. RA-3은 회색이었는데 너는 보랏빛이야."

"나 우리 박물관 안내하러 왔다."

"박물관? 거긴 또 왜?"

"우리 별 역사, 문명 볼 수 있다."

"여기 역사와 문명? 그런 것은 벌써 다 아는데 뭘."

강순옥은 별안간 마음에도 없는 말을 내뱉고 말았다.

"벌써 다 알아?"

"암, 다 알지. 너희 시그마 성이나 파라오 성이나 다 같이 나쁘다는 것 말야."

"나빠?"

"암, 왜들 싸워, 싸우긴?"

"그럼 안 가?"

"난 가고 싶지 않아. 너희가 하는 일이 마음에 안 든다구."

순옥은 정남을 떼놓고 온 데 대한 분이 아직 가라앉지 않은 것이었다. RH-7은 이런 때 어떻게 해야 좋을지 몰라 그저 어리둥절해 있을 뿐이었다. 이때 시그마 성인의 목소리가 들려왔다.

"강순옥!"

순옥은 놀라서 소리 나는 곳이 어딘지 몰라 방 안을 둘러본다. 그전 같으면 4차원의 방송으로 그들의 실물 아닌 실물이 방 안에 나타났을 법한데 이번엔 목소리만 들려온 것이다. 그 목소리가 다시 들려왔다.

"우리도 RA-3 못 데려왔다."

"RA-3과 정남과 같아요? 로봇과 사람이 같냐구요?"

순옥은 더 화난 목소리로 외쳤다.

"하지만 RA-3 우리에게 매우 귀중하다."

"정남은 우리에게 더 중요해요."

"그것과 이것 뜻 다르다."

"뭐가요?"

"RA-3 보통 로봇 아니다. 지구 갔다 왔고, 뇌 수술하여 지구인과 이야기할 수 있다."

"또요. 그것뿐예요?"

"또 RA-3 파라오 성에서 특별 임무 있다."

"특별 임무?"

"그렇다. RA-3은 다른 로봇에게 명령할 수 있다. 우리 대신."

"대신?"

"그렇다. RA-3 비용 많이 들었다. RA-3 거기 있는 우리 로봇과 일 같이 해야 한다."

"당신들 로봇이요? 파라오 성에요?"

"그렇다. 거기 파라오 성의 로봇과 닮았으나 우리 로봇이 있다."

"그럼 스파이 로봇이로군요."

순옥은 자기도 모르게 소리쳤다. 시그마 성인은 그 물음에는 대답을 하지 않았다.

"들었죠. 지금 한 말 말예요?"

순옥은 자기도 모르게 소리쳤다. 시그마 성인은 그 물음에는 대답을 하지 않았다.

"들었죠. 지금 한 말 말예요?"

순옥은 자기가 들은 말을 박 소령에게 확인하려는 듯이 물었다.

"들었다. 이들이 파라오 성에 스파이 로봇을 숨겨두었나 보군그래."

"그것 봐요. 정남을 데려올 수 있었는데 일부러 RA-3과 같이 남겨두 었다구요."

"그렇다면 파라오 성에서도 여기에 스파이 로봇을 감춰뒀겠군그래."

박 소령이 말하자

"그것은 어느 쪽이 로봇 제조 기술이 앞섰는가에 달렸겠죠. 워낙 양 쪽 로봇은 종류가 다른 것 같거든요."

주 중위가 말을 받는다.

"그럼 우리 박물관 구경 안 해?"

RH-7이 묻는다.

"안 한다!"

RH-7은 자기 할 일이 남지 않았다는 듯이 방을 나가버렸다.

"그럼 우리 로봇 공장은 어떤가?"

시그마 성인의 약간 화난 듯한 목소리가 들려왔다.

"로봇 공장요? 제조 공장?"

"그렇다. 보고 싶은가?"

"그래요. 그것은 보고 싶어요."

순옥이가 즉석에서 찬성했다.

"역시 순옥이는 머리가 잘 돌아. 난, 또 거절할까 봐 걱정을 했지."

주 중위가 웃는다. 시그마 성인들도 기뻐서 RH-7 대신 RH-5란 로봇을 보냈다. 지구인 세 명은 RH-5를 따라나섰다.

RH-5가 안내한 공장은 서너 구간을 지난 곳에 있었다. 그곳은 얼핏 보아 공장이라기보다는 원예실 같았다. 그것도 온실을 닮고 양잠을 하는 방 같았다. 아닌 게 아니라 그 방에는 뽕잎 아닌 큼직한 잎들이 두툼히 쌓인 판들이 있고 그 위에는 큼직큼직한 누에 같은 벌레들이 누워서 잎을 갉아 먹으며 꿈틀거리고 있었다.

"아이 징그러워. 이게 로봇 공장이에요?"

순옥이가 대들 듯이 언짢은 목소리로 따졌다. RH-5는 대답 대신 다음 방으로 지구인을 데려갔다. 여기는 벌써 많이 자라서 두 다리와 두 팔이 나왔고 머리도 제법 얼굴 모습을 갖춘 것들이 따로따로 한 놈씩 격리된 방에서 자라고 있었다. 마치 지구에서 장을 짜서 격리된 함에다 닭을 키우는 것과 비슷했다.

그놈들이 먹는 것도 큰 나뭇잎 같은 것이었는데, 그 외에 가는 막대기 같은 것이 칸칸마다 늘어져 있는 것이 눈길을 끌었다.

"저게 뭐죠?"

주일만 중위가 이상하다는 듯 박용 소령을 보며 묻는다.

"글쎄, 그것은 금속 막대기 같은데 저놈들이 어쩌자고 그런 것을 빨고 있지?"

박용 소령이 오히려 이상하다는 태도다.

"그것은 제가 지구에서도 본 일이 있어요."

순옥이가 말했다.

"지구에서?"

주 중위가 이상한 눈초리로 순옥을 마주 본다.

"네, 지구에 RA-3이 떨어졌을 때 정남이가 쓰던 방에서 화약 같은 약갑을 가지고 달아나는 것을 보았어요."

"누가?"

"RA-3이요."

"그런 것을 뭣하러?"

"잘은 몰라도 그것을 먹는 것 같았어요."

"먹어?"

"네. 우리가 죽는다고 했지만 먹었어요. 그러자 오히려 눈에 빛을 냈어요."

"음— 그거 참. 그럼 저 막대기도 그런 성질의 약품인가 보죠."

주일만 중위는 새로운 사실이라도 발견한 것처럼 놀라며 핥고 있는 막대기를 유심히 지켜본다.

RH-5는 지구인들이 흥미 있게 구경하는 것을 보자 만족스러운 표정까지 지어 보이며 다음 방으로 세 사람을 안내하였다.

이 방이 가장 중요한 곳임은 쉬 알 수 있었다. 여기는 얼핏 보면 외과 수술실 같았다. 머릿속에 어떤 장치들을 넣는 수술이 기계적으로 진행되고 있었다.

"여기가 용도별로 로봇에게 할 일을 기억시킨 전자 장치 같은 것을 머리에 넣어주는 곳이로군그래."

박용 소령이 말한다.

"생물의 몸집인데 어떻게 그런 수술이 가능하죠?"

주 중위도 이해하기 어려워한다.

"반은 생물이고 반은 광물성의 몸집 같군요."

"머릿속에 집어넣는 전자두뇌 같은 것도 그럼 반반이겠군그래."

"피를 흘리지 않는 것을 보면 몸집이 복잡하지 않고, 단순한 신경 조직만 들어 있나 본데 그것을 움직이게만 하면 원하는 로봇이 되는 것 같군요."

세 지구인은 차츰 시그마 성의 로봇에게 흥미를 갖기 시작했다. 그래서 파라오 성의 로봇과 무엇이 다른지 비교해가며 시그마 성의 로봇을 살펴나갔다. 차츰 양쪽의 약점이나 특징을 알 수 있었다. 한쪽은 지구에서처럼 전자계산기식 원리를 이용한 기계인 데 비해, 한쪽은 생물을 만들어 그 신경 조직을 이용한 전혀 새로운 방법임을 알 수 있었다. 때문에 이들 두 별에서 로봇을 주문해다 쓰는 이웃 별들도 그들의 실정에 따라 선택하여 주문했다.

처음에는 시그마 성의 로봇이 단연 우세했으나 나중에는 파라오 성의 로봇이 정밀해져서 튼튼한 그쪽 로봇의 주문이 늘어났다. 이 때문에 두 별은 치열한 로봇 판매전을 벌이고, 시그마 성에서는 초조해진 나머지 지구에 가서 지구인을 데려다 연구하기로 방침을 세운 것이란다.

"아니 그럼, 우릴 여기 끌고 온 것도……."

하며, 순옥은 당황하며 문 있는 곳을 찾았다. 그러나 이미 늦었다. 문은 닫히고 시그마 성인 두 명이 불쑥 방 안에 들어섰다.

"우린 너희 실험대에 오르지 않을 것이다!"

순옥이가 핏대를 세우며 소리쳤다.

"우리 지구인 도움 필요하다."

시그마 성의 로봇 기사인 듯한 녀석이 손에 자줏빛 갑을 들고 다가온다. 그는 그 갑의 단추를 눌렀다. 그와 동시에 순옥의 몸엔 전기가 흘러 꼼짝 못 하게 되었다. 그때였다.

방 안에 있는 전화기 같은 것이 요란하게 울렸다. 시그마 성인의 다른 한 명이 수화기를 들자, 거기 붙은 화면에 상대편 얼굴이 비치고 뭐라고 급히 지껄이는 소리가 들렸다. 그와 함께 수화기를 든 시그마 성인은 매우 당황하여 다른 시그마 성인에게 아뢴다.

"소장님, 우리 파라오 성의 두 스파이 로봇을 RA-3이 폭파시켜버렸답니다."

구두 밑의 송신 장치

"RA-3이 폭파되었다고?"

시그마 성의 로봇 제조 연구소장이 다그쳐 물었다.

"아닙니다. RA-3이 파라오 성의 우리 스파이 로봇을 폭파시켰습니다."

비상 전화를 받던 시그마 성인이 보고를 되풀이하였다.

"그것을 어떻게 알았지?"

"우리 쪽 감시 장치에 두 로봇의 폭파 때 발생하는 특수 전파가 잡혔답니다."

"음, 두 로봇을 폭파시킬 수 있는 것은 RA-3이니까, RA-3이 스파이 로봇을 폭파시켰다 이 말이지?"

"그렇습니다, 소장님."

"그것이 사실이라면 큰일 났군. 하지만 혹시 파라오 성인이 우리 스파이 로봇을 파괴시켰을지도 모르잖소?"

"만일 그랬다면 두 가지 특수 전파가 잡혔어야 합니다."

"그럼 RA-3의 명령으로 폭파된 게 확실하단 말이오?"

"그렇습니다, 소장님."

"그런 경우라면 RA-3이 위험하잖소. 가까운 거리에서 명령했을 테니까."

"그렇습니다, 소장님."

"일은 매우 어렵게 됐소. 이쪽 지구인 실험은 중지합시다. 그 대신 긴급회의를 모아주시오."

뜻하지 않은 일로 강순옥과 박용 소령, 주일만 중위, 세 지구인은 로봇의 실험 대상이 될 뻔한 위기를 벗어났다. 시그마 성인들은 세 지구인에게는 별로 관심을 나타내지조차 않았다. 그들 자신의 일로 바빠진 것이었다.

사실 로봇 연구소장의 보고를 들은 시그마 성의 안보위원들은 사태가 중대한 지경에 이르렀음을 깨닫고 두 가지 방향으로 대책을 마련하였다.

그 하나는 파라오 성인 쪽에서 공격해오는 경우, 그것을 막는 군사 작전을 어떤 식으로 펴느냐는 것이요, 다른 하나는 이쪽에도 있을지 모를 스파이를 찾아내는 것이었다.

안보위원들은 두 방향으로 갈려서 행동을 개시했다.

한쪽은 군대(대부분이 로봇)를 동원해서 필요한 위치에 배치하여 전투태세에 들어가게 하고, 다른 안보위원들은 시그마 성 안에 있을 수도 있는 스파이를 찾아내는 조사에 착수하였다. 우선 시그마 성의 모든 로봇을 재점검하고, 주요 통신 시설을 점검하여 이상한 신호나 전파가 발신되고 있지 않나를 살펴나갔다.

이런 점검에서 뜻밖에도 지구인이 걸려들었다. 강순옥의 몸에서 이상한 송신 전파가 나오고 있는 것이었다. 때문에 강순옥은 시그마 성의 안보위원들 앞에 불려가서 호된 심문을 받게 되었다.

"이름은?"

"지구인."

"지구인 누구?"

"강순옥."

"나이는"

"지구 나이로 열두 살."

"직업은?"

"국민학교 학생."

"그런데 이 송신 장치는 언제부터 차고 다녔지?"

안보위원 한 명이 순옥의 신 바닥에서 뽑아낸 동글납작한 쇳덩이 같은 것을 내보였다.

"나는 그런 것을 몰라요."

순옥은 한마디로 잘라 말했다.

"이것은 네 신바닥에서 뽑아낸 것이다. 언제부터 달고 다녔는지 말하라."

시그마 성인 안보위원이 큰 소리로 따졌다.

"정말 나는 그런 것 몰라요. 누가 왜 달아놓았는지요."

"거짓말, 자기 신 바닥에 넣은 것을 자신도 모른다면 누가 알아?"

안보위원은 앞서 로봇 연구소장이 쓴 것 같은 갑을 들자 전파를 발사하였다. 순옥의 몸에는 금세 전류가 흐르고 온몸이 마비되어 어쩔 줄을 모른다.

"자, 언제부터 달고 다녔어, 어서 바른대로 대답해."

"푸, 풀어줘야 대, 대답을 하죠."

순옥이가 가까스로 말한다.

"좋아."

안보위원은 전파 발사기의 단추를 눌러 전류를 끊었다. 순옥의 몸에서 전류가 빠져나갔다.

"아마도 여기 시그마 성에 오기 전부터 같습니다."

순옥이가 되는대로 지껄였다.

"그게 무슨 뜻이지?"

안보위원은 고개를 갸웃거리며 되물었다.

"내가 파라오 성에 있을 때 내 신발 속에 그런 것이 들어 있었다면 여기 오기 전부터겠죠."

"그야 물론이지. 우리가 묻는 것은 언제부터 스파이 노릇을 했냐 그 말이다."

"스파이요? 제가요? 앗하하……."

순옥은 마구 웃었다.

"왜 웃냐?"

"제가 누구의 스파이 노릇을 해요? 왜요? 당신들이나 파라오 성인이나, 나와는 아무런 상관도 없는 별나라 사람들이에요. 그런데 내가 누구를 위해서 누구의 스파이가 됐다는 거예요?"

순옥은 생각나는 대로 당당하게 주장하였다. 안보위원 세 명은 서로 얼굴을 마주 보며 고개를 끄덕였다. 그러나 한 위원은 아직 의심이 간다는 듯이 질문을 계속했다.

"그럼 구두 밑에 왜 그런 송신 장치를 했다고 생각하나?"

"글쎄요, 그것은 제가 달아날까 보아 제 행동을 감시하려고 했던 것 아닐까요?"

이 말에 안보위원들은 다시 고개를 끄덕였다. 순옥에 대한 스파이 혐의가 풀린 것이다. 하지만 신 바닥에 들어간 송신 장치 때문에 지구인의 거처를 알 수 있고, 또 공격해오는 경우, 지구인을 쉽게 납치해갈 수 있는 길잡이가 될 것이 틀림없다. 때문에 세 지구인을 지금 있던 곳에서 엉뚱한 곳으로 옮길 궁리를 하는 것 같았다. 안보위원들이 의논을 하고 있을 때 로봇 연구소장이 허겁지겁 달려왔다.

"크, 큰일 났소!"

연구소장은 시그마 성인의 독특한 표정으로 뇌까렸다.

"무슨 일이오?"

안보위원 한 명이 물었다.

"우리 로봇들이 글쎄……."

연구소장은 순옥이가 있는 것을 보고 다소 마음에 걸린 듯이 머뭇거리다가 아직 나이 어린 소녀인 것을 깨달아서인지 다시 말을 이었다.

"우리 로봇 애들이 모두 죽었어요."

"그게 무슨 말이오?"

안보위원 한 명이 놀란 표정으로 묻는다.

"우리 아기 벌레 로봇들이 어찌 된 영문인지 모두 죽어 있어요. 세 방에서 모두요."

"세 방의 것이 모두? 무슨 일이죠?"

얼굴이 짙은 보랏빛으로 물들며 안보위원이 따졌다.

"글쎄 도무지 알 수 없군요. 그런 일이 있을 수가 없거든요. 모든 장치들이 정상으로 움직이고 있어요. 온도, 습도 등 모두요. 그런데 세 방 아기 벌레들이 모두 죽었어요."

"알 수 없는 일이구려. 무슨 의심이 가는 일은 없소? 가령 누가 침입했다거나, 동력선이 잠시라도 끊겼다거나?"

안보위원이 이런 말을 하자 로봇 연구소장은 새삼스레 무엇을 알아내기라도 한 듯이 동글납작한 눈을 굴리며 중얼거렸다.

"지구인이에요, 지구인!"

"지구인이라니?"

"지구인이 세 방에 있었어요."

"하지만 지구인이 우리 아기 벌레들을 죽였다는 증거는 없잖소?"

"물론 없죠. 그러나 지구인들이 다녀간 뒤에 얼마 안 가서 모두 죽었는걸요. 세 방에서 모두 다요."

"그럼 지구인에게서 나쁜 균이 나와서 우리 벌레들을 죽였단 말요?"

안보위원은 이해할 수 없다는 표정을 지으며 따졌다.

"……"

이 말에는 로봇 연구소장도 대답할 말을 잃었다. 이때였다. 다른 안보위원 한 명이 무슨 큰 발견이라도 한 것처럼 자기 손뼉을 치며 소리쳤다. 순옥을 심문한 위원이었다.

"그, 그거요. 그 송신 장치."

"송신 장치요?"

이번엔 로봇 연구소장이 어리둥절한 표정으로 묻는다.

"지구 소녀 신 바닥에 송신 장치가 되어 있었죠. 그것은 파라오 성까지 송신이 될 정도의 고성능 전파가 발사되는 모양인데, 어쩌면 그 전파의 성질 가운데 우리 아기 벌레를 죽일 수 있는 무엇이 들어 있는지도 모르오."

"그 송신 장치가 어디 있습니까?"

로봇 연구소장이 물었다.

"바로 이거요!"

안보위원은 연구소장 앞에 동글납작한 검은 쇳덩이 한 개를 내놓았다.

"이것을 좀 빌려주시겠어요?"

"뭣하려고요?"

"실험을 해봐야죠."

"그러면 가져가오마는 잘 간수해야 하오. 중요한 증거물이니까."

"알았습니다, 위원님."

로봇 연구소장은 신 바닥 발꿈치에 들어갈 만한 작은 쇠붙이를 조심스레 받아가지고 총총히 그 자리를 떴다. 연구소장이 사라지자 안보위원 한 명이 순옥에게 물었다.

"너는 어떻게 생각하냐?"

"뭘요?"

"지금 우리가 말한 것을 다 알아들었겠지?"

안보위원이 떠본다.

"저는 아무것도 몰라요. 여기 말을 알 리 없잖아요."

"하지만 대충은 알아들을 게 아니냐?"

"전혀요. 여러분이 통역해주지 않으면 우리가 어떻게 알아들어요."

순옥은 일부러 아무것도 모르는 시늉을 하였다. 그런 순옥의 태도를 보고 시그마 성의 안보위원은 마음이 놓이는 듯이 고개를 끄덕였다.

"하긴 우리가 통역 장치를 써야 뜻을 알 수 있지."

그러나 순옥은 사실 그들이 하는 말을 다 듣고 있었다. 그들은 순옥을 심문할 때 통역 장치를 열어놓고 있었으므로 순옥은 그들이 무엇을 지껄이는지 알아들은 것이었다.

긴급회의

"지구인들 모두 나온다!"

시그마 성의 굼벵이 얼굴을 한 경비 로봇이 소리쳤다.

"모두요?"

강순옥은 모두란 말이 뜻밖이란 듯이 물었다.

"모두!"

이번엔 시그마 성의 안보위원이 말한다.

"무언가 심상치 않군."

박용 소령의 얼굴엔 불안한 기색이 떠올랐다. 그러나 그들을 따라나설밖에 없었다.

"왜 그러죠?"

주일만 중위도 그동안 보아오던 시그마 성인들과는 너무나 다른 표정에 마음이 섬뜩하였으나 그냥 안보위원의 뒤를 따랐다.

"우리를 재판하려는 걸까요?"

순옥이 묻자

"무엇 때문에?"

하며, 박 소령은 갈피를 잡지 못한다.

"말했잖아요. 저 연구소장이 송신 장치를 가지고 가서 조사를 하고 있다고요. 저렇게 화들이 난 것을 보니까 우리에게 안 좋은 결과가 나온 것 같아요."

"안 좋다면?"

주 중위 역시 걱정이 되는 모양이다.

"내 신 바닥에 붙었던 송신기에서 여기 로봇용으로 키우는 아기 벌레들에게 정말 해로운 전파가 나오나 본데요."

순옥 역시 불안한 마음을 가누지 못하고 있을 때, 지구인들은 시그마 성의 중앙청 같은 곳으로 들어섰다. 지구인들은 이곳 정부의 각료들이 모인 국무회의에 불려온 것이었다.

"거기 앉는다."

시그마 성의 로봇 경비원이 세 지구인을 둥근 원형 회의장 한가운데 마련된 의자에 앉혔다.

이 회의장은 좀 독특하였다. 비밀회의를 하려는 것이 아니라 별나라 사람 모두에게 방송이 되게끔 방송국 스튜디오같이 만들어져 있었다.

메뚜기 얼굴의 이곳 각료들이 모두 심상치 않은 얼굴들을 하고 빙 둘러앉아 있다. 지구인 세 명이 자리에 앉자, 위엄이 있어 보이는 시그마 성인이 입을 열었다.

"그럼 지금부터 우리 시그마 성의 중대한 운명을 결정할 회의를 시작하겠소. 먼저 오늘의 회의를 열게 된 동기부터 알려드리겠소."

이렇게 말을 꺼낸 뒤 그는 이상한 헛기침을 한 번 하고 나서 본론으로 들어갔다.

"우리 국민이 다 알다시피 우리 지구 원정대는 머나먼 지구까지 가서 우리가 바라던 대로 지구에 관한 적지 않은 정보를 얻어 오고, 또 지구의 어린이 두 명과 어른 두 명까지 데려오는 데 성공하였소. 그중의 세 명의 지구인은 바로 저기에 앉아 있소."

이렇게 말하자 조명이 세 지구인이 앉은 쪽으로 비쳐졌다. 이곳 별나라에 직접 방송이 되고 있는 것 같았다.

"──그런데 불손하게도 이웃 별나라인 파라오 성에서는 우리 우주선을 강제 착륙시켜 지구인을 뺏으려고 했소. 아니 지금도 한 명은 거기에 남아 있소. 우리가 얼마나 오랜 계획 끝에 많은 돈을 들여서 데려온 지구인을 그들은 날도둑처럼 가로챈 것이오. 우리는 이런 날도둑을 그냥 둘 순 없었소. 우리는 우리 스파이에게 연락하여 그들의 돔으로 납치된 우리 지구 탐험대원과 지구인들을 되찾아오는 데 성공하였소. 그런데 말이오, 이제 다시 시그마 성에 엄청난 사건이 벌어졌단 말입니다."

그는 분한 마음을 이기지 못하겠다는 듯이 고개를 좌우로 흔들고 손을 불끈 쥐더니 책상을 쳤다. 그러자 묘한 일이 벌어졌다.

"파라오 성을 없애버립시다, 대통령 각하!"

이런 소리가 온 방 안을 메아리치는가 하면, 어디서 들려오는지 회의장 밖의 일반 국민들이 분개하는 고함 소리와 흥분한 목소리가 노도같이 회의실 안을 채웠다.

"국무위원과 안보위원 여러분, 그리고 국민 여러분, 진정해주십시오. 내 얘기는 아직 끝나지 않았습니다. 이제부터 중요한 이야기를 해야겠으니 제발 조용히 해주십시오."

대통령이라 불린 시그마 성인은 더욱 위엄 있게 목청을 가다듬더니 말을 이었다.

"그 엄청난 사건이란 바로 이것 때문이오."

대통령은 아주 작은 송신기를 들어 보였다. 국무위원들도 그것이 무엇인지 몰라 궁금해한다.

"이것은 지구 소녀 신 바닥 뒤꿈치에서 빼낸 것이오. 그런데 이 송신기에서는 너무나 무서운 전파가 나오고 있었소. 우리는 그것이 파라오 성인이 지구인을 감시하기 위해서 장치해놓은 것으로 알았으나, 실은 그 전파들이 우리 아기 벌레들의 뇌신경을 파괴하는 무서운 전파임을 알아냈소. 그것이 무엇을 뜻하는지 아시겠소? 우리 아기 벌레들이 모조리 죽으면 우리가 부려야 할 로봇이 전멸되고 나아가서는 우리가 팔아야 할 로봇의 생산이 중단되고, 그러면 우리 시그마 성은 멸망할 수밖에 도리가 없단 말이오!"

대통령이 끝에 가서 힘주어 외치자 앞서보다 더 요란한 반응이 일어났다.

국무위원이나 안보위원은 발을 구르고 일어나서 손을 휘저으며 떠들었다.

"당장 파라오 성으로 쳐들어갑시다. 각하!"

하기도 하고, 어떤 이는

"파라오 성의 스파이로 이용된 지구인을 처형합시다!"

하며, 화살을 지구인에게까지 돌렸다. 물론 국민들의 흥분한 모습도 회의실로 전달되었다.

이것을 본 대통령은 이미 그런 일이 있을 것을 알고 있었다는 듯이 손을 들어 제지하였다.

"너무 흥분들 하지 맙시다. 먼저 우리는 사실을 똑바로 알고 그 대책을 세워야겠소. 자, 로봇 제조 연구소장이 이리 나와 직접 실험을 해봐주시오."

하며, 대통령은 앞서 들어 보였던 납작한 쇳덩이 송신기를 연구소장에게 내주었다.

로봇 제조 연구소장은 그 송신기를 받자, 미리 준비한 로봇으로 키울 아기 벌레의 판때기를 여럿이 볼 수 있도록 책상 위에 올려놓고 송신기 스위치를 켰다. 판 위의 아기 벌레들은 별안간 꿈틀거리고 괴로운 듯이 엎치락뒤치락하더니 얼마 안 가서 모조리 축 늘어져서 죽고 말았다. 이것을 눈앞에 본 국무위원과 안보위원들은 앞서보다 더 격렬하게 파라오 성으로 쳐들어갈 것을 부르짖었다.

4차원의 방송으로 이런 광경을 지켜보던 별나라 사람들의 흥분은 국무위원들 못지않았다.

그러나 대통령은 조금도 흥분하지 않고 매우 침착하게 회의를 이끌어나갔다.

"저는 대통령으로서, 사실이 어떤 것인지 알려드렸습니다. 이런 때일수록 흥분해서는 안 됩니다. 마음을 가라앉히고 파라오 성을 어떻게 굴복시켜야 할지 의논해봅시다."

대통령이 일단 말을 끝내자, 국무위원이나 국민들의 반응은 역시 전쟁을 하자는 데로 기울었다.

그 길밖에 없지 않느냐고 오히려 대통령에게 되물었다.

"전쟁 이야기는 간단한 일이 아니니 우리 안보위원회에서 신중히 검토한 뒤에 결정하는 것이 어떻겠소?"

대통령이 말하자, 대통령 바로 오른편에 앉았던 대통령의 아들이 입을 열었다.

"만일 전쟁을 해야 한다면 내가 맨 앞장을 서겠습니다!"

"옳소, 나도요! 나도요!"

다시 회의장은 소란해졌다.

대통령의 아들은 사실 우주선단을 이끄는 편대장이었으므로 그의 태도는 매우 중요하다. 그러나 대통령은 역시 신중하였다.

"전쟁 관계는 우리 안보위원회에 맡겨주십시오. 우리가 어떤 방법으로 놈들에게 보복할지 충분히 의논한 뒤에 결정하는 것이 좋을 테니까요."

대통령이 이렇게 말하자

"전쟁 수행 권한을 대통령께 맡깁시다."

하는 소리가 여기저기서 나왔다.

"고맙소. 나는 대통령으로서 곧 안보회의를 소집하겠소. 그러면 지구인들은 어떻게 하죠?"

"처형합시다. 그들은 파라오 성의 스파이가 아닙니까?"

국무위원이나 국민들의 반응이 이런 쪽으로 기울었다. 이때 로봇 연구소장이 나서서 입을 열었다.

"처형을 서둘 필요는 없지 않습니까. 그들은 우리가 막대한 돈과 노력을 들여서 데려온 귀중한 자료입니다. 보다 우수한 로봇을 만들려면 그들을 연구할 필요가 있습니다. 또 그들의 몸속에 송신기 말고도 어떤 다른 장치가 되어 있는지도 알아봐야겠습니다. 처형은 그 뒤에도 얼마든지 할 수 있고, 또 그들은 지구인이므로 재판을 거쳐서 벌을 주는 것이 좋겠습니다."

로봇 제조 연구소장이 차근차근 말하자

"그거 좋은 생각이오. 지구인 세 명은 로봇 제조 연구소장에게 맡깁시다."

어느 국무위원이 제의를 하여 그대로 채택되었다.

회의가 끝나자 지구인 세 명은 다시 로봇 제조 연구소장에게 이끌려 연구소로 갔다.

순옥이가 맨 먼저 걸려들었다.

시그마 성의 로봇 제조 연구소장은 순옥의 눈부터 검사하기 시작하였다. 눈에 강한 빛과 약한 빛을 쬐어 보이며, 그들의 검사기를 써서 일일이 조사했다. 이런 검사는 그런대로 견딜 만했으나 눈앞으로 이상한 물체들이 날아왔다 사라지고, 혹은 눈이 어지럽도록 눈앞에서 무엇인지 뱅글뱅글 돌기도 하고, 어떤 때는 아주 뜨겁게 또는 차갑게 만들어 눈알이 빠져나가는 느낌을 주기도 하였다.

눈뿐 아니라 코도 매한가지로 까다롭고 복잡한 조사를 하였다. 이상한 냄새를 맡게 하는가 하면 코가 얼어붙을 정도로 찬 공기를 들이마시게 하고, 어떤 때는 허파가 타는 것같이 뜨거운 김을 마시게 하며 검사를 계속했다.

귀 역시 그렇다. 아주 고막이 달아날 정도로 요란한 소리를 가까이에서 들려주는가 하면, 아주 약한 소리를 내서 그 반응을 검사했다. 이런 검사는 허파나 심장 등 인간이 지닌 오장육부에까지 이르렀다. 이따위 장기 검사에는 특수한 검사기가 쓰여졌는데, 원색 X 광선인지 무엇인지 모르나 사람 몸 안의 장기가 빛깔이나 모양이 그대로 입체적으로 시험대 위에 나타나고 그 장기 속까지 비쳐졌다.

이런 검사가 끝나자 이번에는 사람의 뼈가 얼마나 강한지, 피부는 얼마나 탄력이 있는지, 피의 성분은 어떤 것인지도 조사해나갔다.

가장 고통스러웠던 것은 피부가 얼마나 탄력이 있나 하고 순옥의 살가죽을 마구 잡아당겼을 때였다. 순옥은 하는 수 없이 비명을 질렀다.

뼈가 얼마나 강하냐 하고 팔과 다리를 끌어당겨 보고 뼈 위로 무게를 자꾸만 더해왔을 땐 미칠 것같이 아파 비명을 질렀다. 뼈가 마침내 부러지고 말았다.

"이 야만인 같은 놈들아! 그만하지 못하겠냐. 어린이를 이렇게 다루는 법이 어디 있어?"

보다 못한 주일만 중위가 달려가서 컴퓨터 같은 데 연결된 검사기를 때려 부수고 로봇 제조 연구소장에게 대들었다. 그러자 로봇 연구소장은 재미있다는 듯이 주일만 중위의 행동을 재빨리 그들의 4차원 녹화기로 찍고 검사기로 조사했다.

"이것 봐요, 로봇 제조 연구소장. 그렇게 힘들여 조사를 하지 않아도 우리에게 부탁하면 얼마든지 도와줄 수 있는데, 왜 우리를 이렇게 괴롭히오?"

박용 소령이 나섰다.

"어떻게 도와요?"

"우리에겐 머리가 있어요. 당신이 알고 싶어 하는 대답이 모두 우리 머릿속에 들어 있다구. 물으면 돼요. 우리는 필요한 대답을 할 수 있다구."

"그것을 어떻게 믿어요?"

"우리를 잘 대해줘야지, 그러면 우리는 바른대로 대답할 것이오."

박 소령이 말하자 로봇 제조 연구소장은 생각났다는 듯이 순옥의 머리 위에 이상한 헬멧 같은 것을 갖다 씌웠다.

"머리 조사 안 했다. 뇌 속에 들어 있는 것, 조사 아직 안 했다."

시그마 성의 로봇 제조 연구소장은 헬멧과 줄이 연결된 검사기의 단추를 눌렀다. 그러자 순옥은 또 한 차례 비명을 지르기 시작했다.

"아아앗……."

사라진 정보 자료

여기는 시그마 성과는 다른 파라오 성의 로봇 연구소 안이다. 이 연구소 안의 로봇 분해실은 생물이 아닌 기계를 분해시키는 곳이므로 여러 가지 전자 장치가 가득 차 있다.

이런 방 안이 지금은 온통 연기와 이상한 냄새로 가득 차 있다. 뿐만 아니라 염소 얼굴의 파라오 성 내무장관인 뻬르마와 이곳 로봇 연구소장이 뻗어 있고, 다른 기사 한 명도 바닥에 뒹굴고 있다. RA-3이 보낸 강렬한 신호로 스파이 로봇인 OX-0373과 OX-0737이 폭파된 것이었다.

이런 속에서도 고정남은 RA-3이 몸을 감싸준 덕분에 아무 탈 없었다.

"휴— 굉장하군그래! 로봇 몸 안에 폭탄 장치가 돼 있었잖아!"

고정남이 중얼거리자

"쉿, 빨리 달아난다!"

하며, RA-3은 정남의 손을 잡자, 있는 힘을 다해서 로봇 분해실을 벗어나더니 연구소 문을 향해 달렸다.

"어디로 가는 거야?"

정남이 불안해서 묻자

"어디로건 달린다!"

RA-3은 문을 경비하던 파라오 성의 로봇 두 명을 만나자 이쪽에서 먼저 전파를 발사하여 그들을 쓰러뜨린 다음 연구소 앞뜰을 가로질렀다. 금세 사방에서 조명이 비쳐지고 광선이 뻗었다.

"엎드려서 달렷!"

RA-3은 자신도 거북한 자세로 엎드린 채 정남의 머리를 누르고 달렸다.

"도망가 봐야 벼룩이지 뭘."

정남은 씨근거리며 투덜거렸다.

"전파는 달라. 이번에 잡히면 끝장이야."

RA-3은 자기 입장에서만 모든 일을 생각하는 것 같았다. 지상으로 나오기 위해서 엘리베이터를 타야 하는데, 엘리베이터 앞에 이르자 오히려 경비 로봇 네 명이 엘리베이터 안에서 나와 정남과 RA-3을 막아섰다.

"저리 비켜라!"

RA-3이 호통쳤다. 물론 파라오 성의 로봇들은 물러서지 않았다. RA-3이 그들을 뚫고 나가보려고 돌진하자 세 명의 로봇이 RA-3을 감싸버렸다.

그중 두 명은 팔을 잡고 다른 한 명은 팔을 뒤로 틀어서 묶어버렸다. 또 다른 한 명은 정남에게 전파총을 들이대어 정남과 RA-3은 왔던 길로 돌아설 수밖에 없었다.

정남과 RA-3은 파라오 성의 수상 관저까지 끌려왔다. 꼬삐 수상은 파라오 성의 안보회의 의장이기도 하였으므로 매우 흥분한 얼굴로 회의석 한가운데 앉아 있다. 그 옆에는 염소 얼굴에 눈만 내놓고 붕대 같은 것을 온몸에 감은 성인이 앉아 있다. 삐르마 내무장관이었다. 그 옆에도 붕대 같은 것에 감긴 성인이 앉아 있는데, 그는 로봇 연구소장이었다. 이들 말고는 국방장관이나 참모총장 등 안보위원들이고, 이런 엄숙한 분위기에 어울리지 않게 나이 어린 소녀 한 명이 앉아 있다. 이 어린이는 수상의 딸이었다. 나이는 어리지만 운동과 사격에 뛰어나서 파라오 성에서는 모르는 이가 없는 귀염둥이였다.

정남과 RA-3을 증인으로 앉혀놓고 열린 안보회의였으므로 회의는 차츰 열기를 더해갔다.

"……여러 위원이 보다시피 시그마 성은 우리 로봇까지 개조하여 그들의 스파이로 삼았고, 그것이 탄로 나자 그들의 로봇 RA-3을 시켜 스파이 로봇을 폭파시켰소. 자, 증거를 봐요!"

꼬삐 수상은 긴 얼굴을 쳐들고 한 손으로 탁자를 가리켰다. 그 탁자 위에는 부서진 두 명의 로봇 OX들이 놓여 있었다.

수상이 OX들을 손짓하자 벽 가까이에 4차원의 방송으로 OX의 속이 허공에 나타났다. 송신 장치가 된 부분과 그 자리에 끼웠던 송신기 모형이 입체적인 모습 그대로 나타난 것이다.

이것을 본 안보위원들은 화를 참지 못하고 한마디씩 지껄였다.

"전쟁이오!"

"놈들을 쳐부수자!"

"본때를 보여줘야 하오!"

"여러분, 너무 흥분해서는 안 되오. 시그마 성인들도 자기들의 스파이가 탄로 난 것을 안 이상 무슨 대책을 세우고 있을 것이오. 그러니 너무 흥분하지 말고 차근차근 문제를 풀어나갑시다."

꼬삐 수상은 삐르마 내무장관에게 먼저 이야기하게 하였다. 삐르마 내무장관은 붕대 속에서 눈만 깜빡거리며 입을 열었다.

"아다시피 나는 스파이 로봇을 분해하는 작업을 직접 지휘하다 변을 당한 사람입니다. 나도 기분 같아서는 당장에라도 우주선을 몰고 쳐들어가고 싶지만, 우리로선 좀 더 착실히 준비를 한 다음 싸우는 것이 좋을 것 같습니다. 때문에 먼저 우리가 조사하다 만 RA-3의 송수신 장치를 찾아내서 조사하고, 할 수만 있다면 RA-3을 분해하여 그 속에 어떤 정보가 들어 있는지도 알아본 다음에 작전을 짜는 것이 우리에게 이로울 것 같습니다만……."

"그거 좋은 생각이오. 곧 RA-3을 조사합시다."

육군 지휘관인 안보위원이 찬성하였다.

"그러다 시그마 성인들이 먼저 공격해오면 어떡하지요?"

우주선단 지휘관이 물었다.

"그 준비는 해야겠지요. 그러니까 한쪽에서 전투태세를 갖추고 다른 한쪽에선 정보를 더 많이 얻는 노력을 해야겠어요. 다시 말하면 전투위원회와 조사위원회를 만들어 양면 작전을 펴나가자는 겁니다."

"그 생각엔 나도 찬성이오. 한 가지 더 보탠다면 외교위원회를 두어 우리 동맹국 별들도 우리를 도와주도록 힘써야겠어요."

정치 담당 안보위원이 말하였다.

"고맙습니다. 그럼 나는 조사위원회에 들어가 조사를 하겠습니다."

삐르마 내무장관이 말하였다.

"나는 전투위원회에 들어가겠습니다."

우주선단 지휘관이 말하였다.

"나는 외무위원회고요."

이런 식으로 안보위원들은 세 위원회에 자진하여 가담하였다.

이때 나이 어린 소녀도 한마디 하였다.

"아빠, 나도 싸울 테야."

소녀는 아버지인 수상에게 부탁한다.

"물론이지. 온 국민이 싸워야 하니까."

꼬뻬 수상이 대견스럽다는 듯이 말한다.

"하지만 깔라는 외동딸인데 그건 안 되오."

어떤 위원이 말하자

"외동딸도 파라오 성의 한 사람이오. 안 그러냐, 깔라야."

수상이 말하자

"맞아요. 저도 국민의 한 사람으로서 싸우겠어요!"

깔라 양이 벌떡 일어나 손을 내저었다.

이것을 본 안보위원들은 수상의 딸에게 감격하여 함성을 질렀다.

"우혜―."

이런 외침은 어디선지 겹겹으로 메아리쳐서 온통 흥분의 도가니로 몰아갔다. 여기서도 국민들의 외침이 회의장 안으로 들려온 것이었다.

이런 식으로 안보위원회가 끝나자 고정남과 RA-3은 다시 로봇 연구소로 끌려오고 있었다.

"이제 어떻게 되는 거지?"

고정남은 일이 엄청나게 벌어질 것만 같아 겁부터 났다.

"뭘?"

RA-3은 정남의 말뜻을 못 알아듣고 묻는다.

"앞으로 어떤 일이 벌어질 거냐구? 정말 전쟁이 일어나는 거야?"

"전쟁?"

"그래, 전쟁이 일어날 것만 같다구."

둘이서 이런 말을 주고받는 사이 파라오 성의 로봇 연구소장은 RA-3을 로봇 분해실로 데리고 들어갔다.

"안녕, 정남!"

RA-3은 분해대 위에 눕혀지려 할 때, 정남에게 마지막 인사를 하듯이 손을 흔들었다.

"아냐, 네가 죽으면 안 돼."

정남은 눈물이 핑 도는 것을 참으며 RA-3에게 달려갔다. 로봇 연구소장이 재빨리 전파총을 꺼내 들더니 정남을 향해 단추를 눌렀다. 정남의 몸은 온통 전기가 통하여 몸을 부르르 떨 뿐 꼼짝을 못 한다.

이것을 확인하자, 로봇 연구소장은 RA-3의 몸을 분해하는 작업을 서둘렀다. RA-3은 생명체이므로 자기들의 로봇처럼 실제로 분해하는 것이 아니고, 기계 장치로 속을 샅샅이 살펴나가는 것이었다.

이런 작업을 계속하다가 앞서 발견한 수신 장치와 또 다른 장치 하나를 찾아냈다.

"이거다! 이게 송신 장치 같군!"

로봇 연구소장이 소리 지르며 화면에 비친 동글납작한 덩어리를 손짓하며 곁에서 작업을 돕던 기사에게 지시를 내렸다.

"이것 봐요, 이것을 뽑아내게."

"여기서요?"

로봇 기사가 놀라서 되묻는다.

"오 참, 여기서야 곤란하지. 어서 병원으로 데려가서 수술을 받도록 해요."

"알았습니다."

로봇 기사는 연구소장의 지시에 따라 단추를 눌러 RA-3을 허공에 뜬 듯한 틀에서 내렸다.

"참, 이 지구 소년은 어떻게 하지요?"

로봇 기사가 생각난 듯이 기운 없이 벽에 기대고 있는 정남을 보며 물었다.

"같이 데려가지. 여기 있으면 귀찮으니까."

"알았습니다."

로봇 기사는 RA-3과 함께 고정남도 일으켜 세워 차에 싣고 병원으로 달렸다.

병원은 로봇 연구소와는 1킬로미터쯤 떨어진 곳이었다.

병원에 들어서자 곧 수술실로 옮겼다. 매우 중요한 수술임을 미리 알고 있는 모양이었다.

"어떻게 되는 거니?"

정남은 RA-3이 다시 수술대 위에 눕혀지자 괴로운 표정으로 물었다.

"내 몸에서 송신 장치를 빼내는 수술을 받는다."

"그럼 넌 아프잖아?"

정남이 걱정스레 묻자

"내 몸 안에는 필요한 장치를 넣을 수 있는 갑이 몇 개 들어 있다. 그 것을 빼내기만 하면 된다."

"그럼 넌 제구실을 못 하게 되잖아?"

"물론 나는 시그마 성과 연락할 수 없게 된다."

둘이서 이런 말을 할 때, 의사 두 명과 보조원이 들어와 수술대를 막아선다.

이것을 본 RA-3은 느닷없이 수술대 위에서 벌떡 일어나더니 무언가 알아들을 수 없는 말을 중얼거리며 자기 등 뒤 왼쪽을 마구 두들기며 눌러댔다.

"뭣 하는 거얏?"

의사들도 놀라서 소리 지르고 그 자리에 입회했던 로봇 기사는 더욱 당황하여 RA-3을 붙들어 수술대 위에 다시 눕혔다.

"왜 그랬어?"

로봇 기사가 화난 목소리로 물었다.

"……."

RA-3은 대답을 하지 않았다.

"바로 우리가 수술하려던 곳을 두들겼는데, 이상한걸?"

의사들은 고개를 갸웃거린다.

이제는 RA-3이 반항하려 하지도 않고 조용히 수술대 위에 누운 채 수술을 기다리는 것 같았다.

의사들은 기특하게 생각하며 송신기가 박혔던 자리에 메스를 댔다. 그리고 간단하게 송신기를 빼내는 데 성공하였다.

"빼냈어요. 하지만……."

"하지만 뭡니까?"

"다른 정보 장치도 빼내라는 지시를 받았는데, 그게 모조리 비어 있 었소."

수술을 주관한 주임 의사가 침통하게 내뱉었다.

"어떻게 그럴 수가?"

"알맹이가 어디로 증발했지?"

뒤늦게 달려온 로봇 연구소장과 삐르마 내무장관의 얼굴이 파랗게 질려 있다.

잇따른 패배

"믿어지지 않는데, 한 번 더 살펴봐요."

파라오 성의 삐르마 내무장관이 의사에게 부탁한다.

"없습니다. 갑은 있는데 그 속이 비어 있어요."

"그것을 언제 어떻게 꺼내 갔지?"

"모르죠."

"우리 경비원은 무엇을 했어? RA-3이 그런 수술을 받을 기회가 없었을 텐데?"

삐르마 장관은 여전히 알 수 없다는 듯이 혀를 내둘렀다.

"그 정보 갑이 없어지면 우리 파라오 성에 어떤 손실이 생깁니까?"

파라오 성의 의사는 대수롭지 않은 일을 가지고 공연히 소란을 피는 것이나 아닌가 생각하는 모양이었다.

"어떤 손실이라니. 시그마 성이 지구에서 얻은 정보를 이용하면 우리보다 월등하게 우수한 로봇을 만들 수 있을 거 아니오. 그러면 우리는 모든 면에서 그들에게 뒤질 수밖에 없어요."

삐르마 장관은 그것도 모르느냐는 말투로 나무란다.

"빼낼 기회가 없었잖아요?"

로봇 연구소장도 자신에겐 죄가 없다는 말투다.

"아, 바로 그때요!"

삐르마 장관은 별안간 무슨 생각이 떠오른 듯이 소리쳤다.

"그때라뇨?"

"당신 연구소에서 빼냈어요."

"네?"

"RA-3이 스파이 로봇을 폭파시킬 때 빼냈을 거요."

"그럴 시간이 없었잖습니까?"

"시간은 충분했어요. 당신과 내가 부상을 당하고 실려 갈 때까지 우린 정신이 없었으니까. 그때 빼냈을 거요."

"빼냈다고 해도 가져갈 순 없잖아요?"

로봇 연구소장은 여전히 정보 갑이 파라오 성을 빠져나갈 수 없다고 생각했다.

"그렇다면 아직 우리 별 어디엔가 있겠군."

삐르마 장관은 행여나 하는 마음으로 중얼거렸다. 이런 생각이 들자 삐르마 장관은 그냥 있을 수가 없었다. 즉시 비상을 걸었다.

파라오 성에 이착륙하는 모든 우주선이 통제되었다. 그런 다음 RA-3 과 정남을 불러 다시 심문을 시작했다.

"자, 바른대로 말을 해라. 우리는 길게 이야기할 시간이 없다. 네 속에 들었던 정보함 속의 자료는 언제 빼냈지?"

삐르마 장관이 직접 RA-3에게 따졌다. 그의 손에는 열선총이 쥐여져 있다.

"그것은 나도 모르오."

"모르다니. 네 몸에서 빼내는 것을 몰라? 어서 바른대로 말하지 않으면 이 총으로 너를 녹여버리고 말겠다."

"나는 모르오."

"정말 시치미를 뗄 테냐? 어서 말해!"

삐르마 장관은 열선총으로 RA-3의 손을 녹이기 시작했다. 손이 새까 맣게 타고 있다.

RA-3의 눈에서 눈물이 흐른다.

"그만해요."

정남이 보다 못해 소리쳤다.

"나를 죽여도 대답은 같다. 우리 주인이 나를 마비시키고 빼내 갔다. 그러니까 언제 빼냈는지 나는 모른다."

RA-3은 또박또박 내뱉었다.

"너를 마비시키고?"

"그렇다. 내 정신과 몸이 마비되면 난 아무것도 모른다."

"음…… 그 말을 어떻게 믿지?"

삐르마 장관은 신음하듯 중얼거렸다.

"그 말이 맞을 겁나다. 저 로봇은 생물의 일종이니까 마취시킨 다음 빼냈을 것 같습니다."

로봇 연구소장이 말한다.

"그럼 어떡하지? 무슨 방법이 없을까?"

"저 지구 소년에게 물을 수밖에요."

로봇 연구소장의 말에

"참, 너는 알고 있겠구나. 너까지 마취시키진 않았을 테지. 자, 바른 대로 대답해라. RA-3의 몸에서 정보 자료를 언제 빼갔지?"

삐르마 장관은 앞서보다 더 사납게 정남을 향해 다그쳤다.

"나도 모른다고 대답할 수밖에 없소."

"그렇게는 안 돼. 너는 알고 있잖아. 어서 대답해라!"

"나는 알 수 없다잖아요. 나는 지구인이니 RA-3 속에 그런 장치가 들어 있는 줄도 몰랐어요."

정남은 딱하다는 듯이 잡아뗐다.

"하지만 수술을 받는 것은 보았을 게 아닌가?"

"수술요? 그런 거 본 일 없어요. 나는 RA-3이 시그마 성인들과 만난 것도 모르고 있어요."

"그럼 어떻게 된 거야. 놈들이 RA-3을 저 지구 소년과 한방에 있게 할 때 벌써 빼버렸단 말인가?"

장관이 로봇 연구소장에게 물었다.

"글쎄요."

"글쎄요가 아니오. RA-3을 실험대 위에 놓고 투시해볼 때 찍은 사진이 있겠지?"

"네."

"그것을 보러 가요. 거기에 나타났나 보자구."

삐르마 장관의 말에 로봇 연구소장은 장관을 모시고 그의 연구실로 갔다. 그는 간직해둔 마이크로 사진 필름을 가져다가 확대기에 걸었다.

"어떻소? 정보함이 나타나오?"

"속의 것은 아무것도 나타난 것이 없습니다."

"송신 장치는 어때요?"

"송신 장치는 나타났습니다. 자, 여기요."

로봇 연구소장은 RA-3의 몸 안에 장치된 동글납작한 자리를 가리켰다.

"바보 같으니, 이것을 발견하고도 왜 보고를 안 했소?"

삐르마 장관은 로봇 연구소장을 호되게 꾸짖었다.

"죄, 죄송합니다. 장관님."

"죄송해서 될 일이 아니오. 어서 그 속이나 비춰봐요!"

"네, 소, 송신깁니까? 정보함입니까?"

로봇 연구소장은 얼어붙은 소리로 물었다.

"또 바보 같은 소릴 하는군. 송신기는 벌써 우리 손에 들어와 있잖소."

"아, 알았습니다. 그럼 저, 정보함을 비춰보겠습니다만, 자, 자신이 없습니다."

"그건 또 왜?"

"그, 저…… 속에 들어 있는 것이 있다면, 벌써 제 눈에도 나타났을 텐데, 그런 것을 본 기억이 없습니다요, 장관님."

"어서 비춰보기나 해요!"

"아, 알았습니다."

로봇 연구소장은 완전히 얼어붙은 자세로 마이크로필름을 4차원의 투시기에 걸고 스위치를 눌렀다. 그러자 RA-3의 몸 안에 있는 정보함 속이 입체 화면 앞에 나타났으나 속이 텅 비어 있다. 로봇 연구소장은 무슨 책망이라도 기다리는 자세로 삐르마 장관을 엿본다. 삐르마 장관은 그저 아무것도 나타나지 않은 정보함 속을 한참 동안 지켜보다가 후닥닥 자리를 박차고 일어났다. 그의 염소 얼굴은 더욱 보랏빛이 되고 몸은 와들와들 떨고 있다. 그가 극도로 흥분했을 때 나타나는 버릇이다.

삐르마 장관은 떨리는 몸을 흔들며 연구소를 나갈 때 뜻 모를 소리를 중얼거리고 있었다.

"한길밖에 없어! 싸워서 찾는 거야! 어흠!"

삐르마 내무장관은 로봇 연구소에서 곧바로 안보회의실로 달려왔다.

삐르마 장관의 보고를 들은 안보위원들은 모두 '전쟁!'을 소리 높이 외쳤다.

"저도 가겠어요. 아버님."

파라오 성 꼬뻬 수상의 딸 깔라가 맨 먼저 나섰다.

"아닙니다. 깔라 양이 나설 때가 아닙니다."

안보위원들은 깔라 양의 간청을 한사코 말렸다.

"우리 힘만으로도 충분합니다. 깔라 양까지 싸움터에 내보낼 순 없어요."

안보위원들은 수상의 딸답게 자기 별나라를 위해 앞장서겠다는 뜻을 갸륵하다고 생각했으나, 그럴수록 위험한 싸움터에 수상의 딸까지 내보내고 싶어 하진 않았다. 사실 이들 두 별나라는 양쪽 모두 로봇이 대단히 발달하였으므로 사령선 외에는 대부분 로봇들이 작은 우주선을 타고 전쟁을 하게 된다. 그러니까 진짜 인간이 싸움터에 나가는 일이 적은데, 구태여 수상의 딸까지 내보낼 필요는 없는 것이었다.

때문에 사령선을 지휘하는 파라오 성 장교의 명령을 따라 비행접시 모양의 다섯 대의 우주선단이 출동하였다.

"공격 목표는 시그마 성의 우주선 발사 기지다. 실수하지 않도록."

사령선에 탄 파라오 성의 우주선 편대장은 로봇 조종사들에게 전파로 명령을 내렸다. 그와 동시에 짧은 부호로 된 회답이 들려왔다.

다섯 대의 우주선은 기운차게 파라오 성의 기지를 떠나 일제히 시그마 성으로 향했다.

"시그마 성에선 우리가 출동한 것을 모를 테지."

우주선단을 지휘하는 단장이 동료 장교에게 말한다.

"알 까닭이 없잖아요. 안보회의에서 결정한 것이 한 시간도 안 되는데 우린 벌써 출동했잖아요."

부단장격인 장교가 안심해도 좋다는 듯이 손을 내젓는다.

"하여튼 실수를 해서 안 되겠소. 기습에 성공해야 적의 우주선을 미리 잡을 수 있거든."

"걱정 말아요. 벌써 우린 삼분의 이까지 왔는데 놈들은 나타나지 않잖아요."

파라오 성의 우주선 사령실에서는 이런 말이 오고 갔다. 이때다.

"이것 좀 봐요!"

사령선에 강제로 태워진 고정남이 소리쳤다.

"무엇 말이냐?"

단장이 정남이 손짓하는 곳을 더듬으며 묻는다. 정남은 계기판을 가리키고 있다.

"이게 뭐야. 바늘이 자꾸 흔들리고 있는데요. 무슨 소리가 잡힌 거 아닐까요?"

정남이가 묻자

"소리? 무슨 소리?"

하고, 단장이 묻는다.

"글쎄요, 이런 곳에서 바늘이 흔들리는 것이 이상한데요."

정남이 말할 때다. 맨 앞을 달리던 파라오 성 1호 우주선이 폭발을 하더니 불길에 싸였다.

"1호선, 어찌 된 거야?"

당황한 단장이 소리칠 때 이번엔 2호선이 폭발을 일으켰다. 다음엔 숨 돌릴 겨를도 없이 3호선이 터졌다.

"돌아섯! 후퇴닷!"

파라오 성의 우주선 단장은 다급하게 소리쳤다. 이번엔 또 4호선이 미사일 같은 데 얻어맞고 폭발을 일으켰다.

"어디서 길목을 지키고 있다가 우리를 공격하나 보군. 돌아섯! 어섯!"

파라오 성의 우주선단은 로봇이 조종하는 우주선 한 대만을 이끌고 간신히 되돌아왔다.

"도대체 어찌 된 일이오? 이 무슨 창피야."

"이러나저러나 우리가 출동한 것을 어떻게 미리 알고 있었지?"

안보회의실은 분개하여 모두들 고래고래 소리만 지르고 있다.

"너무들 흥분하지 말아요. 싸움이란 이길 수도 있고 질 수도 있는 것이오. 두 번째 공격을 성공으로 이끌도록 해야겠소. 이번엔 내가 직접 사령선에 타겠소."

수상 꼬뻬가 비장한 얼굴로 말했다.

"그건 안 되오. 수상은 우리 별나라를 끝까지 지켜야 할 책임이 있소."

안보위원들이 말렸다.

"제가 아빠 대신 가겠어요."

수상의 딸 깔라가 간청한다.

"안 돼요, 안 돼! 그 대신 이번엔 내가 타겠소."

마침내 우주선 조종사 출신 안보위원이 자원했다.

이래서 두 번째의 기습 작전을 전개했으나 이번엔 이쪽이 세 대를 잃고, 저쪽 것 두 대를 격파했다.

"분합니다. 저쪽 로봇이 우리 것보다 우수하다고는 생각지 않는데요."

안보위원 우주선 단장이 넋두리를 한다.

"그럼 저쪽 우주선이 우리 것보다 우수한가 보군요?"

어떤 안보위원이 물었다.

"그런 것 같지도 않아요."

"그럼, 저들 공격 무기가 우리 것보다 우수하오?"

"그것도 아니고, 우리 안에 아직 스파이가 있나 봅니다."

"스파이요? 설마요. 그럼 이번엔 내가 가서 확인하겠어요. 이 지구 소년과 RA-3을 태우고요."

수상의 딸 깔라는 또다시 간청하여 정남과 RA-3을 손짓했다.

우주의 결투

"싸움터에 우리를 데리고 가겠다고?"

고정남은 놀라서 RA-3을 마주 보며 뇌까렸다. RA-3은 아무런 느낌도 얼굴에 나타내지 않고 멍청히 서 있다. 정남은 답답한 듯이 RA-3에게 다시 대답을 재촉했다.

"도대체 싸움터에 우리를 뭣 때문에 데려가겠다는 거야?"

"그거 나 모른다."

RA-3은 여전히 무뚝뚝하게 서 있다.

꼬삐 수상의 딸 깔라는 지구 소년과 시그마 성의 로봇이 무엇을 생각하는지 아랑곳하지도 않고, 서둘러 정남과 RA-3을 데리고 우주선 격납고로 갔다. 격납고를 지키던 파라오 성인 몇 명은 환성을 지르며 반겨준다.

깔라 양은 로봇을 시켜 정남과 RA-3을 우주선에 태웠다. 파라오 성의 우주선은 시그마 성의 우주선이 비행접시 모양으로 둥근 데 비하여 타원형이었다.

깔라 양은 우주선에 오르자 정남과 RA-3을 자기 바로 곁에 앉혔다. 깔라 양 앞에는 조종사가 앉고, 그 옆에는 우주선단을 지휘하는 편대장이 앉았다.

우주선은 너무나 신나게 달렸다. 불과 얼마 안 걸려 전장에 이르렀다. 전장이란 파라오 성과 시그마 성의 중간쯤 되는 우주 공간이었다. 파라오 성과 시그마 성은 위성처럼 그리 떨어져 있지 않았으므로, 그 한가운데쯤까지 오는 데 시간이 많이 걸리는 것 같지 않았다.

우주선이 두 별의 중간쯤을 지났다고 생각할 무렵, 어디선지 번쩍하고 빛줄기가 날아왔다. 이쪽 로봇 우주선 한 대가 공격을 받은 것이다.

"모든 로봇 선은 반격하라!"

편대장이 명령을 내렸다. 명령과 함께 이쪽에서도 공격을 시작했다. 시그마 성의 로봇 우주선 몇 대가 이쪽 스크린에 잡혔다. 마침내 로봇 대 로봇끼리의 공격전이 벌어졌다. 검은 하늘을 등지고 번쩍번쩍 무서운 빛줄기들이 오가고, 이쪽저쪽 우주선이 폭발하여 흩어지는 광경이 스크린 위에 잡혔다. 우주선들은 공격 목표가 되지 않으려고 상하좌우로 지그재그를 그리며 먼저 공격하려고 안간힘을 쓰고 있다. 벌써 이쪽 로봇 우주선 세 대가 격파되고 남은 것은 두 대뿐이다. 저쪽도 이번엔 두 대가 격파되었다.

"돌격을 해! 어서!"

깔라 양이 화난 듯이 나머지 두 대의 로봇 우주선에게 소리쳤다.

다시 빛줄기가 교차되었다. 이번엔 저쪽이 두 대를 잃고 이쪽도 한 대를 잃었다. 이제 로봇 우주선이 남은 것은 양쪽 다 한 대뿐이었다. 사람이 탄 우주선은 그 뒤에 있었다. 이제는 양쪽의 지휘선들이 정면으로 맞붙어 싸우지 않을 수 없게 되었다.

"우리가 선제공격을 합시다!"

깔라 양이 편대장에게 말했다.

"그럽시다."

편대장은 달리 좋은 방법도 없었으므로 깔라 양의 말대로 시그마 성의 지휘선으로 짐작되는 우주선을 향해 돌진해 가며 빛줄기를 퍼부었다.

저쪽에서도 이쪽이 지휘선이란 것을 짐작했던지 지지 않고 역습해 왔다. 원형과 타원형의 우주선은 무서운 속력으로 엇갈리며 위치가 바뀌었다. 다시 돌아서 마주치며 또 한 차례 공격을 퍼붓는다. 이때였다. 느닷없이 깔라 양이 적선을 향해 호통을 쳤다.

"시그마 성의 지휘관은 들어라. 여기는 파라오 성 지휘선이다. 여기는 지구인이 타고 있다. 내 말 들리느냐?"

깔라 양이 이렇게 소리치자, 저쪽에서도 뜻밖의 회답이 들려왔다.

"여기는 시그마 성의 지휘선이다. 수상의 딸 깔라 양의 갸륵한 목소리를 들었다. 하지만 이건 너무나 우연이로군."

시그마 성 우주선에서도 젊은 목소리가 들려왔다.

"뭐가 우연이오. 당신은 시캄 대통령의 아들 쇼비츠죠?"

"호, 나를 알아보는군. 깔라 양, 우리도 지구인을 태우고 있다는 것을 잊지 말아요."

"거기도?"

깔라 양은 자못 놀라는 것 같았다. 이쪽에서 지구인을 태우면 공격을 못 할 것으로 계산했던 것인데, 저쪽에서도 똑같은 계산을 하고 지구인을 태우고 있으니, 기가 막힐 노릇이다.

'하지만 거짓말은 아닐까?'

깔라 양은 이런 생각을 하자 그냥 있을 수가 없었다.

"이것 봐요, 쇼비츠. 얼굴을 스크린에 비치고, 지구인도 비쳐요. 그래야 믿겠소."

"그쪽부터 하는 것이 인사가 아닐까."

"그쪽이 먼저요. 지구인이 없나 보군."

"천만에. 그쪽부터."

이렇게 서로 옥신각신하며 양쪽 다 양보를 하지 않게 되자, 하는 수 없다는 듯이 깔라 양이 타협안을 내놓았다.

"그럼, 이렇게 해요. 양쪽 다 동시에 스크린을 틀어 선실을 비추도록."

"그거 좋겠군, 시각은?"

"지금 곧!"

"좋아요. 그럼, 하나, 둘, 셋!"

이렇게 셈까지 했으나 스크린에는 아무것도 비쳐지지 않았다.

"왜, 안 나와요?"

"그쪽은?"

"쳇, 다시 해요. 하나, 둘, 셋!"

이번에는 깔라 양이 셈을 했으나 역시 스크린에는 아무 그림자도 비쳐지지 않았다.

"비겁하다!"

"그쪽이 비겁해!"

잠시 침묵이 흘렀다. 양쪽 다 맥이 풀린 것 같았다. 두 우주선은 다시 한 바퀴 원을 그리며 돌아왔다.

"그러지 말고, 우리 지구인끼리 이야기를 해서 서로 얼굴을 비치게 하면 어때요?"

정남이 보다 못해 깔라 양에게 제의를 했다. 깔라 양은 잠깐 동안 정남의 얼굴을 들여다보더니 고개를 끄덕였다. 그게 좋은 생각이란 듯이 깔라 양은 마침내 TV 송신 장치를 열었다.

"이것 봐요. 나는 지구 소년 고정남이다. 그쪽에 지구인이 탔으면 응답하라."

정남이 이렇게 말을 건네자, 시그마 성 우주선에 탔던 지구인은 깜짝 놀랐다.

"아니, 정말 정남이가 탔어요!"

강순옥이가 너무 반가워서 눈물을 찔끔찔끔 흘리며 대통령의 아들 쇼비츠에게 말했다.

"정말 탔었군. 좋아요, 그러면 서로 지구인들의 얼굴을 비추자!"

이번엔 순서 같은 것 따지지 않고 이쪽에서 먼저 순옥의 얼굴을 비쳤다.

이것을 본 파라오 성 우주선에서도 정남의 얼굴을 비추게 했다.

"정남아!"

"순옥아!"

두 지구 어린이들은 뜻밖에도 이런 식으로 얼굴을 마주 보게 되자 와락 울음을 터뜨렸다.

"정남아, 얼마나 고생했니? 너를 못 태우고 와서 나는 얼마나 울었는지 아니."

"순옥아, 나는 괜찮아. 박용 소령님과 주일만 중위님은 잘 있니?"

정남 역시 눈물이 나오려는 것을 참는다.

"두 분 다 잘 있어. 그런데 정남아, 이 녀석들이 왜 이렇게 사이가 안좋지?"

"알 게 뭐야, 모두 미쳤어. 이렇게 넓은 우주에서 왜들 이러는지 몰라."

"누가 아니래!"

"서로 돕고 살면 뭐가 나빠. 순옥아!"

"응?"

"우리가 좋은 일 하자."

"좋은 일?"

"우리가 나서서 이들을 사이좋게 만들면 좋겠어."

"그게 쉬워?"

"해보는 거지 뭐."

"어떻게?"

"어떻게든 너도 도와줘."

"그야 물론."

두 지구 어린이들이 이렇게 시간 가는 줄 모르고 지껄이는 것을 보자, 깔라 양이 먼저 뾰로통해져서 말을 막았다.

"이제 그만해. 양쪽 다 지구인이 탄 것을 알았으니까. 자, 그럼 쇼비츠."

깔라 양이 당돌하게 불렀다.

"왜 그러지, 깔라 양?"

"지구인을 우리에게 넘겨주든지, 아니면……."

"아니면?"

"나와 단둘이서 격투를 해서 승부를 냅시다."

"단둘이서?"

"그래요. 둘이서 싸워 이기는 쪽이 진 쪽에게 명령을 하고, 진 쪽은 무조건 따르도록 하는 거요."

"그거 좋은 생각이로군. 하지만 깔라 혼자서는 나를 상대하기 어려울 텐데?"

쇼비츠는 굼벵이와 메뚜기 얼굴을 치켜들고 깔보는 말투로 말했다.

"그것은 내가 할 말이야. 자, 우주복을 입은 채 우주선 밖으로 나와요. 단둘이서 승부를 겨루자구."

"좋아. 곧 나가지."

쇼비츠는 광선총 하나를 들고 우주선 밖으로 나왔다. 깔라 양도 매한가지로 손에 광선총을 들고 우주선 밖에 나왔다. 잠시 동안, 검은 우주를 헤엄치며 상대방을 꼬나보다가 서로 미친 듯이 돌진해 갔다. 마치 특공대가 적의 함정을 공중에서 기습하듯이 정면으로 달리며 광선총들을 쏘았다.

그 넓디넓은 우주에서 별 사람들끼리 해괴한 싸움이 계속되었으나 승부는 좀처럼 나지 않았다. 양쪽이 생각했던 것보다 잘들 싸운 것이다. 양쪽은 모두 우주복에 구멍이 나고 숨도 가빠졌다. 파라오 성의 편대장과 시그마 성의 편대장은 그냥 보고만 있을 수 없었다. 어느 쪽이 죽는 날이면 돌아가서 뭐라고 변명할 여지가 없을 것이다.

"그만해요! 이제 그만하고 돌아와요!"

파라오 성의 편대장이 소리쳤다.

"맞아요. 무승부야, 모두 이겼어. 돌아와요, 쇼비츠!"

시그마 성의 편대장도 대통령의 아들을 불렀다.

그러나 싸움은 계속되었다. 양쪽 편대장들은 서로 약속이나 한 것처럼 자기네 로봇들을 풀어서 자기 쪽 사람들을 데려왔다. 마치 닭끼리 한참 싸우고 피투성이가 되었을 때 그것을 떼놓듯이 두 젊은이를 떼어서 데려왔다.

"왜 말렸어, 조금만 더 있으면 끝장을 내줄 건데."

깔라 양이 분한 듯이 뇌까렸다.

"아주 잘 싸웠어요. 이긴 거나 다름없어요."

편대장이 위로했다.

이런 광경은 시그마 성 우주선에서도 볼 수 있었다.

"고 맹랑한 가시나를 아주 없애려고 했는데 왜 말렸어."

쇼비츠도 숨 가삐 투덜거렸다.

제4부

엇바뀐 신세

꼬뻬 수상의 딸 깔라 양은 지구식으로 말한다면 그야말로 피투성이가 되어 타원형의 우주선으로 돌아왔다. 그렇다고 피를 흘린 것은 아니지만 몸과 마음은 그렇게 지쳐 있었다. 우주복에 구멍이 나서 숨은 할딱거렸고 어린 염소 얼굴은 더욱 일그러졌다. 이것을 본 파라오 성의 우주선단 편대장은 매우 격분하였다.

"자, 돌아갑시다. 돌아가서 수상님과 의논하고 준비를 충분히 해가지고 다시 나옵시다."

편대장은 깔라 양을 위로하여 우주선을 파라오 성으로 돌려세웠다. 깔라 양은 그동안 안정을 되찾고 쉬면서 아무 말도 하지 않았다. 너무나 분해서다. 마음 같아서는 시그마 성 대통령의 아들 쇼비츠를 단숨에 광선총으로 해치웠으면 했으나, 그것이 뜻대로 되지 않은 것이다. 제 딴에는 총 잘 쏘기로 나라 안에서는 이름을 날렸는데, 막상 적을 만나고 보니 적도 상당한 실력을 가진 것을 깨달았다.

"너무 상심 마세요. 상대도 크게 다쳤으니까요."

편대장은 깔라 양을 위로하기에 바빴다.

우주선이 파라오 성 우주공항에 내리자 편대장은 깔라 양과 함께 꼬뻬 수상을 만났다. 깔라 양이 너무나 잘 싸웠다는 것과 아직 적이 어떤 장비로 이쪽 우주선의 내습을 미리 알고 있는지 파악할 수 없었다는 것, 시그마 성 대통령의 아들도 크게 다쳤다는 것을 보고하였다. 그리고 이 번엔 좀 더 준비를 잘해가지고 싸우자고 진언하였다.

꼬뻬 수상은 즉시 안보회의를 소집하였다. 그리고 이 안보회의에는 특히 파라오 성의 우방들인 '말라카'와 '포세인' 수상도 참가시켰다. 그 들은 파라오 성의 로봇을 수입해다 쓰는 같은 로봇 문명권에 속하는 나 라들이었다.

"솔직히 말해서 우리 측은 적지 않은 손실을 입었소. 내 딸 깔라가 나 간 것도 그런 상태를 깨뜨려보려는 때문이었소. 그러나 그것 역시 승부 없이 끝났소. 이제 우리가 할 일은 태세를 가다듬어가지고 총공격을 하 는 것이오. 이 문제에 대해서 여러분 안보위원들은 기탄없이 이야기해보 시오. 그리고 이 자리에 참석한 우리 맹방인 말라카 성과 포세인 성 대표 도 자유롭게 발언해주시오."

꼬뻬 수상의 말에 따라 안보위원들은 그들 나름대로 싸우는 방법을 이야기하였다. 그런 이야기들이 몇 차례 오고 가자, 차차 목소리가 높아 지기 시작하였다. 그 까닭은 왜 진작 좀 더 충분한 준비를 하지 않고 이 런 싸움에 말려들었느냐는 것이었다.

"그럴 수밖에 없잖소. 우리가 시그마 성의 우주선이 지구에 갔다 오 는 것을 강제 착륙시켰고, 일은 거기서부터 벌어진 것이오."

어떤 안보위원이 어려운 문제를 꺼냈다.

"왜 그래야만 했죠? 강제 착륙을 시킨 것부터가 잘못이 아닐까요?"

어떤 안보위원이 반성하는 말을 하였다.

"그럼 달리 좋은 방법이 있었소? 시그마 성에서 지구인을 연구하여 우리보다 몇 갑절 우수한 로봇을 만드는 날이면 우린 어떻게 되죠? 그나마 우리 쪽에 지구인을 한 명이라도 남게 한 것은 불시착을 시킨 덕분이오!"

불시착을 주도한 안보위원이 호통쳤다.

"나도 우주선을 불시착시킨 것은 잘한 일이라고 생각하오. 그 뒤에 일어난 일들을 생각해봐요. 우리 안에 시그마 성은 스파이 로봇을 잠입시켰어요. 그것도 우리 로봇을 개조해서 말요."

어떤 안보위원이 강한 쪽을 편들었다.

"자, 자, 너무 흥분하지 마시오. 우리도 상대 쪽에 아기 벌레를 죽이는 전파 장치를 보냈어요. 어차피 이렇게 되었으니 앞으로의 일을 의논하는 것이 좋겠어요."

꼬뻬 수상이 회의 분위기를 조정하였다. 이 때 말라카 성 대표가 일어났다.

"저는 말라카 성의 대표로서 한마디 하겠습니다. 아시다시피 우리는 파라오 성의 로봇을 사다가 우리 생활을 돕게 하고 생산에도 종사시키고 있소. 그런데 만일 파라오 성이 잘못된다면 우리 역시 망할 수밖에 없습니다. 때문에 우리는 지난 일의 잘잘못을 떠나서 이 이상 보고만 있을 수 없으니 우리가 가지고 있는 우주선을 동원하여 같이 싸울 것을 제의합니다. 아마도 이런 생각은 비슷한 처지에 있는 포세인 성 대표도 같으리라 믿습니다."

말라카 성의 대표가 말하자 많지 않은 좌석의 회의장이지만 우레와 같은 박수 소리가 터져 나왔다. 이 박수 소리가 멎자 포세인 성 대표가 일어났다.

"저는 포세인 성의 대표로서 말씀드리겠소. 결론부터 말씀드린다면 제 입장은 방금 전에 발언한 말라카 성 대표와 꼭 같습니다. 그러므로 우리도 우주선을 파견하여 적극 파라오 성을 돕겠소."

다시 박수 소리가 울렸다.

이리하여 안보회의는 기본 원칙이 결정되고, 그 위에 이웃 별나라의 도움을 얻게 되어 작전 참모를 뽑아 구체적인 작전 계획을 세우는 일이 남았다.

이 일 역시 어려움 없이 잘 진행되었다. 그 작전의 뼈대는 대충 이런 것이었다.

먼저 종전처럼, 정면에서는 대규모의 공격을 하는 시늉을 하되 일부 우주선은 뒤로 돌아 시그마 성으로 날아가서 그곳 로봇 공장을 공격한다는 것이었다.

이런 작전은 즉각 행동으로 옮겨졌다.

정면 공격을 가장한 우주선단이 앞서와 같은 코스를 전진하였다. 이것과는 전혀 다른 측면에서 일단의 우주선들이 예기치 않은 코스를 따라 시그마 성으로 날아갔다. 말라카 성이 시그마 성 뒷면에 있는 것을 이용하여 여기서 뜬 우주선이 시그마 성으로 들어간 것이다. 마침내 우주선은 폭격이 가능한 위치까지 날아갔다.

"성공이다. 우리는 목표까지 와 닿았다. 폭격 준비!"

말라카 성 우주선에 탄 파라오 성 조종사가 소리쳤다.

"폭격 준비 완료!"

폭격을 맡은 파라오 성의 포수가 대답했다.

"폭격의 목표는 광파 탐지기와 로봇 공장이다. 제일 목표는……."

기장이 다시 폭격 지점을 숫자로 지시하려는데, 어디선지 미사일이 날아왔다.

"이게 어찌 된 일이냐?"

당황한 기장이 어리둥절하여 계기 장치를 들여다보고, 사방을 두리번거렸다. 그와 거의 동시에 미사일은 타원형인 우주선 뒤쪽에 맞았다. 선내가 마구 흔들렸다.

"적은 어디야? 어디 떴어?"

기장이 허둥거리며 소리쳤다.

"적의 우주선은 보이지 않습니다."

포수가 말한다.

"그럼 미사일은 어디서 날아왔어?"

"우주정거장 아닐까요?"

포수의 말을 듣고 우주정거장 쪽으로 눈을 돌리자 정말 놀라운 광경이 눈을 끌었다. 우주정거장인지 우주촌인지 한 개가 아니고 여러 개의 둥근 공 같은 것이 떠 있는데, 그 큰 덩지에서는 수없이 많은 스쿠터 같은 것이 이쪽을 향해 달려오는 것이다.

"어서 돌아섯! 저것들이 우리를 포위하려나 보다."

기장이 다급한 목소리로 외쳤다.

"벌써 늦었어요!"

포수의 말이 떨어지기가 바쁘게 꼬마 스쿠터들이 이쪽 우주선을 포위해버렸다.

"어서 빠져나가자!"

기장이 외쳤을 때는 이미 미사일이 여기저기서 날아와 이쪽 우주선을 격파시켜버렸다.

이런 장면은 여기저기서 나타났다. 측면 공격을 하려던 우주선들이 목표 위치까지 다 가서 잇달아 터지고 말았다.

여기에 더 심각한 일이 벌어졌다.

야무지기로 이름나고 파라오 성인의 용기를 상징하던 깔라 양이 측면 공격 기습선에 탔다가 그 우주선마저 터지고 만 것이었다. 우주선이 폭발하자 깔라 양의 몸은 구조용 캡슐에 감싸인 채 허공에 떴다. 적의 별나라 위에서 말이다.

기습을 떠난 우주선들이 이런 참패를 당하고 있을 때, 파라오 성의 정면 공격 우주선단은 전보다 잘 싸우고 있었다.

이쪽 우주선 수보다 시그마 성의 우주선은 수가 적었다.

"이상한데? 왜 우리보다 수가 적지? 우리 작전을 미리 안 것이 아닐까?"

파라오 성 우주선단을 지휘하던 대장이 걱정했다. 생각 같아서는 시그마 성의 모든 우주선이 이쪽으로 나와서 싸워주길 바랐는데 그 수가 그리 많지 않으니, 적이 이쪽 작전을 미리 알고 우주선을 분산시켜 방어하고 있다고 볼 수밖에 없기 때문이었다. 그렇지 않은 경우라면, 적 역시 이쪽처럼 한쪽을 공격하는 척하여 많은 적선을 끌어들이고, 공격을 다른 쪽으로 가서 기습을 하는 경우이다.

"이것 봐요, 아무래도 수상해. 우리 우주선의 삼분의 일은 뒤로 돌아요."

대장은 아홉 대의 우주선 가운데 세 대를 뒤로 돌아서게 하였다.

"그리고 전투함이란 것이 탄로 나지 않도록 두 대는 정기 항로를 따라 돌아가오. 한 대는 지름길로 가고."

나이 든 우주선 단장은 노파심으로 이런 주의까지 주었다.

이 늙은 선단장의 생각은 그대로 맞아들었다. 두 대의 우주선이 정기 항로에서 벗어날 무렵 이 역시 정기 항로를 벗어나 파라오 성으로 향하는 둥근 모양의 우주선 두 대를 발견하였다. 그러나 그 거리는 공격하기엔 너무 떨어져 있다.

"이거 큰일 났군. 전속력으로 추격!"

선장 한 명이 소리쳤다. 적선도 무서운 속력으로 달리고 있다.

"기습 작전인가 본데, 이 일을 어쩐다지?"

또 다른 선장은 파라오 성의 위성들에게 연락을 하고 그 뒤를 쫓았으나, 적선 두 대는 벌써 파라오 성 위에 다다랐다.

지름길로 돌아오던 우주선이 이들 시그마 성의 우주선 두 대를 만나게 되었다.

"아니, 이놈들이?"

파라오 성 우주선이 놀라며 공격을 시작하였다. 빛줄기를 내뿜으며 공방전을 벌였다.

그러나 적은 두 대고 파라오 쪽은 한 대다. 빛줄기도 셋을 주고 여섯 이상을 받아보니 이쪽이 당해낼 길이 없다. 파라오 성의 우주선이 먼저 터지고 말았다. 검은 하늘을 온통 불꽃으로 뒤덮으며 장렬하게 터져버렸다.

"자, 쫓아오던 우주선 한 대는 해치웠으니 이 틈에 공격합시다! 또 다른 두 대의 우주선이 우리 뒤를 쫓고 있소."

"공격 목표는 로봇 공장과 연구소요. 자, 어서!"

시그마 성의 우주선 안에서는 이런 말을 주고받고 있었다. 기습 대장과 시그마 성 대통령의 아들 쇼비츠였다.

이즈음에는 벌써 두 대의 파라오 성 우주선이 바짝 달라붙었다. 네 대의 우주선은 서로 불을 뿜으며 공방전을 벌였다. 한쪽이 공격하는 동안에 다른 한쪽은 이 싸움에서 벗어나 파라오 성으로 내려가려는 것이다. 시그마 성의 원형 우주선은 싸움을 피하여 내려가려 하고, 파라오 성의 우주선은 못 내려가게 하려고 안달을 했다. 이런 공방전으로 양쪽 우주선 한 대씩이 터지고 한 대씩 남았다.

"너는 역시 쇼비츠로구나!"

파라오 성의 선장이 외쳤다.

"그렇다. 어서 비켜라!"

"절대로 네게 우리 파라오 성을 공격하게 하지는 않을 것이다. 어서 썩 물러나거라!"

"아하하⋯⋯. 너희들 수상의 딸 깔라는 우리에게 잡혔다. 어서 비켯!"

"그것을 누가 믿느냐?"

"곧 믿게 될 것이다."

"까불지 말고 어서 꺼져라!"

파라오 성 우주선은 흥분하여 우주선을 정면으로 몰고 오며 무섭게 빛줄기를 퍼부었다. 우주선끼리 충돌해버리고 말았다. 두 대의 우주선이 동시에 터지는 처절한 불꽃이 검은 하늘을 수놓았다.

그 얼마 뒤, 몇 개의 구조용 캡슐이 허공에 떠올랐다. 그리고 그중의 하나에는 쇼비츠가 타고 있었다.

파라오 성에서는 때아닌 폭격을 받고 법석을 떨었다. 이쪽에서 시그마 성을 공격하러 갔으므로 이쪽이 폭격을 받으리라고는 생각지도 않았다. 사실 그들의 작전이 들어맞아 우주선이 시그마 성까지 날아가 폭격을 한다는 소식에 파라오 성은 온통 축제일처럼 기뻐하였다. 그것이 아닌 밤중에 홍두깨처럼 자기들의 로봇 공장 위에 특수 폭탄이 떨어졌으니 놀라지 않을 수 없다.

"이게 어찌 된 일이야?"

수상 꼬뻬는 염소 얼굴에 주름을 모으며 뇌까렸다.

"죄송합니다. 꼬뻬 수상님, 제가 알아보겠습니다."

국방장관 말라쁘가 이쪽 우주선단이 시그마 성에 가서 성공적으로 공격을 하고 있다는 보고를 하러 왔다가 오히려 난처한 입장이 되고 말았다. 말라쁘는 4차원의 전화기 앞으로 가자 단추 몇 개를 눌렀다.

"이것 봐요. 우주선 작전부! 우주선 작전부 나와주오!"

몸매가 좀 살찌고 나이 든 말라쁘 국방장관은 잇따라 소리를 질렀다. 어찌 된 일인지 연락이 잘 되지 않는다. 그러는 동안에 오히려 다른 쪽에서 전화가 걸려왔다.

꼬삐 수상의 로봇 여비서가 전화를 받았다. 그녀는 전화를 받자 누구를 바꿔줘야 할지 망설이는 듯했으나 어김없이 꼬삐 수상에게 수화기를 건네줬다.

"여보세요, 나 꼬삐 수상이오."

"아, 수상님, 큰일 났습니다!"

수상이 전화를 받자 이런 말이 들리며 벽 앞에는 로봇 연구소장이 질린 얼굴로 나타났다.

"큰일이라니, 그게 무슨 말이오?"

수상은 연구소장을 눈앞에 마주 보며 조용히 물었다.

"저희 로봇 공장이 폭격을 받았습니다!"

"피해가 얼마나 크오?"

"겉으로 보면 폭격은 대단한 것 같지 않은데, 로봇들이 이상해졌습니다."

"그건 또 무슨 소리요?"

"묘한 폭탄이 공장 위에 떨어지자 공장의 컴퓨터실과 동력실이 이상해졌습니다."

"어떻게?"

"컴퓨터 조작이 제대로 안 됩니다. 우리 완제품 로봇들도 거동이 이상해졌고요."

"어떻게 그럴 수 있지? 강한 자석 폭탄인가?"

"그렇지도 모르죠. 어쨌든 대책을 서둘러야지 큰일 나겠습니다."

"큰일 나다니?"

"제정신이 아닌 로봇들이 무슨 소동을 벌일지 모르겠습니다."

"알겠소. 내가 공장으로 가보겠소."

꼬뻬 수상은 수화기를 제자리로 돌렸다. 그와 함께 앞에 나타났던 로봇 연구소장의 모습도 자취를 감추고 말았다.

꼬뻬 수상은 초조한 기분을 감추지 못하며 나갈 채비를 하고 있는데 다시 전화가 걸려왔다.

"또 뭐요, 내가 곧 가겠다니까."

꼬뻬 수상은 로봇 연구소장이 건 전화로 알고 소리 질렀다. 그러나 이번에 전화 화면에 나타난 사람은 우주선 작전부의 미니쯔 참모장이었다.

"오, 참모장, 내가 그쪽을 부르던 참인데 잘 걸려줬소. 헌데 이번 작전이 도대체 어떻게 된 거요?"

꼬뻬 수상이 따졌다.

"죄, 죄송합니다. 실은 적 역시 우리처럼 기습을 해왔기 때문에 로봇 공장에 다소 피해를 입었지만, 우리는 그 이상의 전과를 올렸습니다."

"그 이상의 전과라니?"

꼬뻬 수상은 아직도 못마땅한 얼굴로 물었다.

"적의 대통령 아들이 잡혔습니다."

"그것 또 무슨 뚱딴지 소리요? 우주선단에서 그런 보고가 들어왔단 말이오?"

"보고가 아니라 저희가 잡았습니다."

"잡다니, 어디서?"

"여기서요. 놈은 여기까지 기습 온 특공대에 끼여 있었습니다."

491

"그놈을 어떻게 잡았소? 떨어졌소?"

"네, 우리 전투함이 격추시켰습니다."

"쇼비츠를 어떻게 사로잡았냐니까?"

꼬삐 수상은 흥분을 감추지 못하고 다그쳐 물었다.

"우주선이 격추되자 그들은 구조용 캡슐을 타고 떨어지고 있었죠. 우리 구명정이 나가 그들을 구해주었습니다."

"그거 참 잘됐군. 그래, 그 애가 지금 어디 있소?"

"지금 그쪽으로 가고 있습니다. 다른 한 명과 함께요."

이런 대화가 오고 간 지 얼마 안 되어 정말 쇼비츠와 우주 조종사 한 명이 끌려왔다.

"어서 오게, 쇼비츠. 자네가 우리 파라오 성에 온 것을 환영하네."

수상이 웃었다. 쇼비츠는 웃지 않았다.

염소 얼굴과 굼벵이와 메뚜기 얼굴의 대면이었으나 어딘지 닮은 데가 있는 것도 같았다.

"어서 편히 좀 앉아요. 나는 두 사람을 괴롭힐 생각은 조금도 없으니까."

"나를 심문해봐야 아무것도 얻지 못할 거요."

쇼비츠는 앉을 생각도 하지 않고 버티고 선 채 말하였다.

"심문? 누가 자네를 심문한댔나."

"그럼 나를 어쩔 셈이죠?"

"오, 워낙 용감하기로 이름난 자네기에 한번 만나고 싶었던 것이야."

"그래요? 그럼 이제 나를 만나봤으니 돌려보내 주시오. 아니면……."

"아니면?"

"죽이든지."

"처, 천만에. 자네를 죽이다니. 난 그렇게 잔인한 사람은 아닐세."

"거짓말."

"거짓말이라니. 내가 언제 잔인한 짓 하는 것을 보았나?"

"보았나가 뭡니까. 뻔뻔스럽소."

"뭐라구?"

"뻔뻔하다니까요."

"허, 이거 못 하는 소리가 없군."

"안 되겠습니다. 따끔하게 맛을 좀 보여줘야겠어요. 이놈을 데려가!"

지금까지 수상과 쇼비츠의 대화를 듣고 있던 미니쯔 참모장이 부관에게 호통을 쳤다.

"자, 나가자. 여기가 어딘 줄 알고 까불어!"

부관이 말하며 쇼비츠를 끌고 가려 하자, 수상이 손을 들어 막았다.

"왜요, 이런 애는 혼을 좀 내줘야 정신이 들 겁니다."

"기다리라니까. 그 애는 내게 맡기고 모두 나가요."

꼬뻬 수상이 자리에서 일어나 쇼비츠에게 다가왔다. 다른 파라오 성인들은 나갔다.

"이젠 우리끼리만일세. 화를 낸다고 문제가 풀리는 건 아니잖은가. 우리 파라오 성에 대해서 화내는 이유가 뭐지?"

꼬뻬 수상이 조용히 물었다.

"이유가 뭐냐구요. 그것을 몰라서 물어요?"

"내가 알 까닭이 있나. 자네가 말하기 전에는."

"정말 뻔뻔하군요. 상대편을 잔뜩 화나게 하구선 시치미를 떼고 모르겠다니 그럼 누가 알아요?"

"허, 그러지 말고 차근차근히 말해보라구. 내가 알아듣도록."

"좋아요. 내가 묻겠는데, 지구에 갔던 우리 우주선을 불시착시킨 것은 누구죠?"

쇼비츠가 꼬뻬 수상을 꼬나보며 물었다. 꼬뻬 수상은 어리둥절하였으나 조용히 입을 열었다.

"그건 바로 자네가 말한 것처럼 불시착 아닌가. 기계가 고장 났거나 연료가 떨어졌거나 해서 말일세."

"천만에요. 우주선은 멀쩡했어요. 연료도 광자 우주선이니 문제없었고요. 그것은 그 뒤에 우주선이 간단한 손질만으로 우리 별에 탈출해 온 것으로도 증명이 돼요."

"자네는 무슨 말을 하려는 거지?"

꼬뻬 수상은 뜻밖에도 당돌한 쇼비츠에게 한 수 꺾인 듯이 말했다.

"당신들이 강제 착륙시켰어요. 우리가 데려온 지구인이 탐나서요."

"우린 지구인이 그 안에 있는지 알지도 못했다."

"또 거짓말. 그건 우리가 지구 원정 떠날 때 짐작했어요."

"좋아, 네 맘대로 생각하고 마음대로 지껄여봐라!"

꼬뻬 수상은 마침내 화가 났다. 쇼비츠는 지지 않고, 하고 싶은 말들을 털어놓았다.

"그 외에 당신들은 또 어떤 짓을 했습니까. 우리 별로 탈출해 온 지구인의 발꿈치에 특수 송신 전파 장치를 해서 우리 로봇용 아기 벌레들을 죽였어요."

"그건 너희가 먼저 한 짓이야."

꼬뻬 수상이 호통쳤다.

"우리가요?"

"그래. 너희는 우리 로봇을 개조해서 스파이 노릇을 시켰고, 그 속에 장치된 수신 장치로 우리를 감시해왔어."

꼬뻬 수상이 반격하자 쇼비츠는 말문이 막히고 말았다.

"왜 대답을 못 하냐?"

"결국은 모든 것이 로봇 때문이에요."

쇼비츠가 한숨 섞인 목소리로 내뱉었다.

"맞아, 서로 로봇 경쟁을 하다 보니까 일이 자꾸만 크게 벌어진 것이야."

"서로 싸우지 않고 살 수 있는 방법을 찾아봐야겠어요."

매우 싸우기를 좋아하는 것으로 알려진 쇼비츠의 입에서 이런 말이 흘러나왔다.

"방법이 있긴 하지. 너희가 우리 로봇을 사다 쓰면 하나의 로봇 문명 세계를 만들 수 있을 것이다."

"그런 이야기는 이쪽에서도 할 수 있어요. 파라오 성에서 우리 시그마 성의 로봇을 사다 쓰면 돼요."

"그러니까 팽팽히 맞서는 거지. 우리 로봇은 기계인데 너희 것은 생물에 가까워. 그러니 서로 좋은 것을 섞어서 만들 수도 없다니까."

꼬뻬 수상이 이런 말을 하면서 한숨지을 때 밖에서 버저 같은 소리가 났다. 곧이어 로봇 여비서가 꼬뻬 수상 곁에 와서 뭐라고 일러준다. 꼬뻬 수상은 고개를 끄덕였다. 그러자 말라쁘 국방장관이 들어섰다. 그는 들어서기가 바쁘게 꼬뻬 수상 곁으로 가더니 수상의 귀에 대고 뭔가를 소곤거렸다. 그와 동시에 꼬뻬 수상의 얼굴이 묘하게 일그러지며 호들갑을 떨었다.

"그게 사실이오?"

"죄송합니다. 정말 죄송하게 됐습니다."

말라쁘 국방장관은 몸 둘 바를 몰라 한다.

"무슨 방법이 없겠소?"

"특공대를 보낼 생각입니다만 워낙 위험한 일이라서."

"그건 안 되오. 그러다가 저쪽에서 쏘아버리면 끝장 아니오?"

"그래서 이도 저도 행동하기 어렵습니다."

"우리 공습은 어떻게 됐소?"

"저쪽 로봇 공장을 명중시켰습니다."

"음— 그렇다면 방법은 한 가지뿐이오."

"그게 뭐죠?"

"포로를 서로 교환하는 거요. 하지만 쇼비츠에게 내 딸이 시그마 성에 잡힌 사실을 알려서는 안 되오. 알겠소?"

"그야 물론이죠. 그놈이 알게 되면 더 콧대가 높아질 테니까요."

"그리고 협상에 앞서 시그마 성 대통령에게 쇼비츠가 우리 편에 잡혀 있는 사실을 알려주오. 그래야 그쪽에서도 내 딸을 가볍게 다루지 못할 테니까."

"잘 알겠습니다. 곧 연락하겠습니다."

말라쁘 국방장관은 복명을 하며 밖으로 나갔다. 꼬뻬 수상은 짐짓 태연한 자세로 쇼비츠 곁으로 돌아왔다.

"무슨 일이 있었군요. 지금 들어왔던 사람은 직책이 높은 분 같던데요?"

"응, 우리 국방장관이지. 굉장한 소식을 알려왔어요."

"굉장한 소식이오?"

"그래, 우리 기습 특공대가 시그마 성의 로봇 공장 폭격에 큰 성공을 거두었다는 것이야."

"그것이 사실입니까? 그분의 얼굴은 무척 어두운 것 같던데요?"

"어둡긴."

수상이 얼버무렸다. 쇼비츠는 속마음을 읽겠다는 듯이 꼬뻬 수상의 눈동자를 지켜본다. 어린 소년이지만 그의 시선이 수상에겐 따갑게 느껴졌다. 수상은 일부러 딴전을 부리며 그의 시선을 피했다.

"이것 봐. 우리 기습 특공대는 너희 로봇 공장을 쑥밭처럼 짓이겨놓고 무사히 돌아오고 있다는 거야. 아 — 통쾌해. 아하하…… 아하……."

엉뚱한 주문

"어서 내무장관을 불러다오."

정신 나간 것처럼 웃어젖히던 염소 얼굴의 파라오 성 꼬뻬 수상이 너구리 얼굴의 로봇 여비서에게 말했다.

로봇 여비서 RL(아르 엘)-7은 꼬뻬 수상이 시키는 대로 삐르마 내무장관을 불렀다.

이내 장관이 수상실에 대령하였다.

"장관을 부른 것은 다름이 아니라 이 쇼비츠 때문이었소."

꼬뻬 수상은 아직도 말끄러미 수상의 얼굴을 쳐다보고 있는 쇼비츠를 가리켰다.

"어떻게 하죠?"

삐르마 장관은 어떻게 하라는지 못 알아듣고 어리둥절한 표정을 지었다.

"엄중히 감시하되 정중히 모시도록."

"알았습니다. 수상님."

삐르마 장관은 그제야 말뜻을 알아듣고 쇼비츠를 데리고 나가련다.

"잠깐만이요."

쇼비츠가 수상을 향했다.

"뭔가?"

"하던 이야기를 계속하고 싶지 않으세요?"

"아니."

"왜죠? 저는 시그마 성 대통령의 아들로서 수상과 이야기하고 싶어요."

"그럴 필요 없다. 어서 데려가오."

꼬뻬 수상은 뻬르마 장관에게 말했다. 꼬뻬 수상 역시 쇼비츠가 똑똑한 소년임을 알았으나 무슨 생각에서인지 쇼비츠를 데리고 나가게 하였다.

꼬뻬 수상은 쇼비츠가 나가자 RL-7에게 말라쁘 국방장관을 부르게 하였다. 말라쁘 장관은 전화를 받고 미니쯔 참모장과 같이 대령하였다.

"마침 참모장과 작전 이야기를 하고 있던 참이어서 같이 왔습니다."

말라쁘 국방장관이 말하였다.

"마침 잘 왔어요. 실은 나도 그런 작전 계획이 한 가지 떠올라서 부른 것이었소."

꼬뻬 수상은 목소리를 낮추어 그의 생각을 털어놓았다.

"우리는 서로 같은 입장에 놓여 있어요. 내 딸 깔라는 저쪽에 잡혀 있고, 쇼비츠는 우리가 잡아두었어요. 그러니 이런 사실을 작전에 이용해 보자는 거요."

"어떻게 이용하죠?"

미니쯔 참모장이 물었다.

"내가 노리는 것은 우리가 협상에 이기자면 싸움에서 이겨야겠다는 거요."

"그야 지당한 말씀입니다만 어떻게 싸움에 이기죠?"

말라쁘 국방장관이 수상에게 물었다.

"특공대를 또 보냅시다."

"특공대요?"

"그래요. 제2의 특공 우주선단을 보내서 시그마 성의 우주선 제조 공장을 파괴합시다."

"하지만 깔라 양이 잡혀 있는데요?"

"우린 쇼비츠를 잡고 있잖소. 설마 내 딸을 우주선 제조 공장에 가두진 않았겠지. 그러니 한번 해봅시다. 어때요, 내 생각?"

꼬뻬 수상은 자신의 작전 계획을 대견스러워했다. 그의 생각은 곧 실행에 옮겨졌다.

우선 쇼비츠의 입체 사진을 4차원 방송으로 시그마 성에 보냈다. 그냥 말로만 방송하면 쇼비츠의 생사를 믿지 않을 것이기 때문이다. 이 방법은 확실히 효과가 있었다. 시그마 성의 부통령이란 자가 직접 깔라 양이 시그마 성에 살아 있다는 것을 4차원 방송으로 알려오고, 서로 이들을 교환하자는 제의까지 하였다.

"교환하자면 절차에 시간이 걸리겠구려."

파라오 성이 오히려 배짱을 부렸다.

"시간 걸릴 것 없어요. 양쪽 외무장관이 직접 만나 교환 방법을 의논하면 되죠, 뭘."

"그거 좋겠소. 그럼 그렇게 하죠."

꼬뻬 수상은 별로 반대하지 않고 시그마 성이 원하는 대로 따랐다. 반면 꼬뻬 수상은 국방장관과 참모장에게 우주선 제조 공장 공격 방법을 의논하였다. 그 결과 이번 특공대에는 로봇 대신 우수한 우주 조종사가 직접 가기로 하였다. 우주선 역시 최신형을 세 대만 골라서 보내기로 하였다.

고정남과 RA-3은 방 안에서 하릴없이 시간을 보내고 있었다. 이따금 그들을 감시하는 감독이 생각난 듯이 밖으로 데리고 나가는 외에는 방송만이 유일한 벗이었다. 그런데 어느 날 방송에서 뜻밖의 뉴스가 흘러나왔다. 시그마 성 대통령 아들인 쇼비츠가 잡혔다는 것이었다.

"설마?"

"어떻게 그럴 수 있지?"

정남과 RA-3에겐 그 말이 믿어지지 않았다. 지구 소년과 시그마 성의 고급 로봇인 RA-3은 그들의 머리로 생각할 수 있는 데까지 상상을 펴본다.

"이쪽에서 공격 갔던 특공대가 잡아 왔나 보지?"

정남이가 말하면

"그것 어렵다. 특공대는 우주선에 탔다."

RA-3이 찬성하지 않는다.

"하긴 그렇군. 우주선이 지상에 있는 사람을 잡아 온다는 건 어렵지. 그렇다면 저쪽에서 이쪽에 공격해온 것을 잡았나 보다."

정남이 말하자 RA-3은 그것도 찬성하지 않았다. 그러나 얼마 뒤 방송은 정남의 생각이 옳은 것을 알려주었다. 쇼비츠는 특공대로 왔다가 잡혔다며 사진까지 비춰주었다.

"저게 쇼비츠에 틀림없나?"

정남이 RA-3에게 묻자

"나 모른다. 내 머리는 쇼비츠가 우리 편인 것만 알려주고 있다."

RA-3이 대답했다.

"오. 넌 참 오래전에 떠난 뒤 시그마 성에 돌아갈 수 없었지."

정남은 RA-3이 로봇이란 것을 새삼스레 깨달았다.

고정남은 갑자기 쇼비츠를 만나보고 싶어졌다. 같은 소년이고 용감하다는 것 말고도 대통령의 아들이니 무엇인가 할 이야기가 있을 것만 같아서다. 무슨 이야기를 하고 싶은지는 아직 머리에 떠오르지 않았다.

그런데도 정남은 벽에 가서 버저를 눌러버렸다.

정남을 시중들던 로봇이 들어왔다.

"네가 아니고 감독을 불러줘."

정남이 말했다.

"그것 곤란, 용건 뭐?"

"난 네 주인과 할 얘기가 있다구."

로봇은 난처한 듯이 잠시 망설이다가 4차원의 전화기를 쓰도록 잠깐 스위치를 열어주었다.

정남은 로봇이 단추를 눌러준 다음 수화기를 들었다. 염소 얼굴 감독의 얼굴이 비쳤다. 정남은 자기 생각을 말했다. 그러자 매우 화난 감독이 불쑥 이쪽 방 안에 나타나며 버럭 소리를 질렀다.

"뭐라고? 쇼비츠를 만나? 그건 내 할 일이 아냐. 내 맘대로 못 해."

"그럼 수상에게 말해줘요. 나는 쇼비츠를 꼭 만나서 할 얘기가 있다고요."

"수상에게?"

"그래요. 나는 파라오 성에게도 도움이 되는 일을 하고 싶어요."

"우리에게 도움이 되는 일?"

"그렇다니까요. 그러니까 쇼비츠를 만나도록 도와줘요."

"하지만 그건 안 된다. 쇼비츠는 우리의 특별한 포로야!"

감독은 잘라 말했다. 이때 뜻밖의 목소리가 끼어들었다.

"내가 만나게 해주지."

"네?"

"내가 만나게 해주겠어."

"다, 당신은 누군데요?"

"나는 내무장관 삐르마다. 너도 심심하고 쇼비츠도 그럴 테니 서로 만나는 것이 좋겠지."

"야— 신난다. 고마워요. 장관님."

정남은 뜻밖에도 일이 쉽게 풀려서 무척 기뻤다.

정남은 어리둥절해하는 감독에게 이끌려 쇼비츠가 있는 내무장관 옆
방으로 갔다. 그러나 여기서 같이 갔던 RA-3은 같이 들어갈 수 없다고
하여 보기 좋게 거절당했다.

"RA-3은 왜 못 들어가요?"

"안 된다. 그 로봇은 시그마 성의 것이기 때문에 같이 못 있는다."

"하지만 RA-3은 제 시종이요, 통역입니다."

"그래도 안 된다. RA-3 딴 방에 있어야 한다."

삐르마 장관이 굳이 반대하여 정남은 혼자서 쇼비츠가 있는 방으로
들어갔다.

정남이 방으로 들어서자 쇼비츠는 매우 놀란 듯이 눈을 크게 떴다.

"오, 쇼비츠. 만나서 매우 반갑다. 나는 지구에서 온 고정남이다."

"오, 고정남. 네 이름은 많이 들었다. 우리 시그마 성까지 다 알고 있
다."

쇼비츠가 반가운 표시인 듯 자기 손을 정남의 손등에 얹었다. 정남
역시 다른 손을 그 위에 얹으며 같이 반겼다.

"그런데 왜 나 찾아왔어?"

"할 얘기가 있어서."

"나한테?"

"그래, 너한테."

"할 얘기가 뭐지?"

"너희들의 평화."

"평화?"

"그래. 너희들의 싸우는 이유를 난 알 수가 없어. 이렇게 넓은 우주에서 뭐가 없어서 싸워야 하냐구."

"그런 얘기라면 할 필요 없다."

"그게 무슨 말이야. 평화롭게 사는 방법을 찾자는데 필요 없어?"

정남이 화를 냈다.

"미안하지만 그런 얘기 해봐야 아무 도움도 안 돼."

"천만에. 나는 양쪽이 원하는 것이 무엇인지 알아보고 평화의 다리를 놓고 싶다는 거야."

"소용없다니까, 힘으로 이기는 길밖에 방법이 없다."

"그건 야만인들이 하는 말이야."

"나도 생각해봤다. 하지만 우리가 서로 다른 로봇을 중심으로 살고 있으니까 어쩔 수 없다."

"서로 로봇을 비슷하게 만들어 쓰면 되잖아."

"그게 잘 안 된다."

"정말 딱하군. 노력하면 될 텐데. 양쪽이 노력도 해보지 않고 있잖아."

정남은 그 이상 할 말이 없었다. 우울한 기분이 되어 쇼비츠 방을 나왔다.

"잘됐어?"

RA-3이 묻는다. 정남은 대답 대신 고개를 저었다.

"이제 어떡하지?"

"방으로 갈밖에."

정남은 RA-3과 같이 기운 없이 방으로 돌아오고 있었다. 이때 서둘러 달려가는 우주 비행사 세 명과 마주쳤다.

"왜들 저렇게 달려가지?"

"그들은 우주선 조종사다."

"아, 또 특공대가 출발하나 보군. 우리가 저들을 따라가면 시그마 성에 갈 수 있겠는데."

정남은 급히 앞서 가는 우주선 조종사를 쫓아갔다. 이것을 본 경비 로봇이 당황하여 쫓아온다.

"저— 우주 조종사님!"

정남은 경비 로봇에겐 아랑곳하지 않고, 우주 조종사를 따라잡았다. 우주 조종사가 뒤돌아본다.

"뭐냐, 지구 소년?"

"저 부탁이 있는데요."

"부탁?"

"네, 아주 중요한 부탁이에요."

"뭔데, 말해봐라. 우린 바쁘다."

세 조종사 가운데 한 명이 짜증스레 말한다.

"우리를 좀 같이 데려가 주십사고요."

"우리가 어디 가는데?"

또 한 명의 조종사는 하도 어이가 없다는 듯이 내뱉었다.

"알고 있어요. 시그마 성에 가시는 거죠?"

"그건 또 어떻게 알지?"

다른 조종사가 놀란다.

"우리는요, 그런 것쯤 쉽게 알아맞혀요. 그러니 우리를 데려가면 여러 가지로 도움이 될 거예요."

"그건 또 무슨 소리냐?"

"가령요, 여러분이 위험에 부딪혔을 때, 지구 소년이 타고 있다면 적이 함부로 쏘아 떨어뜨리지 않을 겁니다."

"음…… 그건 그럴듯하다만……."

"하다만 뭐예요. 우린 경우에 따라서는 여러분께 싸움 대신 평화를 선사할 수도 있을 거예요."

"이봐, 헛소리 그만해, 우리 바쁘다니까."

"그러니까 저희를 데려다줘요, 네?"

정남이 조르자, 세 우주 조종사는 서로 얼굴을 마주 보더니 같이 웃는다.

"어차피 참모부에 들러야 할 테니, 거기 데려가서 의논합시다."

조종사 한 명이 말했다.

엄청난 모험

여기는 시그마 성의 반쯤 묻힌 도시 건물 안이다.

방 안에는 얼핏 보면 아무것도 없다. 그러나 필요한 것은 다 있다. 침대도 식탁도 4차원 전화기도 4차원 방송 시설이나 오락 시설도 있고, 독서나 영화를 보는 시설까지 되어 있다. 이런 것이 모두 벽 속에 숨겨 있고 필요할 땐 단추를 눌러 꺼내 쓴다.

박용 소령과 주일만 중위와 강순옥은 제멋대로들 시간을 보내고 있었다. 박 소령은 열심히 비행접시를 연구하고 있었다. 주일만 중위는 시그마 성의 로봇 장기를 즐겼다. 강순옥은 텔레비전을 켜고 뉴스를 시청하였다.

세 지구인은 시그마 성에 온 뒤 줄곧 자유로웠다. 방 안에서는 물론 밖에 나다닐 수도 있었다.

하루의 일과라면, 로봇 연구소에 끌려가서 연구 대상이 되는 것 외에는 시간이 남아돌았다. 그러나 한 가지 확실한 것은 이런 가운데서도 지구인은 감시를 받고 있다는 것이다. 지구인의 생각, 움직이는 것, 모든 것이 어디선가, 누구에겐가 감시를 받고, 기록이 되고 있는 것만 같았다. 지구인은 그런 것에 신경 쓰지 않고 지냈다.

강순옥은 자나 깨나 파라오 성에서 같이 빠져나오지 못한 고정남을 생각하고 눈시울을 적셨다. 주일만 중위는 지구에서라면 멋진 로켓 조종 사로 뽐낼 판인데, 이게 무슨 꼴이람 하고 신세타령을 하였다. 그러나 박용 소령은 아직도 지구로 돌아갈 꿈을 버리지 못하고 있다. 그는 지구에 두고 온 가족을 생각하느니만큼 비행접시를 열심히 연구하였다.

이날도 이렇듯 틀에 박힌 생활을 하며 제멋대로 뒹굴고 있는데 텔레비전을 보던 강순옥이 소리쳤다.

"저것 봐. 파라오 성의 깔라 양이 여기 포로가 됐어."

"깔라 양이?"

장기를 두던 주일만 중위가 묻는다.

"그래요, 파라오 성 수상의 딸이오."

"그거 잘됐군."

"잘돼요?"

"그렇지 뭘. 이쪽 대통령의 아들 쇼비츠는 저쪽에 가서 잡히고, 저쪽 수상의 딸은 이쪽에 와서 잡히고……. 일은 재미있게 됐는데, 마치 장기 두는 것 같잖아."

주 중위는 여전히 장기를 두며 중얼거렸다. 그러나 비행접시를 연구 하며 무심코 두 사람의 이야기를 듣고 있던 박용 소령은 벌떡 일어나며 소리쳤다.

"때가 왔나 보군."

"때가 오다뇨?"

주 중위가 물었다.

"우리가 달아날 기회가 왔다구."

"달아나요? 이 시그마 성에서요?"

"물론이지. 우리가 놈들의 비행접시만 손에 넣으면 난 지구까지 몰고 갈 자신이 있다구."

"박 소령님, 공상은 이제 그만하시고 편히 쉬세요."

"이것 보게, 여기서 이렇게 살아갈 바엔 차라리 끝장을 내야겠어."

"무슨 뜻이죠?"

"지구인으로서 지구인답게 살든지."

"아니면요?"

"죽든지……."

"그게 어디 우리 맘대로 돼야죠."

"그러니까 기회를 잡자는 거지. 놈들은 깔라를 잡았다고 축제를 벌일지 몰라. 그런 혼란을 틈타서 빠져나가자구."

"좋습니다. 그런 기회가 오면요. 하지만 십중팔구 우린 놈들의 광선총에 쓰러지고 말 겁니다."

주 중위가 비관적이다.

"이것 보게. 포로가 달아나다 총에 맞아 죽는 건, 지구인으로서 떳떳하다구."

"찬성이에요. 게다가 놈들은 우릴 쏘아 죽이진 않을 거예요. 우리를 자기들 로봇의 연구 대상으로 삼고 있는 이상, 죽이진 않을 거예요."

순옥이가 박 소령을 편들었다.

"오, 용감한 지구 소녀여!"

주일만 중위가 순옥을 비꼬았다. 이때였다. 비상 경보음이 요란하게 울려 퍼졌다.

"이게 무슨 소리야?"

지구인들이 놀랄 겨를도 없이 시그마 성인들이 밖으로 몰려나가는 소리가 들렸다.

"텔레비전을 돌려봐라!"

박용 소령이 순옥에게 말했다. 순옥은 단추 몇 개를 눌렀다. 그러자 흥분한 시그마 성의 대통령 얼굴이 비쳤다.

"시그마 성인 여러분! 또다시 우리 신성한 영토에 파라오 성의 특공대가 몰려왔소. 적은 우리와 포로 교환 협상을 약속한 바로 직후에, 그 약속을 버리고 우리의 중요한 시설들을 마구 폭격하고 있소. 자, 보시오!"

대통령의 말이 끝나기가 바쁘게 파라오 성의 우주 요격기들이 떨어뜨린 열 추적 미사일 같은 것이 우주선 공장이나 우주공항 같은 곳에 떨어지는 모습이 화면에 비쳤다. 이것을 본 시그마 성인은 흥분하여 소리질렀다.

"놈들 수상의 딸 깔라를 처형합시다!"

누군까 외치자

"옳소, 처형합시다!"

어떤 이가 호응한다.

"이것 봐요, 너무들 흥분하지 마오. 이런 때일수록 침착해야 하오. 깔라를 처형하면 저쪽에 잡혀간 우리 쇼비츠 도련님은 어떻게 되오."

어떤 늙은 목소리가 반박하였다.

"옳소, 우선 놈들의 공격을 격퇴시켜야 하오. 모두 방어 진지로 달려가시오."

"우리에겐 신무기가 있소. 놈들에게 맛을 보여줍시다!"

저마다 한두 마디씩 외치며 시그마 성의 젊은이들이 이상한 전투복에 몸을 감싸고 달려 나갔다.

지구인들에게 그 전투복이 이상하게 비쳤다. 헬멧에 우주복——그것도 손발까지 완전히 가려진 복장이다.

"저런 옷은 왜 입죠?"

순옥이가 물었다.

"적이 이상한 무기로 공격하나 보군그래. 말하자면 원자 무기 같은 것을 쓰는 것이 아닐까?"

박 소령도 이상하다는 듯이 고개를 갸웃거렸다. 그 수수께끼는 텔레비전 화면에 비친 폭격 장면을 보고 쉬 풀렸다. 지상으로 솟은 돌 같은 지붕들이며 철탑 같은 것이 녹아버리거나 엿가락처럼 휘었다.

"큰일 났군, 마지막이야. 이런 식으로 싸워서는 안 되는데, 모두 제정신이 아니야."

박용 소령이 걱정하자, 이번엔 또 더 비참한 장면이 화면에 나타났다. 우주공항이 폭격되는 장면과 로봇으로 키울 아기 벌레들이 이상한 광선 때문에 죽어가는 장면이었다. 이런 장면은 곧 이쪽의 폭격 장면으로 바뀌었다.

우주에서 떨어지던 포탄이 대기권으로 떨어지다가 느닷없이 터져버리는 것이다.

그러면 섬광이 번쩍번쩍 빛나고 뒤이어 폭음이 잇따라 마치 번개와 천둥이 이은 것 같다.

"레이저 광선 같은 것으로 폭탄들을 깨부수고 있군요."

주일만 중위가 말한다.

"멋진 장면들이야. 하지만 위험한데, 방사능이 퍼지면 어떡하지? 우리도 가서 전투복을 입어야겠군."

박용 소령이 말하며, 앞장서서 방을 나섰다.

주 중위와 순옥도 뒤따랐다.

그들은 시그마 성인들이 지키고 있는 전투복 창고로 가서 우주복 같은 전투복을 얻어 입었다.

"자, 이제 어디로 가지?"

박용 소령이 일부러 두 사람에게 물었다.

"어디로 가다뇨?"

순옥은 방사능을 막으려고 전투복을 갈아입는 줄 알았으니 소령의 속마음을 알 리 만무하다.

"내 생각 같아서는 내친 길이니 가보자구!"

박 소령은 낮지만 힘이 담긴 목소리로 말했다.

"어디로요?"

주 중위도 미처 박 소령의 속마음을 못 알았나 보다.

"바깥으로 우선 나가서—."

"바깥은 위험합니다."

"위험하지 않은 곳은 없어요. 우리가 피해 가야지."

박 소령은 앞장섰다. 두 사람은 하는 수 없다는 듯이 따라나섰다.

정말 바깥 세계는 수라장을 이루고 있었다. 텔레비전에 비친 것 이상으로 건물들이 녹아 푹석 주저앉고 비틀어졌다. 아주 높은 열을 내는 무기를 썼거나 분자 자체를 파괴하는 원자 무기인 것 같다. 그런데 이런 공격이 별안간 멎었다.

이쪽 여기저기서 둥근 꽃송이 같은 광선 반사대에서 필요한 방향으로 빛을 내뿜으면 떨어지던 포탄이 허공에서 폭발하는 것이었다.

"저쪽도 굉장하지만, 이쪽의 방어용 무기도 굉장하군그래. 자, 가세!"

박 소령이 달려가, 로봇이 몰고 가던 스쿠터 한 대를 뺏어 탔다.

"어디로 가시려고요?"

"우주공항으로 가자!"

"공항에요?"

510

"그래요. 이런 기회가 다시 올 것 같소?"

박용 소령은 신나게 스쿠터를 몰았다.

박 소령은 공항으로 가자, 다짜고짜로 제일 가까운 곳에 멎은 비행접시 앞에 스쿠터를 멈췄다. 말리는 이나 경비하는 로봇조차 눈에 뜨이지 않는다.

"허, 이렇게 경비가 허술할 줄은 미처 몰랐는걸. 자, 어서 타세!"

박 소령이 재촉했다.

"문을 찾아야죠."

순옥이가 말한다.

"문은 바로 밑에 있잖아. 타보고서도 몰라."

박 소령이 앞장서서 비행접시 밑으로 가더니 문 밑의 단추를 눌렀다. 둥근 문이 빙그르 돌려 뻐끔히 열렸다. 사다리가 저절로 내려왔다.

"너부터 타거라!"

주 중위가 순옥을 부축해준다. 다음엔 박 소령이 타고 주 중위가 맨 끝에 탔다. 박 소령은 문 안에 붙은 단추를 눌렀다. 사다리가 올라오고 문은 제자리로 닫혔다.

"일이 이렇게 수월하게 풀릴 줄은 정말 몰랐는걸. 이젠 우리끼리 지구에 갈 수 있을 거다."

박 소령은 신이 나서 외쳤다. 바로 그때였다. 시그마 성인의 묘한 웃음소리가 세 지구인의 귓전을 때렸다.

"웨, 훼……."

"이게 무슨 소리야? 이 웃음소리 어디서 들려오지?"

박 소령은 너무 놀라고 못마땅한 듯 벌렁 주저앉았다.

"시그마 성인 놈아, 어디 있냐. 나오너라!"

박 소령이 소리쳤다.

"왜 그러우, 박 소령."

시그마 성인의 묘한 목소리가 다시 비웃듯이 들려온다.

"정체를 내밀어? 어느 방에 있어?"

"나는 비행접시 밖에 있소."

"밖에서 우리를 지켜보고 있다고?"

"그렇소. 당신들은 제 발로 감방에 들어가 제 손으로 문을 잠갔소."

"여기가 감방이라고?"

"그래요. 이런 일이 있을 줄 알고 우린 가짜 비행접시를 가까운 것에 운반해다 놓은 것이오."

"쳇!"

"아뿔싸!"

"그것 봐요!"

지구인 세 사람은 하나같이 어이가 없어 넋두리를 하였다.

"도대체 우리를 어쩔 셈이오."

박용 소령이 먼저 물었다.

"어쩌긴요, 잘 모셔야죠. 우리 귀중한 손님인데요."

"손님 좋아하네. 포로라고 그래."

주 중위가 별안간 화난 듯이 외쳤다.

"포로가 아니오. 지구인은 우리 귀한 손님이오."

"좋아, 그럼 우리를 당신들 대통령에게 데려다줘요. 담판을 짓겠소."

박 소령이 소리쳤다. 박 소령은 이때처럼 자신이 무능함을 부끄럽게 생각한 일이 없었다.

'지구인의 머리가 이놈들보다 정말 못하단 말인가?'

그런 생각을 하자 참을 수 없이 부끄럽고 답답했다. 그래서 마구 방 안을 날뛰며 이것저것 가리지 않고 내던지고 차고 떠받기 시작했다.

"이놈들아, 우리를 내놓아라!"

박용 소령은 성난 울안의 맹수처럼 방 안을 오가며 소리쳤다. 이따금 쿵 하고 폭음이 들려오는 것 같고, 그런 소리는 아주 가까워지는 것 같기도 했다.

"누구 없소? 내 말이 안 들려?"

박 소령은 또 마이크를 켜고 소리쳐 보고, 끄고 소리쳐 본다. 그래도 밖이나 안에서는 아무런 소식이 없다. 박 소령은 문 쪽으로 가서 손잡이를 찾아보고 발로 차보고, 단추들을 모두 눌러보았다. 아무것도 움직이지 않았다. 방 안은 그저 뿌연 빛에 싸여 있고, 4차원의 방송조차 작동이 안 되고 있으니, 세 지구인은 미칠 것만 같았다.

"제가 뭐랬어요. 소용없을 거라고 그랬잖아요."

주일만 중위가 뇌까렸다.

"무슨 소릴 하고 있어. 그렇다고 지구로 돌아갈 꿈을 버리겠단 말인가?"

박 소령이 대들듯이 소리 지른다.

"그만해요. 놈들이 오기 전에 나갈 수 없을 거예요."

강순옥은 아예 체념을 하고 있다. 이때 또 밖에서는 무엇이 터지는 것 같은 소리가 들려왔다. 비행접시 자체가 아까보다도 크게 흔들렸다.

지구인 세 명이 비행접시에 감금되어 있는 동안 파라오 성의 공격은 대단했다. 우주선들이 대기권 밑으로 내려와 목표물들을 차례로 명중시키고 있었다. 어떤 시설은 폭파되고 어떤 시설은 녹아버리고, 어떤 것은 잿더미를 이루었다. 로봇용 아기 벌레 배양 시설은 건물을 고스란히 놓아둔 채 아기 벌레들만 죽였다. 아마도 중성자탄* 같은 것을 썼거나 예의

---

* 핵분열이나 핵융합 때에 원자핵에서 나오는 중성자와 감마선을 이용한 원자 폭탄. 폭발력·폭풍·낙진은 약하나 방사선의 방출이 강하여, 시설물에는 피해를 주지 않으면서 많은 사람을 죽일 수 있다.

그 이상한 전파를 발사했는가 보다.

시그마 성도 이에 대항하여 잘들 싸우고 있었다. 꽃송이처럼 둥근 신형 무기가 여기저기서 빛줄기를 불꽃처럼 내뿜어 우주선들을 격추시켰다.

또 어디서 어떤 무기를 쓰고 있는지, 내려오던 포탄이 땅에 닿기 전에 터졌고, 미사일 종류는 방향을 바꾸어 돌며 다시 올라가다 터졌다. 이런 가운데 방송이 들려왔다.

"전투 부대만 지상에 남고 모두 지하에 대피하라!"

이런 방송이 비상 신호와 함께 잇따라 방송되었다.

시그마 성인들은 모두 땅속으로 내려갔다. 지상에 있다가는 방사능에 쬐거나 원자 무기의 피해를 입을 것을 염려해서였다. 반면 전투 부대들은 원자전에 대비하여 우주복 같은 복장으로 바뀌었다.

그러나 문제는 또 생겼다. 시그마 성의 로봇들이 돌기 시작한 것이었다. 파라오 성과는 달리 반생물체인 로봇들의 거동이 이상해진 것이다. 공장에서 기계적으로 같은 일을 하던 로봇들이 엉뚱한 짓을 하여 제품을 망쳐놓았고, 차를 몰고 가던 로봇이 다른 길로 몰아 서로 부딪쳤다. 어떤 놈은 주인이 오라는데 오지 않고, 올 필요가 없는 딴 놈은 로봇으로서 있을 수 없는 일인데도 자기 주인에게 대들었다.

"미친 로봇을 모두 처치하라!"

시그마 성의 야전 사령부에서는 하는 수 없이 이런 명령을 내렸다. 이런 명령에 따라 많은 로봇들이 처치됐으나 미친 로봇은 계속 늘어났다.

"안 되겠다. 로봇들을 모두 지하로 내려보내라!"

참다못한 야전 사령부는 비상 명령을 내렸다.

이쯤 되자 시그마 성의 기능은 완전히 마비되고 말았다. 모든 일을 대부분 로봇에게 시키고 있던 시그마 성인들은 자기들 혼자서는 무엇을 해야 할지 몰랐고, 알아도 할 수 없었다.

"적보다 우리 로봇들이 우릴 망치겠다."

시그마 성인들은 그것을 걱정했다.

파라오 성 수상의 딸 깔라 양은 감금된 방에서 텔레비전을 보다가 깔깔거리고 웃었다.

"이제 시그마 성도 끝장났군. 자기들이 만든 로봇에게 자기들이 당하고 있으니 말야."

"잘됐지 뭐예요. 전쟁은 곧 끝나겠소."

같이 포로가 된 파라오 성의 우주 조종사도 기뻐하였다.

이때 시그마 성인이 나타나 소리쳤다.

"여기 나간다!"

"왜요?"

파라오 성의 조종사가 묻자

"나간다!"

한마디를 하고 시그마 성인은 그대로 두 파라오 성인 뒤에 광선 무기를 대고 방을 나서게 하였다.

이런 일은 감금되었던 세 지구인도 겪어야 했다. 세 지구인은 아무것도 할 일이 없는 가짜 우주선실에서 지나간 일들을 정리하고 있었다.

"내 생각에는 파라오 성이 더 나쁜 것 같아요."

"그건 왜지?"

강순옥의 말에 주일만 중위가 물었다.

"생각해봐요. 지구까지 가서 우리를 납치해 온 건 시그마 성인 아네요."

"그야 그렇지."

"그런데 파라오 성이 원정 우주선을 자기들 별로 강제 착륙시켰잖아요. 우리를 뺏으려고."

"암—."

"그러니까 파라오 성이 나쁜 거죠."

"일단은 그렇게 볼 수 있겠지."

"왜 일단은이에요?"

"우린 그들 사이에 어떤 일이 있었는지 그 이전 일을 모르잖아."

"그야 그렇지만, 내 생각엔 파라오 성이 더 나쁜 것 같은데 왜 하느님
은 시그마 성을 가혹하게 벌하고 있는지 모르겠어요."

두 지구인이 이런 말을 하고 있을 때 또 쿵 하고 무엇이 터지는 소리
가 들리더니 비행접시가 크게 흔들렸다.

"이것 봐요. 시그마 성은 무서운 공격을 받고 있어요."

강순옥이가 원망스러운 말투로 뇌까렸다. 이때 방이 밝아졌다. 4차원
의 방송이 켜지고 거기 시그마 성인 한 명이 나타났다.

"지구인 나간다."

그는 이런 한마디를 남기고 자취를 감췄다. 그런 지 몇 분도 못 되어
비행접시의 문이 열리고 진짜 시그마 성인의 모습이 나타났다. 우주 전
투복 차림이다.

"여러분, 나간다!"

그는 지구인을 둘러보며 초조한 얼굴로 말했다.

"어디로 가오?"

순옥이가 물었다.

"여기 위험하다. 빨리 나가라, 빨리!"

그는 지구인들에게 비닐 같은 보자기 옷을 나누어 주었다.

"이건 또 뭐야?"

"이거 쓰고 나간다."

"어디로요?"

"지하로 가라!"

이런 말과 함께 그는 바쁜 걸음으로 나가버렸다.

"이상하군요. 우리를 왜 풀어주죠?"

주일만 중위가 고개를 갸웃거렸다.

"지상에 방사능이 퍼지고 있나 보다. 어서 나가자!"

박용 소령이 앞에 섰다. 두 지구인도 그의 뒤를 따라 가짜 비행접시를 나왔다.

밖으로 나와보니, 지상은 형편없이 파괴된 것을 알 수 있었다. 온통 잿더미가 된 것 같았다.

"이래서 우릴 풀어줬나 보군. 어서 땅속으로 들어가자."

박용 소령은 가까운 지하 입구를 찾아 달리기 시작했다. 주일만 중위와 강순옥도 그의 뒤를 따라 달려갔다.

마지막 승선자

파라오 성에서는 고정남이 RA-3과 같이 우주 조종사 세 명을 따라 참모본부로 가고 있었다. 그런데 어디선지 번쩍하더니 쿵 하는 폭탄 터지는 소리가 들려왔다.

"이게 뭐야? 우리가 먼저 기습을 하기 시작했는데?"

세 명의 파라오 성 우주 조종사들이 놀라서 소리쳤다.

"우리 우주선이 그쪽을 향해 달리는 것이 저쪽 감시망에 잡혔을 거야."

다른 조종사가 말할 때, 또 번쩍하며 빛줄기가 퍼졌다.

"왜들 이런 식으로 싸워요? 싸워서 어쩌자는 거예요? 양쪽 별이 모두 망할 셈예요?"

고정남이 못마땅해서 항의했다.

"……"

조종사들은 대답을 하지 않았다.

"무슨 수를 세워야죠. 싸우지 않고 살 수 있는 방법요."

"……"

그래도 조종사들은 대답을 하지 않았다. 답답해진 정남은 RA-3에게 말을 걸었다.

"넌 어떻게 생각하니? 이대로 양쪽 별이 싸우다 망해도 괜찮아?"

"……"

RA-3 역시 대답이 없다.

"이것 봐, 내 말 못 알아들었어?"

RA-3이 그렇다고 고개를 끄덕였다.

"쳇, 너는 로봇이었지. 거기까진 생각할 힘이 없을 거야."

고정남은 혼자서 입맛을 다셨다. 그러나 아직 미련이 남은 듯이 중얼거렸다.

"하지만 넌 네가 사는 별이 망하는 걸 좋아하진 않겠지?"

"나 상관없다."

RA-3이 말했다.

"상관없다구? 네가 사는 별인데도."

"상관없다. 내 주인 시그마 성인뿐."

"별이 파괴되면 주인도 죽잖아."

"나 상관없다. 주인 죽으면 나 필요 없다."

RA-3은 담담히 말한다.

"쳇, 로봇하고는 말이 안 통하는군."

정남이 투덜거릴 때 다시 번쩍하고 빛줄기가 퍼지고 뒤이어 폭음이 더 가까이 들려왔다.

세 조종사는 참모부 건물 안으로 급히 달려 들어갔다. 정남과 RA-3도 뒤쫓았다.

참모부는 벌써 흥분하고 있었다. 자기들이 기습을 하여 틀림없이 성공할 줄 알았던 것이 이쪽에서 저쪽을 공격할 무렵, 저쪽도 이쪽을 공격하니 분통이 터진 상태였다.

세 조종사는 출전 신고를 하자 참모총장은 고개만 끄덕였다. 자신은 곁에 있던 국방장관과 다른 이야기를 하는 중이었다.

"실은 저어, 이 지구 소년도 같이 가겠다고 조르는데 어떡하죠?"

조종사 중의 한 명이 물었다.

참모총장은 그래도 고개만 끄덕였다. 좀 이상하게 생각한 다른 조종사가 이번엔 국방장관에게 확인하려고 따졌다.

"장관님, 이것은 지구인 문제니만큼 확실한 이야기를 듣지 않고는 태워줄 수 없습니다. 어떡하죠? 지구 소년을 태워도 좋습니까?"

그때 비상 전화가 걸려왔다. 세 조종사는 어찌할 바를 몰라 엉거주춤 서 있었다. 그러자 비상 전화를 받으려던 국방장관이 화난 소리를 질렀다.

"어서 떠나지 못하오! 이쪽이 공격을 받고 있는 것을 모르오?"

"이 지구 소년은요?"

조종사 한 명이 또다시 물었다.

"어서 떠나요! 어서!"

"이 지구 소년은요?"

다른 조종사가 또 묻자, 더욱 화를 내며 소리쳤다.

"어서 데려가요! 어서!"

세 조종사는 차렷 자세를 하고 그들 나름의 경례를 한 뒤 방을 나섰다.

"난 거절할 줄 알았는데 데려가라는군."

"누가 아니래. 나도 거절당하는 줄 알았는데."

"그런데 분명히 데려가라고 했잖아?"

"틀림없이 그랬어."

세 우주 조종사는 서로 얼굴을 마주 보며 자기들이 잘못 듣지 않은 것을 확인하였다.

세 조종사는 정남과 RA-3을 데리고 우주공항으로 차를 몰았다. 그동안에도 시그마 성에서 날아온 우주선들은 파라오 성을 맹렬하게 공격하고 있었다.

그것도 중요한 시설들만 골라 때려 부쉈다. 파라오 성에서 시그마 성을 공격하는 것 못잖게 갖가지 과학 폭탄들을 떨어뜨려 파라오 성은 이제 몽땅 쑥밭이 되는 것 같았다.

파라오 성과 시그마 성의 싸움은 절정에 달했다. 처음에는 우주선끼리 대결하였으나 나중에는 서로 간직한 원자 무기며 비밀 무기까지 동원하여 마구 파괴를 일삼았다. 그 위에 위성들까지 합세하여 그야말로 우주 전쟁으로 확대되고 만 것이었다.

이런 격전 속에서 또 한 가지 좋지 않은 소식이 들려왔다. 고정남과 RA-3이 파라오 성을 떠났다는 것이다.

"어떻게 그럴 수가?"

꼬뻬 수상은 매우 화를 냈다.

"죄송합니다. 수상 각하."

말라쁘 국방장관이 머리를 조아렸다.

"어떻게 된 일인지 자세히 설명해보오."

"실은 저어."

국방장관은 특공대가 떠날 때 같이 떠나게 된 경위를 털어놓았다.

"바보들 같으니, 그럼 우린 뭐요. 우리에겐 지구인이 한 명도 안 남은 거 아니오?"

꼬삐 수상이 분격하였다. 이때 참모총장에게서 또 안 좋은 소식이 전해졌다. 시그마 성 쪽에서 이상한 과학 무기를 쓰고 있다는 것이다.

"이상한 무기라니?"

꼬삐 수상이 성급히 물었다.

"우리 로봇들의 동력 장치를 파괴시키는 이상한 전파를 내는 폭탄이 떨어지고 있습니다."

"그게 무슨 말이오?"

수상이 말뜻을 알아듣지 못하고 다시 물었다.

"우리 로봇들이 모두 쓸모없게 되고 있습니다."

"뭐라구? 그럼 싸울 수 없잖소."

"놈들은 우리가 자기네들 로봇 공장에 떨어뜨린 양자탄과 비슷한 것을 개발했나 봅니다."

그것은 약과였다. 얼마 있자 이번엔 시그마 성이 원자 무기를 쓰기 시작했다는 소식이 전해졌다. 이런 소식은 4차원의 방송을 보고 확인이 되었다. 원자 무기가 떨어진 일대는 황무지가 되거나 모든 생물이 죽어버렸다. 그것 역시 파라오 성에서 먼저 쓴 데 대한 보복이었다. 수상 꼬삐는 굳어진 염소 얼굴로 침통한 눈을 국방장관에게 돌렸다.

"내 딸 깔라가 걱정되는군."

"……."

국방장관 말라쁘는 대답을 못 한다.

"하는 수 없지, 갑시다."

"네?"

"삐르마 내무장관과 참모총장에게 연락하오. 우리 지휘 본부를 지하로 옮긴다고. 그리고 참, 쇼비츠를 데려오시오."

"어디로요?"

"지하로. 마지막 방법이오."

꼬뻬 수상은 비통에 젖은 얼굴로 그의 중요한 서류들을 챙기기 시작했다. 이리하여 파라오 성의 지휘 사령부는 지하 300미터로 옮겨졌다.

이곳은 매우 색다른 방이었다. 그리 넓지 않은 방에는 단추판이 놓여 있고, 그것을 괴상한 동물이 지키고 있었다. 이 괴수는 방문이 열리고 누가 들어서자 눈에서 빛을 내뿜기 시작했다. 눈이 부셔서 아무것도 보이지 않는다.

"이 녀석아, 나다 나야. 어서 빛을 껏!"

수상 꼬뻬가 말해도 소용없다. 그제서야 수상은 생각난 듯이 이상한 암호문을 외었다. 그러자 괴수는 눈에서 빛이 꺼졌다.

"휴— 하마터면 장님이 될 뻔했다."

수상 꼬뻬가 중얼거리며 괴수에게 다가갔다. 그 괴수의 얼굴은 얼핏 보아 하마를 닮은 것 같았다. 몸집은 오히려 작았다. 작다기보다 네 발을 바닥에 붙인 채 움직이지 않는다. 산 짐승이 아닌 것 같았다. 그 괴물은 수상이 다가서자 이번엔 입에서 불을 내뿜고, 코에서는 고약한 냄새를 내었다. 수상과 뒤따라온 일행은 모두 재채기를 하고 눈물을 흘렸다.

"이 녀석아, 그만하라니까!"

수상 꼬뻬는 눈물을 지으며 자기 수첩을 꺼내서 다시 암호문을 외었다. 그제서야 괴수는 불과 냄새를 거두었다.

"이제야 됐나 보군."

수상 꼬뻬는 단추판으로 다가갔다.

"수상 각하, 어쩌시려고요?"

국방장관 말라쁘가 걱정이 되어 묻는다.

"나는 마지막 단추를 누르겠소."

"그건 안 됩니다, 각하."

국방장관이 말렸다.

"하는 수 없잖은가. 봐요, 우리 별이 어떻게 되었소."

수상은 스위치를 켜서 지상을 화면에 비추게 하였다. 그야말로 처참하기 이를 데 없다. 모든 것이 파괴되고 황무지처럼 되었다.

"깔라 양이 위험합니다."

내무장관 말라쁘가 걱정하였다.

"이 판국에 내 딸 하나가 문제요! 자, 다들 지켜보오. 이제 두 별은 끝장난 거요!"

수상 꼬뻬는 비참한 얼굴로 검은 단추 세 개를 향해 그의 손을 가져갔다.

"각하, 잠깐만."

국방장관 말라쁘가 수상 앞을 가로막았다.

"왜 그러오?"

"마지막 무기만은 두 별을 위해서 삼가야잖을까요?"

"벌써 늦었어요. 상대방도 지금쯤 마지막 단추를 눌렀을 거요."

"하지만……."

"하지만 뭐요. 우리 국민은 원자 무기로 쓸모없는 폐인이 됐어요. 로봇도 못쓰게 되고, 무엇을 바라겠소."

꼬뻬 수상은 말을 끝내자 검은 단추 세 개를 잇달아 눌렀다. 그러자 스크린 위에는 인공위성에서 미사일이 날아가는 모습이 잡혔다.

"으윽—."

말라쁘 국방장관과 삐르마 내무장관, 참모총장이 눈을 붉히고 울음을 삼킨다. 그 옆에 있던 쇼비츠는 또 나름대로 원망스런 눈길을 꼬뻬 수상에게 던지고 있다. 그런데 그들 앞에 놓인 단추판이 별안간 밑으로 가라앉고 그 오른쪽 벽에 문이 하나 나타났다.

"오 참, 내 정신 좀 봐. 여기 문이 또 하나 있었지."

수상은 자신이 수상직을 맡을 때 인계받은 일이 생각났다. 수상은 문을 열고 안으로 들어섰다.

순간 예의 그 괴수가 또 한 놈 도사리고 있다가 눈에서 불빛을 내뿜는다.

"이봐요. 우린 안으로 들어가야 해."

꼬뻬 수상은 외치며 재빨리 암호문을 외쳤다. 그러자 괴수의 눈에서는 빛이 사라졌다.

"자, 들어들 갑시다."

수상과 일행이 안으로 들어섰다. 그 안은 높은 제단 같은 것이 마련되고, 그 위에 둥근 모습의 광채 나는 공 같은 것이 놓여 있다.

그 공은 이상하리만큼 광채가 났다. 그 공에는 파라오 성의 옛 글씨가 새겨져 있다.

"맞아, 이 속에 우리 조상이 우리에게 남겨준 비밀이 숨어 있을 거야. 열어야 할 때는 바로 지금인 것 같다."

꼬뻬 수상은 자신이 수상직을 인계받을 때 받아둔 열쇠를 꺼내서 차례로 그 둥근 몸집 밑에 뚫린 열쇠 구멍에 맞춰보았다. 이렇게 몇 개를 맞춰본 뒤에야 그중 한 개가 정확한 구멍에 꽂혔다. 그와 함께 공 같던 둥근 것이 가운데로부터 양쪽으로 갈라졌다. 그 속에 아주 낡은 지도가 새겨진 또 하나의 둥근 공이 들어 있는데, 그것이 반만 남아 있다.

"이것은 무엇을 뜻할까?"

꼬뻬 수상이 물었다.

"글쎄요?"

모두들 고개를 갸웃거렸다.

"혹시 다른 쪼가리가 딴 곳에 있는 게 아닐까요?"

내무장관이 말했다.

"딴 곳, 어디요?"

국방장관이 말하며 사방을 둘러보았으나 넓지도 않은 방에 제단 외에는 아무것도 보이지 않았다.

"이상한데요?"

모두 어찌할 바를 몰라 서로 얼굴을 마주 볼 때 쇼비츠가 입을 열었다.

"저어— 그런 공을 우리 시그마 성에서 봤는데요."

"뭐라구?"

수상 꼬뻬가 놀라서 쇼비츠를 바라본다.

"제가 성년식을 할 때였어요. 아버지 대통령이 저를 이런 지하로 데려갔어요."

"그래서?"

"이런 방으로 데려와 이런 공을 보여주었어요."

"아니, 그럼 그 공 안에 든 공도 반쪽이란 말이냐?"

"그런 것 같았어요. 그 반쪽을 찾는 것이 제 임무라고 했어요."

"거기도 이런 지도가 그려져 있었냐?"

"그랬어요. 그것이 우주 지도라고 그랬어요. 그 우주 지도는 반쪽을 찾아야만 하나가 되고, 그래서 새로운 별을 찾을 수 있다고 그랬어요."

"아니 그럼?"

꼬뻬 수상은 너무나 놀라운 사실에 거의 쓰러질 뻔하였다. 쇼비츠의 이야기가 사실이라면 지금까지 서로 원수같이 미워하던 시그마 성 사람들은 자기들의 아주 가까운 친구란 말이 된다.

'그럴 리 없다. 얼굴도 빛깔도 다른 두 종족이 어떻게 한편일 수 있어?'

꼬뻬 수상은 고개를 크게 저으며 그런 생각을 떨쳐버리려고 했다. 그러나 그의 머리엔 자꾸만 다른 생각들이 꼬리를 물고 일어났다.

'이 공은 우리 별의 보물이라고 했다. 그리고 마지막 순간이 아니면 열지 말라고 했다. 왜 그랬을까? 같이 살 수 있었던 종족이 왜 갈려져서 싸우게 됐을까?'

수상 꼬뻬가 이런 일로 괴로워하고 있을 때, 말라쁘 국방장관이 물었다.

"이제 어떻게 하시죠?"

"오 참―."

꼬뻬 수상은 잠에서 깬 사람처럼 열쇠 지갑에서 쓰지 않은 열쇠를 골라 둥근 공의 다른 쪽 구멍에 꽂아보았다. 순간, 그 제단은 밑으로 가라앉고 왼쪽 벽에 문이 나타났다.

"들어가 봅시다. 참, 그것을 가져와야지."

꼬뻬 수상은 제단으로 돌아가 반 쪼가리인 공을 들고 돌아왔다. 일행이 문 안으로 들어서자 여기는 또 다른 장면이 그들을 기다리고 있었다. 그 방은 넓은 우주선 격납고였다. 지하 300미터가 넘는 곳에 작은 우주선 한 척이 대기하고 있지 않은가.

"이것은 무엇 때문이지? 우리에게 달아나라는 겁니까?"

내무장관 뻬르마가 물었다.

"우리가 아닐 거요."

"그럼요?"

"이 우주선은 아주 작아요. 그야말로 비상 탈출용이오."

꼬빼 수상은 우주선 가까이 가며 우주선에게 말을 걸었다.

"이 우주선은 몇 인용이지?"

"1인용입니다."

우주선에 불이 켜지며 대답이 들려왔다.

"그건 너무하군. 나머지 사람들은 어떡하라는 거지?"

"그것은 나도 모릅니다. 한 명만 타시오."

"누가 타?"

"그것도 모릅니다."

"타면 어디로 가지?"

"여긴 컴퓨터가 안내합니다."

"하긴 그렇지. 타기만 하면 돼. 자, 누가 타겠소?"

꼬빼 수상은 약간 돈 사람같이 물었다.

"무슨 말씀을. 수상 각하가 타셔야 합니다."

내무장관이 말했다.

"난 안 타오. 아니, 못 타오."

"그게 무슨 말씀입니까. 수상님 말고 누가 탈 수가 있겠습니까?"

말라쁘 국방장관이 말했다.

"난 자격이 없어요. 우선 우리 별과 백성을 멸망시킨 죄인이고 또 늙었어요. 여기는 젊고 미래를 건설할 수 있는 사람이 타야 해!"

"그럼 우리 모두가 자격이 없습니다. 수상님 외에는."

참모총장이 말했다.

"그럼, 남은 사람은 한 사람뿐이군, 쇼비츠!"

"네? 쇼비츠요?"

수상의 말에 세 파라오 성인은 자기 귀를 의심하는 듯 눈을 크게 뜨고 수상의 얼굴을 쳐다본다.

"그렇소. 쇼비츠만이 마지막 자격자요. 자, 쇼비츠, 어서 타게!"

꼬빼 수상은 쇼비츠에게 다가가자 그의 얼굴에 자기 뺨을 비비고 손을 잡으며 우주선으로 데려갔다. 당황한 쇼비츠가 뒷걸음치자 수상은 반강제로 그를 우주선에 태웠다.

그러자 기다렸다는 듯이 위에는 원통 같은 구멍이 뚫리고 우주선은 파란 빛줄기를 바닥에 깔며 위로 솟기 시작했다.

깔라 양 역시

고정남과 RA-3이 같이 탄 파라오 성의 우주선단이 시그마 성까지 날아온 것은 양쪽이 이렇듯 막판 싸움을 벌이고 있을 무렵이었다. 때문에 파라오 성의 우주선은 싣고 온 신형 무기로 무차별 공격을 퍼부었고, 시그마 성에서는 살인 광선을 발사하여 우주선을 차례로 떨어뜨렸다. 고정남이 탄 우주선 조종사도 용감하게 대기권을 뚫고 내려가 공격을 펴다가 살인 광선을 맞고 죽었다. 다른 부조종사가 대신 나섰다. 살인 광선이 계속 날아왔다.

"캡슐 안에 들어가요!"

RA-3은 정남의 몸 위에 캡슐을 감싸는 단추를 눌러주었다. 둥근 껍질이 나오며 정남의 몸을 감쌌다. 살인 광선은 계속 날아온다. 부조종사가 또 쓰러졌다. 우주선이 곤두박질하며 떨어진다. 정남은 급한 마음으로 불렀다.

"RA-3! RA-3!"

그러나 RA-3은 벌써 살인 광선을 맞았는지 맥을 못 추고 있다. 마침내 우주선이 땅에 닿는 순간 '펑' 소리와 함께 정남의 몸은 하늘로 솟아

올랐다. 캡슐이 떨어져 나왔다.

"RA-3! RA-3?"

정남이 캡슐에서 나와 근처를 헤매보았으나 RA-3은 형태조차 찾을 길이 없었다.

"불쌍한 녀석! 충직한 로봇!"

정남의 볼엔 하염없이 눈물이 흘러내리고 있었다. 이때 정남의 바로 곁에서 묘한 목소리가 들렸다.

"어서 가자!"

그는 시그마 성인이었다. 그는 정남을 스쿠터에 태웠다.

고정남이 끌려간 곳은 뜻밖에도 지구인들이 잡혀 있는 방이었다. 지하 200미터의 방이다.

"야, 정남아, 이게 어찌 된 일이냐?"

박용 소령은 너무나 뜻밖이어서 어리둥절한 표정이었다. 주일만 중위도 정남의 손을 힘 있게 잡아당겨 끌어안았다. 강순옥은 그저 눈물이 글썽하여 애써 반가운 표정을 감추려 했다. 너무나 반갑고 기뻤기 때문이다.

너무나 안 좋을 때 너무나 뜻밖의 장소에서 지구인 네 명은 다시 만날 수 있었다.

정남이 탔던 우주선이 격추될 때를 전후하여 시그마 성은 원자 무기의 공격을 받고 지상은 파라오 성과 마찬가지로 거의 다 파괴되었다.

대통령과 국방장관과 안보위원, 그리고 로봇 연구소장은 지하 기지로 내려와 마지막 대책을 의논하고 있었다.

"모든 것이 끝났소. 우리 국민도 로봇도 전멸이오. 설사 그들이 살아남았어도 제구실하긴 틀렸소."

대통령이 비통한 목소리로 울부짖었다.

"파라오 성인 놈들이 두 별을 멸망시킨 겁니다."

국방장관이 분통을 참을 수 없다는 듯이 담벽을 치며 통곡하였다.

"지금 와서 뉘우친들 무슨 소용이오. 그런데 깔라는 어디 가뒀지?"

대통령이 생각난 듯이 물었다.

"왜요? 이제 와서 아드님과 교환할 수도 없잖습니까? 차라리 죽이는 것이 본인을 위해서도 좋을 것입니다."

안보위원이 말했다.

"데려오시오."

"뭘 하려고요?"

"데려오시오. 지구인들도."

"지구인도요?"

안보위원은 더욱 놀란 얼굴로 물었다.

"그렇소, 곧 데려오시오."

"모두 쓸데가 없잖습니까, 이제는?"

"데려오시오!"

대통령이 조용하나 엄숙히 말했다.

안보위원은 대통령의 뜻을 헤아릴 수 없었으나 시키는 대로 깔라 양과 지구인 네 명을 데려왔다.

대통령은 그가 원하는 사람들이 모이자 일행을 100미터나 더 밑으로 데려갔다.

이곳은 이상하게도 파라오 성의 지하를 닮은 데가 많았다. 방도 그렇고, 하마를 닮은 그 거대한 괴수가 문을 지키는 것도 그렇다. 이 괴수는 파라오 성의 것과 매한가지로 방 안에 있는 단추판을 지키고 있었다. 이 괴수는 일행이 다가서자 눈에서 빛을 내뻗고, 코에서는 고얀 냄새를, 또 입에서는 불을 뿜었다.

"나다! 어서 잠들거라!"

대통령이 의젓하게 타일러 보나 소용이 없다. 대통령은 하는 수 없이 자기 수첩을 꺼내어 암호문을 외기 시작했다. 그러자 그 험상궂던 괴수는 눈을 밑으로 깔고 조용해졌다.

"후— 그놈의 빛이 굉장하군."

대통령은 눈을 비비며 괴수에게 다가갔다. 아무 일 없다. 대통령은 괴수 곁을 지나 단추판으로 가까이 갔다.

"각하, 어쩌려고요?"

국방장관이 놀란 듯이 단추판을 막아서며 외쳤다.

"비키시오!"

"그건 안 됩니다, 각하!"

국방장관이 애원하듯이 말했다.

"이것은 내 권한이오! 우리 별이 어떤 꼴이 됐는지 한번 보시오!"

대통령은 벽에 붙은 스크린을 손짓했다.

"하지만— 이것만은—."

"하는 수 없잖소. 서로 끝내는 거요. 영원히."

"영원히요?"

"그렇소, 영원히!"

"그럼 쇼비츠는 어떻게 되죠?"

"시그마 성인 모두 죽는데, 내 아들은 시그마 성인 아니오? 어서 비키시오!"

대통령은 반강제로 국방장관을 밀치고 단추판으로 가서 붉은 마지막 단추를 누르려는데, 이번엔 또 로봇 연구소장이 소리쳤다.

"저것 보세요. 마지막 무기가 날아오고 있어요!"

연구소장은 손으로 둥근 스크린을 손짓했다. 거기엔 흰점들이 그들의 별로 날아오는 모습이 비쳤다.

"어서 격파시키시오! 어섯!"

대통령은 외치며 자신도 마지막 단추 두 개를 잇달아 눌렀다. 그러자 또 다른 스크린에는 수많은 마지막 무기가 발사되는 모습이 비쳤다.

"끝났소! 모든 것은 끝났소!"

얼마 뒤 스크린을 지켜보던 대통령이 허탈에 빠진 목소리로 넋두리를 하였다. 파라오 성 위에는 몇 개의 태양보다 밝은 빛이 번뜩였다. 시그마 성 위에도.

두 별끼리 누르고 만 마지막 단추는 별 위의 생명체를 깡그리 죽여버리는 가공할 무기를 쏘는 단추였던 것이다.

"나쁜 놈들! 악마 같은 놈들! 내가 그렇게도 평화를 되찾도록 협상을 하랬는데."

고정남은 시그마 성 대통령에게 달려들어 그의 가슴을 치며 울부짖었다.

"왜 이러냐, 지구 소년?"

안보위원이 달려들어 정남의 두 팔을 붙잡았다.

"왜 이러냐고? 두 별이 멸망했는데도 왜 이래? 고작 네놈들이 만든 과학 무기들을 이런 데다 써먹기냐, 이 악마 놈들아……."

정남은 RA-3을 잃은 울분까지 한꺼번에 터뜨렸다.

"갑시다."

대통령이 앞장섰다.

"어디로요?"

"우리가 영원히 묻힐 곳이오."

안보위원의 물음에 대통령은 조용히 말하며 컨베이어 보도 위에 올라섰다. 이 회전 보도는 어디론지 흘러갔다. 마침내 대통령은 어떤 입구에서 내렸다. 지하 300미터라 쓴 것이 보였다. 모두들 따라 내렸다. 여기에도 괴수가 지키고 있었다. 대통령은 수첩을 꺼내어 암호를 외웠다. 괴수는 눈에서 빛을 끄고 입과 코에서도 불과 냄새를 멈췄다.

대통령은 방 안으로 들어갔다. 다른 일행도 따라 들어갔다. 방 안에 들어서자 그들은 묘한 방 안 분위기에 어리둥절하였다. 그들 앞에는 높은 제단 같은 것이 있고, 그 뒤에는 아롱진 빛을 발하는 공 같은 것이 놓여 있다. 그 공 위에는 또 글씨가 새겨져 있는데, 정남의 눈에는 그것이 시그마 성 것도 파라오 성 것도 아닌 것 같았다.

"이 속에 무엇이 들었습니까?"

정남이 물었다. 대통령은 대답 대신 그 공 가까이 가더니 혼잣말처럼 중얼거렸다.

"이제야 이 둥근 공을 열어볼 때 같소. 조상님들, 용서하시오."

대통령은 공 앞의 단추를 눌렀다. 공처럼 생긴 뚜껑이 양쪽으로 갈라지며 또 하나의 공이 나왔는데, 그것은 반 쪼가리였다. 그 반 쪼가리 밑엔 반쪽짜리 지도가 놓여 있었다.

"이것들은 무엇을 뜻합니까?"

고정남은 묻지 않을 수 없었다.

"이 비밀은 내 아들 쇼비츠만이 알고 있을 텐데."

대통령은 아들을 생각해서인지, 자신의 처지가 비참해서인지 두 볼에서 눈물이 흘러내렸다.

"우리 조상들은 원래 하나였나 보오. 그것이 둘로 갈라졌나 보오."

"나도 이런 반 쪼가리 공을 본 일이 있어요!"

이때 파라오 성의 깔라 양이 감격하며 소리쳤다.

"이와 같은 반 쪼가리 공을?"

대통령이 성급히 물었다.

"네, 꼭 이런 방이었어요! 이런 제단 위에 있었어요!"

"그곳이 어딘데?"

"이런 지하요, 지하 300미터였어요. 거기도 여기처럼 괴수가 지키고 있었어요."

"그게 사실이냐?"

대통령은 너무나 감격하여 깔라 양을 와락 자기 품에 끌어안았다. 그러고는 눈물을 펑펑 쏟으며 넋두리를 하였다.

"깔라, 잘 말해줬다. 왜 우리가 미리 이 사실을 몰랐을까. 조금만 미리 알았어도 이런 비극은 생기지 않았을 텐데 말이다. 우리 조상은 하나였어! 한 형제였어!"

"그게 무슨 말씀입니까?"

생물학자이기도 한 로봇 연구소장이 어리둥절한 얼굴로 물었다.

"비록 얼굴 생김은 달라도 우리는 같은 조상을 가졌던 거요. 자, 깔라. 나를 따라오너라."

대통령은 제단 위에서 지도를 들더니 깔라의 손을 잡고 그 옆방으로 들어갔다. 거기는 파라오 성에서처럼 작은 우주선 한 척이 놓여 있었다.

"어서 타거라, 이 지도를 가지고."

대통령이 깔라에게 지도를 주었다.

"제가요?"

깔라가 놀라서 뒷걸음친다.

"어서 타. 우린 늙었어. 너만이 이 마지막 우주선을 탈 자격이 있단 말이다. 새로운 우리 후손과 새 미래를 개척할 사람은 너뿐이다!"

대통령은 말하며 억지로 깔라를 우주선에 태웠다.

"하지만 저 혼잔 싫어요."

깔라가 발버둥 친다.

"아마도 너 혼자는 아닐 성싶다. 네 아버지 파라오 수상이 내 생각과 같다면 나처럼 내 아들 쇼비츠를 마지막 우주선에 태웠을 거다. 그러니 주저 말고 떠나거라! 제3의 별을 찾아가라구, 어서!"

대통령은 눈물로 얼룩진 얼굴에 억지웃음을 띠고 우주선의 발사 단추를 눌렀다. 그러자 꼬마 우주선은 비스듬히 위로 뚫린 구멍을 따라 솟아오르기 시작했다.

이것을 본 대통령은 더 쓴웃음을 머금고 손을 흔들며 다시 넋두리를 하는 것이다.

"때가 지나서 이렇게 깨닫게 될 줄이야, 아 ― 아 ―."

맺는말

얼마 뒤 시그마 성의 대통령은 곁에 있던 그의 참모들과 지구인을 지하 100미터 되는 방으로 데려갔다. 거기엔 비행접시 한 대가 발사대 위에 놓여 있었다. 안보위원이 입을 열었다.

"이것은 지구에 다녀온 비행접시가 아닙니까?"

"나는 이것을 기념품으로 보관하겠다고 말했지만, 실은 당장에라도 뜰 수 있소."

"우린 그럼 지구로 갈 수 있습니다! 잘 생각했습니다!"

국방장관이 기뻐하였다.

"하지만 우린 못 가오. 우린 여기 남아서 정리할 일이 많으니까."

"정리요?"

로봇 연구소장이 물었다.

"그렇소. 지금까지 있었던 일들을 기록해놓고, 언젠가 이 별을 찾는 우주인들에게 우리 잘못을 되풀이하지 못하게 해야겠소."

"그럼 저 우주선은요?"

안보위원이 힘없이 물었다.

"지구인이 타야지. 자, 어서 타시오!"

대통령이 지구인들에게 말했다.

"우리가요? 그것은 안 됩니다."

강순옥이가 말했다.

"어서 타시오, 조종은 자신 있겠지?"

"그야 물론이오. 주일만 중위, 어때?"

박용 소령이 주 중위를 향해 물었다.

"조종 자신은 있소만, 이건 당신들이 타야 하오. 우리가 양보하겠소."

주 중위가 말했다.

"어서 사양 말고 타오. 지구로 돌아가 우리가 저지른 것과 같은 잘못을 되풀이 말도록 일러주시오. 자, 용감한 지구 소년부터 타시오. 이름이?"

"고정남."

"그래요, 고정남부터 타오!"

시그마 성의 대통령은 또 한 번 억지웃음을 지었다. 지구인이 타자마자 출발 단추를 눌렀다. 그는 손을 흔들었다.

"안녕!"

"안녕!"

—『별들 최후의 날』, 금성출판사, 1990년(1984년).

〈수록 작품 출처〉

■ 중단편

「길 잃은 애톰」

수록 대본은 한국문인협회 아동문학분과위원회 편 『푸른 동산』(1964년도 아동문학 연간집, 배영사, 1964년 3월 10일)이다. 작품 끝에 "'새벗' 7월호"라고 출처가 나와 있으며,《새벗》1963년 7월호 발표작의 재수록이다.

「애톰과 꿀벌」

수록 대본은 손동인 외 『풀안경 외 23편』(한국아동문학대표작선집 12, 웅진출판주 식회사, 1991년 7월 10일, 개정 6판; 1988년 3월 31일, 초판)이다.
이 책의 '한낙원 편'에는 단편 「아프리칸 바이올렛」, 「길 잃은 애톰」이 함께 실려 있다.

「미애의 로봇 친구」

수록 대본은 김병태 외 『외눈나래새』(한국아동문학대표작선집 4, 사계이재철박사 회갑기념문집, 상서각, 1995년 12월 10일)이다. 이 책에는 한낙원의 「길 잃은 아톰」 이 함께 실려 있다.
이 책은 2002년 5월(2판 1쇄), 2006년 7월, 2009년 2월(3판 1쇄)에도 출간되었다.《엑스포 '93》1990년 7·8월호에 「미애의 로보트 친구」라는 제목으로 발표된 바 있다.

「사라진 행글라이더」

수록 대본은 한낙원 작품집인 『사라진 행글라이더』(세이브63SAVE 한국창작교육동 화 04, 삼익출판사, 1990년 6월 20일)이다. 이 책에는 단편 「우주 고양이 소동」, 「알 갱이의 기적」이 함께 실려 있다.
이 책에 실린 세 작품은 어린이문학으로서는 분량상 중편으로 볼 수도 있다. 책은 112면이며, 최인옥의 삽화가 실려 있다.

「어떤 기적」

수록 대본은 한낙원 작품집인 『길 잃은 애톰』(한국대표창작동화, 삼성당, 1980년 2월 25일)이다. 《새벗》 1986년 4월호 발표작이다. 이 책에는 단편 「길 잃은 애톰」과 「투명 인간」이 함께 실려 있다.

이 책은 90면이며, 김이중의 삽화가 실려 있다. 1968년에 출간된 기록이 있다.

■ 장편

『잃어버린 소년』

수록 대본은 《연합신문》 연재본(1959년 12월 20일~1960년 4월 7일)이다. 연재 때 매회 실린 신동헌申東憲(1927~) 화백의 삽화도 함께 수록했다.

일간지인 《연합신문》의 어린이면에 88회에 걸쳐 연재한 후 1963년 12월 20일 배영사에서 단행본으로 출간하였다. 단행본으로 내면서 일부 내용을 수정하였다.

이후 『특명, 지구 대폭발 구출 작전』으로 개제하여 1992년 '정원'에서, 『특명, 지구 대폭발 구출작전』으로 1994년 '문화교육개발'에서 재출간되었다. 1996년에는 『미래 소년 삼총사』로 개제하여 '정원'에서 재출간되었다.

『금성 탐험대』 (부분)

1962년 12월부터 1964년 9월까지 22회에 걸쳐 월간 《학원》지에 연재되었다.

수록 대본은 《학원》지에 연재된 소설을 위주로 간행한 '학원명작선집' 제1집 제3권 『금성 탐험대』(학원사, 1967년 7월 10일)이다.

이 책은 302면이며, 우경희의 삽화가 실려 있다.

1967년 학원사 판의 판권에는 이전 발행 기록이 없으나, 1969년 간행된 삼지사三志社 판 『금성 탐험대』의 판권에는 "1957년 12월 25일 초판 발행/1962년 4월 5일 6판 발행/1964년 2월 15일 8판 발행/1969년 7월 10일 10판 발행"으로 기록되어 있다.

1971년 소년세계사 판의 판권에는 "1957년 12월 25일 초판 발행/1971년 1월 20일 중판"으로만 기록되어 있다.

학원사, 삼지사, 소년세계사의 세 판본은 책의 장정이 다를 뿐 본문 편집과 삽화를 포함해 판면이 완전히 일치하는 등 차이가 없다.

1967년 이전 시기에 간행된 단행본 『금성 탐험대』에 관해서는 판권 기록에 나타난 것 외에 실물 자료를 확인하지 못했다.

『별들 최후의 날』

수록 대본은 '소년소녀 한국문학 현대문학 중·장편 20'『별들 최후의 날』(금성출판사, 1990년 4월 30일, 중판; 1986년 2월 28일, 초판)이다. 그런데 이 책 판권에 적힌 초판일보다 앞서서(1984년 10월 20일) 같은 책이 나왔음을 확인하였다.

이 책은 288면이며, 전호의 삽화가 실려 있다. 전 100권으로 간행된 '소년소녀 한국문학'에 속한 '현대문학 중·장편 36권' 중 한 권이다.

※ 여기에 밝힌 내용 외에도 수록작들은 선집에 실리거나 단행본으로 나오기에 앞서서 신문이나 잡지 등에 발표되었을 것으로 추정된다.

한국 과학소설의 개척자 한낙원

_김이구

1. 과학소설의 선구자 한낙원

한낙원韓樂源(1924~2007)은 과학소설가이다. 한국문학사에서 과학소설가로 칭할 만한 작가는 매우 희귀하고 대부분 1990년대 이후 등장하여 활동한 작가들에 국한된다. 과학소설Science Fiction은 근대 세계문학사에서 중요한 위상을 갖고 있다. 그럼에도 한국 근현대문학사에서 과학소설이 본격적으로 창작되기 시작한 것은 1950년대로 그 역사가 매우 짧다. 한낙원의 등장으로 비로소 과학소설가가 탄생했다고 할 수 있다.

과학소설이 처음 소개된 것은 1907년으로, 재일 유학생 잡지《태극학보》에 쥘 베른의 원작이「해저여행기담海底旅行奇譚」으로 번역 연재되었다. 창작 과학소설로는 똥을 원료로 대체 식량을 개발하여 생긴 소동을 다룬 김동인의「K 박사의 연구」(1929년)가 나오는 등 간간이 과학 실험과 과학적 사실을 소재로 활용한 작품들이 발표되었다. 아직 우리에겐 전문적인 과학소설 연구자나 비평가가 없는 형편이지만, 과학소설에 관심과 열정을 가진 몇몇 연구자들은 본격 과학소설 작품으로 보통 문윤성의 장편『완전사회』를 주목한다.『완전사회』는 1965년《주간한국》의 제1회 추리소설 공모에 당선된 작품으로 "우리나라 최초의 본격 과학소설에 해당한"*다고 평가받는다. 그런데 한낙원은 그보다 앞서 과학소설을 쓰고 발표했다. 1959~60년 '과학모험소설' 『화성에 사는 사람들』을 《새벗》지에, '과학모험소설' 『잃어버린 소년』을 《연합신문》에 연재하였고, 1962~64년에는 장편 과학소설 『금성 탐험대』를 《학원學園》지에 연재하였다. 이는 이른바 '본격 과학소설'로서 문윤성의 작품에 앞선다.

한낙원의 과학소설은 어린이 · 청소년 독자를 대상으로 한 작품이다. 이러한 성격 때문에 과학소설가로서 그의 위치는 자칫 소홀히 평가될 수 있다. 한낙원은 일찍이 1950년대부터 과학소설 및 과학방송극 창작에 매진하여 개성적인 작품을 발표하였고, 이후 1990년대까지 40년 이상 활동하면서 수십 편의 과학소설을 남긴 과학소설의 개척자이자 선구자이다. 그의 작품은 대중적인 인기를 끌어 『금성 탐험대』의 경우 10여 년간 10쇄 이상 발행한 기록이 있으며,** 어린이 과학소설도 여러 종이 꾸준히 재간행되어 읽혔다. 그러나 1990년대 복거일, 듀나 등의 작가가 출현해 활동하기까지 한국의 과학소설은 불모지에 가까웠으니, 1950~70년대에 과학 잡지나 어린이 청소년 잡지에 연재되던 과학소설도 점차 자취를 감추었고 단행본 출판은 더욱 부진하였다. 1980년대 말부터 컴퓨터 통신을 통해 다시 살아나기 시작한 과학소설은 1990년대 이후 애호가들을 중심으로 엷으나마 독자층이 형성되어 전문 작가가 등장할 수 있는 바탕이 되었다. 이러한 과학소설 창작의 역사를 돌아볼 때, 한국 근현대문학사에서 '과학소설가'의 이름에 걸맞은 창작 활동과 저술 활동을 전 생애에 걸쳐 지속적으로 수행한 과학소설 작가로는 아직 한낙원이 유일한 존재

---

* 이정옥 「페미니스트 유토피아로 떠난 모험 여행의 서사—문윤성의 『완전사회』론」, 대중문학연구회 편 『과학소설이란 무엇인가』, 국학자료원 2000년, 142면. 김재국도 『완전사회』에 대해 "이 작품은 한국 과학소설사에서 최초의 본격 과학소설로 평가받고 있다."라고 하였다. 김재국 「한국 과학소설의 현황」, 같은 책, 99면.

** 1969년 삼지사三志社 간행 『금성 탐험대』의 판권 기록에 따르면 "1957년 12월 25일 초판 발행 […] 1969년 7월 10일 10판 발행"으로 되어 있으며, 1971년에 소년세계사에서도 발간되었다.

라고 보아도 무리하지 않을 것이다.

한낙원은 과학소설 장르로 중단편과 장편에 걸쳐 두루 작품을 발표하였고, 독자 측면에서도 저학년 어린이 독자 대상의 어린이소설*에서부터 청소년 독자 대상의 청소년소설에 이르기까지 폭넓게 작품을 발표하였다. 특히 1950년대에서 1970년대에 이르는 기간은 근대화와 경제 개발의 시대였기에 과학에 대한 관심이 높았고, 발전된 미래의 삶을 꿈꾸는 데 과학소설이 펼치는 상상의 세계는 매력적이고 매혹적인 것이었다. 한낙원이 과학소설을 창작하면서 어린이 청소년 독자를 의식하여 전문적으로 어린이 청소년 과학소설가로 방향을 잡은 것은 이러한 시대적 분위기와 미래 세대인 어린이에 희망을 건 작가적 판단이 작용했기 때문으로 생각된다.

2. 한낙원의 생애와 작품 활동

한낙원은 1924년 평안남도 용강에서 태어났다.** 평양으로 와서 숭인상업학교를 다녔는데, 졸업 후 일본으로 건너갔다가 1945년부터 평양방송국에서 아나운서로 일하게 된다. 1946년에는 평양공업전문학교에 전임강사로 채용되어 1950년 한국전쟁 발발 무렵까지 근무한다.

---

* 어린이 독자 대상의 서사 작품에 대해 평단이나 잡지 등 매체에서는 '동화'라는 용어를 주로 사용하고 일부 연구자들은 '동화'와 '아동소설'을 구별하여 사용하고 있으나, 나는 오늘의 시점에서는 '어린이소설'이 독자와 장르 성격을 두루 고려한 적절한 용어라고 판단한다. 과학소설과 관련해서도 '어린이 과학소설' 등으로 쓰는 것이 적절해 보인다. 김이구 「창작 현실에 걸맞게 '어린이소설'이라고 쓰자」, 《창비어린이》 2010년 가을호 참조.
** 본 논문에서 서술하는 한낙원의 생애와 작품 활동은 필자가 앞서 발표한 「과학소설의 새로운 가능성」(『어린이문학을 보는 시각』, 창비, 2005년)의 한낙원 관련 부분과 「한낙원과 과학소설 '사라진 행글라이더'」(사이버아동문학관 www.iicl.or.kr, 2005년 2월 21일) 등에서 서술한 내용을 포함하면서 새로운 자료들을 검토해 보완 확대한 것이다.

한국전쟁이 발발하자 남쪽 군대는 부산까지 밀렸다가 9월에 서울을 수복하고 평양으로 진격한다. 평양방송국에서 일한 경험이 있는 한낙원은 전쟁으로 파괴된 평양방송국을 재건하는 일에 방송부장을 맡아 협력하다가 1·4 후퇴를 앞둔 1950년 12월에 남으로 내려온다. 방송 일과의 인연은 이후에도 이어져, 1952년부터 휴전이 된 1954년까지 유엔군 심리작전처 방송부장과 한국민사원조처 방송 고문관으로 근무한다. 방송국에서 일하며 현대 과학 기술을 접하고 유엔군 심리작전처 등에서 진보된 서구 문물을 가까이 느낀 경험은 아마도 한낙원이 조국의 과학 발전을 염원하며 과학소설에 관심을 갖게 하는 데 촉매제가 되었을 것이다.

한낙원은 1953년경부터 방송극을 각색하는 등 문필 활동을 시작하고, 잡지사에 입사하여 여러 잡지를 거치며 잡지 일에 매진한다. 1954년부터 3년여 기간은 《농민생활》지 주간으로, 1960년부터 약 3년간은 《동광童光》지 주간으로 근무한다. 1975년에는 백중앙의료원(현재의 인제대학교 백병원)에 입사하여 비서실장 겸 홍보실장으로 1983년까지 일했으며, 그동안 의학전문지 《인제의학仁濟醫學》을 창간하기도 한다. 1964년부터 사회복지법인 계명원의 재단 이사를 맡아서 계명원 이사직은 2000년대까지 지속된다.

항상 새로운 문물에 대한 관심이 높았고 1980년대 이후 해외여행으로 여러 외국을 다녀온 한낙원은 취미 활동으로는 패러글라이딩, 등산, 산악자전거 타기 등을 즐겼다. 동호회를 결성해 가벼운 취미 활동의 수준을 넘어서서 열정적으로 등산과 자전거 타기를 즐겼던 한낙원은 노년까지 건강을 유지했으나, 갑작스런 건강 악화로 2007년 타계하였다.

한낙원은 1959년부터 《새벗》지와 《연합신문》에 『잃어버린 소년』 등 '과학모험소설'을 연재하여 과학소설 장르를 개척하였고 이후 매우 정력적으로 창작 활동을 펼쳤다.* 전후의 황폐한 문화 풍토 속에서 발간되어 읽을거리와 문화에 목마른 청년들의 갈증을 채워주면서 선풍적 인기를 끈 학생잡지《학원》을 비롯하여 학생들의 과학 교양 전문잡지인《학생과학》등의 지면에 과학소설을 다수 발표한다. 《학원》지에는 『금성 탐험대』(1962년 12월~1964년 9월), 『우주 벌레 오메가호』(1967년 6월~1969년 2월) 등을 연재하였고, 《학생과학》에는 「에일리언의 대음모」, 「뮤탄트 V」, 「우주전함 갤럭시안」 등을 연재하였다. 또한《새벗》,《새소년》등 어린이잡지와《소년동아일보》,《소년한국일보》등 어린이신문에도 과학소설을 오랜 기간 연재하였으며, 생활 과학이나 UFO 이야기 등 과학 이야기를 기고하기도 하였다.

이렇게 주로 잡지와 신문 연재를 통해 발표된 한낙원의 과학소설들은 단행본으로, 전집의 일부로 출판되었다. 1960년대부터 1990년대에 이르기까지 40년 가까운 기간 동안 『잃어버린 소년』, 『금성 탐험대』, 『우주 항로』, 『해저 왕국』 등 한낙원의 작품들은 여러 차례 재출간된다.** 이는 다른 작가들의 과학소설 작품이 개인 작품집이나 단행본 형태로 간행된 사례가 매우 드물다는 점에 비추어보면 이례적인 현상이다. 1960년 말에는 '한국 과학소설 작가 클럽'이 결성되고 주로 잡지 지면을 통해 여러 작가가 활동했지만,*** 한낙원처럼 정열적으로 꾸준히 작품을 발표한 작가는 찾아보기 어렵고 일시적인 작품 활동에 그친 경우가 대부분이다.

---

* 한낙원이《연합신문》에 『잃어버린 소년』을 연재하며 문단에 나온 시기는 이재철 『세계아동문학사전世界兒童文學事典』(계몽사, 1989년, 395면) 등에는 1962년으로, 손동인 외 『한국아동문학대표작선집 12: 풀안경 외 23편』(웅진출판주식회사, 1991년, 6판) 등에는 1953년으로 기록되어 있으나, 이는 모두 오류이다. 국립중앙도서관 소재 마이크로필름을 열람하여 확인한 『잃어버린 소년』의 정확한 연재 일자는 1959년 12월 20일부터 1960년 4월 7일까지이다.

** 『잃어버린 소년』은 1963년 배영사에서 출간된 뒤 1989년 『특명, 지구 대폭발 구출작전』(정원; 문화교육개발, 1994년), 1996년 『미래 소년 삼총사』(정원)로 제목이 바뀌어 나왔다. 1972년 안동민의 작품들과 함께 묶여 동민문화사에서 단행본으로 나왔던 『2064년』은 1988년 『돌아온 지구 소년』(가톨릭출판사)으로 일부 개작, 개제해 재출간되었다.

*** 1965년 창간된《학생과학》지에는 서광운, 서기로, 오민영 등이 과학소설을 연재하였다. 김창식 「서양 과학소설의 국내 수용 과정에 대하여」, 대중문학연구회 편, 앞의 책, 74면 참조.

국가적으로 과학 입국立國을 내세우고 과학의 대중화가 시작되던 시기에 대두한 과학소설의 수요에 부응하였을뿐더러 열정과 사명감을 가지고 오랜 기간 창작열을 불태운 작가로는 한낙원이 독보적이다. 게다가 어린이나 청소년 독자 대상의 과학소설이었다는 점에서 성인 출판에 비해 상대적으로 출판 수요가 끊이지 않고 이어져올 수 있었던 것으로 보인다.

한낙원은 방송극도 다수 집필하였는데, 방송극 역시 과학극을 주로 썼다. KBS와 CBS 방송 등에서 「자유인」, 「달에서 들리는 소리」, 「우주 소년 이카루스」, 「100년 후의 월세계」, 「화성에서 온 사나이」 등 각색하거나 창작한 방송극이 전파를 탔다.

한낙원은 과학소설 번역 등 번역에도 종사하였다. 쥘 베른의 『바다 밑 20만 리』, H. G. 웰즈의 『우주 전쟁』 등 과학소설의 명작들과 루이스 캐롤의 『이상한 나라의 앨리스』, 세르반테스의 『돈 키호테』 등 세계 명작 소설을 대부분 어린이 청소년 독자들을 위한 책으로 번역하였다. 그 밖에도 에디슨, 노벨, 뢴트겐 등 과학 인물 이야기, 쉽게 풀이한 과학 이야기 등 주로 과학과 관련된 저술 활동도 펼쳤으니 그는 생애의 대부분을 과학소설 창작과 과학 저술 활동에 바쳤다고 하겠다.

3. 한낙원 과학소설의 성격과 특징

한낙원의 초기 발표작인 『잃어버린 소년』은 소년물이지만 스토리와 구성에서 전형적인 과학소설이라 할 만하다. 《연합신문》에 연재될 때 매회 '과학모험소설 잃어버린 소년'이라는 타이틀로 나갔으니, 작가가 '과학소설'이라는 것을 인식하고 썼고 지면에서도 그렇게 인식하고 실었던 것이다. 한 회에 200자 원고지 6매가량 분량으로 88회에 걸쳐 연재되었다. 전체 작품은 200자 원고지 약 530매 분량이니 중편 또는 짧은 장편이라 할 것이다. 이야기 구조와 소년물이라는 것을 감안하여 판단하면 장편으로 간주해도 무리가 없다.

발사대에는 만반의 준비를 갖춘 X·50호가 대기하고 있었다. 그것은 상어처럼 날씬한 몸집을 하고 있었다. X·50호는 X·15호가 발달한 자그마한 로켓 비행기였다. 그래서 큰 우주선 몸집 안에 들어갈 수도 있게 마련이었다.

세 훈련생은 이 애기에 올라탔다. 사다리가 떼어지고 문이 닫혔다.

용이가 제일 앞머리 조종사석에 앉고 철이는 그 옆의 부조종사석에 앉았다. 현옥이는 그 뒷자리 레이더 조종석에 앉았다.

〔중략〕

"조종판 오케이!"

용이가 소리쳤다.

"원자 동력 상태 오케이, 산소 공급, 기압 상태 양호!"

철이가 맞받았다.

지금 안전 신호등에는 모두 초록불이 켜 있는 것이다. 그것은 안전한 상태를 알려주는 불빛이었다. 그래서 세 훈련생도 어느새 이 초록불빛을 좋아하게 되었다. 초록불빛만 보면 마음이 놓이는 것이다.

"현옥인 어때?"

용이가 재촉했다. 그때 레이더 밴드와 안전 신호등을 보고 있던 현옥이가 혼잣말처럼 종알댔다.

"응? 왜 그럴까? 파란빛이 보이네……. 바늘이 좀 흔들리구?"

"그럴 리가 있어! 다시 살펴봐!"

철이가 소리쳤다.

현옥이는 다시 살펴보았다. 아무 곳도 이상한 곳은 없어 보인다. 조종단추나 스위치나 자동조종장치나 모두 전과 다름이 없었다. 그러나 안전 신호등은 초록빛에서 파란빛, 때로는 빨간불까지 나타났다. 그러자 밴드의 바늘이 날카롭게 움직였다.

"이것 봐, 바늘이 뛰노는 것! 이상해!"

현옥이가 소리쳤다.

—『잃어버린 소년』 7회.

세계연방정부가 수립된 미래 시대를 배경으로 하고 있는 이 작품은 한라산 우주과학연구소의 특별 훈련생인 용이와 철이, 현옥이 세 젊은이가 특별 임무를 띠고서 우주선 X·50호를 타고 우주정거장을 향해 이륙하면서 이야기가 펼쳐진다. 세 소년이 탄 우주선은 보이지 않는 힘에 이끌려 어디론가 끌려가고, 우주과학연구소의 나 기사는 연구소에 침입하여 설계도를 훔친 괴물을 쫓아 비행판을 타고 바다로 나갔다가 추락해 사망한다. 수수께끼 같은 사건들이 잇따라 터지면서 지구방위위원회에서는 우주에서 온 괴물의 침략을 방어하기 위한 계획을 세우고, 우주선의 소년들은 유리 바가지를 쓴 문어 같은 괴물들과 싸우다 괴우주선으로 끌려 들어간다.

그러나 세 훈련생이 낯선 기계를 운전하기에 정신을 팔고 있는 동안에 유리 바가지의 괴물들은 차차 세 소년을 포위하기 시작하였다.

"오빠! 나 잡힐 것 같아!"

현옥이가 자기 꽁무니를 잡을 듯이 다가오는 괴물을 보며 마이크를 통해서 소리쳤다. 오빠가 다시 빠져나온 것을 반가워하기보다 지금 꼬리가 잡힐 듯이 된 자기가 더 급했던 것이었다.

철이는 그것을 보고 현옥이와 괴물의 사이로 커브를 돌려서 옆으로 꿰뚫고 지나갔다. 그 바람에 괴물의 유리 바가지는 현옥이와 사이가 멀어지고 딴 길로 미끄러지고 말았다. 이러는 동안에 차차 어느 쪽이 괴물인지 어느 쪽이 소년들인지 분간을 못 하게 되고 말았다.

세 소년은 수많은 유리 바가지에 감싸여서 어느 틈에 끼었는지 모르게 되었다.

이것을 보고 화를 낸 것은 선장이었다.

발 하나를 잃고 부하들이 자기들끼리 뒤범벅이 되어 돌아가는 것을 보고 화가 머리끝까지 치밀었다.

괴물의 우주선에서 그 파란빛이 여러 줄기 나왔다. 그러나 그 빛이 모든 괴물을 끌어들일 수는 없다고 생각했는지 파란빛이 꺼져버렸다. 그 대신 우주선 자체가 괴물들 쪽으로 방향을 돌려서 다가오고 있었다.

그러나 괴물의 유리 바가지들은 서로 맞부딪칠 지경에 이르고 있었다. 철이가 옆으로 질러 나가는 통에 괴물의 질서는 깨지고 저마다 옆으로 갑자기 길을 비끼다가 마침내 갈피를 못 잡게 된 것이었다. 세 훈련생을 둘러쌌던 테두리는 무너지고 어떤 것은 서로 충돌하여 떨어지기까지 하였다.

이런 광경을 세 훈련생은 볼 수 있었지만 아직 달나라에서는 보지 못하고 있는 것 같았다. 충돌한 괴물들은 쏜살같이 달로 떨어져 갔다.

— 『잃어버린 소년』 55~56회.

소년들은 우주 괴물들에 잡혀 들어갔던 우주선을 탈출해 구사일생으로 달에 착륙하고, 구조되어 달 기지에서 치료를 받는다. 우주 괴물의 침략을 퇴치하기 위해 우주에서 원자탄을 터뜨리려는 계획으로 원자탄을 싣고 가던 지구의 우주선들이 잇따라 달로 떨어져 원자탄이 터지자 달 기지 사람들은 급박하게 달을 탈출하고, 세 소년도 달을 탈출하는 우주선을 타고 가다 파괴된 지구 우주선단의 허진 교수를 만나게 된다. 다시 괴물의 우주선으로 잡혀 들어간 허 교수와 소년들은 설계도를 찾으려는 괴물 선장과 싸워서 그를 물리치고 폭발하는 우주선을 탈출하여 지구로 귀환한다.

이상에서 개략적으로 살펴본 것에서도 드러나듯 『잃어버린 소년』은 이전까지 우리 문학사의 창작 경향에서는 찾아볼 수 없었던 과학소설의 양상을 본격적으로 추구한 작품이다. 또한 이후의 한낙원의 과학소설들이 보여주는 몇몇 특징이 이 작품에서부터 뚜렷하게 나타나고 있다. 과학소설이 다루는 주제를 중심으로 과학소설의 유형을 나눌 때, 외계인과의 전쟁을 다룬 『잃어버린 소년』은 우주 가극space opera의 특징들을 뚜렷이 갖고 있다. 복거일은 우주 가극을 "행성 간 또는 성간 여행, 우주를 무대로 한 지구인들과 외계인들 사이의 싸움 따위를 주제로 삼은, 흔히 틀에 박힌 과학소설"이라고 정리하는데,* 『잃어버린 소년』은 지구와 달 그리고 그 사이의 우주 공간을 무대로 전개되는 지구인과 외계 생물과의 싸움을 그리고 있는 것이다. 시공간이 더욱 확대된 한낙원의 후속작들에서도 이러한 우주 가극의 성격이 유지되는 경우가 많은데, 미국과 소련이 벌이는 우주 개발 경쟁과 함께 로봇을 부리는 외계인과의 싸움을 그린 우주 활극인 『금성 탐험대』, 문명이 고도로 발달한 은하계의 두 별 사이의 우주 전쟁을 그린 『별들 최후의 날』 등 우주 가극은 한낙원 과학소설의 주요한 경향을 형성하고 있다.

『잃어버린 소년』은 이와 같은 과학소설로서의 보편적인 성격과 함께 한낙원이 추구한 과학소설의 개성적인 특징, 즉 '한국문학'의 과학소설로서 지니게 된 몇몇 특징을 보여주고 있다. 첫째, 한국의 젊은이들이 주인공이 되어 활약한다. 무국적 또는 모호한 정체성의 인물이 아닌, 한국

| * 복거일 「과학소설의 지형」, 『벗어남으로서의 과학』, 문학과지성사, 2007년, 274면 참조.

의 어린이나 청소년들을 주인공으로 배치한다. 주인공은 보통 두세 명의 복수로 설정되며, 여성 인물도 반드시 주인공에 포함된다. 둘째, 외계인과의 관계를 다룬다. 이 작품에서는 외계인과 적대적 관계를 맺지만 다른 작품에서는 우호적이거나 중립적인 관계를 맺기도 한다. 셋째, 모험과 미스터리를 활용한다. 주인공들이 미지의 사건에 휘말려 들어가면서 새로운 경험과 모험을 하게 되고, 이야기가 진전되면서 베일에 싸였던 일들이 점차 밝혀지고 해결된다. 이는 과학소설에 걸맞은 사건을 자연스럽게 창출하기 위한 방법이면서 작품의 흥미를 유발하기 위한 장치이기도 하다. 셋째, 미해결이나 비극적 결말을 취하지 않고 갈등의 해결과 해피엔딩을 취한다. 이는 주인공이 주로 소년들이라는 것, 즉 어린이나 청소년 독자를 의식하고 창작한 작품이라는 것과 연관된다.

『금성 탐험대』는 미국과 소련이 치열한 우주개발 경쟁을 벌이는 가운데 금성 탐사를 놓고 미·소가 쏘아올린 두 우주선이 우주에서 맞붙는, 서두에서부터 흥미진진한 모험과 활극이 예고되는 작품이다.

그의 말에 의하면 이 계획은 1962년부터 시작된 것이다.

그동안에 5, 60회에 걸쳐 무인 우주선을 발사하여 금성에 관한 자료를 수집했고, 드디어는 유인 우주선을 발사하게 된 것이었다.

그러나 금성에 관한 자료가 충분해짐에 따라, 미소 간에는 달을 정복할 때와 같이 날카로운 경쟁이 붙었다.

더욱이 금성에는 원자 에네르기를 위한 물질이 풍부한 것을 알게 된 두 나라는, 치열한 경쟁을 일으키게 되었다.

홉킨스 소장은 이미 알려진 이야기를 간단히 추려서 말하고 나서, 이번 금성탐험호의 발사 계획을 다음과 같이 들려주었다.

즉 그는 금성호를 발사하기 직전에 달 로켓을 먼저 쏘아 올리고, 그보다 약 4분 뒤에 금성호를 제2기지에서 쏘아 올리겠다는 것이다.

이렇게 하면 설사 스파이가 공작을 하더라도 달로 향한 로켓을 추격하노
라고, 금성으로 떠나는 로켓에는, 미처 손을 쓰지 못할 것이라는 것이다.

"그러니 고진 후보생은 죽은 부조종사 대신 금성호를 타고 가서 만일의 경
우엔 한 팔 거들어야겠어."

―『금성 탐험대』, 학원사, 1967년, 9~10면.

우수한 파일럿만이 연쇄적으로 우주여행 중에 살해당해서 비밀리에
발사하는 미국의 금성탐험호, 이 우주선에 하와이 우주항공학교 후보생
고진과 최미옥이 타게 된다. 그러나 고진은 출발하기 직전에 괴한에게
납치되어 소련의 블라디보스토크까지 끌려간다. 촉망받는 젊은 조종사
를 납치한 것은 놀랍게도 하와이 우주공항에서 발사될 예정이던 V. P.호
의 기장 스미스 중령. 그는 실은 소련의 스파이 니꼴라이 중령으로, 미국
우주선을 본떠 똑같이 만들어진 금성탐사선 에쎄쎄르(CCCP)호에 고진
후보생을 강제로 태우고 V. P.호를 추격한다.

작품의 초반부는 이처럼 풀리고 얽히는 미스터리와 무중력 우주 공
간으로 날아간 두 우주선의 상황을 긴박하게 전개하면서, 알려지지 않은
작은 별에 불시착했다가 앞서거니 뒤서거니 다시 금성으로 떠나는 장면
으로 이어진다. 이후 금성에 착륙하여 금성의 이곳저곳을 탐사하는 모험
이 작품의 중반부를 이루고 있고, 금성의 지하에 건설된 알파 성인星人들
의 세계를 탐험하고 외계인 알파 성인과 만나는 이야기가 후반부의 중심
이 된다.

조사위원—지금부터 알파 성 금성 파견단 조사위원회는 켄타리우스 성좌
의 신성한 이름으로 지구인을 조사한다. 이름은?

니꼴라이—세르게예비치, 니꼴라이요.

조사위원—생년월일은?

니꼴라이—1938년 5월 4일이오.

조사위원—년이란 무슨 뜻이오?

니꼴라이—우리 지구에서는 지구가 태양의 둘레를 한 바퀴 도는 동안을 1년이라고 부르오.

조사위원—그럼 월이란?

니꼴라이—월은 지구의 위성인 달이 지구를 한 바퀴 도는 동안을 말하오.

조사위원—오…… 당신네도 위성이 있소?

조사위원은 반가운 듯이 서로 얼굴을 마주 보며 웃더니 다시 질문을 계속한다.

〔중략〕

조사위원—금성에 온 날짜는?

니꼴라이—1980년 5월 2일이오.

조사위원—목적은?

니꼴라이—탐험이오.

조사위원—좋아요. 그럼 우리 우주선 격납고에서 사진을 찍은 것도 탐험 때문이오?

—『금성 탐험대』, 앞의 책 204~5면.

험난하기만 한 여정 그리고 미지의 자연과의 대결 과정에서 V. P.호의 윌리엄 대장과 박철 후보생이 우주선과 함께 금성의 화산에 떨어져 죽는다. 우주선 촬영을 둘러싼 알파 성인과의 갈등으로 니꼴라이 중령마저 알파 성인이 부리는 로봇인 케아로와 싸우다 중상을 입어 목숨을 잃는 등 여러 명의 동료를 우주에 장사 지낸 대원들은 고진 후보생을 새 대장으로 뽑아 에쎄쎄르호에 타고 금성을 이륙하여 지구 귀환 길에 오른다.

1957년 소련이 세계 최초로 인공위성을 쏘아 올린 뒤 1969년 7월 아폴로 11호의 닐 암스트롱이 달 표면을 밟은 이후까지 소련과 미국은 엄청난 자금과 인력을 쏟아부어 엎치락뒤치락 우주 개발 경쟁을 벌였다. 『금성 탐험대』는 아직 인간의 달 탐사조차 불확실하던 시기에, 금성으로 에너지 자원을 얻기 위해 미·소가 경쟁적으로 우주선을 쏘아 올리는 상황을 설정하여 한국의 청춘 남녀가 이 우주선들을 타고 모험을 겪는 대서사를 상상하였다. 이 대서사에는 무중력 상태인 우주 공간에서 몇 달간 계속되는 생활, 인간이 살 수 없는 금성의 구름과 대기와 지형 등에 대한 아슬아슬한 탐험, 로봇 동물들이 노니는 공원을 만들고 사람처럼 임무를 수행하는 로봇 케아로를 부리는 알파 성인들이 건설한 금성 기지에서 벌어지는 여러 사건들 등 광활한 우주를 무대로 많은 이야기가 파노라마처럼 펼쳐지고 있다. 과학소설의 선구자들인 쥘 베른과 웰즈가 19세기에 이미 달 탐험과 화성인의 지구 침공을 다룬 작품을 썼고, 1940년대와 1950년대에는 아이작 아시모프가 로봇 공학 3원칙 등을 담은 로봇 시리즈를 내놓았는바 한낙원은 『금성 탐험대』의 화소話素들로 이런 고전적인 혹은 현대적인 과학소설에 담긴 상상들을 수용하여 활용하고 있다. 그러면서도 금성 탐험이라는 새로운 우주 개척담을 본격적인 중심 이야기로 설정하고, 당시 현실 세계에서 한창 불붙었던 미·소 간의 우주 개발 경쟁을 직접적으로 작품에 도입해 시종 꼬리를 물고 이어지는 흥미진진한 모험 서사로 독자들의 시선을 붙잡아 놓았다는 점에서 『금성 탐험대』는 독창적이면서도 독보적인 과학소설의 경지를 일구어냈던 것이다.

한국인으로서 고진과 최미옥이 선진국이며 우주 개발에 국력을 쏟아부은 미국과 소련의 우주선을 타고 우주로 날아가도록 한 『금성 탐험대』의 설정은 현실적이면서 선견지명이 있다. 2008년 한국 최초의 우주인으로 이소연이 선발되어 러시아의 소유스호를 타고 대기권을 벗어나 국제 우주정거장(ISS)에서 과학 실험 등 임무를 수행했음을 상기할 때, 과학소설이 갖고 있는 예시력을 실감하게 된다. 한편 한낙원은 『금성 탐험대』를 쓸 당시에서 머지않은 미래인 1980년에 미국과 소련의 우주선이 금성을 탐험하는 것으로 설정하였으나, 21세기인 오늘에도 유인 우주선의 금성 탐험은 요원한 상황이다.

『별들 최후의 날』(금성출판사, 1984년)은 정남과 순옥 두 아이가 외계에서 날아온 비행접시에 잡혀 들어가면서 겪게 되는, 우수한 로봇의 개발과 이용을 둘러싸고 벌어진 시그마 성과 파라오 성 간의 불꽃 튀는 우주 전쟁을 그린 장편이다. 시그마 성 비행접시에 잡혀가던 네 명의 지구인은 파라오 성에 불시착해 그들의 포로가 되고, 정남을 남겨둔 채 지구 공군의 두 조종사와 순옥은 다시 시그마 성 비행접시를 타고 떠나면서 지구인들은 각기 두 별로 나뉜 자리에서 전쟁을 목도하게 된다. 타협이 없고 지혜롭지 못한 문명 세계 간의 싸움은 결국 두 별의 불행한 파멸로 끝나며, 최후에 그들은 자신들의 조상이 하나였음을 알고 각기 포로로 잡았던 저쪽 별의 지도자의 아들과 딸을 우주선으로 탈출시켜 제3의 별을 찾아가게 한다. 알레고리의 수준은 아니지만 인류가 치르는 지구상의 전쟁이 대부분 무모한 전쟁임을 상기시키며, 남한과 북한으로 나뉘어 대립하는 분단된 한국의 현실을 환기하는 점 또한 없지 않다.

이 작품들 외에도 한낙원은 비행접시, 우주여행, 외계 생물, 화성인·목성인 등 외계인, 외계인의 지구 침략, 우주 전쟁, 우주 도시, 해저 기지, 잠수함, 로봇, 인조인간 등을 제재로 삼은 작품들을 정력적으로 발표하였다. 『우주 도시』, 『우주 항로』, 『해저 왕국』, 『우주벌레 오메가호』, 『우주전함 갤럭시안』, 『인조인간 피에로』, 『마라 3호』 등이 그것이다.

한낙원은 단편과 중편에서도 대부분 과학소설적인 접근을 보여주었다. 원자를 의인화해 주인공으로 삼은, 데모크리토스가 원자의 존재를 발견하는 이야기인 「길 잃은 애톰」은 짤막한 어린이소설로서 기원전 4세기의 그리스 철학자인 데모크리토스의 원자론을 어린이 눈높이로 풀어낸 작품이다. 「애톰과 꿀벌」, 「알갱이의 기적」과 같은 단편들도 물질을 이루는 기본 입자를 의인화하여 입자의 존재와 그것이 일으키는 작용을 구상화한 작품들이다.

어린이소설로서는 중편으로 보아도 좋을 「사라진 행글라이더」와 「우주 고양이 소동」 두 작품은 외계인과의 만남을 주제로 한 작품이다. 「사라진 행글라이더」는 공군참모총장배 행글라이더 선수권 대회에 참가하는 지석만이 라이벌인 송기수와 경쟁을 벌이는 것을 축으로 전개된다. 석만은 늘 우승을 빼앗겨온 송기수를 이기기 위해 종이비행기를 날리며 연구까지 하여 대회에 참가하는데, 시합 중에 고양이 얼굴을 한 괴조에게 공중 높이 끌려 올라가 구름 속의 비행접시에 다다르게 된다. 그 비행접시는 외계의 별 푸티 성에서 지구를 탐험하러 온 우주선으로, 고장이나서 돌아갈 수가 없다고 한다. 행글라이더 대회장으로 돌아온 석만은 최고의 비행을 한 것으로 찬탄을 받아 우승자가 되지만, 외계인의 우주선을 고칠 수 있는 백금을 구해 오기 위해 시상식에 참석하지 않고 어머니가 묵고 있는 여관으로 달려간다. 어머니의 백금 반지를 갖고 온 석만은 다시 행글라이더를 타고 공중 높이 올라 우주선을 찾아가, 외계인 선장에게 백금 반지를 전한다. 드디어 우주선은 정상 가동되고, 석만은 외계인 선장이 주는 보석 선물을 받아 대회장인 불국사 앞마당으로 사뿐히 내려온다. 석만과 경쟁하던 송기수는 자기가 받은 우승 메달을 돌아온 석만의 목에 걸어주며 우승은 석만의 것이라고 말한다. 「우주 고양이 소동」은 병이 난 축구 선수 기복이가 검은 고양이의 도움으로 시합을 이기고 나서 친구들과 함께, 산속에 머물고 있는 비행접시에서 고양이 모습의 외계인과 조우하는 이야기이다. 축구 시합에서의 기적 같은 골과 금은방에 나타나 보석을 허공에 띄운 불빛들은 고양이 외계인이 일으킨 사건이었고, 경찰의 사격과 로켓탄까지 가볍게 물리친 비행접시의 외계인은 지구인이 품었던 오해를 풀고 금은방에서 복제해 온 백금과 보석을 이용해 고장 난 우주선을 수리해서 지구를 떠난다.

두 작품은 행글라이더와 축구 시합이라는 스포츠를 도입하고, 고양이를 닮은 외계인이 우주선을 수리하기 위해 백금을 찾고 있다는 점에서 착상이 비슷하다. 또한 인물들이 외계인과 조우하면서 외계인에 대한 궁금증이나 경이감을 크게 내보이지 않고 외계인과의 관계가 적대적이 아니라 도움을 주고받는 우호적인 관계라는 점에서도 공통점이 있다.

4. 한낙원 과학소설의 계몽성과 의의

한낙원의 과학소설은 앞에서 살펴본 것처럼 고전적인 과학소설의 주제와 구성을 추구하면서 한국의 독자들에 걸맞은 변용을 보여주었다. 그의 주요 장편들이 대부분 우주 가극의 성격을 띠고 있는 것에서 드러나듯 그의 작품 세계는 과학과 기술에 초점을 둔 모험담으로서 하드에스에프hard science fiction의 경향이 강하고, 인간의 내면 탐색과 인문사회과학적 통찰을 중시하는 사변소설speculative fiction적 경향과는 거리가 멀다.* 이러한 특징은 한낙원의 과학소설이 한국 과학소설의 역사에서 초창기적인 양상을 담당하였다는 점, 그리고 어린이 청소년 독자를 의식하여 그에 걸맞은 형식과 내용을 추구하였다는 점과 밀접한 관련을 맺고 있다. 따

* '사변소설'에 대해서는 고장원 「SF의 여러 가지 이름」, 『세계과학소설사』, 채륜, 2008년, 41~45면 및 고장원 「SF, 네 정체를 벗겨주마」, 『SF로 광고도 만드나요?』, 들녘, 2003년, 309~310면 참조.

라서 그의 과학소설은 어린이 독자의 흥미를 돋우기 위해 모험소설과 추리소설의 형식을 즐겨 채용하였고, 과학과 기술이 제기하는 문제를 다루기보다 과학과 기술이 이루어낸 세계를 보여주고 추체험하도록 하는 데 중점을 두었다. 이러한 과학과 기술의 미래에 대한 긍정적 전망은 한낙원 과학소설의 계몽성을 드러내는데, 그 계몽성은 미래 세대인 어린이와 청소년들에게 삶을 개척할 정신과 의지를 북돋우고 과학 기술의 긍정적 가치를 심어주려는 두 가지 목표와 방향을 갖고 있는 것으로 보인다.

『우주 벌레 오메가호』가 연재되던 잡지 지면에는 학생 기자가 한낙원 작가를 인터뷰한 흥미로운 박스 기사가 실려 있다.

선생님을 뵈온 첫 인상은 인자하시고도 어딘지 모르게 아버지 같은 부드러움을 느꼈다. 선생님께서는 우리나라에서 최초로 과학소설을 쓰셨으며 지금까지도 집필하고 계셔서 과학소설의 선구자라고 할 수 있다. 과학소설을 쓰시게 된 동기는 나라의 기둥이 될 학생들에게 모험심을 기르고 어려운 난관에 부딪치더라도 이겨낼 수 있는 지혜와 담력을 길러주기 위해 쓰셨다 했다. 발표하신 작품을 소개한다면, 『잃어버린 소년』, 『금성 탐험대』, 연속극으론, 「화성에서 온 사나이」, 「백년 후의 월세계」, 현재 서울중앙방송국(C.B.S.)에 연재되는 「우주 로보트」 등 여러 책들과 방송에 관계하고 계신다. 과학소설은 생산 문학이라고 하시는데 『우주 벌레 오메가호』에 나오는 비행접시와 수륙 양용차 등은 우리들이 생각할 때 상상도 할 수 없지만 미래의 세대에 있어서는 가능한 존재라는 이야기를 들었을 때 정말 그곳에 가보고 싶은 의욕이 솟구쳤다.

지금은 소설을 쓰시는 데 대해 아주 보람을 느끼신다고 하신다. 독자들에게 하고 싶은 말씀은 앞으로 밝아올 새 세대의 주인이 될 학생들이 과학소설을 읽어서 과학에 대한 지식을 좀 더 넓혀 나라의 부흥에 이바지하고 발전시키는 데 전력을 다할 것을 당부하셨다. 앞으로 계속 흥미 있는 과학소설로 우리들의 꿈의 세계를 키워주실 것을 기약하시며 조용히 미소 지으셨다. 〈학생기자 민영진〉

— 「본지 학생기자의 5분간 인터뷰」 전문, 《학원》, 1968년 5월호, 302면.*

한낙원은 '우리나라에서 최초로 과학소설을 쓴 과학소설의 선구자'라는 것, 그리고 작가가 과학소설을 쓰는 동기와 이유를 밝히고 있다. 즉 '학생들의 모험심을 기르고 난관을 극복할 지혜와 담력을 길러주는 것', '과학에 대한 지식을 넓혀 나라를 발전시키는 것', '학생들의 꿈의 세계를 키워주는 것'이 한낙원이 생각하는 과학소설의 의의이자 그가 과학소설을 창작하는 이유라 할 수 있다. 그가 작가로서 등장한 한국전쟁 이후 복구기부터 1960~80년대에 이르는 시기는 '과학 입국'과 '경제 개발'을 통해 가난 극복, 후진국 탈출을 국가적 사회적 목표로 삼았던 시기이고 전 세계적으로도 '근대화'와 '개발'의 연대였다. 이러한 시대적 배경 또한 그의 작가의식 형성에 주요한 계기로 작용하였을 것으로 짐작된다.

저는 이렇게 좋은 과학책을 읽으며 자라는 선진국 어린이들에 비해 우리 나라 어린이들이 무척 안됐다 싶어서 오래전부터 과학소설을 쓰고 있습니다. 우리 어린이들이 좀 더 과학의 세계에 흥미를 느끼고 그 길로 들어서도록 돕기 위해서입니다. 우리가 자원이 없고 좁은 땅에 살면서 세계에서 이길 수 있는 길은 국민 모두가 과학 기술로 무장하는 길밖에 없으니까요.

— 「부모님에게」, 『길 잃은 애톰』 머리말, 삼성당, 1980년, 10면.

---

* 작가의 유품인 연재 스크랩에서 확인되는바, '연재과학소설' 『우주 벌레 오메가(Ω)호』 제12회분에 함께 게재되어 있다.

그래서 이러한 첨단 과학 연구는 아주 조심스럽게 하지 않으면 안 됩니다. 연구의 목적과 결과가 꼭 인간들에게 이롭게 씌어지는가 아닌가를 잘 살피면서 과학을 발전시켜야 합니다.

이 책은 이러한 생명과학을 이야깃거리로 만들어 씌어진 것입니다.

이 책을 읽으면서 여러분이 최첨단 과학 분야인 생명과학에 재미를 가지고 많은 관심을 가져주기를 바랍니다.

— 『인조인간 피에로』 머리말, 예림당, 1989년, 4면.

이런 때에, 3면이 바다로 둘러싸인 우리나라의 경우는, 바다야말로 우리의 삶의 터전이요, 생명선이라 할 수 있을 것이다. 그런 만큼 우리도 서둘러서 보다 많은 힘을 해저 개발에 쏟지 않는다면 낙후를 면할 길이 없을 줄 안다.

그리고 만일 외계의 어떤 고등 생물이 지구를 찾는다면, 그들은 아마도 딱딱한 육지보다는 넓고 부드러운 바다에 내릴 가능성이 많지 않을까? 여기 펼쳐지는 『해저 왕국』의 이야기는 이런 바탕 위에서 쓰인 것이다.

— 「머리말」(1982년), 『해저 왕국』, 삼성당, 1986년, 8면.

이제 우주는 멀고 텅 빈 쓸모없는 공간이 아니라, 인구의 폭발적인 증가와 이에 따른 식량난, 자원의 고갈 등으로 허덕이는 인류의 새로운 생활권이 되었습니다. 따라서 이 소설도 우리나라 젊은이들이 우주를 가까이 느낄 수 있고, 용기와 슬기로 우주를 개척해주었으면 하는 마음에서 쓰게 된 것입니다.

— 「지은이의 노우트」, 『우주 항로』 작가 후기, 계몽사, 1987년(중판), 269면.

한낙원이 각 작품에 붙인 작가의 말에서 확인되는 작가 의식은 같은 맥락에서 과학에 대한 흥미, 생명과학 등 첨단 과학에 대한 관심, 해저 개발 및 우주 개발에 대한 관심을 강조하고 있다. 이를 담당할 주체는 젊은이들이며 그들의 개척 정신과 의지에 기대를 걸고 있는 것이다. 그의 과학소설을 쓰는 동기와 미래 세대인 독자에 대한 의식은 동전의 양면처럼 결합해 있으며 이는 어린이 과학소설 또는 청소년 과학소설 장르에 대한 추구로 구현되었다고 본다.

한낙원의 계몽적 작가 의식은 일관되게 그의 과학소설의 밑바탕을 이루고 있다고 할 것이다. 원자를 의인화한 짧은 어린이소설부터 파노라마처럼 전개되는 대규모 서사의 장편 청소년소설에 이르기까지 그의 과학소설은 하드에스에프적 성격을 기반으로 어린이와 청소년의 주체적 모험과 성장 서사를 구성해내고 있는바, 이는 독자에 대한 작가의 계몽 의식이 형식으로 전환된 것이라 할 수 있다. 첫 작품인 『잃어버린 소년』에서부터 드러난 특징들인 한국의 어린이와 청소년을 주인공으로 설정한 것, 우주 개척과 외계 문명과의 교섭을 주제로 삼은 것, 모험과 새로운 경험을 통해 주인공들이 사회의 주역으로 성장하는 것, 문제 해결과 해피엔딩의 결말을 선택한 것 등은 그러한 작가 의식에서 추구된 것이라 할 수 있다. 특히 여성 주인공을 남성 주인공과 동등하게 배치하여 대등한 역할을 맡도록 한 데서는 그의 선진적인 남녀평등 의식이 뚜렷하게 드러난다.

한낙원을 기점으로 한국 과학소설의 역사는 이미 반세기를 훌쩍 넘겨 맥을 형성해 새롭게 발전해가고 있다. 그러나 한국 과학소설의 계보나 전통, 대표작을 구성할 수 있는 연구는 거의 진전되지 않았다. 이미 살펴보았듯 그는 일찍이 1950년대에 본격적인 과학소설을 창작 발표하였고 일관되게 과학소설 전문 작가로서 창작 활동과 저술 활동을 펼쳤다. 그의 방대한 작품들을 더욱 꼼꼼히 살펴서 문학 세계를 조명하고 한국과학소설사, 나아가 한국문학사에서 제자리를 잡아주는 것은 앞으로 풀어가야 할 시급한 과제이다.

1924년   1월 14일 평안남도 용강군龍岡郡 서화면瑞和面 자복리自福里에서 출생. 본
관은 청주淸州. 부친은 한희룡韓義龍, 모친은 정희화鄭義嬅. 형제 중 둘째로
형은 25세 때 사망함. 낙원은 부모의 사랑을 듬뿍 받으며 성장하였음. 부
친 한희룡(한희용)은 국가 독립 유공자로 1990년 광복절에 정부에서 '건
국훈장 애족장'을 추서함. 1993년 6월 1일에는 정부에서 '국가유공자증'
을 수여함.

1943년   3월 평양 숭인崇仁상업학교 졸업.

1945년   8월~1946년 5월 평양방송국에서 아나운서로 근무함.

1946년   8월~1950년 8월 평양 야간공업전문학교 전임강사로 근무, 월간지《공업
지식》편집.

1948년   교원대학교를 나와 평양 제2여자중학교에서 국어과 교사로 근무하던 이
춘계李春桂와 결혼함. 지인의 소개로 만났으며, 혼인 신고일은 11월 25일
임. 이춘계는 1929년 12월 4일생으로 본관은 단양丹陽임. 낙원은 열성적
인 기독교 신자는 아니었으며, 교회의 위선적인 면에 대해서는 매우 싫어
하는 비판적인 태도를 지녔었다고 함.

1949년   9월 18일 평양 문수리에서 장남 권일權一 출생. 장남은 성장하여 기업체
근무. 현재 미국에서 풍력발전회사 지사장으로 근무.

1950년   6·25전쟁 발발, 서울 및 평양 수복 후 10월 평양방송국 재건 사업에 참
가, 방송부장을 맡음. 1·4후퇴를 앞둔 12월 월남함.

1952년   3월까지 공군제1 전투비행단 작전처 번역 문관으로 근무함.

1952년   4월~1954년 5월 주한 유엔군 심리작전처 공보교육국(C.I.E.) 방송부장,
한국민사원조처(KCAC) 방송 고문관으로 근무함.

1953년   노먼 코윈Norman Corwin의 방송극 〈자유인〉(원제 'Untitled')을 각색 소개
한 이후 그의 〈야만인〉〈여명〉, 아치 오볼러Arch Oboler의 〈세계에서 가장
못생긴 사나이〉, 밀턴 가이거Milton Geiger의 〈선량한 의사의 계략〉 등 다수
작품을 소개함. KBS, CBS 등을 통해 대화극 형식의 과학방송극 〈X선 이
야기〉〈오 나의 태양〉〈전기〉 등을 발표하고, 창작 과학방송극 〈100년 후

의 월세계》〈화성에서 온 사나이〉〈별의 고향〉〈달에서 들리는 소리〉 등을 발표하는 등 1960년대까지 연속 과학극을 비롯한 방송극 분야에서 활발하게 작품 활동을 함.

2월 5일 부산 좌천동에서 차남 권식權植 출생. 차남은 성장하여 현재 헤드헌터 회사에서 일함.

1954년　5월~1957년 12월 월간《농민생활》사 총무 겸 주간으로 근무.

1957년　《새벗》5월호에 루이스 캐롤의『이상한 나라의 앨리스』를 번역해 싣기 시작하여 1958년 4월까지 1년 동안 연재함. 1958년 6월호부터는「금속의 왕 철 이야기」를 시작으로 '우리들의 과학' 시리즈를 1959년 2월호까지 집필 연재함. 1958년 12월호부터는 '한맥'이란 필명을 사용하여 '쉽게 풀이한 원자 과학' 시리즈를 연재함. 이 시기는 강소천이 《새벗》 주간을 맡고 있던 기간임. 이후에도 한낙원은 소설 외에 과학 정보 글, 인물 이야기, 세계 명작 번역 등을 꾸준히 집필해 잡지, 신문 등의 지면에 발표하였음.

8월 8일 서울 마포구 창전동에서 딸 애경愛卿 출생. 딸은 성장하여 서울대에서 영문학박사 학위를 받았으며 현재 한국기술교육대학교 교수로 근무. 사위 송진호는 서울대에서 공학박사 학위를 받았으며 현재 한국원자력연구소 책임연구원으로 근무.

1959년　'과학모험소설'『화성에 사는 사람들』을《새벗》1959년 4월호부터 1960년 5월호까지 1년여 연재함. 1959년 12월~1960년 4월《연합신문》에 '과학모험소설'『잃어버린 소년』을 88회에 걸쳐 연재함. 연재 번호로는 89회이나 74회 번호가 누락되어 실제 연재 횟수는 88회임. 매회 신동헌申東憲의 삽화가 함께 실림. 1950년대 후반부터 과학소설 창작을 시작한 한낙원은 1990년대까지《학원》《학생과학》《소년》《새벗》《소년동아일보》 등 각종 잡지와 신문 지면에『우주 항로』『우주벌레 오메가호』『시그마X』『해저 도시 탐험대』『타이탄 구조대』『세 글자의 비밀』『등대 밑의 비밀』등 과학소설을 비롯해 모험, 추리 작품을 연재함.

이 무렵 강소천은 한낙원에게는 과학동화로,《연합신문》장편동화에 당선된 장욱순, 오영민에게는 황영애와 함께 장편동화로 한국아동문학의 새 장을 열라고 깊은 애정을 갖고 격려하였으며, 일부 문학인들이 아동과학소설을 폄하하면 직접 나서서 적극 변호하기도 하였다고 함.

루이스 캐럴의 작품을 번역한『이상한 나라의 앨리스』(1959년)를 계몽사에서 출간하는 등 외국 명작동화 번역 및 과학소설 번역 활동도 함. 쥘 베른의『바다 밑 20만 리』(1974년), 세르반테스의『돈 키호테』(1975년), H. G. 웰즈의『우주 전쟁』(1982년) 등을 번역 출간함.

1960년 6월~1963년 3월 기독교아동복리회(CCF) 한국연합회 상무이사 겸《동광童光》지 주간으로 근무. 작가 자신이 작성한 경력 사항에 1967년까지《동광》지 주간을 한 것으로 기록한 것도 있음.

1960년대 초반부터 취미 활동으로 거의 매주 등산을 다녔고, 1970년 무렵엔 산악회 회장을 하기도 했으나 자녀 교육을 위해 1971년경 산악회 활동은 그만둠.

1961년 『새로운 원자력 지식』을 신생출판사에서 출간하고 여러 지면을 통해 과학 저술 활동을 활발하게 함. 어린이신문과 어린이잡지, 과학잡지, 전집 등에 과학 지식 소개 글, 과학자 이야기, 과학 칼럼 등을 연재하거나 수록함.『재미있는 과학 모험 이야기』(1963년),『UFO 기지를 찾아라』(1992년) 등 과학 저서 출간으로 이어짐.

1962년 12월~1964년 9월『학원』지에 '과학모험소설'『금성 탐험대』를 연재함.『금성 탐험대』는 1967년 학원사에서 단행본으로 간행되는 등 여러 차례 발간됨.

1963년 12월『잃어버린 소년』을 배영사에서 출간함. 이후『우주 도시』(1972년),『우주 항로』(1977년),『해저 왕국』(1982년),『세 글자의 비밀』(1982년),『별들 최후의 날』(1984년),『인조 인간 피에로』(1989년) 등 장편을 다수 간행함.『잃어버린 소년』은『특명, 지구 대폭발 구출작전』(1992년),『미래 소년 삼총사』(1996년) 등으로 개제, 재출간됨.

1964년 4월부터 사회복지법인 계명원啓明院 이사를 맡아 2000년대까지 관여함.

1968년 창작집『길 잃은 애톰』을 삼성당에서 출간함. 이후 창작집으로『할아버지 소년』(1980년),『비밀에 싸인 섬』(1982년),『사라진 행글라이더』(1990년)를 출간함.

8월~1975년 2월 국제라이온스클럽 한국지구본부의《라이온Lion》지 한국어판 편집을 맡음.

1975년 3월~1983년 12월 인제의과대학 백중앙의료원 비서실장 겸 홍보실장으로 근무함.

사이클링을 즐겨 화곡동에서 행주산성까지 자주 갔으며 2000년대까지도 먼 거리를 다녔음. 사이클링과 수영 같은 스포츠뿐 아니라 유화 그리기, 바이올린 연주도 수준급이었음. 수지침, 사진 촬영 등에까지 다재다능하게 관심을 기울였음.

1982년	12월 31일 인제의과대학 백중앙의료원(백병원)에서 정년퇴임하면서 1975년 3월~1982년 12월 근무 공로로 공로패 받음.
1989년	4월 28일 과학소설『돌아온 지구 소년』이 대한출판문화협회의 제10회 한국어린이도서상 저작부문 우수도서로 선정되어 문화공보부장관상을 받음.
1989~93년	우주과학 관련 탐방 및 세계의 불가사의 저술 자료 수집을 위해 미국, 일본, 유럽을 여행함.
1992년	5월 23일 과학 저술『폐기별의 타임머신』으로 아동문학평론사에서 제정한 제2회 방정환문학상 특별부문 수상.
1993년	4월 1일 가톨릭출판사 · 소년(사장 오지영 신부)으로부터 감사패 받음. 감사패 증정 사유는 《소년》 초창기부터 제400호까지 '공상과학 모험소설'을 집필한 것에 감사하는 것임.
2007년	3월 12일 갑작스럽게 건강이 악화하여 타계함. 경기도 파주시 탄현면 법흥리에 있는 동화경모공원에 안장됨. 묘비에는 '한국 공상과학소설의 선구자'라고 새김.

※ 도움말 및 자료 협조: 한애경, 서석규(아동문학가), 장수경(연구자).

[자료1]

이력서[*]

본적 서울 중구 신당동 304-10
주소 서울 강서구 신월1동 231-14 TEL: 604-3284

韓樂源
1924년 1월 14일생

학력
1938. 4.~1943. 3. 평양 숭인(崇仁)상업학교 졸업
1943. 4.~1945. 1. 일본 메이지[明治]대학 영문과 수업
1948. 8.~1948. 11. 평양노어(露語)대학 노어교사 강습 이수
1951. 2.~1951. 4. 대한민국 육군예비사관학교^{**} 졸업
1961. 1.~1961. 12. 런던신문대학원 방송극작과 이수(통신강좌)
　　　　　　　　　(The Radio Play Course, London School of Journalism)

경력^{***}
1945. 8.~1946. 5. 평양방송국 아나운서
1946. 8.~1950. 8. 평양 야간공업전문학교 전임강사 및 월간지《공업지식》편집
1950. 10.~1952. 3. 평양방송국 복구사업에 종사, 방송부장
　　　　　　　　　월남 후(1950. 12.) 대한민국 공군 제1전투비행단 작전처 번역
　　　　　　　　　문관
1952. 4.~1954. 5. UN군 심리작전처 공보교육국(C. I. E.) 방송부장
　　　　　　　　　한국민사원조처(KCAC) 방송고문관

---

* 원문은 대부분 한자로 작성되어 있음.
** 같은 시기에 작성된 다른 이력서에는 '방위사관학교'로 되어 있음.
*** 같은 시기에 작성된 다른 이력서에는 "1964. 4.~현재 사회복지법인 '계명원' 이사"가 경력에 추가되어
　　있음.

1954. 5.~1957. 12. 월간지 《농민생활》사 총무 겸 주간
                    방송극, 과학소설 등 쓰기 시작
1960. 6.~1963. 3.   기독교아동복리회(CCF) 한국연합회 상무이사 겸 《동광》지
                    주간
1968. 8.~1975. 2.   국제라이온스클럽 한국지구본부 《라이온Lion》지 한국어판
                    편집
1975. 3.~1983. 12. 백중앙의료원 홍보실장 겸 비서실장*

저술 활동: 과학소설 11권, 과학 저술 1권 및 번역책 다수 출간
방송 활동: 방송극, TV극 다수 집필

1983. 2. 11.
한낙원 (인)

| * 원문 기록에 이력서 작성 시기인 1983. 2. 11.보다 나중인 1983. 12.로 되어 있음.

[자료2]

한국문화예술인카드*

성명: 한낙원 (한자) 韓樂源 (영문 이름) Han Nak Won / (성별) 남
생년월일: (호적상) 1921년 1월 14일생 (실제) 1924년 1월 14일생
출생지(도명): 평남 / **성장지**: 평남
본적지: 서울특별시 중구 신당동 304-10
현주소: 서울특별시 서대문구 창천동 166 TEL: 32-3665
현직: 서울특별시 중구 저동 2가 85 재단법인 백병원 기획실장

가족 관계

(생략)

취미 및 특기
취미: 등산, 수영 / **술**: ○

생활 정도
주택: 자가 500만 원 정도 / **재산목록 제1호**: 전화

본인 사항
신체 상황
신장 167cm / 체중 64kg / 혈액형 O / 건강 상태 상

---

* 1) 한국문화예술진흥원의 '한국문화예술인카드' 양식에 작성된 내용임.
  2) 연령이 54세로 되어 있고, 경력 사항이 1977년 7월까지 적힌 것으로 보아 1977년 하반기에 작성한 카드로 보임.
  3) 작성하지 않은 항목의 항목명은 생략함.

친교 관계

성명	직업	전공 분야
박화목	시인	시, 아동문학
장왕록	교수	영문학

외국어

구분	영어	일어	노어	중국어
회화	상	상	교사 자격 (이북)	약간
해독	상	상		
번역	상	상		
연수	30년	30년	2년	2년

학력 및 경력

(생략)*

문화예술활동 및 창작활동 실적 (저서 포함)

1953년	해외 순수 방송극 Norman Corwin 작 〈자유인(Untitled)〉 〈야만인〉 〈여명〉, Arch Oboler 작 〈세계에서 가장 못생긴 사나이〉 등 다수 번역 각색 소개.
1955년	〈100년 후의 월세계〉 〈화성에서 온 사나이〉 〈별의 고향〉 등 연속 과학 방송극 집필.
1956년	〈달에서 들리는 소리〉(HLKY)** 〈사람의 승리〉(KBS) 등 방송극 집필.
1960년	〈유모어 스켓취〉 〈무비 스토리〉(국화) 등 HLKY에 다년간 집필.
1955년	어린이 잡지, 신문 등에 공상과학소설 다수 발표.

---

* 학력 및 경력 사항은 앞의 자필 이력서의 내용을 압축한 것과 같이 생략함.
** 'HLKY'는 1954년 개국한 최초의 민영 방송국인 기독교방송(CBS)의 호출 부호임.

1963년 12월 『잃어버린 소년』(《연합신문》에 연재분) 단행본으로 발행(배영사 간).

1967년 5월 『새로운 원자력 지식』 신생출판사 발행(제1회 문교부장관 우량도 서).

1968년 7월 『금성 탐험대』(《학원》지 연재분) 학원사에서 발행(마을문고로 선정).

1974년 『2064년』(《새소년》 연재분) 동민문화사에서 발행.

1976년 5월 『우주 도시』(《소년한국》 연재분) 아리랑사에서 발행.

1977년 2월 『우주 항로』(《소년》지 연재분) 계몽사에서 발행.

번역물

『이상한 나라의 에리스』(《새벗》 연재분) 계몽사에서 발행.

『동키호테』 계몽사에서 발행.

『바다 밑 20만 리』 계몽사에서 발행.

※ 연월일 기재는 정확치 못함.*

참고사항

확정된 분야: 과학소설.

데뷔 연월일: 1953 / **데뷔 작품 및 활동명**: 방송극 〈자유인〉, 『금성 탐험대』.

발표처(지): KBS, 《학원》지.

---

* 한국문화예술인카드에 작성된 내용을 그대로 옮긴 것임. 『금성 탐험대』 간행 연도(학원사에서 간행된 것은 1967년 7월임) 등 실제로 카드의 연월일 기록에 오류가 있음.

1. 작품 및 저술

■ 중단편, 동극(잡지 발표, 공동 작품집 수록작 등)

1961년   '동극'「꽃 목걸이」를《새벗》12월호에 발표.

1962년   '어린이 성탄극'「금으로 바뀐 집」을《새벗》12월호에 발표.

1963년   '과학동화'「길 잃은 애톰」을《새벗》7월호에 발표.

1964년   「길 잃은 애톰」: 한국문인협회 아동문학분과위원회 편『푸른 동산』(1964년도 아동문학 연간집), 배영사, 1964년 3월 10일 수록.

1965년   「귀남이와 식목일」「하늘의 진주」: 정인섭 외 10인 동극집『한국아동문학전집 12』, 민중서관, 1965년 10월 31일 수록.

1966년   '우주과학소설'「어떤 기적」을《새벗》4월호에 발표.

1972년   「2064년」: 한낙원 · 안동민, '공상과학소설'『2064년/우주 소년 삼총사』(한국아동문학선집 9), 동민문화사, 1972년 3월 20일 수록. 한국문화예술인카드에 작가가《새소년》지 연재로 밝힘.

1988년   「아프리칸 바이올렛」「길 잃은 애톰」「애톰과 꿀벌」: 손동인 외『풀안경 외 23편』(한국아동문학대표작선집 12), 웅진출판주식회사, 1988년 3월 31일 초판; 1991년 7월 10일 6판(개정) 수록.

1990년   「미애의 로보트 친구」:《엑스포 '93》7 · 8월호에 발표.

       「J박사의 눈물」:《엑스포 '93》9 · 10월호에 발표.

       「투명 인간」:《엑스포 '93》11 · 12월호에 발표. 작품집『길 잃은 애톰』에 실린「투명 인간」을 축약, 개작한 작품임.

1995년   「길 잃은 애톰」「미애의 로봇 친구」: 김병태 외『외눈나래새』(한국아동문학대표작선집 4, 사계이재철박사 회갑기념문집), 상서각, 1995년 12월 10일; 2002년 5월 15일 2판 1쇄; 2009년 2월 10일 3판 1쇄 수록.

2000년   「미애의 로봇 친구」: 조대현 외『3학년 감동을 주는 EQ동화』(올챙이문고 13), 상서각, 2000년 6월 26일 수록.

2001년   「길 잃은 아톰」: 권용철 외『3학년 지혜가 숨어 있는 동화』(올챙이문고

16), 상서각, 2001년 1월 10일 수록.

■ 중단편(개인 작품집 수록작)

1968년 「길 잃은 애톰」「어떤 기적」「투명 인간」:『길 잃은 애톰』, 삼성당; '한국
대표창작동화'『길 잃은 애톰』, 1980년 2월 25일; 1981년 7월 15일;
1986년 12월 1일.

1980년 「항아리와 소년」「돌아온 혁이」「바람아 불어라」: '창작동화'『할아버지
소년』, 예림당, 1980년 11월 5일; 1983년 7월 10일.

1982년 「비밀에 싸인 섬」「비둑섬의 소녀」: '공상과학 추리소설'『비밀에 싸인
섬』(교학사 소년문고 133), 교학사; 1982년 5월 10일 재판; 삼성미디어,
1990년.

1990년 「사라진 행글라이더」「우주 고양이 소동」「알갱이의 기적」:『사라진 행글
라이더』(세이브63SAVE 한국창작교육동화 04), 삼익출판사, 1990년 6월
20일.

■ 장편(연재 및 단행본)

1959년 '과학모험소설'『화성에 사는 사람들』을《새벗》1959년 4월호~1960년
5월호에 13회 연재.
'과학모험소설'『잃어버린 소년』을《연합신문》에 1959년 12월 20일
~1960년 4월 7일에 연재(88회, 신동헌 그림).

1962년 '과학모험소설'『금성 탐험대』를《학원》1962년 12월호~1964년 9월호
에 연재(22회, 이병우 · 송영방 · 이경수 그림)

1963년 『우주 항로』를《가톨릭 소년》1963년 1월호~1964년 12월호에 연재
(23회, 신동헌 그림).
'과학모험소설'『잃어버린 소년』(어린이 생활 문고 3), 배영사, 1963년
12월 20일 출간.

1966년 '속편'『우주 항로』를《가톨릭 소년》1966년 2월호~1968년 3월호에 25
회 연재.

1967년 '연재과학소설'『우주 벌레 오메가(Ω)호』를《학원》1967년 6월호~1969
년 2월호에 연재(21회, 이성박 그림).

『금성 탐험대』, 학원사, 1967년 7월 10일, '학원명작선집 제1집 제3권'; 삼지사, 1969년 7월 10일 10판; 소년세계사, 1971년 1월 20일 중판 출간.*

1972년 '과학소설'『우주 도시』(한국소년소녀명작선집), 아리랑사, 1972년 10월 20일: 머리말에《소년한국일보》에 5개월간 연재했다고 밝힘.

1977년 『우주 항로』(계몽사문고 47), 계몽사; 1979년; 1987년 7월 18일 중판: 후기에 1966년 2월부터 6년 동안《소년》지에 연재한 글을 정리했다고 밝힘.**

1982년 『해저 왕국』(컬러판 소년소녀 한국대표장편문학), 삼성당; '한국의 명작 동화' 삼성당, 1982년 6월 30일; 1986년 1월 30일; 아이큐박스 1987년 4월 30일; 삼성미디어 1990년 9월 10일.

『세 글자의 비밀』(소년소녀 한국창작동화 16), 아동문학사, 1982년 12월 31일: 머리말에《소년동아일보》《가톨릭 소년》에 연재했음을 밝힘. 추리 모험소설.

『별 총총 나 총총』(소년소녀 한국반공문학 29), 아동문학사, 1982년 12월 25일.

1983년 『마라 3호』(예림당 해양과학동화 203), 예림당; 1990년 11월 20일, '무지개 극장·창작'.

1984년 '공상과학소설'『우주 전함 갤럭시안』을《학생과학》1984년 4월호부터 연재.

『별들 최후의 날』(소년소녀한국문학 현대문학 중·장편 20), 금성출판사, 1984년 10월 20일; 1986년 2월 28일; 1990년 4월 30일 중판.

1988년 '한낙원 공상과학소설'『돌아온 지구 소년』(오늘과 내일의 어린이를 위한

---

* 삼지사 판의 판권에는 "1957년 12월 25일 초판 발행/1962년 4월 5일 6판 발행/1964년 2월 15일 8판 발행"으로, 소년세계사 판의 판권에는 "1957년 12월 25일 초판 발행"으로『금성 탐험대』가《학원》지에 연재되기 이전에 단행본으로 출간된 기록이 있으나, 1967년 학원사 판보다 앞선 책의 실물은 확인하지 못하였다. 이외에도 같은 작품이 여러 번 출간된 경우 이를 실물 또는 도서관 도서목록 등을 통해 확인할 수 있으면 일부 밝혔으며,『금성 탐험대』『해저 왕국』등의 사례와 같이 출판사 이름이 바뀌었어도 대개 판면의 변화가 없이 장정만 바꾸어 재간행한 것으로 보인다. 연재 작품은 단행본으로 출간하면서 개제, 수정하기도 했으며, 재출간하면서 개제 및 개작한 경우도 있다.
** 연재 지면은《가톨릭 소년》이고 연재 시기도 확인된 것과 다름.

소년 문고 14), 가톨릭출판사 1988년 6월 25일: 새남, 1991년, 1993년:
「2064년」을 개제, 개작 출간함.
『우주 전함 갤럭시안』(견지사 아동문고—창작동화), 견지사, 1988년 6월
30일.

1989년 '무지개 극장 · 창작'『인조인간 피에로』, 예림당, 1989년 5월 1일: 1993
년 8월 30일 1판 5쇄.

1991년 '모험소설'『등대 밑의 비밀』을 《소년동아일보》 1991년 2월 28일~7월
6일에 110회 연재.

1992년 『특명, 지구 대폭발 구출작전』, 정원, 1992년 3월 20일:『특명, 지구 대폭
발 구출작전』(어린이 교양 필독 도서), 문화교육개발, 1994년 6월 30일:
『잃어버린 소년』을 개제, 재출간함.

1994년 '창작동화'『우주 소년 프로그』, 꿈나무, 1994년 1월 20일.

1996년 '공상과학'『미래 소년 삼총사』, 정원, 1996년 8월 20일:『잃어버린 소년』
을 개제, 재출간함.

■ 저술

1958년 '우리들의 과학' 시리즈로 《새벗》 6월호에 「금속의 왕 철 이야기」, 7월호
에 「세계의 창문 유리 이야기」, 8월호에 「때를 씻는 비누 이야기」, 9월호
에 「말을 담는 종이 이야기」, 10월호에 「날마다 먹는 빵 이야기」, 11월호
에 「따뜻한 옷감 양털 이야기」, 12월호에 「까만 다이아몬드 석탄 이야기」
집필 연재.
'쉽게 풀이한 원자 과학' 시리즈로 12월호에 「놀라운 원자」를 '한맥'이란
필명으로 연재 시작.

1959년 '우리들의 과학' 시리즈로 《새벗》 1월호에 「사람이 만든 바위 세멘트 이
야기」, 2월호에 「생활의 양념 소금 이야기」로 연재 마침.
'쉽게 풀이한 원자 과학' 시리즈로 1월호에 「원자의 속은?」,* 2월호에 「원
자는 어떻게 만들어졌나?」, 3월호에 「자연의 모든 것은 어떻게 원자로 만
들어지나?」, 4월호에 「어떻게 원자로 자연의 모든 것은 만들어지나?」,

| *차례에는 본문과 다르게 필자가 '한낙원'과 '한맥'이 뒤바뀌어 나옴.

5월호에 「원자의 중심에는 어떤 힘이 들어 있나?」, 6월호에 「원자로와 엔진」을 '한맥'이란 필명으로 연재.

10월호에 「분자의 운동」을 '한맥'이란 필명으로 발표.

1960년 「100년 후의 과학」을 《새벗》 6월호에 발표.

1961년 『새로운 원자력 지식』(알기 쉬운 과학문고 1), 신생출판사.

1963년 『재미있는 과학 모험 이야기 5』(어문각 아동문고 10집), 어문각, 1963년 11월 20일.

1965년 '진기한 이야기'「20세기의 신비 비행접시」를 《새벗》 12월호에 발표.

1966년 '과학 이야기'「달에서 생긴 일」을 《새벗》 8·9월호(합병호)에 발표.

1990년 「초특급 시공 여행─우주는 살아 있다」: 김종상 외 『초록별의 비밀』(손에 손 잡고 7), 을유문화사, 1990년에 수록.

1991년 '일화로 엮은 과학 이야기, 과학 하는 어린이'『과학자가 되고 싶어요 원자력편』, 해냄출판사, 1991년 3월 10일: 『새로운 원자력 지식』을 개제, 재출간함.

1992년 『폐기별의 타임머신』(작은나무문고 5), 고려원미디어, 1992년 1월 20일: 과학소설 형식으로 쓴 과학의 역사와 우주 과학 이야기.

『UFO 기지를 찾아라』, 고려문화사, 1992년 6월 30일.

1982년 『에디슨』(소년소녀 세계위인전기전집 1), 하서출판사.

『노벨』(소년소녀 세계위인전기전집 6), 하서출판사.

1989년 『퀴리 부인』(어린이그림위인전기 38), 이두호 그림, 계몽사; 1993년, '어린이그림위인전기 16'; 1994년, 2000년, 2010년.

1962년 「제임스 와트」:『소년소녀 세계전기전집 3』(영국편), 삼화출판사: 공저.

「파아브르」:『소년소녀 세계전기전집 4』(프랑스편), 삼화출판사: 한무학 외 6명 집필.

「벨」:『소년소녀 세계전기전집 1 미국편 2』, 삼화출판사; 1974년, '미국편 1': 공저.

1971년 「노벨」:『소년소녀 세계위인전집 9』, 계몽사: 한낙원 외 6명 집필.

「뢴트겐」:『소년소녀 세계위인전집 10』, 계몽사: 최준철 외 6명 집필.

| 1989년 | 「노벨」:『소년소녀 세계위인전집 11』, 계몽사: 송원희 외 4명 집필. |
| | 「뢴트겐」:『소년소녀 세계위인전집 14』, 계몽사: 박화목 외 4명 집필. |

1992년　「텔레비전에 나온 외계인」, 「소중한 밥알 하나」:『356일 자연학습 생활동화 3』.
　　　　　「유두도 명절이래요」, 「달콤하고 시원한 수박」:『356일 자연학습 생활동화 7』.
　　　　　「번개 같은 요술상자」, 「해와 달과 지구」:『356일 자연학습 생활동화 11』, 이상 대교출판, 1992년 12월 30일.

1974년　『피이터 팬』(명작 시리즈 3), 대양출판사.
　　　　　『아라비안 나이트』(명작 시리즈 6), 대양출판사.
　　　　　『신드바드의 모험』(고전 시리즈 9), 대양출판사. 이상 '엄마, 같이 보아요' 시리즈, '글과 해설 한낙원'.

2. 번역 · 기타

1957년　루이스 캐럴의 원작을 번역한 '세계명작동화'『이상한 나라의 애리스』를 《새벗》 1957년 5월호~1958년 4월호에 12회 연재.

1959년　『이상한 나라의 에리스』(세계소년소녀문학전집 8), 루이스 캐럴, 계몽사; 『이상한 나라의 앨리스』(소년소녀 세계문학전집 9/영국편 5), 1968년 11월 30일, 1973년; 1979년, 1994년 '소년소녀 세계문학전집 3'.

1965년　『세계 방송극 걸작 선집』(편서, 동극집), 민중서관, 1965년 10월 31일.

1972년　『영국 동화집』(소년소녀 세계동화명작전집 27), 광음사.
　　　　　『스페인 동화집』(소년소녀 세계동화명작전집 29), 광음사.
　　　　　『북구 동화집』(소년소녀 세계동화명작전집 32), 광음사.

1974년　『바다 밑 20만 리』(계몽사 소년문고 7), 쥘 베른, 계몽사; 1975년 10월 3일;『바다 밑 2만 리』(소년소녀 세계문학전집 50), 1985년; 1990년, 1994년, 1996년, '소년소녀 세계문학전집 57'.

1975년	『동키호테』(계몽사소년문고 16), 세르반테스, 계몽사; 1984년, '소년소녀 세계문학전집 55'; 1990년, 1994년, 1996년, '소년소녀 세계문학전집 63'.
1982년	『우주 전쟁』(소년소녀 세계문학전집 40), H. G. 웰스, 삼성당; 1994년, 1997년.

■ 미확인 작품 및 저술

잡지 연재	「비밀문서 777」(추리).
동화	「장난꾸러기」, 「별나라 로보트」
방송극	「달에서 들리는 소리」(CBS), 「별들의 고향」, 「100년 후의 월세계」(KBS), 「화성에서 온 사나이」, 「초광속 타키온과 우주 탐험」(KBS).*
기타	『보석 아가씨』(고전과 명작 디즈니를 엮은 종합 시리즈 3), 대양출판사; 1970년대.

3. 수상·선정 도서

1962년	『새로운 원자력 지식』 제1회 문교부 장관 우량도서 선정.
1966년	『금성 탐험대』 문공부 장관 승인 마을문고 선정.
1987년	『해저 왕국』 문화공보부 선정 도서.**

1989년	『돌아온 지구 소년』 제10회 한국어린이도서상 저작부문 우수도서 수상.
1992년	『페기별의 타임머신』 제2회 방정환문학상 특별부문 수상.
1993년	《소년》 초창기부터 400호까지 '공상과학 모험소설' 집필 공로로 가톨릭출판사·소년으로부터 감사패 받음.

---

* 작가의 기록 등으로 제목을 알 수 있으나, 유품 정리에서도 확인하지 못한 작품들임.

** 선정 도서는 『과학자가 되고 싶어요』(해냄출판사, 1991년)의 저자 약력에 따름.

580

[자료]

작가 유품 중 작품 목록

유족이 보관하고 있는 작가 유품 중에서 잡지, 신문 등에 연재된 작품의 스크랩, 원고지나 노트 등에 정필한 원고 또는 원고의 복사본, 작품 구상이나 요약 메모, 목록 정리 메모 등의 자료를 조사하여 분류 및 정리한 것이다.

1. 과학·모험·추리 소설 등 소설, 아동극

제목	장르	장르 표시	발표 지면	발표 시기	연재 상황	자료 형태	비고
화성에 사는 사람들	과학 소설	과학모험 소설	《새벗》	1959. 4. ~ 1960. 5. 연재	13회 연재 종료 (1959년 8·9월호는 합본 중임)	12회까지 연재 스크랩(10회 연재 숫자 누락으로 실제는 11회임)	권일, 소년, 철이, 화성 거주, 화성 동물들 등등이 등.
화성의 소년	과학 소설	과학모험 소설	신문 (작가 기록으로 《자유신문》임)		74회 이상 연재	74회까지 연재 스크랩	이하제(이희제) 그림. 화성에 사는 권일 소년, 철이. 화성 동물 들돌이를 빼앗아 돈을 벌려는 교장과 장군. 「화성에 사는 사람들」과 줄거리와 전개가 비슷한 작품.
잃어버린 소녀	과학 소설	과학모험 소설	《연합신문》 어린이면	1959. 12. 20. ~1960. 4. 7.	88회 연재 종료	88회까지 연재 스크랩	단행본 출간.
타자 않는 전기 다리미	과학 소설	창작동화	잡지			발표작 스크랩	창수, 애란. 남의 웃음 때워 변상한 후 장수는 새로운 전기 다리미를 발명해 잡지에 응모.
아프리칸 바이올렛	어린이 소설	창작동화	《새벗》 자료 추정			발표작 스크랩	어머니 임종 중에 에리카 돌봐서 실내에 바이올렛.
애틀과 풀별	과학 소설	과학·창작 동화	잡지			발표작 스크랩	

제목	과학소설	(갈래)	잡지	연재 기간	2회 연재 종료 (전편, 후편)	2회까지 스크랩	비고
알갱이의 기적	과학소설	과학소설					송현 그림. 원자 알갱이들이 암에 걸린 머리의 치료를 도움.
욕망의 뒤안길	과학소설	공상과학동화	잡지			발표작 스크랩	뇌를 일부 이식받은 아들 천마, 직원 봉급 인상 등 회사 운영으로 감부부 사장과 갈등.
우주 항로로—우주로 가는 길	과학소설	과학모험소설	《가톨릭 소년》	1963. 1. ~1964. 12.	23회 연재 종료	1회 시작 부분 수정 원고 (원고지 겹필, 5매) 및 23회까지 연재 스크랩. 스크랩 작가 교정 메모와 차례 함께 있음	한나원 글. 신동헌 그림. 겹필 원고는 가로쓰기. 단행본 출간.
속편 우주 항로	과학소설	연재과학소설	《가톨릭 소년》	1966. 2. 연재 시작. 종료는 1968. 3. 추정(1967. 4. 미수록)	25회 연재 종료	25회까지 연재 스크랩	김광배 그림. 민호, 혜숙, 한박사, 허 조종사 등.
우주로 가는 길		공상과학소설				계몽사 원고지에 적은 차례 원고(3매)	
임 대문 세 글자	추리소설	연재추리소설	잡지		11회 연재 종료	11회까지 연재 스크랩	'한빛'이란 필명으로 발표. 사진기자 우일. 탐정 박영. 의문의 살해 사건. 다이너에 새겨진 H.B.L. 등. 『세 글자의 비밀』로 개작해 단행본 출간.
세 글자의 비밀	모험소설	연재모험소설	잡지	1977~1978년 무렵으로 추정	17회 이상 연재	12~17회 연재 스크랩	신동우 그림. 우일. 옥란. 박선생. 경방사 등. 단행본 출간.

우주로 올라간 사진	과학소설	연재 공상과학소설	《중2생활》		5회 이상 연재	5회까지 연재 스크랩	신동우 그림. 《중2생활》은 학원사에서 발행함. 소년기자 바워, 작가 현민, 강인호 박사, 딸 옥란. 이문의 실해 사건. 다이터에 새겨진 H.B.R., 지온수술 등. 『임』다른 세 글자와 비슷한 전개.
4차원의 로봇 탐정	과학소설	공상과학소설	《학생과학》《소년한국일보》의 어린이도서상 수상 작 (인터뷰 기사에 따름)	1988년~	32회 연재 종료	32회까지 연재 스크랩	김호근 그림. 장진만 박사, 라이벨 차테호 박사, 박기복 원장. 생물 로봇 에이벨. 인공동면, 염라, 천호 등.
우주 별레 오메가(Ω)오	과학소설	연재과학소설	《학원》	1967. 6.~1969. 2.	21회 연재 종료	20회까지 연재 스크랩	일우. 애나, 진만. 미레. 베운대 듯산. 잇따르는 이상한 사건들. 비행접시에 끌려간 사람들. 북구행. 무성인 피인마의 마을.
생물 로봇 제로-3	과학소설	빨간꿰 공상과학소설	《빨간꿰》		13회 연재 종료	13회까지 연재 스크랩	박춘일. 피둘이, 장호영 박사, 곰단이, 한 다산 녹상. 일본과의 우주도시 전쟁 등.
우주 대작전	과학소설	공상과학소설	잡지		12회 연재 종료	12회까지 연재 스크랩	피둘이. 장호영 박사가 만든 로봇 제이삼. 일본과의 우주도시 전쟁 등. 『생물 로봇 제로-3』과 유사함.
에일리언의 매음모	과학소설	공상과학소설	《학생과학》지로 추정		20회 이상 연재	20회까지 연재 스크랩	1~16회 신우철 그림. 17~20회 서화경 그림. 번개, 천둥. 박준호 기상당.

에일리언의 대음모	과학소설					워드프로세서로 작성해 프린트한 원고	'일본'이라 적어놓음.
해저도시 탐험대	과학소설	연재 공상과학소설	잡지		21회 이상 연재	21회까지 연재 스크랩	신동우 그림. '해저 왕국'으로 개제. 개작 출간됨.
타이탄 구조대	과학소설	공상과학소설	《소년》		27회 연재 종료	27회까지 연재 스크랩	신동우 그림. 현식, 진욱, 태양풍 요트 경기. 인조 인간 하여 1호. 토성의 위성 타이탄과 페어 탐험선 세종 1·2호, 타이탄 인과 베타성인을 만남.
토성 탐험선 구조대	과학소설	공상과학소설	《학생과학》자료 추정		24회 연재 종료	24회까지 연재 스크랩	박은서 그림. 꾸앙. 숭탄. 하지콘 선장. 차만수 부선장 등.
시그마 X	과학소설	공상과학소설	잡지		26회 연재 종료	26회까지 연재 스크랩	김호근 그림. 증기현과 전숙, 자매성과 인우. 설악산에서 일어나는 이상한 사건들. 총 박사와 X인의 비행접시, X인 사들과 평화와의 싸움.
인조인간 공룡이	과학소설	연재 공상과학소설	잡지		18회 연재 종료	끝회까지 연재 스크랩	이성박 그림. 10회분 육필 원고(30매 분량) 함께 있음. 지구 정부를 꾀하는 베트 맨과 수과맨의 대결. 강 박사와 지성호, 인조인간 공룡이의 싸움.
인조인간 공룡이	과학소설	공상과학동화				워드프로세서로 작성해 프린트한 원고, 2단 11면 (6면)	

583

제목	장르	세부	발표지	발표 시기	연재 완료	소장 자료	비고
목성 탐험대	과학소설	공상과학 연재소설	잡지		26회 연재 종료	26회 연재 스크랩	박철, 기숙, 보혜, 민웅, 송 박사. 목성 탐험대를 떠난 1호선과 2호선, 제3의 우주선. 우주 방사선 J 선, 개미 모양의 목성인의 지하도시.
목성 탐험대	과학소설	연재과학소설	잡지			원고지 집필 원고(27회 한 회분 원고로 30매 분량. '끝' 표시 있음.)	26회 연재 종료 후 보완 집필한 원고인 듯함.
목성이여 안녕	과학소설	연재과학소설	《소년》		30회 연재 종료	30회까지 연재 스크랩	이성박 그림. 한라산 우주항공학교. 민웅, 민우, 박철, 보혜, 한라호, 조난구조대. 목성 탐험선 등. 『목성 탐험대』와 줄거리와 전개가 매우 비슷함.
미예의 로보트 친구	과학소설		《에스포 '93》	1990년 7~8월 호(창간호)		잡지 원본	로봇 친구와의 이별. 위기에서 미예를 구한 로봇.
J 박사의 눈물	과학소설		《에스포 '93》	1990년 9~10월호		잡지 원본	미국에서 돌아온 조성호 박사. 한국 최초 유인 우주 왕복선 '금강호' 발사를 준비하게 지켜봄.
투명 인간	과학소설		《에스포 '93》	1990년 11~12월호		잡지 원본	동명 발표작 축약, 개작.
길 잃은 아폴로 ― 다듬의 얼굴빛	과학소설	창작동화	잡지			발표작 스크랩	『길 잃은 아폴로 주석권』
사라진 보석 전구	모험소설	해양모험소설	《소년》		18회 연재 종료	18회까지 연재 스크랩	강인준 그림. 목표 해양 쌤버리 내회. 중고 해양장 환상호, 로빙빈호.

제목	장르	장르	발표지	연재 기간	연재 상황	스크랩	단행본 출간
우주 전함 젤 럭시안	과학 소설	공상과학 소설	《학생과학》		22회 이상 연재	9~12회, 16~17회, 21~22회 연재 스크랩.	단행본 출간.
사라진 행글라이더	과학 소설	중편 항공 모험동화	잡지		4회 연재 종료	4회까지 연재 스크랩	강인순 그림. 동명의 작품집 출간.
별 흙흙 나흉흉	명랑 소설	연재 과학 소설	잡지		14회 연재 종료	14회까지 연재 스크랩	이규경 그림. 단행본 출간.
제로전선	과학 소설	연재 과학 소설	잡지		4회 이상 연재	4회까지 연재 스크랩	신동우 그림. 금강산, 춘이, 옥이, 2020년. 케이블카 사고 등.
지구가 끝나던 날	과학 소설		《엄마랑 아기랑》			발표자 스크랩	단편(2면).
우주 로보트	과학 소설	과학공상 소설, 공상 과학소설	잡지		12회 연재 종료 추정	11회까지 연재 스크랩과 12회 분회 원고지 작성 옥별 원고	이석 그림. 「별들 최후의 날」로 화제. 개작.
등대 말의 비밀	모험 소설	모험소설	《소년동아일보》	1991년 2월 28일부터 7월 6일까지 연재 추정	110회 연재 종료	109회까지 연재 스크랩과 워드프로세서로 작성해 프린트한 110회분 원고	강인순 그림. 1991. 7. 5(금). 109회이므로 7월 6일자 종료 추정.
사라진 열쇠	추리 소설	연재 추리 소설	잡지		16회 연재 종료	16회까지 연재 스크랩	이상박 그림. 왕눈이, 꿈단이, 차 현장 등등. 보물찾기, 부산 등. 「등대 말의 비밀」의 개작이거나 원작.
보석 단주의 비밀	추리 소설	연재 추리 소설	잡지		11회 이상 연재	1~6, 8, 10~11회 연재 스크랩	신동우 그림. 바위, 현 선생, 강 박사 등. 자손수융 등.

제목	과학소설		잡지	연도	연재 종료	연재 스크랩	내용
뮤턴트 V	과학소설	연재소설	잡지		12회 연재 종료	12회 연재 스크랩	암흑릴 그림. 우주선 뮤턴트호, 강철. 미에, 코일다, 노래하는 공. 강호영 박사와 뮤타 선장. 복제동물. 『시그마 X_4와 줄거리 유사함.
미래에서 온 사람	과학소설	과학소설	잡지		3회 연재 종료	3회까지 연재 스크랩	
우주 고양이 소동	과학소설	공상과학소설	잡지		3회 연재 종료	3회까지 연재 스크랩	축구 선수 기복이, 외계인 도움. 金 속주 우주선. 고양이 닮은 외계인과의 만남.
2004년 가을 Q씨의 어느날	미래소설	과학소설 가가 내다본 회심의 역작	신문으로 추정			'창간 20주년 특집'으로 신문 복사본인 듯함.	유인 위성 배달호의 의문의 추락. 휴가 중이던 닥터Q 씨가 호출받아 수술 참여로 살려낸 정체불명의 사나이.
금강산에 나타난 우주 고양이	과학소설	공상과학소설	잡지	1995년경	6회 연재 종료	1, 3~5회 결좌 연재 스크랩	만 박사의 연구. 신훈 부부 혼야의 우회의 금강산 여행. 케이블카 사고. 우주선의 선장과 뮤턴트 생물 로봇들과의 만남.
금강산에 나타난 우주 고양이	과학소설	공상과학소설				워드프로세서로 작성해 프린트한 원고 2, 5회분	
T 박사의 눈물	과학소설	콩트 초대				발표작 복사본	
21세기 어느 휴일에 생긴 일	과학소설	SF 콩트				원고지 집필 원고(11매)	

제목	장르	매체	시기	연재	형태	비고
어느 알겡가 젊은 기적	과학소설	S.F. 퐁트			워드프로세서로 작성해 프린트한 원고	제목의 '알겡가'는 '알겡이가'의 오류로 보임. 2020년. 수소, 산소 알겡이. 장성. K 박사. 이슬 방담과 관련되 일화.
다람쥐와 은행나무	추리, 모험소설(구상)				워드프로세서로 작성한 원고(5면). 「다람쥐와 은행나무」에 대한 재구상이라 하였음.	제목 '구상' 'CONTENTS' '이야기 줄거리 찾는 순서'. 차 원장. 한국전쟁. 보물 찾기. 월남전 인연. 왕눈이. 굼단이, 굼통. 「등메 많이 비밀과 유사함.
SF 에스에프 순오공	공상과학소설	잡지		9회 연재 종료	9회까지 연재 스크랩	이우범 그림.
신판 서유기	공상과학소설	잡지		21회 연재 종료	21회까지 연재 스크랩	김영순 그림. 「서유기」를 패러디해 은하제국 수보리조사가 과학적으로 개조한 손오공의 활약상을 그림.
삼국지	역사소설		1990년경	16회 이상 연재	16회까지 연재 스크랩	김영순 그림. 「삼국지」의 기본적인 전개를 따른 역사소설.

2. 과학극 등 방송극: 창작, 번역, 각색, 기타

제목	장르	장르 표시	발표 매체	발표 시기	발표 상황	자료 형태	자료 세부 상황
우리들의 과학(一)	과학극	대화극				겹낱 노트 복사본.	18면 분량. 세로쓰기. '우리들의 과학' 시리즈 시작편인 듯. 대개 이 시리즈는 노트 20면 분량 안팎임.
1. 음식물은 어떤 구실을 하나 2. 식물은 어떻게 숨을 쉬나	과학극	대화극/우리들의 과학 2			2회분	겹낱 원고 등사 대본.	세로쓰기.
폐결핵	과학극	대화극/우리들의 과학 3			3회분	겹낱 원고 등사 대본.	세로쓰기.
마을이 없다면	과학극	대화극/우리들의 과학 6			6회분	겹낱 원고 등사 대본.	세로쓰기.
에네르기의 원천. 불과 설탕의 발견	과학극	대화극 7/우리들의 과학			7회분	겹낱 노트 복사본.	세로쓰기.
한우꽃과 삐삐	과학극	대화극/우리들의 과학 10			10회분	겹낱 원고 등사 대본.	세로쓰기.
파리 이야기	과학극	대화극/우리들의 과학 13			13회분	겹낱 노트 복사본.	세로쓰기.
에네르기 얘기	과학극	우리들의 과학	'4290. 11. 28.' (1957)			겹낱 노트 복사본.	세로쓰기.
전기	과학극	대화극/우리들의 과학				겹낱 노트 복사본.	세로쓰기.

제목	부	프로그램	방송일	회수	복사본	비고
바람 이야기	과학부	대화극/우리들의 과학			접필 노트 복사본	세로쓰기.
물의 순환 얘기	과학부	대화극/우리들의 과학	'4290. 8. 1.' 방송용 (1957)		접필 노트 복사본	세로쓰기.
X선 이야기	과학부	대화극/우리들의 과학	'4290. 8. 22.' (1957)		접필 노트 복사본	세로쓰기.
원자력이 나올 때까지	과학부	대화극/우리들의 과학	'4290. 9. 26.' (1957)		접필 노트 복사본	세로쓰기.
오 나의 태양	과학부	우리들의 과학	'4291. 1. 9. 오후 7:30 방송' (1958)		접필 노트 복사본	세로쓰기.
우주 소년 이카루스	방송부	공상과학극		42회 종료	42회까지 A3 용지에 타자기로 친 대본	방송국의 접계 도장 찍힘.
우주 소년 이카루스	방송부	공상과학극			원고지에 쓴 육필 원고 시놉시스(20매)	
우주 로보트의 비밀	방송 과학부			후면 71~100	A3 용지에 타자기로 친 대본(5면)	
감나무	방송부	방송극			원고지 접필 원고 복사본 (44매)	
개남이와 식물일	방송부	식물일 특집극			원고지 접필 원고(60매)	규본 한나워, 연출 신상용.
금나비 흑나비	방송부	KBS 주간 드라마			원고지 접필 원고 복사본	규본 한나워, 연출 신상용. 시놉시스 23매 및 주제가 2매, 규본 원고 41매.

날아라 슈퍼보드	방송극	KBS 주간 드라마		원고지 정필 원고 복사본 (61매)	
내일의 열쇠	방송극	풍상과학 신정 특집극		원고지 정필 원고(30매)	
밝아오는 마을	방송극	방송극		정필 노트 복사본	KA 국제방송. 세로쓰기.
빨간 장미꽃	방송극	단막극장/코메디		원고지 정필 원고 복사본 (55매)	
상록수 시간	방송극			원고지 정필 원고(40매)	세로쓰기.
크리스마스를 전부하는 음모	방송극	방송시극		타자기로 친 방송 대본	'놀멘 교인의 출세작'이라고 소개돼며 시작함. 세로쓰기.
파키스탄의 꽃	방송극	KY극장		원고지 정필 원고 복사본(61매)	'한백'이란 필명 사용. 세로쓰기.
페어 풀레이	방송극	방송극		원고지 정필 원고 복사본 (47매)	세로쓰기.
활자로 남지 않은 얘기	방송극			A4 용지에 타이핑한 원고(12매)	'에릭 바노 원작. 한낙원 각색'.
왕자 튜백 아마루	방송극	방적극장		정필 노트 복사본	'모론-위쉐그레드 각, 한낙원 각색'. 세로쓰기.
상아탑	방송극			농민생활사 원고지에 정필 원고 복사본(121매)	'아-쿼 오블티 원작, 한낙원 옮김'. 세로쓰기.
여명	방송극	방적극장		정필 노트 복사본	'노엘 교인 원작, 한낙원 각색. 세로쓰기.

대서양 비행정(일명 집)	방송극	'4291. 6. 10. 오후 9시 방송' (1958)	겸펄 노트 복사본	'놀맨―코―윈 원작, 한닥원 각색'. 세로쓰기.
선량한 의사의 계략	방송극 / 명작극장	'5. 12. 오후 9:30' (연도 미상)	겸펄 노트 복사본	'멜론 가이거 원작, 한나원 각색'. 세로쓰기.
새로운 결심	방송극 / 농민의 시간 방송극		겸펄 원고를 등사한 매본 형태	
돌아온 아들	방송극		겸펄 원고를 등사한 매본 형태	
선량한 의사의 계략 외 9편*	작품 소개글		원고서 겸펄 원고 복사본 (각 1매, 총 10매)	멜론 가이거 등의 방송극 소개글. 세로쓰기.
미국의 방송극	방송극 소개글		원고서 겸펄 원고 복사본 (16매)	미국 방송극의 발전상과 특징 소개. 세로쓰기.

* 방송극 소개글(각 원고서 1매 분량)로 소개한 작품 10편을 보면 〈선량한 의사의 계략〉 외에 〈자유인〉(원제는 'Untitled' 1944년 미국 CBS '코윈의 시간'에 방송. 1951년 한국 KA에서 방송. 세 차례 재방송 등), 〈사랑의 저울질〉(조셉 다스콜), 〈런욘 존스의 모험〉, 〈세계에서 가장 못생긴 사나이〉(어휘 오불러), 〈힛쳐 하이카〉(루시 프레처), 〈상어탑〉(어휴 오불러), 〈크리스마스를 전부한 음모〉(코윈의 하나작), 〈바위〉(멜 S 밖), 〈금요일 아침〉(멜 김가드)을 우둔하였음.

591

3. 과학 저술·수필·기타

제목	장르	장르 표지	발표 지면	발표 시기	연재 상황	자료 형태	자료 세부 상황
갈릴레이와 망원경	과학 이야기	발명 발견 이야기	잡지			연재 스크랩	제목 회마다 딸라짐.
일화로 엮은 과학 이야기	과학 이야기					48회까지 연재 스크랩, 연재 복사본	『더마르크와 전화 연구』(43회), 『조국에 몸 바친 우장춘 박사』(마지막회) 등.
놀라운 과학 이야기―번개에서 로봇까지	과학 이야기		《세밋》			연재 스크랩	
			잡지				
생명의 신비성	과학 이야기	생활과학 1	《소년》지로 추정			연재 스크랩	
생명의 신비	과학 이야기	생활과학 2	《소년》지로 추정			연재 스크랩	
천체를 과헤치는 사람들	과학 이야기	생활과학 2	《소년》지로 추정			연재 스크랩	'생활과학 2' 중복됨.
새로운 에네르기 베이지 이야기	과학 이야기	생활과학	《소년》지로 추정			연재 스크랩	
인류의 거보	과학 이야기	생활과학	《소년》지로 추정			연재 스크랩	
달 탐사체 계획 승리	과학 이야기	생활과학	《소년》지로 추정			연재 스크랩	
만능의 요술사 식유 이야기	과학 이야기	생활과학	《소년》지로 추정			연재 스크랩	
미래의 식품 단백질 섬유 인조고기	과학 이야기	생활과학	《소년》지로 추정			연재 스크랩	

전기의 여러 가지	과학 이야기	과학세계 1	《소년》지로 주정		연재 스크랩	
제3의 불 원자로의 완성 (상)	과학 이야기	과학세계 2	《소년》지로 주정		연재 스크랩	
제3의 불 원자로의 완성 (하)	과학 이야기	과학세계 3	《소년》지로 주정		연재 스크랩	
유리 이야기	과학 이야기	과학세계 4	《소년》지로 주정		연재 스크랩	
때를 씻는 비누 이야기	과학 이야기	과학세계 5	《소년》지로 주정		연재 스크랩	
검은 다이아몬드 석유 이야기	과학 이야기	과학세계 6	《소년》지로 주정		연재 스크랩	
이홀로와 소유즈의 독킹	과학 이야기	과학세계 7	《소년》지로 주정		연재 스크랩	
새로운 빛과 열 이야기	과학 이야기	과학세계 10	《소년》지로 주정		연재 스크랩	
우라늄 이야기	과학 이야기	과학세계 11	《소년》지로 주정		연재 스크랩	
아인슈타인의 특수상대성 이론이란	과학 이야기	과학세계 12	《소년》지로 주정		연재 스크랩	
빛의 속도와 시간	과학 이야기	과학세계 12	《소년》지로 주정		연재 스크랩	과학세계 12' 증보됨.
인공 심장	과학 이야기	과학세계 14	《소년》지로 주정		연재 스크랩	
두뇌의 생리학적 관리	과학 이야기	과학세계 15	《소년》지로 주정		연재 스크랩	
두뇌의 생리학적 관리	과학 이야기	생활과학 17	《소년》지로 주정		연재 스크랩	

석유야, 펑펑 쏟아져라	과학 이야기	석유 이야기	잡지		연재 스크랩	
두뇌의 생리와 관리	과학 이야기	과학의 세계	잡지		연재 스크랩	
인간 두뇌 컴퓨터	과학 이야기	생활과학	잡지		연재 스크랩	
21세기의 시민생활	과학 이야기	생활과학	잡지		연재 스크랩	
21세기의 시민생활	과학 이야기	생활과학 2	잡지		연재 스크랩	
21세기의 시민생활	과학 이야기	생활과학 3	잡지		연재 스크랩	
우주 정거장	과학 이야기	생활과학	잡지		연재 스크랩	
중성자의 이용	과학 이야기	생활과학	잡지		연재 스크랩	
인조 고기	과학 이야기	미래의 과학 2—식품	잡지		연재 스크랩	
위대한 제4의 불	과학 이야기	미래의 과학 3 레이저 광선	잡지		연재 스크랩	
레이디의 ○獻	과학 이야기				원고지 집필 원고 (18매)	제목 '레이디의 공헌'으로 추정. 강연투로 쓰인 원고임. 세로쓰기.
여름철 위생과 과리	과학 이야기	꼬마 과학관			원고지 집필 원고 부사본(21매)	방송용 원고임. 세로쓰기.
지식의 샘: '6·25와 크리스마가 '인류에 봉사하는 미생물의 이용' '인간의 머리를 대신하는 전자계산기' 발전하는 오토메이션 등	과학 이야기				농민생활사 원고지에 집필. 잡지 게재용 원고.	세로쓰기. 100매 이상.

594

제목	갈래		출처		자료 형태	비고
미국의 개척자들	과학 이야기	개척자	잡지		연계 스크랩	
텔레비전 강 개발 얘기	과학 이야기	개척자	잡지		연계 스크랩	
덴마아크의 개척 운동	과학 이야기	개척자	잡지		연계 스크랩	'개척자'는 '개척사'의 오식인 듯.
해전생온 지구의 사형집행	과학 이야기	공포의 시나리오	잡지		수록 지면 스크랩	미국과 소련의 핵전쟁. 우주선 파이스호 사람들 등 소수만 생존. 후반부는 공상과학소설에 가까움.
텔레비전에 나온 외계인의	과학 이야기		『365일 자연 학습 동화』3, 7, 11권	1992. 12. 30. 출간	수록 지면 스크랩	각 권당 2편씩 수록.
첫 으름	시		잡지로 추정		수록 지면 스크랩	
빗 자리	수필	수상			원고지 정필 원고 복사본(20매)	세로쓰기.
합리적인 농토의 관리 (一)	영농 정보	영농 강좌	잡지		연계 스크랩	
비료의 세 가지 요소 (상)─인산의 기초 지식	영농 정보	영농 강좌 2	잡지		연계 스크랩	
한국병의 치유─리듬과 생활 규범	수필				A4 용지에 타자기로 친 원고(3매)	

| 세계의 수수께끼 구상 | 자술 | | | 워드프로세서로 작성해 프린트한 원고 | 공룡, 피라미드, 중동, 아메리카 대륙, 아시아 대륙 등의 세계적인 수수께끼를 다루는 저술 구상. 초안 및 일부 원고 집필 상태. |
| 에톰 방랑기-원자력의 탐구 | 자술 | | | 워드프로세서로 작성해 프린트한 원고 | |

※ 스크랩등 유품 자료에는 대부분 발표 매체와 시기에 대한 기록이 없다. 발표 매체와 시기를 확인할 수 있는 자료가 포함되어 있거나 다른 경로로 확인한 경우에는 이를 반영하였다.

※ 작가가 작성한 '미출판 연재물 목록'에 발표 지면이 적혀 있는 것은 이를 반영하였다.

※ 인쇄 자료의 판형, 판권 형태, 지면 구성 등을 통해 발표 지면을 추정한 것은 '추정'으로 표시하였다.

※ 단행본 자료는 여기에 포함하지 않고 '작품 연보'에 반영하였다.

| 연구 목록 |

고장원, 「해방 이후 최초의 창작 SF는?─우리나라 창작 과학소설의 선구자 한낙원」, 《*The Science Times*》(www.sciencetimes.co.kr), 2011년 5월 2일.

───, 「한국의 베스트 SF작가 열전─한낙원 (1)」, 《*The Science Times*》(www.science-times.co.kr), 2012년 2월 6일.

───, 「한국의 베스트 SF작가 10인─한낙원 (2)」, 《*The Science Times*》(www.science-times.co.kr), 2012년 2월 21일.

───, 「한국 BEST SF작가 10인─한낙원」, 《*The Science Times*》(www.sciencetimes.co.kr), 2012년 2월 27일.

───, 「SF 선구자 한낙원의 한계─개연성 없는 상황 전개의 반복」, 《*The Science Times*》(www.sciencetimes.co.kr), 2012년 3월 6일.

───, 「SF 선구자 한낙원의 한계 2─한낙원 작품세계에서의 몇 가지 아쉬움」, 《*The Science Times*》(www.sciencetimes.co.kr), 2012월 3월 13일.

김이구, 「팬터지를 사랑할 것인가」, 『동화 읽는 어른』 2002년 9월호; 『어린이문학을 보는 시각』, 창비 2005년.

───, 「한낙원과 과학소설 '사라진 행글라이더'」, 사이버아동문학관(www.iicl.or.kr), 2005년 2월 21일.

───, 「과학소설의 새로운 가능성」, 《창비어린이》 2005년 여름호; 『어린이문학을 보는 시각』, 창비 2005년.

───, 「과학소설의 시작 한낙원」, 《과학쟁이》 2009년 11월호.

───, 「과학소설 『잃어버린 소년』 연재 시기 찾기 분투기」, 《어린이책 이야기》 2012년 겨울호.

이재철, 「한낙원론」(제4장 1980년대의 작가들), 『한국아동문학작가론』, 개문사, 1983년, 213~15면.

───, 「한낙원」, 『세계아동문학사전世界兒童文學事典』, 계몽사, 1989년, 395~96면.

한성철, 「SF소설의 개척과 그 공상성」, 사계이재철교수 정년기념논총 간행위원회 편저 『한국현대아동문학작가작품론』, 집문당, 1997년.

박상준, 「별이 지고 새 별이 뜹니다」, 《FANTASTIQUE 판타스틱》 2007년 5월호,

EDITOR'S LETTER.

한애경, 「사랑과 정이 많으시고 신실하셨던 아버지」, 《아동문학평론》 2007년 가을호.

한국문학의 재발견-작고문인선집

한낙원 과학소설 선집

지은이 | 한낙원
엮은이 | 김이구
기　획 | 한국문화예술위원회
펴낸이 | 양숙진

초판 1쇄 펴낸 날 | 2013년 4월 25일

펴낸곳 | ㈜현대문학
등록번호 | 제1-452호
주소 | 137-905 서울시 서초구 잠원동 41-10
전화 | 2017-0280
팩스 | 516-5433
홈페이지 www.hdmh.co.kr

ISBN 978-89-7275-646-0 04810
ISBN 978-89-7275-513-5 (세트)